SIDNEY SHELDON

Im Schatten der Götter
Das nackte Gesicht

Autor

Sidney Sheldon, heute einer der erfolgreichsten amerikanischen Erzähler der Gegenwart, wurde 1917 in Chicago geboren. Schon als Schüler verdiente er sich nebenbei sein Geld als Songtexter für Unterhaltungsbands. Mit siebzehn Jahren machte er sich mit dem Traum, Drehbuchautor zu werden, auf den Weg nach Hollywood. Schon wenige Wochen später hatte er einen der begehrten Jobs im *Universal*-Filmstudio ergattert. Er schrieb die Scripts zu Filmen wie *Easter Parade* mit Judy Garland und Fred Astaire, zu Broadwaymusicals wie *Annie Get Your Gun* oder Fernsehserien wie *Jeannie.*

Zum Romanschreiben kam Sheldon erst relativ spät. Schon für seinen ersten Roman *Das nackte Gesicht* wurde er mit dem renommierten Edgar-Allan-Poe-Preis und mit dem Preis der New York Times für den besten Erstlingskrimi des Jahres ausgezeichnet.

Seine bislang elf Romane haben ihn weltberühmt gemacht, sie sind in über dreißig Ländern in einer Gesamtauflage von über 100 Millionen Exemplaren erschienen.

Von Sidney Sheldon ist in deutscher Sprache zuletzt der Roman *Das dritte Gesicht* im Blanvalet Verlag erschienen.

Von Sidney Sheldon sind als Goldmann-Taschenbücher außerdem erhältlich:

Diamanten-Dynastie (6785)
Das nackte Gesicht (6680)
Im Schatten der Götter (9263)
Kalte Glut (8876)
Kirschblüten und Coca-Cola (9144)
Die Mühlen Gottes (9916)
Zorn der Engel (41403)
Schatten der Macht (42002)
Das Erbe (43997)
Das Imperium (42951)
Die Pflicht zu schweigen (43378)
Die letzte Verschwörung (42372)
Zorn der Engel/Diamanten-Dynastie.
Zwei Romane in einem Band (11946)

Sidney Sheldon

Im Schatten der Götter

Das nackte Gesicht

Zwei Romane in einem Band

GOLDMANN

Im Schatten der Götter
Originaltitel: »Windmills of God«
Originalverlag: William Morrow and Company, Inc., New York
Aus dem Amerikanischen von Sigurd Engel

Das nackte Gesicht
In Deutschland zuerst unter dem Titel
»Der Arzt und die Unsichtbaren« erschienen
Originaltitel: »The Naked Face«
Originalverlag: William Morrow and Company, Inc., New York
Aus dem Amerikanischen von Margret Schmitz

Umwelthinweis:
Alle bedruckten Materialien dieses Taschenbuches
sind chlorfrei und umweltschonend.
Das Papier enthält bereits Recycling-Anteile.

Der Goldmann Verlag
ist ein Unternehmen der Verlagsgruppe Bertelsmann GmbH.

Einmalige Sonderausgabe Juni 2000
Im Schatten der Götter

Das nackte Gesicht

Umschlagentwurf: Design Team München
Umschlagfoto: Bavaria/Masterfile
Druck: Elsnerdruck, Berlin
Verlagsnummer: 13283
Made in Germany
ISBN 3-442-13283-5

IM SCHATTEN DER GÖTTER

Prolog

Perho, Finnland

Die Konferenz fand in einer komfortablen, gutgeheizten Blockhütte in einer abgelegenen, dicht bewaldeten Gegend etwa vierhundert Kilometer nördlich von Helsinki, nicht allzuweit von der sowjetischen Grenze entfernt, statt. Die westlichen Mitglieder des Komitees waren aus Gründen der Geheimhaltung nacheinander, in unregelmäßigen Abständen eingetroffen. Sie kamen aus acht verschiedenen Ländern, aber es gab keine Visastempel in ihren Pässen. Die Zusammenkunft war in aller Stille von einem Mitglied des finnischen Staatsrats, des Valtineuvosto, organisiert worden. Bewaffnete Sicherheitskräfte geleiteten die Besucher in die Jagdhütte, und als der letzte durch die Tür verschwunden war, wurde diese von innen geschlossen. Die Wachen bezogen Posten im eisigen Januarwind, bereit auf jeden zu schießen, der sich unberechtigt zu nähern versuchte.

Die Männer, die sich um den rechteckigen Tisch versammelt hatten, waren hochrangige Regierungsmitglieder in hervorragenden Machtpositionen. Sie hatten sich schon häufiger getroffen, meist unter weniger konspirativen Umständen, und trauten einander. Es blieb ihnen auch gar nichts anderes übrig. Aus Sicherheitsgründen benutzten sie bei ihren geheimen Zusammenkünften trotzdem ausschließlich Decknamen.

Diesmal waren die Auseinandersetzungen außerordentlich heftig gewesen. Erst nach fünf Stunden kam der Vorsitzende zu dem Ergebnis, daß es Zeit für eine Abstimmung sei. Er stand auf und wandte sich an den Mann zu seiner Rechten. »Sigurd?«

»Ich bin dafür.«

»Odin?«

»Ja.«

»Baldur?«

»Das geht alles zu schnell. Wenn die Sache auffliegt, sind wir unseres Lebens nicht mehr sicher. Die –«

»Ja oder nein?«

»Nein . . .«

»Freyr?«

»Ja.«

»Sigmund?«

»Nein. Die Gefahr –«

»Thor?«

»Ja.«

»Thyo?«

»Ja.«

»Ich selbst stimme ebenfalls mit ja. Der Antrag ist damit angenommen. Ich werde den Controller in diesem Sinne unterrichten. Bei unserem nächsten Treffen werde ich Ihnen mitteilen, wen er für geeignet hält, unseren Auftrag auszuführen. Bitte beachten Sie die üblichen Vorsichtsmaßregeln. Wir gehen in Abständen von zwanzig Minuten. Vielen Dank, meine Herren.«

Zwei Stunden und fünfundvierzig Minuten später war die Blockhütte leer. Eine Spezialtruppe tränkte die Balken mit Kerosin und setzte das Gebäude anschließend in Brand. Unter den Liebkosungen des Windes schossen die Flammen rasch in die Höhe.

Als die Freiwillige Feuerwehr aus Perho anrückte, war weit und breit nichts mehr zu sehen. Nur noch ein Haufen halbverkohlter Balken glimmte im Schnee.

Der Assistent des Feuerwehrhauptmanns näherte sich

dem Aschehaufen, bückte sich und schnupperte vorsichtig. »Kerosin«, sagte er. »Brandstiftung.«

Sein Chef starrte in die Ruine, er wirkte verblüfft. »Merkwürdig«, sagte er.

»Was?«

»Ich habe letzte Woche in der Gegend gejagt. Da gab es noch keine Blockhütte hier.«

Erstes Buch

1

Washington, D. C.

Stanton Rogers war der geborene Präsident der Vereinigten Staaten. Er war ein charismatischer Politiker, er war bekannt und beliebt bei der Öffentlichkeit, und er genoß die Unterstützung mächtiger Freunde. Bedauerlicherweise machte ihm seine Libido einen Strich durch die Rechnung. Oder, wie die Auguren in Washington sagten: »Der gute alte Stanton hat sich um die Präsidentschaft gebumst.«

Dabei hatte Rogers sich keineswegs für einen zweiten Casanova gehalten. Ganz im Gegenteil, bis zu jener fatalen Schlafzimmergeschichte hatte er ein mustergültiges Eheleben geführt. Obwohl er auffallend gut aussah, sehr reich und noch dazu auf dem besten Weg war, der mächtigste Mann der Vereinigten Staaten zu werden, und obwohl er dementsprechend viele Gelegenheiten hatte, seine Frau zu betrügen, hatte er nie auch nur einen einzigen Gedanken an fremde Frauen verschwendet.

Noch unerklärlicher war die Sache aus einem anderen Grunde gewesen: Rogers Frau, Elizabeth, war ebenso schön wie intelligent, sie fand Anerkennung in der Gesellschaft und teilte nahezu alle Interessen mit ihm. Barbara dagegen, die Frau, in die er sich plötzlich verliebt und die er nach einer höchst spektakulären, schlagzeilenreichen Scheidung schließlich geheiratet hatte, war fünf Jahre älter als er, nicht gerade auffallend hübsch, und sie schien sich für nichts zu interessieren, was ihn interessierte. Stanton war ein begeisterter Sportler; Barbara haßte alle körperliche Bewegung. Stanton liebte große Gesellschaften; Barbara war am liebsten mit ihm allein oder duldete allenfalls ein paar enge Freunde. Die größte Überraschung für alle, die ihn näher kannten, war aber die Tatsache, daß sich ein so notorischer Liberaler wie Stanton mit einer so erzkonservativen Frau wie Barbara abgab.

Paul Ellison, Stantons bester Freund, hatte gesagt: »Kumpel, du bist doch verrückt! Liz und du, ihr seid doch ein Ehepaar in höchster Vollendung! Eure Ehe steht praktisch im *Guinness Buch der Rekorde*! So etwas läßt man doch nicht für einen schnellen Fick sausen.«

Rogers hatte mit zusammengepreßten Lippen geantwortet. »Laß mich in Ruhe, Paul. Ich liebe Barbara. Sobald ich geschieden bin, wollen wir heiraten.«

»Weißt du auch, daß du dir deine Karriere damit ruinierst?«

»In diesem Land wird jede zweite Ehe geschieden«, hatte Rogers geantwortet. »Meiner Karriere schadet das überhaupt nichts.«

Damit sollte er Unrecht behalten. Schon die ersten Gerüchte über die bevorstehende Scheidung wurden aufgenommen wie Manna, und die Boulevardblätter stürzten sich lüstern auf alle Details. Es erschienen Fotos von Stantons Liebesnest und ausführliche Geschichten über mitternächtliche Rendezvous. Die Scheidung ging nicht ohne bösen Prozeß ab, und die Presse hielt die Geschichte so lange am Leben wie möglich. Als die Erregung sich legte, waren die mächtigen Freunde, die Stanton Rogers' Präsidentschaftskandidatur unterstützt hatten, in aller Stille verschwunden. Sie hatten einen neuen Champion gefunden: Paul Ellison.

Ellison war eine vernünftige Wahl. Er sah zwar nicht so gut aus wie Rogers, und es fehlte ihm auch dessen Charisma, aber er war freundlich und intelligent und stammte aus einer guten Familie. Er war nicht sehr groß, hatte gleichmäßige Gesichtszüge und ehrliche blaue Augen. Seit mehr als zehn Jahren war er mit der Tochter eines Stahlmagnaten glücklich verheiratet. Paul und Alice galten als liebevolles, herzliches Paar.

Ebenso wie Rogers hatte Paul Ellison in Yale und in Harvard studiert. Die beiden Männer waren zusammen aufgewachsen. Ihre Familien hatten auf Long Island benachbarte Sommerhäuser gehabt, sie waren schon als Jungen zusammen geschwommen, sie hatten zusammen Baseball gespielt und sich später gemeinsam mit Mädchen verabredet. An der juristischen Fakultät in Harvard hatten sie gemeinsam Vorlesungen gehört. Paul Ellison hatte recht gute Zeugnisse, aber Stanton Rogers war ein richtiger Star. Stantons Vater war einer der Inhaber einer angesehenen Anwaltskanzlei in der Wall Street, und Stanton sorgte dafür, daß Paul immer bei ihm war, wenn er dort im Sommer seine Ferienjobs absolvierte. Nach dem Examen begann Stantons politischer Stern kometenhaft zu steigen, und wenn er der Komet war, dann war Paul Ellison der Schweif.

Stantons Scheidung änderte alles. Jetzt wurde Stanton plötzlich zu Ellisons Anhängsel. Sie brauchten fünfzehn Jahre bis zum Gipfel. Ellison verlor eine Wahl zum Senat, in der nächsten blieb er dann Sieger und wurde zu einem bekannten, sehr profilierten Senator. Er galt als ein Vorkämpfer gegen die Bürokratie und die Verschwendung von Steuergeldern. Sein Auftreten war stets populistisch, und er war ein entschiedener Befürworter der Entspannungspolitik gegenüber der Sowjetunion. Als der Präsident sich um eine zweite Amtszeit bemühte, wurde Ellison gebeten, seine Nominierungsrede zu halten. Seine Ausführungen waren brillant, leidenschaftlich und aufsehenerregend gut formuliert. Vier Jahre später wurde Paul Ellison zum Präsidenten der Vereinigten Staaten gewählt. Als erstes ernannte er Stanton Rogers zu seinem außenpolitischen Berater.

Marshall McLuhans Theorie vom globalen Dorf hatte sich mittlerweile verwirklicht. Die Amtseinführung des zweiundvierzigsten Präsidenten der Vereinigten Staaten wurde über Satellit in mehr als 190 Länder übertragen.

Im »Black Rooster«, einer Lieblingskneipe der Washingtoner Journalisten, saß Ben Cohn, ein Veteran unter den politischen Berichterstattern der *Washington Post*, mit vier Kollegen am Tisch und verfolgte die Amtseinführung auf dem großen Fernsehschirm über der Bar.

»Der Kerl hat mich fünfzig Dollar gekostet«, beschwerte sich einer der Journalisten.

»Ich hab' dir doch gesagt, du sollst nicht gegen Ellison wetten«, höhnte Ben Cohn. »Der Mann ist ein Zauberer. Das kannst du mir glauben.«

Die Kamera ging in die Totale, um die gewaltige Menschenmenge zu zeigen, die sich auf der Pennsylvania Avenue drängte. Tausende trotzten in ihren Wintermänteln dem eisigen Januarwind, um der Zeremonie beizuwohnen. Rings um das Podium waren Lautsprecher aufgebaut. Jason Merlin, der Vorsitzende des Obersten Gerichtshofs der Vereinigten Staaten, hatte Ellison soeben den Eid abgenommen, und der neue Präsident schüttelte ihm die Hand. Dann trat er ans Mikrofon.

»Jetzt schaut euch diese Idioten an, die sich da draußen die Ärsche abfrieren«, spottete Ben Cohn. »Wißt ihr, warum sie nicht wie normale Menschen zu Hause sitzen und sich die Sache im Fernsehen ansehen?«

»Warum denn?«

»Weil da draußen Geschichte gemacht wird. Eines schönen Tages werden all diese Leute ihren Enkelkindern erzählen, sie seien dabei gewesen, als Paul Ellison Präsident wurde. Und jeder einzelne wird behaupten: ›Ich stand direkt neben ihm. Ich hätte ihn anfassen können.‹«

»Du bist ein Zyniker, Cohn.«

»Und ob! Die Politiker werden doch alle im selben Ofen

gebacken. Sie machen bloß mit, weil sie etwas für sich dabei herausholen wollen. Macht euch nichts vor, Leute! Unser neuer Präsident ist ein Mann der Reformen, ein Idealist. Das muß einfach jeden intelligenten Menschen in Panik versetzen. Ein Liberaler, das ist für mich einer, der auf den Wolken über der Realität schwebt.«

In Wirklichkeit war Ben Cohn alles andere als ein Zyniker. Er hatte Paul Ellisons Karriere vom ersten Tag an verfolgt, und obwohl er anfangs nicht übermäßig viel von ihm hielt, hatte er seine Meinung allmählich geändert, je weiter Ellison aufstieg. Ellison war kein Jasager. Er stand wie eine Eiche in einem Wald aus schwächeren Stämmchen.

Draußen fegten Regenböen vom Himmel. *Hoffentlich ist dieses Sauwetter kein böses Omen für die kommenden vier Jahre*, dachte Ben Cohn. Er wandte seine Aufmerksamkeit wieder dem Fernseher zu.

»Die Präsidentschaft ist eine hell leuchtende Fackel«, sagte Ellison gerade. »Das amerikanische Volk hat sie entzündet, und alle vier Jahre geht sie von einer Hand in die andere über. Diese Fackel, die mir jetzt anvertraut worden ist, ist die mächtigste Waffe der Welt. Sie könnte einen Brand entfachen, der die menschliche Zivilisation, wie wir sie kennen, bis auf die Grundmauern abbrennt, sie kann aber auch das Leuchtfeuer sein, das die Zukunft erleuchtet – für uns und für alle anderen Völker. Die Entscheidung liegt bei uns. Ich möchte heute nicht nur an unsere Verbündeten, sondern auch an die Länder der sozialistischen Welt appellieren. An der Schwelle des einundzwanzigsten Jahrhunderts gibt es keinen Raum mehr für Konfrontationen, wir müssen begreifen, daß wir nur eine einzige Welt haben, und wir müssen diese *eine Welt* zu einer Realität machen! Jeder andere Weg führt unweigerlich in die Katastrophe. Ich bin mir der Tatsache durchaus bewußt, daß uns heute noch Abgründe von den Ostblockstaaten trennen, aber wir werden es als unsere vornehmste Aufgabe betrachten, über diese Abgründe Brücken zu bauen.«

Seine Worte klangen ernsthaft und aufrichtig. *Er scheint es ernst zu meinen*, dachte Ben Cohn. *Ich hoffe, niemand bringt den armen Kerl um.*

In Junction City, Kansas, war es ein Tag, an dem jedermann lieber hinter dem warmen Ofen geblieben wäre: trüb und kalt. Es schneite so stark, daß man auf dem Highway Nr. 6 praktisch die eigene Motorhaube nicht sah. Mary Ashley bemühte sich, ihren alten Caravan auf der Mitte der Straße zu halten, wo die Schneepflüge die Fahrbahn geräumt hatten. Sie wußte jetzt schon, daß sie zu spät zur Vorlesung kommen würde. Dennoch fuhr sie nicht schneller. Wenn sie von der Straße abkam, würden ihre Studenten den ganzen Tag auf sie warten müssen.

Aus dem Autoradio kam die Stimme des Präsidenten: »... fehlt es nicht an Stimmen, die sagen, wir sollten weniger Brücken bauen und dafür mehr Bunker. Diesen Leuten habe ich immer geantwortet, daß wir endlich aufhören müssen, uns und unsere Kinder an eine Zukunft zu fesseln, die von weltpolitischen Auseinandersetzungen bis hin zum Atomkrieg bedroht wird.«

Ich bin froh, daß ich ihn gewählt habe, dachte Mary Ashley. *Paul Ellison wird ein guter Präsident werden.*

Und während draußen die weißen Flocken vorbeiwirbelten, nahm sie das Steuer fest in die Hand.

In St. Croix schien eine tropische Sonne vom Himmel, aber Harry Lantz hatte trotzdem keine Lust, sein Motel zu verlassen. Er hatte drinnen genug Spaß. Er lag splitterfasernackt zwischen den Dolly-Sisters im Bett wie ein Hamburger in seinem Brötchen. Lantz hatte zwar den Verdacht, daß die Dolly-Sisters überhaupt nicht miteinander verwandt waren; denn die eine hatte schwarzes und die andere blondes Haar an den entscheidenden Stellen, aber das war ihm herzlich egal. Das einzige, worauf es ihm ankam, war die Geschicklichkeit, mit der die beiden Schwestern ihre Dienstleistungen ausführten. Und in dieser Hinsicht war er völlig zufrieden, genauer gesagt, er stöhnte vor Lust.

Am anderen Ende des Zimmers flimmerte ein Fernsehgerät. Auch in die Karibik wurde die Rede des Präsidenten live übertragen.

»... denn ich bin fest überzeugt, daß es kein Problem zwischen den Weltmächten gibt, das mit gutem Willen nicht gelöst werden könnte. Den Eisernen Vorhang können wir überwinden, die Berliner Mauer muß fallen!«

Sally unterbrach ihre Bemühungen einen Moment. »Soll ich das verdammte Ding abstellen, Schatz?«

»Nein, laß nur! Ich möchte hören, was der Kerl sagt.«

Annette hob den Kopf. »Haben Sie ihn gewählt?«

»Verdammt noch mal!« brüllte Lantz. »Quatscht nicht, sondern macht weiter!«

»Sie erinnern sich wahrscheinlich daran, daß Rumänien nach dem Tod von Präsident Ceauşescu die diplomatischen Beziehungen zu den Vereinigten Staaten abgebrochen hat. Heute kann ich Ihnen mitteilen, daß unsere Gespräche mit Präsident Alexandros Ionescu zu einem ersten Erfolg geführt haben. Rumänien wird die diplomatischen Beziehungen zu uns wiederaufnehmen.«

Die Menge auf der Pennsylvania Avenue klatschte Beifall.

Harry Lantz schoß so abrupt hoch, daß Annettes Zähne sich tief in sein Fleisch bohrten. »Verflucht!« kreischte Lantz. »Ich bin schon beschnitten. Kannst du nicht aufpassen?«

»Warum hast du so gezappelt, Schatz?«

Aber Lantz schenkte ihr keine Beachtung. Seine Augen klebten jetzt förmlich am Bildschirm.

»Eine unserer ersten Amtshandlungen«, sagte der Präsident, »wird darin bestehen, einen Botschafter nach Rumänien zu schicken. Und das ist nur der Anfang...«

In Bukarest war es Abend. Plötzliches Tauwetter hatte dafür gesorgt, daß sich die Einwohner mitten im Januar auf den Straßen bewegten, als wäre es Frühling. Überall in den Läden herrschte reges Gedränge.

Präsident Alexandros Ionescu saß, umgeben von einem halben Dutzend Beratern, in seinem Büro im alten Palast an der Calea Victoriei und verfolgte die Antrittsrede seines amerikanischen Amtskollegen über einen Kurzwellensender im Radio.

»... ich habe nicht die Absicht, es damit schon genug sein zu lassen«, sagte Paul Ellison gerade. »Albanien hat die diplomatischen Beziehungen zu den Vereinigten Staaten schon 1946 abgebrochen. Ich habe den Wunsch, unsere Beziehungen wieder zu normalisieren. Die Beziehungen zu Bulgarien, zur ČSSR und zur Deutschen Demokratischen Republik möchte ich nachhaltig verbessern.«

Aus dem Radio war lebhafter Beifall zu hören.

»Daß wir unseren Botschafter nach Rumänien schicken, ist der Anfang einer neuen Initiative zur Völkerverständigung. Wir dürfen niemals vergessen, daß alle Menschen einen gemeinsamen Ursprung haben, daß ihre Probleme überall auf der Welt die gleichen sind und daß sich ihr Schicksal gemeinsam entscheidet. Was uns verbindet, ist letztlich stärker als das, was uns trennt; und daß uns überhaupt etwas trennt, haben wir uns nur selbst zuzuschreiben.«

In einer schwerbewachten Villa des Pariser Vororts Neuilly saß Marin Groza, der Chef der rumänischen Exil-Organisation »Freies Vaterland« vor dem Fernsehgerät und verfolgte die Rede des amerikanischen Präsidenten über Chaîne 2.

»... Ich verspreche Ihnen, daß ich mein Bestes tun und auch andere dazu ermutigen werde, ihr Bestes zu geben.«

Der Beifall dauerte volle fünf Minuten.

»Ich glaube, unsere Stunde ist gekommen, Lev«, sagte Groza nachdenklich.

Lev Pasternak, sein Sicherheitschef, war verblüfft. »Wird das denn Ionescu nicht helfen?« fragte er.

Groza schüttelte den Kopf. »Ionescu ist ein Tyrann, deshalb wird ihm letztendlich nichts helfen. Aber wir müssen den richtigen Zeitpunkt zum Zuschlagen wählen. Als wir ihn vor drei Jahren zu stürzen versuchten, haben wir zu früh losgeschlagen. Es darf keinen zweiten Mißerfolg geben!«

Pete Connors war nicht so betrunken, wie er sein wollte. Er hatte gerade seinen fünften Scotch heruntergespült, als seine Freundin Nancy, die Sekretärin, mit der er zusammenlebte, ihm einen zögernden Blick zuwarf. »Findest du nicht, daß du allmählich genug hast?« fragte sie. Pete grinste und patschte ihr mit der flachen Hand auf den Hintern.

»Unser Präsident spricht«, sagte sie. »Benimm dich gefälligst.«

Connors drehte sich wieder zum Fernseher um. »Du verdammter kommunistischer Hurensohn!« grölte er. »Das ist mein Land hier, und die CIA wird nich' zulassen, daß du es verkaufst! Wir werden dich stoppen, du elender Kommie! Da kannst du deinen Arsch drauf verwetten!«

2

»Ich werde deine Hilfe brauchen, Stan«, sagte Paul Ellison. »Viel Hilfe!«

»Ich stehe hinter dir«, sagte Rogers.

Sie saßen im Oval Office. Der Präsident hatte seinen Platz am Schreibtisch eingenommen, hinter ihm hing eine große amerikanische Fahne. Es war ihr erstes Zusammentreffen in diesem historischen Raum, und Ellison war ziemlich befangen.

Wenn Stanton nicht diesen Fehler gemacht hätte, dachte er, *dann säße er jetzt hinter dem Schreibtisch des Präsidenten.*

Als ob er seine Gedanken erraten hätte, sagte Rogers jetzt: »Ich muß dir etwas gestehen, Paul. Als du nominiert worden bist, war ich unglaublich eifersüchtig und neidisch. Es war mein Traum gewesen, Präsident der Vereinigten Staaten zu werden, und dann hast du angefangen, diesen Traum in die Tat umzusetzen. Aber soll ich dir etwas sagen? Als ich schließlich begriff, daß ich keine Aussichten mehr hatte, ins Weiße Haus einzuziehen, war ich froh, daß du derjenige warst, der auf dem Präsidentenstuhl sitzen würde. Ich finde, du machst da eine sehr gute Figur, Paul.«

Ellison lächelte und nickte seinem Freund zu. »Ehrlich gesagt, finde ich dieses Büro ziemlich unheimlich. Ich habe ständig das Gefühl, der Geist von George Washington, Lincoln oder Jefferson schaut mir über die Schulter.«

»Es hat aber auch Präsidenten gegeben, die ...«

»Ich weiß, aber schließlich müssen wir den großen Vorbildern nacheifern.«

Er drückte auf einen Knopf auf dem Schreibtisch, und Sekunden später betrat der Butler den Raum.

»Ja, Mr. President?«

Paul Ellison wandte sich an Rogers. »Kaffee?«

»Klingt gut.«

»Gebäck oder Sandwiches?«

»Nein, danke. Barbara sagt, ich soll auf meine Linie achten.«

Der Präsident nickte dem Butler zu, und der Mann verließ lautlos den Raum.

Barbara. Sie hatte jedermann überrascht. Die Klatschbasen in Washington waren überzeugt gewesen, daß Rogers' zweite Ehe noch nicht einmal ein Jahr lang gutgehen würde. Aber jetzt waren schon fünfzehn Jahre vergangen, und die Ehe war immer noch ein Erfolg. Rogers hatte in Washington eine angesehene Anwaltskanzlei aufgebaut, und seine Frau hatte sich einen glänzenden Ruf als Gastgeberin erworben.

Präsident Ellison stand auf und ging unruhig auf und ab. »Meine Völkerverständigungs-Rede scheint einigen Wirbel gemacht zu haben«, sagte er. »Ich nehme an, du hast gelesen, was die Zeitungen schreiben?«

Rogers zuckte die Achseln. »Du weißt doch, wie die Journalisten sind. Sie bauen gern Helden auf, damit sie später etwas zum Abschießen haben.«

»Was die Journalisten sagen, interessiert mich eigentlich gar nicht so. Mich interessiert viel mehr: Was sagen die *Leute?*«

»Um ganz ehrlich zu sein: Du machst einigen Leuten ganz schön Angst, Paul. Das Militär ist entsetzt über dein Vorhaben, und einige Drahtzieher in der Stadt überlegen schon fieberhaft, wie sie deine Pläne zu Fall bringen können.«

»Meine Pläne werden nicht fehlschlagen.« Ellison lehnte

sich im Sessel zurück. »Weißt du, was das Schlimmste an der heutigen Welt ist?« fragte er. »Es gibt keine Staatsmänner mehr. Die meisten Staaten werden von mittelmäßigen Politikern regiert. Dabei wurde die Welt vor nicht allzulanger Zeit noch von wahren Giganten beherrscht. Manche von ihnen waren gut, andere dagegen sehr böse, aber sie waren Giganten. Roosevelt zum Beispiel und Churchill, Hitler und Mussolini, Charles de Gaulle und Stalin. Warum haben die eigentlich alle zur gleichen Zeit leben müssen? Warum gibt es solche Gestalten denn heute nicht mehr?«

»Es ist gar nicht so einfach, als Gigant in einer 54er Bildröhre leben zu müssen.«

Der Butler erschien wieder. Er trug ein silbernes Tablett mit einer Kaffeekanne und zwei Tassen, die alle mit dem Wappen des Präsidenten geschmückt waren. Mit geübten Bewegungen schenkte er den Kaffee aus. »Brauchen Sie sonst noch etwas, Mr. President?« fragte er.

»Nein. Das ist alles. Vielen Dank, Henry.«

Der Präsident wartete, bis der Butler den Raum verlassen hatte. »Ich wollte dich bitten, mir einen Botschafter für Rumänien vorzuschlagen«, sagte er.

»Ja.«

»Ich brauche dir nicht zu sagen, wie wichtig der Posten in Bukarest ist. Bitte mach mir bald einen Vorschlag.«

Rogers trank einen Schluck Kaffee, dann stand er auf. »Ich werde mich sofort im State Department erkundigen«, sagte er.

In Neuilly war es zwei Uhr morgens. Marin Grozas Villa lag in tiefer Dunkelheit, der Mond war hinter Sturmgewölk verborgen. In den stillen Straßen war nur gelegentlich und weit entfernt das Geräusch eines vorbeifahrenden Wagens zu hören. Lautlos bewegte sich eine schwarzgekleidete Gestalt auf die Ziegelmauer zu, die den Park der Villa umgab. Auf der einen Schulter trug der Mann eine Decke und ein Seil, über der anderen hingen eine Uzi mit Schalldämpfer und eine Betäubungswaffe. Als er die Mauer erreicht hatte, hielt der Mann inne und lauschte. Fünf Minuten lang blieb er bewegungslos stehen und wartete auf ein Geräusch. Alles blieb still. Zufrieden nahm er das Nylonseil von der Schulter und schleuderte den daran befestigten Haken über die Mauer, bis er sich auf der Mauerkrone verhakte. Geschmeidig begann er zu klettern. Ehe er sich auf die Mauer setzte, warf er die Decke darüber, um sich vor den vergifteten Eisendornen zu schützen, die oben eingelassen waren. Wieder verharrte er minutenlang reglos und lauschte. Dann löste er den Haken und drehte ihn um. Jetzt hing das Seil auf der Innenseite der Mauer herunter. Vorsichtig ließ er sich hinabgleiten. Er vergewisserte sich, daß er seinen Balisong, das tödliche philippinische Klappmesser, das sich mit einer Hand öffnen ließ, noch am Gürtel trug.

Als nächstes kamen die Wachhunde. Mit dem Rücken zur Mauer wartete der Einbrecher, daß sie seine Witterung aufnahmen. Es waren drei auf den Mann dressierte Dobermannrüden, die darauf abgerichtet waren zu töten. Aber die Hunde waren nur *ein* Hindernis. Der Park und die Villa waren vollgestopft mit elektronischen Sensoren und wurden ständig von Fernsehkameras überwacht. Die Post und vor allem etwaige Päckchen wurden im Wächterhaus am Tor entgegengenommen und vom Wachpersonal überprüft. Die Türen der Villa waren gegen Explosionen gesichert. Die Villa hatte eine eigene Wasserversorgung, und gegen Giftanschläge schützte sich Marin Groza durch einen Vorkoster. Die Villa war eine uneinnehmbare Festung. Oder doch nicht? Der schwarzgekleidete Mann war gekommen, um das Gegenteil zu beweisen.

Er hörte die Hunde auf sich zustürmen, ehe er sie sah. Mit gefletschten Zähnen flogen sie aus der Dunkelheit auf ihn zu, um ihm die Halsschlagader zu zerreißen. Er zielte mit der Betäubungswaffe zunächst auf den linken, der schon am nächsten heran war, und dann auf den rechten.

Die Schüsse trafen, genügten aber nicht, um den Schwung der angreifenden Hundekörper zu bremsen. Der Einbrecher mußte sich ducken, um nicht umgerissen zu werden. Als er sich umdrehte, sprang der dritte Hund auf ihn zu. Der Mann feuerte noch einmal, und dann herrschte Stille.

Er wußte, wo die akustischen Fallen im Boden versteckt waren, und machte einen großen Bogen darum. Leise schob er sich durch den Park und hielt sich dabei immer im toten Winkel der Fernsehkameras. Zwei Minuten, nachdem er über die Mauer gekommen war, stand er am Hintereingang der Villa.

Aber als er nach der Klinke faßte, wurde er plötzlich in Flutlicht getaucht, und eine Stimme rief: »Waffe weg! Hände hoch! Keine Bewegung!«

Der Mann ließ seine Uzi auf den Boden gleiten und sah nach oben. Auf dem Dach der Villa hockten drei oder vier Männer und hielten ihre Waffen auf ihn gerichtet. Hinter einer Hausecke standen weitere Wachen.

»Zum Teufel! Warum habt ihr so lange gebraucht?« knurrte der Einbrecher wütend. »Ich hätte nie so nahe herankommen dürfen!«

»Das sind Sie auch nicht«, sagte einer der Männer. »Wir hatten Sie schon unter Beobachtung, als Sie noch auf der anderen Seite der Mauer waren.«

Lev Pasternak war keineswegs besänftigt. »Dann hättet ihr mich auch früher aufhalten sollen. Ich hätte ja ein Selbstmordkommando durchführen können, mit einem Riesenpaket Dynamit oder einem Granatwerfer. Wir treffen uns zu einer Besprechung im kleinen Konferenzzimmer, pünktlich um acht. Sorgen Sie dafür, daß das gesamte Personal vollzählig anwesend ist. Die Hunde sind betäubt. Stellen Sie jemand zur Aufsicht ab, bis sie wieder aufwachen.«

Lev Pasternak war überzeugt, daß er der beste Leibwächter der Welt sei. Er hatte als Pilot am Sechstagekrieg teilgenommen und war anschließend Agent des Mossad geworden, des bekanntesten der fünf israelischen Geheimdienste.

Er erinnerte sich noch genau an den Tag vor zwei Jahren, als ihn sein Vorgesetzter, Oberst im Geheimdienst, zu sich ins Büro bestellt hatte.

»Lev, jemand möchte Sie für ein paar Wochen ausleihen.«

»Ich hoffe, es ist eine scharfe Blondine«, sagte Lev.

»Nein, es ist Marin Groza.«

Der Mossad hatte eine umfangreiche Akte über den rumänischen Exilpolitiker. Groza galt als Führer einer weitverzweigten Untergrundorganisation und hatte vor einigen Jahren einen Putsch gegen Präsident Ionescu geplant, der allerdings fehlschlug. Einer seiner eigenen Leute hatte Groza verraten. Zwei Dutzend seiner Helfershelfer waren hingerichtet worden, und Groza selbst hatte nur mit Mühe und Not seine Haut retten können, als er aus dem Land flüchtete. Frankreich hatte ihm schließlich Asyl gewährt. Die rumänische Regierung brandmarkte ihn als Verräter und setzte einen hohen Preis auf seinen Kopf aus. Seither hatte es ein halbes Dutzend fehlgeschlagene Attentate auf Groza gegeben. Beim letzten allerdings war er verletzt worden.

»Was will er denn von mir?« fragte Pasternak. »Er wird doch von der französischen Regierung beschützt.«

»Das genügt ihm offenbar nicht. Er möchte absolute Sicherheit haben. Deshalb hat er uns um Hilfe gebeten. Ich habe Sie als den besten Spezialisten empfohlen.«

»Heißt das, ich müßte nach Frankreich?«

»Nur für ein paar Wochen.«

»Ich mag aber nicht. Die –«

»Lev, hören Sie. Das ist ein wichtiger Mann. Soviel wir wissen, hat er in Rumänien genügend Anhänger, um Ionescu zu stürzen. Wenn seine Zeit gekommen ist, wird er zuschlagen. Bis dahin müssen wir ihn auf jeden Fall am Leben erhalten.«

Lev Pasternak überlegte. »Ein paar Wochen, haben Sie gesagt?«

»Ja. Länger nicht.«

In diesem Punkt hatte sich der Oberst getäuscht, aber Groza hatte Pasternak gefallen. Der Oppositionspolitiker war ein zierlicher, zerbrechlich aussehender Mann mit asketischen, sorgenvollen Gesichtszügen. Er hatte eine Adlernase und ein festes, energisches Kinn. Seine breite Stirn wurde von einem weißen Haarkranz gesäumt. Er hatte tiefschwarze Augen, die fanatisch leuchteten, wenn er sprach.

»Es ist mir egal, ob ich sterbe«, sagte er Lev gleich bei ihrer ersten Begegnung. »Sterben müssen wir alle. Aber ich will nicht zu früh sterben. Ich muß noch ein oder zwei Jahre leben. Länger brauche ich nicht mehr, um Ionescu aus meinem Vaterland zu vertreiben.« Seine Hand streichelte gedankenlos über eine blutrote Narbe auf seiner Schläfe. »Niemand hat das Recht, den Tyrannen zu spielen. Wir müssen Rumänien befreien und das Volk selbst entscheiden lassen, welche Regierung es will.«

Lev Pasternak hatte das Sicherheitssystem der Villa in Neuilly von Grund auf reformiert. Er holte ein paar seiner eigenen Leute aus Israel, und die Leute, die er neu einstellte, wurden genau überprüft. Jedes einzelne Ausrüstungsstück entsprach dem neuesten Stand der Sicherheitstechnik.

Pasternak sprach praktisch jeden Tag mit Groza, und je mehr Zeit er mit ihm verbrachte, um so mehr bewunderte er ihn. Als Groza ihn bat, auf Dauer bei ihm zu bleiben, zögerte Pasternak nicht.

»Ich werde bei Ihnen bleiben«, sagte er, »bis Sie in Rumänien die Macht übernehmen. Dann werde ich nach Israel zurückkehren.«

Groza schlug ein.

In unregelmäßigen Abständen ließ Pasternak Scheinangriffe auf die Villa durchführen, um die Sicherheitsvorkehrungen zu überprüfen. Mit dem Verlauf der heutigen

Übung war er gar nicht zufrieden. *Einige der Leute sind nachlässig geworden,* dachte er. *Ich muß sie ersetzen.*

Er ging ins Haus und überprüfte die Infrarot-Detektoren, die elektronischen Alarmsysteme und die Bewegungs-Sensoren in den Türstöcken und Wänden. Als er an Grozas Schlafzimmer vorbeikam, hörte er einen heftigen Schlag, und unmittelbar darauf begann Groza vor Schmerzen zu schreien.

Pasternak ging weiter, ohne sich darum zu kümmern.

3

Das Hauptquartier der CIA liegt in Langley, Virginia, sieben Meilen nordwestlich von Washington, auf der anderen Seite des Potomac. Die Zufahrt ist mehrfach gesichert, unter anderem mit einem Schlagbaum, auf dem eine rote Warnlampe leuchtet. Das Pförtnerhaus ist rund um die Uhr mit bewaffneten Posten besetzt, und alle Besucher erhalten farbige Plaketten, die ihnen allerdings nur zu derjenigen Abteilung Zutritt gewähren, in der sie tatsächlich zu tun haben. Vor dem grauen, siebenstöckigen Hauptgebäude, das gelegentlich im Scherz »Die Spielzeugfabrik« genannt wird, steht ein Standbild von Nathan Hale, der 1776 im amerikanischen Unabhängigkeitskrieg von den Engländern hingerichtet wurde, weil er ihre Stellungen in Manhattan auszuspionieren versucht hatte. Gegenüber den Glastüren des Eingangs befindet sich ein Innenhof mit zahlreichen Magnolienenbäumen. Über dem Empfangstisch prangt eine Marmortafel mit der Inschrift:

> Und ihr werdet die Wahrheit erkennen,
> Und die Wahrheit wird euch frei machen.

Der Öffentlichkeit ist der Zutritt zu dem Gebäude verwehrt. Wer das Haus ungesehen betreten will, kann einen unterirdischen Zugang benutzen, der vor einer Mahagonitür endet, hinter der sich ein Aufzug befindet. Dieser Eingang wird ebenfalls Tag und Nacht von Sicherheitsbeamten in grauen Flanellanzügen bewacht.

Im Konferenzzimmer im siebenten Stock, das von Beamten mit kurzläufigen 38ern im Schulterhalfter bewacht wurde, fand gerade wie üblich die Montagskonferenz statt. Rund um den großen Eichentisch saßen Ned Tillingast, der Direktor der CIA, General Oliver Brooks, Stabschef der US-Army, Außenminister Floyd Baker, Pete Connors, der Leiter der Spionageabwehr und Stanton Rogers, der außenpolitische Berater des Präsidenten.

Ned Tillingast, der Direktor, war Anfang sechzig, ein kühler, schweigsamer Mann, auf dem böse Geheimnisse lasteten. Es gibt eine helle und eine dunkle Seite der CIA. Auf der dunklen Seite finden die geheimen Operationen statt, und Tillingast hatte sieben Jahre lang die viertausendfünfhundert CIA-Leute geführt, die in diesem Bereich tätig waren.

General Oliver Brooks war Absolvent der Militärakademie West Point und hatte sich sein Leben lang privat und beruflich streng an die Dienstordnung gehalten. Er gehörte mit Leib und Seele der Firma, und seine Firma war die US-Army.

Außenminister Floyd Baker war ein Anachronismus, ein Rückfall in frühere Zeiten. Er stammte aus den Südstaaten und war ein hochgewachsener, silberhaariger und aristokratisch aussehender Gentleman der alten Schule. Ein Mann, der Gamaschen zu tragen schien, wo immer er sich auch aufhielt. Er besaß im ganzen Land Zeitungen und galt als sehr reich. Es gab in ganz Washington niemand mit einem schärferen politischen Instinkt, und Bakers Antennen fingen jede kleinste Richtungsänderung in Kongreß und Senat auf.

Pete Connors war Ire, hartnäckig und stur, trinkfest und furchtlos. Er hatte nur noch wenige Monate bei der CIA, im Juni würde er zwangspensioniert werden. Connors war der Chef der Spionageabwehr, der geheimsten, am besten abgeschotteten Abteilung der CIA. Er hatte in den verschiedensten Abteilungen Dienst getan und erinnerte sich noch gut an die Zeiten, als die CIA-Leute noch als die Goldjungen Amerikas galten. Pete Connors war selbst einer der Goldjungen gewesen. Er hatte zum Sturz der Regierung Mossadegh beigetragen und dafür gesorgt, daß der Schah den Pfauenthron wieder einnehmen konnte. Auch an der »Operation Mungo« im Jahre 1961, die Fidel Castro beseitigen sollte, war er beteiligt gewesen.

»Nach der Schweinebucht war es nicht mehr dasselbe«, klagte er häufig, und wie lang seine Litanei dann wurde, hing lediglich davon ab, wie betrunken er war. »Danach haben die verdammten Weltverbesserer uns auf der ganzen Welt madig gemacht. In allen Zeitungen stand, wir wären eine Bande verlogener Trottel, die über die eigenen Füße stolpern. Ein paar von diesen Saukerlen veröffentlichten sogar die Namen unserer Agenten, und Dick Welch, unser Chef in Griechenland, wurde ermordet.«

Pete Connors hatte drei miserable Ehen hinter sich gebracht, die alle an den Belastungen durch seine Arbeit gescheitert waren. Aber seiner Ansicht nach war für Amerika kein Opfer zu groß.

Auch heute schäumte er wieder einmal vor Wut. »Wenn wir dem Präsidenten diese beschissene Völkerverständigungspolitik durchgehen lassen, dann geht Amerika in kürzester Zeit völlig den Bach runter. Wir müssen ihn stoppen. Wir dürfen nicht zulassen –«

An dieser Stelle unterbrach ihn Floyd Baker. »Mr. Connors, ich muß doch sehr bitten. Der Präsident ist erst seit einer Woche im Amt. Wir sind dazu da, seine Politik in die Tat umzusetzen und nicht, um –«

»Ich bin aber nicht dazu da, mein Land an die Kommunisten zu verkaufen, *Mister* Baker. Von dieser neuen diplomatischen Offensive hat der Präsident vor seiner großen Rede nie ein Sterbenswörtchen verlauten lassen. Er hat uns alle damit überrumpelt. Wir hatten gar keine Gelegenheit, Widerspruch einzulegen.«

»Vielleicht war genau das seine Absicht«, sagte Baker.

Connors starrte ihn ungläubig an. »Mein Gott, Sie scheinen ja sogar seiner Meinung zu sein!«

»Er ist mein Präsident«, erklärte Baker bestimmt. »Und Ihrer übrigens auch!«

Ned Tillingast versuchte, die Situation zu entschärfen. »Connors hat nicht ganz unrecht«, sagte er zu Stanton Rogers. »Der Präsident begibt sich auf einen gefährlichen Weg. Die Wiederaufnahme diplomatischer Beziehungen bedeutet doch letztlich nichts anderes, als daß der Präsident Rumänien, Albanien, Bulgarien und die ganzen übrigen Ostblockstaaten geradezu einlädt, ihre Spione in die Vereinigten Staaten zu schicken, getarnt als Kulturattachés, Chauffeure, Sekretärinnen, Dienstmädchen usw. Wir geben Milliarden Dollar aus, um die Hintertür zu bewachen, und der Präsident will ihnen den Vordereingang aufmachen.«

General Brooks nickte zustimmend. »Ich bin auch nicht gefragt worden. Meiner Ansicht nach könnte der Plan des Präsidenten geradewegs zum Untergang Amerikas führen.«

»Gentlemen«, sagte Rogers. »Der eine oder andere von uns ist vielleicht anderer Meinung als Präsident Ellison, aber wir wollen doch nicht außer acht lassen, daß ihn die Amerikaner gewählt haben, damit er dieses Land regiert.« Seine Augen glitten über die Gesichter der Männer hin, die vor ihm am Tisch saßen. »Wir alle gehören zur Mannschaft des Präsidenten, und es ist unsere Aufgabe, den Richtlinien zu folgen, die er bestimmt. Wir sind verpflichtet, ihn nach Kräften zu unterstützen.« Widerwilliges Schweigen antwortete ihm. »Der Präsident wünscht einen aktuellen Bericht über die Situation in Rumänien. Bitte, stellen Sie alles zusammen.«

»Auch die geheimen Informationen?« fragte Connors.

»Alles. Seien Sie ganz ehrlich. Wie sieht es aus in Rumänien?«

»Präsident Ionescu sitzt fest im Sattel«, sagte Ned Tillingast. »Er hat die Familie Ceauşescu vollkommen ausgeschaltet. Alle Anhänger Ceauşescus sind entweder tot, im Gefängnis oder im Ausland. Seit Ionescus Machtübernahme ist es wirtschaftlich rapide bergab gegangen. Die Leute hassen ihn geradezu.«

»Könnte es denn einen Aufstand gegen ihn geben?«

»Das ist eine interessante Frage«, sagte Tillingast. »Erinnern Sie sich noch an den Putsch vor drei Jahren? Damals hätte Marin Groza Ionescus Regierung beinahe gestürzt.«

»Ja. Aber mußte Groza nicht fliehen? Er konnte doch nur mit knapper Not seine Haut retten.«

»Das ist richtig. Wir mußten ihm helfen. Aber die Stimmung in der Bevölkerung für ihn soll positiv sein. Aus unserer Sicht wäre es gut, wenn Groza nach Rumänien zurückkehren könnte. Und wenn er an die Macht käme, wäre das sogar ausgezeichnet. Wir beobachten die Dinge deshalb sehr genau.«

Rogers wandte sich an den Außenminister. »Haben Sie eine Liste mit Vorschlägen für den Botschafterposten in Bukarest?«

Floyd Baker klappte seinen Aktenkoffer auf, nahm einige Papiere heraus und gab Rogers das oberste Blatt. »Das sind die aussichtsreichsten Namen. Alles hochqualifizierte Karrierediplomaten. Jeder einzelne ist sicherheitsüberprüft. Keine finanziellen Probleme, keine dunklen Punkte in der Vergangenheit, nichts Belastendes.«

Als Rogers nach der Liste griff, fügte der Außenminister hinzu: »Das State Department würde natürlich einen Karrierediplomaten bevorzugen, der die entsprechende Ausbildung hat. Eine rein politische Ernennung könnte in der jetzigen, delikaten Situation Probleme schaffen. Bukarest ist ein sehr heikler Posten. Die Rumänen muß man mit Samthandschuhen anfassen.«

»Ich bin ganz Ihrer Auffassung.« Rogers erhob sich. »Ich werde die Liste mit dem Präsidenten erörtern und melde mich dann wieder bei Ihnen. Der Präsident möchte den Posten so schnell wie möglich besetzen.«

Auch die anderen Sitzungsteilnehmer standen auf. »Bleib doch bitte noch einen Augenblick, Pete«, sagte Ned Tillingast. »Ich möchte etwas mit dir besprechen.«

Als die beiden CIA-Leute allein waren, sagte Tillingast: »Du hast ja ziemlich heftig losgelegt, Pete.«

»Aber ich habe doch recht«, sagte Connors. »Der Präsident will uns an die Kommunisten verkaufen. Was sollen wir denn tun?«

»Den Mund halten.«

»Ned, wir sind dazu da, den Feind zu finden und zu bekämpfen. Notfalls müssen wir ihn auch umbringen. Aber was ist, wenn der Feind sich hinter unseren Linien befindet? Wenn er im Weißen Haus sitzt?«

»Vorsichtig, Pete! Ganz vorsichtig!«

Tillingast war schon länger im Dienst als Pete Connors. Er hatte schon bei »Wild« Bill Donovans OSS mitgemacht, lange vor der Gründung der CIA. Auch er war wütend darüber, daß die Moralisten im Kongreß der Organisation, die er liebte, jetzt Daumenschrauben anlegen wollten. Allerdings gab es auch im CIA selbst lebhafte Meinungsverschiedenheiten. Während die einen fest überzeugt waren, man müsse den Sowjets grundsätzlich mit Härte begegnen, gab es auch Leute, die hofften, den russischen Bären soweit zähmen zu können, daß er ein harmloses Schmusetier würde. *Wir müssen um jeden Cent kämpfen*, dachte Tillingast bitter, *und in Moskau kann der KGB jedes Jahr tausend neue Agenten ausbilden.*

Tillingast hatte sich Pete Connors gleich vom College geholt, und Connors war einer der besten geworden. Aber in den letzten Jahren hatte er sich zu einem allzu unberechenbaren, allzu schießfreudigen Cowboy entwickelt.

»Pete – hast du zufällig schon einmal etwas von einer Untergrundorganisation namens *Patriots for Freedom* gehört?« fragte Tillingast.

Connors runzelte die Stirn. »Nein, da müßte ich lügen. Was sind das für Leute?«

»Vorläufig sind sie nicht mehr als ein Gerücht. Viel Rauch, wenig Feuer. Sieh doch mal zu, ob du etwas mehr herausfinden kannst.«

»Wird gemacht.«

Eine Stunde später stand Pete Connors in einer öffentlichen Telefonzelle in Hains Point und wählte eine vielstellige Nummer.

»Ich habe eine Botschaft für Odin«, sagte er leise.

»Hier spricht Odin«, sagte General Oliver Brooks.

Auf dem Rückweg zu seinem Büro las Stanton Rogers in seinem Wagen die Liste der möglichen Kandidaten für den Botschafterposten in der rumänischen Hauptstadt. Die Liste war erstklassig. Der Außenminister hatte gute Arbeit geleistet. Sämtliche Kandidaten hatten sowohl in westlichen Staaten als auch im Ostblock schon wichtige Posten bekleidet, und manche waren obendrein noch in Afrika oder im Fernen Osten gewesen. *Der Präsident wird zufrieden sein,* dachte Rogers.

»Das sind doch alles Mumien«, fauchte Präsident Ellison wütend. Er warf die Liste auf den Tisch. »Alles Mumien.«

»Aber Paul«, protestierte Rogers. »Das sind erfahrene Diplomaten.«

»Genau«, sagte der Präsident. »Lauter bornierte Beamtenseelen. Nichts als die Kleiderordnung des State Department im Kopf. Erinnerst du dich noch daran, wie wir Rumänien vor drei Jahren verloren haben? Unser ›erfahrener Karrierediplomat‹ in Bukarest machte Mist, und wir saßen draußen. Die Jungs im Nadelstreifenanzug machen mir Sorgen. Die wollen doch nie was riskieren. Als ich von einem Programm zur Völkerverständigung geredet habe, hab' ich das wörtlich gemeint, Stan. Wir müssen in diesem Land, das uns gegenwärtig ziemlich mißtrauisch gegenübersteht, einen verdammt guten Eindruck machen.«

»Aber wenn du da einen Amateur hinschickst, der keine Erfahrungen hat, riskierst du viel zuviel, Paul.«

»Vielleicht brauchen wir jemanden, der andere Erfahrungen mitbringt. Rumänien ist eine Art Testfall, Stan. Eine Pilotstudie für mein ganzes Programm, wenn du willst.« Der Präsident zögerte. »Ich bin mir durchaus darüber im klaren, was ich riskiere. Meine ganze Glaubwürdigkeit steht auf dem Spiel. Ich weiß, daß es eine Menge mächtiger Leute gibt, die es nur zu gern sähen, wenn das Ganze ein Mißerfolg würde. Wenn es in Rumänien schiefgeht, dann ist die Sache gestorben. Dann kann ich Bulgarien, Albanien, die ČSSR und die übrigen Ostblockstaaten vergessen. Das werde ich nicht zulassen.«

»Ich kann ja noch einmal überprüfen, ob einer unserer politischen Kandidaten –«

Präsident Ellison schüttelte den Kopf. »Die sind inzwischen auch schon verdorben. Ich möchte jemand ganz Neues. Jemanden mit unkonventionellen Ansichten. Jemanden, der in der Lage ist, das Eis zu schmelzen. Das Gegenteil des häßlichen Amerikaners.«

Rogers warf dem Präsidenten einen erstaunten Blick zu. »Ich habe das Gefühl, du weißt schon längst, wen du willst, Paul? Hab' ich recht?«

Der Präsident nahm sich eine Zigarre aus dem silbernen Kästchen auf seinem Tisch. »Um ganz ehrlich zu sein«, sagte er langsam, während er mit dem Streichholz hantierte, »ich habe tatsächlich eine Idee.«

»Wer ist es?«

»Eine Frau. Erinnerst du dich zufällig an einen Aufsatz in der neuesten Ausgabe von *Foreign Affairs* mit der Überschrift: ›Entspannung ist möglich‹?«

»Ja.«

»Wie findest du ihn?«

»Sehr interessant. Die Verfasserin vertrat die Ansicht, wir könnten die kommunistischen Staaten auf unsere Seite ziehen, indem wir ihnen wirtschaftliche Unterstützung anbieten und–« Rogers unterbrach sich. »Es war eigentlich fast dasselbe wie das, was du bei der Amtseinführung gesagt hast.«

»Nur daß es ein halbes Jahr früher geschrieben worden ist als meine Rede. Diese Frau hat auch in *Commentary* und *Public Affairs* ausgezeichnete Artikel geschrieben. Letztes Jahr hat sie ein Buch über Osteuropa veröffentlicht, und ich muß zugeben, ich habe eine Menge daraus gelernt.«

»Na schön. Sie teilt also deine Ansichten über den Ostblock. Aber das qualifiziert sie doch nicht unbedingt für einen so wichtigen Posten wie–«

»Stan – ihre Ausführungen gingen weit über meine Ideen hinaus. Sie hat einen detaillierten Plan ausgearbeitet, der einfach großartig ist. Sie schlägt vor, die vier größten Wirtschaftsblöcke auf ganz neuer Basis zusammenarbeiten zu lassen.«

»Und wie? Das ist doch–«

»Von heute auf morgen geht das natürlich nicht, aber langfristig ... 1949 haben die Ostblockstaaten den Rat für gegenseitige Wirtschaftshilfe gebildet, COMECON oder RGW. Und 1958 haben sich die Westeuropäer zur Europäischen Wirtschaftsgemeinschaft zusammengeschlossen, zur EWG.«

»Ja, und?«

»Außerdem gibt es noch die OECD, zu der die Vereinigten Staaten, einige andere westliche Staaten und Jugoslawien gehören. Und man darf auch nicht vergessen, daß die Länder der Dritten Welt in der Bewegung der Blockfreien und in der OPEC inzwischen ebenfalls ökonomische und politische Organisationen haben, denen wir nicht angehören.« Die Stimme des Präsidenten spiegelte seine innere Erregung. »Überleg dir doch mal, was für Möglichkeiten sich böten, wenn es uns gelänge, all diese Organisationen zusammenzuschließen und einen einzigen großen Weltmarkt zu schaffen. Das wäre doch phantastisch, nicht wahr? Ein solcher echter Weltmarkt würde den Weltfrieden dauerhaft sichern!«

»Das ist eine interessante Idee«, sagte Rogers vorsichtig, »aber doch nur eine sehr langfristige Zielsetzung.«

»Ach, du kennst doch das alte chinesische Sprichwort: ›Auch die längste Reise beginnt mit dem ersten Schritt‹.«

»Und deshalb willst du diese Frau zur Botschafterin in Bukarest machen, Paul? Sie ist eine Amateurin, eine Anfängerin!«

»Einige unserer besten Botschafter sind Amateure gewesen. Anne Armstrong zum Beispiel, unsere frühere Botschafterin in Großbritannien, war Lehrerin und hatte keinerlei politische Erfahrung. Perle Mesta haben wir nach Luxemburg geschickt. Clare Boothe Luce war Botschafterin in Italien, der Schauspieler John Gavin war unser Vertreter in Mexiko und so weiter. Ein Drittel unserer heutigen Botschafter sind sogenannte Amateure.«

»Aber du weißt doch gar nichts über diese Frau, Paul.«

»Ich weiß, daß sie verdammt intelligent ist und daß wir auf derselben Wellenlänge liegen. Ich möchte, daß du soviel wie möglich herausfindest über sie.« Er tippte mit dem Finger auf eine Ausgabe von *Foreign Affairs*. »Sie heißt Mary Ashley.«

Zwei Tage später frühstückte Präsident Ellison mit seinem außenpolitischen Berater.

»Ich habe jetzt ein paar Informationen über deine Kandidatin«, sagte Rogers. Er zog ein engbeschriebenes Papier aus der Tasche. »Mary Elizabeth Ashley, wohnhaft in der Milford Road 27 in Junction City im Bundesstaat Kansas. Alter: fünfunddreißig Jahre, verheiratet mit Dr. Edward Ashley, zwei Kinder. Eine zwölfjährige Tochter namens Beth und ein zehnjähriger Sohn namens Tim. Vorsitzende des Ortsvereins Junction City der politischen Frauenliga. Assistenzprofessorin an der Kansas State University. Spezialistin für osteuropäische Geschichte und Politik. Ihr Großvater stammt aus Rumänien.« Rogers nickte bedächtig. »Vielleicht hast du recht, Paul. Vielleicht ist sie wirklich eine gute Botschafterin für Rumänien.«

»Was du herausgefunden hast, klingt jedenfalls gut«, sagte der Präsident nachdenklich. »Ich finde, wir sollten eine komplette Sicherheitsüberprüfung durchführen lassen.«

»Ich sorge dafür, Paul.«

4

»Ich bin anderer Ansicht, Frau Professor.« Barry Dylan, der jüngste und zugleich intelligenteste der Studenten in Mary Ashleys politikwissenschaftlichem Seminar sah sich unsicher um. »Alexander Ionescu ist viel schlimmer, als es Ceauşescu je war.«

»Können Sie diese Behauptung mit ein paar Details untermauern?« fragte Mary.

Die zwölf Doktoranden saßen im Halbkreis um Mary herum. Die Wartelisten für ihr Seminar waren länger als die jedes anderen Professors an der Kansas State University. Sie war eine fabelhafte Lehrerin und strahlte soviel Freundlichkeit, Humor und Wärme aus, daß alle ihre Nähe suchten. Je nachdem, welcher Stimmung sie war, wirkte ihr Gesicht interessant oder ganz einfach schön. Sie hatte die hohen Backenknochen eines Fotomodells und mandelförmige braune Augen. Ihr Haar war kräftig und dunkel. Ihre fabelhafte Figur erregte den Neid der Studentinnen und ließ die Studenten tagträumen, dabei war sie sich ihrer Schönheit überhaupt nicht bewußt.

Barry hatte sich schon häufig gefragt, ob seine Professorin wohl glücklich mit ihrem Mann war. Auch jetzt konnte er sich nur mit Mühe auf ihre Frage konzentrieren.

»Nun ja, als Ionescu die Macht übernahm, gab er zum Beispiel die eigenständige Position, die Rumänien gegenüber der Sowjetunion errungen hatte, sofort wieder auf. Alle Anhänger Ceauşescus wurden eingesperrt oder außer Landes getrieben.«

Jetzt meldete sich ein anderer Student. »Warum ist dann eigentlich Präsident Ellison so scharf darauf, diplomatische Beziehungen zu Bukarest aufzunehmen?«

»Ich glaube, er will Ionescu näher an den Westen heranziehen«, sagte Barry.

»Richtig«, sagte Mary. »Wir dürfen nicht vergessen, daß ja schon Ceaușescu gute Kontakte zu beiden Lagern gehabt hat. Können Sie dazu etwas sagen?«

Wieder meldete sich Barry. »Im Jahr 1963 hat sich Rumänien in der Auseinandersetzung zwischen der Sowjetunion und China neutral verhalten und damit seine Unabhängigkeit demonstriert.«

»Und wie steht es heute mit Rumäniens Beziehungen zu den Warschauer-Pakt-Staaten und der Sowjetunion im besonderen?« fragte Mary.

»Ich würde sagen, die Bindungen sind wieder stärker geworden.«

Eine andere Stimme meldete sich. »Da bin ich anderer Meinung. Die Rumänen haben die sowjetische Intervention in Afghanistan kritisiert, und mit dem Arrangement der Sowjetunion mit der Europäischen Gemeinschaft waren sie ebenfalls nicht einverstanden. Professor Ashley hat –«

Es klingelte. Die Stunde war um.

»Am Montag werden wir über die grundlegenden Faktoren sprechen, die das Verhältnis der Sowjetunion zu den übrigen Ostblockstaaten bestimmen«, sagte Mary. »Außerdem können wir versuchen, die Erfolgsaussichten von Präsident Ellisons Völkerverständigungspolitik abzuschätzen. Schönes Wochenende wünsche ich Ihnen.«

Mary blieb stehen und sah zu, wie die Studenten hinausgingen.

»Danke gleichfalls, Frau Professor.«

Mary Ashley liebte den offenen Gedankenaustausch im Seminar. Sowohl die Geschichte als auch die Geographie der osteuropäischen Staaten wurden dabei lebendig. Sie war jetzt seit fünf Jahren an der Kansas State University, und es machte ihr immer noch großen Spaß, zu unterrichten.

Außer den Doktorandenseminaren mußte sie noch fünf politikwissenschaftliche Vorlesungen halten, die alle den Ostblock zum Gegenstand hatten. Manchmal kam sich Mary wie eine Hochstaplerin vor. *Ich bin ja noch nie in Osteuropa gewesen*, dachte sie. *Ich war überhaupt noch nie außerhalb der Vereinigten Staaten.*

Mary Ashley war, wie schon ihre Eltern, in Junction City geboren. Das einzige Mitglied ihrer Familie, das Europa aus eigener Anschauung kannte, war ihr Großvater gewesen, der aus dem rumänischen Dorf Voronet stammte.

Eigentlich hatte Mary eine größere Auslandsreise machen wollen, als sie ihr Magisterexamen abgelegt hatte, aber dann hatte sie Edward Ashley kennengelernt und aus der Europareise waren dreitägige Flitterwochen geworden, die sie in Waterville, achtzig Kilometer entfernt von Junction City verbrachten, wo Edward einen Herzpatienten in kritischem Zustand betreute.

»Aber nächstes Jahr machen wir einen richtigen Urlaub«, sagte Mary kurz nach der Hochzeit zu Edward. »Ich möchte unbedingt Rom, London, Paris und Rumänien sehen.«

»Abgemacht, Liebling. Im Juni oder Juli fliegen wir ganz bestimmt.«

Aber im Juni des folgenden Jahres wurde ihre Tochter geboren, und Edward konnte sich auch nicht von seiner Arbeit im Krankenhaus losreißen. Zwei Jahre später kam Tim auf die Welt. Mary hatte promoviert und erhielt einen Lehrauftrag an der Universität. Irgendwie waren ihr die Jahre unter den Fingern zerronnen. Abgesehen von kurzen Abstechern nach Chikago, Atlanta und Denver war Mary nie aus Kansas herausgekommen.

»Eines Tages«, hatte sie sich immer wieder gesagt. »Eines Tages ...«

Mary packte ihre Papiere zusammen und warf einen Blick aus dem Fenster. Es war ein trüber Wintertag, und es hatte auch wieder zu schneien begonnen. Sie streifte ihren gefütterten Mantel über und machte sich auf den Weg zur Vattier Street, wo sie ihren Wagen geparkt hatte.

Das Campus-Gelände war riesig. Nicht weniger als achtzig Gebäude standen auf den 130 Hektar Grund. Dazu gehörten Laboratorien, Theater und Kirchen. Aus einiger Entfernung sahen die braunen Kalksteingebäude mit ihren Türmen wie eine mittelalterliche Festung aus, die feindliche Barbarenhorden abwehren sollte. Der Anblick wurde freilich durch ausgedehnte Rasenflächen und Parkanlagen gemildert. Als Mary an der Denison Hall vorbeikam, kreuzte sie den Weg eines Fremden, der seine Kamera auf die Fassade des Gebäudes gerichtet hatte. Er drückte genau in dem Augenblick auf den Auslöser, als sie ihn ansah. *Zu dumm,* dachte sie, *ich hätte hinter ihm vorbeigehen sollen. Jetzt habe ich sein Foto verdorben.*

Eine Stunde später war das Bild auf dem Weg nach Washington, D. C.

Mary Ashley kaufte bei Dillon's Supermarkt fürs Abendessen ein und fuhr dann nach Hause. Die Ashleys wohnten in einem schönen, zweistöckigen Haus in einer der besten Wohngegenden zwischen Eichen und Ulmen und großen Grasflächen. Dr. Edward Ashley und seine Braut hatten das Haus vor dreizehn Jahren gekauft. Als sie das große Wohnzimmer, das sonnige Eßzimmer, die Bibliothek, das Frühstückszimmer, die geräumige Küche, die drei Schlafzimmer und die beiden Bäder das erste Mal gesehen hatte, war Mary ungeheuer beeindruckt gewesen. »Ist das nicht viel zu groß für zwei Leute?« hatte sie schüchtern gefragt.

Edward hatte sie in die Arme geschlossen und lächelnd gesagt: »Wer hat denn behauptet, daß unser Haus bloß für zwei ist?«

Als Mary die Tür aufmachte, standen ihre beiden Kinder schon im Flur, um sie zu begrüßen.

»Soll ich dir was erzählen?« fragte Tim mit leuchtenden Augen. »Die Zeitung will ein Bild von uns drucken?«

»Bitte hilf mir erst einmal, die Sachen hier in den Kühlschrank zu tun«, sagte Mary. »Was für eine Zeitung?«

»Das wollte der Mann nicht verraten. Aber er hat uns fotografiert und gesagt, wir würden noch von ihm hören.«

Mary blieb abrupt stehen und sah ihren Sohn mißtrauisch an. »Hat der Mann erklärt, warum er euch fotografiert?«

»Nein«, sagte Tim. »Aber eine tolle Nikon hat er gehabt.«

Am Sonntag feierte Mary ihren fünfunddreißigsten Geburtstag – »feiern« hätte sie selbst allerdings bestimmt nicht gesagt. Edward hatte im Country Club eine Überraschungsparty für sie arrangiert. Ihre Nachbarn, Florence und Douglas Schiffer, und weitere vier Ehepaare warteten schon, als die Ashleys hereinkamen. Edward freute sich wie ein Kind, als er Marys verblüfftes Gesicht sah. Die festliche Tafel und das große Transparent mit der Aufschrift: »Happy Birthday, Mary!« waren auch wirlich gelungen. Deshalb mochte sie ihm auch nicht sagen, daß sie schon seit vierzehn Tagen von der Party gewußt hatte. Sie liebte ihren Mann sehr. Und warum auch nicht? Wer hätte ihn nicht gemocht? Er war attraktiv, liebevoll und intelligent. Schon sein Vater und sein Großvater waren Mediziner gewesen, und es wäre Edward nie eingefallen, etwas anderes werden zu wollen. Er war der beste Chirurg im ganzen Bezirk, ein guter Vater und ein wunderbarer Ehemann.

Als Mary die Kerzen auf ihrem Geburtstagskuchen auspustete, warf sie ihrem Mann einen strahlenden Blick zu und dachte: *Ich muß die glücklichste Frau der Welt sein!*

Am Montagmorgen erwachte Mary mit Kopfschmerzen. Sie hatte immer wieder mit Champagner auf ihren Geburtstag anstoßen müssen, und sie war Alkohol nicht gewöhnt. Aufzustehen war eine Anstrengung. *Dieser Champagner hat mich geschafft,* dachte sie. *Sowas trink' ich nie wieder.*

Sie tastete sich behutsam die Treppe hinunter und machte sich seufzend daran, den Kindern das Frühstück zu machen. Sie hatte Mühe, das Pochen in ihren Schläfen zu ignorieren.

»Champagner«, stöhnte sie, »ist die Rache Frankreichs an der Menschheit.«

Mit einem Arm voller Schulbücher kam Beth in die Küche. »Mit wem hast du geredet, Mutter?«

»Mit mir selbst, glaube ich.«

»Das ist aber komisch.«

»Da könntest du recht haben.« Mary stellte eine Packung Cornflakes auf den Tisch. »Ich hab' dir die neuen Frotzels gekauft. Die sollen sehr gut sein.«

Beth setzte sich an den Frühstückstisch und studierte die Packung. »Solches Zeug kann ich nicht fressen. Willst du mich umbringen?«

»Bring mich nicht auf dumme Gedanken«, erwiderte Mary. »Iß lieber was!«

Der zehnjährige Tim kam in die Küche gerannt. Er setzte sich an den Tisch und sagte: »Ich will Rühreier mit Schinken.«

»Kannst du nicht guten Morgen sagen?« fragte Mary.

»Doch. Guten Morgen. Ich will Rühreier mit Schinken.«

»Bitte.«

»Ach, hör schon auf, Mutter. Ich komm' noch zu spät in die Schule.«

»Richtig, mein Sohn. Die Schule. Mrs. Reynolds hat mich angerufen. Weißt du, was sie gesagt hat? Du fällst in Mathematik durch. Kannst du mir das bitte erklären?«

»Ja, ich hab' schlechte Noten.«

»Soll das ein Witz sein?«

Beth mischte sich ein: »Ich finde es gar nicht komisch.«

Tim streckte seiner Schwester die Zunge heraus. »Wenn du was Komisches sehen willst, dann guck in den Spiegel!«

»Jetzt reicht's aber!« sagte Mary. »Benehmt euch gefälligst!«

Ihre Kopfschmerzen waren noch schlimmer geworden.

»Darf ich nach der Schule Eislaufen gehen?« fragte Tim.

»Du stehst schon auf ganz dünnem Eis, lieber Sohn. Du kommst nach der Schule sofort nach Hause und lernst, ist das klar? Wie sieht das denn aus, wenn ausgerechnet der Sohn einer Universitätsprofessorin in Mathematik durchrasselt?«

»Du machst doch Politik und nicht Mathe!«

Da reden die Leute immer über die schrecklichen Zweijährigen, dachte Mary, *dabei wird es später viel schlimmer.*

»Hat dir Tim eigentlich schon erzählt, daß er neulich eine Fünf im Diktat gekriegt hat?« fragte Beth unschuldig.

Tim warf seiner Schwester einen Mörderblick zu. »Hast du schon mal gehört, was Mark Twain gesagt hat?«

»Was hat Mark Twain denn gesagt?« fragte Mary neugierig.

»Er könne keinen Respekt vor einem Mann haben, der ein Wort jedesmal gleich buchstabiert.«

Oh, Gott, dachte Mary. *Diese Kinder schwatzen dem Teufel ein Ohr ab. Wie soll man sowas erziehen?* Sie hatte für beide Kinder ein Lunchpaket vorbereitet, aber sie hatte Zweifel, ob ihre Tochter damit zufrieden sein würde.

»Beth, vergiß bitte nicht wieder, dein Schulbrot zu essen.«

»Wenn du mir nicht wieder so einen Chemiefraß mit lauter künstlichen Konservierungsstoffen eingepackt hast, ist das gar kein Problem, Mom. Aber ich habe nicht die Absicht, mich vergiften zu lassen, bloß damit die Nahrungsmittelindustrie noch mehr verdient.«

Ach, wo sind die guten alten Zeiten geblieben, als die Kinder noch mit Gummibärchen und Pommes frites zufrie-

den waren? dachte Mary im Stillen. Aber im Grunde war sie natürlich stolz auf ihre Tochter.

Tim hatte in einem von Beths Büchern einen losen Zettel entdeckt. »He, was ist denn das?« schrie er und zog ihn heraus. »Ein Liebesbrief, schau mal! ›Liebe Beth, können wir bei den Hausaufgaben nebeneinander sitzen? Ich habe gestern den ganzen Tag an Dich gedacht und –«

»Gib das sofort zurück!« kreischte Beth. »Das gehört mir!« Sie wollte sich auf Tim stürzen, aber der wich zurück.

Er suchte nach der Unterschrift unter dem Zettel. »He, da steht ja ›Virgil‹. Ich dachte, dein Schatz wäre Arnold?«

»Was verstehst du schon von der Liebe?« fragte Marys zwölfjährige Tochter empört. »Du bist doch bloß ein Kind.«

Marys Kopfschmerzen waren kaum noch erträglich.

»Kinder, jetzt gebt doch mal Ruhe!«

In diesem Augenblick ertönte von draußen eine Hupe. Der Schulbus! Tim und Beth sprangen auf und rannten zur Tür.

»Wartet!« rief Mary. »Ihr habt ja noch gar nicht gefrühstückt.« Sie folgte ihnen in den Flur.

»Keine Zeit, Mutter! Der Bus wartet!«

»Tschüß, Mama!«

»Es ist eiskalt draußen! Zieht eure Mäntel an, und nehmt eure Schals mit!«

»Geht nicht. Meinen Schal hab' ich verloren!« rief Tim.

Und damit waren sie weg. Mary fühlte sich völlig erschöpft. *Wenn man Kinder hat, dann lebt man immer im Zentrum eines Hurrikans,* dachte sie bei sich.

Als Edward die Treppe herunterkam, hob sie den Blick und spürte, wie es sie heiß überlief. Sogar nach all den Jahren war er immer noch der attraktivste Mann, den sie kannte. Es war seine Sanftheit, die zuerst ihr Interesse geweckt hatte. Seine Augen waren grau und spiegelten eine warme Intelligenz, aber wenn er sich in einer Frage sehr engagierte, konnten sie leidenschaftlich auflodern.

»Guten Morgen, Schatz.« Er küßte sie auf die Stirn. Zusammen gingen sie in die Küche zurück.

»Liebling, tust du mir einen Gefallen?«

»Sicher, mein Herz, für dich tu' ich alles!«

»Ich möchte die Kinder verkaufen.«

»Beide oder nur eins?«

»Beide.«

»Und wann?«

»Möglichst noch heute.«

»Und wer, denkst du, würde sie kaufen?«

»Irgendwelche Fremden am besten. Die beiden haben jetzt das Alter erreicht, in dem ich ihnen nichts mehr recht machen kann. Beth ist eine Gesundheitsfanatikerin, und dein Sohn entwickelt sich zu einem Hohlkopf der Weltklasse.«

»Vielleicht sind es gar nicht unsere Kinder«, sagte Edward nachdenklich.

»Das will ich doch hoffen!« erwiderte Mary. »Ich mach' dir eine Hafergrütze, okay?«

Edward sah auf die Uhr. »Tut mir leid, Schatz. Ich fürchte, ich hab' keine Zeit. Ich muß in einer halben Stunde im Krankenhaus sein. Hank Cates hat seine Hand in eine Maschine gesteckt und muß operiert werden. Ich fürchte, er verliert ein paar Finger.«

»Ist er nicht sowieso schon viel zu alt für die schwere Arbeit auf dem Feld?«

»Na, das laß ihn aber lieber nicht hören!«

Mary wußte, daß Hank Cates die Rechnungen ihres Mannes schon seit drei Jahren nicht mehr bezahlt hatte. Wie die meisten Farmer in der Umgebung hatte er praktisch nie Geld. Die teuren Maschinen einerseits und die niedrigen Erzeugerpreise andererseits machten ihnen sehr zu schaffen, und alle paar Monate mußte einer von ihnen den Hof aufgeben, auf dem er sein Leben lang gearbeitet hatte. Edward schickte seinen Patienten nie Mahnungen, und viele hatten ihm die Früchte ihrer Arbeit als Bezahlung gebracht.

Die Ashleys hatten den ganzen Keller voll Mais, Kartoffeln und Weizen. Einer der Farmer hatte Edward sogar eine Kuh angeboten, aber als er Mary davon erzählte, hatte sie bloß gestöhnt: »Bitte, sag ihm um Himmels willen, die Behandlung geht auf Kosten des Hauses!«

Als sie jetzt vor ihm saß, dachte Mary wieder ganz automatisch: *Was bin ich doch für eine glückliche Frau!*

»Okay«, sagte sie, »vielleicht überlege ich mir das mit den Kindern nochmal und behalte sie doch. Ich mag ihren Vater.«

»Ich mag ihre Mutter eigentlich auch sehr«, sagte Edward. Er nahm sie in den Arm und drückte sie an sich. »Zum Geburtstag plus eins meinen herzlichen Glückwunsch!«

»Liebst du mich immer noch, obwohl ich jetzt eine ältere Frau bin?«

»Ich liebe ältere Frauen.«

»Vielen Dank.« Plötzlich fiel Mary etwas ein. »Ich muß heute pünktlich zu Hause sein. Heute kommen die Schiffers zum Bridge.«

Die allmontäglichen Bridge-Partien mit den Nachbarn waren ein festes Ritual. Schon die Tatsache, daß Douglas Schiffer Edwards Kollege im Krankenhaus war, war Anlaß genug, das Verhältnis zu pflegen.

Mary und Edward gingen gemeinsam aus dem Haus. Draußen empfing sie ein eiskalter Wind. Edward klemmte sich hinter das Steuer seines sparsamen japanischen Kleinwagens, während Mary auf den Caravan zuging.

»Fahr schön vorsichtig«, rief Edward. »Auf dem Highway ist bestimmt Glatteis.«

»Paß auch schön auf, Liebling!«

Sie warf ihm eine Kußhand zu, dann brausten die beiden Automobile davon. Edward war auf dem Wege zum Krankenhaus und Mary auf dem Weg nach Manhattan, der zwanzig Kilometer entfernten Kleinstadt, wo sich der Campus befand.

Die beiden Männer, die ihren Wagen in der Nähe des Ashley-Hauses geparkt hatten, warteten in aller Ruhe, bis Mary und Edward nicht mehr in Sicht waren.

»So, jetzt können wir loslegen.«

Rex Olds, der Fahrer, blieb hinter dem Steuer sitzen, während sein Partner zum Haus der Nachbarn ging und an der Vordertür klingelte. Eine attraktive Brünette Anfang dreißig öffnete ihm.

»Ja, bitte? Was kann ich für Sie tun?«

»Sind Sie Mrs. Douglas Schiffer?«

»Ja, und?«

Der Mann griff in seine Tasche und zog einen Ausweis heraus. »Mein Name ist Donald Zamlock. Ich bin vom Sicherheitsdienst des State Departments.«

»Ach, du meine Güte! Hat mein Mann eine Bank ausgeraubt?«

Der Beamte lächelte höflich. »Nein, Ma'am. Nicht, daß ich wüßte. Ich wollte Sie ein paar Dinge über Ihre Nachbarin fragen, Mrs. Ashley.«

Florence Schiffer warf ihm einen mißtrauischen Blick zu. »Über Mary? Was ist denn mit ihr?«

»Darf ich hereinkommen?«

Florence zögerte. Dann siegte ihre Neugier. »Ja, bitte, natürlich.« Sie führte ihren Besucher ins Wohnzimmer. »Möchten Sie eine Tasse Kaffee?«

»Nein, danke, ich möchte Sie gar nicht lange behelligen.«

»Worum geht es denn überhaupt? Was wollen Sie von Mary, Mr...?«

»Zamlock.« Der Mann lächelte wieder. »Es ist nur eine Routine-Überprüfung. Es liegt keinerlei Verdacht gegen Ihre Nachbarin vor.«

»Das möchte ich aber auch hoffen«, sagte Florence ungnädig. »Mary Ashley ist eine der nettesten Frauen, die es überhaupt gibt. Kennen Sie Mary denn nicht?«

»Nein, Ma'am, bisher nicht. Mein Besuch ist vertraulich, und ich möchte Sie bitten, auch mit niemand drüber zu sprechen. Seit wann kennen Sie Mrs. Ashley?«

»Ungefähr dreizehn Jahre, würde ich sagen. Also seit dem Tag, an dem sie eingezogen sind nebenan.«

»Würden Sie sagen, daß Sie Mrs. Ashley gut kennen?«

»Ja, natürlich. Mary ist meine beste Freundin.«

»Kommen Sie und Ihr Mann gut miteinander aus?«

»Abgesehen von Douglas und mir«, sagte Florence Schiffer, »sind die Ashleys bestimmt das glücklichste Ehepaar, das ich kenne.« Sie dachte einen Augenblick nach. »Nein, ich muß mich korrigieren. Die Ashleys *sind* ganz einfach das glücklichste Paar, das ich kenne.«

»Soviel ich weiß, hat Mrs. Ashley zwei Kinder. Ein Mädchen von zwölf und einen Jungen von zehn?«

»Das ist richtig. Beth und Tim.«

»Würden Sie sagen, daß Mrs. Ashley eine gute Mutter ist?«

»Sie ist eine großartige Mutter! Aber jetzt sagen Sie mir doch endlich –«

»Mrs. Schiffer, würden Sie sagen, daß Mrs. Ashley seelisch stabil ist?«

»Natürlich ist sie das.«

»Sie wissen also nichts von irgendwelchen emotionalen Problemen bei ihr?«

»Nein.«

»Trinkt Sie gern mal einen über den Durst?«

»Nein. Sie mag keinen Alkohol.«

»Nimmt sie Drogen?«

»Ich glaube, sie sind in der falschen Stadt, Mister! In Junction City gibt es keine Drogenprobleme!«

»Der Mann von Frau Professor Ashley ist doch Arzt, nicht wahr?«

»Ja.«

»Sie hätte also keine Probleme, wenn sie sich bestimmte . . . Medikamente beschaffen wollte, oder?«

»Sie sind völlig auf dem falschen Dampfer, Mister. Mary hat nichts mit Drogen zu tun. Sie nimmt kein Kokain, sie raucht keine Joints, sie schießt sich kein Heroin. Und nach Speedpillen, LSD und sonstigem Stoff brauchen Sie auch nicht zu fragen!«

Zamlock musterte sie einen Augenblick. »Sie scheinen sich ja gut auszukennen, Mrs. Schiffer.«

»Wissen Sie, wir sehen manchmal fern, Mister. Und da laufen gelegentlich Gangsterfilme, nicht wahr?« Florence wurde allmählich regelrecht wütend. »Haben Sie sonst noch Fragen, oder...?«

»Mary Ashleys Großvater stammte aus Rumänien. Haben Sie jemals gehört, daß Mary Ashley sich über Rumänien geäußert hat?«

»Na ja, sie hat schon mal die eine oder andere Anekdote über ihren Großvater erzählt. Aber der ist ja auch schon als Kind in die Staaten gekommen, insofern –«

»Haben Sie von Mrs. Ashley jemals etwas Negatives über die gegenwärtige rumänische Regierung gehört?«

»Nein, nicht daß ich wüßte.«

»Noch eine allerletzte Frage. Haben sie jemals gehört, daß Mrs. Ashley oder ihr Mann etwas Negatives über die Regierung der Vereinigten Staaten gesagt hat?«

»Nein, nie!«

»Sie würden also sagen, daß die Ashleys beide loyale amerikanische Staatsbürger sind?«

»Allerdings! Und würden Sie mir jetzt bitte endlich sagen, was –«

Zamlock stand auf. »Vielen Dank für Ihre Geduld, Mrs. Schiffer! Ich möchte Sie noch einmal daran erinnern, daß die ganze Angelegenheit vertraulich bleiben muß. Darf ich Sie bitten, mit niemandem über unsere kleine Unterhaltung zu sprechen – auch nicht mit Ihrem Mann? Ich kann mich doch auf Sie verlassen?«

Florence nickte – gegen ihren Willen.

Eine Minute später war Zamlock schon aus der Tür.

Florence starrte ihm nach. »Ich glaube, dieses ganze Gespräch hat gar nicht stattgefunden«, sagte sie laut.

Die beiden Sicherheitsbeamten fuhren die Washington Street hinunter nach Norden. ein großes Plakat wünschte Ihnen: VIEL VERGNÜGEN IM LAND DES BÜFFELS!

»Ist das nicht süß?« grunzte Rex Olds.

Sie fuhren an der Handelskammer, am »Royal Order of the Elks«-Club, an »Irmas-Hundesalon« und der »Happy Day«-Bar vorbei. Dann folgten schon wieder Privathäuser.

»Du meine Güte«, sagte Zamlock. »Die Hauptstraße ist ja kaum zwei Häuserblocks lang! Das ist keine Stadt, das ist eine überdimensionale Tankstelle!«

»Sie sagen, es ist eine Tankstelle, und ich sage, es ist eine Tankstelle, aber für die Leute hier ist es eine richtige Stadt. Die einzige Stadt sozusagen.«

Zamlock schüttelte sich. »Wahrscheinlich ist es sogar ganz gemütlich, wenn man hier wohnt. Aber ich möchte um Himmels willen nicht hier zu Besuch sein!«

Der Wagen hielt vor der örtlichen Bank, und Rex Olds ging hinein.

Zwanzig Minuten später kam er zurück. »Der Bursche ist in Ordnung«, sagte er. »Die Ashleys haben siebentausend Dollar auf dem Konto und zahlen regelmäßig ihre Hypothek ab. Alle Rechnungen werden pünktlich bezahlt. Der Filialleiter ist der Ansicht, daß Dr. Ashley kein besonders guter Geschäftsmann ist, zu weichherzig, wenn seine Patienten nicht zahlen. Aber er hält ihn für hundertprozentig kreditwürdig.«

Zamlock warf einen Blick in sein Notizbuch. »Okay«, sagte er. »Ein paar Leute müssen wir noch befragen, aber dann nichts wie weg hier. Ich möchte wieder zurück in die Zivilisation, ehe wir blöken und muhen.«

Normalerweise war Douglas Schiffer ein angenehmer, freundlicher Mann, aber als es halb elf wurde, und die Schiffers immer weiter verloren, verdüsterte sich seine Miene bedenklich. Der Bridgeabend war wirklich außergewöhnlich einseitig verlaufen, und die Ashleys lagen jetzt schon mit zehntausend Punkten vorn, ohne daß sie besonders gute Karten gehabt hätten. Außerdem war Florence ganz offensichtlich nicht bei der Sache, schon zum vierten Mal hatte sie nicht richtig bedient.

Douglas wurde rot im Gesicht und warf seine Karten auf den Tisch. »Florence!« rief er. »Was machst du denn dauernd? Du verdirbst ja das ganze Spiel.«

»Tut mir leid«, sagte sie verlegen. »Irgendwie kann ich mich heute einfach nicht konzentrieren.«

»Sieht ganz so aus«, knurrte ihr Mann.

»Machst du dir wegen irgendwas Sorgen?« fragte Edward freundlich.

»Das darf ich nicht sagen.«

Alle starrten sie verblüfft an. »Was soll denn das wieder heißen?« fragte Douglas kopfschüttelnd.

Florence holte tief Luft. »Es ist deinetwegen, Mary«, sagte sie schließlich.

»Meinetwegen?«

»Du bist doch in Schwierigkeiten, nicht wahr?«

Mary starrte sie verdutzt an. »In Schwierigkeiten? Wie kommst du denn darauf?«

»Das darf ich nicht sagen. Ich hab' es versprochen.«

»Wem hast du was versprochen?« fragte Edward.

»Einem Beamten aus Washington, der heute da war. Er hat mich alles mögliche über Mary gefragt. Man hätte denken können, sie wäre eine Spionin oder dergleichen.«

»Was wollte er denn genau wissen?« fragte Edward.

»Ach, ihr wißt schon. Ob sie eine loyale Amerikanerin ist, ob sie eine gute Mutter und Ehefrau ist, ob sie Drogen nimmt und dergleichen...«

»Und wen zum Teufel geht das etwas an?«

»Ach, ich glaube, ich weiß, worum es sich handelt«, rief Mary. »Es geht bestimmt darum, daß ich jetzt fest angestellt werden soll.«

»Wie meinst du das?« fragte Florence.

»Wenn man lange genug an der Universität ist, kriegt man einen Dauerarbeitsvertrag. Aber weil wir auch ein paar Forschungsaufträge von der Regierung haben, werden alle ständigen Mitarbeiter genau überprüft. He, vielleicht kriege ich sogar einen Lehrstuhl!«

»Na, Gott sei Dank!« sgte Florence. »Ich dachte schon, sie wollten dich einsperren.«

»Wenn sie mich an der Kansas State University festsetzen, habe ich nichts dagegen«, lächelte Mary.

»Na also«, sagte Douglas Schiffer und seufzte. »Nachdem das jetzt geklärt ist, können wir vielleicht weiterspielen, okay?« Er zwinkerte seiner Frau zu. »Und wenn Florence noch einmal die falsche Karte abwirft, dann leg' ich sie über's Knie!«

»Du und deine leeren Versprechungen!« lachte sie.

5

Abbeywood, England

»Für unsere heutige Zusammenkunft gelten die üblichen Regeln«, sagte der Vorsitzende. »Es gibt kein Protokoll, wir benutzen nur unsere Decknamen, und die Tatsache, daß die Konferenz stattgefunden hat, wird außerhalb dieses Kreises mit niemandem erörtert. Bitte machen Sie keinerlei Aufzeichnungen.«

Acht Männer hatten sich in der Bibliothek von Claymore Castle versammelt. Vor dem trotzigen grauen Schloß, dessen älteste Teile bis ins vierzehnte Jahrhundert zurückreichten, standen zwei bewaffnete Zivilisten, ein dritter bewachte die Tür zur Bibliothek.

»Der Controller ist beunruhigt über die Situation in Rumänien«, sagte der Vorsitzende. »Marin Groza bereitet einen Putsch gegen das Ionescu-Regime vor. Eine Gruppe höherer Offiziere scheint ihn dabei unterstützen zu wollen. Grozas Aussichten stehen diesmal nicht schlecht.«

»Und was bedeutet das für unseren Plan?« fragte Odin.

»Es wäre eine große Gefahr. Der Kontakt zwischen Rumänien und der Nato darf nicht zu eng werden.«

»Wir müssen den Putsch verhindern«, sagte Freyr.

»Und wie?« fragte Baldur.

»Wir werden Groza liquidieren«, sagte der Vorsitzende.

»Das ist unmöglich. Ionescus Leute haben schon ein halbes Dutzend Versuche unternommen, Groza zu beseitigen, und alle sind fehlgeschlagen. Seine Villa ist eine

Festung. Außerdem kann es sich niemand hier im Raum leisten, daß man ihn mit einem Mordkomplott in Zusammenhang bringt.«

»Wir hätten gar nichts direkt mit der Sache zu tun«, sagte der Vorsitzende.

»Wie sollen wir es denn sonst machen?«

»Der Controller hat vertrauliche Informationen über einen internationalen Killer, der solche Aufträge gegen Bezahlung erledigt.«

»Ist er ein Terrorist? Vielleicht Abul Abbas, der Mann, der die Entführung der *Achille Lauro* organisiert hat?«

»Nein. Es ist jemand Neues. Jemand, der viel besser ist als die politischen Terroristen. Ein Profi. Der Codename ist Angel.«

»Angel – der Engel, nie gehört«, sagte Sigmund.

»Das wundert mich nicht. Er hat ausgezeichnete Arbeit geleistet, und dabei ist sein Name nie in die Presse gekommen. Nach den Informationen des Controllers war Angel an der Ermordnung von Sikh Khalistan in Indien beteiligt, er hat die Machateros in Puerto Rico unterstützt und die Khmer Rouge in Kambodscha. Er hat an Dutzenden von Anschlägen gegen israelische Armee-Offiziere mitgewirkt, und die Israelis haben eine Million Dollar auf seinen Kopf ausgesetzt.«

»Klingt sehr vielversprechend«, sagte Thor. »Haben wir denn eine Chance, ihn zu kriegen?«

»Angel ist teuer. Wenn er den Auftrag übernimmt, kostet uns das zwei Millionen Dollar.«

Freyr pfiff durch die Zähne, dann zuckte er mit den Schultern. »Na, wenn schon. Das ist kein Problem. Wir nehmen es aus der gemeinsamen Kasse.«

»Alles Geschäftliche regelt seine Geliebte. Sie heißt Neusa Muñez.«

»Und wo finden wir die?«

»Sie lebt in Argentinien. Angel hat ihr eine Wohnung in Buenos Aires gekauft.«

»Was ist der nächste Schritt?« fragte Thor. »Wer nimmt mit dieser Señora Muñez Kontakt auf?«

»Der Controller«, sagte der Vorsitzende, »hat einen Mann namens Harry Lantz vorgeschlagen.«

»Der Name kommt mir irgendwie bekannt vor.«

»Das wundert mich nicht«, sagte der Vorsitzende trokken. »Lantz hat immer wieder Schlagzeilen gemacht. Er ist ein Freibeuter. Bei der CIA ist er gefeuert worden, weil er in Vietnam einen eigenen Rauschgiftring aufgebaut hat. Südamerika kennt er noch aus seiner Zeit beim Geheimdienst, er wäre der ideale Kurier und Vermittler.« Der Vorsitzende wartete einen Moment, und als keine Fragen mehr kamen, sagte er: »Ich schlage vor, daß wir zur Abstimmung kommen. Wer dafür ist, daß wir Angel anheuern, der hebe bitte die rechte Hand.«

Acht wohlgepflegte Hände hoben sich.

»Das wäre also erledigt«, sagte der Vorsitzende. »Die Sitzung ist damit geschlossen. Bitte beachten Sie die üblichen Vorsichtsmaßregeln.«

Seinen dienstfreien Montag hatte Wachtmeister Hanson zu einem einigermaßen illegalen Picknick im Gewächshaus des Schlosses genutzt. Er sei nicht allein gewesen, mußte er später zugeben, als ihn seine Vorgesetzten genauer befragten. Annies Namen verriet er allerdings nicht. Dabei war es die hübsche Bahnwärterstochter gewesen, die verlangt hatte, er solle einen Picknickkorb mitbringen.

»Bring du was Feines zu essen«, hatte sie schelmisch gelächelt, »dann sorge ich für den Nachtisch.«

Der »Nachtisch« war einen Meter fünfundsechzig groß und in jeder Beziehung sehr süß. Annie hatte rosige Brüste und Hüften wie knusprige Brötchen.

Bedauerlicherweise wurde aber Wachtmeister Hanson durch laute Motorengeräusche gestört, als er sich über den Nachtisch hermachen wollte. Zu seiner Verblüffung sah er eine große schwarze Limousine durch den Park fahren.

»Das Schloß ist doch geschlossen«, murmelte er geistesabwesend.

»He, Liebling, mach weiter, mir wird ja ganz kalt«, sagte Annie.

»Bin schon da«, sagte Hanson.

Zwanzig Minuten später hörte der Wachtmeister erneut einen Wagen. Diesmal stand er auf und ging bis zur Tür. Es war eine richtige schwarze Staatskarosse mit verdunkelten Fenstern. Die Passagiere waren nicht zu erkennen.

»Was soll denn das, Leslie?« rief Annie und schlug ihre Röcke wieder herunter.

»Ich komm' ja schon«, rief Hanson. »Ich verstehe bloß nicht, wer da im Schloß war. Abgesehen von größeren Reisegruppen gibt es doch schon lange keine Besichtigungen mehr hier.«

»Bei mir ist der Ofen gleich aus«, sagte Annie. »Wenn du jetzt nicht kommst, gehe ich heim.«

Wachtmeister Hanson und die Bahnwärterstochter fingen also wieder von vorn an, aber zwanzig Minuten später, als der dritte Wagen vorbeibrauste, war es mit der Libido des Beamten endgültig aus. Seine Instinkte als Polizist hatten sich als stärker erwiesen als Annies unbestreitbare Reize. Während das Mädchen schmollte und sich an einem Glas Wein gütlich tat, zählte Hanson weitere fünf schwarze Wagen, die das Schloßtor passierten. Einer mußte kurz anhalten, um einen Damhirsch über die Fahrbahn ziehen zu lassen, und auf diese Weise konnte sich Hanson die Nummer des Fahrzeugs notieren.

»Sag mal, hast du heute nicht deinen freien Tag?« maulte Annie.

»Natürlich, Schatz«, sagte der Wachtmeister. »Aber die Sache ist vielleicht wichtig.« Aber noch während er das sagte, fragte er sich im Stillen schon, ob er überhaupt einen Bericht machen sollte.

»Was haben Sie überhaupt in Claymore Castle gemacht?« wollte Sergeant Twill wissen.

»Es war ein rein touristischer Besuch, Sir.«

»Aber das Schloß war doch geschlossen.«

»Ja, Sir. Aber das Gewächshaus war offen.«

»Sie haben also einen rein touristischen Besuch im Gewächshaus gemacht?«

»Ja, Sir.«

»Natürlich allein, oder?«

»Nun, um die Wahrheit zu sagen –«

»Ersparen Sie mir die schlüpfrigen Details, Wachtmeister. Was hat Sie auf die Wagen aufmerksam gemacht?«

»Es war ihr Benehmen, gewissermaßen, Sir.«

»Automobile benehmen sich nicht, Hanson. Benehmen können sich höchstens die Fahrer.«

»Ja, natürlich, Sir. Die Fahrer schienen sehr vorsichtig zu sein. Die Wagen fuhren in regelmäßigen Abständen von zwanzig Minuten.«

»Sie sind sich hoffentlich im klaren darüber, daß es Dutzende von völlig harmlosen Erklärungen dafür gibt, oder?« fragte Sergeant Twill. »Wenn man's genau nimmt, Hanson, sind Sie der einzige, der keine harmlose Erklärung für seinen Aufenthalt im Schloß hat!«

»Ja, Sir. Aber ich war trotzdem der Ansicht, daß ich meine Beobachtungen melden sollte, Sir.«

»Gut. Ist das die Fahrzeugnummer, die Sie notiert haben?«

»Ja, Sir.«

»Sehr gut. Sie können abtreten.« Aber dann fiel Sergeant Twill doch noch ein kleiner Scherz ein. »Vergessen Sie nicht, Wachtmeister: Wer im Glashaus gesessen hat, soll nicht mit Steinen werfen, haha.« Er kicherte noch den ganzen Vormittag lang über dieses Bonmot.

Als die Fahrzeugnummer überprüft worden war, kam Sergeant Twill endgültig zu dem Ergebnis, daß sich Hanson geirrt haben mußte. Trotzdem ging er ins obere Stockwerk zu Inspektor Pakula und erzählte ihm die Geschichte.

»Ich hätte Sie nicht mit der Sache belästigt, Inspektor, aber diese Fahrzeugnummer–«

»Ja, ich verstehe. Ich werde mich darum kümmern.«

»Vielen Dank, Sir.«

Inspektor Pakulas Gespräch mit Sir Alex Hyde-White im Hauptquartier des britischen Geheimdienstes SIS war nur kurz.

»Sehr aufmerksam von Ihnen, daß Sie mir das erzählt haben«, lächelte Sir Hyde-White, ein fleischiger älterer Herr mit einer gesunden Gesichtsfarbe. »Aber glücklicherweise steckt nichts Geheimnisvolles dahinter. Es ging nur um die Vorbereitung eines kleinen Ferienaufenthaltes für die königliche Familie, ohne daß die gesamte Presse davon erfährt.«

»Tut mir leid, Sie damit behelligt zu haben«, sagte Inspektor Pakula und erhob sich.

»Aber ich bitte Sie, Inspektor. Sie tun doch nur Ihre Pflicht. Ich freue mich, daß Ihre Leute auf Draht sind. Wie sagten Sie, war noch einmal der Name dieses jungen Wachtmeisters?«

»Hanson, Sir. Leslie Hanson.«

Als sich die Tür hinter Inspektor Pakula geschlossen hatte, griff Sir Alex Hyde-White zum Hörer des roten Telefons auf seinem Tisch. »Ich habe eine Nachricht für Baldur. Wir haben ein kleines Problem, dessen Natur ich bei unserem nächsten Treffen genauer darlegen werde. Aber ich möchte, daß Sie schon jetzt dafür sorgen, daß folgende drei Polizeibeamte sofort voneinander getrennt werden: Inspektor Pakula, Sergeant Twill und Wachtmeister Hanson. Lassen Sie die Leute versetzen oder veranlassen Sie, daß sie ein paar

Tage lang für Aufgaben eingeteilt werden, die sie möglichst weit von London entfernen. Ich werde den Controller noch getrennt informieren und fragen, ob er zusätzliche Maßnahmen für angebracht hält.«

Harry Lantz wurde mitten in der Nacht vom Telefon geweckt. *Verdammt,* fragte er sich, *wer weiß denn, daß ich in New York bin?* Er warf einen Blick auf die Uhr, die er auf den Nachttisch seines Hotelzimmers gelegt hatte, und griff dann unsicher nach dem Telefonhörer. »Verfluchte Scheiße!« lallte er. »Es ist vier Uhr morgens. Wer zum Teufel–«

Die Stimme am anderen Ende war leise und sehr gelassen, aber schon nach den ersten Worten saß Harry Lantz aufrecht im Bett und sein Herz schlug ihm bis zum Hals. »Ja, Sir«, flüsterte er. »Ja, natürlich, Sir... Nein, Sir, aber ich werde mich freimachen.« Dann hörte er fünf Minuten lang zu. Schließlich sagte er: »Jawohl, Sir. Ich verstehe, Sir. Ich nehme den ersten Flug. Vielen Dank, Sir.«

Er legte den Hörer zurück auf die Gabel und holte tief Luft. Seine Hände zitterten heftig. Der Mann, mit dem er gerade gesprochen hatte, war einer der mächtigsten Männer der Welt, und was er von Harry verlangt hatte, war... *Verflucht, was ist da im Gange?* fragte sich Lantz. *Irgendwas ganz Großes.* Der Mann hatte ihm fünfzigtausend Dollar geboten. Bloß dafür, daß er eine Nachricht weitergab. Buenos Aires! Harry freute sich auf den Flug. Er liebte die argentinischen Frauen. *Ich kenne mindestens ein Dutzend Weiber da unten, die lieber vögeln als fressen,* dachte er.

Der Tag fing wirklich gut an.

Um fünf Uhr nachmittags berührten die Räder der großen Boing 747 die Rollbahn des Ezeiza-Flughafens in Buenos Aires. Es war ein langer Flug gewesen, aber Harry Lantz war dabei guter Dinge geblieben. Fünfzigtausend Dollar dafür, daß er eine Nachricht überbrachte! Eine Welle der Erregung überlief ihn, als die Maschine ausrollte. Seit fünf Jahren war er nicht mehr in Argentinien gewesen.

Heiße Luft fegte ihm ins Gesicht, als er das Flugzeug verließ. Natürlich, es war ja Sommer hier unten.

Auf dem Weg in die Stadt studierte er die Graffitti an den Wänden der Häuser. PLEBISCITIO LAS PELOTAS (Nieder mit dem Plebiszit). MILITARES ASESINOS (Soldaten = Mörder). TENEMOS HAMBRE (Wir haben Hunger). DROGA, SEXO Y MUCHO ROCK (Drogen, Sex und Rock'n'roll). JUICIO Y CASTIGIO A LOS CULPABLES (Bestraft die Schuldigen).

Es war schön, mal wieder in Buenos Aires zu sein.

Die Stunde der Siesta war vorbei, und Tausende von Menschen strömten durch die Straßen der Stadt zu ihrem abendlichen Vergnügen. Das Taxi hielt vor dem Hotel El Conquistador im Barrio Norte, und Lantz gab dem Fahrer einen Millionen-Peso-Schein.

»Der Rest ist für Sie«, sagte er. Das argentinische Geld war ein Witz.

Er durchquerte die riesige, moderne Hotelhalle, meldete sich bei der Rezeption an, kaufte einen *Buenos Aires Herald* und ein Exemplar von *La Prensa* und ließ sich zu seinem Zimmer hinaufführen. Ein gemütliches Schlafzimmer, ein modernes Bad, ein kleines Wohnzimmer und eine Küche, das Ganze mit Klimaanlage, Telefon, Radio und Fernseher für sechzig Dollar am Tag. Das war nicht zu verachten. In Washington hätte ihn so etwas ein Vermögen gekostet. *Morgen erledige ich die Geschichte mit dieser Neusa, und dann mache ich mir noch ein paar schöne Tage in Buenos Aires.*

Es sollte allerdings zwei Wochen dauern, bis Harry Lantz Neusa Muñez überhaupt fand. Als erstes suchte er in den Telefonbüchern. Dabei konzentrierte er sich auf die Gebiete im Zentrum der Zehn-Millionen-Stadt: Area Constitución, Plaza San Martín, Barrio Norte und Catelinas Norte. Nirgendwo war eine Neusa Muñez verzeichnet. Auch in den Außenbezirken wie Bahia Blanca und Mar del Plata fand Harry Lantz sie nicht.

Wo zum Teufel steckt diese Frau bloß? fragte er sich. Es blieb ihm nichts anderes übrig, als sein Appartement zu verlassen und ein paar alte Bekannte aufzusuchen, die er noch in der Stadt hatte.

Als erstes ging er ins »La Biela«, wo ihn der Barkeeper mit einem Freudenschrei begrüßte. »Señor Lantz! Wie schön . . . Man hat mir gesagt, Sie wären gestorben!«

Lantz grinste. »Das ist vollkommen richtig, Antonio, aber ich habe Sie so vermißt, daß ich einfach noch einmal zurückkommen mußte.«

»Was führt Sie nach Buenos Aires?«

Lantz wurde ganz ernsthaft und feierlich. »Ich suche eine alte Freundin. Wir wollten eigentlich heiraten, aber ihre Familie war dagegen. Sie sind umgezogen, und ich weiß nicht, wo Neusa jetzt wohnt.«

Der Barkeeper kratzte sich am Kopf. »Neusa?«

»Neusa Muñez.«

»Kenne ich nicht.«

»Könnten Sie sich mal umhören?«

»Na, klar! Warum nicht?«

Als nächstes besuchte Lantz einen alten Bekannten im Polizeipräsidium.

»Lantz! Harry Lantz! *Dios!* Wo waren Sie denn?«

»Guten Tag, Jorge! Schön Sie wieder einmal zu sehen, Amigo!«

»Das letzte, was ich von Ihnen gehört habe, war, daß die CIA sich von Ihnen getrennt hat.«

Harry Lantz lachte. »Nein, keineswegs, Jorge. Sie haben mich auf Knien gebeten zu bleiben, aber ich wollte mich selbständig machen.«

»Ach, ja? Was machen Sie denn?«

»Ich bin Privatdetektiv. Das bringt mich übrigens auch nach Buenos Aires. Ein Klient von mir ist vor ein paar Wochen gestorben. Er hat seiner Tochter einen Haufen Geld hinterlassen, aber ich kann sie nicht ausfindig machen. Alles, was ich weiß, ist, daß sie in einem Appartement in Buenos Aires lebt.«

»Wie heißt Sie denn?«

»Neusa Muñez.»

»Warten Sie eine Sekunde.«

Aus der Sekunde wurden dreißig Minuten, dann kam der Beamte mit leeren Händen zurück. »Tut mir leid, Amigo, ich kann Ihnen leider nicht helfen. Sie ist nicht in unserem Computer, und in den Akten finde ich sie auch nicht.«

»Na, vielen Dank jedenfalls! Sollten Sie doch noch etwas herausfinden, sagen Sie mir doch bitte Bescheid. Ich bin im El Conquistador.«

»Wird gemacht!«

Als nächstes kamen die Bars. Vertraute Gefilde. Das Pepe Gonzales, das Almeida, das Café Tabac.

»*Buenas tardes, amigo.* Ich komme aus den Vereinigten Staaten. Ich suche hier eine Frau. Sie heißt Neusa Muñez. Ja, es ist schrecklich dringend.«

»*Lo siento, señor. No la conozco.*«

Die Antwort war immer die gleiche. Kein Mensch hatte je von dem verdammten Weib gehört.

Auch am alten Hafen, wo man draußen die Schiffe vor sich hin rosten sah, hatte Harry Lantz kein Glück. Niemand in La Boca hatte je von Neusa Muñez gehört. Allmählich hatte er den Eindruck, seine Suche sei zwecklos. Wahrscheinlich gab es gar keine Neusa Muñez.

Draußen, im Vorort Floresta, kam die Wende. Es war Freitagabend, und das Café Pilar war voller Arbeiter in Overalls und schmutzigen Hemden. Lantz brauchte zehn

Minuten, bis der Barkeeper ihm zuhörte. Aber dann ging alles ganz schnell. Lantz hatte seine Geschichte noch nicht ganz zu Ende erzählt, als der Barkeeper sagte: »Neusa Muñez? *Sí*. Neusa kenne ich. Wenn sie mit Ihnen sprechen will, wird sie morgen um Mitternacht hier sein. *Mañana.*«

Am nächsten Tag kam Harry Lantz schon gegen halb elf ins Pilar und setzte sich an die Theke, von wo aus er die ganze Bar überblicken konnte. Als es Mitternacht wurde, stellte er fest, daß er ziemlich nervös war. Was war, wenn das Mädchen nicht kam? Oder wenn es die falsche Neusa Muñez war?

Lantz beobachtete, wie eine Gruppe junger Frauen hereinkam. Kichernd setzten sie sich zu einigen Männern, die in abgeschabten Anzügen am Tisch saßen. *Sie muß einfach kommen! Sonst kann ich die fünfzigtausend Dollar vergessen*, dachte Lantz.

Er überlegte, wie Neusa wohl aussah. Sie mußte schon eine phantastische Frau sein. Lantz hatte den Auftrag, ihrem Freund Angel zwei Millionen Dollar für ein Attentat anzubieten, also hatte Angel wahrscheinlich eine Menge Geld in der Schweiz. Er konnte sich eine echte Klassefrau leisten. Wahrscheinlich hatte er Dutzende von schönen jungen Mädchen zu seiner Verfügung. Diese Neusa war bestimmt eine Filmschauspielerin oder ein Fotomodell. *Wer weiß*, dachte Lantz, *vielleicht kann ich mich sogar selbst ein bißchen mit ihr vergnügen, ehe ich wieder abreise. Es gibt nichts Besseres, als die Geschäfte mit ein wenig Erotik zu würzen.*

Erneut öffnete sich die Tür, und diesmal war es eine einzelne Frau. Lantz hob erwartungsvoll den Blick. Die Frau war eine Enttäuschung. Sie war ungefähr vierzig und nicht sonderlich attraktiv. Ihr Körper war aufgeschwemmt und füllig, und ihre großen Brüste pendelten bei jedem Schritt hin und her. Ihr Gesicht war von Pockennarben entstellt. Das Blond ihrer Haare war künstlich und paßte nicht zu ihrer oliv getönten Haut, die sie als Mestizin auswies, als

Abkömmling einer Indianerin, die von einem Spanier geschwängert worden war. Bekleidet war sie mit einem schlecht sitzenden Rock und einem Pullover, der wohl für ein junges Mädchen passend gewesen wäre, nicht aber für diese... *diese ausgemusterte Nutte,* wie Lantz sie innerlich nannte. *Wer würde die schon noch wollen?* fragte er sich.

Die Frau sah sich mit lustlosen Augen in der Bar um. Sie nickte verschiedenen Leuten mit leeren Blick zu und kam dann an die Theke.

»Kaufen Sie mir einen Drink?« Sie hatte einen starken spanischen Akzent, und aus der Nähe wirkte sie noch abstoßender als aus der Entfernung.

Die sieht aus wie eine fette Kuh, die lange nicht mehr gemolken worden ist, dachte Lantz. *Außerdem ist sie betrunken.* Laut sagte er: »Zisch ab, Schwester!«

»Esteban sagt, Sie wollen mich sprechen, *no*?«

Lantz starrte sie an. »Wer?«

»Esteban. Der Barkeeper.«

Harry Lantz war immer noch nicht bereit, sie zu akzeptieren. »Er muß sich geirrt haben. Ich suche nach Neusa Muñez.«

»Ja. Richtig. *Yo soy* Neusa Muñez.«

Aber die falsche, dachte Lantz. *Scheiße.* »Sind Sie die Freundin von Angel?«

Sie lächelte verschwommen. »*Sí.*«

Harry Lantz riß sich zusammen. »Ah, sehr gut.« Er zwang sich zu lächeln. »Können wir uns vielleicht an einen Tisch setzen und reden?«

Sie nickte gleichgültig. »Von mir aus.«

Sie drängten sich zwischen den Männern, die an der Bar standen hindurch und setzten sich in eine Ecke. »Ich würde gerne mit Ihnen –«, begann Harry Lantz.

»Sie kaufen mir einen Rum, ja?«

Lantz nickte. »Aber sicher.«

Ein Kellner mit einer schmutzigen Schürze erschien,

und Lantz sagte: »Einen Rum, bitte, und einen Scotch mit Soda.«

»Lieber einen doppelten Rum, ja?« sagte die Frau.

Als der Kellner gegangen war, sagte Lantz: »Ich möchte mit Angel reden.«

Sie starrte ihn mit trüben Augen an. »Wozu?« fragte sie.

Lantz senkte die Stimme. »Ich habe ein kleines Geschenk für ihn«, flüsterte er.

»Ah, ja. Was für eine Art von Geschenk?«

»Zwei Millionen Dollar.«

In diesem Augenblick kamen ihre Getränke. Lantz hob sein Glas und sagte: »Prost.«

»Ja.« Die Frau hob ihr Glas und stürzte den Inhalt gierig hinunter. »Wieso woll'n Sie denn Angel zwei Millionen geben?«

»Das möchte ich ihm lieber persönlich erklären.«

»Das geht nich'. Angel redet mit niemand.«

»Lady, für zwei Millionen Dollar–«

»Kann ich noch 'nen Rum haben? 'n doppelten, ja?« *Mein Gott, die sieht jetzt schon so aus, als ob sie jeden Augenblick umfallen könnte.* »Sicher.« Lantz winkte dem Kellner und bestellte den Rum. »Kennen Sie Angel schon lange?« Er stellte die Frage so beiläufig, wie er nur konnte.

Die Frau zuckte die Achseln. »Ja.«

»Er muß ein faszinierender Mann sein.«

Ihre leeren Augen waren starr auf die Mitte des Tisches gerichtet.

Scheiße, dachte Lantz, *ich könnte genausogut mit einer Betonmauer Konservation machen.*

Der Kellner brachte den zweiten doppelten Rum, und wieder schluckte sie den Drink mit einem einzigen langen Zug.

Aussehen tut sie wie eine Kuh, und ihre Manieren sind saumäßig, dachte Lantz. »Wann kann ich mit Angel reden?«

Neusa Muñez stand mühsam auf. »Ich hab' doch gesagt, er redet mit niemand. *Adios.*«

Plötzlich wurde Lantz von Panik erfaßt. »He, warten Sie bitte. Gehen Sie nicht weg!«

Die Frau blieb stehen und warf ihm einen wässcrigen Blick zu. »Was wollen Sie noch?«

»Bitte setzen Sie sich«, sagte Lantz langsam. »Ich werde Ihnen sagen, was ich will.«

Die Frau ließ sich schwer auf den Stuhl zurückfallen. »Ich brauch' noch 'nen Rum, ja?«

Lantz war ratlos. Was war dieser Angel bloß für ein Mann? *Seine Freundin ist nicht bloß das häßlichste Weib in der Stadt, sondern auch noch Alkoholikerin.*

Lantz mochte Alkoholiker nicht. Sie waren unzuverlässig. Andererseits wollte er aber auch die fünzigtausend Dollar für seine Vermittlerdienste nicht einbüßen. Angewidert beobachtete er, wie die Frau ihren Rum trank. Er fragte sich, wie viele sie wohl schon gehabt hatte, ehe sie ins Pilar gekommen war.

Mühsam lächelte er. »Neusa«, sagte er freundlich. »Wenn ich nicht mit Angel reden kann, wie soll ich ihm dann sagen, was für ein Geschäft ich ihm vorschlagen will?«

»Ganz einfach. Sie sagen mir, was sie wollen. Ich sage es Angel. Wenn er sagt ja, dann sage ich Ihnen ja. Wenn er sagt nein, dann sage ich Ihnen nein.«

Harry Lantz schauderte bei der Vorstellung, diese Frau als Vermittlerin benutzen zu müssen, aber er hatte keine andere Wahl. »Haben Sie schon mal von Marin Groza gehört?«

»Nein.«

Natürlich nicht. Woher sollte sie auch? Schließlich ging es ja dabei nicht um Schnaps. Diese blöde Kuh würde alles vermasseln.

»Kriege ich noch 'nen Rum, ja?«

Er tätschelte Neusa die Hand. »Aber sicher.« Wieder bestellte er einen doppelten Rum. »Angel kennt Groza bestimmt. Sagen Sie ihm bloß: Marin Groza. Dann weiß er Bescheid.«

»Ja. Und dann?«

Sie muß noch dümmer sein, als sie aussieht. Was denkt sie denn, was Angel für die zwei Millionen tun soll? Dem Kerl einen Kuß geben? Harry Lantz holte tief Luft und sagte dann vorsichtig: »Die Leute, die mich geschickt haben, möchten, daß Groza weggeputzt wird.«

Die Frau blinzelte. »Was heiß'n das? Weggeputz'?

Verflucht nochmal! »Ermordet! Umgebracht! Tot gemacht!«

»Ah.« Sie nickte gleichgültig. »Ich frag' Angel.« Ihre Stimme wurde immer undeutlicher. »Wie sagten sie, war der Name des Burschen?«

Lantz hätte sie am liebsten geschüttelt. »Groza. Marin Groza.«

»Ja. Angel ist heute nich' in der Stadt. Ich werde ihn anrufen. Morgen komme ich wieder hierher. Kann ich noch 'nen Rum haben, ja?«

Neusa Muñez entwickelte sich allmählich zum Alptraum.

Am nächsten Tag saß Harry Lantz von elf Uhr abends bis vier Uhr morgens am selben Tisch in der Bar, bis ihn der Kellner hinauswarf. Aber Neusa Muñez war nicht gekommen.

»Wissen Sie, wo sie wohnt?« fragte Lantz den Barkeeper.

Der Mann sah ihn unschuldig an. »Woher soll ich das wissen?«

Die blöde Kuh hatte alles verdorben. Wie konnte ein Mann wie Angel sich bloß mit einer solchen Rumsäuferin einlassen? Harry Lantz war stolz darauf, ein richtiger Profi zu sein. Er war klug genug gewesen, ein paar Erkundigungen einzuholen, ehe er aus New York abflog. Was er erfuhr, hatte ihm Respekt eingeflößt. Die Israelis hatten offenbar eine Million Dollar auf Angels Kopf ausgesetzt. Eine Million, dafür konnte man ein Leben lang junge Mädchen und

Schnaps kaufen. Nun ja, das konnte er jetzt wohl genauso vergessen wie die fünfzigtausend, die er für diesen Trip kriegen sollte. Er hatte den Kontakt zu Angel verloren. Er würde seinen Auftraggeber anrufen und zugeben müssen, daß er versagt hatte.

Nein, jetzt noch nicht. Vielleicht kommt sie ja noch mal, dachte Lantz. *Vielleicht gibt es irgendwann in den anderen Bars keinen Rum mehr. Vielleicht... Vielleicht hätte ich diesen verdammten Auftrag nie annehmen dürfen.*

6

Am nächsten Abend um elf saß Harry Lantz pünktlich wieder am selben Tisch im Pilar. Abwechselnd kaute er seine Fingernägel und Erdnüsse. Um zwei Uhr morgens stolperte Neusa herein. Harry atmete auf. Erleichtert beobachtete er, wie sie auf ihn zukam und sich auf einen Stuhl fallen ließ.

»Hallo«, lallte sie.

»Wo waren Sie denn gestern?« fragte Lantz. Er konnte seine Wut nur mit Mühe beherrschen.

Neusa blinzelte unsicher. »Häh?«

»Wir waren gestern verabredet!«

»Ach, ja?«

»Sie wollten sich hier mit mir treffen, Neusa.«

»Ich war im Kino mit einer Freundin. Dieser neue Film da, wissen Sie? Über diesen Mann, der sich in eine Nonne verliebt und –«

Lantz hätte heulen können vor Wut. *Was, in drei Teufels Namen, hatte Angel nur mit dieser besoffenen Schlampe zu schaffen? Sie muß wirklich ein goldenes Loch haben!* »Neusa, haben Sie daran gedacht, mit Angel zu reden?«

Neusa sah ihn mit leerem Blick an. Sie hatte offenbar Mühe, seine Frage überhaupt zu verstehen. »Angel? *Sí.* Kann ich 'nen Rum haben, ja?«

Lantz bestellte ihr einen doppelten Rum und einen doppelten Scotch für sich selbst. Er würde ihn brauchen. »Was hat Angel gesagt, Neusa?«

»Angel? Oh, ja. Er hat gesagt, is' okay.«

Eine Welle der Erleichterung überlief Lantz. »Das freut mich!« Er hatte jetzt lange genug den Laufburschen gespielt. Außerdem war in seinem Hinterkopf eine neue Idee aufgetaucht. Diese besoffene Schlampe würde ihn zu Angel führen. Und das hieß: ein Kopfgeld von einer Million.

Lantz sah zu, wie die Frau ihren Drink schluckte und dabei etwas Rum auf ihre bereits fleckige Bluse herabtropfen ließ. »Hat Angel sonst noch etwas gesagt?«

Neusa runzelte die Stirn. »Ja, Angel will wissen, was das für Leute sin', die Sie geschickt haben.«

Lantz lächelte so gewinnend wie möglich. »Bitte sagen Sie ihm, das sei streng vertraulich. Das darf ich Ihnen leider nicht mitteilen.«

Neusa nickte gleichgültig. »Dann soll ich Ihnen sagen, Sie soll'n sich verpissen, sagt Angel. Krieg ich noch 'nen Rum, ja? Ehe ich gehe.«

Lantz dachte angestrengt nach. Wenn Neusa jetzt ging, würde er sie nie mehr zu Gesicht kriegen, soviel war sicher. »Ich werde Ihnen was sagen, Neusa. Ich rufe die Leute an. Wenn meine Auftraggeber einverstanden sind, sage ich Ihnen den Namen, okay?«

Sie zuckte die Achseln. »Is mir egal.«

»Klar«, nickte Lantz. »Aber Angel möchte es wissen. Bitte sagen Sie ihm, ich bringe ihm morgen die Antwort. Kann ich Sie irgendwo treffen?«

»Natürlich.«

Jetzt machte er Fortschritte. »Wo?«

»Hier« sagte sie. Und in diesem Augenblick kamen die Drinks. Angewidert beobachtete Lantz, wie Neusa das nächste Glas Rum kippte. Er hätte sie umbringen können.

Um keine Spuren zu hinterlassen, rief Lantz nicht vom Hotel, sondern von einer öffentlichen Telefonzelle aus bei seinem Auftraggeber an. Er brauchte über eine Stunde, ehe er durchkam.

»Nein«, sagte der Controller sofort. »Ich habe Ihnen doch

gleich zu Anfang gesagt, daß keine Namen genannt werden dürfen.«

»Ja, Sir. Aber Angels Freundin sagt, er unternimmt nichts, solange er nicht weiß, wer seine Geschäftspartner sind. Ich habe ihr natürlich gesagt, ich müßte erst fragen.«

»Was ist diese Freundin für eine Frau?«

Der Controller war niemand, dem man Märchen erzählen durfte. »Sie ist fett, häßlich und dumm, Sir.«

»Es kommt nicht in Frage, daß Sie meinen Namen erwähnen. Viel zu gefährlich.«

Lantz spürte geradezu, wie sich das Geschäft in Luft auflöste.

»Ja, Sir«, sagte er ernsthaft. »Ich verstehe vollkommen. Andererseits beruht Angels Ruf natürlich darauf, daß er diskret ist. Wenn er jemals den Mund aufgemacht hätte, wäre er längst aus dem Geschäft und wahrscheinlich auch tot.«

Es folgte eine lange Pause. »Da haben Sie recht.« Noch eine Pause. »Na, schön. Sagen Sie dem Mann meinen Namen. Aber er darf niemals direkten Kontakt mit mir aufnehmen. Alle Mitteilungen dürfen nur über Sie gehen.«

Lantz atmete auf. »Ja, Sir. Ich sage es ihm. Vielen Dank, Sir.« Er grinste breit, als er auflegte. Er würde seine fünfzigtausend schon kriegen.

Und danach das Kopfgeld von einer Million.

Bei seinem mitternächtlichen Rendezvous mit Neusa Muñez zögerte Lantz nicht lange, sondern bestellte ihr gleich einen doppelten Rum. Dann sagte er: »Alles in Butter. Ich hab' die Erlaubnis.«

Die Frau sah ihn teilnahmslos an. »Ja?«

Er nannte ihr den Namen seines Auftraggebers, aber sie zeigte keinerlei Reaktion.

»Nie gehört.«

»Neusa, die Leute, die mich geschickt haben, möchten,

daß Angel die Sache so schnell wie möglich erledigt. Marin Groza versteckt sich in dieser Villa in Neuilly, und–«

»Wo?«

Gütiger Himmel! Er sprach mit einer schwachsinnigen Alkoholikerin! Geduldig sagte er: »Das ist eine kleine Stadt bei Paris. Angel kennt sie bestimmt.«

»Kann ich noch 'nen Rum haben, ja?«

Eine Stunde später trank Neusa immer noch, und diesmal leistete Lantz aktive Beihilfe. *Nicht, daß sie viel Hilfe gebraucht hätte,* dachte Lantz. *Sie trinkt auch ohne jegliche Aufforderung. Und wenn sie betrunken genug ist, führt sie mich zu ihrem Freund. Der Rest war dann einfach.*

Er warf Neusa Muñez einen verächtlichen Blick zu.

Es dürfte nicht allzu schwer sein, dem Mann eine Falle zu stellen. Angel war vielleicht hart und brutal, aber er konnte nicht sehr intelligent sein, wenn er sich mit dieser Frau abgab. »Wann kommt Angel zurück?« fragte Lantz.

Neusa richtete ihre wässerigen Augen auf ihn. »Nächs'e Woche.«

Lantz streichelte ihre Hand. »Warum gehen wir nicht zusammen zu dir in die Wohnung?« fragte er leise.

»Okay.«

Jetzt hatte er sie soweit.

Neusa wohnte in einer schäbigen Zwei-Zimmer-Wohnung im Stadtteil Belgrano, die genauso schmutzig und unordentlich war wie die Bewohnerin selbst. Neusa öffnete mühsam die Tür und schwankte auf die kleine Bar in einer Ecke des Wohnzimmers zu.

»Will'se was trinken?«

»Danke, nein«, sagte Lantz. »Aber laß dich nicht aufhalten.« Er sah zu, wie sie ein Glas füllte und seinen Inhalt dann gierig hinabstürzte. *Sie ist die häßlichste, widerlichste Schlampe, die ich je gesehen habe,* dachte er, *aber die Million wird wunderschön sein.*

Aufmerksam sah er sich um. Auf einem kleinen Tisch lagen Bücher. Lantz hob sie einzeln auf und musterte sie. Er war fest davon überzeugt, daß sie Angel gehörten. *Gabriela wie Zimt und Nelken* von Jorge Amado, *Hundert Jahre Einsamkeit* von García Marquez und *Terra nostra* von Carlos Fuentes. Angel war also ein Literaturkenner. Die Bücher paßten weder zu Neusa noch zu der Wohnung.

Lantz schob die Bücher beiseite, ging zur Bar und legte Neusa seinen Arm um die Hüften. »Du bist verdammt hübsch, weißt du das eigentlich?« Er lächelte und streichelte ihre mächtigen Brüste. Sie waren so groß wie Wassermelonen. Lantz haßte Frauen mit großen Brüsten. »Du hast einen prachtvollen Körper«, sagte er.

»Häh?« Neusas Augen waren verschleiert.

Er ließ seine Hände über das weiche, wabbelige Fleisch ihrer Schenkel unter ihrem dünnen Rock gleiten. »Das fühlt sich gut an?« flüsterte er.

»Was?«

So kam er nicht weiter. Er mußte sich etwas Besseres ausdenken, um diese Walküre ins Bett zu kriegen. Allerdings mußte er vorsichtig sein. Wenn er sie beleidigte, schreckte sie womöglich zurück und erzählte Angel, was er versucht hatte. Und das wäre dann das Ende vom Lied. Mit Süßholzraspeln allein ging es aber wohl auch nicht; Neusa war viel zu betrunken, um seinen Komplimenten lauschen zu können.

Während er noch darüber nachdachte, was er als nächstes tun sollte, fragte Neusa plötzlich: »Will'se ficken?«

Lantz grinste erleichtert. »Das ist eine prima Idee, Liebling.«

»Komm, geh'n wir ins Schlaf'simmer.«

Sie stolperte, als Lantz ihr ins Schlafzimmer folgte. Auch dieser Raum war schäbig genug. Neben einem Kleiderschrank mit halboffenen Türen standen ein großes, ungemachtes Bett, zwei Stühle und ein alter Schreibtisch mit einem zersprungenen Spiegel darüber. Was Lantz interessierte, war der Inhalt des Schrankes, in dem er Anzüge, Krawatten und Männerhemden entdeckt hatte.

Neusa stand neben dem Bett und fummelte an den Knöpfen ihrer Bluse herum. Normalerweise hätte sich Lantz etwas mehr um die Frau bemüht, mit der er ins Bett gehen wollte. Er hätte sie ausgezogen, sie gestreichelt und ihr schmutzige kleine Komplimente ins Ohr geflüstert, um sie zu erregen. Aber der Anblick von Neusa war ihm einfach zu viel. Unbewegt sah er zu, wie sie ihren Rock fallen ließ. Sie trug nichts darunter. Nackt war sie noch häßlicher als bekleidet. Ihre gewaltigen Brüste hingen herunter, und ihr Bauch zitterte bei jeder Bewegung wie Pudding. Ihre fetten Schenkel waren von grober, kalkweißer Haut überzogen. *Sie ist das scheußlichste Ding, das ich jemals angefaßt habe,* dachte Lantz, ermahnte sich aber sofort, an die positive Seite der Sache zu denken: *In fünf Minuten ist das hier vorbei, aber die Million bleibt mir auf Dauer.*

Langsam und widerwillig zog er sich aus. Neusa hockte im Bett wie ein Leviathan. Sie wartete, und gehorsam kroch er zu ihr in die Kissen.

»Was hast du gern?« fragte er.

»Ich? Schokolade, ich mag Schokolade.«

Sie mußte noch betrunkener sein, als er gedacht hatte. Das war gut. Das würde die Sache einfacher machen. Er begann, ihren wabbeligen Körper zu berühren. »Du bist eine schöne Frau, Liebling. Weißt du das eigentlich?«

»Ja?«

»Ich mag dich sehr, Neusa.« Seine Hand bewegte sich zu der behaarten Erhebung zwischen ihren Schenkeln und begann sie vorsichtig kreisend zu streicheln. »Ich wette, dein Liebesleben ist schrecklich aufregend.«

»Häh?«

»Ich meine, als Freundin von Angel. Das muß doch sehr aufregend sein. Erzähl doch mal, Liebling, was ist Angel für ein Mann?«

Neusa schwieg, und er fragte sich, ob sie womöglich

schon schlief. Langsam schob er zwei Finger in die weiche, feuchte Spalte zwischen ihren Beinen und spürte, daß sie sich bewegte.

»Schlaf noch nicht ein, Schatz«, wisperte er. »Was ist Angel für ein Mann? Sieht er gut aus?«

»Reich is' er. Angel is' reich.«

Lantz ließ seine Hand weiterarbeiten. »Ist er nett zu dir?«

»Ja. Angel is' lieb, sehr lieb.«

»Ich werde auch lieb zu dir sein, Baby.« Harry ließ seine Stimme ganz weich werden.

Das Problem war, daß alles ganz weich bei ihm war. Was er brauchte, war eine Millionen-Dollar-Erektion, und wo sollte er sie bei dieser Frau hernehmen? Harry versuchte sich daran zu erinnern, was die Dolly-Sisters mit ihm gemacht hatten, und als er sich ihre Lippen, Zungen, Finger und Brustwarzen auf seinem nackten Körper vorstellte, wurde sein Schwanz schließlich hart. Er schob sich auf Neusas Bauch und drang in sie ein. *Meine Güte, als ob man seinen Schwanz in Gelee steckt,* dachte Harry. »Fühlt sich das gut an?« fragte er.

»Is' okay, ja.«

Er hätte sie umbringen können. Dutzende von schönen Frauen auf der ganzen Welt waren von seinen Liebeskünsten beglückt und begeistert gewesen, und diese fette Kuh sagte: *Is' okay, ja!*

Harry bewegte seine Hüften vor und zurück. »Erzähl mir ein bißchen von Angel! Wer sind seine Freunde?«

Ihre Stimme klang schläfrig. »Angel hat keine Freun'e. Ich bin sein Freun'.«

»Natürlich, Baby. Du bist sein Freund. Lebt Angel bei dir, oder hat er 'ne eigene Wohnung?«

Neusa schloß ihre Augen. »He, du. Ich bin müde. Komms'u jetz' bald oder wie lange wills'e noch rummachen?«

»Ich bin schon gekommen«, log Harry. Hatte ja doch keinen Sinn.

»Dann laß uns jetz' schlafen.«

Harry rollte zur Seite. Er schäumte vor Wut. *Warum hat Angel keine normale Geliebte? Irgendein junges, hübsches, heißblütiges Mädchen.* Dann hätte er gar keine Schwierigkeiten gehabt, die nötigen Informationen zu kriegen. Aber mit dieser blöden Kuh ... Trotzdem ... Jetzt hieß es durchhalten. Es gab noch andere Möglichkeiten.

Lantz blieb still liegen, bis er sicher war, daß Neusa eingeschlafen war. Dann stand er vorsichtig auf und schlich sich zum Schrank. Er knipste die Innenbeleuchtung an und zog dann die Türen soweit wie möglich hinter sich zu, um den schnarchenden Koloß im Bett nicht zu wecken.

Auf der Kleiderstange hingen ein Dutzend Anzüge und Freizeitkleidung. Auf dem Boden standen sechs Paar Herrenschuhe. Lantz knöpfte die Jacken auf und untersuchte die eingenähten Etiketten. Donnerwetter! Die Anzüge waren alle Maßanfertigung von Herrera, Avenida la Plata. Und die Schuhe stammten von Vill. Das war ja ein Haupttreffer! Die hatten Angels Adresse bestimmt! Er würde gleich morgen früh hingehen und ein paar Erkundigungen einziehen. Eine Warnglocke klingelte in seinem Gehirn. *Nein, besser keine direkten Fragen.* Er würde es schlauer anfangen müssen. Er hatte es schließlich mit einem Weltklasse-Killer zu tun. Es war sicherer, wenn er wartete, bis ihn Neusa zu ihrem Freund führte. *Dann brauche ich nur noch meinen Freunden beim Mossad Bescheid sagen,* dachte Lantz, *und das Geld zu kassieren.* Er würde Ned Tillingast und den übrigen Lahmärschen bei der CIA zeigen, daß der gute alte Harry Lantz immer noch mehr auf dem Kasten hatte als sie. Seit Jahren jagten sie Angel, aber nur er war schlau genug, ihn tatsächlich ans Messer zu liefern.

Plötzlich glaubte er ein Geräusch aus dem Bett zu hören. Er drehte sich vorsichtig um, aber Neusa schlief immer noch fest.

Lantz löschte das Licht und beugte sich über das Bett. Neusas Augen waren geschlossen, ihr Mund stand offen, und sie röchelte leise. Auf Zehenspitzen schlich Lantz zum

Schreibtisch am Fenster. In der Hoffnung, ein Foto von Angel zu finden, durchsuchte er die drei Schubladen, aber er hatte kein Glück. Lautlos kroch er wieder ins Bett. Neusa hatte wieder zu schnarchen begonnen.

Als Lantz endlich einschlief, waren in seinen Träumen braungebrannte schlanke Mädchen mit harten kleinen Brüsten, die sich auf einer schneeweißen Yacht tummelten.

Als Lantz am Morgen erwachte, war Neusa verschwunden. Einen Moment lang geriet er in Panik. War sie weggegangen, um sich mit Angel zu treffen? Dann hörte er aus der Küche Geräusche. Er schlüpfte aus dem Bett und zog sich hastig an. Neusa stand in der Küche am Herd.

»*Buenas dias*«, sagte Lantz.

»Willste 'nen Kaffee?« murmelte Neusa. »Richtiges Frühstück kann ich nich' machen. Ich hab 'ne Verabredung.«

Mit Angel wahrscheinlich. Lantz hatte Mühe, sein Jagdfieber unter Kontrolle zu halten. »Macht nichts. Ich hab keinen Hunger. Warum gehst du nicht einfach zu deiner Verabredung, und wir treffen uns heute abend zum Essen?« Er legte den Arm um sie und streichelte ihre Brüste. »Wo würdest du denn gerne essen? Wollen wir richtig schick ausgehen?« *Ich hätte Schauspieler werden sollen,* dachte Lantz.

»Is' mir egal.«

»Kennst du das Chiquin an der Avenida Cangallo?«

»Nein.«

»Da wird's dir gefallen. Paß auf! Ich hol' dich um acht Uhr hier ab, ja? Ich habe einiges zu tun, heute.« Das traf nun allerdings nicht zu. Er hatte gar nichts zu tun.

»Is' okay.«

Er mußte seine ganze Willenskraft aufbieten, um Neusa zum Abschied zu küssen. Ihre Lippen waren feucht und weich. »Bis um acht dann.«

Lantz verließ die Wohnung. Auf der Straße winkte er

einem Taxi. Er hoffte, daß ihn Neusa aus dem Fenster beobachtete.

»Bitte fahren Sie an der nächsten Ecke rechts 'rum«, befahl er dem Fahrer.

Als sie um die Ecke gebogen waren, sagte Lantz: »Danke, ich steige hier aus.«

Der Fahrer sah ihn überrascht an. »Sie fahren nur zweihundert Meter, Señor?«

»Ja. Ich habe eine Kriegsverletzung am Bein.«

Lantz gab dem Fahrer ein Trinkgeld und ließ ihn davonfahren. Dann ging er rasch zurück und betrat das kleine Tabakgeschäft gegenüber von Neusas Wohnung. Er kaufte eine Zeitung und wartete.

Zwanzig Minuten später verließ Neusa das Appartement-Haus. Lantz sah zu, wie sie stadteinwärts davonwatschelte, und folgte ihr dann in gebührendem Abstand. Es bestand keine Gefahr, daß er sie aus den Augen verlor. Es war, als verfolgte er die *Lusitania*.

Neusa schien es nicht eilig zu haben. Sie ging die Avenida Belgrano hinunter, vorbei an der Spanischen Bibliothek, und die Avenida Córdoba hinauf. Dann betrat sie das Ledergeschäft Berenes in der San-Martín-Straße. Lantz stand auf der anderen Seite der Straße und beobachtete, wie sie mit einem Verkäufer redete. Er fragte sich, ob der Laden wohl etwas mit Angel zu tun haben könnte. Nun, das würde er noch überprüfen.

Fünf Minuten später kehrte Neusa mit einem kleinen Päckchen in der Hand zurück auf die Straße. Ihre nächste Station war eine *Heladería* an der Calle Corrientes, wo sie sich ein Eis kaufte. Sie schlenderte langsam die Straße hinunter und schien dabei kein bestimmtes Ziel zu verfolgen.

Was zum Teufel ist aus ihrer Verabredung geworden? fragte sich Lantz. *Wo bleibt Angel?* Er glaubte nicht, daß Angel tatsächlich nicht in der Stadt war. Sein Instinkt sagte ihm, daß Angel ganz in der Nähe sein mußte.

Plötzlich merkte er, daß Neusa nicht mehr vor ihm herging. Sie war um eine Ecke gebogen. Lantz beschleunigte seine Schritte, aber als er die Ecke erreichte, war Neusa verschwunden. Verflucht! Auf beiden Seiten der Straße gab es kleine Läden, und Lantz muße nach allen Seiten Ausschau halten, damit Neusa ihn nicht womöglich entdeckte, ehe er sie fand.

Schließlich sah er sie in einem Feinkostgeschäft stehen, wo sie Lebensmittel einkaufte. Waren das Sachen für sie, oder erwartete sie zum Mittagessen Besuch? Von einem Mann namens Angel?

Neusa ergänzte ihre Einkäufe noch mit frischem Obst und Gemüse, die sie in einer *Verdulería* erstand, dann machte sie sich auf den Heimweg. Lantz verfolgte sie bis zu ihrem Appartement zurück. Sie hatte mit niemandem Kontakt aufgenommen, der mit Angel zu tun hatte, da war er sicher.

Jetzt galt es zu überprüfen, ob Angel vielleicht seine Freundin besuchte. Lantz trieb sich vier Stunden lang in der Nähe von Neusas Appartement-Haus herum, wobei er versuchte, so wenig aufzufallen wie möglich, aber niemand erschien. Jedenfalls niemand, der aussah, als wäre er Angel. Vielleicht kann ich sie heute abend richtig ausquetschen, dachte Lantz. *Vielleicht kriege ich etwas aus ihr heraus, ohne sie noch einmal zu ficken.* Er fuhr zurück ins Hotel und duschte ausgiebig. Bei der Vorstellung, noch einmal mit Neusa ins Bett gehen zu müssen, schauderte ihm.

Vor den Fenstern des Oval Office im Weißen Haus wurde es dunkel. Es war ein anstrengender Tag für Präsident Ellison gewesen. Die Welt bestand nur noch aus Konferenzen, Sitzungen, Depeschen, Berichten, Gesetzesvorlagen und Staatsbesuchen, und er hatte keine Minute mehr für sich selbst. Erst jetzt war er endlich einmal allein. Oder fast allein, jedenfalls. Stanton Rogers saß ihm gegenüber, und

Präsident Ellison entspannte sich in der Gegenwart seines Freundes.

»Ich will dich nicht aufhalten, Stan«, sagte er. »Barbara wartet sicher auf dich.«

»Das geht schon in Ordnung, Paul.«

»Ich wollte dich fragen, was die Sicherheitsprüfung dieser Mary Ashley ergeben hat, Stan.«

»Der Bericht ist fast fertig. Morgen oder übermorgen treffen die letzten Ergebnisse ein. Bis jetzt sieht alles sehr gut aus, und ich gewöhne mich immer mehr an die Vorstellung. Ich glaube, es könnte tatsächlich klappen.«

»Wir sorgen schon dafür, daß es klappt, oder? Magst du noch einen Drink?«

»Nein danke.« Wenn du mich nicht mehr brauchst, fahre ich jetzt los. Ich will mit Barbara zu einer Premiere im Kennedy Center.«

»Dann mach dich nur auf den Weg«, sagte der Präsident. »Alice und ich kriegen Besuch von ihren Verwandten.«

»Meine Empfehlungen«, sagte Stan Rogers und erhob sich von seinem Stuhl.

»Grüß Barbara auch schön.« Geistesabwesend sah Präsident Ellison zu, wie Rogers das Zimmer verließ. Seine Gedanken waren bei Mary Ashley.

Als Harry Lantz am Abend an Neusas Tür klopfte, um mit ihr essen zu gehen, öffnete niemand. Einen Augenblick lang war er erschrocken. Hatte sie ihn versetzt?

Er drehte den Türknopf und stellte fest, daß sie nicht abgeschlossen war. Wartete Angel da drin? Hatte er sich doch noch entschlossen, die Einzelheiten des Kontrakts mit ihm direkt auszuhandeln? Lantz bemühte sich um eine straffe, geschäftsmäßige Haltung und betrat das Appartement.

Das Wohnzimmer war leer. »Hallo?« Kein Echo. Lantz ging ins Schlafzimmer. Da lag sie, betrunken, im Bett.

»Du blöde . . .« Lantz konnte sich nur mit Mühe beherrschen. Bloß nicht vergessen, daß dieses blöde, besoffene Weib seine Goldmine war! Er packte sie an den Schultern und versuchte sie zu wecken.

Mühsam öffnete sie ihre Augen. »Was'n los?«

»Ich mache mir Sorgen um dich«, sagte Lantz. Seine Stimme bebte vor Ernsthaftigkeit. »Es tut mir leid, daß du so unglücklich bist. Ich habe das Gefühl, daß du trinkst, weil dich jemand unglücklich macht. Schau, Neusa, ich bin dein Freund. Mir kannst du alles erzählen. Macht Angel dich unglücklich?«

»Angel«, murmelte sie.

»Er ist bestimmt ein sehr netter Mensch«, sagte Lantz mit der ganzen Milde eines gütigen Seelsorgers. »Wahrscheinlich hat es nur ein kleines Mißverständnis gegeben, nicht wahr?«

Er versuchte, sie so weit herumzurollen, daß sie richtig im Bett lag, aber das war nicht so einfach. *Als ob man einen gestrandeten Walfisch an Land schleifen muß*, dachte er.

Schließlich setzte er sich erschöpft auf die Bettkante. »Erzähl mir von Angel!« sagte er. »Was macht er mit dir?«

Neusa starrte ihn mit trüben Augen an und versuchte vergeblich, ihren Blick auf sein Gesicht zu konzentrieren. »Laß uns ficken, okay?«

Ach, du meine Güte! Das würde eine lange Nacht werden! »Oh, ja. Gute Idee!« Widerwillig zog Harry sich aus.

Harry Lantz wachte allein auf. Neusa hatte das Bett schon verlassen. Als er sich daran erinnerte, womit er die Nacht verbracht hatte, wurde ihm beinahe schlecht.

Irgendwann hatte Neusa ihn wachgerüttelt und gemurmelt: »Komm her du, ich sag dir, was du für mich tun kanns'!« Und dann hatte sie es ihm in allen Einzelheiten gesagt.

Er hatte ungläubig zugehört, dann aber alles getan, was das Monstrum von ihm verlangt hatte. Er konnte es sich ja nicht leisten, sie zu verärgern. Neusa war ein wüstes, grausames Vieh, und Harry hatte sich immer wieder gefragt, ob Angel wohl auch schon getan hatte, was er jetzt tun mußte. Wenn er daran dachte, was er durchgemacht hatte, schauderte ihn.

Jetzt war Neusa im Badezimmer und sang. *Völlig falsch*, dachte Harry. *Nein, ich kann sie nicht länger ertragen. Wenn sie mir heute nicht sagt, wo ich Angel finde, versuche ich es bei seinem Schneider und seinem Schuhmacher.*

Er schob die Bettdecke weg und ging zu Neusa ins Bad. Sie stand vor dem Spiegel und zupfte an ihren aufgedrehten Haaren herum. Sie sah häßlicher aus als jemals zuvor.

»Heute müssen wir aber mal vernünftig miteinander reden«, sagte Harry entschlossen.

»Klar.« Neusa zeigte auf die Badewanne, die schon zur Hälfte gefüllt war. »Ich hab dir'n Bad eingelassen. Wenn du fertig bist, mach ich uns Frühstück.«

Harry war ungeduldig, aber er wollte Neusa nicht drängen.

»Magst du Omelettes?« fragte sie.

Er hatte überhaupt keinen Hunger. »Ja, klingt hervorragend!«

»Ich mach' sehr gute Omelettes. Angel hat mir das beigebracht.«

Geistesabwesend sah Harry zu, wie Neusa die häßlichen gelben Lockenwickler aus ihren Haaren nahm. Dann ließ er sich mit einem leisen Seufzer in die Badewanne hineingleiten.

Neusa holte einen großen Fön aus dem Schrank, steckte ihn in die Steckdose neben dem Spiegel und begann sich die Haare zu trocknen.

Harry entspannte sich in dem angenehm lauwarmen Wasser. *Vielleicht sollte ich mir eine Pistole besorgen,* dachte er, *und Angel selbst fertigmachen. Wenn ich ihn den Israelis überlasse, gibt es hinterher womöglich noch lange Diskussionen, ob ich die Belohnung auch wirklich verdient habe. Wenn ich ihn erschieße, ist das gar keine Frage. Ich sage ihnen einfach, wo sie die Leiche einsammeln können.*

Neusa sagte etwas zu ihm, aber Harry verstand nicht gleich. Der Fön machte einen höllischen Lärm.

»Was hast du gesagt?« rief er.

Neusa stellte sich direkt neben die Wanne. »Ich hab ein Geschenk für dich, Harry! Von Angel!«

Damit ließ sie den Fön in Harrys Badewasser fallen und sah gelassen zu, wie sein hübscher, braungebrannter Körper im Todeskampf tanzte.

7

Präsident Ellison legte den Bericht über Mary Ashley zurück auf den Schreibtisch und sagte: »Ich sehe nirgendwo ein Problem, Stan. Die Frau ist makellos.«

»Ich weiß, Paul. Mary Ashley ist die ideale Kandidatin. Das State Department wird natürlich sehr unglücklich sein, aber...«

»Wir schicken ihnen ein Taschentuch, damit sie ihre Tränen trocknen können. Viel wichtiger ist, daß uns der Senat unterstützt.«

Mary Ashleys Büro in der Kedzie Hall war ein kleiner, gemütlicher Raum voller Regale mit sorgfältig ausgewählten Büchern über osteuropäische Politik und Geschichte. Die sonstige Möblierung war spärlich. Sie bestand im wesentlichen aus einem kampferprobten Schreibtisch und einem Drahtsessel. Am Fenster standen außerdem noch ein kleiner, mit Examensarbeiten überhäufter Kaffeetisch, ein weiterer Stuhl und eine Stehlampe. An der Wand hinter Marys Sessel hing eine große Landkarte vom Balkan, an der Wand gegenüber ein Foto ihres Großvaters. Das Bild war ungefähr um die Jahrhundertwende aufgenommen, und der junge Mann auf dem Foto trug einen feierlichen schwarzen Anzug. Seine Haltung war unnatürlich und steif. Das Foto gehörte zu Marys bestgehüteten Schätzen, denn ihrem Großvater verdankte sie ihr lebenslanges Interesse für Rumänien und die übrigen osteuropäischen Länder. Er hatte ihr romantische Geschichten über die ehemalige Königin

Maria und ihre Baronessen erzählt; Geschichten, in denen auch der Prinzgemahl Albert und Zar Alexander II. und zahllose andere gekrönte Häupter herumgeisterten.

Irgendwo gibt es auch königliches Blut in unserer Familie. Wenn die Revolution nicht gewesen wäre, wärst du vielleicht auch eine Prinzessin geworden, dachte Mary gelegentlich.

Früher hatte sie sogar regelmäßig davon geträumt.

Mary war gerade dabei, Examensarbeiten zu korrigieren, als plötzlich die Tür aufging und Cyril Hunter, der Dekan der sozialwissenschaftlichen Fakultät, bei ihr eintrat.

»Guten Morgen, Mrs. Ashley. Haben Sie einen Augenblick Zeit?« Es war der erste Besuch des Dekans in ihrem Büro.

Ein Gefühl freudiger Erwartung überlief Mary. Für diesen Besuch konnte es nur einen einzigen Grund geben: Der Dekan wollte ihr offiziell mitteilen, daß sie einen Lehrstuhl erhielt.

»Selbstverständlich«, sagte sie. »Wollen Sie sich nicht setzen?«

Ohne zu lächeln, ließ sich der Dekan auf dem Besucherstuhl nieder. »Nun, was machen denn Ihre Studenten?« fragte er. »Kommen Sie voran?«

»Ich glaube schon«, sagte Mary. *Was würde Edward für Augen machen, wenn sie ihm erzählte, daß sie jetzt ordentliche Professorin an der Kansas State University war!* Es kam nicht all zu oft vor, daß jemand in ihrem Alter schon einen Lehrstuhl erhielt.

Der Dekan machte einen ziemlich verlegenen Eindruck. »Sind Sie eigentlich in irgendwelchen Schwierigkeiten, Mrs. Ashley?« fragte er schließlich.

Mary war total überrascht. »In Schwierigkeiten? Ich? Nein. Wieso?«

»Es waren ein paar Herren aus Washington bei mir, die mich nach Ihnen gefragt haben.«

Plötzlich fiel Mary wieder ein, was ihre Nachbarin Florence Schiffer erzählt hatte: *Ein Beamter aus Washington... Er hat alle möglichen Fragen gestellt... Ob sie eine gute Mutter und loyale Amerikanerin sei... Man hätte denken können, sie wäre eine internationale Spionin...*

Es war also doch nicht um den Lehrstuhl gegangen. Mary hatte plötzlich Schwierigkeiten zu sprechen. »Was... Was wollten die Männer denn wissen, Sir?«

»Es ging um Ihre Fähigkeiten als Lehrkraft, aber auch um Ihr Privatleben, Mrs. Ashley.«

»Ich habe dafür keinerlei Erklärung, Sir. Ich habe keine Ahnung, was vorgeht. Schwierigkeiten habe ich jedenfalls keine, soviel ich weiß.« Mary fand selbst, daß ihre Äußerungen nicht recht überzeugend klangen.

Der Dekan sah sie mit unverhohlenem Mißtrauen an.

»Hat man Ihnen denn nicht gesagt, was all diese Fragen über mich zu bedeuten haben?« fragte Mary verzweifelt.

»Nein«, sagte der Dekan. »Es wurde mir vielmehr nahegelegt, die ganze Angelegenheit vertraulich zu behandeln und niemandem etwas davon zu erzählen. Aber ich bin schließlich gegenüber den Mitgliedern des Lehrkörpers zur Fürsorge verpflichtet, und ich war der Ansicht, Sie sollten über diese Sache Bescheid wissen. Wenn es in Ihrem Leben etwas gibt, was ich wissen sollte, würde ich es allerdings lieber von Ihnen selbst hören. Wenn ein Mitglied unseres Lehrkörpers in einen Skandal verwickelt wäre, könnte das nämlich der ganzen Universität schaden.«

Mary schüttelte hilflos den Kopf. »Ich... Ich wüßte wirklich nicht...«

Der Dekan sah sie einen Augenblick lang unsicher an, als wollte er noch etwas sagen. Dann nickte er. »Gut«, sagte er, »dann wollen wir es dabei belassen, Mrs. Ashley.«

Mary sah zu, wie der Dekan ihr Zimmer verließ, und überlegte: *Was um Himmels willen habe ich bloß verbrochen?*

Während des Abendessens war Mary sehr still. Sie wollte ihren Mann erst in Ruhe aufessen lassen, ehe sie ihm von ihrem Gespräch mit dem Dekan erzählte. Dann konnten sie gemeinsam darüber nachdenken, was das zu bedeuten hätte.

Die Kinder waren mal wieder unmöglich. Beth weigerte sich rundheraus, ihr Essen auch nur zu versuchen. »Kein Mensch ißt heutzutage noch Fleisch«, erklärte sie kategorisch. »Das ist eine barbarische Sitte aus der Steinzeit. Zivilisierte Menschen essen keine lebenden Tiere.«

»Es lebt doch gar nicht mehr«, sagte Tim. »Es ist tot. Du kannst es ruhig essen.«

»Schluß jetzt!« rief Mary nervös. »Ich will nichts mehr hören. Du kannst dir einen Salat machen, Beth, wenn du willst.«

»Sie könnte doch gleich auf die Wiese gehen und Gras fressen«, stichelte Tim.

»Tim! Halt die Klappe und iß!« Mary spürte schon wieder das Pochen einer Migräne. »Edward, ich –«

In diesem Augenblick begann das Telefon zu klingeln.

»Das ist für mich«, kreischte Beth, sprang von ihrem Platz auf und stürmte zum Telefon. Sie riß den Hörer von der Gabel und seufzte lasziv: »Hallo, Virgil!« Dann hielt sie einen Augenblick inne, und ihr Gesichtsausdruck veränderte sich. »Ja, natürlich«, sagte sie wütend und knallte den Hörer zurück auf die Gabel. Dann kam sie mit langsamen Schritten wieder zum Tisch.

»Was war denn los?« fragte ihr Vater.

»Ach, irgend so ein dämlicher Witzbold. Er hat gesagt, er ruft aus dem Weißen Haus an.«

»Aus dem Weißen Haus?« sagte Edward Ashley mit hochgezogenen Brauen. »Wen wollte er denn sprechen?«

Wieder klingelte das Telefon.

»Ich werde mal drangehen«, sagte Mary entschlossen. Sie stand auf und nahm den Hörer auf. »Hallo?« Während sie zuhörte, verfinsterte sich ihr Gesicht. »Sie müssen schon entschuldigen. Wir sind gerade beim Essen, und ich finde das überhaupt nicht komisch, verstehen Sie? Was? ... Wer? Der Präsident?« Plötzlich war es totenstill im Zimmer. »He, warten Sie! Ich ... Oh, guten Abend, Mr. President.« Mary sah aus wie betäubt. Ihre Familie beobachtete sie mit runden Augen. »Ja, Sir, ich erkenne Ihre Stimme. Es – äh – es tut mir leid, daß wir gerade aufgehängt haben. Beth dachte, es wäre Virgil, und ... Ja, Sir. Vielen Dank.« Mary verstummte. »Ob ich *was* werden will?« Ihr Gesicht wurde plötzlich sehr rot, und sie strich sich das Kleid glatt.

Edward war aufgesprungen und ging auf Zehenspitzen zum Telefon, die Kinder folgten dichtauf.

»Das muß eine Verwechslung sein, Mr. President. Mein Name ist Mary Ashley. Ich bin Lehrbeauftragte an der Kansas State University, und ... Ach, den haben Sie gelesen? Vielen Dank, Sir. Das ist sehr freundlich von Ihnen.« Mary hörte eine Weile lang zu. »Ja, Sir, da bin ich ganz Ihrer Meinung, aber das bedeutet doch nicht, daß ich ... Ja, Sir. Ich verstehe. Ja, Sir. Ich bin sehr geschmeichelt. Es ist eine große Herausforderung, aber ... Ja, natürlich. Ich werde mit meinem Mann darüber sprechen und melde mich dann wieder bei Ihnen.« Sie nahm einen Kugelschreiber und notierte sich eine Nummer. »Ja, Sir. Ich habe sie aufgeschrieben. Vielen Dank, Mr. President. Auf Wiederhören.«

Langsam legte Mary den Hörer auf und blieb wie gelähmt stehen.

»Um Himmels willen, Mary! Was war denn das?« fragte Edward.

»War das wirklich der Präsident?« fragte Tim.

Mary sank auf den nächstbesten Stuhl. »Ja«, sagte sie. »Es war wirklich der Präsident.«

Edward ergriff ihre Hand. »Mary – was wollte er denn? Was hat er gesagt?«

Mary war immer noch völlig erstarrt. *Deswegen sind also alle Leute über mich ausgefragt worden,* dachte sie.

Sie sah ihren Mann und ihre Kinder mit glasigen Augen an und sagte: »Der Präsident hat mein Buch und meine

Aufsätze gelesen und findet sie gut. Er sagt, das wären genau die Ideen, die er für sein Völkerverständigungsprogramm braucht. Er möchte mich zur Botschafterin in Rumänien machen.«

Jetzt war es an Edward, sie mit offenem Mund anzustarren. »Dich?« fragte er. »Warum gerade dich?«

Genau dasselbe hatte Mary sich auch gerade gefragt, dennoch fand sie, daß Edward ein wenig taktvoller sein könnte. Warum hatte er nicht gesagt: *»Das ist ja phantastisch! Du wärst eine hervorragende Botschafterin!«*

Statt dessen stellte er jetzt auch noch fest: »Du hast doch gar keine politische Erfahrung.«

»Das weiß ich selbst«, sagte Mary. »Ich finde auch, daß es eine verrückte Idee ist.«

»Wirst du jetzt Botschafter?« fragte Tim. »Ziehen wir nach Rumelien?«

»Rumänien heißt das.«

»Wo ist denn Rumänien?«

Edward wandte sich den Kindern zu. »Jetzt eßt mal schön auf! Mutter und ich müssen etwas besprechen.«

»Haben wir denn gar nichts zu sagen?« maulte Tim.

»Ihr dürft auch mit abstimmen«, sagte sein Vater. »Aber bitte per Briefwahl!«

Edward nahm Marys Arm und führte sie in die Bibliothek. »Es tut mir leid, daß ich eben so überheblich war, Mary. Ich war nur so überrascht, daß ...«

»Nein, du hast ja ganz recht, Edward. Es ist ja auch völlig unsinnig, daß sie ausgerechnet mich ...«

Wenn ihn seine Frau Edward nannte, wußte er, daß es gleich Krach geben würde. »Liebling«, sagte er, »du wärst bestimmt eine phantastische Botschafterin, aber du mußt zugeben, daß Ganze war doch ein Schock irgendwie? Oder nicht?«

»Sagen wir: ein Blitz aus heiterem Himmel«, lächelte Mary. Ihre Stimme war plötzlich die eines kleinen Mädchens. »Ich kann es noch gar nicht glauben.« Sie lachte.

»Paß auf! Wenn ich es Florence erzähle, ist sie vollkommen fertig!«

Edward beobachtete sie höchst beunruhigt. »Der Gedanke an die ganze Sache scheint dir aber irgendwie zu gefallen, oder?«

»Natürlich finde ich die Vorstellung aufregend«, sagte Mary. »Wärst du denn nicht aufgeregt, wenn dich der Präsident anrufen würde und –«

Edward wählte seine Worte sehr sorgfältig. »Natürlich ist es eine große Ehre, Schatz, und ich bin sicher, der Präsident hat sich das überlegt. Das Weiße Haus hat bestimmt gute Gründe dafür gehabt, dich auszusuchen.« Er zögerte. »Wir müssen sehr sorgfältig darüber nachdenken. Auch darüber, was aus uns würde, wenn du tatsächlich . . .«

Mary wußte genau, was er meinte. *Edward hat recht,* dachte sie. *Natürlich hat er vollkommen recht.*

»Ich kann meine Praxis und meine Patienten nicht einfach im Stich lassen«, sagte Edward. »Ich müßte wohl oder übel hierbleiben. Ich weiß nicht, wie lange du fort wärst, aber wenn es dir wirklich so viel bedeutet, dann finden wir schon einen Weg. Du könntest ja mit den Kindern nach drüben gehen, und ich könnte euch alle paar Wochen –«

»Du bist ja verrückt«, sagte Mary leise. »Glaubst du im Ernst, ich könnte ohne dich leben?«

»Nun ja, es ist eine große Ehre, und –«

»Es ist auch eine große Ehre, deine Frau sein zu dürfen. Nichts bedeutet mir mehr als du und die Kinder. Ich könnte euch niemals verlassen. Diese Stadt findet nie wieder einen Chirurgen wie dich, aber wenn die Regierung einen Botschafter für Rumänien sucht, brauchen sie bloß im Telefonbuch nachzuschlagen. Da müssen Dutzende stehen!«

Er nahm seine Frau in die Arme. »Bist du sicher?«

»Ganz sicher. Es war sehr aufregend, mit dem Präsidenten zu reden. Aber das genügt auch. Ich –«

Die Tür flog auf, und Beth und Tim stürmten herein. »Ich habe Virgil angerufen und ihm gesagt, daß du Botschafterin wirst«, rief Beth mit leuchtenden Augen.

»Dann kannst du ihn gleich noch einmal anrufen und ihm sagen, daß es nicht stimmt«, sagte Mary.

»Warum denn nicht?« fragte Beth.

»Deine Mutter hat beschlossen, in Junction City zu bleiben«, sagte Edward.

»Aber warum denn?« jammerte Beth. »Ich bin noch nie in Rumänien gewesen. Ich bin überhaupt noch nirgendwo gewesen.«

Tim wandte sich an seine Schwester: »Ich hab' dir doch gesagt, wir kommen hier nie raus.«

»Die Diskussion ist beendet«, sagte Mary. »Ich wünsche keine weiteren Wortmeldungen mehr.«

Am nächsten Morgen wählte Mary die Telefonnummer, die Präsident Ellison ihr gegeben hatte. Die Vermittlung meldete sich. »Hier spricht Mrs. Edward Ashley«, sagte Mary. »Ich glaube Mr. Greene, der Assistent des Präsidenten, erwartet einen Anruf von mir.«

»Einen Augenblick, bitte.«

Es meldete sich eine männliche Stimme: »Hallo? Mrs. Ashley?«

»Ja«, sagte Mary. »Könnten Sie bitte dem Präsidenten etwas ausrichten?«

»Selbstverständlich.«

»Könnten Sie ihm bitte sagen, daß ich mich durch sein Angebot außerordentlich geehrt fühle, daß mich aber familiäre Verpflichtungen hier festhalten? Der Beruf meines Mannes läßt eine längere Abwesenheit von Junction City leider nicht zu. Ich muß also ablehnen. Ich hoffe, der Präsident hat für meine Haltung Verständnis.«

»Ich werde es dem Präsidenten mitteilen«, sagte die Stimme sachlich. »Vielen Dank, Mrs. Ashley.« Die Leitung wurde unterbrochen.

Zögernd legte Mary den Hörer auf die Gabel zurück. Das wäre erledigt. Einen kurzen Augenblick lang hatte man ihr einen verlockenden Traum vorgegaukelt. Aber mehr war es nicht. Die Wirklichkeit sah anders aus. *Ich muß mich auf mein Seminar vorbereiten.*

Manama, Bahrain

Das weiße Haus in der Nähe der Suks, der farbenprächtigen Marktbuden, war genauso unauffällig wie die zahllosen anderen weißgekalkten Häuser ringsum. Es gehörte einem reichen arabischen Kaufmann, der mit den *Patriots for Freedom* sympathisierte.

»Wir brauchen es nur für einen Tag«, hatte die Stimme am Telefon gesagt. Der Mann hatte keine Sekunde gezögert, sein Haus zur Verfügung zu stellen, auch wenn er nicht wußte, was dort stattfinden sollte.

Der Vorsitzende erstattete gerade seinen Bericht. »Die Ausführung unseres Beschlusses den rumänischen Exilpolitiker Marin Groza betreffend ist auf unerwartete Schwierigkeiten gestoßen.«

»Schwierigkeiten?« fragte Baldur. »Welcher Art?«

»Unser Vermittler, Harry Lantz, ist nicht mehr am Leben.«

»Nicht mehr am Leben? Wieso?«

»Er wurde ermordet. Seine Leiche wurde im Hafen von Buenos Aires gefunden.«

»Hat die Polizei irgendwelche Vermutungen? Ich meine – können wir irgendwie damit in Verbindung gebracht werden?«

»Nein. Wir sind vollkommen sicher.«

»Und was wird aus unserem Plan?« fragte Thor. »Wird die Sache erledigt?«

»Im Augenblick ist alles ein bißchen ins Stocken geraten. Wir wissen nicht, wie wir Angel erreichen können. Allerdings hat der Controller Harry Lantz die Erlaubnis gegeben, seinen Namen zu nennen. Wir rechnen also damit, daß sich Angel möglicherweise noch meldet. Im Augenblick können wir aber nur warten.«

Die Hauptschlagzeile der *Junction City Daily Union* hieß:

FRAU EINES CHIRURGEN AUS JUNCTION CITY
LEHNT BOTSCHAFTERPOSTEN IN BUKAREST AB.

Neben einem großen Foto von Mary fand sich auch noch ein zwei Spalten breiter Artikel. Der öffentliche Radiosender KJCK feierte Mary mit zwei längeren Beiträgen am Nachmittag und am Abend. Die Tatsache, daß Mary den Posten abgelehnt hatte, machte die Geschichte interessanter, als hätte sie ihn akzeptiert. Denn in den Augen seiner selbstbewußten Einwohner war Junction City in Kansas weitaus wichtiger als die weit entfernte rumänische Hauptstadt.

Als Mary zum Einkaufen in die Stadt fuhr, hörte sie ihren Namen gleich mehrfach im Autoradio.

»... Präsident Ellison hatte angekündigt, daß die Wiederaufnahme diplomatischer Beziehungen zu Rumänien der Auftakt seines Programms zur Völkerverständigung sein solle, das den Eckstein der neuen Außenpolitik bildet. Wie die Ablehnung von Mary Ashley, nach Bukarest zu gehen, sich auf das Programm des Präsidenten auswirken wird –«

Ärgerlich drückte Mary auf die Taste eines anderen Senders.

»... ist mit dem Chirurgen Dr. Edward Ashley verheiratet und man nimmt an, daß –«

Mary stellte das Radio ab. Im Lauf des Vormittags hatte sie mehr als drei Dutzend Telefonanrufe von Freunden, Nachbarn, Studenten und neugierigen Fremden erhalten. Viele Reporter hatten sie angerufen, sogar welche aus London und Tokio. *Das Ganze wird völlig über Gebühr aufgebauscht,* dachte Mary. *Es ist doch nicht meine Schuld, daß der Präsident seine ganze Außenpolitik auf Rumänien auf-*

gebaut hat. Ich frage mich, wie lange dieser Wirbel wohl noch anhält. Hoffentlich ist es in ein paar Tagen vorbei.

Wie üblich hielt sie an der Tankstelle vor der Selbstbedienungs-Zapfsäule, aber kaum hatte sie ihren Wagen verlassen, da stürmte auch schon der betagte Besitzer herbei und riß ihr den Schlauch aus der Hand. »Aber nicht doch, Frau Botschafterin, das mache ich schon«, sagte er. »Das wäre ja noch schöner, wenn Sie hier selbst das Benzin einfüllen müßten, Ma'am.«

»Vielen Dank«, lächelte Mary. »Es geht schon. Ich hab' es doch immer gemacht.«

»Nein, das kommt gar nicht in Frage. Ich bestehe darauf.«

Mary bezahlte und fuhr weiter. Auf der Washington Street parkte sie vor der Shoe Box.

»Guten Tag, Mrs. Ashley«, sagte der Mann hinter der Theke. »Wie geht es denn der Frau Botschafterin heute morgen?«

Allmählich wird es mir lästig, dachte Mary. »Mir geht's ausgezeichnet, vielen Dank«, sagte sie. »Aber Botschafterin bin ich nicht.« Sie stellte ein Paar Kinderschuhe auf den Tisch. »Können Sie Tims Schuhe bitte besohlen?«

Der Mann untersuchte die Schuhe mit gerunzelter Stirn. »Hatten wir die nicht letzte Woche schon da?«

»Ja«, seufzte Mary. »Letzte, vorletzte und vorvorletzte Woche.«

Die nächste Station war Long's Department Store. Mrs. Hacker, die Leiterin der Abteilung Oberbekleidung begrüßte sie mit den Worten: »Ich hab gerade im Radio von Ihnen gehört, Frau Botschafterin. Sie haben Junction City richtig berühmt gemacht, Mrs. Ashley. Ich glaube, Dwight D. Eisenhower, Alf Landon und Sie sind die einzigen politischen Größen, die Kansas jemals hervorgebracht hat, nicht wahr?«

»Aber ich bin doch gar keine Botschafterin«, sagte Mary geduldig. »Ich habe doch abgelehnt.«

»Ja, genau«, sagte Mrs. Hacker.

Mary gab auf. »Ich brauche ein Paar Jeans für meine Tochter«, sagte sie. »Etwas Solides. Am besten aus Chromstahl.«

»Wie alt ist die kleine Beth denn jetzt? Ungefähr zehn, nicht?«

»Zwölf.«

»Ach, was Sie nicht sagen! Sie wachsen so schnell heutzutage. Ehe man sich umdreht ist sie ein Teenager.«

»Beth wurde schon als Teenager geboren, Mrs. Hacker.«

»Und wie geht es Tim?«

»Er ist seiner Schwester sehr ähnlich.«

Das Einkaufen dauerte diesmal doppelt so lange wie sonst. Jeder hatte etwas zu dem großen Ereignis zu sagen. Schließlich ging Mary in Dillon's Supermarkt. Sie stand vor dem Regal mit den Cornflakes, als Mr. Dillon sich näherte.

»Guten Morgen, Mrs. Ashley«, sagte er.

»Guten Morgen, Mr. Dillon«, erwiderte Mary. »Haben Sie irgendwelche Cornflakes ohne was drin?«

»Wie meinen Sie das?« fragte Mr. Dillon mißtrauisch.

Mary holte eine Liste aus der Tasche. »Also es dürfen keine künstlichen Süßstoffe, keine Pottasche, keine gehärteten Fette, kein Coffein, keine Folsäure, keine Farbstoffe und keine Geschmacksverstärker drin sein.«

Mr. Dillon nahm die Liste und studierte sie mit offenem Mund. »Ist das eine Art medizinisches Experiment?«

»In gewisser Weise ja. Meine Tochter ißt nur biologische Kost.«

»Warum schicken Sie das Kind nicht einfach raus auf die Wiese und lassen sie grasen?« sagte Mr. Dillon und lachte über seinen eigenen Witz.

»Das hat mein Sohn auch vorgeschlagen«, sagte Mary hilflos. »Es ist wohl alles meine Schuld.« Sie studierte die Aufschrift auf einer der Packungen. »Ich hätte meiner Tochter niemals das Lesen beibringen dürfen.«

Mary fuhr langsam nach Hause. Besonders auf der kurvenreichen, steil ansteigenden Straße zum Milford Lake war sie sehr vorsichtig. In Junction City war es zwar noch ein paar Grad über Null, aber der heftige Wind, der ungebremst über die weite Ebene brauste, brachte die Temperatur hier oben ein gutes Stück unter die Null-Grad-Grenze. Das Gras war schneebedeckt, und Mary erinnerte sich an den letzten Winter, als ein Schneesturm die Hochspannungsleitung unterbrochen hatte. Fast eine Woche lang hatten sie keinen Strom gehabt. Und jede Nacht hatten Edward und sie sich geliebt. *Vielleicht haben wir diesen Winter wieder Glück*, dachte Mary und grinste.

Als Mary nach Hause kam, war ihr Mann noch im Krankenhaus. Tim lag im Wohnzimmer auf der Couch und starrte in den Fernseher. Mary verstaute die Lebensmittel im Kühlschrank, ehe sie sich ihren Jüngsten vorknöpfte.

»Solltest du nicht lieber deine Hausaufgaben machen?« fragte sie.

»Kann ich nicht.«

»Und warum nicht, wenn man fragen darf?«

»Weil ich sie nicht verstehe.«

»Wenn du immer bloß *Star Trek* anschaust, wirst du sie auch nicht besser verstehen. Zeig mal dein Heft!«

Tim gehorchte. »Hier ist das Mathebuch«, sagte er. »Und hier ist die blöde Aufgabe.«

»Es gibt keine blöden Aufgaben«, sagte Mary. »Es gibt allenfalls blöde Schüler. So, und jetzt laß mal sehen.«

Mary las die Aufgabe laut vor: »Ein Zug verläßt Minneapolis mit einhundertundneunundvierzig Passagieren an Bord. In Atlanta steigen weitere Passagiere zu. Danach sind zweihundertunddreiundzwanzig Passagiere an Bord. Wieviele Personen sind in Atlanta zugestiegen?« Mary sah auf. »Na, das ist doch einfach, Tim. Du ziehst einhundertneunundvierzig von zweihundertdreiundzwanzig ab, nicht wahr?«

»Nein«, sagte Tim düster. »Du mußt eine Gleichung daraus machen. Hundertneunundvierzig plus X gleich zweihundertdreiundzwanzig. X gleich zweihundertdreiundzwanzig minus einhundertundneunundvierzig. X gleich vierundsiebzig.«

»Mein Gott, ist das blöd.«

Als sie am Zimmer ihrer Tochter vorbeikam, hörte Mary ein donnergleiches Getöse. Erschrocken riß sie die Tür auf. Beth saß im Schneidersitz auf dem Fußboden. Der Fernseher lief, und auf dem Plattenspieler drehte sich eine Rock-Platte. Beth brütete über einem Vokabelheft.

»Kannst du dich bei solchem Lärm denn überhaupt konzentrieren?« fragte Mary entsetzt und drehte als erstes den Fernseher ab.

Aber Beth reagierte erst, als Mary auch noch den Plattenspieler abgestellt hatte. »He, was soll das?« fragte sie wütend. »Das war George Michael.«

Überall an den Wänden hingen Plakate und Fotos von Popstars. Kiss und Van Halen, Motley Crue, Aldo Nova und David Lee Roth, Rick Springfield und ein Dutzend andere mehr. Das Bett war mit Teenager-Magazinen bedeckt: *Seventeen* und *Teen Idol* und andere, die Mary nicht kannte. Die Kleider ihrer Tochter waren auf dem Boden verstreut.

Mary schaute sich verzweifelt um. »Beth, bitte erklär mir, wie du es in einem solchen Chaos aushalten kannst!«

Beth hob den Kopf und sah ihre Mutter erstaunt an. »In was für einem Chaos?«

Mary preßte die Lippen zusammen. »Ach, nichts.« Sie entdeckte einen Briefumschlag auf dem Tisch. »Hast du einen Brief an Rick Springfield geschrieben?«

»Ja, ich liebe ihn.«

»Ich habe gedacht, du bist in George Michael verliebt.«

»Ja, ich *verzehre* mich nach George Michael, aber ich *liebe* Rick Springfield. Sag mal, hast du dich denn nie nach jemand verzehrt, Mutter? Ich meine früher –«

»Ach, weißt du, als ich so alt war wie du, hatten wir alle Hände voll damit zu tun, die Planwagen sicher nach Westen zu kriegen.«

Beth seufzte. »Hast du eigentlich gewußt, daß Rick Springfield eine sehr unglückliche Kindheit gehabt hat?«

»Nein, wirklich? Ich hatte ja keine Ahnung. Der arme Kerl.«

»Ja, es war schrecklich. Sein Vater war bei der Armee und wurde dauernd versetzt. Rick ist übrigens auch Vegetarier. Genau wie ich. Er ist super!«

Das also steckte hinter der neuen Diät!

»Mutter, darf ich am Freitag mit Virgil ins Kino?«

»Mit Virgil? Was ist denn aus Arnold geworden?«

Es entstand eine Pause. »Arnold ist frech geworden. Irgendwie ist er ein ganz dumpfer Typ.«

Mary zwang sich zur Ruhe. »Mit ›frech geworden‹ meinst du, er hat versucht...?«

»Ja. Bloß weil ich einen Busen kriege, denken die Jungs plötzlich, ich wäre zu haben. Mom, hast du deinen Körper auch mal so schrecklich gefunden?«

Mary schloß ihre Tochter in die Arme. »Ja, Liebling, als ich so alt war wie du jetzt, war mir mein Körper sehr unheimlich.«

»Ich hasse es, meine Tage zu kriegen und Brüste und Haare zwischen den Beinen. Warum muß denn das sein?«

»Das ist bei allen Mädchen so. Du wirst dich schon daran gewöhnen.«

»Nein, das werde ich nicht!« Beth riß sich los und erklärte wütend: »Ich habe ja nichts dagegen, mich zu verlieben, aber ich werde nie Sex haben! Keiner kann mich dazu zwingen. Arnold nicht und Virgil nicht und Kevin Bacon erst recht nicht!«

»Das ist ganz allein deine Entscheidung«, sagte Mary feierlich.

»Ja«, bestätigte Beth. Dann wechselte sie plötzlich das Thema. »Was hat denn der Präsident gesagt, als du ihm mitgeteilt hast, daß du nicht seine Botschafterin werden willst?«

»Ach, er war wirklich sehr tapfer«, sagte Mary. Sie seufzte. »Ich glaube, ich werde jetzt kochen.«

Insgeheim haßte Mary das Kochen. Sie kochte nicht gern, und deshalb kochte sie auch nicht sehr gut. Und weil sie alles, was sie machte, auch gut machen wollte, haßte sie das Kochen noch mehr. Es war ein Teufelskreis, aus dem sie sich vor zwei Jahren zumindest teilweise dadurch befreit hatte, daß sie an drei Tagen in der Woche Lucinda, das mexikanische Dienstmädchen, kochen ließ. Außerdem putzte Lucinda auch noch die Wohnung. Heute allerdings war einer der schrecklichen Tage ohne Lucinda.

Als Edward nach Hause kam, stand Mary in der Küche und ließ gerade die tiefgefrorenen Erbsen anbrennen. Sie stellte den Herd ab und gab ihrem Mann einen Kuß. »Hallo, Liebling, du siehst ja so müde aus! Hattest du einen dumpfen Tag?«

»Dumpf? Du hast wohl mit unserer Tochter geplaudert?« fragte Edward. »Um ehrlich zu sein, der Tag war wirklich recht deprimierend. Heute nachmittag habe ich eine Dreizehnjährige wegen genitalem Herpes behandelt.«

»Ach, Liebling!« Mary warf die Erbsen in den Mülleimer und machte eine Büchse Tomaten auf.

»Bei so etwas muß ich immer an Beth denken«, sagte er.

»Wegen Beth brauchst du dir keine Sorgen zu machen«, erwiderte Mary. »Sie hat beschlossen, als Jungfrau zu sterben.«

»Daddy, krieg' ich zum Geburtstag ein Surfbrett?« fragte Tim beim Abendessen.

»Tim, ich möchte dir ja den Spaß nicht verderben, aber ist dir klar, daß du in Kansas wohnst und nicht in Hawaii?«

»Das weiß ich, aber Johnny hat mich in das Sommerhaus seiner Eltern in Malibu eingeladen. Im Juli.«

»Na ja«, sagte Edward. »Wenn sie ein Haus in Malibu haben, dann haben sie bestimmt auch genügend Surfbretter für ihre Gäste.«

»Darf ich nach Malibu?« fragte Tim.

»Wir werden sehen«, sagte Mary. »Bitte iß nicht so hastig, mein Sohn. Und du, Beth? Du ißt ja wieder mal überhaupt nichts!«

»Es ist ja auch nichts auf dem Tisch, was für den menschlichen Verzehr geeignet wäre«, sagte Beth mit einem anklagenden Blick. »Im übrigen möchte ich euch eine Mitteilung machen: Ich habe die Absicht, meinen Namen ändern zu lassen.«

»Hast du irgendwelche besonderen Gründe dafür?«, fragte Edward vorsichtig.

»Ja, ich werde ins Showbusiness gehen.«

Mary und Edward tauschten einen gequälten Blick. Dann sagte Edward: »In Ordnung, Mary. Du darfst sie verkaufen. Ich bin gespannt, ob du einen guten Preis für sie bekommst.«

8

Im Jahre 1965 hatte ein Skandal die Welt der Geheimdienste erschüttert. Der marokkanische Oppositionspolitiker al-Mehdi Ben Barka war mit Hilfe des französischen Geheimdiensts aus der Schweiz, wo er in Genf Asyl erhalten hatte, entführt und ermordet worden. Auf Grund dieses Zwischenfalls hatte Präsident Charles de Gaulle dem Premierminister die Kontrolle über den Geheimdienst entzogen und ihn dem Verteidigungsministerium unterstellt.

Für die Sicherheit von Marin Groza, dem die französische Regierung Asyl gewährt hatte, war deshalb Roland Passy, der gegenwärtige Verteidigungsminister verantwortlich. Vor der Villa in Neuilly standen rund um die Uhr französische Polizisten Wache, aber in Wirklichkeit ließ die Tatsache, daß Lev Pasternak sich für die Sicherheit Grozas verbürgt hatte, Passy ruhig schlafen. Der Verteidigungsminister hatte die Sicherheitsvorkehrungen Pasternaks selbst überprüft, und er war überzeugt, daß die Villa jedem Angriff standhalten würde.

In diplomatischen Kreisen gab es in letzter Zeit immer wieder Gerüchte darüber, daß in Rumänien ein Umsturz bevorstände. Es hieß, Alexandros Ionescu solle schon in allernächster Zeit von seinen Offizieren abgesetzt werden und Marin Groza nach Rumänien zurückkehren.

Lev Pasternak klopfte an die Tür zur Bibliothek, die als Marin Grozas Büro diente, und trat leise ein. Groza saß an seinem Schreibtisch und las einen Bericht. Als Pasternak eintrat, hob er den Blick.

»Alle fragen mich, wann der Putsch in Rumänien stattfindet«, sagte Pasternak mit gerunzelter Stirn. »Ein großes Geheimnis ist die Sache offenbar nicht mehr.«

»Die Leute sollen sich noch etwas gedulden. Werden Sie mit mir nach Bukarest kommen, Lev?«

Pasternak wollte vor allem wieder nach Hause, nach Israel. *Ich werde bei Ihnen bleiben, bis Sie in Rumänien die Macht übernehmen*, hatte er Groza gesagt. Aber er hatte auch gesagt, er wolle diese Aufgabe nur für eine gewisse Zeit übernehmen. Aus den »paar Wochen« waren Monate und inzwischen drei Jahre geworden. Und jetzt sollte er schon wieder über seine Zukunft entscheiden.

In einer Welt von Pygmäen, dachte Pasternak, *habe ich das Privileg, einem Riesen zu dienen*. Groza war in seinen Augen der großartigste, selbstloseste Idealist, den es auf der Welt gab.

Als Pasternak nach Neuilly gekommen war, hatte er sich gefragt, warum Groza allein lebte und niemals davon die Rede war, daß er eine Familie hätte. Der französische Geheimdienstbeamte, der Pasternak in Israel angefordert hatte, erzählte ihm die Geschichte.

»Als Grozas Putsch fehlgeschlagen war, wurde er von der Geheimpolizei festgenommen und fünf Tage lang gefoltert. Man versprach ihm die Freiheit, wenn er bereit wäre, seine Mitverschwörer zu nennen. Groza weigerte sich. Daraufhin verhafteten die Männer von der ›Securitate‹ seine Frau und seine vierzehnjährige Tochter und brachten sie in den Folterkeller. Dann stellten sie Groza vor eine schreckliche Wahl: Entweder er gab die geforderten Auskünfte, oder er würde zusehen müssen, wie seine Frau und seine Tochter qualvoll starben. Es war eine grausame Entscheidung: das Leben seiner Tochter und seiner Frau gegen das Leben von hunderten seiner Anhänger, von Menschen, die an ihn geglaubt und ihm vertraut hatten.« Der französische Offizier unterbrach sich. Dann fuhr er – deutlich langsamer – fort. »Ich vermute, daß Groza geglaubt hat, man werde ihn und seine Familie auf jeden Fall töten. Sonst hätte er vielleicht doch noch geredet. Aber er weigerte sich standhaft, die gewünschten Namen zu nennen. Daraufhin fesselten ihn die Polizeibeamten auf einen Stuhl und ließen ihn zuschauen, wie seine Frau und seine Tochter so lange vergewaltigt wurden, bis sie an ihren Blutungen starben. Aber auch das genügte den Folterknechten noch nicht. Als alles vorbei war, und die blutbesudelten Körper sich nicht mehr bewegten, kastrierten sie Groza.«

»Oh, mein Gott!«

Der französische Offizier sah Pasternak in die Augen und sagte: »Sie müssen sich unbedingt merken, daß Groza nicht etwa deshalb nach Rumänien zurückkehren will, um sich dort zu rächen. Er will sein Volk von einem Tyrannen befreien. Er will dafür sorgen, daß sich solche Dinge dort nie wiederholen.«

Seit jenem Tag war Lev Pasternak ständig in Grozas Nähe gewesen, und je mehr Zeit er mit ihm verbrachte, desto stärker bewunderte er diesen Mann. Und jetzt mußte er entscheiden, ob er nach Israel zurückkehren oder mit Groza nach Bukarest gehen sollte.

Als er am Abend über den Korridor ging, hörte Pasternak wieder einmal laute Schreie, als er an Grozas Tür vorbeikam. *Richtig, heute ist Freitag,* dachte er. Der Tag, an dem die Prostituierten im Haus waren. Sie kamen aus England, Nordamerika, Brasilien, Japan, Thailand und aus einem halben Dutzend anderer Länder. Sie wurden sorgfältig ausgewählt und hatten keine Ahnung, zu wem sie gebracht wurden. Sie wurden am Flughafen Charles de Gaulle abgeholt, diskret nach Neuilly gefahren, durch die Hintertür eingelassen und ein paar Stunden später wieder ins Flugzeug gesetzt. Jeden Freitagabend war die Villa von den Schmerzensschreien Marin Grozas erfüllt. Die Dienerschaft war überzeugt, daß hinter der verschlossenen Tür sexuelle Ausschweifungen stattfanden. Der einzige, der wirklich wußte, was da vorging, war Lev Pasternak. Denn die Besuche der Prostituierten hatten mit Sex nicht viel zu tun. Es handelte sich um eine Bestrafung. Einmal in der Woche zog sich Marin Groza nackt aus, ließ sich von einer Frau an einen Stuhl fesseln und anschließend gnadenlos auspeitschen. Und während sein Blut floß, sah er seine Frau und seine Tochter vor sich, wie sie um Hilfe schrien und vergewaltigt wurden. »Es tut mir so leid«, schrie er dann. »Verzeiht mir! Ich will ja reden! Ach, bitte, laßt mich doch reden . . .«

Der Anruf erfolgte zehn Tage nach der Entdeckung der Leiche von Harry Lantz. Der Controller war gerade in einer wichtigen Besprechung mit seinen Mitarbeitern, als das Telefon klingelte.

Seine Sekretärin meldete sich. »Ich weiß, daß Sie nicht gestört werden wollten, Sir, aber ich habe da ein Ferngespräch aus Buenos Aires. Eine gewisse Neusa Muñez möchte sie sprechen. Ich habe ihr gesagt, daß Sie –«

»Schon gut.« Er hatte seine Gefühle ausgezeichnet unter Kontrolle. »Legen Sie das Gespräch in mein Büro, bitte.« Er entschuldigte sich bei seinen Mitarbeitern, ging in sein Büro und verschloß die Tür hinter sich. Dann nahm er den Telefonhörer ab. »Hallo. Spreche ich mit Miss Muñez?«

»Ja.« Die Stimme hatte einen südamerikanischen Akzent, sie klang ungebildet und grob. »Ich habe eine Nachricht von Angel für Sie. Er mochte den Vermittler nicht, den Sie geschickt haben. Der Bursche war ihm zu laut.«

Der Controller überlegte. Jetzt hieß es vorsichtig sein. »Das tut mir leid«, sagte er. »Aber wir legen trotzdem Wert darauf, daß unser Auftrag ausgeführt wird. Wäre das möglich?«

»Ja. Angel sagt, daß er's macht.«

Der Controller unterdrückte nur mit Mühe einen Seufzer der Erleichterung. »Sehr gut«, sagte er. »Wohin soll der Vorschuß geschickt werden?«

Die Frau lachte. »Angel braucht kein' Vorschuß. Jemand

wie Angel betrügt man nicht um sein Geld.« Die Worte ließen den Mann am Telefon schaudern. »Wenn er den Job gemacht hat, sollen Sie das Geld – warten Sie, ich hab's aufgeschrieben – Sie sollen das Geld bei der Staatsbank in Zürich einzahlen, hat er gesagt. Das ist irgendwo in der Schweiz.« Die Frau mußte schwachsinnig sein.

»Ich werde eine Kontonummer brauchen«, sagte der Mann vorsichtig.

»Oh, ja. Die Nummer ist... Ach, herrje, ich hab sie vergessen. Warten Sie. Ich hab sie hier irgendwo.« Der Mann hörte das Rascheln von Papier, dann wieder die Stimme der Frau. »Ich hab sie gefunden. Die Nummer ist: J – drei-vier-neun-null-sieben-sieben.«

Der Controller wiederholte die Nummer. »Wie schnell wird Angel sich um die Angelegenheit kümmern können?«

»Die Sache wird so bald wie möglich erledigt, Señor. Den genauen Zeitpunkt bestimmt Angel selbst. Er sagt, Sie würden es aus der Zeitung erfahren, wenn er's gemacht hat.«

»Na, gut. Ich gebe Ihnen meine private Telefonnummer. Für den Fall, daß er mich sprechen will.«

Er sprach sie der Frau ganz langsam vor.

Tiflis, Georgische Sozialistische Sowjetrepublik

Das Treffen fand in einer abgelegenen Datscha am Ufer der Kura statt.

»Wir haben zwei wichtige Tagesordnungspunkte«, sagte der Vorsitzende. »Zunächst eine gute Nachricht: Angel hat sich an den Controller gewendet. Der Kontrakt ist zustandegekommen.«

»Das ist eine *sehr* gute Nachricht!« rief Freyr. »Haben Sie auch eine schlechte?«

»Ich fürchte ja. Sie betrifft die Kandidatin von Präsident Ellison für den Botschafterposten in der rumänischen Hauptstadt. Aber wir hoffen zuversichtlich, daß auch dieses Problem bald gelöst werden kann...«

Mary hatte Schwierigkeiten, sich auf ihr Seminar zu konzentrieren. In den Augen ihrer Studenten war sie zu einer Berühmtheit geworden, und davon wurde ihr etwas schwindlig. Mary spürte geradezu, wie die jungen Leute an ihren Lippen hingen.

»Das Jahr 1956 war ein Wendepunkt in vielen osteuropäischen Staaten. In Polen kam Wladislaw Gomulka an die Macht und steuerte einen nationalen kommunistischen Kurs. In Ungarn führten die Auswirkungen des XX. Parteitags der KPdSU und der Beginn der Entstalinisierung zu einem Wechsel in der Führung der Partei der Werktätigen und schließlich zur Bildung der Regierung Nagy. In Rumänien allerdings gab es 1956 keine wesentlichen Veränderungen...«

Rumänien... Bukarest... Wenn man den Fotos trauen konnte, die Mary gesehen hatte, mußte Bukarest eine der schönsten europäischen Hauptstädte sein. Von den vielen Geschichten, die Marys Großvater über seine alte Heimat erzählt hatte, vergaß sie niemals auch nur eine. Sie erinnerte sich noch sehr gut, wie entsetzt sie als kleines Mädchen über die Geschichten vom Fürsten Vlad von Transsylvanien gewesen war, von dem seine Feinde behauptet hatten, er sei ein Vampir. *Stell dir vor, Mary, er lebte in einem riesigen Schloß in den Karpaten, und jede Nacht saugte er einem anderen unschuldigen Opfer das Blut aus.*

Plötzlich wurde Mary sich bewußt, daß es vollkommen still im Raum war. Die Studenten starrten sie an und schienen auf etwas zu warten. Um Himmels willen, wie lange stand sie jetzt schon so herum und träumte vor sich hin? Hastig setzte sie ihre Ausführungen fort. »In Rumänien festigte Georghiu-Dej seine Position als Generalsekretär der Rumänischen Arbeiterpartei...«

Das Seminar schien schon Stunden und Stunden zu dauern, aber nach weiteren fünf Minuten war es dann doch glücklich vorbei.

»Bis zur nächsten Woche schreiben Sie bitte einen kurzen

Essay über den Einfluß der sowjetischen Fünfjahrespläne auf die Volkswirtschaften der RGW-Staaten, insbesondere auf Polen, die ČSSR, Ungarn und Rumänien.«

Rumänien ... Willkommen in Bukarest, Frau Botschafterin. Ihr Wagen steht schon bereit, um Sie zur Botschaft zu bringen. Meine Botschaft ... Man hatte sie eingeladen, in einer der attraktivsten Hauptstädte Europas zu leben, direkt mit dem Präsidenten zusammenzuarbeiten und im Mittelpunkt seiner Völkerverständigungspolitik eine wichtige Rolle zu spielen! *Ich wäre Teil der Geschichte geworden!*

Das Schrillen der Klingel weckte sie aus ihrem Tagtraum. Das Seminar war vorbei. Es war Zeit, nach Hause zu fahren und sich umzuziehen. Edward wollte heute früher nach Hause kommen als sonst. Er hatte versprochen, im Country Club mit ihr zu essen.

Er hatte auch allen Grund, seine Beinahe-Botschafterin gut zu behandeln!

»Notruf Blau! Notruf Blau!« krächzte der Lautsprecher durch die Krankenhausflure. Und noch während sich die Ärzte und Krankenschwestern in der Notaufnahme versammelten, hörte man das Heulen einer Sirene. Schon wieder wurde ein Krankenwagen erwartet. Das Geary Community Hospital im Südosten von Junction City war ein düsterer, dreistöckiger Bau, der von einem kleinen Hügel aus auf die umliegenden Häuser herabblickte. Immerhin gab es sechsundsechzig Betten, zwei hochmoderne Operationssäle und eine ganze Reihe von Behandlungszimmern und Labors.

Die Ärzte hatten viel zu tun gehabt an diesem Freitag. Schon seit Mittag hatten die Krankenwagen einen verletzten Soldaten nach dem anderen eingeliefert. Die First Infantry Division aus Fort Riley, »The Big Red One«, wie sie genannt wurde, hatte Hunderte von Rekruten und Zeitsoldaten zum Wochenende in Urlaub geschickt, und die Männer hatten nichts Besseres gewußt, als die Bars und Kneipen von Junction City zu stürmen, wo erhebliche Alkoholvorräte für sie bereitstanden.

Dr. Edward Ashley war gerade dabei, einen jungen Mann aus Wichita zu verarzten, der am Hinterkopf eine mächtige Platzwunde hatte. Edward Ashley war jetzt seit dreizehn Jahren am Geary Community Hospital, zuvor war er Chirurg bei der Air Force gewesen und hatte den Rang eines Hauptmanns gehabt. Viele angesehene Krankenhäuser in anderen Städten hatten ihm Angebote gemacht, aber er hatte es vorgezogen, in Junction City zu bleiben.

Ehe er dem Patienten aus Wichita seine Wunde vernähte, sah sich Edward Ashley im Vorzimmer um. Mindestens ein Dutzend Soldaten warteten noch darauf, von den Ärzten wieder zusammengeflickt zu werden. Und von draußen hörte man schon wieder die Sirene eines heranbrausenden Krankenwagens. »Sie spielen unser Lied, Doug«, sagte er.

Dr. Douglas Schiffer, sein Freund und Kollege, der gerade eine Schußwunde behandelte, nickte. »Es sieht aus wie in einem Feldlazarett hier. Man könnte denken, wir hätten Krieg.«

»Es ist der einzige Krieg, den sie haben«, sagte Edward Ashley und zuckte die Achseln. »Das ist doch der Grund, weshalb sie jedes Wochenende die ganze Stadt auf den Kopf stellen. Sie werden zu allen möglichen Formen der Gewaltanwendung erzogen, und dann müssen sie jahrelang stillsitzen. Kein Wunder, daß sie frustriert sind.« Er klebte ein Pflaster auf die Stelle, wo er die Wunde vernäht hatte, und sagte: »Jetzt sind Sie so gut wie neu, junger Mann.« Er winkte seinem Kollegen und rief: »Ich glaube, wir müssen in die Notaufnahme hinunter.«

Der Patient trug die Uniform eines Gefreiten, sah aber nicht älter aus als achtzehn. Er zeigte alle Symptome des Wundschocks. Seine Haut war schweißbedeckt und von fahlgrauer Farbe. Sein Atem war schnell und flach. Dr. Ashley griff nach seinem Puls, der sehr schwach und unregelmäßig war.

Auf der Vorderseite der Uniformbluse war ein Blutfleck. Der Arzt wandte sich an einen der Sanitäter, die den Mann zur Notaufnahme gebracht hatten.

»Was ist mit ihm?«

»Er hat eine Messerwunde in der Brust, Herr Doktor.«

»Wir müssen sofort feststellen, ob seine Lunge verletzt ist.« Er wandte sich an eine der Krankenschwestern. »Ich brauche eine Röntgenaufnahme des Brustkorbs. Sie haben dafür drei Minuten.«

Douglas Schiffer zeigte auf die Halsvene des Opfers.

»Siehst du das, Edward? Die Venen sind überdehnt. Der Stich könnte den Herzbeutel durchbohrt haben.« Wenn der Herzbeutel mit Blut gefüllt ist, übt er starken Druck auf das Herz aus, und das Herz schlägt nicht mehr richtig.

»Der Blutdruck sinkt ständig«, meldete eine Krankenschwester.

Das Lichtsignal des Monitors, der das Elektrokardiogramm des Verletzten zeigte, wurde immer langsamer. Sie waren dabei, den Patienten zu verlieren.

In diesem Augenblick stürzte die Krankenschwester mit der Röntgenaufnahme des Brustkorbs herein. Dr. Ashley warf einen kurzen Blick darauf. »Perikardiale Tamponade«, sagte er knapp.

Das Herz hatte ein Loch, und die Lunge war kollabiert. »Doug, steck ihm sofort einen Schlauch rein. Wir müssen die Atmung in Gang halten.« Dr. Ashley sprach leise, aber die Dringlichkeit seiner Worte war nicht zu überhören. »Holen Sie den Anästhesisten«, sagte er zu einem der Pfleger. »Wir müssen ihn aufmachen.«

Eine Krankenschwester reichte Dr. Schiffer einen Endotrachealtubus. Edward nickte. »Jetzt sofort«, sagte er.

Vorsichtig schob Dr. Schiffer die Röhre durch den Kehlkopf des bewußtlosen Mannes. Am oberen Ende der Röhre befand sich ein Gummisack, den Dr. Schiffer rhythmisch preßte und auf diese Weise den Patienten künstlich beatmete. Trotzdem wurde das Lichtsignal des Elektrokardiogramms immer flacher und langsamer. Der Geruch des Todes war schon im Raum.

»Jetzt ist er gleich weg.«

Es war keine Zeit mehr, den Patienten auf den OP hinaufzubringen. Dr. Ashley mußte sofort etwas tun.

»Wir machen eine Thorakotomie. Skalpell, bitte.«

Kaum war das Messer in seiner Hand, schnitt Edward dem Patienten die Brust auf. Es trat nur wenig Blut aus der Wunde, weil das Herz im Perikardium eingeklemmt war.

»Geben Sie mir einen Retraktor.«

Eine Schwester legte ihm das Instrument in die Hand, und der Arzt schob ihn in die Brust des Patienten, um die Rippen damit auseinanderzudrücken.

»Schere. Treten Sie bitte zurück!«

Er trat ganz dicht an die Bahre heran, um dem Patienten besser in den Brustkorb fassen zu können. Als er den Herzbeutel aufschnitt, spritzte das darin gestaute Blut im hohen Bogen heraus. Sowohl Dr. Ashley als auch die Schwestern wurden von oben bis unten besprüht. Der Arzt griff in die Brust des Verletzten und begann das Herz zu massieren. Der Monitor begann wieder schneller zu piepsen, und der Puls wurde spürbar. An der Spitze der linken Herzkammer zeigte sich ein winziger Riß.

»Los, rauf mit ihm in den OP!«

Drei Minuten später lag der Patient auf dem Operationstisch.

»Geben Sie ihm eine Bluttransfusion. Tausend Kubikzentimeter.«

Sie hatten keine Zeit, die Blutgruppe des Verletzten festzustellen, deshalb mußte eine Blutkonserve der Gruppe Null negativ geholt werden, die für alle Blutgruppen eingesetzt werden konnte.

Noch während die Transfusion vorbereitet wurde, sagte Dr. Ashley: »Einen Brustkatheter, bitte.«

Die Operationsschwester gab ihm das Instrument.

»Laß nur, Edward«, sagte Dr. Schiffer. »Ich mache ihn zu. Warum machst du dich nicht ein bißchen sauber?«

Edward Ashley sah an sich herunter. Sein Operationskittel war blutdurchtränkt. Er warf einen Blick auf den Monitor. Das Herz des Patienten schlug regelmäßig und kräftig.

»Vielen Dank«, sagte er.

Nachdem er geduscht und sich umgezogen hatte, setzte sich Edward Ashley an seinen Schreibtisch, um den unvermeidlichen Bericht abzufassen. Er hatte ein gemütliches Büro mit einer großen Bücherwand. In einer Vitrine standen Pokale, die er als Leichtathlet und Mitglied verschiedener Hochschulmannschaften errungen hatte. An der Wand hingen, unter Glas, seine Promotionsurkunde und seine Approbation.

Auf Grund der starken Anspannung der letzten Stunde war Edwards Körper steif und verkrampft. Gleichzeitig spürte er eine zunehmende sexuelle Erregung. Das war eine Erfahrung, die er schon häufiger nach größeren Operationen gemacht hatte. Ein Psychiater hatte ihm einmal erklärt, daß dies kein ungewöhnliches Phänomen sei. *Die Begegnung mit dem Tod verstärkt ganz einfach die Sehnsucht nach dem Leben. Es bestätigt sich ein Grundprinzip der Natur: Leben und Tod gehören zusammen, eins folgt aus dem anderen. Auch dafür ist Sexualität ein Symbol. Nun ja,* dachte Edward, *was immer die Ursache sein mag, ich wünschte mir jedenfalls, Mary wäre jetzt hier.*

Der Gedanke an Mary war von Schuldgefühlen nicht frei. Er war verantwortlich dafür, daß seine Frau das Angebot des Präsidenten abgelehnt hatte. Seine Gründe waren durchaus plausibel. Aber es steckte noch mehr dahinter, als er zugeben wollte, gestand Edward sich ein. *Ich bin auch ein bißchen eifersüchtig gewesen. Ich habe reagiert wie ein verwöhnter, neidischer kleiner Junge. Was wäre denn gewesen, wenn der Präsident mir ein solches Angebot gemacht hätte? Ich hätte mich wahrscheinlich darauf gestürzt. Du meine Güte! Ich habe bloß noch daran gedacht, daß Mary unbedingt hier bleiben muß, damit ich und die Kinder versorgt werden. Ich bin doch wirklich ein chauvinistisches Schwein!*

Er saß an seinem Schreibtisch, starrte zum Fenster hinaus und spielte mit seinem Bleistift. *Zu spät*, dachte er. *Aber ich werde sie dafür entschädigen! Im Sommer fliegen wir nach Europa! Es soll eine Überraschung für sie werden. Paris, London, Rom ... Vielleicht sogar Bukarest und Rumänien. Wir machen richtige Flitterwochen!*

Die Ashleys hatten sich ein luxuriöses Abendessen gegönnt. Der Country Club hatte eine ausgezeichnete Küche. Beim letzten Glas Wein sahen Edward und Mary sich verliebt in die Augen und ließen sich von den Blicken der vielen Bekannten nicht stören, die sie den ganzen Abend beobachtet und immer wieder die Köpfe zusammengesteckt hatten. Mary hatte sich daran gewöhnt, zu den Prominenten von Junction City zu gehören.

»Bedauerst du deine Entscheidung?« fragte Edward.

Natürlich hatte sie es bedauert, daß sich ihre Wunschträume nicht verwirklicht hatten. Sie war also nicht Botschafterin in Rumänien geworden ... *Aber ich bin ja auch keine Nobelpreisträgerin, ich bin keine Prinzessin und habe auch keine Million ... Wunschträume hat doch jeder. Das hat nicht viel zu bedeuten.*

»Aber nein, Liebling«, lächelte Mary. »Es war ein Zufall, daß sie mich überhaupt gefragt haben. Jedenfalls hätte ich dich und die Kinder niemals verlassen.« Sie ergriff die Hand ihres Mannes. »Nein, ich bedauere gar nichts. Ich bin froh, daß ich abgelehnt habe.«

Er beugte sich über den Tisch und flüsterte: »Dafür mache ich dir jetzt ein Angebot, das du einfach nicht ablehnen kannst. Ich bin ganz scharf auf dich, Liebling.«

»Dann laß uns doch gehen«, lächelte Mary.

Sie fuhren nach Hause und liebten sich zärtlich.

Um drei Uhr morgens rasselte plötzlich das Telefon. Schlaftrunken griff Edward zum Hörer. »Ja . . . ?«

Eine Frauenstimme in Panik. »Dr. Ashley?«

»Ja . . .«

»Pete Grimes hat einen Herzanfall, Doktor. Er hat schreckliche Schmerzen. Ich glaube, er stirbt. Ich weiß nicht, was ich tun soll.«

Edward setzte sich im Bett auf und versuchte wach zu werden. »Tun Sie erst einmal gar nichts! Halten Sie ihn ruhig. Ich bin in einer halben Stunde da.« Er legte den Hörer so leise wie möglich zurück auf die Gabel, schlüpfte aus dem Bett und zog sich an.

»Edward . . .«

Nun war Mary also doch wach geworden. Ihre Augen allerdings blieben geschlossen.

»Was ist denn los?« fragte sie.

»Alles in Ordnung, Schatz. Schlaf nur weiter.«

»Weck mich, wenn du zurückkommst«, murmelte Mary. »Ich glaube, ich möchte gleich weiterschmusen. Ich bin schon wieder ganz scharf auf dich.«

Edward grinste. »Ich werd' mich beeilen.«

Fünf Minuten später saß er im Auto. Er fuhr auf der Old Milford Road den Hügel hinunter zur J-Hill-Road. Es war ein kalter, ungemütlicher Morgen, und der Weg zur Grimes Farm war weit. Ein lebhafter nordwestlicher Wind drückte die Temperaturen auf minus zehn Grad. Edward hatte die Heizung auf volle Leistung gestellt. Hätte er nicht doch besser einen Krankenwagen für den alten Pete Grimes alarmieren sollen, ehe er aus dem Haus ging? Die beiden letzten »Herzanfälle« dieses Patienten waren allerdings Blutungen seiner Magengeschwüre gewesen. Nein, es war schon besser, wenn Edward sich das erstmal anschaute.

Edward bog auf die Route 18, die breite Überlandstraße, die durch Junction City führte, ein. Die Stadt lag in festem Schlaf, die Häuser schienen sich im kalten Wind aneinanderzudrängen.

Am Ende der 6th Street bog Edward auf die Route 57 ein. Wie oft schon war er im Sommer über diese Straßen gefahren, wenn der Geruch von reifem Mais und Prärieheu in der Luft lag! Pappeln, Kiefern und Ölweiden bildeten kleine Baumgruppen zwischen den Feldern. Die Farmer waren der Ansicht, daß die Bäume ihnen zuviel Ackerland wegnahmen, deshalb lag im Sommer der Duft von verbranntem Kiefernholz über den Feldern. Auch im Winter war er hier schon oft entlanggefahren, wenn die Hochspannungsleitungen mit Eiskristallen geschmückt waren und nur hier und da ein Fabrikschornstein eine einsame Rauchwolke in den Himmel entließ. Es war ein erhebendes Gefühl der Isolation, in dieser morgendlichen Einsamkeit, eingeschlossen in Dunkelheit, und doch warm und geschützt durch die verschneite Landschaft zu fahren, während links und rechts die Bäume und Felder vorbeiglitten.

Edward fuhr so schnell wie möglich, vergaß aber nie, daß die Fahrbahn unter den Rädern tückisch glatt war. Er dachte an Mary, die zu Hause im warmen Bett lag und auf ihn wartete. *Weck mich, wenn du zurückkommst. Ich bin schon wieder ganz scharf auf dich.*

Er war der glücklichste Mann auf der Welt. *Ich werde sie für alles entschädigen. Ich werde mit ihr die schönsten Flitterwochen machen, die eine Frau je erlebt hat.*

An der Kreuzung der Route 57 und der Route 77 stand ein Stoppschild. Edward hielt einen Augenblick und bog dann links ab. Als er mitten auf der Kreuzung war, erschien plötzlich ein großer Schatten vor ihm. Er hörte das Donnern eines starken Motors und wurde von zwei grellen Scheinwerfern geblendet, die auf ihn zurasten. Er erkannte gerade noch die Umrisse eines mächtigen Fünf-Tonners, wie sie bei der Armee benutzt werden, dann erfolgte ein schrecklicher Aufprall. Das letzte, was er hörte, war seine eigene, verzweifelte, laut schreiende Stimme.

Das Mittagsläuten der Kirchenglocken schwebte über den friedlichen Straßen von Neuilly. Die Polizisten, die Grozas Villa bewachten, hatten keinen Grund, den grauen, staubigen kleinen Renault, der auf der Straße vorbeifuhr, genauer zu betrachten als andere Fahrzeuge. Angel fuhr langsam, aber nicht zu langsam. Und sah dabei alles. Zwei Posten am Eingang, eine hohe Mauer, womöglich mit Starkstrom gesichert. Und im Inneren natürlich der ganze elektronische Unsinn: Infrarotdetektoren, Lichtschranken, Sensoren und andere Alarmvorrichtungen. Man würde eine Armee brauchen, um die Villa zu stürmen. *Aber ich brauche keine Armee,* dachte Angel. *Nur ein paar gute Ideen. Marin Groza ist schon so gut wie tot. Wenn nur meine Mutter noch erlebt hätte, wie reich ich jetzt bin. Das hätte sie glücklich gemacht.*

Wer in Argentinien arm war, hatte wirklich nichts zu lachen, und Angels Mutter hatte zu jenen gehört, die *Descamisados* genannt wurden, die »Hemdlosen«. Von Angels Vater wußte man nichts, und im Verlauf der Jahre hatte Angel viele Verwandte und Freunde im Elend umkommen sehen. Sie waren an Hunger und Schwäche und Krankheit gestorben. Der Tod gehörte ganz einfach zum Leben dazu, er war für Angel nichts Fremdes. *Wenn die Leute sowieso sterben müssen,* dachte Angel, *warum soll ich nicht ein bißchen daran verdienen?* Am Anfang hatten manche bezweifelt, daß Angel wirklich ein Todestalent hatte. Aber wer ihm im Weg war, schien irgendwie immer sehr bald zu verschwinden. Angels Reputation als Killer begann rasch zu wachsen. *Ich habe noch nie versagt,* dachte Angel. *Ich bin Angel, der Engel des Todes.*

9

Auf dem verschneiten Highway standen soviele Fahrzeuge mit roten Blinklichtern, daß die frostige Morgenluft sich blutrot zu färben schien. Ein Feuerwehrauto, ein Krankenwagen, ein Abschleppwagen, vier Streifenwagen und der Wagen des Sheriffs standen im Kreis um eine M-871-Zugmaschine der Armee herum, unter der Edward Ashleys zusammengequetschter Toyota herausragte. Im Lichtkreis der Scheinwerfer liefen ein Dutzend Polizisten und Feuerwehrleute herum, die sich immer wieder die Arme um den Leib schlugen und heftig aufstampften, um gegen die Kälte anzukämpfen. Auf der Mitte der Fahrbahn lag unter einer Decke eine menschliche Gestalt. Ein weiterer Streifenwagen näherte sich. Er war noch nicht zum Halten gekommen, als jemand die Beifahrertür aufriß und auf die Straße hinausstürzte. Es war Mary. Sie zitterte so, daß sie sich kaum auf dem Beinen halten konnte. Als sie die Decke sah, wollte sie darauf zugehen.

Sheriff Munster ergriff ihren Arm. »Nicht, Mrs. Ashley«, sagte er behutsam. »Wenn ich Sie wäre, würde ich nicht hingehen.«

»Lassen Sie mich los«, schrie Mary verzweifelt. Sie riß sich los und rannte weiter.

»Bitte, Mrs. Ashley. Sie möchten ihn bestimmt nicht so sehen. Warten Sie, Mrs. Ashley!« Aber es war schon zu spät. Er konnte sie gerade noch auffangen.

Sie erwachte auf dem Rücksitz von Munsters Wagen. Der Sheriff saß hinter dem Steuer und beobachtete sie. Er hatte die Standheizung eingeschaltet, und der Wagen war total überheizt.

»Was ist passiert?« fragte Mary benommen.

»Sie sind ohnmächtig geworden.«

Plötzlich fiel es ihr wieder ein. *Sie möchten ihn bestimmt nicht so sehen.*

Mary starrte aus dem Fenster, wo die roten Blinklichter der Unfallfahrzeuge kreisten. *Eine Szene aus der Hölle,* dachte sie. Obwohl es im Wagen des Sheriffs so heiß war, klapperten Mary die Zähne.

»Wie . . . Wie ist es passiert?« fragte sie zitternd.

»Er hat das Stoppschild überfahren. Ein Armee-Lastwagen kam die 77 herunter. Der Fahrer hat auszuweichen versucht, aber Ihr Mann ist ihm direkt vor den Kühler gefahren.«

Mary schloß die Augen und versuchte sich vorzustellen, wie es geschehen war. Sie sah den Unfall genau vor sich. Sie sah, wie der riesige Lastwagen Edwards Toyota zertrümmerte, sie spürte die letzte, schreckliche Panik, die Edward erfaßt haben mußte.

»Edward war ein sehr vernünftiger Fahrer«, stammelte sie. »Ein Stoppschild hätte er nie überfahren.«

Der Sheriff zögerte. »Jedem passiert mal so etwas«, sagte er leise. »Außerdem gibt es Zeugen. Ein Pfarrer und zwei Nonnen haben es gesehen, und ein gewisser Colonel Jenkins aus Fort Riley. Sie sagen alle dasselbe: Ihr Mann hat nicht gehalten am Stoppschild.«

Danach schien alles in Zeitlupe abzulaufen. Mary sah zu, wie Edward in den Krankenwagen gehoben wurde und wie die Polizei die Zeugenaussagen des Pfarrers und der beiden Nonnen zu Protokoll nahm. *Sie werden sich erkälten, wenn sie noch lange da draußen herumstehen,* dachte Mary.

»Sie bringen die Leiche ins Leichenschauhaus«, sagte der Sheriff.

Die Leiche. »Vielen Dank«, sagte Mary mechanisch.

Munster warf ihr einen prüfenden Blick zu. »Ich glaube, ich bringe Sie lieber wieder nach Hause«, sagte er. »Wie heißt denn Ihr Hausarzt?«

»Edward Ashley«, erwiderte Mary. »Unser Hausarzt ist Edward Ashley.«

Sie erinnerte sich später nicht mehr daran, wie sie wieder nach Hause gekommen war. Sie wußte nur noch, daß der Sheriff sie die Treppe zur Haustür hinaufgeführt hatte. Florence und Douglas Schiffer erwarteten sie im Wohnzimmer. Die Kinder schliefen wohl noch.

Florence schloß ihre Freundin sofort in die Arme. »Es tut mir so schrecklich leid, Liebes.«

»Schon gut«, sagte Mary. »Edward hat einen Unfall gehabt.« Sie kicherte. »Einen Unfall.«

Douglas hatte sie scharf beobachtet. »Komm, ich bringe dich lieber nach oben«, sagte er.

»Aber nein«, sagte Mary. »Es geht mir sehr gut. Möchtet ihr einen Tee?«

»Nein, ich bringe dich lieber ins Bett«, sagte Douglas.

»Aber ich bin gar nicht müde«, erwiderte Mary. »Seid ihr sicher, daß ihr nicht doch einen Tee möchtet?«

Als Douglas sie behutsam die Treppe hinaufführte, wiederholte Mary erneut: »Es war ein Unfall. Edward hat einen Unfall gehabt.«

Douglas warf ihr einen prüfenden Blick in die Augen. Die Pupillen waren weit geöffnet und starrten ins Leere. Ein Schauder lief dem Arzt über den Rücken.

Er setzte Mary auf einen Stuhl, dann ging er nach unten und holte seinen Arztkoffer. Als er zurückkehrte, hatte Mary sich keinen Zentimeter bewegt. »Ich werde dir etwas zum Einschlafen geben«, sagte er. Er gab ihr eine Spritze und half ihr ins Bett. Eine Stunde lang saß er an ihrer Seite, aber Mary wollte nicht einschlafen. Er gab ihr eine weitere Spritze. Und dann eine dritte. Erst danach fiel sie in einen unruhigen Schlaf.

In Junction City gibt es strenge Vorschriften für die Untersuchung eines 1048 – eines Unfalls mit Verletzten oder Toten. Es wird ein Bericht der Notärzte und der Verkehrspolizei angefordert, und der Sheriff oder einer seiner Stellvertreter müssen sich unverzüglich an den Ort des Geschehens begeben. Falls ein Angehöriger der Armee in den Unfall verwickelt ist, muß parallel zu den Ermittlungen des Sheriffs auch ein Bericht des CID vorgelegt werden.

Im Büro des Sheriffs prüften Sheriff Munster, einer seiner Stellvertreter und Shel Planchard, ein CID-Beamter in Zivil gerade den Unfallbericht.

»Ich verstehe das nicht«, sagte Munster.

»Was verstehen Sie nicht, Sheriff?« fragte Planchard.

»Na, ja. Es gab fünf Augenzeugen für den Unfall, nicht wahr? Einen Pfarrer, zwei Nonnen, Colonel Jenkins und den Fahrer des Lastwagens, Sergeant Wallis. Jeder dieser fünf Zeugen hat gesagt, Dr. Ashley habe das Stoppschild überfahren, sei ohne anzuhalten hinaus auf die Kreuzung geschossen und dort von dem Armeelastwagen erfaßt worden.«

»Richtig«, sagte der CID-Mann. »Und was stört Sie daran?«

Der Sheriff kratzte sich am Kinn. »Hören Sie mal, Planchard, haben Sie schon mal einen Unfallbericht gelesen, in dem auch nur *zwei* Zeugen dieselbe Aussage gemacht haben?« Er schlug mit der Faust auf den Tisch. »Was mich stört, Planchard, ist die Tatsache, daß alle diese Zeugen wortwörtlich dasselbe gesagt haben.«

Der CID-Beamte zuckte die Achseln. »Wahrscheinlich bedeutet das nur, daß die Ereignisse ziemlich eindeutig waren.«

»Noch etwas stört mich«, sagte der Sherriff.

»Und das wäre?«

»Was hatten eigentlich ein Pfarrer, zwei Nonnen und ein Colonel morgens früh um vier auf dem Highway zu suchen?«

»Das ist kein Geheimnis. Der Pfarrer und die beiden Nonnen waren auf dem Weg nach Leonardville, und Colonel Jenkins fuhr zum Dienst nach Fort Riley.«

»Ich habe übrigens nachgefragt. Die letzte Verkehrsstrafe, die Dr. Ashley gekriegt hat, liegt schon sechs Jahre zurück. Es war ein Strafmandat wegen Falschparkens. Einen Unfall hat er noch nie verursacht.«

Der CID-Mann warf Munster einen prüfenden Blick zu. »Sagen Sie, Sheriff, worauf wollen Sie eigentlich mit alldem hinaus? Haben Sie irgendeinen Verdacht?«

Munster schüttelte bedächtig den Kopf. »Nein, ich habe keinen Verdacht. Ich finde nur einiges merkwürdig.«

»Hören Sie«, sagte Planchard. »Wir reden von einem Autounfall, den fünf Augenzeugen beobachtet haben. Wenn Sie glauben, das Ganze wäre eine Verschwörung, dann liegen Sie vollkommen schief. Überlegen Sie doch mal–«

Munster nickte. »Ich weiß. Wenn es kein Unfall war, hätte der Lastwagen nach dem Zusammenstoß bloß weiterzufahren brauchen. Zeugen oder dergleichen wären ganz überflüssig gewesen.«

»Genau«, sagte der CID-Mann. Er stand auf und reckte die Arme. »Ich glaube, es wird Zeit für mich, zurück nach Fort Riley zu fahren. Ich gehe davon aus, daß Sergeant Wallis, den Fahrer des Lastwagens, keine Schuld trifft.« Er sah dem Sheriff direkt ins Gesicht. »Wir sind uns doch einig, nicht wahr?«

Munster zögerte. »Ja«, sagte er schließlich. »Es war wohl einfach ein tragischer Unfall.«

Mary wurde vom Weinen der Kinder geweckt. Sie blieb ganz still liegen und dachte: *Das alles ist nur ein Alptraum, wenn ich die Augen aufmache, liegt Edward neben mir gesund und munter im Bett.*

Aber die Kinder hörten nicht auf zu weinen. Als sie es nicht länger aushalten konnte, öffnete Mary die Augen und starrte unbeweglich zur Decke. Schließlich zwang sie sich dazu aufzustehen. Sie fühlte sich immer noch wie betäubt. Als erstes ging sie zu Tim. Florence und Beth saßen bei ihm. Alle drei weinten. *Ich wünschte, ich könnte auch weinen,* dachte Mary. *Ach, ich würde so schrecklich gern weinen.*

Beth entdeckte Mary als erste. »Ist . . . ist Papa wirklich tot?« fragte sie.

Mary nickte. Zu sprechen vermochte sie nicht. Mit zitternden Knien setzte sie sich auf die Bettkante.

»Es tut mir leid«, sagte Florence Schiffer. »Ich mußte es ihnen sagen. Sie wollten zur Schule gehen.«

»Vielen Dank«, sagte Mary und streichelte das Haar ihres Sohnes. »Wein doch nicht, Tim«, sagte sie. »Es wird ja alles wieder gut.«

Nichts würde je wieder gut werden. Niemals.

Das Hauptquartier des CID in Fort Riley befindet sich im Gebäude 169, einem alten, von Bäumen umstandenen Kalksteinbau. Shel Planchard saß an seinem Schreibtisch im ersten Stock des Gebäudes und unterhielt sich mit Colonel Jenkins.

»Ich muß Ihnen eine bedauerliche Mitteilung machen, Sir«, sagte er gerade. »Sergeant Wallis, der Fahrer des Lastwagens, der diesen Zivilisten über den Haufen gefahren hat –«

»Ja. Was ist mit ihm?«

»Er hat heute vormittag einen tödlichen Herzinfarkt erlitten.«

»Das ist ja schrecklich.«

Der CID-Beamte nickte mechanisch. »Jawohl, Sir. Der Leichnam wird noch im Laufe des Tages verbrannt. Es kam sehr überraschend.«

»Sehr bedauerlich.« Der Colonel stand auf. »Ich werde nach Deutschland versetzt.« Er erlaubte sich ein feines Lächeln. »Ein schöner Posten. Und befördert werde ich auch.«

»Meinen herzlichen Glückwunsch, Sir«, sagte Planchard. »Das haben Sie wirklich verdient.«

Später gelangte Mary zu der Überzeugung, daß nur der schwere Schockzustand dieser Tage sie vor dem Wahnsinn bewahrt hatte. Alles schien jemand anderem zu passieren, nicht ihr. Sie bewegte sich wie in Trance, als wäre sie unter Wasser. Die Stimmen der anderen drangen wie durch Watte zu ihr.

Die Trauerfeier fand im Mass-Hinitt-Alexander-Begräbnisinstitut an der Jefferson Street statt, einem blaugestrichenen Gebäude mit weißem Eingang, über dem eine weiße Uhr hing. Die Leichenhalle war dicht gefüllt mit Edwards Kollegen und Freunden. Dutzende von Blumensträußen und Kränzen standen vor dem Katafalk. Einer der größten Kränze war mit einer Schleife versehen, auf der stand: »Mein herzliches Beileid, Paul Ellison.«

Mary, Beth und Tim saßen in der Familienloge neben dem Katafalk. Die Kinder hatten rote Augen und waren sehr still.

Der Sarg war geschlossen. Mary mochte nicht daran denken, warum das so war.

»Herr, Gott, Du bist unsere Zuflucht«, sagte der Pfarrer. »Ehe denn die Berge wurden und die Erde und die Welt geschaffen wurden, warst Du, Gott, von Ewigkeit zu Ewigkeit. Denn tausend Jahre sind vor dir wie der Tag, der gestern vergangen ist und wie eine Nachtwache. Lehre uns bedenken, daß wir sterben müssen, auf daß wir klug werden...«

Sie war mit Edward auf seinem kleinen Segelboot. Pfeilschnell glitten sie über das Wasser dahin.

»Segeln Sie gern?« hatte er sie bei ihrem ersten Rendezvous gefragt.

»Ich war noch nie auf einem Segelboot.«

»Dann gehen wir am Sonntag auf dem Milford Lake segeln«, hatte Edward erklärt.

Eine Woche später hatten sie geheiratet.

»Weißt du, warum ich dich geheiratet habe?« hatte er später gefragt. »Weil du die Wasserprobe bestanden hast. Du hast viel gelacht und ins Wasser gefallen bist du glücklicherweise auch nicht.«

Als der Gottesdienst vorbei war, stiegen Mary und die Kinder in die Limousine, die sie zum Friedhof hinausbrachte. Die Trauergemeinde folgte in ihren Privatwagen.

Highland Cemetary ist ein großer, parkähnlicher Friedhof, um den ein breiter, kiesbedeckter Fahrweg herumführt. Es ist der älteste Friedhof von Junction City und viele Grabsteine sind längst umgefallen oder halb im Boden versunken. Wegen der lähmenden Kälte war das eigentliche Begräbnis nur kurz.

»Ich bin die Auferstehung und das Leben; wer an mich glaubet, der wird leben, ob er gleich stürbe. Und wer da lebet und glaubet an mich, der wird nimmermehr sterben.«

Dann war es endlich vorüber und Mary stand mit ihren Kindern im eisigen Wind und sah zu, wie der Sarg in die kalte, gefühllose Erde gesenkt wurde.

Good-bye, my darling.

Im allgemeinen ist der Tod das Ende, aber für Mary Ashley war der Tod ihres Mannes der Anfang einer unerträglichen Hölle. Sie und Edward hatten gelegentlich über den Tod gesprochen, und Mary hatte gedacht, sie könnte fertig werden damit. Aber jetzt war der Tod zu einer Realität geworden und Mary fühlte sich vollkommen hilflos. Mit Edward war alles gestorben, was ihr Leben ausgemacht hatte. Sie war wütend auf Edward, weil er sie im Stich gelassen hatte. Sie war wütend auf die Kinder und wütend auf sich.

Ich bin fünfunddreißig, ich habe zwei Kinder und ich weiß nicht, wer ich bin. Als mein Mann noch lebte, wußte ich noch genau, wer ich war. Ich war Mrs. Edward Ashley. Ich hatte eine Identität, weil ich zu jemandem gehörte. Aber jetzt?

Die Zeit verging. Florence, Douglas und andere Freunde kümmerten sich um Mary, besuchten sie häufig und versuchten, ihr das Leben ein bißchen leichter zu machen. Aber Mary wünschte sich nur, daß man sie endlich in Ruhe ließe. Eines Tages saß sie vor dem Fernsehgerät, als Florence hereinkam.

»Stell dir vor«, sagte Florence am Abend zu Douglas. »Sie hat sich ein Football-Spiel angesehen. Sie hat sich so auf das Spiel konzentriert, daß sie mich gar nicht bemerkt hat.«

»Na und?« fragte Douglas. »Was ist schon dabei?«

»Na, hör mal«, erwiderte Florence. »Mary kann Football nicht ausstehen. Es war Edward, der sich jedes Spiel ansah.«

Mary brauchte ihr letztes Quentchen Willenskraft, um das Chaos zu bewältigen, das Edwards Tod hinterlassen hatte. Sie mußte sich um das Testament kümmern und den Erbschein, um Versicherungspolicen und Bankkonten, die Steuererklärung und zu zahlende Rechnungen, um die Mitgliedschaft in der Ärztekammer, die Hypothek, Darlehen und Edwards Aktiendepot und am liebsten hätte Mary alle Rechtsanwälte, Bankbeamten und Versicherungsagenten angeschrien und ihnen gesagt, sie sollten sie endlich, endlich in Ruhe lassen.

Ich will gar nicht fertig werden mit alledem, schluchzte sie. Edward war tot, und alle Leute wollten mit ihr über Geld reden.

Schließlich mußte sie sich der Realität stellen.

Unterstützung erhielt sie dabei von Frank Dunphy, der Edward die Bücher geführt hatte. Als er sich einen Überblick über die Vermögensverhältnisse der Ashleys verschafft hatte, kam er eines Nachmittags zu Besuch.

»Ich fürchte«, sagte er. »Die Schulden, die Kosten für das Begräbnis und die Steuer werden einen erheblichen Teil der Lebensversicherung schlucken, Mrs. Ashley. Ihr Mann hat sich nie sehr darum gekümmert, ob seine Patienten auch zahlen. Er hat hohe Außenstände. Ich halte es für das Beste, eine Inkassofirma zu beauftragen ...«

»Nein«, sagte Mary entschlossen, »das hätte Edward bestimmt nicht gewollt.«

Dunphy kratzte sich an der Stirn. »Ja, Mrs. Ashley. Dann müssen Sie sich wohl damit abfinden, daß Sie nicht mehr als dreißigtausend Dollar in bar und das Haus hier besitzen, auf dem allerdings eine Hypothek liegt. Wenn Sie das Haus verkauften –«

»Das würde Edward nicht wollen.«

Sie saß stocksteif und unglücklich da und Dunphy dachte im Stillen: *Ich wünschte, meine Frau würde einmal so um mich trauern!*

Das Schlimmste stand ihr noch bevor. Sie mußte Edwards persönliches Eigentum ordnen. Florence bot ihre Hilfe an, aber Mary sagte »Nein, das muß ich allein tun. Edward hätte es nicht anders gewollt.«

Es gab so viele kleine Dinge, von denen jedes einzelne eine Erinnerung war. Da waren ein halbes Dutzend Pfeifen, eine Büchse mit Tabak, eine Lesebrille, Notizen für einen Vortrag, den er nun nicht mehr halten würde. Sie öffnete Edwards Kleiderschrank und strich mit den Fingerspitzen über die Anzüge, die er nie wieder anziehen würde. Die blaue Krawatte, die er an ihrem letzten gemeinsamen Abend getragen hatte. Die Handschuhe und der Schal, die ihn wärmen sollten und die ihm jetzt, in seinem kalten Grab nichts mehr nützten. Seinen Rasierapparat und seine Zahnbürsten wickelte sie behutsam in Seidenpapier ein und warf sie dann doch in den Müll – und bewegte sich dabei wie ein Roboter.

In Edwards Schreibtisch fand sie die kleinen Liebesbriefe und Notizen, die sie sich in den langen Jahren ihres Zusammenlebens geschrieben hatten. Und daraus stiegen die Erinnerungen an die mageren Tage auf, als Edward seine eigene Praxis eröffnet hatte, an ein Erntedankfest ohne Truthahn, an Picknicks im Sommer und Schlittenfahrten im Winter, an Marys erste Schwangerschaft und die klassische Musik, die sie Beth vorgespielt hatten, als sie noch im Bauch ihrer Mutter gewesen war, an das kleine Bäumchen, das sie aus Freude über Tims Geburt im Garten gepflanzt hatten, an den vergoldeten Apfel, den ihr Edward geschenkt hatte, als sie wieder an die Universität ging und hundert andere wunderbare Dinge, die ihr Tränen in die Augen trieben, wenn sie daran dachte. Edwards Tod war wie ein grausamer Zaubertrick. Eben war er noch dagewesen, hatte gelächelt, mit Mary gesprochen und sie geliebt, und im nächsten Augenblick war er tot und in der kalten Erde verschwunden.

Ich bin doch ein erwachsener Mensch. Ich muß die Realität akzeptieren. Ich will aber nicht erwachsen sein. Ich will die Realität nicht akzeptieren. Ich will gar nicht mehr leben.

Nachts lag sie oft wach und dachte darüber nach, wie einfach es wäre, Edward zu folgen und damit den Schmerz zu beenden. *Immer erwarten wir ein Happy-End,* dachte Mary, *aber ein Happy-End gibt es nicht. Am Ende wartet immer der Tod. Die Liebe und das Glück, das wir finden, nimmt man uns weg. Wir sitzen auf einem kleinen, steuerlosen Raumschiff, das zwischen den Sternen herumjagt.*

Wenn sie schließlich doch noch einschlief, wurde sie von schrecklichen Träumen gequält und fuhr schreiend hoch aus dem Schlaf. Dann kamen ihre Kinder gerannt, krochen zu ihr ins Bett und streichelten sie.

»Du wirst doch nicht sterben?« flüsterte Tim voller Angst.

»Nein«, sagte sie und dachte: *Ich darf mich nicht umbringen. Die Kinder brauchen mich. Edward würde mir niemals verzeihen, wenn ich sie im Stich ließe.*

Edward war überall. Er war in den Schlagern, die Mary im Radio hörte und in den Hügeln, in denen sie gemeinsam gewandert waren. Und wenn sie am Morgen aufwachte, glaubte sie jedesmal, daß er neben ihr läge.

Ich muß heute früh aufstehen, Schatz. Ich habe eine Hüftoperation und eine Hysterektomie.

Seine Stimme war so deutlich, daß sie nicht zögerte, ihm zu antworten: *Ich mache mir Sorgen wegen der Kinder, Edward. Sie wollen nicht in die Schule gehen. Sie sagen, sie hätten Angst, daß ich nicht mehr da wäre, wenn sie zurückkommen.*

Jeden Tag fuhr Mary zum Friedhof, stand in der eisigen Luft und trauerte um das, was sie verloren hatte, für immer. Ein Trost war das allerdings auch nicht. *Hier bist du nicht,* dachte sie. *Bitte, sag mir doch, wo du bist.*

Florence und Douglas versuchten sie mit all den Formeln zu trösten, die sich die Menschheit ausgedacht hat, um den Verlust eines nahen Verwandten erträglich zu machen. Aber bei Mary versagten sie alle. Sie ließ sich nicht trösten.

Sie begriff nicht, daß andere fröhlich sein konnten. Ihre Stunden waren gezählt – und doch vergeudeten sie ihre kostbare Zeit mit Karten spielen, albernen Filmen und sinnlosen Sportveranstaltungen. *Wacht doch auf!* wollte sie schreien. *Die Erde ist Gottes Schlachthaus, und wir sind sein Schlachtvieh. Wißt ihr denn nicht, was euch bevorsteht?*

Die Antwort auf ihre Fragen erfolgte nur langsam. Durchdrang den schwarzen Schleier der Trauer nur ganz allmählich. *Natürlich wußten es alle. Ihre Spiele und ihr Gelächter waren eine Form des Widerstands gegen den Tod.* Und plötzlich schämte sich Mary. *Ich muß meinen eigenen*

Weg durch das Dickicht der Zeit finden, sagte sie sich. *Am Ende ist jeder allein, aber bis dahin müssen wir versuchen, uns gegenseitig ein bißchen Wärme zu geben.*

Immer noch führte sie Gespräche mit Edward. *Ich habe heute mit Tims Lehrerin gesprochen. Sie sagt, er macht Fortschritte. Beth hat eine Erkältung. Wie jedes Jahr um diese Zeit. Heute abend sind wir bei Doug und Florence. Die beiden waren so nett zu mir in der letzten Zeit.*

Und mitten in der Schwärze der Nacht: *Der Dekan war heute bei mir. Er wollte wissen, ob ich meinen Lehrauftrag weiter wahrnehmen will. Ich habe ihm gesagt, ich brauchte noch ein paar Wochen Zeit. Ich möchte die Kinder jetzt nicht allein lassen. Sie brauchen mich so. Findest du, ich sollte wieder an die Uni zurück gehen?*

Und ein paar Tage später: *Doug ist befördert worden, Schatz. Er ist jetzt Chef der Chirurgie.*

Konnte Edward sie hören? Sie wußte es nicht.

Präsident Ellison, Stanton Rogers und Floyd Baker saßen im Oval Office zusammen. »Mr. Präsident, wir stehen ein bißchen unter dem Druck der öffentlichen Meinung«, sagte der Außenminister. »Ich fürchte, wir können mit der Ernennung eines Botschafters für den Posten in Bukarest nicht mehr sehr lange warten. Ich würde mich freuen, wenn Sie sich die Zeit nehmen könnten, noch einmal einen Blick auf die Liste der möglichen Kandidaten zu werfen, die ich Ihnen vor sechs Wochen vorgelegt habe ...«

»Vielen Dank, Floyd, ich bin Ihnen für diesen Hinweis und Ihre Vorschläge sehr dankbar. Aber ich glaube immer noch, daß Mary Ashley die richtige wäre. Und nachdem sich ihre häusliche Situation jetzt geändert hat ... Was ein Unglück für sie war, könnte sich für unser Land als ein Glücksfall erweisen.« Der Präsident wandte sich an seinen Freund Stanton Rogers. »Stan, ich möchte, daß du nach Kansas fliegst und sie überredest, den Posten anzunehmen.«

»Selbstverständlich.«

Mary deckte gerade den Tisch fürs Abendessen, als das Telefon klingelte, und als sie den Hörer abhob, sagte eine Stimme: »Hier ist das Weiße Haus. Der Präsident möchte mit Mrs. Mary Ashley sprechen.«

Bitte nicht jetzt, dachte sie. *Ich möchte mit niemanden sprechen.*

Sie erinnerte sich plötzlich daran, wie sie sich aufgeregt und gefreut hatte, als der Präsident zum ersten Mal anrief. Jetzt war ihr der Anruf vollkommen gleichgültig. »Ja, ich bin selbst am Telefon«, sagte sie, »aber –«

»Einen Augenblick, bitte!«

Es knackte, und dann kam die Stimme des Präsidenten über die Leitung. »Mrs. Ashley? Hier spricht Paul Ellison. Ich möchte Ihnen sagen, wie sehr ich den Tod Ihres Mannes bedauere. Mein herzliches Beileid. Ich habe gehört, daß er ein ausgezeichneter Chirurg und ein guter Staatsbürger war.«

»Vielen Dank, Mr. Präsident. Es war sehr freundlich, daß Sie uns Blumen geschickt haben.«

»Ich möchte mich nicht in Ihr Privatleben einmischen, Mrs. Ashley, und es ist mir auch durchaus bewußt, daß dieser schmerzliche Verlust Sie erst vor sehr kurzer Zeit getroffen hat, aber ich möchte doch fragen, ob die Veränderung Ihrer häuslichen Situation Sie nicht veranlassen könnte, mein Angebot, Botschafterin in Rumänien zu werden, noch einmal zu überdenken.«

»Vielen Dank, aber ich könnte unmöglich –«

»Warten Sie, Mrs. Ashley. Ich habe jemanden zu Ihnen nach Junction City geschickt, der Ihnen genauer sagen kann, worum es mir geht. Sein Name ist Stanton Rogers. Ich wäre Ihnen sehr dankbar, wenn Sie sich die Zeit nehmen könnten, mit ihm zu reden.«

Mary wußte nicht, was sie sagen sollte. Wie konnte sie Präsident Ellison klar machen, daß ihre ganze Welt auf dem Kopf stand? Daß ihr Leben zerstört war? Daß sie nur noch für Tim und Beth da sein wollte? Sie beschloß, den Mann des Präsidenten anstandshalber bei sich zu empfangen und das Angebot dann in aller Form abzulehnen.

»Selbstverständlich, Mr. President. Ganz, wie Sie wünschen. Aber ich werde meine Meinung nicht ändern.«

Am Boulevard Bineau in Neuilly gab es eine beliebte Bar, in der auch die Wachmannschaften der Villa von Marin Groza gelegentlich ihre Freizeit verbrachten. Sogar Lev Pasternak selbst trank dort gelegentlich einen Cognac. Angel stellte fest, welchen Tisch die Wachen am liebsten hatten und setzte sich dann in die Nähe. Wenn sie der strengen Disziplin in der Villa für ein paar Stunden entkommen waren, tranken die Männer ganz gern ein Glas Wein und wurden dabei ziemlich redselig. Angel hörte geduldig zu. Der Schwachpunkt in Grozas Verteidigungssystem würde schon auftauchen. Denn eine schwache Stelle hatte jedes System. Man mußte nur klug und geduldig genug sein, um sie zu finden.

Drei Tage später belauschte Angel ein Gespräch, das äußerst vielversprechend klang.

»Ich weiß ja nicht, was Groza mit den Weibern macht, die er sich jeden Freitag ins Haus holt, aber er selbst schreit eigentlich immer am meisten dabei. Ich glaube, er läßt sich auspeitschen. Jedenfalls habe ich letzte Woche in seinem Schrank mehrmals ein Dutzend Peitschen gesehen«, sagte einer der Leibwächter grinsend.

Und ein anderer fügte hinzu. »Ich glaub', daß du recht hast, Mike. Aber hübsch sind die Mädchen schon, die unser furchtloser Führer vernascht. Sie kommen aus allen Teilen der Welt. Lev selbst arrangiert das. Er ist schon ein schlauer Bursche. Nie kommt eine zweimal. Auf diese Weise können keine Attentäterinnen eingeschleust werden.«

Mehr brauchte Angel nicht.

Am nächsten Morgen holte Angel sich einen neuen Mietwagen und fuhr zum Montmartre. Der Sex-Shop lag in der

Nähe der Place Pigalle, diente aber nicht nur zur Ausrüstung der dort arbeitenden Prostituierten und Zuhälter, sondern hatte auch sehr viel private Kundschaft. Angel trat ein und ging gemächlich die langen Regale entlang, auf denen die erotischen Spezialitäten ausgestellt waren. Da gab es Hand- und Fußfesseln, eisenbeschlagene Helme, Spitzen- und Saffianhöschen mit Schlitzen, Massagegeräte und Cremes, aufblasbare Gummipuppen und Porno-Videos. Es gab Penisringe und Dildos und in einer Ecke auch Peitschen in allen Größen und Farben. Angel wählte eine sechs Fuß lange schwarze Lederpeitsche mit Knoten am Ende, zahlte bar und ging.

Am nächsten Morgen brachte Angel die Peitsche zurück. Der Besitzer hob angriffslustig den Kopf und knurrte: »Bei uns wird nichts umgetauscht!«

»Ich will ja gar nichts umtauschen«, erwiderte Angel. »Mir ist es nur peinlich, dieses Ding in der Stadt herumzutragen, und ich wollte Sie bitten, es mir nach Hause zu schicken. Ich bezahle natürlich für Verpackung und Porto.«

Am Nachmittag desselben Tages saß Angel bereits in einem Flugzeug nach Buenos Aires.

Die sorgfältig verpackte Peitsche traf am nächsten Tag in der Villa in Neuilly ein. Das Paket wurde von einem der Wächter entgegengenommen. Der Mann las den Namen der Firma als Absender, öffnete das Paket und untersuchte die Peitsche genau. *Man sollte meinen, daß der alte Herr schon genug davon hat,* dachte er, als er sie einem der Dienstboten gab.

Der Mann nahm die Peitsche mit unbewegtem Gesicht, brachte sie in Martin Grozas Schlafzimmer und hängte sie in den Schrank.

10

Fort Riley ist eines der ältesten Forts der Vereinigten Staaten, das heute noch von der Army genutzt wird. Errichtet wurde es im Jahre 1853, als Kansas noch Indianergebiet war. Von hier aus wurden die Planwagen auf ihrem weiten Weg nach Westen beschützt. Heute dient es als Basis für Hubschraubertruppen und hat auch einen Landeplatz für kleinere Flugzeuge.

Stanton Rogers, der mit einer DC-7 gekommen war, wurde noch auf der Rollbahn vom Standortkommandanten und einigen ausgewählten Stabsoffizieren begrüßt. Eine Limousine, die ihn zum Haus der Ashleys bringen sollte, wartete schon. Er hatte Mary kurz nach ihrem Gespräch mit dem Präsidenten angerufen.

»Ich verspreche Ihnen, Ihre Zeit nicht lange in Anspruch zu nehmen, Mrs. Ashley«, sagte er. »Wäre es Ihnen am Montagnachmittag recht?«

Er ist so höflich, dachte Mary. *Dabei ist er ein so wichtiger Mann. Daß der Präsident gerade ihn zu mir schickt!* »Ja, natürlich«, sagte sie. »Sie sind mir jederzeit herzlich willkommen.« Und ohne nachzudenken fügte sie hinzu: »Haben Sie Lust, mit uns zu Abend zu essen?«

Rogers zögerte. »Ja, gern, vielen Dank.« Und er dachte: *Das wird ein langer, langweiliger Abend.*

Florence Schiffer wäre beinahe durchgedreht, als sie von dem angekündigten Besuch hörte. »Der außenpolitische Berater des Präsidenten kommt zu dir, Mary? Heißt das, daß du den Posten in Bukarest annimmst?«

»Nein, Florence. Das bedeutet gar nichts. Aber ich habe dem Präsidenten versprochen, daß ich mit dem Mann rede. Das ist alles.«

Florence hatte Mary in die Arme genommen und ihr gesagt: »Natürlich, Mary. Tu nur das, was du wirklich willst. Das ist mein größter Wunsch. Ich möchte, daß du wieder glücklich wirst, Mary.«

»Das weiß ich doch, Florence.«

Stanton Rogers war ein sehr beeindruckender Mann. Mary hatte ihn schon im Fernsehen gesehen und auf Fotos im *Time-Magazine*. Aber im Gegensatz zu vielen anderen Bildschirmprominenten wirkte er in natura größer als auf der Mattscheibe. Er war sehr höflich, aber zugleich sehr kühl und fast abweisend.

»Erlauben Sie mir bitte, Ihnen noch einmal das tiefempfundene Beileid des Präsidenten zum Tod Ihres Mannes auszusprechen, Mrs. Ashley.«

»Vielen Dank.«

Sie stellte ihm Tim und Beth vor. Und ihre Kinder blieben tatsächlich brav im Wohnzimmer sitzen und machten Konversation mit Rogers, als Mary in die Küche ging, um zu sehen, wie Lucinda mit dem Essen zurechtkam.

»Ich kann jederzeit servieren, wenn Sie es wünschen«, sagte Lucinda. »Aber schmecken wird es ihm nicht.«

Mary hatte bei Lucinda einen schlichten Schmorbraten bestellt, und Lucinda hatte von Anfang an protestiert: »Leute wie Mr. Rogers essen doch keinen Schmorbraten!«

»Ach, nein? Was denn sonst?«

»Chateaubriand und Crêpe Suzette.«

»Trotzdem essen wir Schmorbraten.«

»Wie Sie wollen«, hatte Lucinda gesagt. »Aber ich garantiere für nichts!«

Zum Schmorbraten servierte sie Kartoffelbrei, frisch gekochtes Gemüse und grünen Salat. Zum Nachtisch gab es noch einen Kürbis-Kuchen. Zu Marys Befriedigung aß

Rogers mit sichtlichem Genuß und ließ keinen Bissen auf seinem Teller zurück.

Während des Essens hatte sich das Gespräch um die Nöte der amerikanischen Farmer gedreht, die den Präsidenten schon seit Wochen bedrängten, die Weizenlieferungen an die Sowjetunion weiter zu steigern. Auch die bewegte Geschichte von Junction City hatte ihnen als Gesprächsstoff gedient, aber erst nachdem sich Tim und Beth wie verabredet ins obere Stockwerk zurückgezogen hatten, um schlafen zu gehen, kam Stanton Rogers auf Rumänien zu sprechen.

»Was halten Sie von der Regierung Ionescu?« fragte er Mary.

»Eine Regierung in unserem Sinne gibt es eigentlich nicht in Rumänien«, erwiderte Mary. »Ionescu ist die Regierung. Er kontrolliert alles.«

»Glauben Sie, daß er in absehbarer Zeit gestürzt werden könnte?«

»In der gegenwärtigen Situation wohl nicht. Der einzige, der genügend Autorität und Verbindungen hat, um Ionescu zu stürzen, ist Marin Groza, und der sitzt in Frankreich.«

Die Fragen gingen weiter. Mary war eine echte Expertin, und Stanton Rogers war sichtlich beeindruckt. Dennoch war es Mary unangenehm, einem solchen Verhör unterzogen zu werden. Aber hätte sie zögern sollen, dem außenpolitischen Berater des Präsidenten ihre Ansichten mitzuteilen? Eine solche Gelegenheit kam vielleicht niemals wieder.

Paul hat recht, dachte Rogers, *diese Frau ist wirklich eine Autorität. Sie weiß über die Ostblockstaaten Bescheid. Und dann ist da noch etwas. Wir suchen jemanden, der ganz anders ist als das Klischee des häßlichen Amerikaners. Und das ist diese Frau. Sie ist schön. Sie und ihre Kinder könnte man als typische amerikanische Familie verkaufen. Und so etwas macht nicht nur in Rumänien Eindruck.* Stanton begeisterte sich immer mehr für diesen Gedanken. Die Frau konnte nützlicher sein, als sie ahnte.

Gegen halb elf sagte Stanton Rogers: »Ich will ganz ehrlich sein, Mrs. Ashley. Ich war ursprünglich sehr dagegen, jemanden wie Sie nach Rumänien zu schicken. Die Aufgabe ist doch sehr heikel, und das habe ich auch dem Präsidenten gesagt. Aber ich muß zugegen, daß ich meine Meinung geändert habe. Ich glaube, Sie könnten eine ganz ausgezeichnete Botschafterin werden.«

Mary schüttelte den Kopf. »Tut mir leid, Mr. Rogers. Ich bin keine Politikerin. Ich bin ein reiner Amateur.«

»Wie Präsident Ellison mir ausdrücklich gesagt hat, sind einige unserer besten Botschafter sogenannte Amateure gewesen. Was ja letztlich nur bedeutet, daß ihre Erfahrungen und Kenntnisse nicht aus dem Auswärtigen Dienst stammten. Walter Annenberg, unser ehemaliger Botschafter in Großbritannien, zum Beispiel war ursprünglich Verleger.«

»Ich bin keine.«

»John Kenneth Galbraith, unser Botschafter in Indien von 1961 bis 1963, war Professor der Nationalökonomie, und der spätere Botschafter in Japan Mike Mansfield war ursprünglich Journalist, ehe er in den Senat gewählt wurde. Was ihnen allen gemeinsam war, Mrs. Ashley, war Intelligenz, Vaterlandsliebe und guter Wille gegenüber dem Land, in das sie von der Regierung geschickt wurden.«

»Wenn man Ihnen zuhört, könnte man denken, es wäre alles ganz einfach.«

»Nun, Sie haben vermutlich bemerkt, daß wir Sie genau überprüft haben, ehe wir Ihnen anboten, Botschafterin in Rumänien zu werden. Sie stellen kein Sicherheitsrisiko dar, Ihre Steuererklärungen waren immer in Ordnung, und Sie verfolgen keine wirtschaftlichen Interessen, die mit unseren Absichten in Konflikt geraten könnten. Nach Auskunft Ihres Dekans sind Sie eine ausgezeichnete Dozentin, und vor allem sind Sie natürlich eine Expertin, was Rumänien angeht. Sie haben also einen fliegenden Start. Vor allem aber entsprechen Sie in hohem Maße der Vorstellung, die sich der Präsident von unseren Vertretern hinter dem Eisernen Vorhang gemacht hat. Sie haben eine positive Ausstrahlung, und das ist sehr wichtig angesichts der vielen negativen Ansichten über die Amerikaner im Ausland.«

Mary hörte nachdenklich zu. »Mr. Rogers«, sagte sie schließlich. »Ich möchte, daß Sie und der Präsident wissen, wie dankbar ich Ihnen für alles bin, was Sie gesagt haben. Aber leider kann ich den Posten nicht annehmen. Ich muß an meine Kinder denken. Ich kann sie nicht einfach aus allem herausreißen –«

»Es gibt eine sehr gute Schule für Diplomatenkinder in Bukarest«, sagte Rogers. »Es wäre sicher eine interessante Erfahrung für Ihre Kinder, in einer so internationalen Atmosphäre aufzuwachsen. Sie würden dort Dinge lernen, die ihnen eine amerikanische Schule nie bieten könnte.«

Das Gespräch hatte plötzlich eine ganz andere Wendung genommen, als Mary geplant hatte.

»Ich ... Ich werde darüber nachdenken.«

»Ich bleibe bis morgen in Junction City«, sagte Rogers. »Ich wohne im All Season Motel. Glauben Sie mir, Mrs. Ashley, ich weiß sehr genau, was für eine schwere Entscheidung das für Sie ist. Aber unsere neue Ostpolitik ist nicht nur für den Präsidenten, sondern für ganz Amerika wichtig. Bitte überlegen Sie sich unseren Vorschlag.«

Nachdem sich die Tür hinter Rogers geschlossen hatte, ging Mary nach oben. Die Kinder warteten schon auf sie, aufgeregt und hellwach.

»Na, nimmst du den Posten an?« fragte Beth.

»Darüber wollte ich gerade mit euch reden«, sagte Mary. »Wenn ich annehmen würde, müßtet ihr die Schule in Junction City und all eure Freunde verlassen. Ihr würdet in einem fremden Land leben, dessen Sprache uns unbekannt ist, und ihr müßtet in eine neue Schule gehen, wo ihr niemanden kennt.«

»Darüber habe ich mit Tim schon gesprochen«, sagte Beth. »Willst du wissen, was wir dazu meinen?«

»Was meint ihr denn?«

»Wir finden, daß jedes Land sich glücklich schätzen müßte, das dich als Botschafterin bekäme, Mom.«

In der Nacht sprach Mary wieder mit Edward. *Das hättest du hören sollen, Schatz! Dieser Rogers hat auf mich eingeredet wie auf ein krankes Huhn. Man hätte denken können, der Präsident sei geradezu angewiesen auf mich. Es muß Tausende geben, die bessere Botschafter wären als ich, aber er hat so getan, als wäre ich die einzig mögliche Kandidatin. Erinnerst du dich noch daran, wie wir darüber gesprochen haben? Weißt du noch, wie aufgeregt wir waren, als der Präsident anrief? Nun, ich habe die Chance jetzt wieder, und ich weiß absolut nicht, was ich tun soll. Ich habe Angst, Liebling. Das hier ist unser Zuhause. Soll ich das etwa verlassen? Unsere ganze Vergangenheit ist in diesem Haus hier.* Plötzlich bemerkte sie, daß sie weinte. *Dieses Haus ist alles, was mir von dir geblieben ist, Liebling. Bitte hilf mir, die richtige Entscheidung zu finden ...*

Sie setzte sich im Morgenrock ans Fenster und sah auf die Bäume hinaus, die im Wind fröstelten.

Als die Sonne aufging, traf sie ihre Entscheidung.

Um 9 Uhr morgens rief Mary das All Seasons Motel an und fragte nach Stanton Rogers.

Als er an den Apparat kam, sagte sie: »Mr. Rogers würden Sie bitte dem Präsidenten mitteilen, daß es mir eine Ehre wäre, zur Botschafterin in Rumänien ernannt zu werden?«

11

Die ist ja noch schöner als die anderen, dachte die Torwache. *Wie eine Prostituierte sieht sie wirklich nicht aus.* Sie hätte Filmschauspielerin oder Mannequin sein können. Sie war Anfang zwanzig, hatte langes, blondes Haar und einen milchweißen Teint. Sie trug ein Modellkleid.

Lev Pasternak war selbst ans Tor gekommen, um das Mädchen ins Haus zu bringen. Sie hieß Bisera und stammte aus Jugoslawien, in Frankreich war sie nie zuvor gewesen. Der Anblick der vielen schwerbewaffneten Leibwächtiger machte sie unruhig. Sie begann sich zu fragen, was ihr bevorstand. Ihr Zuhälter hatte ihr lediglich ein Rückflugticket gegeben und gesagt, sie werde zweitausend Dollar für ihre Arbeit erhalten.

Lev Pasternak klopfte an eine der Türen im Inneren der Villa. »Herein«, rief Marin Groza von innen.

Pasternak öffnete die Tür und schob das Mädchen hinein. Groza stand am Fußende des Bettes. Er hatte einen Morgenmantel an, und Bisera sah sofort, daß er darunter nackt war.

»Das ist Bisera«, sagte Lev Pasternak. Marin Grozas Namen erwähnte er nicht.

»Guten Abend, meine Liebe. Kommen Sie herein.«

Pasternak zog sich zurück und schloß sorgfältig die Tür hinter sich. Groza war allein mit dem Mädchen.

Bisera trat näher zu ihm heran und lächelte. »Na, wollen wir es uns nicht ein bißchen bequem machen?« Sie griff nach dem Reißverschluß ihres Kleides.

»Nein. Behalten Sie bitte Ihr Kleid an!«

Bisera sah ihn verblüfft an. »Soll ich denn nicht –«

Groza ging zum Schrank, wählte eine Peitsche aus und hielt sie ihr hin. »Nehmen Sie die, bitte.«

Das also steckte dahinter. Der Mann wollte geschlagen werden. Merkwürdig. Er sah gar nicht so aus. *Man weiß doch nie,* dachte Bisera.

Marin Groza legte seinen Morgenmantel aufs Bett und drehte sich um. Voller Entsetzen betrachtete Bisera die wüsten Narben auf seinem Körper. Den Gesichtsausdruck des Mannes wußte sie zunächst nicht zu deuten, bis ihr schockartig klar wurde, daß Groza schreckliche Angst hatte. Er schien große Schmerzen zu leiden. Warum wollte er dann unbedingt ausgepeitscht werden?

Groza ging zu einem Stuhl, setzte sich rittlings darauf und verlangte: »Schlag mich, aber fest!«

»Okay«, sagte Bisera. »Wenn es dich scharf macht.« Sie nahm die lange Lederpeitsche und wog sie in der Hand. Masochismus war ihr nichts Neues, aber hier ging etwas vor, was sie nicht verstand. *Was geht es mich an?* dachte sie. *Ich nehme das Geld und verschwinde.*

Sie hob die Peitsche und ließ sie auf den nackten Rücken des Mannes herunterklatschen.

»Fester«, drängte er. »Fester.«

Groza zuckte zusammen, als die Peitsche zum zweitenmal auf ihn herabfiel und seine Haut aufriß. Winzige Blutströpfchen erschienen auf seinem Rücken. Seine Finger krallten sich in die Stuhllehne. Einmal ... zweimal ... dreimal. Jedesmal fester und bösartiger. Und dann erschien das Bild vor seinen Augen, auf das er gewartet hatte. Er sah seine Frau und seine Tochter vor sich, die vergewaltigt wurden von grinsenden Uniformierten. Groza bäumte sich auf, seine Muskeln spannten sich, als kämpfte er gegen unsichtbare Stricke und Fesseln. Jedesmal, wenn die Peitsche fiel, hörte er sein Kind schreien und seine Frau wimmern, die brutal gequält und gedemütigt wurden. Denen das Blut an den Beinen herablief. Die schließlich leblos liegenblieben und nie wieder aufstanden.

»Fester!« schrie Marin Groza. »Schlag mich doch fester!« Und mit jedem Schlag spürte er die scharfe Klinge des Messers, das seine Hoden abtrennte. Schließlich keuchte er nur noch. Er konnte gar nicht mehr atmen. »Hol – hol –« Seine Stimme versagte. Seine Lunge drohte zu platzen.

Bisera hielt inne. Die Peitsche baumelte in der Luft. »He, sag mal? Ist alles in Ordnung?«

Groza stürzte zu Boden. Seine weit geöffneten Augen starrten ins Leere.

»Hilfe!« schrie das Mädchen. »Hilfe! Verdammte Scheiße!«

Lev Pasternak stürzte herein, in der Hand die Pistole. Er sah die zusammengekrümmte Gestalt auf dem Fußboden. »Was ist los?«

Bisera hatte panische Angst. »Ich weiß nicht. Plötzlich ist er vom Stuhl gefallen. Ich hab' überhaupt nichts gemacht. Ich hab' ihn nur ausgepeitscht. Genau, wie der Mann es verlangt hat. Ich hab' nichts getan!«

Der in der Villa lebende Arzt war eine Minute später zur Stelle. Er warf einen Blick auf den reglosen Körper des Politikers und kniete sich auf den Boden, um ihn genauer zu untersuchen. Die Haut hatte sich blau verfärbt, und die Muskeln wurden schon steif.

Der Arzt griff nach der Peitsche und schnupperte daran.

»Was soll das?« fragte Pasternak. »Ist er tot?«

»Ja. Die Peitsche war mit Curare getränkt. Das ist das Pfeilgift der Amazonasindianer. Es lähmt das gesamte Muskelsystem innerhalb von Minuten.«

Hilflos starrten die beiden Männer auf ihren toten Anführer.

Die Nachricht von Marin Grozas Ermordung verbreitete sich rasch. Erst bekamen die Pariser Polizeireporter Wind von der Sache, dann ging die Meldung über Satellit bis in den letzten Winkel des Erdballs. Die peinlichen Einzelheiten konnte Lev Pasternak nur mit Mühe und Not vor der Presse verbergen.

In Washington führte die Nachricht zu einer eilig angesetzten Besprechung des Präsidenten mit seinem außenpolitischen Berater.

»Wer steckt dahinter, Stan?« fragte der Präsident.

»Entweder die Russen oder Ionescu«, erwiderte Rogers. »Aber das ist letzten Endes dasselbe, nicht wahr? Beide wollten den Kerl loswerden.«

»Das heißt also, wir werden es bis auf weiteres mit Ionescu zu tun haben. Na, gut. Jetzt müssen wir dafür sorgen, daß unsere Botschafterin so schnell wie möglich nach Bukarest kommt. Wie geht die Sache mit Mary Ashley voran?«

»Sie ist schon auf dem Weg nach Washington, Paul. Alles in Ordnung.«

»Gut.«

Als der argentinische Rundfunk Marin Grozas Ermordung meldete, lächelte Angel zufrieden. *Das ging ja schneller, als ich gedacht habe.*

Um zehn Uhr abends klingelte das Privattelefon des Controllers. Er nahm den Hörer ab. »Ja, bitte?«

Eine träge, gutturale Frauenstimme meldete sich. *Neusa Muñez!* »Angel hat heute morgen die Zeitung gelesen. Er sagt, Sie könnten das Geld jetzt überweisen.«

»Sagen Sie ihm, wir werden das sofort veranlassen. Und bitte teilen Sie ihm auch mit, Miß Muñez, wie zufrieden wir mit ihm sind. Sagen Sie Angel, daß wir ihn vielleicht sehr bald wieder brauchen. Haben Sie eine Telefonnummer, wo ich Sie erreichen kann?«

Es entstand eine lange Pause. Dann sagte die Frau: »Ja, ich gebe Ihnen die Nummer.«

Der Controller schrieb sorgfältig mit. Dann sagte er: »Vielen Dank. Wenn Angel–«

Aber die Leitung war tot.
Blöde Kuh!

Das Geld wurde schon am nächsten Tag bei der Züricher Bank eingezahlt. Erstaunlicherweise in bar. Eine Stunde nach der Einzahlung wurde es allerdings schon an eine saudi-arabische Bank in Genf überwiesen. *Man kann gar nicht vorsichtig genug sein, heutzutage,* war Angels Devise, *die verdammten Banken betrügen einen, wo sie nur können.*

12

Es war weit mehr als nur eine Haushaltsauflösung. Es war, als packte Mary ihr ganzes bisheriges Leben zusammen. Sie nahm Abschied von den Träumen, Erinnerungen und Gefühlen der letzten dreizehn Jahre. Dieses Haus war ihr Zuhause gewesen, und jetzt würde es einfach wieder ein Haus werden, in dem Fremde wohnten, die von den Freuden und Sorgen, den Tränen und dem Gelächter der Ashleys nichts wußten.

Douglas und Florence Schiffer freuten sich von Herzen, daß Mary Botschafterin wurde.

»Du wirst ganz fabelhaft sein«, sagte Florence. »Doug und ich werden dich und die Kinder allerdings ziemlich vermissen.«

»Ihr müßt mir versprechen, daß ihr uns in Bukarest besucht«, sagte Mary.

»Ehrenwort!«

Von der Universität wurde ihr, das hatte sie mit dem Dekan so vereinbart, unbegrenzt unbezahlter Urlaub gewährt.

»Ich werde Ihre Seminare teilweise selbst übernehmen«, lächelte Hunter. »Das läßt sich ohne weiteres arrangieren. Ihre Studenten allerdings werden Ihnen wohl nachweinen.« Er schüttelte ihr die Hand. »Wir sind stolz auf Sie, Mrs. Ashley. Viel Glück!«

»Vielen Dank.«

Mary meldete die Kinder in der Schule ab. Tim und Beth machten ihr Sorgen. Am Anfang waren sie ganz begeistert von der Vorstellung gewesen, in einem fremden Land in Europa zu leben, aber jetzt, wo es hieß Abschied zu nehmen, hatten sie Angst. Sie waren einzeln zu ihrer Mutter gekommen und hatten um Aufschub gebeten.

»Ich kann doch nicht all meine Freunde verlassen«, jammerte Beth. »Vielleicht sehe ich Virgil nie wieder. Kann ich nicht bis zum Ende des Schuljahres hier bleiben?«

»Jetzt bin ich gerade in die Mannschaft der B-Jugend gekommen«, sagte Tim. »Wenn ich jetzt weggehe, holen sie sich einen anderen Halbstürmer. Können wir nicht bis zum Herbst warten, wenn die Spielzeit vorbei ist? Bitte, Mom!«

Sie haben genauso viel Angst wie ihre Mutter. Stanton Rogers war so überzeugend gewesen. Aber wenn sie in der Nacht mit ihren Ängsten allein war, dachte Mary jedesmal: *Ich habe keine Ahnung, was ein Botschafter tun muß. Ich bin eine Hausfrau aus Kansas, die sich plötzlich als Politikerin fühlt. Die Leute werden von Anfang an wissen, daß ich eine Hochstaplerin bin. Ich hätte mich auf das Ganze nie einlassen dürfen.*

Und dann kam der Abreisetag. Das Haus war langfristig an eine neu zugezogene Familie vermietet, der Caravan war verkauft. Es war Zeit, endgültig Abschied zu nehmen.

»Doug und ich fahren euch zum Flughafen raus«, sagte Florence.

Der Flughafen, wo sie das kleine, sechssitzige Flugzeug besteigen sollten, das sie nach Kansas City bringen würde, war in Manhattan am Kansas River. In Kansas City mußten sie in den Airbus nach Washington umsteigen.

»Noch eine Sekunde, bitte«, sagte Mary zu ihrer Freundin. Sie ging nach oben und lehnte sich an den Türrahmen im Schlafzimmer. Dreizehn wunderbare Jahre hatte sie in diesem Haus mit Edward verbracht, und dies sollte nun der letzte Augenblick sein.

Ich gehe jetzt, Liebster. Ich wollte dir nur Good-bye sagen. Ich glaube, ich habe mich so entschieden, wie du es gewollt hättest. Ich hoffe es jedenfalls. Das einzige, was mich beunruhigt, ist die Vorstellung, daß wir vielleicht nie wieder in dieses Haus zurückkehren werden. Ich habe das Gefühl, dich zu verlassen. Aber ich verspreche dir: Du wirst bei mir sein, wo immer ich hingehe. Ich brauche dich jetzt mehr als jemals zuvor. Bitte, bleib bei mir. Hilf mir. Ich liebe dich so. Manchmal denke ich, ohne dich kann ich das alles nicht aushalten. Kannst du mich hören? Bist du da, Liebling?

Douglas Schiffer sorgte dafür, daß ihr Gepäck eingecheckt wurde. Als Mary das kleine Flugzeug auf der Rollbahn stehen sah, blieb sie stehen und schlug die Hand vors Gesicht. »Ach, du meine Güte!« rief sie erschrocken.

»Was ist denn los?« fragte Florence.

»Ich hab' soviel zu tun gehabt – ich hab' es völlig vergessen.«

»Was denn?«

»Ich habe Angst vorm Fliegen! Ich bin mein ganzes Leben noch nicht geflogen. Ich werde nie in dieses kleine Ding da steigen! Ich denke nicht dran!«

»Mary – die Chancen, daß dir etwas passiert, sind eins zu einer Million!«

»Das ist mir egal«, sagte Mary, »wir nehmen den Zug.«

»Das kannst du nicht machen. Du wirst heute nachmittag in Washington erwartet.«

»Ja, aber *lebend*! Wenn ich *tot* bin, nutzt das niemandem etwas.«

Die Schiffers brauchten volle fünfzehn Minuten, um Mary an Bord des Flugzeugs zu bringen. Eine weitere halbe Stunde später rollte die Maschine an den Start. Obwohl sie und die Kinder gut angeschnallt waren, umklammerte Mary verzweifelt die Sitzlehnen, als sie über die Rollbahn donnerten und sich vogelgleich in die Luft hoben.

»Mama –«

»Psst! Kein Wort! Ich –«

Mary saß wie eine Puppe auf ihrem Sitz. Sie weigerte sich, aus dem Fenster zu sehen, und konzentrierte all ihre seelischen Kräfte darauf, einen Absturz zu verhindern. Die Kinder dagegen amüsierten sich glänzend. Sie zeigten voller Entzücken auf die Häuser und Straßen, die unter ihnen dahinglitten und schließlich zurückblieben.

Kinder, dachte Mary verbittert. *Die wissen gar nicht, wie gefährlich das Leben Tag für Tag ist!*

Auf dem Flughafen in Kansas City stiegen sie in einen bequemen Airbus nach Washington. Beth und Tim saßen nebeneinander und Mary auf der anderen Seite des Ganges. Neben Mary saß eine ältere Dame.

»Wissen Sie, ich habe schreckliche Angst«, sagte Marys Sitznachbarin. »Ich bin in meinem ganzen Leben noch nicht geflogen.«

Mary tätschelte beruhigend ihre Hand. »Keine Sorge«, sagte sie lächelnd. »Die Chancen, daß Ihnen etwas passiert, sind eins zu einer Million!«

Zweites Buch

13

Auf dem Dulles International Airport in Washington erwartete sie ein junger Mann aus dem State Department.

»Willkommen in Washington, Mrs. Ashley«, sagte er. »Mein Name ist John Burns. Mr. Rogers hat mich gebeten, Sie hier in Empfang zu nehmen und ins Hotel zu bringen. Sie sind in den Riverside Towers untergebracht. Ich glaube, es wird Ihnen gefallen.«

»Vielen Dank.«

Mary stellte ihm Beth und Tim vor.

»Wenn Sie mir bitte die Gepäckscheine geben, Mrs. Ashley, werde ich dafür sorgen, daß die Sachen direkt zum Wagen gebracht werden.«

Zwanzig Minuten später saßen sie in einer großen Limousine mit uniformiertem Chauffeur und waren auf dem Weg ins Zentrum von Washington.

Tim starrte links zum Fenster hinaus und Beth rechts. Beide waren begeistert. »He, schaut mal!« rief Tim. »Da ist das Lincoln Memorial.«

»Und da ist das Washington Monument«, kreischte Beth.

Mary genierte sich. »Meine Kinder sind noch sehr unverbildet«, sagte sie mit verlegenem Lächeln zu John Burns. »Sie sind noch nie aus Kansas herausge–« Sie sah aus dem Fenster, und ihre Augen weiteten sich. »Oh, mein Gott!« sagte sie. »Das ist ja das Weiße Haus!«

Sie fuhren die Pennsylvania Avenue hinauf, und Mary dachte: *Diese Stadt regiert die Welt. Hier konzentriert sich die Macht. Und auf meine Weise werde ich Teil davon sein.*

Als der Wagen vor dem Hotel hielt, fragte Mary: »Wann sehe ich Mr. Rogers?«

»Er ruft Sie morgen früh an.«

Pete Connors, der Chef der Spionageabwehr der CIA, arbeitete meistens nachts. Jeden Morgen um drei wurden die Berichte der verschiedenen Abteilungen abgeschlossen und mußten zum täglichen Sicherheitsbericht für den Präsidenten zusammengefaßt werden. Dieser Bericht mit dem Codenamen »Pickles« mußte pünktlich um sechs fertig sein, damit ihn der Präsident rechtzeitig auf seinem Schreibtisch vorfand, wenn er in sein Büro kam. Ein bewaffneter Kurier brachte den Bericht von Langley zum Weißen Haus, das er durch den westlichen Eingang betrat. Neuerdings interessierte sich Connors wieder mehr für die Funksprüche und Telegramme, die im Ostblock aufgefangen wurden, denn eine ganze Menge davon bezog sich auf die neue Ostpolitik Präsident Ellisons und speziell auf die Ernennung von Mary Ashley zur Botschafterin in Rumänien.

Die sowjetische Führung war beunruhigt, weil sie befürchtete, Präsident Ellisons Goodwill-Strategie könnte die Loyalität der Ostblockstaaten gefährden.

Mehr Sorgen als ich können sich der Generalsekretär und das Politbüro auch nicht machen, dachte Pete Connors. *Wenn sich der Präsident mit seiner blöden Völkerverständigung durchsetzt, dann wimmelt es hier bald von Ostblock-Spionen.*

Connors hatte sofort von Marys Ankunft in Washington erfahren. Fotos von ihr und den Kindern hatte er schon lange in der neuen Spezial-Akte. *Sie entspricht genau unseren Wünschen,* dachte er.

Die Riverside Towers, einen Block weit entfernt vom Watergate Hotel, sind ein relativ kleines Familienhotel mit gemütlichen, hübsch möblierten Räumen.

Ein Page brachte das Gepäck in ihre Suite, und Mary

wollte gerade anfangen, ihre Kleider in die Schränke zu hängen, als das Telefon klingelte. Mary nahm den Hörer. »Ja, bitte?«

Eine männliche Stimme. »Sind Sie Mrs. Ashley?«

»Ja.«

»Mein Name ist Cohn. Ben Cohn. Ich bin Reporter bei der *Washington Post.* Ich wollte fragen, ob Sie Zeit für ein kurzes Gespräch haben.«

Mary zögerte. »Wir sind gerade erst angekommen, und ich bin –«

»Es dauert nur fünf Minuten. Ich möchte mich eigentlich nur mit Ihnen bekannt machen.«

»Ja, ich glaube –«

»Okay. Ich bin schon unterwegs.«

Ben Cohn war mittelgroß, breitschultrig und muskulös. Sein Gesicht zeigte die Spuren früherer Faustkämpfe. *Er sieht aus wie ein Sportreporter,* dachte Mary.

Cohn setzte sich in einen Sessel gegenüber von Mary. »Sind Sie das erste Mal in Washington, Mrs. Ashley?« fragte er.

Sie bemerkte, daß er weder einen Notizblock noch einen Kassettenrecorder dabei hatte. »Ja«, sagte sie.

»Nun, ich werde mir die dummen Fragen ersparen«, sagte er.

Mary runzelte die Stirn. »Welche dummen Fragen?«

»Wie gefällt es Ihnen in Washington? und so weiter... Jedesmal, wenn ein Prominenter irgendwo ankommt, wird er als erstes gefragt, wie es ihm da gefällt, auch wenn er noch gar nichts gesehen haben kann.«

Mary lachte. »Ich bin ja wohl keine Prominente. Aber ich hoffe zuversichtlich, daß es mir in Washington gefallen wird, Mr. Cohn.«

»Sie waren Dozentin an der Kansas State University?«

»Ja. Ich habe osteuropäische Politik und Geschichte gelehrt.«

»Ich habe gehört, der Präsident hat ein Buch von Ihnen gelesen und ist sehr beeindruckt gewesen?«

»Ja.«

»Und daraufhin hat er Ihnen den Posten in Bukarest angeboten?«

»Ich finde ja auch, daß es ein bißchen ungewöhnlich ist, aber –«

»So ungewöhnlich nun auch wieder nicht. So wurde zum Beispiel auch Präsident Reagan auf Jeane Kirkpatrick aufmerksam und machte sie zur Botschafterin bei der UNO.« Cohn lächelte Mary an. »Sie sehen also, es gibt einen Präzedenzfall. Das ist eins der Schlüsselworte in Washington: Präzedenzfall. Ihre Großeltern waren Rumänen?«

»Mein Großvater ist in Rumänien geboren.«

Ben Cohn stellte noch eine Viertelstunde lang Fragen über Marys Familie und Ausbildung, dann gab er sich schließlich zufrieden.

»Wann wird das Interview denn erscheinen?« fragte Mary. Sie mußte unbedingt daran denken, daß sie Florence und ein paar anderen Freunden in Junction City eine Kopie schickte!

»Das Material werde ich mir noch aufsparen«, sagte Cohn ausweichend. Irgend etwas kam ihm merkwürdig vor, aber er hätte nicht zu sagen gewußt, was es war. Er stand auf. »Wir unterhalten uns bestimmt sehr bald wieder.«

Als Cohn gegangen war, kamen Beth und Tim zu Mary in den Salon. »Na, war er nett?« fragte Beth.

»Ja«, sagte Mary unsicher. »Ich glaube, er war ganz nett.«

Am Morgen rief Stanton Rogers in den Riverside Towers an. »Guten Morgen, Mrs. Ashley. Hier spricht Stanton Rogers.«

Es war, als ob sich nach langer Zeit ein alter Freund wieder meldete. *Wahrscheinlich liegt es nur daran, daß er der einzige ist, den ich in Washington überhaupt kenne,* dachte

Mary. »Guten Morgen, Mr. Rogers. Vielen Dank, daß Sie uns Mr. Burns zum Flughafen geschickt und eine Unterkunft für uns besorgt haben.«

»Ich hoffe, das Hotel sagt Ihnen zu?«

»Es ist wunderbar.«

»Mrs. Ashley, ich habe mir gedacht, es wäre gut, wenn wir den weiteren Ablauf der Dinge miteinander besprechen würden.«

»Ja, das wäre mir sehr recht.«

»Warum treffen wir uns nicht einfach zum Essen im Grand? Das ist nicht weit von Ihrem Hotel. Wäre Ihnen 1 Uhr recht?«

»Wunderbar.«

»Ich erwarte Sie im unteren Speisesaal.«

Jetzt ging es los.

Mary sorgte dafür, daß ihre Kinder vom Zimmerservice mit Essen versorgt wurden, und ließ sich pünktlich um eins vor dem Grand Hotel absetzen. Ehrfürchtig betrachtete sie die Fassade. Das Grand Hotel war ein ganz eigenständiges Machtzentrum. Staatsoberhäupter und Diplomaten aus aller Welt übernachteten hier, wenn sie in Washington waren. Es war ein elegantes Gebäude mit einer eindrucksvollen, mit italienischem Marmor gepflasterten Eingangshalle, deren Säulen ein kreisrundes Dach trugen. Der Innenhof war groß genug für eine raffinierte Gartenanlage, einen Swimmingpool und einen Springbrunnen. Zum Restaurant, wo Mary von Stanton Rogers erwartet wurde, führte eine Marmortreppe hinunter.

»Guten Tag, Mrs. Ashley.«

»Guten Tag, Mr. Rogers.«

Rogers lachte. »Das klingt ziemlich steif. Wie wäre es mit Stan und Mary?«

Mary strahlte. »Das wäre sehr nett.«

Rogers war irgendwie anders geworden, aber Mary war sich nicht gleich sicher, worin die Veränderung bestand. In

Junction City war er von einer Arroganz gewesen, die fast wie Ablehnung wirkte. Jetzt war diese Arroganz völlig verschwunden. Rogers war freundlich und herzlich. *Der Unterschied besteht darin, daß er mich jetzt akzeptiert,* dachte Mary und lächelte glücklich.

»Möchten Sie einen Apéritif?«

»Nein, danke.«

Sie bestellten nach der Karte. Bereits die Vorspeisen kamen Mary sehr teuer vor. *Im Country Club in Junction City kann man billiger essen,* dachte sie. *Und mein Hotel kostet auch* **$** *250 am Tag. Bei diesem Tempo ist mein Geld bald alle.*

»Stan, ich möchte nicht undiplomatisch sein, aber könnten Sie mir vielleicht sagen, wieviel ein Botschafter eigentlich so verdient?«

Rogers lachte. »Eine durchaus verständliche Frage. Ihre Bezüge werden sich auf fünfundsechzigtausend Dollar jährlich belaufen, und da Sie im Ausland arbeiten, kommt noch eine Aufwandsentschädigung in beträchtlicher Höhe dazu.«

»Aha. Und wann fangen die Zahlungen an?«

»Sobald Sie vereidigt sind, Mary.«

»Und bis dahin?«

»Bis dahin kriegen Sie fünfundsiebzig Dollar am Tag.«

Mary erschrak. Damit konnte sie ja noch nicht mal das Hotel bezahlen! Von allen anderen Ausgaben völlig zu schweigen.

»Werde ich lange in Washington sein?« fragte sie.

»Ungefähr einen Monat. Wir werden alles tun, um Ihre Ernennung und Ihren Dienstantritt zu beschleunigen. Der Außenminister hat bereits bei der rumänischen Regierung angefragt, ob Ihre Berufung in Bukarest akzeptiert würde. Inoffiziell kann ich Ihnen jetzt schon mitteilen, daß die rumänische Regierung keine Einwände hat, aber Sie müssen die Bestätigung des Senats haben.«

Die Regierung in Bukarest würde mich also akzeptieren,

dachte Mary verblüfft. *Vielleicht sind meine Qualifikationen ja besser, als ich gedacht habe.*

»Mit dem Vorsitzenden des Auswärtigen Ausschusses habe ich ein informelles Vorgespräch arrangiert. Der nächste Schritt ist dann ein Hearing vor dem gesamten Ausschuß. Dort wird man Sie über alles mögliche ausfragen: über Ihre Familie, Ihre Ausbildung, Ihr Verhältnis zu den Vereinigten Staaten, über Ihre Aufgabe und wie Sie sich die vorstellen und so weiter.«

»Und was passiert dann?«

»Der Ausschuß legt einen Bericht vor, und über diesen Bericht stimmt dann der Senat ab.«

»Es ist doch schon vorgekommen, daß Kandidaten abgelehnt wurden, nicht wahr?« fragte Mary langsam.

»Diesmal steht das ganze Prestige des Präsidenten mit auf dem Spiel. Deshalb wird das Weiße Haus Ihnen Rückendekkung geben, soweit es nur geht. Der Präsident möchte Ihre Berufung jetzt so rasch wie möglich durchziehen. Ich habe mir übrigens gedacht, Sie und die Kinder würden sich vielleicht gern ein bißchen in Washington umsehen in den nächsten Tagen, und habe deshalb einen Wagen und einen Chauffeur für Sie abgestellt.«

»Wirklich? Das ist reizend. Vielen Dank, Stan.«

Rogers lächelte zufrieden. »Es ist mir ein Vergnügen.«

Der Anruf aus dem Weißen Haus kam am nächsten Tag.

»Guten Morgen, Mrs. Ashley. Der Präsident läßt Sie fragen, ob Sie heute nachmittag vielleicht Zeit für ein Gespräch mit ihm hätten?«

Mary schluckte. »Ja, ich – natürlich.«

»Wäre es Ihnen um drei recht? Der Präsident erwartet Sie im Weißen Haus.«

»Ja, wunderbar.«

»Ein Wagen wird Sie um halb drei abholen.«

Präsident Ellison erhob sich, als Mary ins Oval Office geführt wurde. Er ging ihr entgegen, ergriff ihre Hand und sagte grinsend: »Jetzt hab ich Sie also doch noch erwischt!«

Mary lachte. »Ich freue mich darüber, Mr. President«, sagte sie. »Es ist eine große Ehre für mich.«

»Bitte, nehmen Sie Platz, Mrs. Ashley. Darf ich Sie Mary nennen?«

»Ich bitte darum.«

»Mary, Sie werden in Osteuropa meine Stellvertreterin sein, meine Doppelgängerin sozusagen, und ich bin froh, daß Sie so auf meiner Wellenlänge liegen, wenigstens politisch. Ich habe Ihren letzten Aufsatz in *Foreign Affairs* gelesen, und ich hatte das Gefühl: Das könnte ich auch selbst geschrieben haben, es deckt sich hundertprozentig mit dem, was ich denke. Es gibt eine Menge Leute, die von unserer Völkerverständigungspolitik nicht viel halten, aber Sie und ich, Mary, werden diesen Leuten ein Schnippchen schlagen, nicht wahr?«

Unsere Politik, dachte Mary. *Der Präsident ist ein Charmeur.* Laut sagte sie: »Ich werde tun, was ich kann, Mr. President.«

»Ich rechne sehr mit Ihnen, Mary. Rumänien ist der erste Test. Und jetzt, nachdem Marin Groza umgebracht worden ist, wird Ihre Aufgabe noch schwerer. Aber wenn es in Bukarest funktioniert, wird es in den anderen osteuropäischen Staaten auch funktionieren.«

Eine halbe Stunde lang erörterten sie noch die bevorstehenden Aufgaben, dann sagte Paul Ellison: »Stan Rogers wird sich weiter um Sie kümmern. Er ist inzwischen ein richtiger Fan von Ihnen geworden.« Der Präsident hielt ihr seine Hand hin. »Viel Glück, Mary.«

Der Auswärtige Ausschuß des Senats ist im Dirksen Building untergebracht. Mary betrat es pünktlich um 9 Uhr morgens und wurde von einer Sekretärin beim Empfang abgeholt.

Der Vorsitzende war ein rundlicher, grauhaariger Mann mit scharfen grünen Augen und dem sicheren Auftreten eines Berufspolitikers.

Er empfing Mary gleich an der Tür, auf der stand: COMMITTEE ON FOREIGN RELATIONS SD-419. »Guten Tag«, sagte er. »Mein Name ist Charlie Campbell. Es ist mir ein Vergnügen, Sie kennenzulernen, Mrs. Ashley. Ich habe schon so viel von Ihnen gehört.«

Gutes oder Schlechtes? fragte sich Mary.

Campbell führte sie zu einem bequemen Sessel. »Möchten Sie Kaffee?«

»Nein danke, Senator.« Mary war viel zu nervös, um eine Tasse in der Hand halten zu wollen.

»Ja, dann lassen Sie uns gleich *medias in res* gehen. Der Präsident möchte gern, daß Sie unsere Botschafterin in Rumänien werden. Natürlich möchten wir ihn nach Kräften dabei unterstützen. Die Frage ist: Glauben Sie, daß Sie die nötigen Qualifikationen für den Posten in Bukarest haben?«

»Nein, Sir.«

Die Antwort erwischte ihn auf dem falschen Fuß. »Wie bitte?« fragte Campbell verblüfft.

»Wenn Sie fragen, ob ich irgendwelche Erfahrungen im Umgang mit ausländischen Regierungen oder Staaten mitbringe, muß ich eindeutig feststellen: Nein, ich bin nicht qualifiziert. Andererseits hat man mir mehrfach gesagt, etwa ein Drittel aller Botschafter der Vereinigten Staaten seien ebenfalls Leute ohne solche Erfahrungen. Was ich mitbringe, sind vor allem meine Kenntnisse über Rumänien und andere Staaten des Ostblocks. Ich kenne die wirtschaftlichen und gesellschaftlichen Probleme und den politischen und historischen Hintergrund. Außerdem hoffe ich, den Rumänen ein positives Bild unseres Landes vermitteln zu können.«

Oho, dachte Campbell überrascht. *Ich hatte gedacht, da kommt so eine übereifrige Idealistin, und jetzt das!* Campbell war nicht sehr begeistert von der Vorstellung gewesen, Mary im Ausschuß befragen zu müssen. Denn er hatte Weisung bekommen, sie müsse auf jeden Fall durchgepaukt werden, und so etwas war immer sehr mißlich. Es gab schon genug Leute, die sich die Mäuler darüber zerrissen, daß der Präsident partout diese Hinterwäldlerin aus Junction City in Kansas zur Botschafterin machen wollte. *Aber wer weiß,* dachte Campbell, *vielleicht erleben die Jungs eine deftige Überraschung.*

Laut sagte er: »Das Hearing findet am Mittwoch morgen um neun statt.«

In der Nacht vor dem Hearing konnte Mary nicht schlafen. *Edward, was soll ich bloß sagen, wenn sie mich nach meinen Erfahrungen fragen? Daß ich in Junction City einmal die College-Königin war? Daß ich drei Jahre hintereinander die Eislaufmeisterschaften gewonnen habe? Ich habe Angst, Liebling. Ich wünschte, du wärst hier bei mir.*

Plötzlich wurde ihr die Widersprüchlichkeit dieses Gedankens klar. Wenn Edward noch lebte, wäre sie ja gar nicht in der Situation, vor dem Auswärtigen Ausschuß über sich Auskünfte geben zu müssen. *Ich säße warm und behaglich zu Hause bei meinem Mann und meinen Kindern. Da, wo ich hingehöre.*

Erst gegen Morgen fiel sie in einen unruhigen Schlaf.

Die Befragung Marys fand im Großen Saal des Auswärtigen Ausschusses statt. Alle fünfzehn Ausschußmitglieder saßen im Halbkreis auf einem Podium. An der getäfelten Wand hinter ihnen hingen vier große Weltkarten. Auf der linken Seite des Saales war der Pressetisch mit mehr als dreißig Journalisten. Der Rest des Saales war mit Zuschauerbänken für zweihundert Personen gefüllt. Für die Fernsehkameras war jeder Winkel grell ausgeleuchtet, und im Zuschauerraum war kein Platz mehr frei. Pete Connors saß auf einer der hinteren Bänke. Als Mary mit ihren beiden Kindern hereinkam, verstummte das Flüstern und Tuscheln abrupt. Alle Augen richteten sich auf die Kandidatin.

Mary trug ein dunkles Schneiderkostüm und eine weiße Bluse. Die Kinder hatten ihre Jeans und Sweatshirts im Hotel lassen müssen und kamen in ihren Sonntagskleidern daher.

Du meine Güte, dachte Ben Cohn, der am Pressetisch saß. *Sie sehen aus, als ob Norman Rockwell sie für ein Titelbild der »Saturday Evening Post« gemalt hätte.*

Ein Saaldiener brachte Tim und Beth zu ihren reservierten Plätzen in der ersten Reihe des Zuschauerraums, und Mary wurde zu einem Tisch im Zentrum des Saales geführt, den Ausschußmitgliedern direkt gegenüber. Sie setzte sich so unbefangen wie möglich, obwohl ihr nicht nur wegen der grellen Scheinwerfer abwechselnd heiß und kalt wurde.

Die Befragung begann. Charlie Campbell lächelte aufmunternd zu Mary herunter. »Guten Morgen, Mrs. Ashley. Ich darf mich zunächst dafür bedanken, daß Sie uns Ihre Zeit zur Verfügung stellen, und möchte dann gleich mit den Fragen beginnen, wenn Sie erlauben.«

Es fing harmlos genug an.

»Ihr Name ist . . . ?«

»Sie sind Witwe . . . ?«

»Ihre Kinder heißen . . . ?«

Die Fragen wurden in freundlichem, verständnisvollem Ton gestellt.

»In dem Lebenslauf, den man uns zur Verfügung gestellt hat, Mrs. Ashley, heißt es, Sie hätten in den letzten fünf Jahren an der Kansas State University politische Wissenschaften gelehrt. Ist das richtig?«

»Ja, Sir.«

»Sie sind in Kansas geboren?«

»Ja, Sir.«

»Ihre Großeltern stammen aus Rumänien?«

»Mein Großvater, ja.«

»Sie haben ein Buch und mehrere Aufsätze über eine

politische Annäherung zwischen den Staaten des Ostblocks und den Vereinigten Staaten geschrieben?«

»Ja, Sir.«

»Der letzte dieser Aufsätze wurde in *Foreign Affairs* abgedruckt und hat die Aufmerksamkeit von Präsident Ellison gefunden?«

»Wie ich gehört habe.«

»Mrs. Ashley, könnten Sie dem Ausschuß bitte kurz darstellen, worum es in diesem Aufsatz inhaltlich geht?«

Marys Aufregung begann sich zu legen. Sie befand sich auf vertrautem Gelände und sprach über Dinge, von denen sie etwas verstand. Es war, als hielte sie einen Vortrag an der Universität.

»Gegenwärtig gibt es auf der Welt mehrere große Staatenblöcke, die wirtschaftlich eng zusammenarbeiten und andere von dieser Zusammenarbeit ausschließen. Westeuropa hat die Europäische Gemeinschaft, der Ostblock den Rat für gegenseitige Wirtschaftshilfe; daneben gibt es noch die OECD, die OPEC und die Bewegung der Blockfreien. Meine Grundüberlegung ist nun sehr einfach: Ich hielte es für eine gute Idee, wenn all diese verschiedenen Organisationen durch wirtschaftliche Zusammenarbeit miteinander verknüpft wären. Menschen, die von ihrer Partnerschaft profitieren, bringen sich für gewöhnlich nicht um; und ich glaube, für Staaten gilt in etwa das gleiche. Ich fände es gut, wenn die Vereinigten Staaten eine Bewegung zur Schaffung eines weltumspannenden gemeinsamen Marktes in Gang bringen würden, dem sowohl westliche wie auch Ostblock-Staaten und Staaten der Dritten Welt angehören. Wir stapeln zum Beispiel in unseren Getreidespeichern wahnwitzige Vorräte, während in Dutzenden von Ländern Menschen verhungern. Solche Ungerechtigkeiten bei der Verteilung von Nahrungsmitteln ließen sich durch einen gemeinsamen Markt vermutlich verhindern, vorausgesetzt, daß die Preise gerecht sind. Ich würde gern dazu beitragen, daß es zu einer solchen Verständigung kommt.«

An dieser Stelle wurde sie von Senator Harold Turkel, einem Mitglied der Opposition, unterbrochen. »Darf ich der Kandidatin auch ein paar Fragen stellen?« fragte er.

Ben Cohn beugte sich vor. *Jetzt geht es los.*

Senator Turkel war Anfang siebzig. Dem Auswärtigen Ausschuß gehörte er schon seit vielen Jahren an. Er war ebenso kompetent wie arrogant und galt als äußerst griesgrämig. »Sind Sie zum erstenmal in Washington, Mrs. Ashley?« fragte er.

»Ja, Sir. Ich finde, es ist eine der schönsten –«

»Sie sind sicher schon viel gereist?«

»Ehrlich gestanden, nein. Mein Mann und ich hatten eine große Reise geplant, aber –«

»Waren Sie schon mal in New York?«

»Nein, Sir.«

»In Kalifornien?«

»Nein, Sir.«

»In Europa?«

»Nein. Wir hatten, wie ich schon sagte, geplant –«

»Sind Sie denn überhaupt schon einmal außerhalb des Staates Kansas gewesen, Mrs. Ashley?«

»Ja. Ich habe einen Vortrag an der University of Chicago gehalten und an Podiumsgesprächen in Denver und Atlanta teilgenommen.«

»Das muß ja sehr aufregend für Sie gewesen sein«, sagte Turkel trocken. Dann wandte er sich ans Publikum. »Ich kann mich nicht erinnern, schon einmal eine so wenig qualifizierte Kandidatin für einen Botschafterposten vor diesem Ausschuß gesehen zu haben.« Er schüttelte mit betrübter Miene den Kopf und wandte sich dann wieder an Mary. »Mrs. Ashley, Sie wollen die Vereinigten Staaten in einem sehr heiklen Ostblockstaat vertreten, nicht wahr? Und gleichzeitig erklären Sie hier in aller Unschuld, alles, was Sie von der Welt wissen, beruhe auf Ihrer Kenntnis der schönen Stadt Junction City und ein paar flüchtigen Besuchen in Atlanta, Chicago und Denver. Ist das richtig?«

Mary war sich bewußt, daß die Fernsehkameras jede Regung von ihr registrierten, deshalb zügelte sie ihre Empörung. »Nein, Sir«, sagte sie ruhig. »Was ich von der Welt weiß, beruht auf langjährigen wissenschaftlichen Studien. Ich habe sieben Jahre lang Politikwissenschaft und Geschichte studiert und in diesen Fächern auch promoviert. Seit fünf Jahren lehre ich an der Kansas State University Politikwissenschaft mit dem Schwerpunkt auf den osteuropäischen Staaten. Ich bin mit den politischen, wirtschaftlichen und gesellschaftlichen Problemen Rumäniens vertraut und habe auch eine ziemlich klare Vorstellung davon, was die Bevölkerung dieses Landes über Amerika denkt und warum.« Ihre Stimme wurde lauter. »Alles, was die Leute da drüben über Amerika wissen, ist das, was ihre Propaganda ihnen erzählt. Ich würde ihnen gern sagen, daß die Vereinigten Staaten kein machtgieriger, kriegslüsterner Staat sind. Ich würde ihnen gern zeigen, wie eine typische amerikanische Familie aussieht. Ich–«

Mary unterbrach sich. Sie fürchtete, doch zu weit gegangen zu sein. Aber zu ihrer Überraschung begannen die Ausschußmitglieder plötzlich zu applaudieren. Mit Ausnahme von Harold Turkel allerdings.

Die Befragung ging noch eine Stunde lang weiter, aber es gab keine Schärfen mehr. Schließlich fragte Senator Campbell: »Gibt es noch Fragen?«

»Ich finde, die Kandidatin hat sich sehr klar ausgedrückt«, sagte einer der anderen Senatoren.

»Ganz meiner Meinung. Vielen Dank, Mrs. Ashley. Die Sitzung ist geschlossen.«

Pete Connors sah Mary einen Moment lang nachdenklich an, und verließ erst dann unauffällig den Saal, als die Journalisten sich auf sie stürzten.

»War der Vorschlag des Präsidenten eine Überraschung für Sie?«

»Glauben Sie, daß der Senat Ihrer Berufung zustimmen wird, Mrs. Ashley?«

»Könnten Sie sich bitte ein bißchen mehr zu mir umdrehen, Mrs. Ashley? Bitte lächeln Sie, ja? Noch einmal, bitte.«

»Mrs. Ashley –«

Ben Cohn hielt sich abseits. Er beobachtete nur. *Sie ist wirklich gut,* dachte er. *Sie weiß alle Antworten. Ich wünschte nur, ich wüßte die richtigen Fragen.*

Als Mary wieder in ihrem Hotel war, fühlte sie sich wie eine ausgequetschte Zitrone. Sie ließ das Telefon dreimal klingeln, ehe sie sich meldete. »Ja, bitte?«

»Guten Tag, Frau Botschafterin!« Es war Stanton Rogers, und es dauerte einen Moment, bis Mary begriff, was er gesagt hatte.

»Wollen Sie damit sagen, ich hab' es *geschafft*?« Mary holte tief Luft. »Ach, Stan! Vielen Dank! Ich kann Ihnen gar nicht sagen, wie ich mich freue.«

»Ich freue mich auch sehr, Mary.« Seine Stimme war voller Stolz. »Ich freue mich auch.«

Mary legte auf und teilte ihren Kindern mit, was Rogers gesagt hatte. Dann griff sie erneut zum Telefonhörer und ließ sich mit Florence Schiffer in Junction City verbinden.

Als Florence hörte, daß Marys Ernennung in greifbare Nähe gerückt war, begann sie zu weinen. »Fabelhaft!« sagte sie unter Tränen. »Warte, wenn ich das in der Stadt erzähle!«

Mary lachte vergnügt. »Ich werde euch in der Botschaft ein Zimmer freihalten.«

»Wann fliegt ihr denn nach Rumänien?«

»Zuerst muß das Senatsplenum noch zustimmen, aber Stan sagt, das wäre nur eine Formalität.«

»Und was passiert dann?«

»Dann kommt noch die Vorbereitungszeit im State Department, aber in ein paar Wochen geht es los.«

»Ich muß sofort beim ›Daily Union‹ anrufen!« sagte

Florence. »Wahrscheinlich errichtet man ein Standbild von dir in der Stadt!«

Nachdem sie aufgelegt hatte, fielen ihr die Kinder um den Hals. »Ich wußte doch, daß du es schaffst!« jubelte Tim.

Beth fragte leise: »Glaubst du, daß Daddy es weiß?«

»Sicher, Liebling«, lächelte Mary. »Ich glaube sogar, er hat den Senatoren heimlich einen Schubs gegeben, damit sie mich nehmen.«

Ben Cohn hörte von der Zustimmung des Auswärtigen Ausschusses, als er in sein Büro zurückkam. Irgend etwas gefiel ihm nicht an der Sache, aber er wußte immer noch nicht, was es war.

14

Ganz wie Rogers gesagt hatte, war die Zustimmung des Senats nach dem erfolgreichen Hearing im Ausschuß nur noch eine Formsache. Mary erhielt eine große Mehrheit.

»Unsere neue Ostpolitik hat die ersten Hürden genommen«, sagte Präsident Ellison zufrieden. »Jetzt geht es los. Niemand kann uns mehr aufhalten.«

Rogers nickte. »Niemand«, sagte er grinsend.

Pete Connors saß in seinem Büro, als er von Marys Bestätigung erfuhr. Er schrieb eine verschlüsselte Botschaft auf seinen Notizblock und ging damit in die Nachrichtenzentrale seiner Abteilung.

»Ich muß den Roger Channel benutzen«, sagte er zu dem diensthabenden Offizier. »Warten Sie bitte draußen.«

Der Roger Channel ist das geheimste Kommunikationssystem der CIA, das nur von den leitenden Beamten benutzt werden darf. Dabei werden alle Nachrichten in Bruchteilen von Sekunden mit Hilfe von Laserstrahlen im Ultra-Hochfreqenzbereich übermittelt.

Als Connors allein war, gab er den vorbereiteten Text ein und schickte ihn ab. Jetzt wußte Sigmund Bescheid.

Im Verlauf der nächsten Woche besuchte Mary den Unterstaatssekretär für politische Angelegenheiten, den CIA-Chef, den Handelsminister, die Direktoren der Chase Manhattan Bank und verschiedene jüdische Organisationen. Alle hielten gute Ratschläge für sie bereit, alle hatten spezifische Wünsche.

Ned Tillingast, der Chef der CIA, schien sich über ihren Besuch besonders zu freuen. »Ihre Berufung ist ein großer Schritt nach vorn für uns, Frau Botschafterin. Jetzt können wir endlich in Bukarest wieder arbeiten. Seit unsere Botschaft geschlossen wurde, war Rumänien für uns so eine Art blinder Fleck. Ich werde Ihnen einen unserer besten Leute mitgeben. Er wird einer Ihrer Attachés sein.« Tillingast warf ihr einen bedeutsamen Blick zu. »Ich gehe davon aus, daß Sie eng mit ihm zusammenarbeiten werden.«

Mary fragte sich, was genau Tillingast damit meinte. *Ich will es lieber nicht so genau wissen,* dachte sie. *Lieber nicht fragen!*

Die Vereidigung neuer Botschafter wird normalerweise vom Außenminister vorgenommen, und normalerweise werden auch fünfundzwanzig oder dreißig Kandidaten auf einmal vereidigt. Am Morgen der Zeremonie erhielt Mary einen Anruf von Stanton Rogers.

»Mary, Präsident Ellison bittet Sie, um 12 Uhr mittags im Weißen Haus zu sein. Der Präsident möchte Ihre Vereidigung persönlich vornehmen. Bringen Sie bitte auch Tim und Beth mit.«

Das Oval Office war bis zum Rand mit Pressevertretern gefüllt. Als Präsident Ellison mit Mary und den Kindern eintrat, begannen die Fernsehkameras zu schnurren und die Blitzlichter zuckten. Mary und der Präsident hatten schon eine halbe Stunde zusammengesessen, und er war äußerst herzlich gewesen.

»Sie und ich werden einen Traum verwirklichen«, hatte er gesagt. »Ich verlasse mich auf Sie, Mary.«

Es kommt mir wirklich vor wie ein Traum, dachte Mary, als das Blitzlichtgewitter über sie hereinbrach.

»Heben Sie die rechte Hand, bitte.«

Mary hob die Hand und sprach die Eidesformel nach, die der Präsident ihr vorlas: »Ich, Mary Elizabeth Ashley, schwöre feierlich, daß ich jederzeit getreulich für die Verfassung der Vereinigten Staaten von Amerika eintreten und sie gegen alle inneren und äußeren Feinde verteidigen werde, daß ich diese Verpflichtung freiwillig und ohne jeden Vorbehalt auf mich nehme und die Pflichten des Amtes, das ich jetzt übernehme, nach besten Vermögen getreulich erfüllen werde, so wahr mir Gott helfe.«

Dann war es vorbei. Sie war Botschafterin der Vereinigten Staaten in der Sozialistischen Republik Rumänien.

Jetzt mußte sie in die Tretmühle. Sie erhielt Anweisung, sich im State Department zu melden. Dort wurde ihr ein kleines, schachtelartiges Büro in der Osteuropa-Abteilung zugewiesen.

Für Rumänien war James Stickley zuständig, ein Karrierediplomat mit fünfundzwanzig Dienstjahren. Er war Mitte fünfzig und mittelgroß. Er hatte ein spitzes Fuchsgesicht und dünne, verkniffene Lippen. Seine Augen waren blaßbraun und wirkten sehr kalt. Die Amateurdiplomaten, die sich in seiner Welt breitmachten, betrachtete er mit Verachtung. In Fragen der osteuropäischen und speziell der rumänischen Politik galt er als unumstrittene Autorität, und als Präsident Ellison angekündigt hatte, er werde die diplomatischen Beziehungen zu Rumänien wieder aufnehmen, waren alle seine Kollegen überzeugt gewesen, er werde den Botschafterposten erhalten. Als plötzlich Mary Ashley auftauchte, war das für Stickley ein schwerer Schlag. Es war schon schlimm genug, daß er überhaupt übergangen wurde, aber daß die erfolgreiche Kandidatin eine völlige Außenseiterin aus der Provinz war, das war schon fast eine Demütigung.

»Das ist doch wirklich unglaublich«, sagte er zu Bruce Moore, seinem besten Freund. »Die Hälfte unserer Botschafter sind jetzt schon Amateure. In England oder Frankreich gäbe es so etwas nicht. Die wissen, warum sie Berufsdiplomaten einsetzen. Oder würden sie in der Armee einen Amateur zum General machen? Der Präsident scheint nicht zu wissen, daß unsere Botschafter für den Auswärtigen Dienst dasselbe sind wie die Generäle für die Armee.«

»Nicht doch, Jimbo, du bist ja besoffen!«

»Ich werd' gleich noch viel besoffener sein!«

Als ihm Mary jetzt zum ersten Mal gegenübersaß, musterte James Stickley sie mit feindseligem, kühlem Lächeln.

Aber auch Mary machte sich ihre Gedanken über ihren Gesprächspartner. Er sah irgendwie bösartig aus, fand sie. *Den möchte ich nicht zum Feind haben.*

»Sie sind sich doch sicher der Tatsache bewußt, daß der Posten in Bukarest äußerst heikel ist, Mrs. Ashley?«

»Ja, natürlich. Ich –«

»Der letzte Botschafter dort hat sich nur eine einzige Unvorsichtigkeit geleistet, und schon flog uns alles um die Ohren: Es gab eine wochenlange Pressekampagne, Demonstrationen, Verhaftungen amerikanischer Staatsbürger und am Schluß den Abbruch der Beziehungen ... Wir haben drei Jahre gebraucht, bis wir wieder einen Fuß in der Tür hatten. Wenn wir noch einmal Mist machen würden, wäre der Präsident ziemlich wütend.«

Wenn ich Mist mache, dachte Mary. Das meint er doch.

»Wir werden jetzt einen Schnellkurs in Sachen rumänisch-amerikanische Beziehungen mit Ihnen machen«, sagte Stickley. »Wir haben ja nicht mehr viel Zeit, um Sie zur Expertin zu machen.« Er schob ihr einen Stapel Aktenordner über den Tisch. »Am besten lesen Sie als erstes einmal diese Berichte.«

»Ich werde mich gleich dransetzen.«

»Das wird nicht gehen. In einer halben Stunde fängt Ihr Rumänisch-Kurs an. Normalerweise dauert der Sprachunterricht Monate, aber ich habe Anweisung, Ihnen im Eilverfahren Rumänisch beibringen zu lassen.«

Die nächsten Wochen liefen wie im Zeitraffer ab. Jeder Tag war ein Wirbelwind von Terminen, der Mary völlig erschöpft zurückließ. Als erstes las sie jeden Morgen mit James Stickley zusammen die hereinkommenden Berichte, die sich auf Rumänien bezogen.

»Die Depeschen, die Sie uns schicken, gehen alle über meinen Tisch«, sagte Stickley. »Alles, was konkrete diplomatische Aktivitäten betrifft, kommt auf gelben Kopien, bloße Informationen werden auf weißem Papier übermittelt. Zweitschriften Ihrer Depeschen gehen ans Verteidigungsministerium, die CIA, an die USIA, ans Schatzamt und ein Dutzend anderer Stellen. Das erste Problem, mit dem Sie sich werden beschäftigen müssen, sind die in Rumänien festgehaltenen Amerikaner. Wir fordern ihre sofortige Freilassung.«

»Wessen beschuldigt man sie denn?«

»Spionage, Drogenhandel, Diebstahl – was immer den Rumänen als Anklage einfällt.«

Wie um Himmels willen erreicht man, daß ein Verfahren wegen Spionage eingestellt wird? fragte sich Mary. *Egal, ich werde schon einen Weg finden.*

»Ich verstehe«, sagte sie sachlich.

»Rumänien ist ja eins der unabhängigsten Ostblockländer«, sagte Stickley. »Es versteht sich, daß wir alle seine Bestrebungen unterstützen, sich von der sowjetischen Hegemonie zu befreien.«

»Selbstverständlich.«

»Übrigens habe ich hier noch eine Spezialakte«, sagte Stickley. »Sie ist streng geheim. Nur Sie persönlich dürfen sie lesen. Wenn Sie damit fertig sind, geben Sie mir die Akte bitte persönlich zurück. Spätestens morgen früh. Irgendwelche Fragen?«

»Nein, Sir.«

Stickley gab ihr einen dicken braunen Briefumschlag, der mit einer roten Kordel verschnürt war. »Bitte, bestätigen Sie mir den Empfang.«

Mary unterschrieb das Formular, das er ihr über den Tisch schob.

Auf dem Weg ins Hotel umklammerte Mary den braunen Umschlag, den sie im Schoß hielt, als wäre es der Heilige Gral. Sie kam sich vor wie die Heldin in einem James-Bond-Film.

Die Kinder warteten schon auf sie. Sie hatten sich ordentlich herausgeputzt und offensichtlich Besonderes vor.

Oh, verdammt. Ich hatte ja versprochen, mit ihnen chinesisch essen zu gehen und anschließend ins Kino.

»Kinder«, sagte sie. »Leider müssen wir umdisponieren. Wir werden unseren Kinoabend verschieben. Heute müssen wir zu Hause bleiben und uns vom Zimmerservice was raufbringen lassen. Ich muß diese Akte durcharbeiten.«

»Natürlich, Mama.«

»Okay.«

Vor Edwards Tod hätten sie geheult wie Hyänen, dachte Mary, *sie sind so erwachsen geworden. Wir sind alle erwachsen geworden.*

Sie umarmte ihre Kinder. »Wir holen das nach«, sagte sie. »Ich verspreche es euch.«

Das Material, das Stickley ihr gegeben hatte, war wirklich unglaublich. *Kein Wunder, daß er die Akte gleich wieder zurückhaben will,* dachte Mary. Sie enthielt detaillierte Berichte über sämtliche führenden Regierungsmitglieder und Funktionäre in Bukarest, vom Präsidenten bis zum Handelsminister. Die Dossiers enthielten Angaben über ihre sexuellen Gewohnheiten, ihre finanzielle Situation und ihre privaten Geschäfte, über ihre Freundschaften, Charakterzüge und Vorurteile. Manche Einzelheiten waren völlig grotesk. So schlief zum Beispiel der Handelsminister mit seiner Mätresse und seinem Chauffeur, während seine Frau eine Affäre mit dem Dienstmädchen hatte.

Mary saß bis in die frühen Morgenstunden über der Akte

und versuchte sich die Namen und Eigenheiten der Leute zu merken, mit denen sie zu tun haben würde. *Ich frage mich, wie ich den Leuten gerade ins Gesicht sehen soll, wenn ich ihnen begegne?*

Am nächsten Morgen gab sie die Akte zurück.

»So«, sagte Stickley, »jetzt wissen Sie alles, was Sie über die Leute wissen müssen, die in Rumänien herrschen.«

»Eine schöne Versammlung«, murmelte Mary.

»Eins dürfen Sie niemals vergessen«, sagte Stickley. Die Rumänen wissen über *Sie* auch alles!«

»Das wird Ihnen nicht sehr viel nützen«, sagte Mary.

»Nein?« Stickley lehnte sich in einem Sessel zurück. »Sie sind eine Frau, und Sie sind allein. Sie können sicher sein, daß Sie bei den Rumänen jetzt schon als leichte Beute gelten. Man wird Ihre Einsamkeit ausnutzen. Jede Bewegung, die Sie machen, wird genau beobachtet werden. Sowohl die Botschaft als auch Ihre Wohnung stecken jetzt schon voller Mikrofone. In den kommunistischen Staaten sind wir gezwungen, einheimisches Personal einzusetzen. Das bedeutet, daß jeder Gärtner und jedes Dienstmädchen zum rumänischen Geheimdienst gehört.«

Er versucht mir Angst einzujagen, dachte Mary, *aber da hat er sich geschnitten. Ich lasse mich nicht von ihm einschüchtern.*

Marys Tage und der größte Teil ihrer Abende waren bis zur letzten Minute verplant. Neben den rumänischen Sprachkursen mußte sie an einer Schulung am Foreign Service Institute in Rosslyn und den Instruktionen der Defense Intelligence Agency teilnehmen. Sie hatte eine Besprechung mit dem Leiter der ISA (International Security Affairs) und verschiedenen Senatsausschüssen. Alle diese Instanzen stellten Forderungen, gaben ihr Anweisungen und verlangten Auskünfte.

Beth und Tim gegenüber hatte Mary bald Schuldgefühle.

Mit der Hilfe von Stanton Rogers hatte sie einen Hauslehrer für ihre Kinder gefunden, und wie sich zeigte, gab es auch noch andere Kinder im Hotel, so daß zumindest für Spielgefährten gesorgt war. Dennoch machte Mary sich Vorwürfe, daß sie die beiden soviel allein lassen mußte.

Um so wichtiger war es ihr, daß sie zumindest alle zusammen frühstückten, ehe sie morgens um acht beim Sprachkurs sein mußte. Die Sprache selbst war unmöglich. Mary war verblüfft, daß es angeblich fünfundzwanzig Millionen Menschen gab, die sie beherrschten. Fleißig führte sie ihr Vokabelheft:

Guten Morgen!	Bună dimineata
Vielen Dank!	Mulţumesc
Bitte!	Cu plăcere
Ich verstehe nicht	Nu înţeleg
Herr	Domnule
Fräulein	Domnisoară

Zu ihrem Ärger kam Mary jedesmal ziemlich ins Stottern, wenn sie die Wörter richtig auszusprechen versuchte. Beth und Tim lachten herzhaft, wenn sie ihren Bemühungen zuhörten. »Das ist die Rache dafür, daß wir Algebra lernen müssen!« sagte Beth grinsend.

»Frau Botschafterin«, sagte James Stickley, »darf ich Ihnen Colonel William McKinney, Ihren Militärattaché, vorstellen?«

McKinney trug Zivil, aber seine militärische Haltung war nicht zu übersehen. Er war ein hochgewachsener, schlanker Mann um die fünfzig mit einem rissigen, wettergegerbten Gesicht.

»Guten Tag, Frau Botschafterin.« McKinneys Stimme war rauh und belegt, so als habe er vor längerer Zeit eine Kehlkopfverletzung erlitten.

»Ich freue mich, Sie kennenzulernen«, sagte Mary.

Colonel McKinney war der erste ihrer künftigen Mitarbeiter, und Mary genoß das Gefühl, daß es nun wirklich ernst wurde. Bukarest rückte plötzlich ein gutes Stück näher.

»Ich freue mich darauf, bald mit Ihnen zusammenarbeiten zu können«, sagte Colonel McKinney.

»Waren Sie schon mal in Rumänien?«

Der Colonel und James Stickley tauschten einen Blick.

»Ja, er war schon mal da«, sagte James Stickley.

Jeden Montagnachmittag fand in einem Konferenzzimmer im achten Stock des Außenministeriums eine Schulung für künftige Botschafter statt.

»Im Auswärtigen Dienst gibt es eine strenge Hierarchie«, erfuhr Mary. »An der Spitze steht der Botschafter (*die Botschafterin,* dachte Mary automatisch). Ihm *(ihr)* ist der Stellvertretende Missionschef unterstellt. Zur Botschaft gehören ferner die Abteilungen für politische, wirtschaftliche, administrative und juristische Fragen, denen Berufsdiplomaten verschiedener Rangstufen vorstehen können. Jede Botschaft hat einen Pressesprecher und, je nach Standort, einen Kultur-, einen Handels- und einen Militärattaché.« *Das ist Colonel McKinney,* dachte Mary. »Sie genießen in Ihren Gastländern diplomatische Immunität. Sie können weder für Verkehrsvergehen noch für Brandstiftung oder gar Mord eingesperrt werden. Wenn Sie sterben sollten, darf niemand Ihre Leiche berühren oder irgendwelche Notizen untersuchen, die Sie möglicherweise hinterlassen haben. Ihre Rechnungen brauchten Sie eigentlich auch nicht zu bezahlen, denn die Lieferanten können Sie nicht vor Gericht bringen.«

»Lassen Sie das bloß meine Frau nicht hören!« rief eine Stimme.

»Sie dürfen allerdings nie vergessen, daß der Botschafter der persönliche Vertreter des Präsidenten ist, jedenfalls in dem Land, in dem er akkreditiert ist. Dementsprechend müssen Sie sich verhalten.« Der Ausbilder sah auf die Uhr. »Am nächsten Montag sprechen wir über das Thema ›Gesellschaftliche Kontakte‹. Lesen Sie dazu bitte Abschnitt dreihundert im zweiten Band unseres Handbuchs für den Auswärtigen Dienst. Vielen Dank.«

Am Mittwoch war Mary zum Lunch mit Stanton Rogers verabredet. Sie aßen im Watergate Hotel.

»Präsident Ellison bittet Sie, ein bißchen Öffentlichkeitsarbeit für ihn zu machen«, sagte Rogers.

»Öffentlichkeitsarbeit? Woran denken Sie?«

»Wir haben ein paar Sachen vorbereitet. Interviews mit der Presse, Radiointerviews, Talkshows –«

»Ich ... Na ja, wenn es wichtig ist. Ich kann's ja versuchen.«

»Gut. Eine neue Garderobe werden Sie auch brauchen. Sie können im Fernsehen nicht zweimal dasselbe Kleid tragen.«

»Aber Stan! Das kostet doch ein Vermögen! Außerdem habe ich zum Einkaufen gar keine Zeit. Ich bin von morgens bis abends unterwegs. Die ganzen Kurse und Schulungen –«

»Kein Problem. Das Einkaufen macht Helen Moody.«

»Wie meinen Sie das?«

»Sie ist eine der Spitzen-Einkäuferinnen in Washington, Mary. Sie können sich auf Helen völlig verlassen. Sie erledigt das schon für Sie.«

Helen Moody war eine attraktive, fröhliche, knapp vierzigjährige Schwarze, die ein erfolgreiches Mannequin gewesen war, ehe sie auf den Shopping-Service umgestiegen war. Sie erschien am Freitagmorgen bei Mary und verbrachte eine volle Stunde damit, Marys Garderobe zu prüfen.

»Nicht schlecht«, sagte sie abschließend. »In Junction City waren die Sachen bestimmt ein Erfolg. Aber jetzt müssen wir Washington und die Presse verblüffen, nicht wahr?«

»Viel Geld kann ich leider nicht –«

»Keine Sorge«, grinste die Schwarze. »Ich weiß, wo man

günstig einkaufen kann. Viel Zeit haben wir allerdings nicht. Sie brauchen unbedingt ein bodenlanges Abendkleid, ein Cocktailkleid für kleine Empfänge, ein Nachmittagskleid für Teegesellschaften und Essenseinladungen, ein Straßenkostüm fürs Büro und ein schwarzes Kleid mit angemessener Kopfbedeckung für Beerdigungen und so etwas.«

Das Einkaufen dauerte drei Tage. Als Mary alles anprobiert hatte, nickte Helen Moody zufrieden. »Sie sind eine echte Lady. Aber ich glaube, wir können noch mehr aus Ihrem Typ machen. Ich möchte Sie bitten, zu Susan bei Rainbow Cosmetics zu gehen und sich ein neues Make-up machen zu lassen. Und wegen Ihrer Haare werde ich einen Termin mit Billy bei Sunshine für Sie vereinbaren.«

Ein paar Tage später begegnete Mary Stanton Rogers bei einem offiziellen Abendessen in der Corcoran Gallery. Er sah sie an und war offensichtlich begeistert. »Sie sehen zauberhaft aus«, sagte er.

Dann begann die von Ian Villiers organisierte Pressekampagne. Villiers war der Leiter der Public-Relations-Abteilung im State Department, ein dynamischer ehemaliger Journalist Ende vierzig, der praktisch alle Presseleute von Rang kannte.

Innerhalb kürzester Zeit mußte Mary vor den Kameras von »Good Morning America«, »Meet the Press« und »Firing Line« auftreten. Sie wurde von der »Washington Post«, der »New York Times« und einem halben Dutzend anderer wichtiger Tageszeitungen interviewt. Auch die Londoner »Times«, der »Spiegel«, »Oggi« und »Le Monde« wollten Interviews von ihr haben. »Time« und »People« brachten ausführliche, reich bebilderte Features über sie und die Kinder. Marys Foto war plötzlich allgegenwärtig, und jedesmal, wenn irgendwo auf der Welt etwas Ungewöhnliches passierte, kam irgend jemand und fragte sie nach ihrer Meinung. Mary Ashley und ihre Kinder waren über Nacht zu Prominenten geworden.

»Mom, irgendwie ist es unheimlich, unsere Bilder überall in den Illustrierten zu sehen«, sagte Tim eines Tages.

»*Unheimlich* ist genau das richtige Wort«, sagte Mary.

Irgendwie war es ihr unbehaglich, plötzlich so mitten im Scheinwerferlicht zu stehen. »Finden Sie nicht, daß Villiers ein bißchen übertreibt?« fragte sie Stanton Rogers. »Soviel Publicity ...«

»Betrachten Sie es einfach als Teil Ihrer Arbeit. Der Präsident möchte, daß jeder weiß, wer Sie sind, wenn Sie in Rumänien ankommen.«

Akiko und Ben Cohn lagen im Bett und dösten am hellen Nachmittag vor sich hin. Akiko war zehn Jahre jünger als der Reporter. Er hatte sie vor zwei Jahren kennengelernt, als er eine Story über japanische Mannequins in Amerika schrieb, und sie war bei ihm geblieben.

»Na, Liebling? Soll ich unseren gemeinsamen Freund ein bißchen streicheln?« fragte Akiko.

»Nein«, sagte Cohn geistesabwesend. »Ich bin schon ganz geil.«

»Davon sehe ich nichts«, sagte sie.

»Kannst du auch nicht, Akiko. Ich bin geil auf eine Story, das ist es. Es geht irgend etwas sehr Merkwürdiges in dieser Stadt vor.«

»Das ist ja nun wirklich nichts Neues.«

»Doch, es ist schon irgendwie neu. Ich verstehe nur nicht, was es bedeutet.«

»Möchtest du darüber reden?«

»Es geht um diese Mary Ashley. In der letzten Woche haben nicht weniger als sechs Illustrierte und politische Magazine ihr Bild auf der Titelseite gehabt. Dabei hat sie ihr Amt noch nicht einmal angetreten. Kiko, ich sage dir: Irgend jemand baut diese Mary Ashley auf wie einen Filmstar. Und ich begreife nicht wieso!«

»Hör mal, ich finde, du siehst Gespenster. Diese Mary Ashley gibt einfach eine gute Geschichte her. Eine graue Maus wird vom Präsidenten persönlich zur Prominenten gemacht. Das *ist* eine Story. Du brauchst gar keine zu suchen. Und vergiß bitte nicht, daß ich diejenige mit der raffinierten asiatischen Phantasie bin.«

Ben Cohn zündete sich eine Zigarette an. »Vielleicht hast du recht«, sagte er unzufrieden.

Akiko nahm ihm die Zigarette aus dem Mund. »Die mach ich jetzt aus«, sagte sie und streichelte ihn. »Und dann machst du mich an, ja?«

»Am Freitagabend wird in der Pan American Union ein Essen für Vizepräsident Bradford gegeben«, sagte Stanton Rogers zu Mary. »Ich habe veranlaßt, daß man Sie einlädt.«

Mary nickte geschmeichelt. »Vielen Dank.«

Die Pan American Union war ein großes Gebäude mit einem schönen Innenhof, das häufig für diplomatische Empfänge benutzt wurde. Das Essen zu Ehren des Vizepräsidenten war eine sehr feierliche Angelegenheit. Die Tische waren mit Damasttischdecken gedeckt, und im Licht der großen Kronleuchter schimmerten Baccaratgläser und Silberbesteck. Es spielte ein kleines Orchester, und die Gästeliste war ein Verzeichnis der Washingtoner Elite. Neben dem Vizepräsidenten und seiner Frau waren zahlreiche Senatoren, Kongreßabgeordnete, Botschafter und andere Prominente aus allen Bereichen des öffentlichen Lebens gekommen.

Mary genoß es, an dieser glanzvollen Versammlung teilnehmen zu dürfen. Ich muß mir alles genau merken, dachte sie, dann kann ich Tim und Beth erzählen, was ich gesehen habe.

Als zu Tisch gebeten wurde, stellte Mary fest, daß sie absolut reizende Tischnachbarn hatte. Die Senatoren, Diplomaten und Regierungsbeamten, die an ihrem Tisch saßen, wußten charmante Komplimente zu machen und plauderten so zwanglos, daß sie kaum Zeit hatte, auf das köstliche Essen zu achten.

Als sie zum ersten Mal auf die Uhr sah, war sie erschrokken. »Ach, herrje«, sagte sie zu dem Senator, der neben ihr saß. »Ich habe gar nicht gemerkt, wie spät es schon ist. Ich habe meinen Kindern versprochen, pünktlich nach Hause zu kommen.«

Sie erhob sich, nickte den Leuten an ihrem Tisch freundlich zu und sagte: »Es war schön, Sie alle kennengelernt zu haben. Gute Nacht.«

Ein verblüfftes Schweigen antwortete ihr, und als Mary über die Tanzfläche ging, folgten ihr sämtliche Augen im Saal.

»Ach, herrje«, murmelte Stanton Rogers. »Hat ihr das denn keiner gesagt?«

Am nächsten Morgen kam Rogers zum Frühstück in Marys Hotel.

»Mary«, sagte er. »In dieser Stadt nehmen die Leute Ihre Spielregeln sehr ernst. Manche davon sind recht töricht, aber wir halten uns trotzdem daran.«

»Ach, du meine Güte! Was hab ich verbrochen?«

Rogers seufzte vernehmlich. »Sie haben eine der wichtigsten Regeln verletzt, die wir in Washington haben: Bei einem Bankett darf niemand, absolut niemand, vor dem Ehrengast gehen. Und der Ehrengast des gestrigen Abends war zufällig der Vizepräsident der Vereinigten Staaten.«

»Ach, du meine Güte!«

»Heute morgen redet darüber wahrscheinlich die halbe Stadt, Mary.«

»Es tut mir leid, Stan. Ich wußte es einfach nicht. Außerdem hatte ich meinen Kindern versprochen –«

»Es gibt keine Kinder in Washington, Mary. Allenfalls ›zukünftige Wähler‹. In dieser Stadt geht es um die Macht, und nur um die Macht. Vergessen Sie das nie, Mary.«

Geld wurde immer mehr zum Problem für sie. Die Lebenshaltungskosten in Washington waren enorm, und Mary war jedesmal entsetzt, wenn sie etwas kaufte. Einen echten Schock löste aber erst die Rechnung der Hotelwäscherei bei ihr aus. »Fünf Dollar und fünfzig Cent für eine Bluse, einen Dollar fünfundneunzig für einen BH!« rief sie empört. *Ab sofort*, schwor sie sich, *wasche und bügele ich wieder selbst!*

Sie wusch ihre Strumpfhosen und Pullover in kaltem Wasser und legte sie vor dem Trocknen noch zwei Tage lang ins Gefrierfach des Kühlschranks – auf diese Weise hielten die Sachen viel länger. Sie wusch die Jeans, T-Shirts, Hemden und Höschen der Kinder und ihre eigene Wäsche im Waschbecken. Die Taschentücher breitete sie auf den Kacheln im Bad aus und legte sie sehr sorgfältig zusammen, wenn sie trocken waren, um sich auf diese Weise das Bügeln zu sparen. Ihre Kleider reinigte sie in einer Art Dampfbad: Sie hängte sie auf einem Bügel über die Stange des Duschvorhanges, machte die Badezimmertür zu und drehte die heiße Dusche auf volle Stärke. Als Beth eines Morgens ins Bad wollte, kam ihr eine gewaltige Dampfwolke entgegen, in der sich ihre Mutter, nur mit BH und Höschen bekleidet, ziemlich schemenhaft abzeichnete.

»Was *machst* du da, Mutter?« fragte Beth voller Entsetzen.

»Ich spare Geld«, sagte Mary sehr von oben herab. »Die Hotelwäscherei verlangt für so etwas ein Vermögen.«

»Und was ist, wenn plötzlich der Präsident zu Besuch kommt? Wie sieht denn das aus? Er müßte uns ja für ganz dumpfe Pusselchen aus der Provinz halten!«

»Der Präsident kommt nicht einfach so zu Besuch. Und mach bitte die Badezimmertür zu. Du verschwendest Geld und Energie!«

Provinzpusselchen! So eine Unverschämtheit! Wenn der Präsident käme und sie hier schuften sähe, wäre er stolz auf sie! Sie würde ihm die Rechnung der Hotelwäscherei zeigen und ihm erklären, wieviel man sparen konnte, wenn man ein bißchen Pioniergeist entwickelte. Er wäre bestimmt sehr beeindruckt. »*Wenn es in der Regierung mehr Leute wie Sie gäbe, Frau Botschafterin, wäre unser Haushaltsdefizit bestimmt nicht so katastrophal. Wir alle haben einfach den Pioniergeist verloren, der dieses Land groß gemacht hat. Die Leute sind zu bequem. Wir verlassen uns völlig auf unsere Autos und die elektrischen Haushaltsgeräte und können uns gar nicht mehr selbst helfen. Ich würde Sie gerne den alten Verschwendern in Washington, die sich offenbar einbilden, mit Geld könne man alles erreichen, als leuchtendes Beispiel vorstellen. Denen könnten Sie ein paar nützliche Hinweise geben. Wissen Sie was, Mary, ich habe eine fabelhafte Idee! Ich mache Sie zur Finanzministerin der Vereinigten Staaten.*«

Dampf quoll aus der Badezimmertür, als Mary ins Wohnzimmer ging, um ihre feuchten Kleider zum Trocknen an die Gardinenstangen zu hängen. Sie summte vergnügt vor sich hin.

Ein lautes Klopfen unterbrach ihren Tagtraum. Mary flitzte ins Schlafzimmer, und Beth sagte: »Mutter, ein gewisser James Stickley möchte dich sprechen.«

15

»Die Sache wird immer merkwürdiger«, sagte Ben Cohn. Er saß mit seiner Freundin Akiko nackt im Bett. Sie sahen fern: Mary Ashley in »Meet the Press«.

Die frischgebackene Botschafterin sagte gerade: »Ich glaube, daß auch die Volksrepublik China mit der Wiedereingliederung Hongkongs das Ziel einer humaneren, individualistischeren Gesellschaft verfolgt.«

»Was weiß die schon von China?« knurrte Ben Cohn. Er wandte sich Akiko zu. »Du siehst hier eine Hausfrau aus Kansas, die sich über Nacht zur Expertin für alles gemausert hat.«

»Ich finde sie sehr intelligent«, sagte Akiko.

»Das ist nicht der entscheidende Punkt. Deswegen drehen die Reporter nicht durch, wenn sie ein Interview gibt. Der entscheidende Punkt ist: Wie kommt sie da mit einem Schlag rein, in ›Meet the Press‹? Ich will's dir sagen. Irgend jemand hat beschlossen, daß Mary Ashley berühmt werden soll. Aber wer? Und warum? Nicht mal Charles Lindbergh ist so aufgebaut worden.«

»Charles Lindbergh?«

Ben Cohn seufzte. »Das ist das Problem mit der Kluft zwischen den Generationen. Man kann sich nicht verständigen.«

Akiko sagte: »Aber es gibt doch auch noch andere Formen der Verständigung...«

Sie drückte Cohn sanft in die Kissen und beugte sich über ihn. Mit ihrem langen, seidigen Haar streichelte sie seine

Brust und seinen Bauch und beobachtete, wie sich der Herr im Souterrain allmählich von seinem Platz erhob. Sie berührte ihn mit der Hand und sagte: »Hallo, Arthur.«

»Arthur möchte dich besuchen.«

»Da muß er sich noch einen Moment gedulden.«

Akiko stand auf und trippelte in die Küche. Ben Cohn sah ihr nach. Dann schaute er auf den Bildschirm und dachte: *Die Frau macht mich noch verrückt. Hinter der Geschichte steckt verdammt viel mehr, als man auf den ersten Blick sieht, und ich werde rauskriegen, was.*

»Akiko!« schrie er. »Wo bleibst du denn? Arthur schläft wieder ein!«

»Sag ihm, er soll noch eine Sekunde warten!« rief sie.

Ein paar Minuten später kam sie zurück. Sie hatte ein Schüsselchen mit Eis, Schlagsahne und einer Kirsche in der Hand.

»Verdammt«, sagte Cohn. »Auf *Eis* bin ich nicht scharf.«

»Leg dich hin.« Akiko schob ihm ein Handtuch unter den Po, löffelte das Eis aus dem Schüsselchen und schmierte Arthur samt Anhang damit ein.

»Brr!« kreischte Cohn. »Ist das kalt!«

»Pst.« Akiko tat Schlagsahne auf das Eis und schob sich Arthur in den Mund.

»O Gott!« stöhnte Cohn. »Mach weiter.«

Akiko dekorierte Arthur mit der Kirsche. »Mmm, ich mag so gern Banana-Split«, flüsterte sie.

Dann begann sie zu essen, und Cohns Hände begannen zu zucken. Schließlich hielt er es nicht mehr aus. Er drehte Akiko auf den Rücken, und Arthur trat seinen Besuch an.

Vom Bildschirm her sagte Mary Ashley: »Eines der besten Mittel, Krieg mit Ländern zu verhindern, die gegen das amerikanische System sind, besteht darin, den Handel mit ihnen zu fördern...«

Später am Abend rief Ben Cohn bei Ian Villiers an.

»Hallo, Ian.«

»Ben, alter Junge – was gibt's?«

»Kannst du mir einen Gefallen tun?«

»Aber sicher.«

»Wenn ich das recht verstanden habe, bist du praktisch der PR-Chef unserer neuen Botschafterin für Rumänien?«

»Ja, und?« Das hörte sich äußerst vorsichtig an.

»Die Frau wird mit allen Mitteln aufgebaut. Wer steckt dahinter, Ian? Ich meine...«

»Tut mir leid, Ben. Das sind interne Angelegenheiten des State Department. Ich bin nur ausführendes Organ, Ben. Am besten wendest du dich an den Außenminister. Schriftlich.«

Ben legte auf. »Warum hat Ian nicht gleich gesagt, ich kann ihn mal?« Er dachte nach. »Ich glaube, ich muß ein paar Tage verreisen.«

»Wohin, Liebling?« fragte Akiko.

»Nach Kansas – Junction City.«

Wie sich herausstellte, war Ben Cohn nur einen einzigen Tag in Junction City. Er sprach eine Stunde mit Sheriff Munster und fuhr anschließend mit einem gemieteten Wagen nach Fort Riley, wo er einen Besuch bei der Militärpolizei machte. Am späten Nachmittag erwischte er noch einen Flug nach Kansas City und jettete von dort nach Hause.

Als seine Maschine abhob, hängte sich in Fort Riley jemand ans Telefon und rief eine Nummer in Washington an.

Mary Ashley ging über einen der langen Korridore im Foreign Service Institute. Sie mußte zu einer Besprechung mit James Stickley. Plötzlich hörte sie eine tiefe Stimme hinter sich sagen: »Das ist wirklich eine Klassefrau.«

Mary wirbelte herum. An der Wand lehnte ein großer, kräftiger Mann, den sie nicht kannte. Er starrte sie an und grinste unverschämt. Er war schlampig angezogen – Jeans, T-Shirt, Turnschuhe – und hielt es offenbar nicht für nötig, sich zu rasieren. Um den Mund hatte er Lachfalten. Seine Augen waren hellblau und spöttisch. Er wirkte arrogant, was einen an die Decke treiben konnte. Mary drehte sich wütend um und ging weiter. Sie spürte im Rücken, daß er sie beobachtete.

Die Besprechung mit James Stickley dauerte über eine Stunde. Als Mary in ihr Büro zurückkehrte, saß der Mann von vorhin auf ihrem Stuhl. Er hatte die Beine auf ihren Schreibtisch gelegt und blätterte in ihren Papieren. Das Blut schoß Mary in die Wangen.

»Was haben Sie hier zu suchen, Mister...?«

Der Mann betrachtete sie mit müdem Blick, nahm die Beine vom Schreibtisch und stand langsam auf. »Slade ist mein Name. Mike Slade.«

»Was kann ich für Sie tun, Mr. Slade?« fragte Mary eisig.

»Eigentlich nichts«, sagte er fröhlich. »Ich arbeite auch hier und wollte Ihnen bloß guten Tag sagen.«

»Das haben Sie hiermit getan. Und wenn Sie wirklich hier arbeiten, werden Sie ja wohl Ihren eigenen Schreibtisch haben. Also brauchen Sie in Zukunft nicht mehr an meinem zu sitzen und in meinen Sachen herumzuschnüffeln.«

»Lieber Gott, was ist die Frau giftig! Dabei sollen die Kansanianer, oder wie ihr Leute euch nennt, doch so furchtbar nett sein?«

Mary knirschte mit den Zähnen. »Ich gebe Ihnen zwei Sekunden. Wenn Sie mein Büro bis dahin nicht verlassen haben, rufe ich jemanden vom Sicherheitspersonal.«

»Ach ja?«

»Und wenn Sie wirklich hier arbeiten, würde ich Ihnen raten, nach Hause zu gehen, sich zu rasieren und etwas Anständiges anzuziehen.«

»So hat meine Frau auch immer geredet«, sagte Mike Slade. »Darum mußte ich mich leider von ihr scheiden lassen.«

Mary wurde dunkelrot im Gesicht. »Raus.«

Er hob die Hand und winkte. »Wir sehen uns bald wieder.«

O nein, dachte Mary. *O nein*.

Der ganze Vormittag war unerfreulich. James Stickley machte kein Hehl aus seiner Feindseligkeit. Als die Mittagspause begann, hatte Mary einen solchen Zorn, daß sie nichts essen konnte. Sie beschloß, sich statt dessen ein bißchen durch Washington fahren zu lassen. Vielleicht wurde sie so ihren Zorn los.

Ihr Wagen stand vor dem Institut.

»Guten Tag, Ma'am«, sagte der Chauffeur. »Wo wollen Sie hin?«

»Mir egal, Marvin. Machen wir eine kleine Rundfahrt.«

»Okay, Ma'am.« Der Wagen setzte sich in Bewegung. »Möchten Sie das Botschaftsviertel sehen?«

»Ja.« Hauptsache, sie konnte diesen Vormittag irgendwie vergessen.

Marvin steuerte auf die Massachusetts Avenue zu.

»Hier fängt es an«, sagte er, als er in die breite Straße einbog. Er fuhr langsam und deutete auf die Botschaftsgebäude.

Mary erkannte die japanische Botschaft an der Flagge mit der Sonne davor. Die indische Botschaft hatte einen Elefanten über dem Eingang.

Sie rollten an einer Moschee vorbei und dann, an der Ecke Massachusetts Avenue/23rd Street, an einem weißen Gebäude, dessen Treppe von Säulen flankiert wurde.

»Das ist die rumänische Botschaft«, erklärte Marvin. »Und gleich daneben ...«

»Halten Sie hier!«

Der Wagen fuhr an den Bordstein. Mary blickte aus dem

Fenster und sah die Tafel neben dem Eingang: BOTSCHAFT DER SOZIALISTISCHEN REPUBLIK RUMÄNIEN.

Sie sagte: »Warten Sie bitte. Ich gehe auf einen Sprung hinein.«

Ihr Herz begann schneller zu schlagen. Sie würde jetzt zum ersten Mal direkt mit dem Land in Kontakt kommen, über das sie Seminare gehalten hatte – mit dem Land, in dem sie die nächsten Jahre wohnen würde.

Mary holte tief Luft und klingelte. Nichts. Sie drückte gegen die Tür. Es war nicht abgeschlossen. Mary öffnete die Tür und trat ein. In der Empfangshalle war es dunkel und eiskalt. Mary hörte Schritte und drehte sich um. Ein baumlanger, dürrer Mann kam die Treppe herunter.

»Ja?« rief er. »Ja? Was ist?«

Mary strahlte. »Guten Tag. Ich bin Mary Ashley, die neue Bo–«

»Ach, du lieber Himmel.« Der Mann schlug die Hand vors Gesicht.

Mary war verwirrt. »Was ...«

»Wir haben nicht mit Ihnen gerechnet, gnädige Frau.«

»Oh, ich weiß. Ich bin nur eben hier vorbeigefahren und ...«

»Botschafter Corbescue wird sich entsetzlich aufregen.«

»Aufregen? Warum denn? Ich wollte ihm doch nur guten Tag sagen und ...«

»Selbstverständlich. Entschuldigung. Mein Name ist Gabriel Stoica. Ich bin der stellvertretende Missionschef. Lassen Sie mich bitte zunächst das Licht und die Heizung anmachen. Wir haben, wie gesagt, nicht mit Gästen gerechnet. Sie sehen ja selbst ...«

Er war so offenkundig in Panik, daß Mary am liebsten gegangen wäre. Aber dafür war es jetzt zu spät. Sie beobachtete, wie Gabriel Stoica durch die Empfangshalle rannte und überall Wandschalter und Stehlampen aknipste, bis der Raum hell erleuchtet war.

»Es dauert noch ein paar Minuten, bis es warm wird«,

sagte er. »Wir sparen Heizkosten, so gut es geht. Washington ist entsetzlich teuer.«

Mary wäre nur zu gern im Boden versunken. »Wenn ich gewußt hätte, daß ...«

»Nein, nein. Der Botschafter ist oben. Ich sage ihm sofort Bescheid.«

»Nein, das brauchen Sie nicht, ich ...«

Aber Stoica rannte bereits die Treppe hinauf.

Fünf Minuten später kehrte er zurück. »Bitte, kommen Sie. Der Botschafter freut sich sehr, daß Sie hier sind.«

»Sind Sie sicher?«

»Ja. Er erwartet Sie.«

Stoica begleitete Mary in den ersten Stock. Dort befand sich ein Sitzungssaal mit einem langen Tisch und vierzehn Stühlen. An der Wand hing eine Karte von Rumänien und über dem Kamin die rumänische Flagge. Botschafter Radu Corbescue kam Mary in Hemdsärmeln entgegen und schlüpfte hastig in sein Jackett. Er war hochgewachsen, etwas korpulent und hatte eine dunkle Gesichtsfarbe. Ein Dienstbote knipste in aller Eile das Licht an und drehte die Heizkörper auf.

»Frau Botschafterin!« rief Corbescue. »Was für eine unerwartete Ehre! Verzeihen Sie bitte, daß wir Sie so formlos empfangen. Das State Department hat uns nicht von Ihrem Besuch unterrichtet.«

»Das State Department kann nichts dafür«, sagte Mary zerknirscht. »Es ist meine Schuld. Ich war gerade in der Gegend und dachte mir ...«

»Es ist mir ein Vergnügen, Sie kennenzulernen! Ein Vergnügen. Wir haben Sie so oft im Fernsehen gesehen und so viel von Ihnen in der Zeitung gelesen. Wir waren schon sehr gespannt auf die neue Botschafterin, die in unserem Vaterland wirken wird. Was darf ich Ihnen anbieten? Eine Tasse Tee vielleicht?«

»Wenn es Ihnen keine Umstände macht ...«

»Umstände? Durchaus nicht. Ich muß mich entschuldigen. Wir haben nicht einmal einen kleinen Imbiß für Sie vorbereitet. Verzeihen Sie bitte! Es ist mir äußerst peinlich.«

Mir ist es noch viel peinlicher, dachte Mary. *Warum habe ich eine so katastrophale Dummheit begangen? Ich werde es nicht einmal den Kindern sagen. Das bleibt mein Geheimnis. Ich nehme es mit ins Grab.*

Als der Tee gebracht wurde, war der rumänische Botschafter so nervös, daß er beim Eingießen etwas verschüttete. »Oh, wie ungeschickt von mir! Verzeihen Sie bitte!«

Es wäre Mary lieber gewesen, wenn er sich nicht dauernd entschuldigt hätte.

Nun bemühte sich der Botschafter, Konversation zu machen, aber dadurch wurde alles nur noch peinlicher. Dem Mann war deutlich anzusehen, daß er sich nicht wohl fühlte in seiner Haut. Mary stand auf, sobald es ging.

»Ich danke Ihnen Exzellenz. Es hat mich sehr gefreut Sie kennenzulernen. Auf Wiedersehen.«

Damit flüchtete sie.

Als Mary wieder in ihrem Büro war, wurde sie sofort zu James Stickley gerufen.

»Mrs. Ashley«, sagte er frostig, »würden Sie mir wohl erklären, was Sie sich dabei gedacht haben?«

Wahrscheinlich ist es doch kein Geheimnis, das ich mit ins Grab nehme, dachte Mary. »Sie ... Sie sprechen von meinem Besuch in der rumänischen Botschaft, ja? Es war so eine Idee. Ich ... ich fand, ich könnte doch mal vorbeischauen und schnell guten Tag sagen und –«

»Wir sind hier nicht in Kansas und sagen uns von Nachbar zu Nachbar mal schnell guten Tag«, fauchte Stickley. »In Washington schaut man nicht einfach in einer Botschaft vorbei. Ein Botschafter sucht einen anderen Botschafter nur dann auf, wenn er eingeladen ist. Sie haben Corbescue in die allergrößte Verlegenheit gebracht. Er wollte schon förmlichen Protest beim State Department einlegen. Ich mußte ihn inständig bitten, darauf zu verzichten. Er dachte, Sie wollten ihn ausspionieren.«

»*Was?* Das ist doch –«

»Versuchen Sie bitte in Erinnerung zu behalten, daß Sie keine Privatperson mehr sind. Sie sind jetzt eine offizielle Vertreterin der Regierung der Vereinigten Staaten. Und wenn Sie das nächste Mal eine ›Idee‹ haben, die übers Zähneputzen hinausgeht, dann reden Sie vorher gefälligst mit mir. Ist das klar?«

Mary schluckte. »Jawohl.«

»Gut.« Stickley nahm den Hörer von der Gabel und wählte eine Nummer. »Mrs. Ashley ist jetzt bei mir. Wollen Sie vorbeikommen? In Ordnung.« Er legte auf.

Mary saß schweigend da. Sie fühlte sich wie ein kleines Mädchen, das ausgeschimpft worden ist. Die Tür ging auf und Mike Slade trat ein.

Er sah Mary an und grinste. »Hallo. Ich habe mich an Ihren Rat gehalten und mich rasiert.«

Stickley blickte von ihm zu ihr. »Sie kennen sich schon?«

Mary funkelte Slade an. »Sozusagen. Ich habe ihn dabei erwischt, wie er auf meinem Schreibtisch herumgeschnüffelt hat.«

James Stickley sagte: »Mrs. Ashley, das ist Mike Slade. Er wird in Rumänien Ihr Stellvertreter sein.«

Mary starrte Stickley ungläubig an. »Wie bitte?«

»Mr. Slade gehört zur Osteuropa-Abteilung. Er arbeitet normalerweise nicht in Washington, aber es ist beschlossen worden, daß er Ihr Stellvertreter wird.«

Mary sprang auf. »Nein!« schrie sie. »Das will ich nicht!«

Mike sagte mit süßer Stimme: »Ich verspreche Ihnen, mich jeden Tag zu rasieren.«

Mary wandte sich Stickley zu. »Ich dachte, ein Botschafter dürfte sich seinen Stellvertreter selbst aussuchen?«

»Stimmt, aber –«

»Dann muß ich mich gegen Mr. Slade entscheiden.«

»Unter normalen Umständen wäre das Ihr gutes Recht, aber in diesem Fall haben Sie leider keine Entscheidungsfreiheit. Mr. Slade ist auf Anordnung des Weißen Hauses zu Ihrem Stellvertreter ernannt worden.«

Mary schien Mike Slade nicht entrinnen zu können. Der Kerl war überall. Er lief ihr im Pentagon über den Weg, im Casino des Senats, auf den Korridoren des State Departments. Und er hatte immer Jeans und ein T-Shirt an. Mary fragte sich, warum man ihm das durchgehen ließ in einer Umgebung, wo alle Männer Anzüge trugen.

Eines Tages sah Mary ihn beim Mittagessen mit Colonel McKinney. Sie waren in ein ernstes Gespräch vertieft, und Mary überlegte sich, wie eng die Beziehung zwischen den beiden war. *Sind das alte Freunde? Hecken die etwas gegen mich aus? Ich entwickle den reinsten Verfolgungswahn,* sagte sich Mary. *Und dabei bin ich noch nicht mal in Rumänien.*

Charlie Campbell, der Vorsitzende des Auswärtigen Ausschusses, gab der neuen Botschafterin zu Ehren einen Empfang. Als Mary in den Raum trat und all die elegant gekleideten Frauen sah, dachte sie: *Ich gehöre doch gar nicht hierher. Die sehen alle so aus, als wären sie schon im Abendkleid auf die Welt gekommen.*

Sie ahnte nicht, wie schön sie war.

Zu dem Empfang waren an die zwanzig Fotografen gekommen, und niemand wurde so oft fotografiert wie Mary. Sie tanzte mit einem Dutzend Männer. Die meisten waren verheiratet, und fast alle wollten Marys Telefonnummer haben. Sie war nicht beleidigt deswegen, aber auch nicht interessiert.

»Tut mir leid«, sagte sie zu jedem, der sie fragte, »ich bin derartig mit meiner Arbeit und mit meinen Kindern beschäftigt, daß ich keine Zeit zum Ausgehen habe.«

Es war ihr unvorstellbar, mit einem von diesen Männern zusammen zu sein. Für sie gab es nur einen Mann: Edward.

Sie saß mit Charlie Campbell, seiner Frau und mehreren Leuten vom State Department am Tisch. Man sprach über dies und das und erzählte sich schließlich Anekdoten aus dem diplomatischen Dienst.

»In den 70er Jahren«, berichtete einer der Gäste, »zogen in Madrid Hunderte von Studenten vor die britische Botschaft, randalierten und forderten die Rückgabe von Gibraltar. Als sie kurz davor waren, in das Gebäude einzudringen, rief ein Minister von Franco an. ›Ich habe mit großem Bedauern gehört, was sich vor Ihrer Botschaft abspielt‹, sagte er. ›Soll ich Ihnen noch mehr Polizisten schicken?‹ ›Nein‹, sagte der Botschafter. ›Nur weniger Studenten.‹«

Jemand fragte: »War bei den alten Griechen nicht Hermes der Schutzgott der Diplomaten?«

»Doch«, lautete die Antwort. »Und er war außerdem der Schutzgott der Vagabunden, Betrüger und Diebe.«

Mary hatte viel Spaß an diesem Abend. Die Gäste waren gescheit und witzig und interessant. Sie wäre am liebsten die ganze Nacht geblieben.

Der Mann neben ihr fragte: »Müssen Sie morgen nicht früh aufstehen? Haben Sie keine Termine?«

»Nein«, sagte Mary. »Morgen ist Sonntag. Da kann ich ausschlafen.«

Wenig später gähnte eine Frau. »Entschuldigung. Ich habe einen langen Tag hinter mir.«

»Ich auch«, sagte Mary munter.

Es kam ihr so vor, als wäre es unnatürlich still im Raum. Sie sah in die Runde. Alle schienen sie anzustarren. *Warum fixieren die mich so?* Sie warf einen Blick auf ihre Uhr. Es war fast zwei Uhr morgens! Siedendheiß fiel ihr ein, was Stanton Rogers gesagt hatte: *Niemand geht vor dem Ehrengast.*

Und *sie* war der Ehrengast! *O Gott,* dachte Mary. *Ich halte alle auf.*

Sie erhob sich und sagte mit erstickter Stimme: »Ich muß jetzt gehen. Gute Nacht. Es war ein wunderschöner Abend.«

Sie drehte sich um und eilte hinaus. Hinter sich hörte sie, wie die anderen Gäste zur Tür drängten.

Am Montag vormittag stieß sie auf dem Flur des Instituts um Haaresbreite mit Mike Slade zusammen. Er grinste. »Ich habe gehört, daß Sie am Samstagabend halb Washington wachgehalten haben.«

Sein herablassendes Getue machte sie rasend.

Sie drückte sich an ihm vorbei und ging in James Stickleys Büro.

»Mr. Stickley, ich glaube nicht, daß es den Interessen unseres Landes dient, wenn Mr. Slade und ich in Rumänien zusammenarbeiten müssen.«

Stickley blickte von der Zeitung auf, die er gerade las. »Ach, wirklich? Womit haben Sie denn Schwierigkeiten?«

»Mit ... mit seiner ganzen Art. Ich finde ihn ungezogen und arrogant.«

»Oh, ich weiß, daß Mike seine kleinen Eigenheiten hat, aber –«

»*Eigenheiten?* Er ist unausstehlich. Ich bitte in aller Form darum, daß sein Posten mit jemand anderem besetzt wird.«

»Sind Sie jetzt fertig?«

»Ja.«

»Liebe Mrs. Ashley, Mike Slade ist unser führender Osteuropaexperte. Sie haben die Aufgabe, sich mit den Rumänen ins bestmögliche Einvernehmen zu setzen. Ich habe die Aufgabe, dafür zu sorgen, daß Sie alle Hilfe bekommen, die Sie kriegen können. Und eine bessere Hilfe als Mike Slade gibt es nicht. Das war's. Ich will kein Wort mehr davon hören.«

Es hat keinen Sinn, dachte Mary.

Frustriert und wütend ging sie in ihr Büro zurück. *Ich könnte mit Stan reden,* überlegte sie sich. *Er würde mich verstehen. Aber das wäre ein Zeichen von Schwäche. Ich muß allein mit Mike Slade fertig werden.*

»Träumen Sie?«

Mary blickte erschrocken auf. Mike Slade stand vor ihrem Schreibtisch, einen Stapel Memos in der Hand.

»Da habe ich etwas für Sie, was Sie eine Weile beschäftigen wird«, sagte er und legte die Papiere auf Marys Schreibtisch. »Auf diese Weise sind Sie vielleicht wenigstens heute abend vor Schwierigkeiten sicher.«

»Könnten Sie nächstes Mal bitte anklopfen, bevor Sie mein Zimmer betreten?«

Er betrachtete sie spöttisch. »Irgendwie habe ich das Gefühl, daß Sie nicht verrückt nach mir sind. Wie kommt das denn?«

Mary kochte vor Wut. »Das will ich Ihnen gern sagen, Mr. Slade. Weil Sie ein überheblicher, arroganter, eingebildeter –«

Er hob den Zeigefinger. »Sie wiederholen sich.«

»Machen Sie sich bloß nicht über mich lustig!« Mary mußte feststellen, daß sie schrie.

»Soll das heißen, ich darf nicht mit den anderen mitlachen?« fragte Slade. »Was glauben Sie, was man in Washington über Sie sagt?«

»Das ist mir völlig egal.«

»Es sollte Ihnen aber nicht egal sein.« Mike Slade beugte sich über den Schreibtisch. Er sprach jetzt sehr leise und – wie Mary fand – drohend. »Alle fragen, mit welchem Recht Sie das Amt eines Botschafters bekleiden. Ich war vier Jahre in Rumänien, Mrs. Ashley. Dieses Land ist eine Bombe, die jeden Moment explodieren kann. Und was macht die Regierung? Sie läßt ein naives kleines Mädchen aus der finstersten Provinz damit spielen.«

Mary lauschte ihm mit zusammengebissenen Zähnen.

»Sie sind eine Dilettantin, Mrs. Ashley. Wenn Ihnen

schon jemand was Gutes tun wollte, hätte er Sie nach Island schicken sollen als Botschafterin.«

Mary verlor die Kontrolle über sich. Sie schoß hoch und gab Mike Slade eine schallende Ohrfeige.

Er seufzte. »Sie sind wirklich nie um eine Antwort verlegen, wie?«

16

Die Einladung lautete: »Der Botschafter der Sozialistischen Republik Rumänien beehrt sich, Sie zum Diner in das Botschaftsgebäude, 23rd Street 1607, zu bitten. Beginn: 19 Uhr 30.«

Mary dachte daran, wie unsterblich sie sich bei ihrem ersten Besuch in dieser Botschaft blamiert hatte. *Das passiert mir nie wieder. Ich weiß jetzt Bescheid.*

Sie zog ihr neues, langärmliges schwarzes Abendkleid aus Samt und schwarze Pumps an. Dazu trug sie eine schlichte Perlenkette.

Als sie sich von den Kindern verabschiedet hatte, läutete das Telefon. Es war der Mann von der Rezeption. »Mr. Stickley wartet im Foyer auf Sie.«

Ich würde lieber alleine gehen, dachte Mary. *Ich brauche niemanden, der auf mich aufpaßt.*

Die rumänische Botschaft war wie verwandelt. Sie hatte etwas Festliches, ja Prächtiges. Mary und James Stickley wurden von Gabriel Stoica an der Tür begrüßt.

»Guten Abend, Mr. Stickley. Herzlich willkommen.«

James Stickley deutete auf Mary. »Darf ich Ihnen unsere neue Botschafterin für Rumänien vorstellen?«

Stoica ließ sich in keiner Weise anmerken, daß er Mary schon kannte. »Sehr erfreut, Frau Botschafterin. Bitte folgen Sie mir.«

Als sie durch die Eingangshalle gingen, fiel Mary auf, daß das ganze Haus hell erleuchtet und angenehm warm war.

Überall standen Blumenvasen mit schönen Sträußen. Von oben klang Musik. Es hörte sich nach einem kleinen Orchester an.

Botschafter Corbescue unterhielt sich mit Gästen, als er James Stickley und Mary Ashley kommen sah.

»Ah, guten Abend, Mr. Stickley.«

»Guten Abend, Herr Botschafter. Darf ich Ihnen die Botschafterin der Vereinigten Staaten für Rumänien vorstellen?«

Corbescue blickte Mary an und sagte tonlos: »Es freut mich außerordentlich, Sie kennenzulernen.«

Mary wartete darauf, daß er ihr wenigstens andeutungsweise zuzwinkerte. Sie wartete vergebens.

Zum Diner waren ungefähr hundert Gäste gekommen, die Männer alle im Smoking, die Frauen im Abendkleid. Außer dem großen Konferenztisch im ersten Stock, den Mary schon bei ihrem ersten Besuch gesehen hatte, stand noch ein halbes Dutzend kleinerer Tische im Raum. Livrierte Diener machten mit Tabletts voller Champagnergläser die Runde.

»Möchten Sie eines?« fragte Stickley.

»Nein danke«, sagte Mary. »Ich trinke keinen Alkohol.«

»Wirklich nicht? Zu dumm.«

Mary sah ihn verdutzt an. »Wieso?«

»Weil es zum Job gehört. Bei jedem Diner in diplomatischen Kreisen werden Toasts ausgebracht. Wenn Sie nichts trinken, beleidigen Sie Ihren Gastgeber. Ab und zu müssen Sie schon einen Schluck riskieren.«

»Ich werde daran denken«, sagte Mary.

Sie blickte sich um. Mike Slade war auch da. Im ersten Moment erkannte sie ihn nicht, denn er trug einen Smoking, und sie mußte zugeben, daß er nicht ganz unattraktiv war, wenn er sich anständig anzog. Er hatte den Arm um eine üppige Blondine geschlungen, der ihr Busen fast aus dem Kleid fiel. *Ordinär*, dachte Mary. *Aber sie paßt zu ihm. Wieviel Freundinnen von dieser Sorte wohl in Bukarest auf ihn warten?*

Mary erinnerte sich an Mikes Worte: *Sie sind eine Dilettantin, Mrs. Ashley. Wenn Ihnen schon jemand was Gutes tun wollte, hätte er Sie nach Island schicken sollen.* Der Mistkerl.

Und nun sah Mary, wie Colonel McKinney, der Abenduniform trug, auf Mike zuging. Mike entschuldigte sich, ließ die Blondine stehen und zog sich mit dem Colonel in eine stille Ecke zurück. *Auf die beiden werde ich ein Auge haben müssen,* dachte Mary.

Ein Diener kam mit Champagner vorbei. »Ich glaube, ich trinke doch ein Glas«, sagte Mary.

James Stickley beobachtete, wie sie das Glas hastig austrank. »Okay. Und jetzt müssen wir an die Arbeit.«

»An die Arbeit?«

»Ja. Bei solchen Partys werden Kontakte geknüpft, Beziehungen vertieft, Sondierungsgespräche geführt und so weiter. Das ist der Grund dafür, daß Botschaften sie veranstalten.«

Die nächste Stunde verging damit, daß Mary Botschaftern, Senatoren, Gouverneuren und einigen von Washingtons einflußreichsten Politikern vorgestellt wurde. Rumänien war hochaktuell, und fast jedem, der in Washington etwas zu sagen hatte, war es gelungen, eine Einladung zu diesem Abend in der rumänischen Botschaft zu erhalten. Mike Slade, die Blondine im Schlepptau, steuerte auf James Stickley und Mary zu.

»Einen schönen guten Abend«, sagte Mike leutselig. »Ich möchte gern, daß Sie Debbie Dennison kennenlernen. Debbie, das ist Mr. Stickley ... und das ist Mary Ashley.«

Es war eine Ohrfeige. Mit voller Absicht. »Für Sie bin ich immer noch *Mrs.* Ashley«, sagte Mary kühl.

Mike klatschte sich mit der flachen Hand gegen die Stirn. »Verzeihung, Frau Botschafterin. Miß Dennisons Vater ist zufällig auch Botschafter. Er ist Berufsdiplomat und hat in den vergangenen fünfundzwanzig Jahren in einem halben Dutzend Ländern gearbeitet.«

»Es ist herrlich, so aufzuwachsen«, bemerkte Debbie Dennison.

Mike sagte: »Debbie ist viel rumgekommen.«

»Ja«, erwiderte Mary gelassen, »das glaube ich gern.«

Mary betete zu Gott, daß sie beim Essen nicht neben Mike Slade sitzen müßte, und ihr Gebet wurde erhört. Er saß an einem anderen Tisch, neben der halbnackten Blondine. An Marys Tisch saßen fünfzehn Leute. Einige kannte sie aus Illustrierten oder vom Fernsehen. James Stickley saß Mary gegenüber. Der Mann links von ihr sprach eine mysteriöse Sprache – sie konnte nicht ergründen, welche. Der Mann rechts von ihr war groß, schlank, blond und ungefähr so alt wie sie. Er hatte ein sympathisches Gesicht.

»Es freut mich sehr, daß ich Ihr Tischnachbar sein darf«, sagte er zu Mary. »Ich bin ein Fan von Ihnen.« Er sprach mit skandinavischem Akzent.

»Danke.« *Ein Fan von mir?* dachte Mary. *Warum? Ich habe mich doch durch nichts ausgezeichnet.*

»Mein Name ist Olaf Peterson. Ich bin der schwedische Kulturattaché.«

»Es ist mir ein Vergnügen, Mr. Peterson.«

»Waren Sie schon einmal in Schweden?«

»Nein. Um ganz ehrlich zu sein – ich war noch nie im Ausland.«

Olaf Peterson lächelte. »Dann können Sie noch viel erleben.«

»Vielleicht reise ich eines Tages mit meinen Kindern nach Schweden.«

»Ach, Sie haben Kinder? Wie alt?«

»Tim ist zehn und Beth ist zwölf. Warten Sie, ich zeige sie

Ihnen.« Mary öffnete ihre Handtasche und holte Fotos von den Kindern heraus. James Stickley schüttelte mißbilligend den Kopf.

Olaf Peterson betrachtete die Fotos. »Was für bildhübsche Kinder!« rief er. »Die sind nach ihrer Mutter geraten.«

»Die Augen haben sie von ihrem Vater.«

Edward und Mary hatten sich oft im Scherz darüber gestritten, wem die Kinder ähnlich sähen.

Beth wird mal eine Schönheit, genau wie du, sagte Edward. *Aber wem Tim ähnlich sieht, weiß ich nicht. Bist du sicher, daß er von mir ist?*

Und diese »Auseinandersetzungen« endeten immer damit, daß sie sich liebten ...

Olaf Peterson hatte etwas gesagt.

»Wie bitte?«

»Ich sagte gerade, ich habe gelesen, daß Ihr Mann bei einem Unfall ums Leben gekommen ist. Das tut mir leid. Es ist sicher schwer für eine Frau, sich allein durchs Leben zu schlagen.« Es hörte sich sehr mitfühlend an.

Mary griff nach dem Glas Wein, das vor ihr stand, und nahm einen vorsichtigen Schluck. Der Wein war gut gekühlt und erfrischend. Sie trank das Glas auf einen Zug aus. Es wurde sofort von einem Kellner mit weißen Handschuhen wieder gefüllt.

»Wann fangen Sie in Rumänien an?« fragte Peterson.

»In zwei bis drei Wochen, hat man mir gesagt.« Mary prostete Peterson zu. Der Wein schmeckte wirklich gut. Und er hatte wenig Alkohol, das war ja bekannt.

Als der Kellner Anstalten machte, ihr zum zweitenmal nachzuschenken, nickte sie selig. Sie sah sich im Raum um, sah all die festlich gekleideten Gäste, die sich in mindestens zehn verschiedenen Sprachen miteinander unterhielten, und dachte: *In Junction City gibt's keine solchen Bankette. Kansas ist so trocken wie die Wüste. Und Washington ist so feucht wie ... wie ...* Sie runzelte die Stirn und versuchte sich zu konzentrieren.

»Ist Ihnen nicht wohl?« fragte Peterson besorgt.

Sie tätschelte seinen Arm. »Doch, doch. Mir geht es phantastisch. Einfach phantastisch. Ich hätte gern noch ein Glas Wein, Olaf.«

»Selbstverständlich.«

Peterson winkte dem Kellner, und Marys Glas wurde erneut gefüllt.

»Zu Hause«, sagte sie, »zu Haus hab' ich nie Wein getrunken.« Sie hob ihr Glas. »Ich hab' überhaupt nichts getrunken«, nuschelte sie. »Bis auf Wasser, iss ja klar.«

Olaf Peterson betrachtete sie lächelnd.

Am großen Konferenztisch stand gerade Botschafter Corbescue auf. »Meine sehr verehrten Damen und Herren, liebe Gäste ... ich möchte nun einen Toast ausbringen.«

Das Zeremoniell begann. Man trank auf das Wohl des rumänischen Präsidenten. Man trank auf das Wohl seiner Frau. Man trank auf das Wohl des amerikanischen Präsidenten und des amerikanischen Vizepräsidenten, auf die rumänisch-amerikanische und die amerikanisch-rumänische Freundschaft. Mary fürchtete, die Toasts würden kein Ende mehr nehmen. Aber sie trank bei jedem mit. *Ich bin Botschafterin*, sagte sie sich. *Es ist meine ... meine Ffflicht.*

Dann sagte der rumänische Botschafter: »Ich bin sicher, daß wir jetzt alle gern ein paar Worte von der bezaubernden Botschafterin hören würden, die Ihr Land demnächst in Rumänien vertritt –«

Mary war dabei, ihr Glas zu heben und auf das Wohl von weiß der Teufel wem zu trinken, als ihr dämmerte, daß man sie aufgefordert hatte, etwas zu sagen. Sie saß einen Moment lang wie vom Donner gerührt und gab sich den Befehl aufzustehen. Es ... ja, es ging, sie mußte sich nur am Tisch festhalten. Sie ließ den Blick über die Gäste schweifen und winkte ihnen zu. »Hallo, Leute. Na, macht's euch auch soviel Spaß wie mir?«

In ihrem ganzen Leben war sie noch nie so glücklich gewesen. Alle waren so freundlich hier. Alle lächelten sie an. Einige lachten sogar. Sie schaute zu James Stickley hinüber und grinste.

»Ist 'ne schöne Party, ehrlich«, fuhr Mary fort. Ich freu' mich so, daß ihr alle gekommen seid.« Sie ließ sich auf ihren Stuhl zurückplumpsen und wandte sich Olaf Peterson zu. »Die haben mir was in den Wein getan.«

Er drückte ihr die Hand. »Ich glaube, Sie müssen ein bißchen an die frische Luft. Es ist hier sehr schwül.«

»Stimmt. Unheimlich schwül. Mir ist schon ganz schwindlig, so schwül ist das hier.«

»Ich führe Sie nach draußen.«

Peterson half Mary auf die Beine. Zu ihrer Überraschung mußte sie feststellen, daß ihr das Gehen Mühe machte. James Stickley unterhielt sich angeregt mit seiner Tischdame und sah nicht, wie Mary den Raum verließ. Sie kam an Mike Slades Tisch vorbei, und das alte Ekel musterte sie mit zusammengezogenen Brauen.

Der ist neidisch. Weil ... ihn hat niemand gebeten, 'ne Rede zu halten, dachte Mary.

Und zu Peterson sagte sie: »Sie wissen, daß er Probleme hat, oder? Er wär' so gern Botschafter geworden. Paßt ihm nich, paßt ihm gar nich, daß *ich* den Job gekriegt hab'.«

»Von wem sprechen Sie?« fragte Olaf Peterson.

»Unwichtig. Der Mann ist total unwichtig.«

Jetzt waren sie draußen an der frischen Luft. Mary war dankbar dafür, daß sie sich bei Peterson einhaken konnte. Alles war so verschwommen.

»Ich hab' hier irgendwo 'n Wagen stehen«, sagte Mary.

»Schicken Sie ihn weg«, schlug Olaf Peterson vor. »Wir gehen zu mir und genehmigen uns noch einen Schlummertrunk.«

»Aber bloß keinen Wein mehr.«

»Nein, nein. Nur ein Glas Brandy. Das ist gut für den Magen.«

Brandy. In den Romanen trinken die schicken Leute auch immer Brandy. Brandy mit Soda. Wie Cary Grant.

»Mit Soda?«

»Selbstverständlich.«

Olaf Peterson half Mary in ein Taxi und nannte dem Fahrer eine Adresse. Als sie vor einem großen Appartementhaus hielten, blickte Mary den Schweden mit weitaufgerissenen Augen an. »Wo sind wir?«

»Zu Hause«, sagte Peterson. Er half Mary aus dem Taxi und stützte sie, weil sie umzufallen drohte.

»B-bin ich blau?« fragte Mary.

»Selbstverständlich nicht«, sagte er.

»Mir ist so komisch.«

Peterson führte sie in die Eingangshalle des Appartementhauses und holte den Aufzug. »Nach dem Brandy werden Sie sich viel besser fühlen.«

Sie stiegen in den Aufzug. Peterson drückte auf einen Knopf.

»Haben Sie schon gewußt, daß ich grund-sätz-lich keinen Alkohil trinke? Ich meine ... keinen Alikol?«

»Nein.«

»Iss aber wahr.«

Peterson streichelte ihren Arm.

Die Tür ging auf. Peterson half Mary aus dem Aufzug.

»Hat Ihnen schon mal jemand gesagt, daß der Boden bei Ihnen ganz schräg ist?«

»Ich lasse es richten«, versprach Peterson.

Mit der einen Hand hielt er Mary fest, mit der anderen suchte er seinen Wohnungsschlüssel und sperrte auf. Sie gingen nach drinnen. Das Appartement war matt erleuchtet.

»Dunkel hier«, sagte Mary.

Olaf Peterson schloß sie in die Arme. »Ich mag das. Sie nicht?«

Mochte sie das? Sie wußte es nicht genau.

»Sie sind eine sehr schöne Frau.«

»Danke. Und Sie sind ein sehr schöner Mann.«

Er führte Mary zur Couch und half ihr Platz zu nehmen. Vor ihr drehte sich alles. Er drückte seine Lippen auf ihre, und sie spürte, wie seine Hand ihren Oberschenkel hinaufglitt.

»Was machen Sie da?«

»Entspannen Sie sich, mein Engel. Es wird schön, glauben Sie mir.«

Und es *war* schön. Er hatte so sanfte Hände wie Edward.

»War 'n toller Arzt«, sagte Mary.

»Das glaube ich.« Er preßte seinen Körper gegen ihren.

»Ja. Wenn jemand 'ne Operation gebraucht hat, hat er gesagt, Edward soll sie machen.«

Mary lag auf der Couch. Sanfte Hände hatten ihr Kleid hochgeschoben und streichelten sie. Edwards Hände. Mary schloß die Augen und spürte, wie seine Lippen abwärts wanderten. So sanft, so sanft... Es war wunderbar. Und es sollte nie aufhören.

»Das ist so schön, mein Herz«, sagte sie. »Komm zu mir. Bitte komm.«

»Ja. Gleich.« Seine Stimme klang rauh und heiser. Richtig hart. Ganz anders als Edwards Stimme.

Mary schlug die Augen auf und blickte in das Gesicht eines Fremden. Sie spürte, daß der Mann in sie eindringen wollte, und dann schrie sie. »Nein! Lassen Sie das!«

Sie drehte sich von ihm weg und fiel auf den Boden. Mühsam kam sie wieder auf die Beine.

Olaf Peterson starrte sie an. »Aber–«

»Nein!«

Mary sah sich mit irrem Blick in der Wohnung um. »Es tut mir leid«, sagte sie. »Ich habe einen Fehler gemacht. Sie sollen nicht denken, daß ich–«

Sie machte kehrt und rannte zur Tür.

»Warten Sie! Lassen Sie sich doch wenigstens von mir nach Hause bringen!«

Aber Mary war schon fort.

Sie ging durch die verlassenen Straßen und fühlte sich zutiefst gedemütigt. Es gab keine Erklärung für das, was sie getan hatte. Und keine Entschuldigung. Sie hatte Schande über die Vereinigten Staaten gebracht. Und wie maßlos dämlich! Sich vor dem halben diplomatischen Corps zu betrinken, mit einem fremden Mann in die Wohnung zu gehen und sich fast von ihm verführen zu lassen! Morgen früh würden die Klatschkolumnisten von Washington über sie herfallen.

Ben Cohn hörte die Geschichte von drei Leuten, die bei dem Diner in der rumänischen Botschaft gewesen waren. Er ging alle Washingtoner und New Yorker Zeitungen durch. Kein Wort von der Sache. Irgend jemand hatte die Story abgewürgt. Mußte ein verdammt wichtiger Mann sein.

Cohn saß in dem winzigen Verschlag, den seine Zeitung »Büro« zu nennen beliebte, und dachte nach. Er wählte Ian Villiers' Nummer. »Ist Mr. Villiers da?«

»Ja«, sagte die Sekretärin. »Wer ist denn dran?«

»Ben Cohn.«

»Moment, bitte.« Eine Minute später war sie wieder am Apparat. »Tut mir leid, Mr. Cohn. Mr. Villiers ist doch nicht im Haus.«

»Wann kann ich ihn erreichen?«

»Er hat den ganzen Tag zu tun.«

»Na schön.« Ben Cohn legte auf und rief dann eine Gesellschaftsreporterin an, die bei einer anderen Zeitung arbeitete. In Washington lief nichts, ohne daß sie es wußte.

»Tag, Linda«, sagte Ben. »Wie geht's?«

»Danke, man lebt.«

»Gibt es irgendwas Neues, Interessantes?«

»Nein, Ben, absolut nichts. Tote Hose.«

Er sagte so beiläufig wie möglich: »Ich habe gehört, daß gestern abend in der rumänischen Botschaft mächtig was los war.«

»Echt?« Lindas Stimme klang sehr zurückhaltend.

»Ja. Hast du zufällig was von unserer neuen Botschafterin für Rumänien gehört?«

»Nein. Ich muß jetzt aus der Leitung, Ben. Ich erwarte ein Ferngespräch.«

Sie hängte ein.

Ben wählte die Nummer eines Freundes im State Department. Als die Sekretärin ihn durchgestellt hatte, sagte er: »Hallo, Alfred.«

»Ben! Was ist?«

»Wir sind schon lange nicht mehr zusammen essen gegangen. Ich finde, das könnten wir wieder mal machen.«

»In Ordnung. Woran arbeitest du?«

»Das erzähle ich dir, wenn ich dich sehe.«

»Gut. Ich habe heute nicht viele Termine. Treffen wir uns im Watergate?«

Ben Cohn zögerte. »Lieber im Mama Regina's in Silver Springs.«

»Das ist aber ziemlich weit ab vom Schuß.«

»Richtig«, sagte Ben.

Nach einer kleinen Pause sagte Alfred: »Alles klar.«

»Um eins?«

»Okay.«

Ben Cohn saß bereits an einem Ecktisch, als sein Gast, Alfred Shuttleworth, eintraf. Der Wirt geleitete ihn zu seinem Platz.

»Möchten Sie etwas trinken, meine Herren?«

Shuttleworth bestellte einen Martini.

»Für mich nichts, danke«, sagte Ben Cohn.

Alfred Shuttleworth war ein in jeder Hinsicht blasser Mann in mittleren Jahren, der in der Europa-Abteilung des State Departments arbeitete. Vor ein paar Jahren hatte er im Vollrausch mehrere Autos zu Schrott gefahren. Ben Cohn wollte für seine Zeitung darüber berichten. Aber Shuttleworths Karriere stand auf dem Spiel. Cohn hatte die Story unterdrückt, und Shuttleworth zeigte sich dafür erkenntlich, indem er ihm von Zeit zu Zeit Informationen gab, an die ein Reporter normalerweise nicht so leicht herankam.

»Du mußt mir helfen, Al.«

»Gern. Worum geht es denn?«

»Ich brauche Informationen über unsere neue Botschafterin für Rumänien. *Insider-Informationen.*«

Alfred Shuttleworth legte die Stirn in Falten. »Wie meinst du das?«

»Mich haben heute drei Leute angerufen, um mir zu sagen, daß sich die Lady gestern abend bei der Party des rumänischen Botschafters vor der versammelten Elite Washingtons ganz schrecklich zum Narren gemacht hat. Sie war stinkevoll. Hast du heute Zeitung gelesen?«

»Ja. Von der Party stand was drin, aber nicht von Mary Ashley.«

»Genau. Und kommt dir das nicht merkwürdig vor?«

»Wieso?«

»Warum lassen sich die Klatschkolumnisten eine solche Superstory entgehen? Ganz einfach: weil jemand sie abgewürgt hat. Jemand Wichtiges. Wenn sich irgendein anderer von den VIPs in aller Öffentlichkeit so sagenhaft blamiert hätte, hätte sich die Presse sofort darauf gestürzt.«

»Das ist kein zwingender Schluß, Ben.«

»Al, wir haben es hier mit einem Aschenputtel zu tun, das aus dem Nichts kommt, vom Zauberstab unseres Präsidenten berührt wird und plötzlich Gracia Patricia, Prinzessin Di und Jacqueline Kennedy in einer Person ist. Ich gebe zu, die Lady ist hübsch, aber *so* hübsch nun auch wieder nicht. Sie ist gescheit, aber – siehe oben. Meiner Meinung nach qualifizieren einen Vorlesungen über Politikwissenschaft an der Kansas State University auch nicht unbedingt zur Botschafterin in einem Land, in dem die Lage äußerst heikel ist. Und ich will dir noch was erzählen. Ich bin vor kurzem nach Junction City geflogen und habe dort mit dem Sheriff gesprochen.«

Alfred Shuttleworth trank seinen Martini aus. »Ich glaube, ich brauche noch einen. Die Geschichte macht mich allmählich nervös.«

»Da geht's dir so wie mir.« Ben Cohn bestellte noch einen Martini.

»Und weiter?« fragte Shuttleworth.

»Mrs. Ashley hat dem Präsidenten zunächst eine Absage erteilt, weil ihr Mann seinen Job im Krankenhaus nicht aufgeben konnte oder wollte. Und was passiert? Dr. Ashley stirbt bei einem Verkehrsunfall. *Voilà!* Und schon ist die Lady in Washington, um demnächst nach Bukarest aufzubrechen. Das sieht doch alles so aus, als hätte jemand dran gedreht, oder nicht?«

»Aber wer?«

»Das ist die Preisfrage.«

»Ben – was willst du damit sagen?«

»Gar nichts. Hör dir erst mal an, was Sheriff Munster gesagt hat. Er fand es merkwürdig, daß mitten in einer eiskalten Winternacht ein halbes Dutzend Zeugen aufgetaucht ist und den Unfall beobachtet hat. Und weißt du, was noch merkwürdiger ist? Sie sind verschwunden, die Zeugen. Alle.«

»Weiter.«

»Dann war ich in Fort Riley, um mit dem Fahrer des Lastwagens zu reden, der den Frontalzusammenstoß mit Dr. Ashley gehabt hat.«

»Und was hatte er zu sagen?«

»Nicht viel. Er war tot. Herzinfarkt. Siebenundzwanzig Jahre alt.«

Shuttleworth drehte den Stiel seines Glases zwischen den Fingern. »Ich nehme an, daß das noch nicht alles ist?«

»Richtig. Ich war in Fort Riley auch beim CID und wollte Colonel Jenkins interviewen, den Mann, der die Ermittlungen der Army geleitet hat und außerdem Zeuge des Unfalls war. Nur habe ich den Colonel leider nicht angetroffen. Er ist befördert und versetzt worden. Vielleicht nach Europa. Vielleicht auch nach Asien. Niemand weiß es genau.«

Alfred Shuttleworth schüttelte den Kopf. »Ben, du bist ein genialer Reporter, aber ich glaube, diesmal liegst du falsch. Du konstruierst aus ein paar Zufällen ein Krimi-Drehbuch à la Hitchcock. Aber es kommt doch vor, daß Menschen tödlich verunglücken, an Herzanfällen sterben oder befördert werden. Du suchst nach einer Verschwörung, wo keine ist.«

»Al, sind dir die *Patriots for Freedom* ein Begriff?«

»Nein. Was ist das für ein Verein?«

»Ich weiß es nicht genau«, sagte Ben Cohn. »Ich habe nur Gerüchte gehört.«

»Was für Gerüchte?«

»Es handelt sich angeblich um eine Clique von hochrangigen Politikern und Militärs aus einem guten Dutzend östlicher und westlicher Länder. Ihre Ideologien sind diametral entgegengesetzt, aber die Angst hat sie trotzdem zusammengeführt. Die Kommunisten glauben, Präsident Ellisons Völkerverständigungsplan sei ein kapitalistischer Trick, um den Ostblock kaputtzumachen. Die westlichen Mitglieder wiederum glauben, sein Plan öffne den Kommunisten Tür und Tor zu *unserer* Vernichtung. Darum haben sie diese unheilige Allianz gebildet.«

»Glaubst du das? Ich nicht.«

»Das ist noch nicht alles. Außer den VIPs sollen auch Leute von internationalen Geheimdiensten mitmischen. Kannst du das für mich nachprüfen?«

»Keine Ahnung. Aber ich will es versuchen.«

»Ich würde vorschlagen, daß du das sehr diskret machst. Wenn es diese Organisation tatsächlich gibt, wird es sie nicht übermäßig begeistern, daß ihr jemand nachspioniert.«

»Ich rufe dich an, sobald ich was weiß, Ben.«

»Danke. Bestellen wir.«

Die Bistecca Fiorentina war exzellent.

Alfred Shuttleworth war ziemlich skeptisch, was Ben Cohns Theorie betraf. *Reporter sind immer sensationsgeil,* dachte er. Er mochte Ben Cohn, aber er hatte keine Ahnung, wie er einer Organisation auf die Spur kommen sollte, die vielleicht nur ein Gerücht war. Wenn sie wirklich existierte, mußte sie in irgendeinem Regierungscomputer gespeichert sein. Er selbst hatte keinen Zugang zu diesen Daten. *Aber ich kenne jemand, der da rankommt,* dachte Alfred Shuttleworth. *Ich werde ihn anrufen.*

Alfred Shuttleworth war bei seinem zweiten Martini, als Pete Connors in die Bar trat.

»Tut mir leid, daß ich so spät komme«, sagte Connors. »Kleine Probleme in der Spielzeugfabrik.«

Connors bestellte einen Scotch, Shuttleworth noch einen Martini.

Die beiden Männer hatten sich dadurch kennengelernt, daß Connors' Freundin und Shuttleworths Frau in derselben Firma arbeiteten und sich miteinander angefreundet hatten. Connors und Shuttleworth waren völlig verschieden; der eine hatte es mit tödlichen Spielen zu tun, mit Spionage und Gegenspionage, der andere war ein trockener Bürokrat. Gerade weil sie so verschieden waren, trafen sie sich gern, und von Zeit zu Zeit tauschten sie nützliche Informationen aus. Am Anfang war Pete Connors ein amüsanter und interessanter Freund gewesen. Aber im Lauf der Jahre war er irgendwie bitter geworden. Inzwischen war er ein Erzreaktionär.

Shuttleworth nahm einen Schluck von seinem Martini. »Pete – du mußt mir einen Gefallen tun. Kannst du im CIA-Computer etwas für mich nachschauen? Vielleicht findest du es da nicht, aber ich habe einem Freund von mir versprochen, daß ich's wenigstens versuchen will.«

Connors grinste innerlich. *Das arme Schwein möchte wahrscheinlich rauskriegen, ob jemand seine Alte bumst.* »Mach' ich. Worum geht's denn?«

»Um eine Organisation, die es vermutlich gar nicht gibt. Sie nennt sich *Patriots for Freedom.* Hast du schon mal davon gehört?«

Pete Connors stellte behutsam sein Glas ab. »Nicht daß ich wüßte, Al. Wie heißt dein Freund?«

»Ben Cohn. Er ist Reporter bei der *Washington Post.*«

Am nächsten Morgen traf Ben Cohn eine Entscheidung. »Entweder habe ich die Story des Jahrhunderts«, sagte er zu Akiko, »oder es ist ein völliges Windei. Wird Zeit, daß ich's rauskriege.«

»Gott sei Dank«, sagte Akiko. »Da wird sich Arthur aber freuen!«

Ben Cohn erreichte Mary Ashley in ihrem Büro. »Guten Morgen, Ma'am. Hier Ben Cohn. Erinnern Sie sich an mich?«

»Gewiß, Mr. Cohn. Haben Sie diesen Artikel inzwischen geschrieben?«

»Genau deswegen rufe ich an, Ma'am. Ich war in Junction City und habe dort Informationen erhalten, die Sie bestimmt interessieren.«

»Was für Informationen?«

»Darüber möchte ich nicht am Telefon sprechen. Können wir uns irgendwo treffen?«

»Mein Terminkalender ist ziemlich voll. Augenblick ... doch, am Freitag vormittag habe ich eine halbe Stunde frei. Um 11 Uhr 30. Paßt Ihnen das?«

In drei Tagen. »Ja, ich glaube, bis dahin kann die Sache noch warten.«

»Wollen Sie in mein Büro kommen?«

»Bei Ihnen im Haus ist ein Café im Erdgeschoß. Treffen wir uns doch da.«

»Gut. Also, dann bis Freitag.«

Sie verabschiedeten sich voneinander und legten auf. Eine Sekunde später klickte es noch einmal in der Leitung.

Man konnte mit dem Controller nicht direkt in Verbindung treten. Er hatte die *Patriots for Freedom* organisiert und finanziert, aber er nahm nie an den Sitzungen des Komitees teil und blieb absolut anonym. Er versteckte sich hinter einer Telefonnummer (auf wen der Anschluß zugelassen war, ließ sich nicht ergründen – Connors hatte es mehrmals versucht) und einem Anrufbeantworter, der nicht mehr sagte als: »Nennen Sie bitte Ihr Anliegen. Sie haben sechzig Sekunden Zeit.« Die Nummer durfte nur im äußersten Notfall gewählt werden. Connors rief den Controller von einer Telefonzelle aus an und sprach auf den Anrufbeantworter.

Die Mitteilung wurde um 18 Uhr aufgezeichnet.

Der Controller hörte sich zweimal an, was Connors zu sagen hatte. Dann wählte er eine Nummer. Er mußte drei Minuten warten, bis Neusa Muñez sich meldete.

»*Sí?*«

Der Controller sagte: »Hier ist der Mann, der schon einmal mit Ihnen gesprochen hat. Ich habe wieder einen Auftrag für Angel. Können Sie sofort Kontakt mit ihm aufnehmen?«

»Weiß nich.« Es klang so, als sei sie betrunken.

Der Controller bemühte sich, ruhig zu bleiben. »Wann hören Sie wieder von ihm?«

»Weiß nich.«

Zum Teufel mit diesem versoffenen Weib. »Passen Sie gut auf.« Der Controller sprach langsam und deutlich, wie zu einem kleinen Kind. »Sagen Sie Angel, der Auftrag muß sofort erledigt werden. Ich will, daß er –«

»Moment. Ich muß mal aufs Klo.«

Man hörte, wie sie den Hörer irgendwo hinlegte. Der Controller wartete frustriert.

Nach drei Minuten war Neusa Muñez zurück. »Wenn man viel Bier trinkt, muß man viel pinkeln«, verkündete sie.

Der Controller knirschte mit den Zähnen. »Hören Sie, das ist wichtig.« Er fürchtete, daß sie kein Wort behalten würde. »Ich will, daß Sie es sich aufschreiben. Haben Sie einen Bleistift, ja? Ich spreche ganz langsam.«

Am selben Abend mußte Mary zu einem Empfang in der kanadischen Botschaft. Als sie ihr Büro verlassen wollte, um nach Hause zu gehen und sich umzuziehen, schaute James Stickley herein. »Ich würde Ihnen empfehlen, diesmal daran zu denken, daß Toasts keine Sauf-, sondern Trinksprüche sind«, sagte er.

Mike Slade und er geben ein herrliches Paar ab, dachte Mary.

Auf der Party wünschte sie sich, sie wäre zu Hause bei Beth und Tim geblieben. Sie kannte die Leute an ihrem Tisch nicht. Rechts von ihr saß ein griechischer Großreeder, links von ihr ein englischer Diplomat.

Eine über und über mit Schmuck behängte Dame fragte Mary: »Gefällt es Ihnen in Washington?«

»Ja, danke, sehr gut.«

»Sie sind sicher heilfroh, daß Sie den Abgang aus Kansas geschafft haben.«

Mary blickte die Frau verständnislos an. »Wie meinen Sie das?«

»Ich war nie im Mittleren Westen«, sagte die Frau, »aber ich stelle es mir entsetzlich vor. Nichts als Farmer und langweilige Weizenfelder. Es ist ein Wunder, daß Sie es dort so lange ausgehalten haben.«

Mary war wütend, aber sie versuchte es sich nicht anmerken zu lassen. »Diese Weizenfelder liefern Nahrung für die ganze Welt«, sagte sie höflich.

Der Ton der Frau war gönnerhaft. »Unsere Autos fahren mit Benzin, aber deswegen würde ich nicht auf einem Bohrturm wohnen wollen. Kulturell gesehen muß man hier im Osten leben, finden Sie nicht? Also, nun mal ehrlich –

was soll man denn in Kansas machen, wenn man nicht den ganzen Tag auf dem Feld ist?«

Die anderen am Tisch begannen die Ohren zu spitzen.

Mary sagte: »Wenn Sie noch nie im Mittleren Westen waren, wissen Sie doch gar nicht, wovon Sie reden, oder? Amerika, das sind nicht nur Washington, Los Angeles oder New York. Das sind Tausende von kleinen Städten, die Sie nie sehen und von denen Sie nie hören werden. Aber diese kleinen Städte machen Amerika groß. Die Bergleute und Farmer und Arbeiter machen Amerika groß. Und kulturell gesehen hat Kansas sogar Ballett und Sinfonieorchester und Theater. Und noch etwas zu Ihrer Information: Bei uns gibt es nicht nur Weizen, sondern auch ehrliche, rechtschaffene Menschen.«

»Sie wissen natürlich, daß Sie die Schwester eines wichtigen Senators beleidigt haben«, sagte James Stickley am nächsten Morgen.

»Nicht genug«, sagte Mary. »Nicht genug.«

Es war Donnerstag, und Angel hatte miserable Laune. Der Flug von Buenos Aires nach Washington hatte sich wegen einer Bombendrohung verzögert. *Die Welt ist nicht mehr sicher,* dachte Angel ergrimmt.

Das Hotelzimmer in Washington war zu modern, zu – wie sagt man? – zu steril. Alles Plastik. In Buenos Aires war alles *auténtico*, echt.

Ich werde diesen Auftrag erledigen und wieder nach Hause fliegen. Einfach genug ist er ja, beleidigend einfach geradezu. Aber das Honorar geht in Ordnung. Ich muß heute abend unbedingt ficken. Keine Ahnung, warum mich das Killen immer so geil macht.

Angel ging in ein Elektrogeschäft, dann in ein Farbengeschäft und schließlich in einen Supermarkt. Dort kaufte Angel nur sechs Glühbirnen. Das restliche Zubehör lag im Hotel, in zwei sorgfältig verklebten Kartons mit der Aufschrift VORSICHT GLAS! Im ersten Karton befanden sich vier grüne Handgranaten, im zweiten ein Lötkolben und Lötpaste.

Angel schraubte behutsam die Kappe von der ersten Granate ab und malte den Metallkörper weiß an, so daß er bei flüchtigem Hinsehen aussah wie eine Glühbirne. Der nächste Schritt bestand darin, den Originalsprengstoff aus der Granate zu entfernen und durch Plastiksprengstoff zu ersetzen. Dann zerschlug Angel die erste Glühbirne an der Tischkante, was sehr vorsichtig geschah, damit der Glühfaden und die Fassung nicht beschädigt wurden. Es dauerte keine Minute, den Glühfaden mit einem kleinen elektrischen Zünder fest zu verlöten und in die Handgranate zu schieben. Die Fassung der Glühbirne paßte sehr genau in die Öffnung der Granate und ließ sich mit der Flügelmutter ganz festschrauben.

Auch die anderen drei Granaten gestaltete Angel zu Glühbirnen um. Als das getan war, konnte Angel nur noch warten.

Das Telefon klingelte um 20 Uhr. Angel nahm ab, ohne sich zu melden. Eine Stimme sagte: »Jetzt ist er weg.«

Angel legte auf und verstaute die Glühbirnen in einem mit Holzwolle ausgepolsterten Behälter. Der Behälter kam mitsamt den Glasscherben, Farbresten und dem übrigen Abfall in einen Koffer. Die Taxifahrt zu dem Appartementhaus dauerte siebzehn Minuten.

In der Eingangshalle war kein Pförtner, aber auch wenn einer dagewesen wäre, hätte sich Angel zu helfen gewußt. Das Ziel befand sich im fünften Stock, am Ende des Flurs. Das Schloß war ein veraltetes Modell, kinderleicht zu öffnen. Binnen Sekunden stand Angel in der dunklen Wohnung und lauschte. Niemand da.

Es dauerte ein paar Minuten, bis im Wohnzimmer sechs Glühbirnen ausgetauscht waren. Danach fuhr Angel zum Dulles Airport, um die letzte Maschine nach Buenos Aires zu erreichen.

Für Ben Cohn war es ein langer Tag gewesen. Am Morgen hatte er an einer Pressekonferenz des Außenministers teilgenommen, am Mittag an einem Bankett zu Ehren des scheidenden Innenministers, und am Nachmittag hatte er aus einem Freund im Pentagon vertrauliche Informationen herausgekitzelt. Dann war er nach Hause gegangen, um zu duschen und sich umzuziehen. Anschließend hatte er mit einem leitenden Redakteur der *Washington Post* zu Abend gegessen. Es war fast Mitternacht, als er zurückkehrte. *Ich muß mir noch Notizen für morgen machen, für das Gespräch mit der Ashley,* dachte Ben.

Akiko war verreist. Sie würde erst übermorgen zurückkommen. *Schadet nichts. Ich kann die Ruhe brauchen. Aber wenn sie jetzt noch einen Banana-Split essen wollte, hätte ich nichts dagegen,* sagte sich Ben grinsend.

Er steckte den Schlüssel ins Schloß und sperrte seine Wohnungstür auf. Es war stockdunkel. Er streckte die Hand nach dem Lichtschalter aus und knipste ihn an. Es wurde plötzlich gleißend hell, und dann explodierte der Raum wie eine Bombe. Was von Ben Cohn übrigblieb, mußte man von den Wänden abkratzen.

Am nächsten Tag wurde Alfred Shuttleworth von seiner Frau als vermißt gemeldet. Seine Leiche wurde nie gefunden.

17

»Wir haben es jetzt offiziell«, sagte Stanton Rogers. »Die rumänische Regierung hat uns mitgeteilt, daß Ihrer Akkreditierung nichts im Wege steht.«

Es war einer der aufregendsten Momente in Marys Leben. *Großvater wäre so stolz auf mich gewesen.*

»Ich wollte Ihnen diese Nachricht persönlich überbringen, Mary. Der Präsident möchte Sie sprechen. Wir fahren gleich zusammen zum Weißen Haus.«

»Wie ... wie soll ich Ihnen nur danken, Stan?«

»Da gibt es nichts zu danken«, entgegnete Rogers. »Der Präsident hat Sie ausgewählt.« Er lächelte. »Und ich muß sagen, daß er eine gute Wahl getroffen hat.«

Mary dachte an Mike Slade. »Es gibt Leute, die das gar nicht finden.«

»Diese Leute irren sich. Sie können in Rumänien mehr für unser Land tun als jeder andere Mensch.«

»Danke«, sagte Mary. »Ich will versuchen, Ihren Erwartungen gerecht zu werden.«

Sie hätte das Thema Mike Slade nur zu gern zur Sprache gebracht. Stanton Rogers war ein mächtiger Mann. Vielleicht konnte er es einrichten, daß Slade in Washington blieb. *Nein,* dachte Mary. *Ich darf Stan nicht auch noch damit zur Last fallen. Er hat schon genug für mich getan.*

»Hören Sie, Mary – ein Vorschlag. Statt gleich nach Bukarest zu fliegen, könnten Sie und die Kinder doch ein paar Tage Zwischenstation in Paris und Rom machen? Die rumänische Fluggesellschaft Tarom unterhält eine Direktverbindung von Rom nach Bukarest.«

Mary blickte Stanton Rogers an und sagte: »O Stan, das wäre himmlisch! Aber habe ich denn dafür Zeit?«

Er zwinkerte ihr zu. »Ich habe ziemlich hochgestellte Freunde. Lassen Sie mich nur machen.«

Mary umarmte ihn impulsiv. Ihre und Edwards Träume wurden endlich wahr. Nur leider ohne Edward.

Mary und Stanton Rogers wurden in den Green Room geführt. Präsident Ellison erwartete sie.

»Ich möchte mich dafür entschuldigen, daß alles so lange gedauert hat. Stanton hat Ihnen bereits gesagt, daß die rumänische Regierung Sie als Botschafterin akzeptiert. Hier ist ihr Beglaubigungsschreiben.«

Mary nahm es wie benommen entgegen.

»Das gehört auch noch dazu.« Der Präsident überreichte ihr einen schwarzen Ausweis, auf dem in goldenen Lettern PASSEPORT DIPLOMATIQUE stand.

Seit Wochen hatte Mary diesen Augenblick in Gedanken durchgespielt, und jetzt war er wirklich gekommen.

Paris!

Rom!

Bukarest!

Aus irgendeinem Grund fiel Mary ein, was ihre Mutter immer gesagt hatte: *Wenn du meinst, etwas sei zu schön, um wahr zu sein, dann ist es das meistens auch.*

Die Presse meldete mit ein paar Zeilen, daß Ben Cohn, Reporter bei der *Washington Post*, durch eine Gasexplosion in seiner Wohnung ums Leben gekommen sei. Das Unglück wurde auf einen defekten Herd zurückgeführt.

Mary las die Meldung nicht. Als Ben Cohn nicht zu ihrer Verabredung erschien, dachte sie, er habe sie wohl vergessen oder sei nicht mehr interessiert. Sie kehrte in ihr Büro zurück und ging wieder an die Arbeit.

Marys Verhältnis zu Mike Slade wurde immer gespannter. *Er ist der widerlichste Schnösel, dem ich je begegnet bin,* dachte Mary. *Ich werde doch mit Stan reden müssen.*

Stanton Rogers begleitete Mary und die Kinder in einer Limousine des State Departments zum Dulles Airport. Unterwegs sagte er: »Die Botschaften in Paris und Rom sind davon unterrichtet, daß Sie kommen, Mary. Sie werden sich um Sie kümmern.«

»Danke, Stan. Sie waren großartig.«

Er lächelte. »Ich kann Ihnen gar nicht sagen, wieviel Spaß mir das alles gemacht hat.«

»Darf ich mir in Rom die Katakomben anschauen?« fragte Tim.

Stanton warnte ihn: »Die sind aber sehr unheimlich, Tim.«

»Deswegen will ich sie ja sehen.«

Am Flughafen wartete Ian Villiers mit einer Schar Fotografen. Reporter umdrängten Mary und stellten die üblichen Fragen.

»Jetzt ist es genug«, sagte Stanton Rogers schließlich.

Zwei Leute vom State Department und ein Mann von der Fluggesellschaft geleiteten die kleine Gruppe in eine VIP-Lounge. Die Kinder wanderten zum Zeitungsstand, um Comics zu kaufen.

Mary sagte: »Ich behellige Sie nur ungern damit, Stan – aber James Stickley hat mir gesagt, Mike Slade werde mein Stellvertreter sein. Läßt sich das vielleicht noch abbiegen?«

Stanton Rogers blickte Mary verwundert an. »Haben Sie Schwierigkeiten mit Slade?«

»Offen gestanden ... ich mag ihn nicht. Ich traue ihm nicht, obwohl ich Ihnen nicht sagen kann, warum. Gibt es niemanden, der ihn ersetzen kann?«

Stanton Rogers antwortete nachdenklich: »Ich kenne Mike Slade nicht besonders gut, aber ich weiß, daß er ausgezeichnete Leistungen vorzuweisen hat. Er hat sich im

Nahen Osten und in Europa bewährt. Er kann Ihnen genau die Sachkenntnis bieten, die Sie brauchen werden.«

Mary seufzte. »So etwas Ähnliches hat Mr. Stickley auch gesagt.«

»In diesem Punkt stimme ich völlig mit Stickley überein, Mary. Aber wenn Sie Probleme mit Slade haben, sagen Sie mir Bescheid. Sagen Sie mir auch Bescheid, wenn Sie mit anderen Leuten Probleme haben. Ich werde Ihnen helfen, so gut ich nur kann.«

»Danke.«

»Noch etwas. Sie wissen, daß alle Ihre Depeschen aus Bukarest in Washington vervielfältigt und an mehrere Ministerien weitergeleitet werden?«

»Ja.«

»Okay. Wenn Sie mir etwas mitteilen wollen, was niemand anderer lesen soll, bedienen Sie sich eines Codes. Setzen Sie einfach drei *x* an den Anfang. Dann geht diese Mitteilung nur an mich.«

»Ich werde daran denken.«

Der Charles de Gaulle Airport war ein Science-Fiction-Gebilde aus Säulen und Hunderten von Rolltreppen – wenigstens kam es Mary so vor. Es wimmelte von Menschen.

»Bleibt bei mir, Kinder«, sagte sie, »sonst verlieren wir uns.«

Hilflos sah sie sich um. Sie hielt einen Franzosen an, sammelte das bißchen Französisch zusammen, das sie konnte, und fragte stockend: *»Pardon, monsieur, ou sont les bagages?«*

»Bedaure, Madame, ich spreche kein Englisch«, erwiderte der Mann.

In diesem Moment eilte ein gutgekleideter junger Amerikaner auf Mary zu.

»Verzeihung, Frau Botschafterin, Verzeihung! Man hat mir gesagt, daß ich Sie abholen soll, aber ich bin unterwegs in einen Stau geraten. Mein Name ist Peter Callas. Ich arbeite in der amerikanischen Botschaft.«

»Ich bin froh, daß Sie da sind«, sagte Mary. »Ich habe mich schon richtig verloren gefühlt.« Sie stellte Peter Callas die Kinder vor. »Wo können wir unser Gepäck abholen?«

»Darum brauchen Sie sich nicht zu kümmern«, antwortete Peter Callas. »Das wird alles für Sie erledigt.«

Er hatte nicht übertrieben. Eine Viertelstunde später, während die anderen Passagiere noch beim Zoll und bei der Paßkontrolle anstanden, steuerten Mary, Beth und Tim auf den Ausgang zu.

Inspektor Henri Durand, der Chef des französischen Geheimdienstes, beobachtete, wie die vier Amerikaner in eine wartende Limousine stiegen. Als der Wagen anfuhr, ging der Inspektor in eine Telefonzelle. Er machte die Tür zu, warf einen Jeton ein und wählte.

Am anderen Ende der Leitung meldete sich jemand, und Inspektor Durand sagte: *»S'il vous plaît, dites à Thor que son paquet est arrivé en Paris.«*

Als die Limousine vor der amerikanischen Botschaft hielt, wartete die französische Presse schon.

Peter Callas blickte aus dem Wagenfenster. »Lieber Gott, das sieht ja wie ein Aufstand aus!«

Drinnen wurden sie von Hugh Simon, dem amerikanischen Botschafter in Frankreich, empfangen. Er war Texaner, Anfang fünfzig, und hatte ein rundes Gesicht, wache Augen und feuerrote Haare.

»Alle wollen Sie sehen, Frau Kollegin. Die Zeitungsleute haben mir den ganzen Vormittag keine Ruhe gelassen.«

Die Pressekonferenz dauerte über eine Stunde, und am Ende war Mary hundemüde. Sie und die Kinder wurden in Botschafter Simons Büro geführt.

»Ein Glück, daß es vorbei ist«, sagte Simon. »Als ich hier

meinen Posten angetreten habe, wurde das, glaube ich, mit drei Zeilen auf der letzten Seite von *Le Monde* gemeldet.« Er lächelte. »Aber ich sehe natürlich nicht so gut aus wie Sie.« Dann erinnerte er sich an etwas. »Stanton Rogers hat vorhin angerufen und mir gesagt, ich bürge dem Weißen Haus mit meinem Kopf dafür, daß Sie, Beth und Tim jede Minute genießen, die Sie in Paris sind.«

»Mit Ihrem Kopf? Ehrlich?« fragte Tim.

Botschafter Simon nickte ernst. »Das waren seine Worte. Er mag euch sehr gern.«

»Wir ihn auch«, sagte Mary.

»Ich habe im Ritz eine Suite für Sie reservieren lassen. Ich bin sicher, daß es Ihnen dort gefällt.«

»Danke«, sagte Mary und fügte nervös hinzu: »Ist ... ist das Ritz sehr teuer?«

»Ja. Aber nicht für Sie. Stanton Rogers hat dafür gesorgt, daß das State Department die Kosten übernimmt.«

»Er ist fabelhaft!« lachte Mary.

»Sie auch, sagt er.«

Die Presse brachte begeisterte Artikel über den Frankreichbesuch der ersten Botschafterin, die im Rahmen von Präsident Ellisons Völkerverständigungsprogramm in den Ostblock entsandt wurde. Auch das Fernsehen berichtete ausführlich darüber.

Inspektor Durand betrachtete den Stapel Zeitungen und grinste. Alles lief wie geschmiert. Mary Ashley wurde noch mehr gefeiert, als man erwartet hatte. Durand konnte ziemlich genau voraussagen, welche Wege die Ashleys in den nächsten drei Tagen gehen würden. *Sie werden ohne Sinn und Verstand all das angaffen, was bei amerikanischen Touristen auf dem Programm steht,* dachte er.

Mary und die Kinder besichtigten Notre Dame, schlenderten an der Seine entlang, fuhren auf den Eiffelturm und bestaunten den Arc de Triomphe.

Am nächsten Morgen gingen sie in den Louvre, aßen in der Nähe von Versailles zu Mittag und im Tour d'Argent zu Abend.

Sie genossen tatsächlich jede Minute, die sie in Paris verbrachten. Mary mußte nur ab und zu voller Wehmut daran denken, wie schön es wäre, wenn Edward das noch erlebt hätte.

Am nächsten Tag wurden die Ashleys nach dem Lunch zum Airport gefahren. Inspektor Durand beobachtete, wie sie sich für den Flug nach Rom eincheckten.

Die Frau ist attraktiv – bildhübsch sogar. Ein gescheites Gesicht. Gute Figur, tolle Beine und ein traumhafter Hintern. Wie die wohl im Bett ist? Die Kinder waren eine Überraschung. Für Amerikaner hatten sie erstaunlich gute Manieren.

Als die Maschine gestartet war, ging Durand wieder in eine Telefonzelle. *»S'il vous plaît, dites à Thor que son paquet est en route à Rome.«*

Auch in Rom hatten sich die Journalisten in Massen auf dem Flughafen eingefunden. Als Mary und die Kinder in die Empfangshalle kamen, rief Tim: »Schau mal, Mama, die sind uns vorausgeflogen!«

Und Mary hatte tatsächlich den Eindruck, der einzige Unterschied sei der italienische Akzent der Reporter.

Ihre erste Frage lautete: »Wie gefällt es Ihnen in Italien?«

Botschafter Oscar Viner war genauso perplex wie vor ihm Botschafter Hugh Simon.

»Bei Frank Sinatra haben sie keinen so großen Bahnhof gemacht«, sagte er. »Haben Sie irgendwelche Zauberkräfte, Frau Kollegin?«

»Ich glaube, daß ich es Ihnen erklären kann«, antwortete Mary. »Die Leute interessieren sich nicht für mich, sondern für die Völkerverständigungsinitiative des Präsidenten. Wir werden bald in allen Ländern des Ostblocks diplomatische Vertreter haben. Das ist ein wichtiger Schritt zur Sicherung des Friedens. Und deshalb sind soviel Reporter gekommen.«

»Von Ihnen hängt sehr viel ab, nicht wahr?« sagte Botschafter Viner nachdenklich.

Oberst Cesare Barzini, der Chef des italienischen Geheimdienstes, konnte ebenfalls ziemlich genau voraussagen, was Mary und ihre Kinder in Rom besichtigen würden.

Er ließ die Ashleys von zwei Mann observieren, die sich jeden Tag zum Rapport bei ihm meldeten, und ihre Berichte überraschten ihn in keiner Weise.

»Via Veneto mit Cafébesuch, Führung durchs Kolosseum.«

»Fontana di Trevi. Haben Münzen ins Wasser geworfen.«

»Besichtigung der Caracalla-Thermen und der Katakomben. Übelkeitsanfall des Jungen, Rückkehr ins Hotel unumgänglich.«

»Kutschfahrt durch den Borghese-Park, Bummel über die Piazza Navona.«

Dann amüsiert euch mal schön, dachte Oberst Barzini sarkastisch.

Botschafter Viner begleitete Mary und die Kinder zum Flughafen.

»Ich habe ein Stück Diplomatengepäck für die Botschaft in Bukarest. Wären Sie wohl so freundlich, es mitzunehmen?«

»Selbstverständlich«, sagte Mary.

Oberst Barzini war gekommen, um zu beobachten, wie die Ashleys an Bord der Tarom-Maschine gingen. Er blieb, bis sie abgehoben hatte, und führte dann ein Telefongespräch. *»Ho un messaggio per Baldur. Il suo pacco é in via a Bucarest.«*

Erst als sie in der Luft waren, wurde Mary klar, was sich jetzt abspielte. Es war so unglaublich, daß sie es laut sagen mußte: »Wir sind auf dem Weg nach Rumänien, und dort werde ich meinen Posten als Botschafterin der Vereinigten Staaten antreten.«

Beth sah sie befremdet an. »Ja, Mutter, das wissen wir. Darum sitzen wir auch in diesem Flugzeug.«

Je näher sie Bukarest kamen, desto aufgeregter wurde Mary.

Ich werde, verdammt noch mal, die beste Botschafterin sein, die die Welt je gesehen hat. Ehe ich in die Staaten zurückkehre, sind Amerika und Rumänien enge Verbündete.

Dann sah Mary die Leuchtanzeige NO SMOKING, und ihre Träume von der großen Politik lösten sich in nichts auf.

Wir können doch nicht schon da sein, dachte sie entsetzt. *Wir sind gerade erst gestartet.*

Sie spürte den Druck auf den Ohren, als die Maschine zur Landung ansetzte, und wenige Momente später berührten die Räder den Beton der Rollbahn. *Es geht wirklich los,* sagte sich Mary ungläubig. *Ich bin keine Botschafterin. Ich bin eine Hochstaplerin. Ich werde am Dritten Weltkrieg schuld sein. O Gott. Wäre ich nur in Kansas geblieben.*

Drittes Buch

18

Der Otopeni-Flughafen, 40 km vom Stadtzentrum Bukarests entfernt, wird nicht nur von Reisenden aus Ländern des Ostblocks benutzt. Auch die Touristen aus dem Westen, die Rumänien besuchen, treffen hier ein.

Im Empfangsgebäude standen braun uniformierte Soldaten mit Karabinern und Pistolen, und die ganze Umgebung strahlte eine Kälte aus, die nichts mit den niedrigen Außentemperaturen zu tun hatte. Tim und Beth suchten unwillkürlich die Nähe ihrer Mutter. *Sie spüren es auch,* dachte Mary.

Zwei Männer kamen auf sie zu. Der eine war schlank und sportlich und sah amerikanisch aus, der andere war älter und trug einen dunklen, schlechtsitzenden Anzug.

Der Amerikaner stellte sich vor. »Willkommen in Rumänien, Madam. Ich bin Harry Davis, Ihr Presseattaché. Das ist Tudor Costache vom rumänischen Außenministerium.«

»Es freut uns sehr, Sie und Ihre Kinder bei uns begrüßen zu dürfen«, sagte Costache.

»*Mulţumesc*, domnule«, sagte Mary.

»Sie sprechen rumänisch!« rief Costache. »*Cu plăcere!*«

Mary hoffte, der Mann werde nicht gleich in Verzückung geraten. »Nur ein paar Brocken«, erwiderte sie.

Tim sagte: »*Bună dimineata.*«

Und Mary platzte fast vor Stolz.

Sie stellte die Kinder vor.

»Ihr Wagen wartet draußen«, sagte Jerry Davis. »Colonel McKinney ebenfalls.«

Mary fragte sich, ob Mike Slade auch mitgekommen war, konnte sich aber nicht überwinden, danach zu fragen.

Ehe sie das Empfangsgebäude verließ, mußte sie sich den Reportern und Fotografen stellen. Doch hier gab es kein Gerangel, wie Mary es kannte, sondern es ging ordentlich und diszipliniert zu. Als die Presseleute mit ihren Fragen fertig waren, bedankten sie sich und zogen geschlossen ab.

Colonel McKinney wartete draußen am Bordstein. Er streckte Mary die Hand entgegen. »Guten Morgen, Madam. Hatten Sie eine angenehme Reise?«

»Ja, danke.«

»Mike Slade wollte auch kommen, aber er mußte sich leider noch um etwas sehr Wichtiges kümmern.«

Mary überlegte sich, ob es eine Blondine oder eine Rothaarige war.

Eine große, schwarze Limousine fuhr vor, und ein vergnügter Mann in Chauffeursuniform stieg aus und riß den Wagenschlag auf.

»Das ist Florian.«

Der Chauffeur lächelte. Er hatte schöne, weiße Zähne. »Willkommen, Frau Botschafterin. Es wird mir ein Vergnügen sein, Ihnen jederzeit zur Verfügung zu stehen.«

»Danke«, sagte Mary.

»Ich dachte mir, daß wir gleich zu Ihrer Residenz fahren«, erklärte Jerry Davis, »damit Sie Ihre Sachen auspacken und sich ausruhen können. Morgen früh wird Florian Sie zur Botschaft chauffieren.«

»Das hört sich gut an«, sagte Mary.

Sie fragte sich erneut, wo Mike Slade war.

Sie rollten auf einer Schnellstraße mit dichtem Verkehr dahin. Am Weg lagen moderne Fabriken und alte Bauernhäuser unmittelbar nebeneinander. Frauen mit bunten Kopftüchern arbeiteten auf den Feldern.

Sie kamen am Băneasa Airport vorbei, dem zweiten Flughafen von Bukarest. In seiner Nähe befand sich ein niedriges, graues Gebäude, das irgendwie bedrohlich aussah.

»Was ist das?« fragte Mary.

Florian schnitt eine Grimasse. »Das Iwan-Stelian-Gefängnis. Hier werden alle eingesperrt, die sich bei der rumänischen Regierung unbeliebt machen.«

Colonel McKinney deutete auf einen roten Knopf neben der Tür. »Das ist ein Alarmknopf«, erklärte er. »Wenn Sie in Not sind – überfallen werden oder dergleichen –, drücken Sie ihn einfach. Dadurch wird ein Sendegerät eingeschaltet, das die Botschaft anfunkt, und auf dem Wagendach geht ein Rotlicht an. Wir können dann in wenigen Minuten feststellen, wo Sie sind.«

Mary sagte: »Ich hoffe, daß ich diesen Knopf nie zu drücken brauche.«

»Das hoffe ich auch, gnädige Frau.«

Die Innenstadt von Bukarest war wunderschön. Wohin man auch schaute, waren Parks und Denkmäler und Springbrunnen. Mary erinnerte sich daran, daß ihr Großvater oft gesagt hatte: *Bukarest ist das Paris des Ostens.* Und soweit sie das beurteilen konnte, hatte er recht.

Auf den Straßen wimmelte es von Menschen. Busse fuhren, Trambahnen klingelten. Die Limousine bahnte sich hupend ihren Weg und bog schließlich in eine kleine, von Bäumen gesäumte Straße ein.

»Sehen Sie, da vorne?« fragte der Colonel. »Das ist die Residenz. Die Straße ist übrigens nach einem russischen General benannt. Guter Witz, wie?«

Die Residenz war eine große, altmodische Villa mit schönem Park. Das Hauspersonal stand vor der Tür und wartete auf die neue Botschafterin. Als Mary aus dem Wagen gestiegen war, stellte Jerry Davis ihr alle vor.

»Madam, das sind Ihre Leute. Mihai, Ihr Butler; Sabina, Ihre Privatsekretärin; Rosica, Ihre Haushälterin; Cosma, Ihr Koch; Delia und Carmen, Ihre Dienstmädchen.«

Mary gab allen die Hand und dachte: *O Gott. Was soll ich denn mit soviel Personal? Zu Hause hatte ich nur Lucinda, und das hat völlig gereicht.*

»Es ist uns eine Ehre, Frau Botschafterin«, sagte Sabina, die Privatsekretärin.

Und nun schien das Personal Mary anzustarren und darauf zu warten, daß sie etwas sagte. Sie holte tief Luft. »*Mulţumesc. Bu-bună*...« Sie konnte plötzlich kein Wort Rumänisch mehr. Hilflos sah sie ihr Personal an.

Mihai, der Butler, trat vor. »Wir sprechen alle englisch, Ma'am. Wir begrüßen Sie herzlich und werden uns bemühen, Ihnen jeden Wunsch von den Augen abzulesen.«

Mary atmete auf. »Vielen Dank.«

Im Haus stand eisgekühlter Champagner bereit, dazu ein kleines kaltes Büffet.

»Das sieht ja köstlich aus!« rief Mary. Die Dienstboten beobachteten sie gespannt. Oder hungrig? Sollte sie ihnen etwas anbieten? Lud man seine Dienstboten zu dem kalten Büffet ein, das sie selbst aufgebaut hatten? Mary wollte nicht gleich am Anfang einen Fauxpas begehen.

»Haben Sie schon gehört, was sich die neue amerikanische Botschafterin geleistet hat? Sie hat ihre Dienstboten zum kalten Büffet gebeten, und die Leute waren so schockiert, daß sie alle gekündigt haben.«

»Haben Sie schon gehört, was sich die neue amerikanische Botschafterin geleistet hat? Sie hat sich vor den Augen ihrer Dienstboten den Bauch vollgeschlagen und ihnen nichts abgegeben.«

»Wenn ich's mir recht überlege«, sagte Mary, »habe ich im Augenblick keinen Hunger. Ich ... ich esse später etwas.«

»Dann führe ich Sie jetzt durchs Haus«, sagte Jerry Davis.

Mary folgte ihm erleichtert. Die Kinder kamen mit.

Das Haus war eine Pracht. Im Erdgeschoß befanden sich die Bibliothek, ein Musikzimmer, das Wohnzimmer und ein großes Speisezimmer mit Terrasse, daneben die Küche. Alle Räume waren gemütlich eingerichtet. Am hinteren Ende des Hauses lag eine kleine Schwimmhalle mit Sauna. Der Anbau an der Gartenseite enthielt einen riesigen Ballsaal.

»Hier veranstaltet die Botschaft ihre Partys«, erklärte Jerry Davis. »Und jetzt passen Sie auf.« Er drückte auf einen Knopf an der Wand. Es gab ein knirschendes Geräusch, und das Dach begann sich zu öffnen. »Man kann es auch von Hand aufmachen.«

»He, ist das toll!« rief Tim.

»In Diplomatenkreisen nennt man es allerdings bloß die Schnapsidee der Amerikaner«, sagte Jerry Davis betreten. »Im Sommer muß das Dach zubleiben, weil es zu heiß ist, und im Winter, weil es zu kalt ist. Man kann es nur im April und im September benutzen.«

»Es ist trotzdem toll«, sagte Tim.

Jerry Davis drückte wieder auf den Knopf, und das Dach schloß sich.

»Und jetzt kommen Sie bitte mit nach oben.«

Mary, Beth und Tim folgten Jerry Davis die Treppe hinauf. Im ersten Stock befanden sich zwei kleine Schlafzimmer mit Bad, das Elternschlafzimmer, ein Gästezimmer und noch ein paar Räume.

»Im zweiten Stock wohnen die Dienstboten«, sagte Jerry Davis. »Und im Souterrain finden Sie den Weinkeller, mehrere Lagerräume, die Waschküche und das Eßzimmer des Personals.«

»Es ... es ist umwerfend«, sagte Mary.

Die Kinder rannten von Zimmer zu Zimmer.

»Welches ist meins?« wollte Beth wissen.

»Das müßt ihr unter euch ausmachen, Tim und du.«

»Du kannst das plüschige haben«, bot Tim an. »Mädchen mögen so was.«

Das Elternschlafzimmer war bezaubernd, mit französischem Bett, Kamin und zwei kleinen Sofas, Schaukelstuhl, Frisierkommode, Kleiderschrank, komfortablem Bad und herrlichem Blick auf den Park. Ein behaglicher Salon gehörte auch noch dazu.

Delia und Carmen hatten bereits Marys Koffer ausgepackt. Auf dem Bett stand die Tasche, die ihr Botschafter Viner mitgegeben hatte – Diplomatengepäck. *Die muß ich morgen früh in die Botschaft bringen,* dachte Mary. Sie nahm die Tasche vom Bett und betrachtete sie genauer. Die Plomben waren beschädigt und mit Klebstreifen geflickt worden. *Wo ist das passiert?* fragte sich Mary. *Am Flughafen? Oder hier? Und wer war es?*

Es klopfte, und Sabina trat ein. »Sind Sie zufrieden, Ma'am?«

»Ja. Ich ... ich hatte noch nie eine Privatsekretärin«, gestand Mary. »Ich weiß nicht genau, was Sie alles machen.«

»Oh, ich sorge dafür, daß Ihr Leben reibungslos verläuft, Ma'am. Ich erledige Ihre Privatkorrespondenz, behalte Ihre gesellschaftlichen Verpflichtungen im Auge, koordiniere den Haushalt ... Wenn man soviel Personal hat, gibt es ja immer Probleme.«

»Gewiß«, bestätigte Mary lässig.

»Kann ich noch etwas für Sie tun?«

Du kannst mir sagen, wer die Plomben erbrochen hat, dachte Mary. Und sagte: »Nein, danke. Ich glaube, ich werde mich jetzt ein wenig ausruhen.« Sie fühlte sich plötzlich wie erschlagen.

Mary lag lange wach in dieser ersten Nacht. Sie kam sich unsagbar einsam vor, und gleichzeitig war sie ungeheuer aufgeregt. Morgen ...

Jetzt muß ich mich bewähren, Edward. Ich kann mich an niemanden anlehnen. Ach, ich wollte, du wärst hier und würdest mir sagen, daß ich keine Angst haben soll, daß ich es schon schaffe. Ich muß es einfach schaffen, Liebling.

Als sie endlich einschlief, träumte sie von Mike Slade.

Er sagte: »*Ich hasse Amateure! Warum gehen Sie nicht nach Kansas zurück?*«

Die amerikanische Botschaft in Bukarest, Soseaua Kiseleff 21, ist ein weißes Gebäude aus dem letzten Jahrhundert. Sie wird durch ein Eisentor geschützt, vor dem eine Wache postiert ist. Eine zweite Wache sitzt in einem kugelsicheren Pförtnerhaus neben dem Tor.

Marmorstufen führen zur prunkvollen Eingangshalle, und über eine breite Treppe kommt man in den ersten Stock, wo sich ein Konferenzsaal und mehrere Büros befinden.

Ein Marineinfanterist wartete in der Eingangshalle auf Mary. »Guten Morgen, Frau Botschafterin«, sagte er. »Ich bin Sergeant Hughes. Man nennt mich Gunny.«

»Guten Morgen, Gunny.«

»Ich zeige Ihnen den Weg zu Ihrem Büro.«

»Danke.«

Mary folgte dem Sergeant nach oben in ein Vorzimmer, in dem eine Frau, Ende dreißig, am Schreibtisch saß. Sie stand auf, als sie Mary sah. »Guten Morgen, Frau Botschafterin. Ich bin Dorothy Stone, Ihre Sekretärin.«

»Guten Morgen.«

»Da drin warten ganze Völkerscharen auf Sie«, sagte Dorothy.

Sie öffnete die Tür zum Büro, und Mary ging hinein. Neun Personen saßen um einen großen Konferenztisch herum. Sie erhoben sich, als Mary eintrat. Alle starrten sie an, und Mary spürte eine Feindseligkeit, die fast mit Händen zu greifen war. Der erste Mensch, auf den ihr Blick fiel, war Mike Slade. Sie dachte an ihren Traum.

»Wie ich sehe, sind Sie wohlbehalten hier eingetroffen«, sagte Mike. »Ich darf Ihnen Ihre wichtigsten Mitarbeiter vorstellen. Das ist Lucas Janklow, Ihr Bürovorsteher; Eddie Maltz, politischer Berater; Patricia Hatfield, Wirtschaftsattaché; David Wallace, Verwaltungschef; Ted Thompson, Landwirtschaftsattaché. Jerry Davis, Ihren Presseattaché, kennen Sie bereits; David Victor, Ihren Handelsattaché, noch nicht, aber dafür Bill McKinney, den Militärattaché.«

»Bitte, setzen Sie sich«, sagte Mary. Sie ging zu ihrem Platz und betrachtete die Gruppe.

Patricia Hatfield hatte eine mollige Figur und ein recht hübsches Gesicht, Lucas Janklow, der jüngste des Teams, sah aus wie ein Yuppie. Die anderen Männer waren wesentlich älter als er, teils grauhaarig, teils glatzköpfig, teils dick und teils dünn.

Mike Slade sagte: »Wir arbeiten hier auf jederzeitigen Widerruf. Sie können uns alle von unserem Posten ablösen, wann Sie wollen.«

Lüg doch nicht, dachte Mary wütend. *Ich habe ja versucht, dich loszuwerden.*

Die Sitzung dauerte fünfzehn Minuten. Geredet wurde nur belangloses Zeug.

»Sie werden ja alle noch Gelegenheit haben, einzeln mit der Botschafterin zu sprechen«, sagte Mike Slade schließlich. »Ich danke Ihnen.«

Mary ärgerte sich darüber, daß er das Wort führte, aber sie sagte nichts. Als sie mit ihm allein war, fragte sie: »Wer ist hier der CIA-Agent?«

Mike musterte sie eine Weile. »Kommen Sie mit«, sagte er.

Er ging aus dem Büro. Mary zögerte einen Moment, ehe sie ihm folgte. Sie liefen einen Flur entlang, an einer Reihe von Büros vorbei. Mike hielt vor einer massiven Tür an, die von einem Marineinfanteristen bewacht wurde. Der Mann machte den Weg frei, als Mike die Tür aufstieß. Er drehte sich um und bedeutete Mary, ihm zu folgen.

Sie trat ein und sah sich um. Der ganze Raum schien aus Metall und Glas zu bestehen.

Mike schloß die Tür. »Das ist der Bubble Room. Alle Botschaften im Ostblock haben so einen Raum. Es ist der einzige hier, in dem man nicht abgehört werden kann.«

Er sah Marys ungläubigen Gesichtsausdruck.

»Madame, Sie können darauf wetten, daß nicht nur die Botschaft voller Mikrofone ist, sondern auch Ihre Villa. Und wenn Sie in ein Restaurant zum Essen gehen, wird Ihr Tisch gleichfalls verwanzt sein.«

Mary ließ sich in einen Sessel sinken. »Wie werden Sie damit fertig?« fragte sie. »Ich meine, daß Sie nie unbefangen reden können?«

»Wir führen jeden Morgen eine elektronische Suchaktion durch, spüren die Wanzen auf und entfernen sie. Die Gegenseite bringt neue an, wir entfernen auch die, und so geht es weiter in alle Ewigkeit.«

»Warum lassen wir es dann zu, daß Rumänen in der Botschaft arbeiten?«

»Weil sie hier die Platzherren sind. Sie geben die Regeln vor, und wir müssen uns daran halten, sonst wird das Spiel abgebrochen. Aber in diesem Raum können sie keine Wanzen anbringen, weil die Tür rund um die Uhr von Marineinfanteristen bewacht wird. So – und was haben Sie jetzt für Fragen?«

»Wer ist der Mann von der CIA?«

»Eddie Maltz, Ihr politischer Berater.«

Mary versuchte sich darauf zu besinnen, wie Eddie Maltz aussah. Grauhaarig und übergewichtig. Nein, das war der Landwirtschaftsattaché. *Eddie Maltz ... ah, dieser Mittvierziger, der so klapperdürr ist und ein so unheimliches Gesicht hat.* Oder fand sie das erst jetzt, weil Mike Slade ihr gesagt hatte, daß er CIA-Agent war?

»Ist er hier der einzige von der CIA?«

»Ja.«

Hatte Slade mit der Antwort gezögert?

Slade warf einen Blick auf die Uhr. »In einer halben Stunde müssen Sie Ihr Beglaubigungsschreiben abgeben. Florian wartet unten auf Sie. Das Original des Beglaubigungsschreibens überreichen Sie Präsident Ionescu, und in unserem Safe hinterlegen Sie eine Kopie.«

»Das *weiß* ich, Mr. Slade«, zischte Mary.

»Ionescu hat darum gebeten, daß Sie die Kinder mitbringen. Ich habe einen Dienstwagen zur Villa geschickt, der sie abholt.«

Ohne mich zu fragen. »Besten Dank.«

Der Sitz der rumänischen Regierung ist ein finsteres, hermetisch abgeriegeltes Gebäude im Zentrum von Bukarest. Nachdem Mary und ihre Kinder die Wachen passiert hatten, wurden sie von einem Adjutanten in den ersten Stock geleitet.

Präsident Alexandros Ionescu empfing sie in einem saalartigen Raum. Er hatte eine Ausstrahlung, der man sich schwer entziehen konnte, ein dunkler Typ mit Raubvogelgesicht, stark ausgeprägter Nase und lockigem, schwarzem Haar. Seine Augen hatten etwas Hypnotisches.

Der Adjutant sagte: »Exzellenz, dies ist die Botschafterin der Vereinigten Staaten.«

Der Präsident küßte Mary die Hand. »In Wirklichkeit sind Sie *noch* schöner als auf den Fotos.«

»Danke, Exzellenz. Darf ich Ihnen meine Kinder vorstellen? Das ist meine Tochter Beth, und das ist mein Sohn Tim.«

»Prachtvolle Kinder«, sagte Ionescu. Er sah Mary erwartungsvoll an. »Sie haben etwas für mich?«

Mary hatte es fast vergessen. Sie öffnete ihre Handtasche und holte das Beglaubigungsschreiben heraus.

Ionescu warf einen flüchtigen Blick darauf. »Danke. Ich nehme es im Namen der rumänischen Regierung an. Damit sind Sie offiziell als Botschafterin in meinem Vaterland akkreditiert.« Er strahlte Mary an. »Ich gebe heute abend einen Empfang. Sie sind herzlich eingeladen.«

»Das ist sehr freundlich von Ihnen«, sagte Mary.

»So mancher Botschafter«, fuhr Ionescu fort, »kommt hier unter Tränen an, weil er weiß, daß er lange Jahre in der Fremde verbringen wird, von seinen Freunden getrennt. Und wenn er wieder geht, geht er unter Tränen, weil er seine neuen Freunde in einem Land zurücklassen muß, das er lieb gewonnen hat. Ich hoffe, daß Sie dieses Land lieb gewinnen werden, Frau Botschafterin.« Er drückte Mary mit übertriebener Innigkeit die Hand.

»Das werde ich sicher tun.« *Er meint, daß ich bloß ein hübsches Dummerchen bin,* dachte Mary. *Dagegen muß ich etwas tun.*

Mary schickte die Kinder nach Hause und verbrachte die nächsten Stunden im Konferenzsaal der Botschaft, wo sie erneut mit ihren wichtigsten Mitarbeitern zusammentraf.

Sie hatten an einem langen, rechteckigen Tisch Platz genommen.

Zunächst sprach der Handelsattaché, ein kleiner, wichtigtuerischer Mann. Er rasselte eine endlose Reihe von Zahlen und Fakten herunter.

Dann war Ted Thompson an der Reihe, der Landwirtschaftsattaché. »Der rumänische Landwirtschaftsminister sitzt in der Tinte. Die Ernte wird dieses Jahr katastrophal ausfallen, und wir können die Leute nicht hängenlassen.«

Der Wirtschaftsattaché war eine Frau: Patricia Hatfield. Sie erhob Einspruch. »Wir haben denen schon genug Gutes getan, Ted. Rumänien ist immerhin ein GSP-Land.« Sie blickte Mary verstohlen an.

Das tut sie mit Absicht, dachte Mary. *Sie will mich in Verlegenheit bringen.*

Patricia Hatfield wandte sich ihrer Chefin zu und sagte gönnerhaft: »GSP bedeutet ...«

Mary fiel ihr ins Wort. »... *Generalized System of Preferences.* Das heißt, Rumänien bekommt eine Vorzugsbehandlung von uns.«

Patricia Hatfield schien der Unterkiefer herunterzufallen. »Das ist richtig«, sagte sie. »Wir sind schon viel zu weit gegangen und –«

David Victor, der Handelsattaché, unterbrach sie. »Das ist nicht wahr. Wir haben nur versucht, uns alle Möglichkeiten offenzuhalten. Sie brauchen weitere Kredite, damit sie bei uns Getreide kaufen können. Wenn sie es nicht von uns bekommen, kaufen sie es in Argentinien.« Er wandte sich Mary zu. »Es sieht so aus, als wollten uns die Brasilianer bei Sojabohnen unterbieten. Ich wäre Ihnen sehr dankbar, wenn Sie möglichst bald mit dem Landwirtschaftsminister sprechen und ihm ein günstiges Angebot unterbreiten würden.«

Mary schaute zu Mike Slade hinüber, der sich am anderen Ende des Tisches in seinen Sessel lümmelte, Männchen malte und allem Anschein nach völlig weggetreten war. »Ich werde sehen, was ich tun kann«, versprach sie.

Sie machte sich eine Notiz: *Depesche ans Handelsministerium mit der Bitte um Aufstockung des Kredits für Rumänien.*

Eddie Maltz, der politische Berater und CIA-Agent, meldete sich zu Wort. »Ich habe ein ziemlich dringendes Problem, Frau Botschafterin. Eine neunzehnjährige amerikanische Studentin ist gestern festgenommen worden. Wegen Drogenbesitzes. Das gilt hier als schweres Verbrechen.«

»Was für Drogen hatte sie bei sich?«

»Marihuana. Nur ein paar Gramm.«

»Und was ist das für ein Mädchen?«

»Sehr intelligent und sehr hübsch.«

»Was, glauben Sie, wird mit ihr passieren?«

»Die übliche Strafe für Drogenbesitz sind fünf Jahre Gefängnis.«

O Gott, dachte Mary. »Und was können wir tun?«

»Sie können versuchen, beim Chef der Securitate Ihren Charme spielen zu lassen«, sagte Mike Slade träge. »Er heißt Istrase und ist ein sehr mächtiger Mann.«

Eddie Maltz sprach weiter. »Das Mädchen sagt, sie sei reingelegt worden, und da mag sie recht haben. Sie war so dumm, etwas mit einem rumänischen Polizisten anzufangen. Nachdem er sie gevö... äh, nachdem sie mit ihm geschlafen hatte, ließ er sie einsperren.«

Mary war entsetzt. »Wie konnte er nur?«

»Madam«, sagte Mike Slade trocken, »hier sind wir der Feind. Rumänien tut zwar so, als seien wir gute Freunde, und wir gewähren den Leuten ungeheure Preisvorteile – weil wir sie von der Sowjetunion loseisen wollen, das gebe ich gerne zu –, aber wenn es ans Eingemachte geht, sind sie eben Kommunisten und wir Kapitalisten.«

Mary machte sich eine weitere Notiz. »In Ordnung. Ich werde sehen, was ich tun kann.« Sie wandte sich Jerry Davis zu. »Haben Sie auch ein Problem?«

»Ja. Wir bekommen keine Genehmigung für dringend notwendige Reparaturen in den Wohnungen der Botschaftsangehörigen. Die Wohnungen sind in einem skandalösen Zustand.«

»Können die Botschaftsangehörigen diese Reparaturen nicht selbst veranlassen?«

»Nein. Die rumänische Regierung muß ihren Segen dazu geben. In einigen Wohnungen funktioniert die Heizung nicht, in anderen sind die Toiletten defekt, und ein paar sind sogar ohne fließendes Wasser.«

»Haben Sie sich schon darüber beschwert?«

»Ja, Ma'am. Seit drei Monaten beschwere ich mich jeden Tag darüber.«

»Warum passiert dann nichts?«

»Das nennt man Zermürbungstaktik«, erklärte Mike Slade. »Dieser Kleinkrieg mit uns ist eine Lieblingsbeschäftigung der Rumänen.«

Mary machte sich noch eine Notiz.

»Auch ich habe ein Problem, Frau Botschafterin«, sagte Jack Chancellor, der Chef der Amerikanischen Bibliothek. »Gestern sind einige wichtige Nachschlagewerke aus dem Lesesaal gestohlen worden . . .«

Mary bekam allmählich Kopfschmerzen.

Den größten Teil des Nachmittags verbrachte sie damit, daß sie Klagen lauschte. Alle schienen hier unglücklich zu sein. Und dann mußte sie auch noch einiges lesen. Auf ihrem Schreibtisch lagen Stöße von Papier, Übersetzungen von Artikeln, die am Vortag in rumänischen Zeitungen und Zeitschriften erschienen waren. Sie handelten zum größten Teil von den Aktivitäten Präsident Ionescus. *Wie eingebildet dieser Kerl sein muß*, dachte Mary.

Außerdem gab es Telegramme zu lesen, Zusammenfassungen der neuesten Nachrichten aus aller Welt, Texte der Reden wichtiger US-Politiker, Berichte über Rüstungskontrollverhandlungen und Infos über die Entwicklung der amerikanischen Wirtschaft.

Das ist genug Lektüre für ein halbes Jahr, sagte sich Mary, und diese Papierflut schwappt von nun an jeden Tag auf meinen Schreibtisch.

Was Mary allerdings am meisten belastete, war die Feindseligkeit ihrer Mitarbeiter. Dagegen mußte sie etwas tun.

Sie ließ Harriet Kruger kommen, ihre Protokollbeamtin.

»Wie lange arbeiten Sie schon in dieser Botschaft?« fragte Mary.

»Vor dem Abbruch unserer diplomatischen Beziehungen zu Rumänien habe ich vier Jahre hier gearbeitet, und jetzt sind es auch schon wieder drei glorreiche Monate.« Das hörte sich reichlich ironisch an.

»Gefällt es Ihnen nicht in Rumänien?«

»Nein. Ich vermisse den *American way of life*.«

»Können wir offen miteinander reden?«

»Hier nicht, Ma'am.«

Mary hatte es ganz vergessen. »Dann ziehen wir uns in den Bubble Room zurück«, schlug sie vor.

Als Mary mit Harriet Kruger im abhörsicheren Raum saß, sagte sie: »Mir ist gerade etwas eingefallen. Unsere heutige Besprechung hat im Konferenzsaal stattgefunden. Gibt es dort keine Wanzen?«

»Doch, natürlich«, sagte Harriet fröhlich. »Aber das spielt keine Rolle. Mike Slade würde es nie zulassen, daß etwas besprochen wird, worüber die Rumänen nicht bereits informiert sind.«

Wieder Mike Slade.

»Was halten Sie von Slade?«

»Er ist einsame Spitze.«

Mary beschloß, ihre Meinung für sich zu behalten. »Ich wollte mit Ihnen reden, weil ich das Gefühl habe, daß die Stimmung hier ziemlich mies ist. Alle beklagen sich. Alle scheinen unglücklich zu sein. Ich möchte wissen, ob das an mir liegt oder ob es immer so ist.«

Harriet Kruger betrachtete Mary prüfend. »Wollen Sie eine ehrliche Antwort?«

»Ja, ich bitte darum.«

»Es liegt teils an Ihnen und teils an den Verhältnissen. Die Leute, die hier arbeiten, stehen enorm unter Druck. Wir haben Angst, uns mit Rumänen anzufreunden, weil sich meistens herausstellt, daß sie von der Securitate sind. Also müssen wir uns an die Amerikaner halten. Wir sind eine kleine Gruppe, und Sie können sich ja denken, daß das bald langweilig wird.« Harriet zuckte mit den Schultern. »Außerdem bekommen wir wenig Gehalt, und das Essen ist miserabel.« Sie blickte Mary an. »Dafür können Sie natürlich nichts, Ma'am. Sie haben hier zwei Probleme. Erstens sind Sie aus rein politischen Gründen zur Botschafterin ernannt worden, und zweitens sind Sie die Chefin einer Botschaft, in der lauter Berufsdiplomaten sitzen.« Harriet unterbrach sich. »Wird es Ihnen zuviel?«

»Nein. Sprechen Sie weiter.«

»Die meisten waren schon gegen Sie, ehe Sie überhaupt da waren. Berufsdiplomaten neigen dazu, eine ruhige Kugel zu schieben, während Diplomaten, die nicht vom Fach sind, gern etwas verändern. Für die Leute hier sind Sie eine Dilettantin, die die Frechheit hat, Profis zu sagen, wie sie's machen sollen. Außerdem sind Sie eine Frau. Die amerikanischen Männer in dieser Botschaft nehmen nicht allzu gern Befehle von einer Frau entgegen. Und die rumänischen Männer sind noch viel schlimmer.«

»Aha.«

Harriet Kruger lächelte. »Aber über einen Mangel an Publicity können Sie sich wirklich nicht beklagen. Wie haben Sie das gemacht?«

Darauf wußte Mary auch keine Antwort.

Harriet Kruger sah auf die Uhr. »Huch! Jetzt müssen Sie sich aber beeilen. Florian wartet unten. Er wird Sie nach Hause fahren, damit Sie sich umziehen können.«

»Umziehen? Wieso denn das?« fragte Mary.

»Ich habe Ihnen einen Terminkalender auf den Schreibtisch gelegt. Haben Sie sich den nicht angesehen?«

»Nein, ich hatte keine Zeit. Jetzt sagen Sie bloß nicht, daß ich auf eine Party muß!«

»Nicht auf *eine*, sondern auf mehrere. Drei heute abend. Insgesamt einundzwanzig in dieser Woche.«

Mary starrte Harriet an. »Das ... das ist unmöglich. Ich habe viel zuviel –«

»Es gehört zum Job. In Bukarest gibt es fünfundsiebzig Botschaften, und jeden Abend feiert mindestens eine von ihnen irgend etwas.«

»Kann ich nicht ablehnen?«

»Das hieße, daß die Vereinigten Staaten ablehnen. Die Leute wären beleidigt.«

Mary seufzte. »Dann ziehe ich mich wohl besser um.«

Die Cocktailparty fand im rumänischen Staatspalast zu Ehren eines hochrangigen Politikers aus der DDR statt.

Als Mary den Saal betrat, eilte Präsident Ionescu sofort auf sie zu. Er küßte ihr die Hand und sagte: »Ich freue mich sehr, Sie wiederzusehen.«

»Danke, Exzellenz. Ich mich auch.«

Sie hatte das Gefühl, daß er schon eine Menge getrunken hatte. Sie erinnerte sich an die Akte des State Departments:

Verheiratet. Ein Sohn, vierzehn Jahre alt, soll offenbar sein Nachfolger werden, und drei Töchter. Schürzenjäger. Gewohnheitstrinker. Bauernschlau. Kann sehr charmant sein, wenn er etwas erreichen will. Großzügig zu seinen Freunden. Grausam zu seinen Feinden. Ein Mann, vor dem man sich hüten muß, dachte Mary.

Ionescu faßte Marys Arm und führte sie in eine stille Ecke. »Sie werden uns Rumänen gewiß interessant finden. Wir sind ein leidenschaftliches Volk.« Er blickte sie an, um zu sehen, wie sie auf seine Worte reagierte, und da sie gar nicht reagierte, sprach er weiter. »Wir stammen von den alten Daziern ab und von den Römern, die sie besiegten. Jahrhundertelang waren wir Europas Fußabtreter. Die Hunnen, die Goten, die Slawen haben versucht, uns zu unterjochen, aber wir haben es überlebt und werden auch weiterhin überleben. Wissen Sie warum?« Er kam näher, und Mary roch seine Schnapsfahne. »Weil unser Volk eine starke Führung hat. Die Menschen vertrauen mir, weil ich sie gut und gerecht regiere.«

Ionescu redete in diesem Sinn weiter, und Mary betrachtete über seine Schulter hinweg die Menge im Saal. Es waren mindestens zweihundert Leute, und Mary war sicher, daß hier sämtliche Botschaften vertreten waren, die es in Bukarest gab. Bald würde sie diese Diplomaten alle kennen. Sie hatte im Gehen noch einen Blick auf den Terminkalender geworfen und festgestellt, daß es zu ihren vordringlichsten Pflichten gehörte, jeder der fünfundsiebzig Botschaften einen offiziellen Antrittsbesuch abzustatten.

Ein Mann näherte sich Präsident Ionescu und flüsterte ihm etwas ins Ohr. Die Miene des Diktators veränderte sich abrupt. Er zischte ein paar rumänische Worte. Der Mann nickte und eilte davon. Ionescu wandte sich Mary zu und war wieder der Charme in Person. »Ich muß Sie jetzt leider verlassen. Aber wir sehen uns bald wieder. Ich freue mich schon darauf.«

Und damit war er fort.

19

Um ihr Tagesprogramm zu bewältigen, ließ sich Mary schon um 6 Uhr 30 von Florian zur Botschaft fahren.

Sie ging den Flur im ersten Stock entlang, kam an Mike Slades Büro vorbei und blieb verdutzt stehen. Er saß an seinem Schreibtisch und arbeitete. Und er war unrasiert. Wo hatte er sich wohl die Nacht um die Ohren geschlagen?

»Sie sind aber schon früh da«, sagte Mary.

Er blickte auf. »Guten Morgen. Ich muß mit Ihnen reden.«

»In Ordnung.« Mary trat in Slades Büro.

»Nicht hier. Bei Ihnen.«

Er folgte Mary durch die Verbindungstür, die zu ihrem Büro führte, und ging zu dem Apparat neben ihrem Schreibtisch. »Das ist ein Reißwolf«, sagte er.

»Ich weiß.«

»Wirklich? Als Sie gestern abend gegangen sind, haben Sie mehrere Papiere auf Ihrem Tisch liegen lassen. Die sind inzwischen fotografiert und auf dem Weg nach Moskau.«

»O Gott! Das habe ich völlig vergessen. Was für Papiere waren es denn?«

»Eine Liste. Kosmetika, Watte und andere Dinge für den persönlichen Bedarf, die Sie bestellen wollten. Sie müssen wissen, daß die Putzfrauen für die Securitate arbeiten. Die Rumänen sind dankbar für jede Information, die sie kriegen können, und sie sind wahre Meister darin, sich aus solchen Schnipseln ein Bild zusammenzusetzen. Lektion Nummer eins: Am Abend muß alles in Ihren Safe gesperrt oder in den Reißwolf geworfen werden.«

»Und Lektion Nummer zwei?« fragte Mary kühl.

Mike grinste. »Die Botschafterin beginnt den Tag damit, daß sie mit ihrem Stellvertreter Kaffee trinkt. Wie mögen Sie ihn am liebsten?«

Mary hatte keine Lust, mit diesem arroganten Bastard Kaffee zu trinken. »Äh ... ohne alles.«

»Das ist gut. Sie müssen auf Ihre Linie achten. Das rumänische Essen macht dick.« Er erhob sich und ging auf die Verbindungstür zu. »Ich mache den Kaffee nach meinem Spezialrezept. Er wird Ihnen sicher schmecken.«

Mary war wütend. *Ich muß vorsichtig sein mit dem Kerl,* sagte sie sich. *Wenn ich bloß wüßte, wie ich ihn loswerden soll!*

Mike Slade kehrte mit zwei Tassen Kaffee zurück und stellte sie auf Marys Schreibtisch.

»Wie arrangiere ich es, daß Beth und Tim auf die Amerikanische Schule gehen können?« fragte sie.

»Das habe ich bereits arrangiert. Florian fährt sie am Vormittag hin und holt sie am Nachmittag ab.«

Mary war verblüfft. »Ich ... ich bedanke mich.«

»Sie sollten sich die Schule ansehen, wenn Sie es einrichten können. Sie hat kleine Klassen, acht bis neun Schüler. Hundert Schüler insgesamt. Sie kommen aus aller Welt. Die Lehrer sind hervorragend.«

»Ich werde sie mir ansehen.«

Mike nippte an seinem Kaffee. »Wie man hört, haben Sie gestern abend mit dem furchtlosen Vater des Vaterlandes geplaudert.«

»Mit Ionescu? Ja. Er wirkte recht angenehm.«

»Oh, das ist er auch, das ist er auch. Bis er sich über jemand ärgert. Dann wird er verdammt unangenehm.«

»Sollten wir nicht lieber in den abhörsicheren Raum gehen?« fragte Mary nervös.

»Nicht nötig. Ich habe Ihr Büro heute morgen durchsuchen lassen. Es ist wanzenfrei. Kritisch wird die Geschichte erst, wenn die Putzfrauen da waren. Übrigens – lassen Sie sich nicht von Ionescus Charme einwickeln. Er ist und bleibt ein Schwein. Seine Leute hassen ihn, aber sie können nichts gegen ihn machen. Die Geheimpolizei ist überall. Der KGB mischt auch mit. Von drei Personen arbeitet eine für die Securitate oder den KGB, das ist die Faustregel, die hier gilt. Die Rumänen sind gehalten, keinen Kontakt zu Ausländern aufzunehmen. Wenn ein Ausländer bei einem Rumänen zu Hause essen möchte, muß das genehmigt werden von den Behörden.«

Es überlief Mary eiskalt.

»Ein Rumäne kann bereits verhaftet werden, wenn er seinen Namen auf eine Unterschriftenliste setzt, Kritik an Ionescu übt, in der Öffentlichkeit was an die Wand kritzelt...«

Mary hatte viel über die Unterdrückung in den Ostblock-Staaten gelesen. Trotzdem hatte es etwas Gespenstisches, so direkt damit konfrontiert zu werden.

»Aber es gibt hier doch ordentliche Gerichtsverhandlungen«, sagte sie.

»Ja, gelegentlich werden Prozesse veranstaltet, bei denen sogar Reporter aus dem Westen zugelassen sind. Aber es gibt Straflager in Rumänien, die wir nicht sehen dürfen. Sie liegen im Donau-Delta, in der Nähe des Schwarzen Meers. Ich habe mit Menschen gesprochen, die sie gesehen haben. Die Zustände dort sind grauenhaft.« Mike schwieg einen Moment. Dann fragte er: »Ist Ihnen der Kopierer-Erlaß ein Begriff?«

»Nein. Was ist das?«

»Ionescus neuester Geistesblitz. Er hat angeordnet, daß alle Kopiergeräte im Land registriert werden. Wenig später hat er sie beschlagnahmen lassen. Auf diese Weise kann er kontrollieren, welche Informationen in Rumänien verbreitet werden. Noch einen Schluck Kaffee?«

»Nein danke.«

»Ionescu weiß, wie man den Leuten Daumenschrauben anlegt. Und wehren können die Menschen sich nicht. Sie haben keine freien Gewerkschaften und dürfen nicht streiken. Der Lebensstandard hier ist der niedrigste in Europa. Es fehlt an allem. Wenn die Leute eine Schlange vor einem Laden sehen, stellen sie sich automatisch mit an und kaufen, was es zu kaufen gibt, solange der Vorrat reicht.«

»Mir scheint«, sagte Mary, »daß all das uns eine Chance bietet, diesen Menschen zu helfen.«

Mike Slade blickte ihr in die Augen. »Gewiß«, sagte er trocken. »Eine tolle Chance.«

Während Mary die Depeschen aus Washington las, die jeden Tag in der Botschaft eintrafen, dachte sie über Mike Slade nach. Er war ein seltsamer Mann. Einerseits ruppig und arrogant, aber andererseits hatte er sich darum gekümmert, daß die Kinder in die Amerikanische Schule gehen konnten, und für das Schicksal der rumänischen Bevölkerung schien er sich ehrlich zu interessieren. *Vielleicht ist er doch nicht so oberflächlich, wie ich gedacht habe. Trotzdem – ich traue ihm nicht.*

Daß Mary von den Besprechungen erfuhr, die hinter ihrem Rücken stattfanden, war reiner Zufall. Sie hatte die Botschaft verlassen, um mit dem rumänischen Landwirtschaftsminister zu Mittag zu essen. Als sie im Ministerium ankam, sagte man ihr, der Minister sei zum Präsidenten gerufen worden. Mary beschloß, in die Botschaft zurückzukehren und ein Arbeitsessen anzusetzen. Sie sagte zu ihrer Sekretärin: »Ich möchte Lucas Janklow, David Wallace und Eddie Maltz sehen. Sagen Sie ihnen bitte Bescheid.«

Dorothy Stone zögerte. »Die ... die sind in einer Besprechung, Ma'am.«

»Mit wem?«

Dorothy Stone holte tief Luft. »Mit den anderen Attachés.«

Es dauerte ein paar Sekunden, bis Mary die Tragweite dieser Worte begriff. »Heißt das, daß ohne mich eine Lagebesprechung abgehalten wird?«

»Ja, Ma'am.«

Es war unglaublich! »Und das ist nicht das erste Mal?«

»Nein, Ma'am.«

»Was geht hier sonst noch vor, über das ich nicht Bescheid weiß?«

Dorothy Stone holte wieder tief Luft. »Sie schicken fast alle ohne Ihre Genehmigung Berichte nach Washington.«

Vergiß die Revolution, die sich in Rumänien zusammenbraut, dachte Mary. *Hier in der Botschaft ist schon eine im Gange.* »Dorothy, sagen Sie allen Abteilungsleitern und ihren Vertretern, daß heute nachmittag um 15 Uhr eine Besprechung stattfindet, zu der sich alle einzufinden haben. *Alle.*«

»Ja, Ma'am.«

Mary saß am Ende des Tisches und beobachtete, wie die Attachés und ihre Assistenten in den Konferenzsaal kamen. Die Attachés nahmen am Tisch Platz, die Assistenten auf Stühlen an der Wand.

»Guten Tag«, sagte Mary knapp. »Ich werde Ihre Zeit nicht lange in Anspruch nehmen. Ich weiß, wieviel Sie zu tun haben. Ich habe erfahren, daß Sie ohne mein Einverständnis Lagebesprechungen abhalten. Von nun an wird jeder, der an einer solchen Besprechung teilnimmt, sofort nach Hause geschickt.« Mary sah aus den Augenwinkeln, daß Dorothy mitstenografierte. »Ich habe außerdem erfahren, daß einige von Ihnen Depeschen nach Washington schicken, ohne mich darüber zu informieren. Wie Sie wissen, kann ich als Botschafterin meine Mitarbeiter jederzeit feuern.« Mary wandte sich an Ted Thompson, den Landwirtschaftsattaché. »Sie haben gestern ohne mein Einverständnis ein Telegramm ans State Department geschickt. Morgen mittag fliegt eine Maschine nach Washington, in der ein Platz für Sie reserviert ist. Sie sind entlassen.« Mary blickte in die Runde. »Der nächste, der hier ohne mein Wissen Depeschen schickt oder mir seine Unterstützung verweigert, fliegt ebenfalls. Das war's, meine Damen und Herren.«

Fassungsloses Schweigen senkte sich über den Konferenzsaal. Dann erhoben sich Marys Mitarbeiter und verließen den Raum. Mike Slade sah seine Chefin fasziniert an.

Mary und Dorothy Stone blieben allein zurück. »Na, was sagen Sie?« fragte Mary.

Dorothy grinste. »Klasse. Das war die kürzeste und effektivste Sitzung, die ich je erlebt habe.«

»Gut. Dann müssen wir nur noch den Funkraum aufklären.«

Alle Nachrichten, die von amerikanischen Botschaften in Osteuropa in die Vereinigten Staaten übermittelt werden, sind verschlüsselt. Sie werden auf einer Spezialschreibmaschine getippt, von einem Scanner gelesen und automatisch kodiert. Der Code wechselt jeden Tag.

Der Funkraum war fensterlos, mit modernster Elektronik ausgestattet und streng bewacht. Sandy Palance, der Nachrichtenoffizier, saß hinter einer Absperrung mit Gitter. Er stand auf, als Mary eintrat. »Guten Tag, Frau Botschafterin. Kann ich Ihnen helfen?«

»Nein. *Ich* werde Ihnen helfen.«

Palance blickte seine Chefin verwirrt an. »Ma'am?«

»Sie haben ohne mein Einverständnis Telegramme nach Washington geschickt.«

Palance ging sofort in die Defensive. »Die Attachés haben mir gesagt, daß –«

»Wenn Sie in Zukunft jemand bittet, ein Telegramm zu schicken, das nicht von mir unterzeichnet ist, werden Sie mir das unverzüglich mitteilen. Verstehen wir uns?«

Palance dachte: *Heiliger Gott, die Lady haben sie aber wirklich unterschätzt.* »Ja, Ma'am.«

»Gut.«

Mary drehte sich um und ging aus dem Raum. Sie wußte, daß die CIA den Funkraum benutzte, um Nachrichten über einen »schwarzen Kanal« zu funken. Das konnte sie nicht verhindern. Sie fragte sich nur, wieviel Mitglieder der Botschaft CIA-Agenten waren und ob Mike Slade ihr in dieser Beziehung die volle Wahrheit gesagt hatte. Sie glaubte es nicht.

Am Abend schrieb Mary die Tagesereignisse in Stichworten nieder und notierte sich die Probleme, die erledigt werden mußten. Sie legte die Blätter auf ihren Nachttisch. Am nächsten Morgen ging sie ins Bad und duschte. Als sie angezogen war, nahm sie sich ihre Aufzeichnungen wieder vor. Irgend jemand hatte sie durcheinandergebracht. *Sie können darauf wetten, daß nicht nur die Botschaft verwanzt ist, sondern auch Ihre Villa.* Mary stand einen Augenblick da und dachte nach.

Beim Frühstück, als Beth, Tim und sie allein im Eßzimmer saßen, sagte sie mit lauter Stimme: »Rumänien ist ein wunderbares Land. Ich habe nur leider das Gefühl, daß es den Vereinigten Staaten in einigen Dingen nachhinkt. Wußtet ihr schon, daß es in den Wohnungen einiger Mitarbeiter unserer Botschaft keine Heizung, kein fließendes Wasser und keine funktionierenden Toiletten gibt?« Beth und Tim sahen ihre Mutter befremdet an. »Vermutlich müssen wir den Rumänen beibringen, wie man solche Mißstände beseitigt.«

Am nächsten Morgen fragte Jerry Davis: »Wie haben Sie das gemacht? Bei uns sind plötzlich die Handwerker und reparieren, was kaputt ist.«

Mary lächelte. »Man muß halt mit den Leuten reden.«

Als die Lagebesprechung zu Ende war, sagte Mike Slade: »Sie müssen einer Menge Botschaften Ihre Aufwartung machen. Am besten fangen Sie gleich heute damit an.«

Slades Ton fiel Mary wieder einmal auf die Nerven. Außerdem ging es ihn nichts an; für das Protokoll war Harriet Kruger zuständig.

»Es ist wichtig, daß Sie die Botschaften nach der Rangordnung besuchen, die hier gilt«, fuhr Mike fort. »Die wichtigste ...«

»... Ist die russische Botschaft. Ich weiß.«

»Ich würde Ihnen raten –«

»Mr. Slade, wenn ich Ihren Rat brauche, werde ich es Ihnen sagen.«

Mike stieß einen tiefen Seufzer aus. »Na schön.« Er stand auf. »Wie Sie wollen.«

Nach dem Besuch der russischen Botschaft verbrachte Mary den Rest des Tages mit Gesprächen. Ein Senator aus New York wollte Informationen über die rumänischen Dissidenten, und sie mußte den neuen Landwirtschaftsattaché in sein Amt einführen.

Als sie im Begriff war, ihr Büro zu verlassen, meldete sich Dorothy Stone über die Sprechanlage: »Ein dringender Anruf für Sie, Ma'am. James Stickley aus Washington.«

Mary nahm den Hörer ab. »Hallo, Mr. Stickley.«

Stickleys Stimme kam wie ein Gewitter durch die Leitung. »Würden Sie mir bitte erklären, was sie jetzt schon wieder angestellt haben?«

»Ich ... ich weiß nicht, was Sie meinen.«

»Das merke ich. Der Botschafter von Gabun hat sich gerade beim Außenminister über Ihr empörendes Verhalten beschwert.«

»Moment mal«, erwiderte Mary. »Das muß ein Irrtum sein. Mit dem Botschafter von Gabun habe ich doch noch gar nicht gesprochen.«

»Eben«, blaffte Stickley. »Aber mit dem Botschafter der Sowjetunion haben Sie gesprochen.«

»Äh . . . ja. Ich habe heute vormittag meinen Antrittsbesuch bei ihm gemacht.«

»Ist Ihnen nicht klar, daß sich die Rangordnung der Botschaften danach richtet, wann die Botschafter akkreditiert worden sind?«

»Doch, aber –«

»Zu Ihrer Information: In Rumänien kommt Gabun an erster Stelle, Costa Rica an letzter, und dazwischen gibt es um die siebzig andere. Haben Sie noch Fragen?«

»Nein, Sir. Es tut mir leid, wenn ich –«

»Sorgen Sie dafür, daß so etwas nicht noch einmal vorkommt.«

Als Mike Slade von dem Anruf erfuhr, kam er in Marys Büro. »Ich wollte es Ihnen sagen.«

»Mr. Slade –«

»Solche Dinge nimmt man in der Diplomatie sehr ernst. In früheren Jahrhunderten hat es deswegen Mord und Totschlag gegeben. Ich würde vorschlagen, daß Sie einen Entschuldigungsbrief schreiben.«

Mary nickte. *Ich werde an den Weltmeisterschaften im Krötenschlucken teilnehmen.*

Über einen Mangel an Publicity konnte sich Mary immer noch nicht beklagen. Der Wirbel, der um ihre Person gemacht wurde, beunruhigte sie allerdings immer mehr. Sie erfuhr, daß sogar die *Prawda* einen Artikel über sie gebracht hatte, samt Foto von ihr und den Kindern.

Um Mitternacht rief Mary bei Stanton Rogers an. Er war sofort am Apparat.

»Wie geht es meiner Lieblingsbotschafterin?«

»Danke, gut. Und Ihnen, Stan?«

»Abgesehen davon, daß ich achtundvierzig Stunden am Tag zu arbeiten habe, kann ich nicht klagen. Es macht mir sogar Spaß. Wie kommen Sie zurecht? Haben Sie Probleme?«

»Nein, keine richtigen. Ich... ich möchte nur etwas wissen.« Mary zögerte. Sie wollte nicht mißverstanden oder gar für undankbar gehalten werden. »Ich nehme an, Sie haben vorige Woche das Foto von den Kindern und mir in der *Prawda* gesehen?«

»Ja, es ist wunderbar!« rief Stanton Rogers. »Endlich kommen wir an die Russen ran!«

»Haben andere Botschafter auch soviel Publicity wie ich, Stan?«

»Ehrlich gesagt, nein. Aber der Boß hat beschlossen, sich für Sie ins Zeug zu legen, Mary. Sie sind unser bestes Stück. Es war Präsident Ellison völlig ernst damit, als er sagte, er suche das Gegenteil des häßlichen Amerikaners. Und jetzt haben wir Sie, und wir wollen Sie auch zeigen. Die Welt soll sehen, was die Vereinigten Staaten an Schönem zu bieten haben.«

»Ich... ich bin sehr geschmeichelt.«

»Leisten Sie weiter so gute Arbeit wie bisher.«

Sie sagten sich noch ein paar Minuten nette Dinge und verabschiedeten sich dann voneinander.

Der Präsident steckt also dahinter, dachte Mary. *Kein Wunder, daß ich soviel Publicity habe.*

Von innen war das Iwan-Stelian-Gefängnis noch scheußlicher als von außen. Die Korridore waren eng und mit schmutziggrauer Ölfarbe gestrichen. Die schwarz vergitterten Zellen waren alle überbelegt. Sie wurden von uniformierten, mit Maschinenpistolen bewaffneten Wärtern bewacht. Der Gestank im Zellentrakt war bestialisch.

Ein Wärter führte Mary zu einem kleinen Besuchszimmer am hinteren Ende des Bauwerks.

»Sie ist da drinnen. Sie haben zehn Minuten Zeit.«

»Danke.« Mary trat ein, und die Tür fiel hinter ihr ins Schloß.

Hannah Murphy saß an einem wackeligen, ramponierten Tisch. Sie war mit Handschellen gefesselt und trug Gefängniskleidung. Eddie Maltz hatte gesagt, sie sei eine sehr hübsche, neunzehnjährige Studentin, aber sie sah mindestens zehn Jahre älter aus. Ihr Gesicht war blaß und verheult, ihre Augen waren verquollen, ihre Haare ungekämmt.

»Hallo«, sagte Mary. »Ich bin die amerikanische Botschafterin.«

Hannah Murphy sah sie an und begann hemmungslos zu schluchzen.

Mary nahm sie in die Arme und sagte beruhigend: »Nicht weinen. Es wird alles wieder gut.«

»Nein, das wird es nicht«, schluchzte das Mädchen. »Nächste Woche werde ich zu fünf Jahren verknackt. Ich gehe ein, wenn ich hier fünf Jahre bleiben muß!«

Mary hielt sie einen Moment in den Armen. »Erzählen Sie mir, was passiert ist.«

Hannah Murphy holte tief Luft. »Ich ... ich habe diesen Mann kennengelernt. Er war Rumäne, und ich war einsam. Er war nett zu mir, und wir ... wir sind zusammen ins Bett gegangen. Eine Freundin hatte mir ein paar Marihuanazigaretten geschenkt. Ich habe mir eine mit ihm geteilt. Wir haben geraucht, und dann schlief ich ein. Als ich am Morgen aufwachte, war er fort, und die Polizei war da. Ich hatte nichts an. Sie ... sie standen im Zimmer herum und sahen zu, wie ich mich anzog. Dann haben sie mich in dieses gräßliche Loch gebracht.« Sie schüttelte verzweifelt den Kopf. »Ich kriege fünf Jahre, haben sie mir gesagt.«

»Wenn ich es irgendwie verhindern kann, kriegen Sie keine fünf Jahre.«

Mary dachte an das, was Lucas Janklow gesagt hatte, als sie sich auf den Weg zum Gefängnis machte. *»Sie können nichts für das Mädchen tun. Wir haben es bei ähnlichen Fällen versucht. Fünf Jahre für Ausländer sind die Norm. Wenn Sie Rumänin wäre, bekäme sie lebenslänglich.«*

Mary blickte Hannah Murphy an und sagte: »Ich werde tun, was in meiner Macht steht, um Ihnen zu helfen.«

Sie hatte das Protokoll über Hannah Murphys Verhaftung gelesen. Es war kurz und unergiebig gewesen. Unterzeichnet hatte es Oberst Istrase, der Chef der Securitate. An der Schuld des Mädchens gab es keinen Zweifel. *Ich muß einen anderen Weg finden,* dachte Mary. *Oberst Istrase ...* Sie dachte an die Akte, die ihr James Stickley in Washington gezeigt hatte. Ja, darin hatte etwas über Istrase gestanden, über ... Sie erinnerte sich.

Mary bat für den nächsten Vormittag um einen Termin mit Oberst Istrase.

»Sie verschwenden Ihre Zeit«, sagte Mike Slade. »Istrase ist stur wie ein Panzer. Den kriegen Sie nicht rum.«

Aurel Istrase war ein untersetzter, dunkelhäutiger Mann mit pockennarbigem Gesicht, kahlem Kopf und schlechten Zähnen. Irgendwann im Lauf seines Lebens hatte ihm jemand die Nase plattgeschlagen, und der Bruch war nicht richtig verheilt. Istrase hatte sich zu dem Termin in der Botschaft eingefunden. Er war neugierig auf die amerikanische Botschafterin.

»Sie wollten mich sprechen, Madame?«

»Ja. Vielen Dank, daß Sie gekommen sind. Es geht um Hannah Murphy.«

»Aha. Die Drogenhändlerin. Wir haben hier sehr strenge Drogengesetze. Wer Drogen verkauft, muß ins Gefängnis.«

»Ausgezeichnet«, sagte Mary. »Das höre ich gern. Ich wollte, wir hätten in den Vereinigten Staaten so strenge Gesetze.«

Istrase betrachtete sie verwirrt. »Sie geben mir also recht?«

»Absolut. Wer Drogen verkauft, muß ins Gefängnis. Nur hat Hannah Murphy keine Drogen verkauft, sondern ihrem Liebhaber ein bißchen Marihuana *geschenkt.*«

»Das läuft auf dasselbe hinaus. Wenn –«

»Nicht ganz, Herr Oberst. Hannah Murphys Liebhaber

ist Leutnant bei der Securitate. Auch er hat Marihuana geraucht. Ist er dafür bestraft worden?«

»Warum sollte er? Er hat nur Beweise zur Überführung einer Verbrecherin zusammengetragen.«

»Ihr Leutnant ist verheiratet und hat drei Kinder?«

Oberst Istrase runzelte die Stirn. »Das ist richtig. Dieses Mädchen hat ihn mit irgendwelchen üblen Tricks ins Bett gekriegt.«

»Lieber Herr Oberst, Hannah Murphy ist neunzehn. Ihr Leutnant ist fünfundvierzig. Wer hat da wen ins Bett gekriegt?«

»Das hat mit dem Alter nichts zu tun«, erwiderte Istrase störrisch.

»Weiß die Frau des Leutnants über diese außereheliche Affäre Bescheid?«

Oberst Istrase starrte Mary unruhig an. »Warum sollte sie?«

Mary lächelte gewinnend. »Wissen Sie, wir sollten diese Geschichte publik machen. Die internationale Presse wird sich bestimmt dafür interessieren.«

»Das hätte wenig Sinn«, sagte Istrase.

Und nun spielte Mary ihren Trumpf aus. »Obwohl der Leutnant zufällig Ihr Schwiegersohn ist?«

»Das spielt doch überhaupt keine Rolle«, knurrte der Oberst. »Es geht mir nur um die Gerechtigkeit.«

»Darum geht es mir auch«, sagte Mary.

In der Akte des State Departments hatte sie gelesen, daß sich Istrases Schwiegersohn darauf spezialisiert hatte, mit jungen Touristinnen anzubandeln, mit ihnen zu schlafen, ihnen vorzuschlagen, daß sie Drogen kaufen oder verkaufen sollten, und sie dann ans Messer zu liefern.

»Ich halte es nicht für nötig, daß Ihre Tochter von den Seitensprüngen ihres Mannes erfährt«, sagte Mary versöhnlich. »Ich glaube, es wäre das Beste für alle Beteiligten, wenn Sie Hannah Murphy stillschweigend aus dem Gefängnis entließen. Ich würde sie dann mit der nächsten Maschine in die Staaten schicken. Nun, was meinen Sie, Herr Oberst?«

Istrase dachte nach. »Sie sind eine sehr interessante Frau«, sagte er schließlich.

»Danke. Sie sind ein sehr interessanter Mann. Ich erwarte Miß Murphy heute nachmittag in meinem Büro. Ich werde dafür sorgen, daß sie Bukarest so schnell wie möglich verläßt.«

Istrase zuckte die Achseln. »Ich werde das bißchen Einfluß nutzen, das ich habe ...«

»Danke, Herr Oberst.«

Am nächsten Morgen war eine dankbare Hannah Murphy auf dem Weg nach Hause.

»Wie haben Sie das gemacht?« fragte Mike Slade ungläubig.

»Ich habe mich an Ihren Rat gehalten und meinen Charme spielen lassen.«

20

An dem Tag, an dem Beth und Tim zum ersten Mal in die Amerikanische Schule gehen sollten, erhielt Mary um 5 Uhr morgens einen Anruf aus der Botschaft: Ein Telegramm aus Washington sei eingetroffen und müsse sofort beantwortet werden. Es war der Anfang eines langen und arbeitsreichen Tages, und als Mary nach Hause kam, war es nach 20 Uhr. Die Kinder warteten schon ungeduldig auf sie.

»Na«, fragte sie, »wie war's in der Schule?«

»Mir hat es gut gefallen«, sagte Beth. »Hast du gewußt, daß da Kinder aus 22 Ländern hingehen? Wir haben einen tollen italienischen Jungen in der Klasse. Er hat mich die ganze Zeit angeschaut. Es ist eine phantastische Schule.«

»Sie hat auch ein richtiges Labor«, ergänzte Tim. »Morgen nehmen wir ein paar rumänische Frösche auseinander.«

»Es ist zum Schreien«, sagte Beth. »Die sprechen alle mit einem so komischen Akzent englisch.«

»Denkt daran, Kinder«, sagte Mary, »wenn jemand einen Akzent hat, bedeutet das, er kann eine Sprache mehr als ihr. Ich bin jedenfalls froh, daß ihr keine Probleme hattet.«

»Nein«, sagte Beth. »Mike hat sich um alles gekümmert.«

»Wer?«

»Mr. Slade. Er hat gesagt, wir können ihn Mike nennen.«

»Was hat Mr. Slade mit euch und der Schule zu tun?«

»Hat er dir das nicht erzählt? Er hat uns abgeholt und zur Schule gefahren und uns den Lehrern vorgestellt. Er kennt sie alle.«

»Er kennt auch viele Kinder dort«, sagte Tim. »Und denen hat er uns auch vorgestellt. Alle mögen ihn. Er ist einfach super.«

Ein bißchen zu super, dachte Mary.

Als Mike am Morgen in ihr Büro kam, sagte sie: »Wie ich höre, haben Sie Beth und Tim zur Schule gefahren?«

Er nickte. »Es ist schwierig für Kinder, sich in einem fremden Land zurechtzufinden. Sie sind übrigens reizend, Ihre Kinder.«

Hatte er auch Kinder? Mary merkte plötzlich, wie wenig sie von Mike Slades Privatleben wußte. *Und das ist wahrscheinlich besser so*, dachte sie. *Er will doch bloß, daß ich hier versage.*

Sie wollte aber nicht versagen. Sie wollte Erfolg haben.

Am Samstagnachmittag nahm Mary die Kinder mit in den Diplomatenclub, wo sich die Leute aus den Botschaften trafen, um einander den neuesten Klatsch zu erzählen.

Gleich als Mary den Raum betrat, sah sie Mike Slade. Er genehmigte sich einen Drink mit einer Frau, und diese Frau war keine andere als Dorothy Stone. Im ersten Moment war Mary schockiert. Es war, als würde ihre Sekretärin mit dem Feind kollaborieren. Sie fragte sich, wie eng das Verhältnis zwischen Dorothy und Mike Slade war. *Ich darf ihr nicht zu sehr vertrauen*, dachte Mary. *Ich darf niemandem vertrauen.*

Harriet Kruger saß allein am Tisch, und Mary ging zu ihr. »Haben Sie etwas dagegen, wenn ich mich zu Ihnen setze?«

»Überhaupt nicht.« Harriet deutete auf eine Packung amerikanischer Zigaretten. »Mögen Sie eine?«

»Nein danke. Ich rauche nicht.«

»Hier kann man nicht ohne Zigaretten leben!« sagte Harriet.

»Wie meinen Sie das?«

»Mit amerikanischen Zigaretten geht alles leichter. Wenn Sie einen Arzt konsultieren wollen, stecken Sie der Sprechstundenhilfe Zigaretten zu. Wenn Sie Fleisch vom Schlachter brauchen oder einen Mechaniker, der Ihr Auto repariert, oder einen Elektriker, der Ihnen eine Lampe richtet, schmieren Sie die Leute mit Zigaretten. Ich hatte hier eine italienische Freundin, die operiert werden mußte. Nichts Dramatisches. Aber sie mußte die OP-Schwester bestechen, damit sie eine neue Klinge nahm, als sie meine Freundin für die Operation rasierte, und die Schwestern auf der Station mußte sie bestechen, damit sie ihr neue Verbände gaben, nachdem sie die Wunde gereinigt hatten, statt noch mal die alten zu nehmen.«

»Aber warum?« fragter Mary.

»Weil Verbandmaterial hier Mangelware ist«, sagte Harriet. »Medikamente sind auch knapp. Und es ist im ganzen Ostblock das gleiche. Vorigen Monat hatten sie in der DDR Lebensmittelvergiftungen, die seuchenartige Formen annahmen. Das Mittel dagegen mußten sie im Westen besorgen.«

»Und die Leute können sich nicht einmal über diese Zustände beschweren«, sagte Mary.

»Nicht direkt. Aber sie haben andere Mittel. Kennen Sie Bula?«

»Nein.«

»Bula ist eine Witzfigur, sehr beliebt bei den Rumänen, um Dampf abzulassen. Es gibt da eine nette Geschichte ... Leute stehen Schlange nach Fleisch, aber es geht und geht nicht weiter. Nach fünf Stunden wird Bula sauer und brüllt: ›Ich lauf' zum Palast und leg' Ionescu um!‹ Zwei Stunden später stellt er sich wieder in die Schlange, und seine Freunde fragen ihn: ›Was ist? Hast du Ionescu umgelegt?‹ ›Nein‹, sagt Bula. ›Da stand 'ne genauso lange Schlange wie hier.‹«

Mary lachte.

Als sie aufblickte, sah sie, wie Mike Slade und Dorothy

Stone den Club verließen. Sie fragte sich, wohin die beiden gingen.

Wenn Mary abends nach Hause kam, wollte sie nur noch baden, sich umziehen und alles vergessen. In der Botschaft war jede Minute ausgefüllt, und sie konnte nie für sich sein. Aber sie mußte bald feststellen, daß es in der Villa nicht viel besser war. Wohin sie auch ging, überall waren Dienstboten, und Mary hatte das Gefühl, daß sie ihr ständig nachspionierten.

Eines Nachts wurde sie um zwei wach und ging nach unten, in die Küche. Als sie den Kühlschrank aufklappte, hörte sie ein schlurfendes Geräusch. Sie drehte sich um, und da standen Mihai, Rosica, Delia und Carmen im Morgenrock.

»Was können wir für Sie tun, Ma'am?« fragte Mihai.

»Nichts«, sagte Mary. »Ich wollte nur etwas trinken.«

Nun kam auch Cosma, der Koch, in die Küche und sagte gekränkt: »Die gnädige Frau hätte nur zu sagen brauchen, daß sie Durst hat, dann hätte ich Tee gemacht oder Kaffee oder Saft.«

Alle starrten Mary vorwurfsvoll an.

»Ich . . . ich glaube, ich habe doch keinen Durst. Ich danke Ihnen.« Und damit eilte sie fluchtartig in ihr Zimmer zurück.

Als Mary am nächsten Morgen ins Büro kam, wurde sie von Mike Slade erwartet.

»Wir haben hier einen kranken jungen Mann, den Sie sich anschauen sollten«, sagte er.

Er führte sie in ein Büro am Ende des Flurs, in dem eine Couch stand. Auf der Couch lag ein käsebleicher Marineinfanterist, Anfang zwanzig vielleicht, der vor Schmerzen stöhnte.

»Was ist mit ihm?« fragte Mary.

»Sieht mir nach akuter Blinddarmentzündung aus.«

»Dann muß er sofort operiert werden.«

»Aber nicht hier.«

»Was soll das heißen?«

»Er muß nach Rom oder nach Frankfurt ausgeflogen werden.«

»Das ist doch lächerlich!« fauchte Mary. »Sehen Sie nicht, wie schlecht es ihm geht?«

»Lächerlich oder nicht – niemand aus einer amerikanischen Botschaft geht in einem Ostblockstaat ins Krankenhaus.«

»Warum nicht?«

»Weil wir verwundbar sind. Im Krankenhaus wären wir der Securitate auf Gedeih und Verderb ausgeliefert. Man könnte uns unter Drogen setzen und alle möglichen Informationen aus uns herausholen. Es ist eine Bestimmung des State Departments – wir fliegen ihn aus.«

»Warum haben wir hier keinen Arzt?«

»Weil wir eine Botschaft der unteren Kategorie sind. Unser Etat ist so klein, daß nur alle drei Monate ein amerikanischer Arzt bei uns vorbeikommen kann. Für die kleineren Wehwehchen haben wir einen Apotheker.« Mike zog eine Schublade auf und holte ein Formular heraus. »Unterschreiben Sie das bitte, dann kann der junge Mann losgeschickt werden. Ich werde dafür sorgen, daß ihn eine Sondermaschine ausfliegt.«

»In Ordnung.« Mary unterschrieb das Formular. Sie ging zu dem Marineinfanteristen und nahm seine Hände in ihre. »Es geht Ihnen bald wieder gut«, sagte sie freundlich.

Zwei Stunden später war der junge Mann auf dem Weg nach Frankfurt.

Als sich Mary am nächsten Morgen bei Mike erkundigte, wie es dem Marineinfanteristen ging, zuckte er mit den Schultern. »Er ist operiert«, sagte er gleichgültig. »Wird schon werden.«

Was für ein kalter Mann, dachte Mary. *Ob es etwas gibt, das ihn wirklich berührt?*

21

Egal, zu welcher Stunde Mary am Morgen in die Botschaft kam, Mike Slade war immer schon da. Sie sah ihn nur selten bei Botschaftspartys und nahm an, daß er sich jeden Abend privat amüsierte.

Er überraschte sie immer wieder. Eines Tages wollten Beth und Tim im Floreasca-Park schlittschuhlaufen. Mary erlaubte es ihnen und ließ sie von Florian hinfahren. Sie verließ die Botschaft früher als sonst, um die Kinder abzuholen, und als sie bei der Eisbahn ankam, sah sie, daß Mike Slade auch da war. Die drei liefen zusammen Schlittschuh. Er brachte Beth und Tim mit einer Engelsgeduld Achter bei. *Ich muß die Kinder vor ihm warnen*, dachte Mary. Aber was sie ihnen sagen sollte, wußte sie auch nicht.

Als Mary am nächsten Morgen in ihr Büro kam, spazierte Mike durch die Verbindungstür. »In zwei Stunden trifft hier eine Delegation aus Washington ein. Vier Senatoren mit Begleitung. Sie wollen mit Ihnen zusammentreffen – und mit Ionescu möglichst auch. Ich versuche, einen Termin mit ihm auszumachen, und kümmere mich darum, daß Harriet eine Stadtrundfahrt für sie organisiert.«

»Danke.«

»Kaffee?«

»Ja, gern.«

Sie beobachtete, wie er durch die Verbindungstür in sein Büro ging. Er gab ihr Rätsel auf. Einerseits seine unausstehliche Art, andererseits seine Geduld mit Beth und Tim . . .

Als er mit zwei Tassen Kaffee zurückkam, fragte Mary: »Haben Sie Kinder?«

Mit dieser Frage hatte er nicht gerechnet. »Ich . . . ja, zwei Söhne.«

»Wo sind sie?«

»Bei meiner Exfrau.« Er wechselte abrupt das Thema. »Sehen wir mal, ob ich einen Termin mit Ionescu kriege.«

Der Kaffee war köstlich. An diesem Tag ging Mary auf, daß der Morgenkaffee mit Mike Slade eine Art Ritual geworden war.

Angel las das Mädchen in La Boca auf, am alten Hafen, wo sie mit den anderen *Putas* stand und zeigte, was sie zu bieten hatte. Sie trug eine knallenge Bluse und abgeschnittene Jeans, die mit knapper Not ihren Hintern bedeckten. Sie konnte nicht viel älter als fünfzehn sein. Hübsch war sie nicht, aber das störte Angel in keiner Weise.

»Komm, wir gehen zu dir.«

Das Mädchen wohnte in einer billigen Absteige, die aus einem vergammelten Zimmer mit Bett, zwei Stühlen, Stehlampe und einem Ausguß bestand.

»Zieh dich aus. Ich will dich nackt sehen.«

Das Mädchen zögerte. Angel hatte etwas an sich, das sie erschreckte. Aber sie hatte an diesem Tag noch nichts verdient, und wenn sie Pepe kein Geld brachte, würde er sie verprügeln. Sie zog sich langsam aus.

Angel stand da und sah ihr zu. Die Bluse sank zu Boden, die Jeans folgten. Das Mädchen trug keine Unterwäsche. Ihr Körper war blaß und mager.

»Laß die Schuhe an. Komm zu mir und knie dich auf den Boden.«

Das Mädchen gehorchte.

»So, und jetzt sag' ich dir, was du machen sollst.«

Sie hörte zu und blickte entsetzt auf. »Ich hab' noch nie–«

Angel verpaßte ihr einen Tritt gegen den Kopf. Sie fiel um und lag wimmernd auf dem Boden. Angel zerrte sie an den Haaren hoch und stieß sie aufs Bett. Als sie zu schreien begann, gab ihr Angel eine klatschende Ohrfeige. Sie stöhnte.

»Gut«, sagte Angel. »Ich will dich stöhnen hören.«

Ein Fausthieb traf sie ins Gesicht und brach ihr das Nasenbein. Als Angel eine halbe Stunde später mit ihr fertig war, lag sie bewußtlos in den Kissen.

Angel betrachtete das zusammengeschlagene Mädchen und warf ein paar Pesos aufs Bett. »*Gracias*«, lächelte Angel.

Mary verbrachte jede freie Minute mit den Kindern. Sie sahen sich Bukarest an. Es gab hier Dutzende von Museen und alten Kirchen, aber für die Kinder war das Beste natürlich die Fahrt zu Graf Draculas Schloß in Brasow im Herzen von Transsylvanien, 150 km von Bukarest entfernt.

»Der Graf war eigentlich gar kein Graf, sondern ein Fürst«, erklärte Florian unterwegs. »Fürst Vlad Ţepeş. Er war ein großer Held, der verhinderte, daß die Türken weiter nach Westen vordrangen.«

»Ich dachte, er hat Menschen umgebracht und ihnen das Blut ausgesaugt?« sagte Tim.

Florian nickte. »Nach dem Sieg ist ihm seine Macht zu Kopf gestiegen. Er wurde ein grausamer Tyrann und ließ seine Feinde pfählen. Die Leute behaupteten, er sei ein Vampir. Ein Landsmann von euch, Bram Stoker, griff diese Sage auf und machte ein Buch daraus. Es ist ein dummes Buch, aber für den Tourismus hat es Wunder gewirkt.«

Das Schloß lag in den Bergen. Als sie die steile Treppe hinter sich hatten, die zum Tor führte, waren sie alle ein bißchen erschöpft. Sie traten in einen niedrigen Raum, in dem alte Waffen und Rüstungen ausgestellt waren.

»Hier«, sagte der Führer mit Grabesstimme, »pflegte Graf Dracula seine Opfer zu morden und ihr Blut zu trinken.«

Es war feucht in diesem Raum und äußerst ungemütlich.

Spinnweben streiften Tims Gesicht. »Ich hab' vor nichts Angst«, sagte er zu seiner Mutter, »aber können wir trotzdem schnell raus hier?«

Alle sechs Wochen landete eine C-130 der Air Force auf einem kleinen Flugplatz am Stadtrand von Bukarest. Die Maschine hatte Nahrungsmittel und Luxusartikel an Bord, die es in Bukarest nicht zu kaufen gab und die von den Mitgliedern der amerikanischen Botschaft beim Verpflegungsamt der US-Army in Frankfurt bestellt werden mußten.

Eines Morgens sagte Mike beim gemeinsamen Kaffee zu Mary: »Heute kommt unsere Proviantmaschine. Fahren Sie mit mir zum Flugplatz?«

Mary wollte schon nein sagen. Sie hatte viel zu tun, und der Vorschlag erschien ihr unsinnig. Doch am Ende siegte ihre Neugier.

»In Ordnung.«

Auf der Fahrt zum Flugplatz sprachen sie über Probleme, die es in der Botschaft gab. Das Gespräch blieb kühl und unpersönlich.

Der Flugplatz war umzäunt. Ein bewaffneter Posten öffnete das Tor, damit der Wagen auf das Rollfeld hinausfahren konnte. Zehn Minuten später landete die C-130.

Hinter dem Zaun standen Hunderte von Rumänen. Sie beobachteten mit hungrigen Augen, wie die Maschine ausgeladen wurde.

»Was machen die Leute hier?«

»Träumen. Sie können hier Dinge sehen, die sie nie haben werden. Sie wissen, daß wir Steaks und gute Seife und Parfüm geliefert bekommen. Wenn die Transportmaschine landet, laufen immer Leute zusammen. Es gibt in Bukarest ein Nachrichtensystem im Untergrund, das in solchen Fällen blendend funktioniert.«

Mary betrachtete die Gesichter hinter dem Zaun. »Unglaublich.«

»Dieses Flugzeug ist für die Menschen ein Symbol. Es geht nicht nur um die Fracht. Es steht für ein freies Land, das sich um seine Bürger kümmert.«

Mary drehte sich um und blickte Mike an. »Warum sind Sie mit mir hierher gefahren?«

»Weil ich nicht will, daß Sie sich von Ionescus süßem Gerede einlullen lassen. Das hier ist das wirkliche Rumänien.«

Wenn Mary zur Arbeit kam, sah sie jeden Tag lange Schlangen vor dem Tor, Menschen, die darauf warteten, ins Konsulat eingelassen zu werden, das sich im selben Gebäude wie die Botschaft befand. Sie war davon ausgegangen, daß dies Menschen mit kleinen Problemen seien, die der Konsul lösen könne. Doch eines Morgens trat sie ans Fenster, um die Gesichter der Leute genauer zu betrachten, und was sie sah, ließ sie sofort in Mikes Büro eilen.

»Was sind das für Menschen da draußen?«

Mike ging mit ihr ans Fenster. »Größtenteils rumänische Juden, die Visa beantragen wollen.«

»Aber in Bukarest gibt es doch auch eine israelische Botschaft. Warum wenden sie sich nicht an die?«

»Aus zwei Gründen«, erklärte Mike. »Erstens glauben sie, daß ihnen die amerikanische Regierung eher helfen kann, nach Israel auszuwandern, als die israelische. Und zweitens glauben sie, daß die Securitate nicht so leicht rauskriegt, was sie vorhaben, wenn sie zu uns kommen. Das ist natürlich ein Irrtum.« Er deutete aus dem Fenster. »In dem Haus gegenüber hat die Securitate mehrere Wohnungen gemietet, in denen Agenten mit Kameras und Teleobjektiven sitzen. Sie fotografieren jeden, der hier rein- oder rausgeht.«

»Wie furchtbar!«

»Gewiß, aber so machen sie es nun mal. Wenn eine jüdische Familie ein Ausreisevisum beantragt, verliert sie ihre Arbeit und ihre Wohnung. Und dann dauert es noch drei bis vier Jahre, bis die Regierung ihr mitteilt, ob sie auswandern darf – meistens darf sie nicht.«

»Können wir nichts dagegen tun?«

»Wir versuchen es ständig. Aber Ionescu mag die Juden nicht. Er spielt Katz und Maus mit ihnen und läßt nur ab und zu welche ausreisen.«

Mary betrachtete erneut die Gesichter vor dem Fenster, sah den Ausdruck der Hoffnungslosigkeit, von dem sie gezeichnet waren. »Es muß doch einen Weg geben«, sagte sie.

»Legen Sie sich ein dickeres Fell zu«, empfahl Mike Slade.

Als Mary an diesem Abend im Bett lag, sprach sie mit Edward.

Es ist anstrengend, Schatz. Aber aufregend. Ich glaube, ich kann hier etwas verändern. Jedenfalls bemühe ich mich darum. Scheitern ... nein, das würde ich nicht ertragen. Ich wollte, du wärst bei mir. Du fehlst mir so sehr. Hörst du mich, Edward? Bist du hier, und ich kann dich nur nicht sehen? Ich weiß es nicht, und das macht mich verrückt.

Mary und Mike saßen beim Morgenkaffee.

»Wir haben ein Problem«, sagte er.

»Ja?«

»Eine Delegation von rumänischen Kirchenleuten möchte Sie sprechen. Sie sind in die Staaten eingeladen worden, aber Ionescu will sie nicht ausreisen lassen.«

»Warum nicht?«

»Weil er am liebsten überhaupt niemand rauslassen würde. Kennen Sie den Witz von dem Tag, an dem er die Macht übernahm? Ionescu begibt sich in den Ostflügel des Regierungspalastes und beobachtet, wie die Sonne aufgeht. ›Guten Morgen, Genossin Sonne‹, sagt er. ›Guten Morgen, Genosse Ionescu‹, sagt die Sonne. ›Alle Welt freut sich darüber, daß Sie Rumäniens neuer Präsident sind.‹ Am Abend begibt sich Ionescu in den Westflügel und beobachtet, wie die Sonne untergeht. ›Guten Abend, Genossin Sonne‹, sagt er. Die Sonne gibt keine Antwort. ›Was ist los?‹ fragt Ionescu. ›Heute morgen hast du so nett mit mir geredet, und jetzt sprichst du kein Wort mehr mit mir?‹ ›Jetzt bin ich im Westen‹, sagt die Sonne, ›und du kannst mich mal.‹ Ionescu hat Angst, daß ihm die Kirchenleute etwas Ähnliches sagen, wenn er sie ausreisen läßt.«

»Ich werde mit dem Außenminister reden und sehen, was ich tun kann.«

Mike stand auf. »Mögen Sie Volkstanz?« fragte er.

»Warum?«

»Es gibt hier ein Nationalensemble, das recht gut sein soll. Heute abend ist Premiere. Haben Sie Lust?«

Mary war wieder einmal überrascht. Daß Mike Slade sie ins Theater einladen könnte, hätte sie nie gedacht.

Und daß sie ja dazu sagen würde, erst recht nicht. Denn das hatte sie, wie sie feststellen mußte, gerade getan.

»Gut.« Mike gab ihr ein Kuvert. »Hier sind drei Freikarten. Sie können Beth und Tim mitnehmen. Wir bekommen für die meisten Premieren dieses Ensembles Freikarten von der Regierung.«

Mary saß mit rotem Kopf da und kam sich vor wie ein dummes Schulmädchen. »Danke«, sagte sie steif.

»Florian holt Sie kurz vor acht ab.«

Beth und Tim wollten nicht mit ins Theater. Beth hatte einen Klassenkameraden zum Abendessen eingeladen.

»Meinen italienischen Freund«, erklärte sie. »Ist das okay?«

»Ich finde Volkstanz nicht so furchtbar toll«, sagte Tim.

Mary lachte. »Na schön. Ihr braucht nicht mitzukommen.«

Sie fragte sich, ob sich die Kinder auch so einsam fühlten wie sie. Dann überlegte sie, wen sie einladen könnte.

Colonel McKinney, Jerry Davis, Harriet Kruger? Außer den Kindern gab es eigentlich niemanden, mit dem sie den Abend verbringen wollte. Sie beschloß, allein zu gehen.

Florian wartete schon auf sie, als sie aus der Tür trat.

»Guten Abend, Frau Botschafterin.« Er verbeugte sich und riß den Wagenschlag auf.

»Sie machen heute einen sehr vergnügten Eindruck, Florian.«

Er grinste. »Oh, ich bin immer vergnügt, Ma'am.« Er setzte sich hinters Steuer. »Was bleibt einem anderes übrig?«

Mary beschloß, eine heikle Frage zu riskieren. »Sind Sie glücklich hier?«

Florian musterte sie im Rückspiegel. »Wollen Sie eine linientreue Antwort hören oder die Wahrheit?«

»Die Wahrheit, bitte.«

»Ich könnte dafür erschossen werden, aber egal. Kein Rumäne ist glücklich hier. Nur die Ausländer. Sie können kommen und gehen, wie sie wollen. Wir sind Gefangene.« Sie fuhren an einer langen Schlange vor einer Metzgerei vorbei. »Sehen Sie? Die Leute stehen drei bis vier Stunden an, um ein oder zwei Koteletts zu kriegen, und die Hälfte von ihnen muß mit leeren Händen gehen. Es fehlt an allem. Aber wissen Sie, wieviel Häuser Ionescu hat? Zwölf! Ich habe etliche Funktionäre zu diesen Häusern gefahren. Was sage ich, Häuser . . . es sind Paläste! Und das Volk lebt in winzigen Wohnungen, richtigen Kaninchenställen –« Florian unterbrach sich plötzlich, als fürchte er, zuviel gesagt zu haben. »Sie verraten niemandem etwas von diesem Gespräch, nein?«

»Natürlich nicht.«

»Danke. Ich möchte nicht, daß meine Frau vorzeitig Witwe wird. Sie ist jung. Und Jüdin außerdem. Hier gibt es Probleme mit dem Antisemitismus.«

Das wußte Mary bereits. *Aber ich werde etwas dagegen tun*, schwor sie sich.

Das Volkstheater befand sich in einer belebten Straße, der Rasodia Romană. Es war klein und hübsch, ein Überbleibsel aus glücklicheren Tagen. Die Premiere war langweilig; die Kostüme waren geschmacklos, und die Tänzer konnten nicht viel. Als es endlich vorbei war, atmete Mary auf. Florian stand vor dem Theater am Bordstein.

»Unsere Abfahrt wird sich leider verzögern, Frau Botschafterin. Der linke Vorderreifen ist platt, und der Ersatzreifen ist gestohlen worden. Ich habe einen neuen angefordert. Es wird ungefähr eine Stunde dauern, bis er da ist. Möchten Sie solange im Auto warten?«

Mary blickte zum Himmel auf. Er war klar, und der Vollmond schien. Die Luft war angenehm kühl. Mary fiel plötzlich auf, daß sie seit ihrer Ankunft in Bukarest viel durch die Stadt gefahren, aber wenig gelaufen war.

»Ich glaube, ich gehe zu Fuß«, sagte sie. »Es ist so ein schöner Abend.« Florian nickte.

Mary drehte sich um und machte sich auf den Weg. Sie ging die Straße entlang, die in einen Platz mündete. Bukarest war faszinierend und exotisch. Mary sah rätselhafte Schilder: *TUTEN ... PIINE ... CHIMÍST...*

Sie schlenderte über die Calea Moşilor und bog in die Strada Maria Rosetti ein. Die meisten Geschäfte waren noch geöffnet, und vor allen standen Schlangen. Auf den Bürgersteigen wimmelte es von Menschen, die zu dieser späten Stunde noch einkaufen wollten. Sie schienen Mary unheimlich still zu sein. Sie starrten sie an. Die Frauen betrachteten neidisch das Kleid, das sie trug. Mary begann schneller zu laufen.

An der Calea Victoriei blieb sie stehen. Sie wußte nicht, in welche Richtung sie gehen mußte. Sie sprach einen Passanten an. »Entschuldigung, könnten Sie mir bitte sagen, wie ich –«

Der Mann sah sie unsicher an und hastete weiter.

Jetzt fiel es Mary wieder ein: *Sie dürfen ja keinen Kontakt zu Ausländern aufnehmen.*

Wie sollte sie zurückfinden? Sie versuchte sich darauf zu besinnen, welchen Weg sie mit Florian gekommen war. Die Villa mußte irgendwo im Osten liegen. Sie ging in diese Richtung und war bald in einer schmalen, dunklen Seitenstraße. In einiger Entfernung sah sie einen breiten, hell erleuchteten Boulevard. *Da kann ich ein Taxi kriegen*, dachte sie erleichtert.

Plötzlich hörte sie schwere Schritte hinter sich. Sie drehte sich um. Ein Riese von Mann, der einen langen Mantel trug, kam hinter ihr her. Mary begann zu rennen.

»Verzeihung!« rief der Mann mit starkem rumänischem Akzent. »Haben Sie sich verlaufen?«

Mary fiel ein Stein vom Herzen. Das war wohl ein Polizist in Zivil. Vielleicht war er ihr gefolgt, um sich zu vergewissern, daß ihr keine Gefahr drohte.

»Ja«, sagte Mary dankbar. »Ich möchte zur –«

Ein Motor heulte auf, und ein Wagen raste auf Mary zu. Er hielt mit quietschenden Bremsen. Der Mann im Mantel packte Mary. Sie roch seinen heißen, stinkenden Atem und spürte, wie sich seine Wurstfinger um ihr Handgelenk schlossen. Er stieß sie auf die offene Wagentür zu. Mary wehrte sich verzweifelt.

»Los, steigen Sie ein«, knurrte der Mann.

»Nein!« schrie Mary. »Hilfe! Hilfe!«

Auf der anderen Straßenseite tauchte eine Gestalt auf und spurtete auf sie zu. Der Mann im Mantel zögerte.

»Lassen Sie die Frau los!« brüllte der Fremde.

Er faßte den Mann und zerrte an seinem Arm. Mary stellte fest, daß sie plötzlich frei war. Der Mann hinterm Steuer wollte aussteigen, um seinem Komplizen zu helfen.

Von fern kam das Geräusch einer Polizeisirene. Der Mann im Mantel rief dem anderen etwas zu. Dann sprang er ins Auto, und sie brausten davon.

Wenige Sekunden später stoppte ein Wagen mit Blaulicht und der Aufschrift *Militia* vor Mary. Zwei Uniformierte stürzten heraus.

»Sind Sie verletzt?« fragte der eine auf rumänisch. Dann versuchte er es mit Englisch. »Was ... was ist passiert?« sagte er stockend.

Mary hatte Mühe, sich zusammenzureißen. »Zwei Männer ... sie ... sie wollten mich zwingen, in ihr Auto zu steigen. Wenn ... wenn dieser Herr nicht gewesen wäre ...« Sie drehte sich um.

Aber der Fremde war verschwunden.

22

Mary quälte sich die ganze Nacht lang, versuchte den Männern zu entkommen, schreckte in Panik hoch, schlief wieder ein, wachte erneut auf. Sie durchlebte die Szene wieder und wieder, die schweren Schritte hinter ihr; der Wagen, der plötzlich anhielt; der Mann, der sie ins Auto zerren wollte... Hatten die Leute gewußt, wer sie war? Oder hatten sie nur versucht, eine Frau auszurauben, die sie wegen ihrer amerikanischen Kleidung für eine Touristin hielten?

Als Mary in ihrem Büro eintraf, wartete Mike Slade bereits auf sie. Er holte zwei Tassen Kaffee, stellte sie auf den Schreibtisch und nahm Platz. »Na, wie war's im Theater?« fragte er.

»Schön.« Was danach passiert war, ging ihn schließlich nichts an.

»Sind Sie verletzt worden?«

Mary blickte Mike verdutzt an. »Wie bitte?«

Er sagte geduldig: »Als man versucht hat, Sie zu entführen, meine ich. Sind Sie da verletzt worden?«

»Ich... woher wissen Sie das?«

»Aber Madame«, sagte er ironisch. »In Rumänien gibt es keine Geheimnisse. Sie können nicht mal ein Bad nehmen, ohne daß es alle Welt weiß. Nicht sehr klug von Ihnen, auf eigene Faust einen Nachtspaziergang zu machen.«

»Das ist mir inzwischen auch klar«, entgegnete Mary kühl. »Es wird nicht wieder vorkommen.«

»Gut«, sagte Mike knapp. »Hat Ihnen der Mann irgend etwas gestohlen?«

»Nein.«

Mike runzelte die Stirn. »Das Ganze ist eine mysteriöse Geschichte. Wenn er Ihren Mantel oder Ihre Börse hätte klauen wollen, hätte er Ihnen die Sachen auf der Straße abnehmen können. Aber er hat versucht, Sie zum Einsteigen zu zwingen, und das bedeutet, daß Sie tatsächlich entführt werden sollten.«

»Wer kann ein Interesse daran haben, mich zu entführen?«

»Ionescus Leute sicher nicht. Die geben sich alle Mühe, die Beziehungen zu uns nicht zu belasten.«

»Kriminelle vielleicht?«

Mike zuckte die Achseln und trank von seinem Kaffee. »Kidnapping mit Lösegeldforderungen gibt es in diesem Land nicht«, sagte er. »Darf ich Ihnen einen guten Rat geben?«

»Ich höre.«

»Gehen Sie nach Hause.«

»Was?«

Mike Slade setzte seine Tasse ab. »Sie müssen nur Ihre Demission einreichen und mit Ihren Kindern nach Kansas zurückgehen – da sind Sie sicher.«

Mary spürte, wie ihr das Blut ins Gesicht schoß. »Mr. Slade, ich habe einen Fehler gemacht. Es war nicht der erste, und es wird vermutlich nicht der letzte sein. Aber ich bin vom Präsidenten der Vereinigten Staaten zur Botschafterin ernannt worden, und ich gehe nicht nach Hause. Es sei denn, der Präsident feuert mich.« Die Stimme schnappte ihr fast über. »Ich erwarte von den Menschen in dieser Botschaft, daß sie mit mir zusammen und nicht gegen mich arbeiten. Wenn das zuviel verlangt ist, warum gehen dann *Sie* nicht nach Hause?« Mary zitterte vor Wut.

Mike Slade erhob sich. »Ich werde veranlassen, daß Ihnen die neuesten Berichte gebracht werden.«

Der Entführungsversuch war an diesem Vormittag das einzige Gesprächsthema in der Botschaft. *Wie haben es die Leute bloß erfahren?* fragte sich Mary. *Wie hat Mike Slade es erfahren?* Sie hätte gern den Namen ihres Retters gekannt. Sie wollte sich bei ihm bedanken. Sie hatte ihn nur flüchtig gesehen. Ein attraktiver Mann, Anfang vierzig wohl und sehr früh grau geworden. Er hatte mit einem Akzent gesprochen – mit französischem? Wenn er ein Tourist war, hatte er Rumänien vielleicht schon verlassen.

Ein bestimmter Gedanke verfolgte Mary. Der einzige Mensch, von dem sie mit Sicherheit wußte, daß er sie loswerden wollte, war Mike Slade. Hatte er diesen Entführungsversuch inszeniert, um ihr einen Schreck einzujagen? Einen solchen Schreck, daß sie die Flucht ergreifen würde? Er hatte ihr die Theaterkarten gegeben. Er hatte gewußt, wo sie war. Der Gedanke ging ihr nicht aus dem Sinn.

Am Abend mußte sie in die französische Botschaft, wo eine Cocktailparty zu Ehren einer in Rumänien gastierenden Pianistin aus Paris stattfand. Mary war müde und nervös und wäre lieber zu Hause bei den Kindern geblieben, aber sie wußte, daß sie sich ihren gesellschaftlichen Verpflichtungen nicht entziehen konnte.

Sie badete und wählte ein Abendkleid aus. Als sie die dazu passenden Schuhe anziehen wollte, stellte sie fest, daß bei einem der Absatz abgebrochen war. Sie klingelte nach Carmen.

»Ja, Ma'am?«

»Carmen, würden Sie den bitte zu einem Schuhmacher bringen?«

»Selbstverständlich, Ma'am. Haben Sie sonst noch Wünsche?

»Nein, das ist alles. Danke.«

Als Mary in der französischen Botschaft eintraf, herrschte schon ein ziemliches Gedränge. An der Tür wurde sie vom Stellvertreter des französischen Botschafters begrüßt. Sie kannte ihn bereits von einem früheren Besuch. Er küßte ihr die Hand.

»Guten Abend, Frau Botschafterin. Es ist reizend von Ihnen, daß Sie gekommen sind!«

»Oh, und es ist reizend von *Ihnen*, daß Sie mich eingeladen haben«, sagte Mary.

Sie mußten beide über ihre Phrasen lächeln.

»Gestatten Sie mir, daß ich Sie zum Botschafter bringe.« Er führte Mary durch den Ballsaal, wo sie viele Gesichter sah, die ihr inzwischen vertraut waren. Sie begrüßte den Botschafter, tauschte Artigkeiten mit ihm.

»Madame Dauphin ist eine fabelhafte Pianistin«, sagte der Botschafter schließlich. »Sie wird nachher etwas für uns spielen.«

»Ich freue mich schon darauf«, log Mary.

Ein Diener kam mit einem Tablett voller Champagnergläser vorbei. Mary nahm sich eines. Sie hatte mittlerweile gelernt, zu nippen statt zu kippen. Als sie sich umdrehte, weil sie dem Botschafter von Australien guten Abend sagen wollte, sah sie den Mann, der sie vor den Entführern gerettet hatte. Er stand in einer Ecke und sprach mit dem italienischen Botschafter.

»Entschuldigen Sie mich bitte«, sagte Mary. Sie ging quer durch den Raum auf den Fremden zu.

Er sagte gerade: »Natürlich vermisse ich Frankreich, aber ich hoffe, daß ich nächstes Jahr –« Er unterbrach sich, als er Mary sah.

»Ah, die Dame in Not!«

»Sie kennen sich?« fragte der italienische Botschafter.

»Wir sind einander nicht vorgestellt worden«, antwortete Mary.

»Dann holen wir das nach. Frau Botschafterin, das ist Dr. Louis Desforges.«

Der Gesichtsausdruck des Franzosen veränderte sich schlagartig. »*Frau Botschafterin?* Oh, pardon! Das wußte ich nicht.« Er schien verlegen zu sein. »Ich ... ich hätte Sie natürlich erkennen sollen.«

»Sie haben etwas viel Wichtigeres getan«, lächelte Mary. »Sie haben mich gerettet.«

Der italienische Botschafter blickte den Arzt an und sagte: »Ach, *Sie* waren das?« Er wandte sich Mary zu. »Ich habe von Ihrem Mißgeschick gehört.«

»Es hätte ein Mißgeschick werden können, wenn Dr. Desforges nicht gewesen wäre. Ich danke Ihnen, Herr Doktor.«

Louis Desforges lächelte. »Es freut mich sehr, daß ich zur rechten Zeit am rechten Ort war.«

Der italienische Botschafter sah, wie eine Gruppe von englischen Diplomaten in den Saal trat.

»Verzeihung«, sagte er, »Ich muß die Herrschaften begrüßen.«

Und damit eilte er davon. Mary und der Arzt blieben allein.

»Warum sind Sie weggelaufen, als die Polizei kam?«

Desforges betrachtete Mary prüfend. »Es ist das Klügste, wenn man nichts mit der rumänischen Polizei zu tun haben will. Sie nimmt nur zu gern Zeugen fest und horcht sie dann aus. Ich bin bloß Arzt bei der französischen Botschaft und habe keine diplomatische Immunität, aber ich weiß eine Menge über die Vorgänge in unserer Botschaft, und diese Informationen könnten die Rumänen womöglich interessieren.« Er lächelte. »Verzeihen Sie mir also, wenn es so schien, als würde ich Sie im Stich lassen.«

Er hatte etwas Ungekünsteltes, das Mary anziehend fand. Irgendwie erinnerte er sie an Edward. Vielleicht weil er Arzt war. Nein, es war mehr als das. Er hatte diese Offenheit, die zu Edwards besten Eigenschaften gehört hatte, und er lächelte fast genauso.

»Pardon«, sagte Dr. Desforges, »aber jetzt muß ich meine Pflicht tun und den Gesellschaftslöwen spielen.«

»Sie mögen Partys nicht besonders?«

Er verzog das Gesicht. »Ich hasse sie.«

»Ihre Frau auch?«

Er setzte zu einer Antwort an, zögerte. »Nein, meine Frau ... meine Frau hat Partys sehr geliebt.«

»Ist sie auch hier?«

»Sie ist tot. Sie und unsere beiden Kinder.«

Mary wurde blaß. »O Gott. Das tut mir leid. Wie –«

Seine Miene wurde starr. »Es war meine Schuld, Wir lebten in Algerien. Ich kämpfte im Untergrund gegen die Terroristen.« Er sprach jetzt langsamer, beinahe schleppend. »Sie fanden heraus, wer ich war, und sprengten unser Haus in die Luft. Ich war gerade nicht da.«

»Das tut mir leid«, sagte Mary noch einmal. Hoffnungslos unzulängliche Worte –

»Ich danke Ihnen für Ihr Mitgefühl. Sie kennen den Spruch, daß die Zeit alle Wunden heilt. Ich glaube nicht mehr daran.« Seine Stimme klang bitter.

Mary dachte an Edward, dachte daran, wie sehr er ihr immer noch fehlte. Aber dieser Mann hatte länger mit seinem Schmerz gelebt.

Er blickte sie an und sagte: »Sie entschuldigen mich, Frau Botschafterin –« Er wandte sich ab und ging, um Gäste zu begrüßen, die eben eingetroffen waren.

An diesem Abend sprach Mary wieder mit Edward.

Er erinnert mich ein bißchen an dich. Ich glaube, er würde dir gefallen. Er ist tapfer. Er leidet, und das zieht mich wohl zu ihm hin. Ich leide auch, Liebling. Ob ich je darüber hinwegkomme, daß du mir fehlst? Ich fühle mich so einsam. Ich kann mit niemandem reden. Mike Slade will, daß ich nach Hause gehe. Aber ich gehe nicht nach Hause. Ich brauch' dich, Edward, ich brauch' dich so sehr. Gute Nacht, Schatz.

Am nächsten Morgen telefonierte Mary mit Stanton Rogers. Es war wunderbar, seine Stimme zu hören.

»Man berichtet sehr positiv über Sie«, sagte Stanton Rogers. »Die Geschichte mit Hannah Murphy hat hier Schlagzeilen gemacht. Sie haben glänzende Arbeit geleistet.«

»Danke, Stan.«

»Mary – erzählen Sie mir von dem Entführungsversuch.«

»Ich habe mit dem rumänischen Präsidenten und dem Chef der Securitate gesprochen. Es gibt noch keine heiße Spur.«

»Hat Mike Slade Sie nicht davor gewarnt, allein durch die Stadt zu laufen?«

»Doch, Stan«, log Mary. *Ob ich ihm verrate, daß mir Mike Slade empfohlen hat, nach Hause zu gehen?* Nein, beschloß sie. *Mit Slade werde ich allein fertig.*

»Denken Sie daran – ich bin immer für Sie da.«

»Ich weiß«, sagte Mary dankbar. »Sie können sich nicht vorstellen, was das für mich bedeutet.«

Nach diesem Gespräch fühlte sie sich wesentlich besser.

»Wir haben ein Problem. Hier in der Botschaft ist irgendwo eine undichte Stelle.«

Mary und Mike Slade tranken vor der täglichen Lagebesprechung eine Tasse Kaffee.

»Wie bedenklich ist das?«

»Verdammt bedenklich. David Victor, unser Handelsattaché, hat sich zu Gesprächen mit dem rumänischen Handelsminister getroffen –«

»Ich weiß. Das haben wir vorige Woche beredet.«

»Richtig«, sagte Mike Slade. »Und als David zum zweiten Treffen erschien, wußten die Rumänen bei jedem Vorschlag von unserer Seite, wie weit wir zu gehen bereit waren.«

»Könnte es nicht sein, daß sie das erraten haben?«

»Theoretisch ja. Nur haben wir völlig neue Vorschläge in

die Diskussion gebracht, und die schienen sie in- und auswendig zu kennen.«

Mary dachte einen Moment nach. »Sie glauben, daß es irgendeiner von unseren Mitarbeitern ist?«

»Nicht bloß *irgendeiner*. Die letzte Konferenz der Attachés hat im Bubble Room stattgefunden. Unsere Elektronik-Experten sagen, genau da sei die undichte Stelle.«

Mary blickte Mike erstaunt an. Bei den Konferenzen im abhörsicheren Raum waren immer nur acht Personen anwesend, und das waren die wichtigsten Mitarbeiter der Botschaft.

»Wahrscheinlich geht die fragliche Person mit einem versteckten Tonbandgerät in die Besprechungen. Ich würde vorschlagen, daß Sie sofort eine Konferenz einberufen. Dieselben Leute wie immer. Dank unserer Suchgeräte werden wir den Schuldigen bald haben.«

Acht Personen saßen am Tisch: Eddie Maltz, Patricia Hatfield, Jerry Davis, David Victor, Lucas Janklow, Colonel McKinney, Mary und Mike Slade.

Mary wandte sich David Victor zu. »Wie laufen die Gespräche mit dem rumänischen Handelsminister?«

Der Handelsattaché schüttelte den Kopf. »Nicht so gut, wie ich gehofft hatte. Die Rumänen scheinen alles zu wissen, was ich zu sagen habe, ehe ich es sage. Es ist, als könnten sie meine Gedanken lesen.«

»Vielleicht können sie das auch«, sagte Mike Slade.

»Wie meinen Sie das?«

»Sie können jedenfalls die Gedanken von irgend jemand hier im Raum lesen.« Mike nahm den Hörer des roten Telefons auf dem Tisch ab. »Schicken Sie ihn rein.«

Wenige Sekunden später ging die schwere Tür auf, und ein Mann in Zivil trat ein. Er hatte einen schwarzen Kasten mit einer Meßskala in der Hand.

»Moment mal«, sagte Eddie Maltz. »In diesem Raum darf niemand außer –«

»Schon gut«, sagte Mary. »Wir haben ein Problem, und dieser Mann wird uns helfen, es zu lösen.« Sie blickte zu dem Techniker auf. »Fangen Sie bitte an.«

»Okay. Ich möchte, daß Sie alle an Ihren Plätzen bleiben.«

Er ging zu Mike Slade und hielt den Kasten in seine Nähe. Die Nadel auf der Skala blieb bei Null. Dann ging er zu Patricia Hatfield. Die Nadel bewegte sich nicht. Nun waren Eddie Maltz, Jerry Davis und Lucas Lanklow an der Reihe. Die Nadel bewegte sich nicht. Der Mann ging zu David Victor und schließlich zu Colonel McKinney. Die Nadel bewegte sich nicht. Blieb nur noch Mary. Als er zu ihr kam, begann die Nadel wild auszuschlagen.

»Was, zum Teufel–«, begann Mike Slade. Er stand auf und näherte sich Mary. »Sind Sie sicher?« fragte er den Mann.

Die Nadel spielte verrückt.

»Sprechen Sie ein paar Worte«, sagte der Mann.

Mary erhob sich verwirrt.

»Haben Sie etwas dagegen, wenn wir diese Sitzung abbrechen?« fragte Mike Slade.

Mary wandte sich den anderen zu. »Das war es fürs erste. Ich danke Ihnen.«

»Sie bleiben«, sagte Mike zu dem Techniker.

Als die anderen den Raum verlassen hatten, fragte er: »Können Sie genau feststellen, wo die Wanze ist?«

»Klar kann ich das.« Der Mann bewegte den schwarzen Kasten in geringem Abstand von Marys Körper nach unten. In Höhe ihrer Füße schlug die Nadel noch wilder aus.

Der Techniker richtete sich auf. »Das Ding ist in Ihren Schuhen.«

Mary starrte ihn ungläubig an. »Das kann nicht sein. Diese Schuhe habe ich in Washington gekauft.«

»Wären Sie so freundlich, sie auszuziehen?« sagte Mike Slade.

»Ich–« Das war doch absurd. Die Maschine mußte

spinnen. Oder hier versuchte jemand, Mary etwas anzuhängen. Vielleicht wollte Mike Slade sie auf diese Weise loswerden. Er würde nach Washington melden, daß sie Informationen an den Feind weitergegeben habe und auf frischer Tat ertappt worden sei. Aber das würde sie nicht mit sich machen lassen.

Mary streifte ihre Schuhe ab und drückte sie Slade in die Hand. »Hier«, sagte sie erbost.

Er drehte die Schuhe um und betrachtete sie prüfend. »Ist das ein neuer Absatz?«

»Nein, es–« Und dann erinnerte sie sich: *Carmen, würden Sie den bitte zu einem Schuhmacher bringen?*

Slade brach den Absatz ab. Er hatte einen Hohlraum, in dem ein winziges Tonbandgerät versteckt war.

»Da haben wir ihn, unseren Spion«, bemerkte Slade trocken. Er blickte auf. »Wo haben Sie diesen Absatz erneuern lassen?«

»Ich... ich weiß es nicht. Ich habe eines meiner Dienstmädchen gebeten, sich darum zu kümmern.«

»Na, bravo«, sagte er sarkastisch. »Wir würden es alle sehr zu schätzen wissen, Madame, wenn Sie solche Sachen in Zukunft von Ihrer Sekretärin erledigen ließen.«

Ein Telegramm lag für Mary bereit.

»Auswärtiger Ausschuß des Senats hat von Ihnen erbetenen Kredit für Rumänien bewilligt. Offizielle Bekanntgabe morgen. Herzlichen Gückwunsch. Stanton Rogers.«

Mike überflog die Depesche. »Das ist sehr erfreulich. Negulesco wird begeistert sein.«

Mary wußte, daß der rumänische Finanzminister zur Zeit einen schwierigen Stand hatte. Dies aber würde ihn zu Ionescus Liebling machen.

»Die offizielle Bekanntgabe findet erst morgen statt«, sagte Mary. Sie dachte eine Weile nach. »Ich möchte, daß Sie für mich sofort einen Termin mit Negulesco vereinbaren.«

»Soll ich mitkommen?«

»Nein. Das mache ich allein.«

Zwei Stunden später saß Mary im Büro des Finanzministers. Er strahlte wie ein Honigkuchenpferd. »Sie haben uns etwas Angenehmes mitzuteilen, ja?«

»Leider nein«, sagte Mary. Negulescos Lächeln verschwand.

»*Was?* Ich dachte, wir hätten den Kredit schon in der Tasche?«

Mary seufzte. »Das dachte ich auch, Herr Minister.«

»Was ist passiert? Was ist schiefgegangen?« Negulesco war plötzlich aschgrau im Gesicht.

Mary zuckte mit den Schultern. »Keine Ahnung.«

»Ich habe unserem Präsidenten versprochen –« Negulesco unterbrach sich, als ihm die Tragweite dieser Hiobsbotschaft bewußt wurde. Er starrte Mary an und sagte mit heiserer Stimme: »Das wird dem Präsidenten gar nicht gefallen. Können Sie nichts tun? Überhaupt nichts?«

»Ich bin genauso enttäuscht wie Sie, Herr Minister«, antwortete Mary. »Die Abstimmung lief wie gewünscht, bis einer der Senatoren erfuhr, daß einer rumänischen Kirchengruppe, die Utah besuchen wollte, die Visa verweigert werden. Dieser Senator ist Mormone, und er hat sich furchtbar aufgeregt.«

»Eine Kirchengruppe?« Negulesco sprach plötzlich eine Oktave höher. »Sie meinen, der Kredit wurde nicht bewilligt wegen einer –«

»So habe ich es verstanden, ja.«

»Aber Frau Botschafterin, Rumänien ist *für* die Kirchen! Sie genießen hier die größte Freiheit? Wir *lieben* die Kirchen!«

Negulesco sprang auf. »Frau Botschafterin ... wenn ich dafür sorge, daß diese Gruppe Ihr Land besuchen darf – glauben Sie, daß der zuständige Ausschuß den Kredit dann bewilligt?«

Mary blickte Negulesco tief in die Augen und sagte: »Das kann ich Ihnen garantieren, Herr Minister. Aber ich müßte bis heute nachmittag Bescheid wissen.«

Mary saß an ihrem Schreibtisch und wartete auf Negulescos Anruf. Er kam um 14 Uhr 30.

»Frau Botschafterin, ich habe gute Nachrichten für Sie! Die Kirchengruppe darf jederzeit ausreisen. Haben Sie jetzt auch gute Nachrichten für mich?«

Mary wartete eine Stunde. Dann rief sie zurück. »Ich habe soeben ein Telegramm vom State Department erhalten, Herr Minister. Der Kredit ist bewilligt.«

23

Mary konnte Louis Desforges nicht vergessen. Er hatte ihr das Leben gerettet und war dann verschwunden. Es freute sie sehr, daß sie ihn wiedergefunden hatte. Sie ging spontan in den American Dollar Shop, kaufte eine schöne Silberschale für ihn, ließ sie zur französischen Botschaft schicken und schämte sich fast: Es war wenig genug nach dem, was er für sie getan hatte.

Das war am Vormittag gewesen. Am Nachmittag sagte Dorothy Stone: »Ein Dr. Desforges ist am Apparat. Möchten Sie mit ihm sprechen?«

Mary lächelte. »Ja.« Sie hob ab. »Guten Tag.«

»Guten Tag, Frau Botschafterin.« Es klang reizend mit seinem französischen Akzent. »Ich rufe an, um mich für Ihr Geschenk zu bedanken. Das wäre aber wirklich nicht nötig gewesen, glauben Sie mir. Es war mir ein Vergnügen, daß ich Ihnen einen Gefallen tun konnte.«

»Oh, das war mehr als ein Gefallen«, sagte Mary. »Ich wollte, ich könnte Ihnen auf irgendeine Weise zeigen, wie dankbar ich Ihnen bin.«

Eine Pause trat ein. »Würden Sie ... Er verstummte.

Mary half ein bißchen nach. »Ja?«

»Äh ... nein, nichts.« Er hörte sich plötzlich schüchtern an.

»Bitte sagen Sie's mir.«

»Also gut.« Er lachte nervös. »Würden Sie vielleicht irgendwann einmal mit mir zum Essen gehen? Ich weiß natürlich, wieviel Sie zu tun haben und –«

»Mit Vergnügen«, sagte Mary.

»Wirklich?«

Er freute sich, das hörte sie. »Ja.«

»Kennen Sie das Restaurant Taru?«

Mary war schon zweimal dort gewesen. »Nein.«

»Wunderbar. Dann werde ich das Vergnügen haben, es Ihnen zu zeigen. Am Samstagabend sind Sie wahrscheinlich vergeben?«

»Ich muß um sechs zu einer Cocktailparty, aber danach können wir gern zum Essen gehen.«

»Sehr schön. Sie haben zwei Kinder, nicht wahr? Würden Sie sie wohl mitbringen?«

»Das ist ein bezaubernder Vorschlag, aber meine Kinder haben am Samstagabend etwas vor.«

Mary fragte sich, warum sie gelogen hatte.

•

Die Cocktailparty fand in der Schweizer Botschaft statt. Überraschenderweise hatte sich sogar Präsident Ionescu eingefunden.

Als er Mary sah, kam er gleich auf sie zu. »Guten Abend, Madame.« Er nahm ihre Hand und hielt sie länger als nötig in seiner. »Ich wollte Ihnen sagen, was für eine große Genugtuung es mir ist, daß sich Ihr Land bereit erklärt hat, uns den Kredit zu geben, um den wir gebeten haben.«

»Uns wiederum ist es eine große Genugtuung, daß Sie der Kirchengruppe erlaubt haben, Amerika zu besuchen, Exzellenz.«

Ionescu winkte lässig ab. »Die Rumänen sind keine Gefangenen. Jeder kann hier kommen und gehen, wann er will. Unser Vaterland ist ein Hort der sozialen Gerechtigkeit und demokratischen Freiheit. In Rumänien gehört alle Macht dem Volk.«

»Bei allem schuldigen Respekt, Herr Präsident«, sagte Mary, »es gibt trotzdem Hunderte, vielleicht sogar Tausende von Juden, die Rumänien verlassen wollen. Aber Ihre Regierung erteilt ihnen keine Visa.«

Ionescu blickte finster drein. »Dissidenten. Unruhestifter. Wir tun der ganzen Welt einen Gefallen, wenn wir sie hier behalten und ein Auge auf sie haben.«

»Herr Präsident –«

»Wir sind den Juden gegenüber nachsichtiger als jeder andere sozialistische Staat. Während des Sechstagekrieges im Jahre 1967 haben die Sowjetunion und alle Länder des sozialistischen Lagers die diplomatischen Beziehungen zu Israel abgebrochen. Mit einer Ausnahme: Rumänien.«

»Ich weiß, Herr Präsident, aber das ändert nichts an der Tatsache, daß es Hunderte –«

»Haben Sie den Kaviar schon probiert? Er ist köstlich. Frischer Beluga.«

Louis Desforges hatte angeboten, Mary abzuholen, aber sie hatte mit Florian vereinbart, daß er sie zum Restaurant fahren würde. Sie rief im Taru an, um dem Arzt mitteilen zu lassen, daß sie etwas später kommen würde. Sie mußte noch in die Botschaft und einen Bericht über das Gespräch mit Ionescu durchgeben.

Gunny hatte Dienst. Er begrüßte Mary und sperrte die Tür auf. Mary ging in ihr Büro und machte das Licht an. Dann erstarrte sie. Irgend jemand hatte mit roter Farbe die Worte GEH NACH HAUSE, EHE DU STIRBST an die Wand gesprüht. Mary drehte sich um und rannte in die Eingangshalle zurück.

Gunny blickte sie fragend an. »Ma'am?«

»Wer war in meinem Büro, Gunny?« wollte Mary wissen.

»Soweit ich informiert bin, niemand.«

»Zeigen Sie mir die Besucherliste.«

»Ja, Ma'am.«

Gunny gab ihr die Liste. Hinter jedem Namen stand die Zeit, zu der der Besucher die Botschaft betreten hatte. Mary fing bei 17 Uhr 30 an – da hatte sie ihr Büro verlassen – und ging die Liste durch. Sie enthielt ein Dutzend Namen.

Mary sah den Marineinfanteristen an. »Sind diese Leute alle zu den Büros geführt worden, in die sie wollten?«

»Ja, Ma'am. Niemand geht ohne Begleitung in den ersten Stock. Stimmt was nicht?«

Das konnte man wohl sagen.

»Schicken Sie jemanden in mein Büro, der die Schmiererei an der Wand beseitigt«, sagte Mary.

Sie machte auf dem Absatz kehrt und eilte aus der Botschaft. Der Bericht konnte bis morgen warten.

Louis Desforges stand auf, als Mary an den Tisch kam.

»Tut mir leid, daß ich mich verspätet habe.« Sie bemühte sich, völlig normal zu klingen.

Er half ihr, Platz zu nehmen. »Aber ich bitte Sie. Sie haben es mir doch ausrichten lassen. Es ist schön, daß Sie da sind.«

Mary wünschte sich jetzt, sie hätte sich nicht mit ihm zum Abendessen verabredet. Sie war zu nervös. Sie preßte die Hände aneinander, damit sie nicht zitterten.

Er beobachtete sie. »Ist alles in Ordnung, Frau Botschafterin?«

»Ja«, sagte Mary. *Geh nach Hause, ehe du stirbst.* »Ich hätte gern einen Whisky pur.« Sie haßte Whisky, aber sie sah kein anderes Mittel, sich zu beruhigen.

Desforges bestellte Whisky. Dann sagte er: »Es ist gewiß nicht einfach, Botschafterin zu sein.«

Mary quälte sich ein Lächeln ab. »Erzählen Sie mir von sich.« Ihr war alles recht, was sie von der Drohung an der Wand ablenken konnte.

»Da gibt es leider nicht viel Interessantes.«

»Sie sagten, daß Sie in Algerien im Untergrund gegen Terroristen gekämpft haben. Das hört sich doch aufregend an.«

Er zuckte die Achseln. »Wir leben in einer furchtbaren Zeit. Ich glaube, heute muß jeder Mensch etwas riskieren, damit er letztlich nicht *alles* zu riskieren braucht. Der

Terrorismus ist eine scheußliche Sache. Wir müssen ihm ein Ende bereiten.« Seine Stimme war voller Leidenschaft.

Er ist wirklich wie Edward, dachte Mary. *Edward hat seine Überzeugungen auch mit Leidenschaft vertreten.* Und Louis Desforges war offenbar bereit, sein Leben für das, was er glaubte, aufs Spiel zu setzen.

»Wenn ich gewußt hätte«, sagte er, »daß der Preis für meinen Kampf das Leben meiner Frau und meiner Kinder sein würde–« Er unterbrach sich. »Verzeihen Sie. Ich habe Sie nicht eingeladen, um Sie mit meinen Problemen zu behelligen. Darf ich Ihnen den Lammbraten empfehlen? Der ist ausgezeichnet.«

»Wunderbar«, sagte Mary.

Er bestellte das Essen und eine Flasche Wein, und sie redeten miteinander. Mary entspannte sich allmählich und begann, die Drohung zu vergessen. Sie fand es erstaunlich einfach, sich mit diesem Franzosen zu unterhalten. Es verblüffte sie, wie viele Ansichten sie teilten, für wieviel Dinge sie das gleiche empfanden. Louis Desforges war in einer Kleinstadt in Frankreich geboren, Mary in einer Kleinstadt in Kansas, dazwischen lagen 9000 km, und trotzdem hatten sie einen ähnlichen Hintergrund. Sein Vater war Bauer gewesen und hatte gespart und geknausert, damit Louis studieren konnte.

»Mein Vater war ein großartiger Mann, Frau Botschafterin.«

»Frau Botschafterin – das klingt so förmlich.«

»Mrs. Ashley?«

»Mary.«

»Danke, Mary.«

Sie lächelte. »Bitte, Louis.«

Mary fragte sich, wie sein Privatleben wohl aussehen mochte. Er war attraktiv und intelligent. Er konnte bestimmt jede Frau haben, die er wollte. Ob er mit einer zusammenlebte?

»Haben Sie je daran gedacht, wieder zu heiraten?« Mary konnte es kaum fassen, daß sie diese Frage gestellt hatte.

Er schüttelte den Kopf. »Nein. Wenn Sie meine Frau gekannt hätten, würden Sie es verstehen. Sie war einzigartig. Niemand kann sie ersetzen.«

Das Gefühl habe ich auch bei Edward, dachte Mary. Und dennoch braucht jeder Mensch einen anderen. Es ging nicht darum, einen geliebten Mann oder eine geliebte Frau zu ersetzen, sondern darum, einen neuen Menschen zu finden, mit dem man alles teilen konnte.

Louis sagte gerade: »Und darum dachte ich, als sich mir die Gelegenheit bot, es sei gewiß interessant, eine Weile in Rumänien zu leben.« Er senkte die Stimme. »Obwohl ich gestehen muß, daß dieses Land für mich etwas Böses hat.«

»Tatsächlich?«

»Ja. Es liegt nicht an den Menschen. Die sind bezaubernd. Es liegt an der Regierung. Ihr gilt meine ganze Verachtung.« Er blickte in die Runde, um sich zu vergewissern, daß niemand mithörte. »Ich bin froh, wenn meine Zeit hier abgelaufen ist und ich wieder nach Hause gehen kann.«

»Es gibt Leute, die finden, *ich* sollte nach Hause gehen«, hörte Mary sich sagen.

»Pardon?«

Und nun platzte Mary mit der Geschichte heraus.

»Das ist ja furchtbar!« rief Louis. »Sie wissen nicht, wer es war?«

»Nein.«

»Darf ich Ihnen etwas sagen?« fragte Louis. »Nachdem ich erfahren hatte, wer Sie sind, habe ich mich umgehört. Jeder, der Sie kennt, ist tief beeindruckt von Ihnen.«

Mary lauschte ihm wie gebannt.

»Mir scheint, daß Sie hier ein positives Bild von Amerika vermitteln – Schönheit, Intelligenz und Herzlichkeit. Wenn Sie an das glauben, was Sie tun, müssen Sie dafür kämpfen. Sie müssen in Rumänien bleiben. Geben Sie nicht klein bei, wenn jemand versucht, Sie zu erschrecken.«

Genau das hätte Edward auch gesagt.

Mary lag im Bett und konnte nicht schlafen. Sie dachte über Louis' Worte nach. *Er war bereit, für das zu sterben, was er glaubt. Und ich? Ich will nicht sterben. Mich bringt auch niemand um. Und ich lasse mir von niemandem Angst machen*, dachte Mary.

Und hatte Angst.

Am nächsten Morgen kam Mike Slade mit zwei Tassen Kaffee in Marys Büro. Er deutete mit dem Kopf auf die Wand, die frisch gestrichen war.

»Wie ich höre, war hier ein Sprayer am Werk.«

»Weiß man schon, wer es war?«

Slade trank einen Schluck Kaffee. »Nein. Ich habe die Besucherliste genau überprüft. Es ist bekannt, wann die Leute kamen, wann sie gingen und wo sie waren. In Ihrem Büro war keiner.«

»Das heißt, es muß jemand von der Botschaft gewesen sein.«

»Entweder das, oder jemand hat es geschafft, sich an den Wachen vorbeizustehlen.«

»Glauben Sie das?«

Slade stellte seine Tasse ab. »Nein.«

»Ich auch nicht.«

»Was stand da an der Wand?«

»Geh nach Hause, ehe du stirbst.«

Slade schwieg.

»Wer sollte mich umbringen wollen?«

»Keine Ahnung.«

»Mr. Slade, glauben Sie, daß ich wirklich in Gefahr bin? Ich wäre Ihnen dankbar für eine offene Antwort.«

Er betrachtete sie nachdenklich. »Abraham Lincoln, John F. Kennedy, Robert Kennedy und Martin Luther King sind umgebracht worden. Und Marin Groza. Verwundbar sind wir alle. Die Antwort auf Ihre Frage ist ja.«

24

Am nächsten Morgen um 8 Uhr 45, als Mary gerade in einer Besprechung saß, stürzte Dorothy Stone in den Konferenzsaal und rief: »Die Kinder sind entführt worden!«

Mary sprang auf. »O Gott!«

»Vor ein paar Sekunden ist der Alarm in der Limousine ausgelöst worden. Wir sind dem Wagen auf der Spur. Die Kidnapper können uns nicht entwischen.«

Mary raste den Flur entlang, zum Funkraum. Mehrere Männer standen an einem Schaltbrett. Colonel McKinney sprach in ein Mikrofon.

»Ja«, sagte er. »Verstanden. Ich werde es der Botschafterin mitteilen.«

»Was ist passiert?« fragte Mary. Sie konnte kaum sprechen. »Wo sind meine Kinder?«

»Kein Grund zur Aufregung, Ma'am«, sagte der Colonel beruhigend. »Es geht ihnen gut. Eines von ihnen hat versehentlich den Alarmknopf im Wagen gedrückt. Das Licht auf dem Dach ging an, das Sendegerät funkte kontinuierlich SOS, und ehe der Chauffeur einen halben Kilometer gefahren war, kamen vier Streifenwagen angebraust.«

Mary ließ sich erleichtert in einen Sessel sinken. Sie war auf einmal todmüde. Sie hatte gar nicht gemerkt, unter welch ungeheurer Anspannung sie stand.

An diesem Abend blieb Mary bei den Kindern. Sie wollte ihnen so nahe wie möglich sein. Als sie Beth und Tim betrachtete, fragte sie sich: *Sind sie in Gefahr? Sind wir alle in Gefahr? Wer sollte uns etwas tun wollen?* Sie wußte keine Antwort darauf.

Drei Tage später ging Mary wieder mit Louis Desforges zum Essen. Er schien diesmal gelöster, und obwohl seine tiefe Traurigkeit immer noch deutlich zu spüren war, gab er sich alle Mühe, aufmerksam und amüsant zu sein. Mary überlegte, ob er sich von ihr genauso angezogen fühlte, wie sie von ihm. *Ich habe ihm nicht nur eine Silberschale geschickt. Es war eine Aufforderung,* sagte sie sich.

Frau Botschafterin – das ist so förmlich. Nennen Sie mich Mary. Lief sie ihm nach? *Wie dem auch sei, ich verdanke ihm eine Menge – vielleicht sogar mein Leben. Nein, ich schiebe hier nur Gründe vor,* dachte Mary. *Das hat nichts damit zu tun, daß ich ihn wiedersehen wollte.*

Es war noch früh am Abend, als Louis sie zur Villa zurückfuhr. »Wollen Sie einen Sprung mit reinkommen?« fragte Mary.

»Ja«, sagte er, »gern.«

Die Kinder saßen im Wohnzimmer und machten Hausaufgaben. Mary stellte sie Louis vor.

Er betrachtete Beth mit leuchtenden Augen und sagte: »Eine meiner Töchter war drei Jahre jünger als du, die andere ein Jahr. Ich wollte, sie wären größer geworden ... und so hübsch wie du, Beth.«

Beth lächelte. »Danke. Wo–«

»Möchtet ihr alle eine Tasse Schokolade?« schaltete sich Mary hastig ein.

Sie saßen in der großen Küche, tranken Schokolade und redeten.

Die Kinder waren entzückt von Louis, und Mary wunderte sich über ihn. Er schien sie völlig vergessen zu haben. Er konzentrierte sich ganz auf die Kinder, berichtete von seinen Töchtern und erzählte ihnen Anekdoten und Witze, bis sie schrien vor Lachen.

Es war fast Mitternacht, als Mary einen Blick auf die Uhr

warf. »Ach, du lieber Schreck! Ihr solltet längst im Bett sein, Kinder. Jetzt beeilt euch aber.«

Tim fragte Louis: »Besuchen Sie uns bald wieder?«

»Ich hoffe es, Tim. Aber das liegt bei deiner Mutter.«

Tim wandte sich Mary zu. »Mama?«

Sie sah Louis an und sagte: »Ja.«

Mary brachte Louis zur Tür. Er nahm ihre Hand. »Ich kann Ihnen gar nicht sagen, was mir dieser Abend bedeutet hat, Mary.«

»Das freut mich.« Er kam näher und blickte ihr in die Augen. Sie öffnete ihre Lippen ein wenig, hob den Kopf ...

»Gute Nacht, Mary.«

Und damit war er fort.

Am nächsten Morgen entdeckte Mary, daß noch eine Wand in ihrem Büro frisch gestrichen war. Mike Slade kam mit zwei Tassen Kaffee durch die Verbindungstür.

»Guten Morgen.« Er stellte eine Tasse auf Marys Schreibtisch.

»Hat wieder jemand was an die Wand geschmiert?«

»Richtig.«

»Und was war es diesmal?«

»Ist doch egal.«

»Ihnen vielleicht«, sagte Mary wütend. »*Mir* nicht. Wie steht es eigentlich um die Sicherheitsmaßnahmen in dieser Botschaft? Ich lasse es nicht zu, daß sich Leute in mein Büro einschleichen und mich bedrohen! Was war es diesmal?«

»Wollen Sie's wirklich wissen?«

»Ja.«

»Also gut. ›Geh oder stirb.‹«

Mary erhob sich zornig. »Würden Sie mir bitte erklären, wie jemand ungesehen in die Botschaft kommen und hier sein Unwesen treiben kann?«

»Ich wollte, ich könnte es«, sagte Mike. »Wir bemühen uns nach Kräften, es herauszufinden.«

»Das ist offenbar nicht genug«, erwiderte Mary. »Ich möchte, daß nachts ein Marineinfanterist vor meiner Tür Wache hält. Ist das klar?«

»Ja, Frau Botschafterin. Ich werde es an Colonel McKinney weiterleiten.«

Slade verließ das Büro, und Mary fragte sich plötzlich, ob er wirklich nicht wußte, wer hinter der Sache steckte.

Er selbst vielleicht?

Mary lud Louis Desforges zu einer kleinen Party in der Villa ein. Es war kaum ein Dutzend Gäste da, und als sie gegangen waren, fragte Louis: »Darf ich die Kinder sehen?«

»Sie schlafen schon, Louis.«

»Ich wecke sie nicht«, versprach er. »Ich will sie wirklich nur sehen.«

Mary ging mit ihm in den ersten Stock und beobachtete, wie er schweigend in der Tür stand und den schlafenden Tim betrachtete.

Nach einer Weile flüsterte sie: »Beths Zimmer ist dort.«

Sie führte Louis den Flur entlang und öffnete eine andere Tür. Beth hatte die Arme um ihr Kopfkissen geschlungen und ihr Plumeau weggestrampelt. Louis trat auf Zehenspitzen ans Bett und deckte sie behutsam zu. Er blickte noch einen Moment still auf sie nieder. Dann drehte er sich um und ging aus dem Zimmer.

»Was für hübsche Kinder«, sagte er mit rauher Stimme.

Er stand vor Mary, und die Luft war elektrisch geladen.

Gleich passiert's, dachte Mary. *Wir können es beide nicht verhindern.*

Und dann hielten sie sich in den Armen und küßten sich.

Er löste sich von ihr. »Ich hätte nicht kommen sollen. Du merkst, was ich tue, nicht wahr? Ich versuche, meine Vergangenheit wieder aufleben zu lassen.« Er schwieg einen Augenblick. »Oder vielleicht ist es auch meine Zukunft. Wer weiß?«

»*Ich* weiß es«, sagte Mary leise.

David Victor, der Handelsattaché, kam wie ein Wirbelwind in Marys Büro. »Ich habe leider schlechte Nachrichten, sehr schlechte Nachrichten. Wie ich aus zuverlässiger Quelle erfahre, wird Ionescu mit Argentinien einen Liefervertrag über eineinhalb Millionen Tonnen Getreide abschließen und einen weiteren mit Brasilien über eine halbe Million Tonnen Sojabohnen. Wir haben fest mit diesem Geschäft gerechnet.«

»Wie weit sind die Verhandlungen gediehen?«

»Sie stehen kurz vor dem Abschluß. Und wir sind draußen. Ich will gleich eine Depesche nach Washington schikken – mit Ihrem Einverständnis natürlich«, fügte er beflissen hinzu.

»Nein, warten Sie noch«, sagte Mary. »Ich möchte mir die Sache durch den Kopf gehen lassen.«

»Sie werden Ionescu nicht dazu bewegen können, es sich anders zu überlegen. Ich habe es mit allen menschenmöglichen Argumenten versucht, glauben Sie mir.«

»Dann haben wir nichts zu verlieren, wenn ich es noch mal versuche.« Mary rief ihre Sekretärin. »Dorothy, machen Sie bitte sofort einen Termin mit Präsident Ionescu.«

Alexandros Ionescu lud Mary zum Mittagessen ein. Als sie in den Palast kam, wurde sie von Nicu begrüßt, dem vierzehnjährigen Sohn des Präsidenten.

»Guten Tag, Madame«, sagte er. »Ich bin Nicu. Herzlich willkommen.«

»Danke.«

Er war ein hübscher Junge, groß für sein Alter, mit schönen, dunklen Augen und einer Haut wie Milch und Blut. Er trat auf wie ein Erwachsener.

»Ich habe viel Nettes von Ihnen gehört«, fuhr Nicu fort.

»Das freut mich, Nicu.«

»Ich sage es meinem Vater, daß Sie da sind.«

Mary und Ionescu saßen einander im Speisezimmer gegenüber. Außer ihnen war niemand im Raum. Mary fragte sich, wo Ionescus Frau war. Sie trat so gut wie nie in der Öffentlichkeit auf, nicht einmal bei Staatsbesuchen.

Der Präsident hatte schon einiges getrunken und war bester Laune. Er zündete sich eine Zigarette an.

»Ich habe gehört, daß Sie mit Ihren Kindern – wie sagt man bei Ihnen – ausgiebig Sightseeing gemacht haben?«

»Ja, Exzellenz. Rumänien ist ein herrliches Land, und es gibt hier viel Sehenswertes.«

Ionescu lächelte Mary, so glaubte er wenigstens, verführerisch an. »Eines Tages müssen Sie sich von *mir* zeigen lassen, was Rumänien zu bieten hat.« Sein Lächeln wurde anzüglich. »Ich wüßte da mancherlei Interessantes ...«

»Oh, das glaube ich«, sagte Mary. »Aber um auf etwas anderes zu kommen, Herr Präsident – ich wollte so schnell mit Ihnen zusammentreffen, weil ich mit Ihnen wichtige Dinge zu besprechen habe.«

Ionescu hätte fast losgelacht. Er wußte genau, warum die Dame so schnell mit ihm zusammentreffen wollte. *Die Amis möchten mir Getreide und Sojabohnen andrehen, aber dafür ist es zu spät.* Die Botschafterin würde diesmal mit leeren Händen gehen müssen. Zu dumm. Wo sie doch eine so attraktive Frau war.

»Ja?« fragte er harmlos.

»Ich wollte mit Ihnen über Schwesterstädte reden.«

Ionescu klimperte mit den Wimpern. »Wie bitte?«

»Schwesterstädte. Wie San Francisco und Osaka, Los Angeles und Bombay, Washington und Bangkok ...«

»Ich ... ich verstehe nicht ganz. Was hat das mit –«

»Herr Präsident, mir ist folgendes eingefallen: Sie könnten weltweit Schlagzeilen machen, wenn Sie veranlassen würden, daß Bukarest oder Craiova eine Partnerschaft mit einer amerikanischen Stadt eingingen. Es wäre eine Sensation! Es würde sicher ebensoviel Aufmerksamkeit erregen wie Präsident Ellisons Völkerverständigungsinitiative, und es wäre ein wichtiger Schritt auf dem Weg zum Weltfrieden. Stellen Sie sich das vor! Ein Brückenschlag zwischen unseren Ländern! Es würde mich nicht wundern, wenn Sie dafür den Friedensnobelpreis bekämen.«

Ionescu versuchte, seine Gedanken neu zu ordnen. »Eine Schwesterstadt in den Vereinigten Staaten?« sagte er zurückhaltend. »Nun, das ist eine interessante Idee. Und was würde das beinhalten?«

»In erster Linie Publicity für Sie. Sie wären ein Held. Selbstverständlich wäre es *Ihre* Idee. Sie würden die Schwesterstadt in den Vereinigten Staaten besuchen. Und eine Delegation aus Kansas City würde Sie besuchen.«

»Kansas City?«

»Das ist nur ein Vorschlag. Ich glaube kaum, daß Ihnen eine von den großen Städten wie New York oder Chicago recht wäre – viel zu kapitalistisch. Also Kansas City. Es liegt im Mittleren Westen. In Kansas gibt es Bauern – wie Ihre Bauern. Leute, die auf dem Boden der Tatsachen stehen – wie Ihre Leute. Es wäre eines großen Staatsmanns würdig, Herr Präsident. Ihr Name wäre in aller Munde. Kein europäischer Politiker hat bislang an so etwas gedacht.«

Ionescu sann nach. »Das ... das müßte ich mir reiflich überlegen.«

»Natürlich.«

»Craiova und Kansas City –« Er nickte. »Ich muß zugeben, daß es eine faszinierende Idee ist.«

Je mehr er darüber nachdachte, desto besser gefiel es ihm. *Ihr Name wäre in aller Munde.*

»Wäre es möglich, daß die amerikanische Seite nein sagt?« fragte er.

»Nein, bestimmt nicht. Dafür kann ich die Hand ins Feuer legen.«

Ionescu dachte weiter nach. »Wann könnte diese Partnerschaft in Kraft treten?«

»Sobald Sie bereit sind, sie bekanntzugeben. Ich werde mich um die amerikanische Seite kümmern.«

Ionescu hatte eine Idee. »Wir könnten doch ein Handelsabkommen mit unserer Schwesterstadt treffen ... Rumänien hat vieles zu verkaufen. Sagen Sie – was wird in Kansas angebaut?«

»Unter anderem«, erwiderte Mary unschuldig, »Getreide und Sojabohnen.«

»Sie haben es wirklich geschafft? Sie haben ihn wirklich ausgetrickst?« fragte David Victor ungläubig.

»Nicht eine Sekunde«, sagte Mary. »Dafür ist er viel zu schlau. Er wußte, worauf ich es angelegt hatte. Ihm gefiel nur die Verpackung, in der ich es verkauft habe. Sie können den Vertrag unterschriftsreif machen. Ionescu studiert bereits seine Fernsehrede ein.«

Als Stanton Rogers erfuhr, was geschehen war, rief er Mary an.

»Sie sind ein Phänomen«, sagte er lachend. »Wir dachten, dieses Geschäft sei endgültig den Bach runtergegangen. Wie haben Sie das gemacht?«

»Nur ein bißchen auf seine Eitelkeit spekuliert«, sagte Mary.

»Der Präsident läßt Ihnen ausrichten, daß er begeistert davon ist, wie hervorragend Sie sich bewähren.«

»Ich bedanke mich. Sagen Sie ihm das bitte, Stan.«

»Okay. Übrigens, der Präsident und ich brechen nächste Woche zu einem Staatsbesuch nach China auf. Wenn Sie mich brauchen, können Sie mich über mein Büro erreichen.«

»Gute Reise.«

Mittlerweile war es Sommer. Alles grünte und blühte. Der Juni hatte begonnen.

In Buenos Aires war es Winter. Neusa Muñez kehrte um Mitternacht in ihre Wohnung zurück. Das Telefon klingelte. Sie nahm ab. »*Si?*«

»Miß Muñez?« Es war der Gringo aus den Vereinigten Staaten.

»Ja.«

»Kann ich Angel sprechen?«

»Der iss nich da, Señor. Was woll'n Sie denn?«

Der Controller war gereizt. *Was muß das für ein Mann sein, der mit einer solchen Frau befreundet ist?* Der Beschreibung zufolge, war sie nicht nur dumm, sondern auch unglaublich häßlich. »Ich möchte, daß Sie Angel etwas sagen.«

»Moment.«

Der Hörer wurde neben das Telefon gelegt, und der Controller mußte sich eine Weile gedulden.

Endlich war sie wieder dran. »Okay.«

»Sagen Sie Angel, daß ich einen Auftrag für ihn habe. In Bukarest.«

»Was? Budapest?«

Heiliger Gott! Die Frau war wirklich nicht auszuhalten. »Bu-ka-rest. Das ist in Rumänien. Sagen Sie ihm, es geht um fünf Millionen Dollar. Er muß Ende des Monats in Bukarest sein. In drei Wochen. Haben Sie das mitgekriegt?«

»Moment. Ich schreib's mir auf.«

Der Controller wartete.

»Okay. Und wieviel Leute muß Angel killen für fünf Millionen Dollar?«

»Eine Menge ...«

Die langen Schlangen, die jeden Tag vor der Botschaft warteten, verstörten Mary nach wie vor. Sie sprach wieder mit Mike Slade darüber.

»Wir müssen diesen Menschen doch irgendwie helfen können.«

»Wir haben alles versucht«, sagte Mike. »Wir haben Druck gemacht, Kredite in Aussicht gestellt – die Antwort war immer nein. In diesem Punkt läßt Ionescu nicht mit sich handeln. Die armen Leute sitzen in der Tinte. Er denkt nicht daran, sie gehen zu lassen.«

»Ich werde noch einmal mit ihm darüber reden.«

»Na, dann viel Glück.«

Mary bat Dorothy Stone, wieder einen Termin mit dem Diktator zu vereinbaren.

Einige Minuten darauf kam die Sekretärin in Marys Büro. »Tut mir leid, Ma'am. Ionescu hat alle Termine abgesagt und macht keine neuen.«

Mary blickte Dorothy verwirrt an. »Was kann das bedeuten?«

»Weiß ich nicht. Aber irgendwas stimmt da nicht. Ionescu empfängt niemand. Es darf auch niemand in den Palast.«

Mary dachte nach. Wollte Ionescu etwas Sensationelles ankündigen? Stand ein Staatsstreich bevor? Jedenfalls war etwas im Gange. Und Mary mußte herausfinden, was.

»Dorothy«, sagte sie, »Sie haben doch Kontakte zum Palast, oder?«

Dorothy lächelte. »Ja, dank Vitamin B.«

»Vitamin B?«

»Beziehungen, Ma'am. Wir plaudern ab und zu miteinander, die Sekretärinnen dort und ich.«

»Bohren Sie ein bißchen nach. Ich möchte wissen, was los ist.«

Eine Stunde später erstattete Dorothy Bericht. »Ich hab's rausgekriegt«, sagte sie, »obwohl es streng geheim ist.«

»Was?«

»Ionescus Sohn liegt im Sterben.«

Mary war entgeistert. »Nicu? Wie ist das passiert?«

»Er hat eine schwere Lebensmittelvergiftung.«

»Sie meinen, hier in Bukarest grassiert eine Epidemie?«

»Nein, Ma'am. Erinnern Sie sich an diese Epidemie in der DDR? Anscheinend hat Nicu dort einen Besuch gemacht und Konserven geschenkt bekommen. Gestern hat er davon gegessen und –«

»Aber gegen Lebensmittelvergiftung gibt es doch Mittel!« rief Mary.

»Die europäischen Staaten haben keine mehr. Durch die Epidemie in Deutschland ist alles aufgebraucht worden.«

»O Gott.«

Dorothy verließ das Büro, und Mary überlegte. Vielleicht war es schon zu spät, aber –

Sie drückte auf den Summer und sagte: »Dorothy, verbinden Sie mich mit dem Center for Disease Control in Atlanta.«

Fünf Minuten später sprach sie mit dem Direktor.

»Ja, Frau Botschafterin, wir haben ein Mittel gegen Lebensmittelvergiftung, aber aus den Vereinigten Staaten sind uns keine Fälle bekannt geworden.«

»Ich rufe nicht aus den Staaten an«, sagte Mary, »sondern aus Bukarest. Ich brauche das Mittel sofort.«

Eine kleine Pause trat ein. »Ich stelle Ihnen gerne genügend zur Verfügung«, sagte der Direktor, »aber Lebensmittelvergiftungen nehmen im allgemeinen einen sehr dramatischen Verlauf. Bis das Mittel in Bukarest ist, wird es wohl zu –«

»Ich sorge dafür, daß es hierher gebracht wird«, sagte Mary. »Halten Sie es in Bereitschaft, weiter nichts. Ich danke Ihnen.«

Zehn Minuten später sprach sie mit General Ralph Zukor von der Air Force in Washington.

»Guten Morgen, Frau Botschafterin. Was für eine unerwartete Ehre! Meine Frau und ich sind große Fans von Ihnen. Wie geht –«

»Herr General, Sie müssen mir einen Gefallen tun.«

»Mit Vergnügen. Worum geht es denn?«

»Ich brauche Ihr schnellstes Flugzeug.«

»Wie bitte?«

»Ich brauche eine Maschine, die sofort ein Medikament nach Bukarest fliegt.«

»Aha.«

»Können Sie das einrichten?«

»Unter gewissen Umständen ja. Ich will Ihnen sagen, was Sie tun müssen. Sie brauchen die Genehmigung des Verteidigungsministers. Zu diesem Zweck füllen Sie mehrere Formulare aus und reichen sie ein. Das Original geht ans Pentagon, eine Kopie an mich. Diese Kopie schicken wir dann –«

Mary kochte vor Wut. »Herr General, jetzt will ich Ihnen sagen, was *Sie* tun müssen. Hören Sie auf zu reden und lassen Sie dieses verdammte Flugzeug starten. Wenn –«

»Das geht nicht. Ich –«

»Herr General, das Leben eines Jungen steht auf dem Spiel. Und dieser Junge ist zufällig der Sohn des Präsidenten von Rumänien.«

»Es tut mir leid, aber ich kann nicht die Vollmacht –«

»Herr General, wenn der Junge stirbt, weil irgendein mistiges Formular nicht ausgefüllt worden ist, trommle ich die größte Pressekonferenz zusammen, die Sie je gesehen haben. Und vor der werden Sie erklären müssen, warum Sie Ionescus Sohn haben sterben lassen.«

»Ohne Vollmacht des Weißen Hauses kann ich keinen solchen Befehl geben. Wenn –«

»Dann holen sie die Vollmacht ein«, fauchte Mary. »Das Mittel ist in Atlanta. Auf dem Flughafen. Und noch etwas, Herr General – jede Minute zählt.«

Sie legte auf und schickte ein Stoßgebet zum Himmel.

General Zukors Adjutant fragte: »Was war das eben, Sir?«

»Unsere Botschafterin in Rumänien erwartet von mir, daß ich irgendein Medikament von einer SR-71 nach Bukarest fliegen lasse«, sagte Zukor.

Der Adjutant lächelte. »Ich bin sicher, daß sie keine Ahnung von den Implikationen des Ganzen hat, Sir.«

»Das scheint mir auch so. Aber sichern wir uns für alle Fälle ab. Verbinden Sie mich mit Stanton Rogers.«

Fünf Minuten später sprach der General mit dem außenpolitischen Berater des Präsidenten. »Ich wollte Ihnen nur mitteilen, daß die Botschafterin dieses Ansinnen an mich gestellt hat. Ich habe selbstverständlich abgelehnt. Falls –«

Stanton Rogers sagte: »Wie lange dauert es, bis Sie eine SR-71 in der Luft haben?«

»Zehn Minuten, aber –«

»Dann machen Sie mal.«

Nicu Ionescu lag schwitzend und blaß im Bett. Er war nicht bei Bewußtsein und wurde mit einem Sauerstoffgerät beatmet. Drei Ärzte hielten Wache.

Präsident Ionescu kam ins Zimmer. »Wie sieht es aus?«

»Wir haben bei Kollegen in ganz Europa nachgefragt, Exzellenz. Es gibt kein Antiserum mehr.«

»Und in den Vereinigten Staaten?«

Der wortführende Arzt zuckte mit den Schultern. »Bis wir arrangieren könnten, daß jemand das Serum hierher brächte –« Er zögerte. »Ich fürchte, es wäre zu spät.«

Ionescu trat ans Bett und griff nach der Hand seines Sohnes. Sie war feucht und kühl. Ionescu begann zu weinen. »Du darfst nicht sterben«, schluchzte er. »Du darfst nicht sterben.«

Als die Maschine auf dem Flughafen in Atlanta landete, wartete an der Rollbahn bereits ein Wagen der Air Force. Drei Minuten später war die Maschine mit dem Serum wieder in der Luft.

Die SR-71, das schnellste Flugzeug der Air Force, kann mit dreifacher Schallgeschwindigkeit fliegen. Sie verlangsamte das Tempo nur einmal, um über dem Atlantik aufzutanken, und schaffte den 9000-Kilometer-Flug nach Bukarest in wenig mehr als drei Stunden.

Colonel McKinney stand auf dem Flughafen Otopeni in Bereitschaft. Von einer Eskorte der rumänischen Armee geleitet, raste er mit dem Serum zum Präsidentenpalast.

Mary war die ganze Nacht in ihrem Büro geblieben und ließ sich über die Ereignisse berichten. Die letzte Meldung traf um 6 Uhr morgens ein.

Colonel McKinney rief an. »Gerade ist dem Jungen das Serum verabreicht worden. Die Ärzte sagen, er wird am Leben bleiben.«

»Oh, Gott sei Dank!«

Zwei Tage später wurde in Marys Büro eine Kette aus Diamanten und Smaragden abgeliefert. Ein Begleitkärtchen lag bei.

ICH WEISS NICHT, WIE ICH IHNEN DANKEN SOLL.

ALEXANDROS IONESCU

»*Wow!*« rief Dorothy, als sie die Kette sah. »Die muß eine halbe Million Dollar gekostet haben!«

»Mindestens«, sagte Mary. »Schicken Sie sie zurück.«

Am nächsten Morgen ließ Präsident Ionescu Mary zu sich bitten.

Einer seiner Mitarbeiter sagte: »Der Präsident erwartet Sie in seinem Büro.«

»Darf ich zuerst Nicu sehen?«

»Ja, natürlich.« Der Mann führte Mary in den ersten Stock.

Nicu lag im Bett und las. Als Mary eintrat, blickte er auf. »Guten Morgen, Frau Botschafterin.«

»Guten Morgen, Nicu.«

»Mein Vater hat mir erzählt, was Sie für mich getan haben. Ich möchte Ihnen danken.«

»Gern geschehen«, sagte Mary. »Ich konnte dich doch nicht sterben lassen. Ich brauche dich doch für meine Tochter. Sie ist zwei Jahre jünger als du.«

Nicu lachte. »Holen Sie sie her, und wir reden darüber.«

Präsident Ionescu empfing Mary im Parterre. »Sie haben mein Geschenk zurückgeschickt«, sagte er ohne Einleitung.

»Ja, Exzellenz.«

Er deutete auf einen Sessel. »Nehmen Sie Platz.« Dann betrachtete er Mary prüfend. »Was wollen Sie?«

»Ich mache keinen Handel, wenn es um Kinder geht«, sagte Mary.

»Sie haben meinem Sohn das Leben gerettet. Dafür muß ich Ihnen etwas geben.«

»Sie sind mir nichts schuldig, Exzellenz.«

Ionescu schlug mit der Faust auf den Tisch. »Ich will Ihnen nicht zu Dank verpflichtet sein! Nennen Sie Ihren Preis.«

»Exzellenz«, sagte Mary, »es gibt keinen Preis. Ich habe selbst Kinder. Ich kann nachfühlen, wie Ihnen zumute war.«

Ionescu schloß einen Moment lang die Augen. »Wirklich? Niku ist mein einziger Sohn. Wenn ihm etwas zugestoßen wäre–« Er konnte nicht weitersprechen.

»Ich war oben bei ihm. Es sieht so aus, als sei er auf dem Wege der Besserung.« Mary stand auf. »Wenn nichts weiter anliegt. Exzellenz – ich habe einen Termin in der Botschaft.« Sie wandte sich zum Gehen.

»Warten Sie!«

Mary drehte sich um.

»Sie nehmen also kein Geschenk von mir an?«

»Nein. Ich habe Ihnen doch erklärt, daß–«

Ionescu hob die Hand. »Schon gut, schon gut.« Er dachte eine Weile nach. »Wenn Sie einen Wunsch bei mir frei hätten – was würden Sie sich dann wünschen?«

»Ich wüßte nicht–«

»Sie müssen! Ich bestehe darauf! Ein Wunsch. Was Sie wollen.«

Mary betrachtete Ionescu und überlegte. Schließlich sagte sie: »Ich wünschte mir, daß die Restriktionen gegen die Juden, die aus Rumänien auswandern wollen, aufgehoben werden.«

Ionescu trommelte mit den Fingern auf seinen Schreibtisch. »Ich verstehe.« Er schwieg lange. Dann blickte er zu Mary auf. »Nun gut. Ich werde sie natürlich nicht alle aus dem Land lassen, aber ich werde es einfacher für sie machen.«

Als zwei Tage später die neue Auswanderungspolitik bekanntgegeben wurde, erhielt Mary einen Anruf von Präsident Ellison persönlich.

»Bei Gott«, sagte er, »ich habe gedacht, ich hätte eine Diplomatin nach Rumänien geschickt, und jetzt machen Sie nicht nur Unmögliches möglich, sondern fangen an, Wunder zu wirken.«

»Reines Glück, Mr. President.«

»Ich wollte, meine anderen Diplomaten hätten auch diese Art Glück. Ich möchte Ihnen gratulieren, Mary – zu allem, was Sie für uns getan haben.«

»Danke, Mr. President.«

Sie legte auf und glühte vor Stolz.

»Bald ist Juli«, sagte Harriet Kruger zu Mary. »Früher hat der Botschafter immer am 4. Juli, am Unabhängigkeitstag, für die Amerikaner, die in Bukarest leben, eine Party veranstaltet. Wenn Sie lieber –«

»Nein. Das ist eine glänzende Idee.«

»In Ordnung. Dann kümmere ich mich um alles. Fahnen in Massen, Luftballons, eine Band, das ganze Drum und Dran.«

»Klingt gut. Danke, Harriet.«

Es würde ihr Budget gewaltig belasten, aber es würde sich lohnen. *Ich habe nämlich Heimweh*, dachte Mary.

Florence und Douglas Schiffer kündigten sich überraschend zu einem Besuch an.

»Wir sind in Rom!« rief Florence am Telefon. »Können wir dich sehen? In Bukarest, meine ich?«

Mary war begeistert. »Wann könnt ihr kommen?«

»Was hältst du von morgen?«

Mary holte die Schiffers mit ihrem Dienstwagen am Flughafen ab. Sie küßten und umarmten sich, als hätten sie sich seit fünfzig Jahren nicht mehr gesehen.

»Du siehst phantastisch aus!« sagte Florence. »Du hast dich kein bißchen verändert.«

Hast du eine Ahnung, dachte Mary.

Auf der Fahrt zu ihrer Residenz wies Mary auf die Sehenswürdigkeiten hin, die sie vor vier Monaten zum ersten Mal zu Gesicht bekommen hatte. War das wirkliche erst vier Monate her? Es kam ihr wie eine Ewigkeit vor.

»Da wohnst du?« fragte Florence, als sie durch das Tor, das von einem Marineinfanteristen bewacht wurde, zur Villa fuhren. »Ich bin beeindruckt.«

Mary führte die Schiffers durchs Haus.

»Großer Gott!« rief Florence. »Swimmingpool, Ballsaal, tausend Zimmer und eigener Park!«

Sie saßen im Speisezimmer, aßen zu Mittag und klatschten über die Nachbarn in Junction City.

»Vermißt du unser altes Kaff überhaupt?« fragte Douglas.

»Ja.« Und als sie es sagte, ging Mary auf, was für einen weiten Weg sie hinter sich hatte. Junction City – das stand für Frieden und Sicherheit, für ein leichtes, gutes Leben. Hier dagegen: Angst und Terror und finstere Drohungen an den Wänden ihres Büros.

»Was denkst du gerade?« fragte Florence.

»Wie? Ach, nichts. Ich habe nur geträumt. Was macht ihr in Europa?«

»Ich war bei einem Ärztekongreß«, sagte Douglas.

»Nun erzähl Mary schon alles«, drängte Florence.

»Also, ich war nicht sicher, ob ich wirklich zu diesem Kongreß wollte, aber wir haben uns Sorgen gemacht, deinetwegen, und wollten wissen, wie es dir geht. Darum sind wir hier.«

»Das freut mich.«

»Ich hätte nie gedacht, daß ich mal einen solchen Superstar persönlich kennen würde«, seufzte Florence.

Mary lachte. »Daß ich Botschafterin bin, macht mich noch lange nicht zum Star, Florence.«

»Oh, davon rede ich nicht.«

»Wovon dann?«

»Weißt du das tatsächlich nicht?«

»Was?«

»Mary, vorige Woche hat *Time* einen riesenlangen Artikel über dich gebracht. Alle Zeitungen bei uns berichten von dir. Wenn Stanton Rogers Pressekonferenzen gibt, stellt er dich immer als strahlendes Beispiel für gute Außenpolitik hin. Der Präsident spricht von dir. Alle sprechen von dir, das kannst du mir glauben.«

»Das ... das habe ich wohl nicht mitverfolgt«, antwortete Mary. Sie erinnerte sich an das, was Stanton gesagt hatte: *Der Präsident hat beschlossen, sich für Sie ins Zeug zu legen.* »Wie lange bleibt ihr?« fragte Mary.

»Wenn es nach mir ginge, ewig«, sagte Florence, »aber wir haben hier leider nur drei Tage eingeplant, und dann müssen wir wieder nach Hause.«

Douglas fragte: »Wie kommst du zurecht, Mary? Ich meine ... ohne Edward?«

»Es geht mir allmählich besser«, sagte Mary. »Ich rede jeden Abend mit ihm. Hört sich das verrückt an?«

»Nein, eigentlich nicht.«

»Trotzdem ist es immer noch schlimm. Aber ich versuche, damit fertigzuwerden. Ich versuche es, so gut ich kann.«

»Hast du inzwischen ... jemanden kennengelernt?« fragte Florence vorsichtig.

Mary lächelte. »Ja. Ich stelle ihn euch heute abend vor.«

Die Schiffers fanden sofort Gefallen an Louis Desforges. Douglas und er führten ein langes Gespräch über Medizin. Es war einer von Marys schönsten Abenden, seit sie in Bukarest war. Sie fühlte sich ein paar Stunden lang völlig geborgen.

Um elf zogen sich die Schiffers ins Gästezimmer zurück. Mary blieb unten und verabschiedete sich von Louis.

»Deine Freunde gefallen mir gut«, sagte er. »Ich hoffe, daß ich sie bald wiedersehe.«

»Sie mochten dich auch«, sagte Mary. »Sie fliegen in ein paar Tagen nach Kansas zurück.«

Louis betrachtete sie fragend. »Mary – du spielst doch nicht mit dem Gedanken fortzugehen?«

»Nein«, erwiderte sie. »Ich bleibe hier.«

»Gut.« Er zögerte. Dann sagte er: »Ich fahre übers Wochenende in die Berge. Es wäre schön, wenn du mitkommen würdest.«

»Ich komme mit.«

So einfach war das.

Auch an diesem Abend sprach Mary mit Edward. *Schatz, ich werde dich immer lieben, aber ich muß jetzt ohne dich auskommen und ein neues Leben beginnen. Du wirst immer zu diesem Leben gehören, aber es muß auch jemand anderen geben. Louis ist nicht du, aber er ist ein starker, guter und tapferer Mensch. Das ist fast so, als hätte ich dich. Bitte, Edward, versteh mich ...*

Sie setzte sich auf und machte die Nachttischlampe an. Sie starrte lange ihren Ehering an und zog ihn dann behutsam vom Finger.

Es war ein Ende. Und ein Anfang.

Die drei Tage mit den Schiffers gingen viel zu schnell vorbei, und nun trank Mary wieder ihren Morgenkaffee mit ihrem Stellvertreter Mike Slade.

Nachdem sie besprochen hatten, was zu erledigen war, sagte Mike: »Ich habe Gerüchte gehört.«

Mary hatte auch welche gehört. »Über Ionescu und seine neue Geliebte? Er scheint –«

»Nein, über Sie.«

Mary erstarrte. »Tatsächlich? Was für Gerüchte?«

»Es sieht so aus, als würden Sie sich ziemlich oft mit Dr. Desforges treffen.«

Mary wurde wütend. »Mit wem ich mich treffe, geht niemanden von der Botschaft etwas an.«

»Madam, ich bitte, Ihnen widersprechen zu dürfen. Mit wem Sie sich treffen, geht jeden von der Botschaft etwas an. Es ist hier ein ungeschriebenes Gesetz, daß man sich nicht auf Verbindungen mit Ausländern einläßt, und der Doktor *ist* Ausländer. Außerdem ist er ein Agent der anderen Seite.«

Mary war so fassungslos, daß sie kaum sprechen konnte. »Das ist absurd!« zischte sie. »Was wissen *Sie* denn von Dr. Desforges?«

»Überlegen Sie sich mal, wie Sie ihn kennengelernt haben«, schlug Mike Slade vor. »Die edle Maid in Not und der Ritter in schimmernder Rüstung, der sie errettet. Der Trick ist nicht gerade taufrisch. Ich habe das auch schon gemacht.«

»Es ist mir völlig egal, was Sie gemacht haben und was nicht«, fauchte Mary. »Dr. Desforges wiegt Sie doppelt und dreifach auf. Er hat in Algerien gegen die Terroristen gekämpft, und sie haben seine Frau und seine Kinder ermordet.«

»Wie interessant«, sagte Mike. »Ich habe die Akte des Doktors gesehen. Er war nie verheiratet und hatte nie Kinder.«

25

Auf dem Weg in die Karpaten machten sie zum Mittagessen in Timişoara halt. Der Gasthof war einem mittelalterlichen Keller nachempfunden.

»Die Spezialität des Hauses ist Wild«, sagte Louis. »Ich empfehle den Rehrücken.«

Mary hatte noch nie Reh gegessen. Es schmeckte herrlich.

Louis bestellte eine Flasche rumänischen Wein dazu. Der Arzt strahlte eine ruhige Kraft aus, die Mary ein Gefühl der Sicherheit gab.

Er hatte sich den Wagen eines Freundes mit dem ovalen CD-Schild geliehen und sie nicht von der Botschaft abgeholt, sondern an einem Treffpunkt in der Stadt. »Es ist besser, wenn niemand weiß, wohin wir fahren«, sagte er, »sonst klatscht bald das ganze diplomatische Korps über dich.«

Zu spät, dachte Mary.

Nach dem Essen ging es weiter. Die Landschaft war schön, und Louis war ein vorzüglicher Fahrer. Mary betrachtete ihn von der Seite. Mike Slades Worte fielen ihr ein: *Ich habe die Akte des Doktors gesehen. Er war nie verheiratet und hatte nie Kinder. Außerdem ist er ein Agent der anderen Seite.*

Sie glaubte Slade kein Wort. Ihr Gespür sagte ihr, daß der Mann log. Es war nicht Louis, der sich in ihr Büro geschlichen und Sprüche an die Wand geschmiert hatte. Es war jemand anderer, der sie bedrohte. Sie vertraute Louis. *Den*

Ausdruck, den ich in seinem Gesicht gesehen habe, als er den Kindern Geschichten erzählt und sie im Schlaf betrachtet hat, kann niemand heucheln. Kein Mensch ist ein so überzeugender Schauspieler.

Die Luft wurde merklich dünner und kühler. An die Stelle der Eichen waren Eschen, Fichten und Tannen getreten.

»Hier kann man phantastisch jagen«, sagte Louis. »Es gibt Schwarzwild, Rotwild und Wölfe.«

»Ich war noch nie bei einer Jagd dabei.«

»Vielleicht kann ich dich mal mitnehmen.«

Die Berge, die vor ihnen lagen, erinnerten Mary an Fotos von den Schweizer Alpen. Die Gipfel waren in Wolken gehüllt. Die Straße führte an Wäldern und grünen Matten vorbei, auf denen Kühe weideten. Die Wolken hatten die Farbe von Stahl und wirkten so kalt, daß Mary fröstelte.

Am späten Nachmittag erreichten sie ihr Ziel, Sioplea. Sie stiegen in einem kleinen Hotel ab, das fast wie ein Chalet aussah.

Ein Page führte sie in ihre Suite. Man hatte ihnen ein geräumiges, behagliches Wohnzimmer, ein großes Schlafzimmer mit Bad und eine Terrasse mit atemberaubendem Blick auf die Berge gegeben.

»Zum ersten Mal in meinem Leben bedaure ich, daß ich kein Maler bin«, seufzte Louis.

»Ja, es ist wirklich eine wunderbare Aussicht.«

Er kam näher. »Das meine ich nicht. Ich möchte *dich* malen.«

Ich komme mir wie eine Siebzehnjährige beim ersten Rendezvous vor. Ich bin entsetzlich nervös, dachte Mary.

Er nahm sie in die Arme und zog sie an sich. Sie legte ihren Kopf an seine Brust, und dann waren seine Lippen auf ihren, und sie vergaß alles um sich her.

Sie hatte eine verzweifelte Sehnsucht, die weit über das Sexuelle hinausging. Sie wollte, daß jemand sie festhielt, sie beschützte, ihr zeigte, daß sie nicht mehr allein war. Sie brauchte Louis, um mit ihm eins werden zu können.

Dann lagen sie in dem großen Doppelbett, und sie spürte seine Hände und seine Zunge, und dann war er in ihr, und sie schrie und hatte das Gefühl, sich aufzulösen vor Lust ...

Louis war ein unglaublich guter Liebhaber, wild und fordernd, sanft und rücksichtsvoll zugleich. Nach langer, langer Zeit lagen sie endlich erschöpft nebeneinander. Mary schmiegte sich in seine Arme.

»Es ist seltsam«, sagte Louis. »Ich fühle mich wieder ganz. Seit dem Mord an Renée und den Kindern war ich nur noch ein Schatten meiner selbst. Ich fühlte mich völlig hilflos ohne sie.«

»Das kann ich verstehen«, sagte Mary. »Ich war ohne Edward genauso hilflos.«

Dann schliefen sie.

Und als sie aufwachten, liebten sie sich wieder, unsagbar zärtlich.

Es war fast vollkommen. *Fast.* Denn im Hintergrund stand eine Frage, die Mary gern gestellt hätte und nicht zu stellen wagte: *Warst du wirklich verheiratet, Louis, hattest du wirklich Kinder?*

Sie wußte, wenn das ausgesprochen wurde, war alles vorbei. Louis würde ihr nie verzeihen, daß sie an ihm gezweifelt hatte. *Zum Teufel mit Slade.*

Louis beobachtete sie. »Woran denkst du?«

»An nichts, Liebling.«

Was hast du in dieser dunklen Seitenstraße getan, als die beiden Männer versuchten, mich zu entführen, Louis?

Sie aßen auf der Terrasse zu Abend und tranken Cemurata, einen Erdbeerlikör aus den Karpaten.

Am nächsten Tag machten sie eine Bergwanderung. Danach badeten sie im Swimmingpool, liebten sich in der Sauna und spielten Bridge mit einem alten deutschen Ehepaar, das seinen Urlaub in Rumänien verbrachte. Am Abend speisten sie bei Kerzenlicht in einem Landgasthof in den Bergen.

Und schließlich – nur zu bald – war es Zeit, zurück nach Bukarest zu fahren.

Wir müssen in die Wirklichkeit zurück, dachte Mary. Und was war die Wirklichkeit? Eine Welt der Drohungen und der Angst. *Aber ich habe ja Louis.*

Beth und Tim hatten ungeduldig auf die Rückkehr ihrer Mutter gewartet.

»Heiratest du Louis?« fragte Beth.

Mary war völlig entgeistert. Ihre Tochter hatte in Worte gefaßt, was sie nicht einmal zu denken gewagt hatte.

»Heiratest du ihn?«

»Ich weiß nicht«, sagte Mary. »Hättet ihr etwas dagegen?«

»Er ist natürlich nicht Papa«, antwortete Beth, »aber Tim und ich mögen ihn.«

»Ich auch«, sagte Mary glücklich. »Ich auch.«

Ein Bote brachte rote Rosen in Marys Büro, dazu eine Karte: »Ich danke Dir für Dich.«

Mary las die Karte und fragte sich, ob er Renée auch Blumen geschickt hatte, ob es überhaupt eine Renée mit zwei Töchtern gegeben hatte, und haßte sich dafür. *Warum setzt Mike Slade eine so infame Lüge in die Welt?* Und sie konnte es nicht einmal nachprüfen.

In diesem Moment trat Eddie Maltz ein, der politische Berater. Der Mann von der CIA.

»Sie sehen gut erholt aus, Frau Botschafterin. Hatten Sie ein angenehmes Wochenende?«

»Ja, danke.«

Sie sprachen über einen Oberst, der mit dem Wunsch, sich in den Westen abzusetzen, an Maltz herangetreten war.

»Er kann uns nützen. Er verfügt über wertvolle Informationen. Ich werde Washington heute abend über den schwarzen Kanal verständigen, aber ich wollte Sie darauf vorbereiten, daß Ionescu Sie in nächster Zeit wohl etwas ungnädig behandeln wird.«

»Danke, Mr. Maltz.«

Er stand auf und wandte sich zum Gehen.

»Einen Augenblick noch«, sagte Mary impulsiv. »Ich ... dürfte ich Sie um einen Gefallen bitten?«

»Aber sicher.«

Sie fand es nicht leicht weiterzusprechen. »Es ... es ist persönlich und streng vertraulich.«

Maltz lächelte. »Hört sich ganz nach unserer Devise an.«

»Ich brauche Auskünfte über einen Dr. Louis Desforges. Kennen Sie ihn?«

»Ja, Ma'am. Er arbeitet für die französische Botschaft. Was möchten Sie denn wissen?«

Es war noch schwieriger, als Mary gedacht hatte. Es war ein Verrat. »Ob ... ob Dr. Desforges verheiratet war und Kinder hatte. Glauben sie, daß Sie das herausfinden können?«

»Reicht es Ihnen morgen?« fragte Maltz.

»Ja. Danke.«

Verzeih mir, Louis.

Kurz darauf kam Mike Slade in Marys Büro. »Morgen.«

»Guten Morgen.«

Er stellte eine Tasse Kaffee auf ihren Schreibtisch. Irgendwie schien sich sein Verhalten geändert zu haben. Mary hatte das Gefühl, daß er in allen Einzelheiten über ihr Wochenende mit Louis unterrichtet war. Hatte er sie beobachten lassen?

Sie trank einen Schluck Kaffee. Er war köstlich wie immer. *Der Kaffee ist das einzig Erfreuliche an Mike Slade,* dachte Mary.

»Wir haben Probleme«, sagte er.

Den Rest des Vormittags verbrachten sie mit einer Diskussion über weitere Rumänen, die sich in den Westen absetzen wollten, über die rumänische Finanzkrise, über einen Marineinfanteristen, der ein rumänisches Mädchen geschwängert hatte, und so weiter.

Am Ende der Besprechung war Mary müder als sonst.

»Heute abend ist eine Ballettpremiere«, sagte Mike. »Corina Socoli tanzt.«

Mary kannte sie dem Namen nach. Corina Socoli war eine der besten Tänzerinnen der Welt.

»Ich habe Freikarten, falls Sie interessiert sind.«

»Nein danke.« Mary dachte an das letzte Mal, als Mike ihr Freikarten geschenkt hatte, und was danach passiert war. Außerdem hatte sie schon etwas vor. Sie mußte zu einem Diner in der chinesischen Botschaft und wollte sich anschließend mit Louis in der Villa treffen. Es war nicht gut, wenn sie allzuoft zusammen in der Öffentlichkeit gesehen wurden. Sie wußte, daß sie gegen die Regeln verstieß, weil sie eine Affäre mit einem Mann von einer anderen Botschaft hatte. *Aber das ist keine x-beliebige Affäre.*

Als sie in ihre Residenz zurückkehrte, mußte Mary feststellen, daß eines ihrer Dienstmädchen das Abendkleid, das sie anziehen wollte, in die Waschmaschine gesteckt hatte, statt es reinigen zu lassen. Das Kleid war ruiniert. *Ich schmeiße die Frau raus,* dachte Mary ergrimmt. *Nur kann ich das leider nicht. Diese verdammten Regeln.*

Ihr war plötzlich weich in den Knien. Sie ließ sich aufs Bett sinken. *Ich wollte, ich müßte heute nicht weg. Es wäre so hübsch, einfach liegenzubleiben und zu schlafen. Aber das geht nicht, Frau Botschafterin. Du mußt die Vereinigten Staaten repräsentieren. Die Vereinigten Staaten verlassen sich auf dich.*

Sie lag da und träumte. Sie würde im Bett bleiben, statt zu dem Diner zu gehen. Der chinesische Botschafter begrüßte seine Gäste und wartete unruhig auf sie. Schließlich wurde zu Tisch gebeten. Die amerikanische Botschafterin hatte sich nicht eingefunden. Es war ein Affront. China hatte sein

Gesicht verloren. Der chinesische Botschafter verständigte seine Regierung, und der Premierminister geriet in Wut. Er rief den amerikanischen Präsidenten an und protestierte. »Weder Sie noch irgend jemand anderer kann meine Botschafterin zwingen, zu Ihren Diners zu erscheinen«, knurrte Präsident Ellison. Und der chinesische Premierminister schrie: »So spricht niemand ungestraft mit mir. Wie Ihnen bekannt sein dürfte, haben auch wir Atombomben.« Die beiden Regierungschefs drückten gleichzeitig auf den bewußten Knopf, und es hagelte Tod und Verderben auf die Welt.

Mary setzte sich auf und dachte müde: *Dann geh' ich mal lieber zu diesem verdammten Diner.*

Der Abend war ein verschwommenes Durcheinander von Gesichtern, den sattsam bekannten Gesichtern der Leute vom diplomatischen Korps. Mary nahm ihre Tischnachbarn kaum wahr. Sie konnte es gar nicht erwarten, nach Hause zu kommen.

Als Florian sie zur Villa zurückfuhr, mußte Mary lächeln. *Ob sich Präsident Ellison im klaren darüber ist, daß ich heute einen Atomkrieg verhindert habe?*

Am nächsten Morgen ging es Mary noch schlechter. Sie hatte Kopfschmerzen, und ihr war übel. Das einzige, was ihr kurzzeitig Besserung verschaffte, war der Besuch von Eddie Maltz.

»Ich habe die Auskünfte, die Sie wollten«, sagte der CIA-Agent. »Dr. Louis Desforges war zehn Jahre lang verheiratet. Name der Ehefrau: Renée. Zwei Töchter, neun, beziehungsweise elf Jahre alt, Philippa und Geneviève. Sie wurden in Algerien von Terroristen ermordet, wahrscheinlich ein Racheakt gegen den Arzt, der im Untergrund kämpfte. Brauchen Sie noch weitere Auskünfte?«

»Nein«, sagte Mary glücklich. »Das genügt. Ich danke Ihnen.«

Beim Morgenkaffee sprachen Mary und Mike Slade über den für diesen Tag geplanten Besuch einer Studentengruppe.

»Die jungen Leute würden gern mit Präsident Ionescu zusammentreffen.«

»Ich werde sehen, was ich tun kann«, sagte Mary. Sie sprach so undeutlich, daß man sie kaum verstand.

»Alles in Ordnung mit Ihnen?«

»Ja. Ich bin bloß müde.«

»Dann brauchen Sie noch eine Tasse Kaffee. Der wird Sie munter machen.«

Gegen Mittag fühlte sich Mary hundsmiserabel. Sie rief Louis an und sagte unter einem Vorwand ihre Verabredung zum Abendessen ab. Ihr ging es einfach zu schlecht, um jemand zu sehen. Sie wünschte sich, der amerikanische Arzt wäre gerade in Bukarest gewesen. Vielleicht konnte ihr Louis sagen, was mit ihr los war? *Wenn das nicht aufhört, muß ich ihn anrufen.*

Dorothy Stone holte ein kreislaufstärkendes Mittel aus der Apotheke. Es half nichts.

Die Sekretärin war besorgt. »Sie sehen wirklich krank aus, Ma'am. Sie gehören ins Bett.«

»Nein, nein, das ist gleich wieder vorbei«, murmelte Mary.

Der Tag schien tausend Stunden zu haben. Mary empfing die Studentengruppe, rumänische Funktionäre, einen amerikanischen Banker, einen Mann vom United States Information Service und stand eine endlose Cocktailparty in der niederländischen Botschaft durch. Zu Hause fiel sie sofort ins Bett.

Sie konnte nicht gleich einschlafen. Hatte sie Fieber? Als sie schließlich einschlief, wurde sie von Alpträumen geplagt. Sie lief durch ein Labyrinth von Korridoren, und jedesmal, wenn sie um eine Ecke bog, stieß sie auf einen

Mann, der mit Blut finstere Drohungen an die Wand schrieb. Sie sah ihn immer nur von hinten. Dann tauchte Louis auf, und ein paar Schläger versuchten, ihn in einen Wagen zu zerren. Mike Slade kam die Straße entlanggerannt und schrie: »Legt ihn um! Er ist nicht verheiratet und hat keine Kinder.«

Mary wachte in Schweiß gebadet auf. Es war unerträglich heiß im Zimmer. Sie schlug die Bettdecke zurück und fror plötzlich furchtbar. Die Zähne begannen ihr zu klappern. *Mein Gott,* dachte sie, *was ist mit mir los?*

Den Rest der Nacht lag sie wach. Sie hatte Angst einzuschlafen, hatte Angst vor ihren Träumen.

Es kostete Mary alle Willenskraft, am nächsten Morgen aufzustehen und sich zur Botschaft fahren zu lassen. Mike Slade schien schon auf sie gewartet zu haben.

Er betrachtete sie kritisch und sagte: »Sie sehen nicht gerade wie das blühende Leben aus. Lassen Sie sich doch nach Frankfurt fliegen und von unseren Medizinmännern durchchecken.«

»Nicht nötig. Mir geht es gut.« Marys Lippen waren trocken und rissig, und sie fühlte sich wie verdorrt.

Mike gab ihr eine Tasse Kaffee. »Ich habe hier die neuesten Wirtschaftsdaten für Sie. Die Rumänen werden mehr Getreide brauchen, als wir erwartet haben. Und das bedeutet, daß wir noch mehr verdienen, wenn wir –«

Mary bemühte sich zuzuhören, aber Mikes Stimme schien aus weiter Ferne zu kommen.

Irgendwie brachte sie den Tag hinter sich. Louis rief zweimal an. Mary ließ sich von ihrer Sekretärin verleugnen. Sie versuchte, sich das bißchen Kraft, das sie noch hatte, für die Arbeit aufzusparen.

Als sie an diesem Abend ins Bett ging, spürte Mary, daß sie hohes Fieber hatte. Alles tat ihr weh. *Ich bin wirklich krank*, dachte sie. *Mir ist, als müßte ich sterben.* Mit ungeheurer Mühe streckte sie die Hand nach dem Glockenzug neben dem Bett aus.

Kurz darauf trat Carmen ein. Sie blickte Mary entsetzt an. »Frau Botschafterin! Was –«

Mary konnte nicht mehr sprechen, nur noch krächzen. »Sagen Sie Sabina, daß sie die französische Botschaft anrufen soll. Ich brauche Dr. Desforges –«

Mary machte die Augen auf und blinzelte. Louis stand im Zimmer, und sie sah ihn doppelt. Er kam an ihr Bett, beugte sich über sie und betrachtete prüfend ihr gerötetes Gesicht. »Um Himmels willen, was ist mit dir?« Er legte ihr die Hand auf die Stirn. Sie war glühend heiß. »Hast du Fieber gemessen?«

Mary schüttelte den Kopf. »Ich will's nicht wissen.« Sprechen tat auch weh.

Louis setzte sich auf die Bettkante. »Wie lange geht das schon so, Schatz?«

»Drei Tage. Ist wahrscheinlich nur eine Virusgrippe.«

Louis fühlte ihr den Puls. Er war schwach und unregelmäßig. Dann schob er den Kopf vor und schnupperte. »Hast du heute irgendwas mit Knoblauch gegessen?«

Mary schüttelte den Kopf. »Ich habe seit zwei Tagen überhaupt nichts gegessen«, flüsterte sie.

Er beugte sich vor und zog behutsam ihre Augenlider hoch. »Hast du ständig Durst?«

Sie nickte.

»Schmerzen, Krämpfe, Übelkeit, Erbrechen?«

Ja, alles, dachte sie matt. Und sagte: »Was fehlt mir, Louis?«

»Fühlst du dich imstande, mir ein paar Fragen zu beantworten?«

Sie schluckte. »Ich will es versuchen.«

Er hielt ihre Hand. »Seit wann hast du diese Beschwerden?«

»Seit Montag. Seit wir aus den Bergen zurück sind«, flüsterte Mary.

»Hast du etwas gegessen oder getrunken, wovon dir übel wurde?«

Mary schüttelte den Kopf.

»Es ging dir einfach von Tag zu Tag schlechter?«

Sie nickte.

»Frühstückst du hier in der Villa mit den Kindern?«

»Meistens.«

»Und den Kindern fehlt nichts?«

Sie schüttelte den Kopf.

»Wo ißt du zu Mittag? Immer in der Botschaft?«

»Nein. Manchmal in der Botschaft, manchmal in Restaurants. Das sind dann Arbeitsessen.«

»Ißt du regelmäßig irgendwo zu Abend, oder gibt es ein Gericht, das du regelmäßig zu dir nimmst?«

Mary war zu müde, um dieses Gespräch fortzusetzen. Sie wollte, daß Louis jetzt ging. Sie schloß die Augen.

Er rüttelte sie leicht. »Bleib wach, Mary. Hör mir zu.« Es klang beschwörend. »Ißt du regelmäßig mit jemandem außer mit deinen Kindern?«

Sie blinzelte ihn schläfrig an. »Nein.« *Warum stellt er mir all diese Fragen?* »Es ist ein Virus«, murmelte sie. »Oder nicht?«

Er holte tief Luft. »Nein. Jemand vergiftet dich.«

Mary zuckte zusammen wie bei einem elektrischen Schlag. Sie riß die Augen auf. »*Was?*«

Louis runzelte die Stirn. »Ich würde sagen, es ist Arsen – nur wird in Rumänien kein Arsen verkauft.«

Mary hatte plötzlich furchtbare Angst. Sie begann zu zittern. »Aber . . . aber wer sollte mich vergiften wollen?«

Er drückte ihr die Hand. »Denk nach, Schatz. Bist du sicher, daß dir nicht irgendwann im Lauf des Tages jemand regelmäßig etwas zu essen oder zu trinken gibt?«

»Ja, da bin ich sicher«, flüsterte Mary. »Ich habe dir doch gesagt, daß –» *Der Morgenkaffee. Mike Slade. Ich mache ihn nach meinem Spezialrezept.* »Heiliger Gott!«

»Was ist?«

Sie räusperte sich und krächzte: »Mike Slade. Er bringt mir jeden Morgen Kaffee. Er ist immer vor mir da und –«

Louis starrte sie an. »Nein. Das ist unmöglich. Mike Slade kann es nicht gewesen sein. Aus welchem Grund sollte er versuchen, dich zu töten?«

»Er ... er will mich los sein.«

»Darüber unterhalten wir uns später«, sagte Louis. »Zunächst müssen wir dich behandeln. Ich würde dich gern in ein Krankenhaus einweisen, aber das wird deine Botschaft nicht zulassen. Ich hole etwas für dich. Ich bin in ein paar Minuten wieder da.«

Mary versuchte zu begreifen, was Louis gesagt hatte. *Arsen. Jemand vergiftet mich mit Arsen. Dann brauchen Sie noch eine Tasse Kaffee. Der wird Sie munter machen.* Sie fiel in eine Art Ohnmacht.

»Mary! Mary!«

Sie zwang sich, die Augen aufzuschlagen. Louis stand an ihrem Bett und holte gerade eine Einwegspritze aus seinem Arztkoffer.

»Hallo, Louis. Nett, daß du gekommen bist«, murmelte Mary.

Louis band ihren Arm ab und suchte eine Vene. »Ich gebe dir jetzt eine Injektion mit einem Mittel gegen Arsen. Morgen früh kriegst du wieder eine. Mary?«

Sie schlief.

Am nächsten Morgen und am nächsten Abend bekam Mary eine weitere Spritze von Dr. Louis Desforges. Die Wirkung seines Mittels war phantastisch. Rasch verschwanden die Symptome. Schon am nächsten Tag war Mary fast fieberfrei.

Louis stand in Marys Zimmer und ließ die Spritze in einem Papierbeutel verschwinden, den er in seinen Arztkoffer steckte. So hatte das neugierige Personal keine Anhaltspunkte. Mary fühlte sich so ausgepumpt, als hätte sie eine lange Krankheit hinter sich, aber sie hatte sonst keine Beschwerden und keine Schmerzen mehr.

»Jetzt hast du mir schon zum zweitenmal das Leben gerettet«, sagte sie zu Louis.

Er blickte sie ernst an. »Ich glaube, wir sollten herausfinden, wer versucht hat, es dir zu nehmen.«

»Und wie fangen wir das an?«

»Ich habe bei fast allen Botschaften nachgefragt. Keine verfügt über Arsen. Wie es bei dir in der Botschaft steht, habe ich nicht herausfinden können. Bitte tu mir einen Gefallen. Glaubst du, daß du dich morgen wieder gut genug fühlst, um zu arbeiten?«

»Ja.«

»Dann geh in die Botschaftsapotheke. Sag, du brauchst ein Schädlingsbekämpfungsmittel. Sag, du hast Probleme mit Insekten in deinem Garten. Frag, ob sie Antrol haben. Da ist jede Menge Arsen drin.«

Mary blickte Louis verwirrt an. »Und was soll das?«

»Ich vermute, daß das Arsen eigens nach Bukarest eingeflogen werden mußte. Wenn es irgendwo ist, dann in der Botschaftsapotheke. Jeder, der ein Gift verlangt, muß den Empfang mit seiner Unterschrift bestätigen. Wenn du dir also das Antrol geben läßt, sieh nach, welche Namen sonst noch auf der Liste stehen ...«

Gunny begleitete Mary zur Botschaft. Dann ging Mary den Flur zur Apotheke entlang, wo der Apotheker in seinen Regalen kramte.

Er drehte sich um, als er Schritte hörte. »Guten Morgen, Frau Botschafterin. Fühlen Sie sich besser?«

»Ja, danke.«

»Kann ich etwas für Sie tun?«

Mary holte tief Luft. »Mein ... mein Gärtner sagt, daß wir im Garten Probleme mit Insekten haben. Haben Sie etwas, das dagegen hilft? Antrol vielleicht?«

»Ja, das haben wir«, sagte der Apotheker. Er ging zu einem der hinteren Regale und nahm eine Dose vom Bord, auf der VORSICHT GIFT! stand. Dann legte er Mary ein Formular vor. »Bitte unterschreiben Sie hier. Da ist Arsen drin.«

Mary starrte das Blatt an. Es stand nur ein Name darauf.

Mike Slade.

26

Mary wollte Louis Desforges sofort mitteilen, was sie entdeckt hatte, doch als sie bei ihm anrief, war sein Anschluß besetzt. Er sprach mit Mike Slade. Spontan wollte er den Mordversuch seinen Vorgesetzten melden. Er konnte nur nicht glauben, daß Mike Slade dahintersteckte. Also hatte er beschlossen, ihn anzurufen.

»Ich habe Ihre Botschafterin behandelt«, sagte Louis Desforges. »Sie wird am Leben bleiben.«

»Das hört man gern, Herr Doktor. Und warum sollte sie nicht am Leben bleiben?«

»Weil ... weil jemand versucht hat, sie zu vergiften«, sagte Louis vorsichtig.

»Wovon reden Sie eigentlich?« wollte Mike wissen.

»Ich dachte, Sie wüßten, wovon ich rede.«

»Moment, Moment! Wollen Sie damit sagen, *ich* sei für die Geschichte verantwortlich? Da irren Sie sich. Wir sollten unter vier Augen miteinander sprechen – an einem Ort, wo uns garantiert niemand belauscht. Können wir uns heute noch treffen?«

»Wann?«

»Ich komme hier vor neun nicht los. Treffen wir uns um Viertel nach im Baneăsa-Wald an der Quelle. Dann erkläre ich Ihnen alles.«

Louis Desforges zögerte. »Na schön. Ich komme.« Er legte auf und dachte: *Mike Slade kann es nicht gewesen sein.*

Als Mary erneut versuchte, Louis zu erreichen, war er fort. Niemand wußte, wo man ihn finden konnte.

Mary saß mit den Kindern beim Abendessen.

»Du siehst jetzt viel, viel besser aus, Mutter«, sagte Beth. »Wir haben uns Sorgen um dich gemacht.«

»Es geht mir wieder gut«, beteuerte Mary. Und das stimmte. *Gott sei Dank. Und Louis auch!*

Mary wurde den Gedanken an Mike Slade und seinen verwünschten Kaffee nicht los. *Er hat tatsächlich versucht, mich zu vergiften.* Ein Schauder lief ihr den Rücken hinunter.

»Ist dir kalt?« fragte Tim.

»Nein, mein Engel.«

Sie mußte für sich behalten, was sie bedrückte. *Das darf ich den Kindern nicht aufbürden,* dachte Mary. *Vielleicht sollte ich sie eine Weile nach Hause schicken. Sie könnten bei Florence und Doug bleiben.* Und dann dachte Mary: *Ich könnte auch mitfahren.* Aber das wäre feige, eine Kapitulation vor Mike Slade. Es gab nur einen Menschen, der ihr helfen konnte. Stanton Rogers. Stan würde wissen, was sie wegen Slade tun mußte.

Aber ohne Beweis keine Anklage, und welchen Beweis habe ich? Daß er jeden Morgen Kaffee für mich gekocht hat?

Tim redete mit ihr. »... und wir haben gesagt, wir fragen, ob wir mitdürfen.«

»Entschuldigung, Tim. Was hast du gesagt?«

»Daß Nikolai gefragt hat, ob wir nächstes Wochenende mit ihm und seinen Eltern zum Zelten gehen können.«

»Nein!« Es kam schroffer heraus, als Mary beabsichtigt hatte. »Ich möchte, daß ihr die Residenz nicht verlaßt.«

»Und was ist mit der Schule?« fragte Beth.

Mary zögerte. Sie konnte die Kinder nicht wie Gefangene halten, und sie wollte sie auch nicht in Angst und Schrecken versetzen.

»Das geht in Ordnung, solange Florian euch hinbringt und abholt. Aber sonst niemand.«

Beth betrachtete prüfend ihre Mutter. »Stimmt was nicht?«

»Nein, nein. Alles klar«, antwortete Mary hastig. »Warum fragst du?«

»Ich weiß nicht. Ich habe nur das Gefühl, daß irgendwas in der Luft liegt.«

»Gib ihr 'ne Chance«, sagte Tim. »Sie hatte gerade die Grippe.« Er machte eine kleine Pause. Dann fragte er: »Könn' wir heute abend 'nen Film sehen?«

»*Dürfen* wir heute abend einen Film sehen«, berichtigte Mary.

»Heißt das ja?«

Mary hatte nicht vorgehabt, einen Kinoabend einzulegen, aber sie hatte in den letzten Wochen so wenig Zeit mit den Kindern verbracht, daß es nicht schaden konnte, ihnen die kleine Freude zu gönnen.«

»Ja, okay.«

»Danke, Frau Botschafterin!« rief Tim. »Ich suche den Film aus.«

»Nein«, sagte Beth. »Du hast den letzten ausgesucht. Jetzt bin ich dran. Können wir noch mal *American Graffiti* sehen?«

American Graffiti. Und plötzlich wußte Mary, welchen Beweis sie Stanton Rogers vielleicht bieten konnte.

Um Mitternacht bat sie Carmen, ihr ein Taxi zu bestellen.

»Möchten Sie sich nicht von Florian fahren lassen, Ma'am?« fragte Carmen. »Er –«

»Nein.«

Was sie vorhatte, mußte geheim bleiben.

Als das Taxi zehn Minuten später kam, stieg Mary ein und sagte: »Bitte zur amerikanischen Botschaft!«

»Die hat jetzt zu«, erwiderte der Taxifahrer. »Da ist kein Mensch, der Sie –« Er drehte sich um und erkannte Mary.

»Frau Botschafterin! Das ist eine große Ehre für mich.« Er fuhr los. »Ich habe Fotos von Ihnen in der Zeitung gesehen und viel von Ihnen gelesen. Sie sind fast so berühmt wie unser großer Präsident.«

Er schwatzte weiter. Wie sehr er die Amerikaner möge, daß er auf den Erfolg von Präsident Ellisons Völkerverständigungspolitik hoffe, daß alle Rumänen dafür seien, daß die Welt endlich Frieden brauche...

Aber Mary hatte keine Lust zu reden.

Vor der Botschaft deutete sie auf einen freien Platz mit dem Schild PARCARE CÚ LUCURI REZERVATE. »Halten Sie hier. In einer Stunde kommen Sie bitte wieder und holen mich ab. Wir fahren dann wieder zurück.«

»Gern, Frau Botschafterin.«

Ein Marineinfanterist kam auf das Taxi zu. »Da dürfen Sie nicht parken, das ist–« Dann erkannte er Mary und salutierte. »Entschuldigung. Guten Abend, Ma'am.«

»Guten Abend.«

Der Marineinfanterist geleitete Mary zum Botschaftsgebäude und öffnete ihr die Tür. »Kann ich Ihnen helfen?«

»Nein. Ich gehe nur auf einen Sprung in mein Büro.«

»In Ordnung, Ma'am.« Der Marineinfanterist beobachtete, wie sie durch die Eingangshalle lief und die Treppe hinaufging.

Mary knipste das Licht in ihrem Büro an und warf einen Blick auf die frischgestrichenen Wände. Sie öffnete die Verbindungstür, die in Mike Slades Büro führte, und trat ein. Es war dunkel im Raum. Sie machte das Licht an und sah sich um.

Auf dem Schreibtisch lagen keine Papiere. Mary begann die Schubladen zu durchsuchen. Sie waren leer bis auf ein paar Broschüren, Infos und Fahrpläne. Belanglose Dinge, die einer spionierenden Putzfrau nichts nützten. Mary sah sich noch einmal um. Was sie suchte, mußte hier sein. Es war kaum anzunehmen, daß er es zu Hause versteckte oder ständig mit sich herumtrug.

Mary zog wieder die Schubladen auf und durchsuchte sie erneut. In der untersten spürte sie etwas Hartes hinter einem Stapel losem Papier. Sie holte es heraus, hielt es in der Hand und starrte es an.

Es war eine Spraydose mit roter Farbe.

Um 21 Uhr 15 wartete Dr. Louis Desforges an der Quelle im Baneăsa-Wald. Er überlegte sich, ob es ein Fehler gewesen war, wegen Mike Slade keine Meldung zu machen. *Nein,* dachte er. *Erst muß ich mir anhören, was er zu sagen hat. Wenn ich falsche Anschuldigungen gegen ihn erhebe, ist das womöglich sein Ende.*

Mike Slade tauchte plötzlich aus dem Dunkel auf.

»Vielen Dank, daß Sie gekommen sind. Wir können die Sache sehr schnell klären. Sie sagten am Telefon, daß Sie glauben, jemand wolle Mary Ashley vergiften.«

»Ich *glaube* es nicht, ich *weiß* es. Jemand hat ihr Arsen gegeben.«

»Und Sie meinen, ich sei es gewesen?«

»Sie könnten ihr jeden Morgen welches in den Kaffee getan haben.«

»Haben Sie jemand von Ihrem Verdacht berichtet?«

»Noch nicht. Ich wollte erst mit Ihnen reden.«

»Das freut mich«, sagte Mike. Er nahm die Hand aus der Tasche. Louis sah eine großkalibrige Pistole.

Er riß die Augen weit auf. »Was ... was machen Sie da? Hören Sie! Sie können mich doch nicht einfach–«

Mike Slade drückte ab und sah zu, wie eine blutige Fontäne die Brust des Franzosen zerriß.

27

Mary saß im abhörsicheren Raum der Botschaft und rief Stanton Rogers' Büro an. In Bukarest war es 1 Uhr morgens, in Washington 4 Uhr nachmittags.

»Büro Mr. Rogers.«

»Hier Ashley. Ich weiß, daß Mr. Rogers mit dem Präsidenten in China ist, aber ich muß dringend mit ihm reden. Kann ich ihn irgendwo erreichen?«

»Tut mir leid, Frau Botschafterin. Die Reiseroute ist nicht festgelegt. Ich habe keine Nummer, unter der man ihn erreichen kann.«

Mary war der Verzweiflung nahe. »Wann hören Sie von ihm?«

»Schwer zu sagen. Vielleicht kann Ihnen jemand im State Department helfen.«

»Nein«, sagte Mary dumpf. »Außer Mr. Rogers kann mir niemand helfen. Ich danke Ihnen.«

Sie saß allein im Raum und starrte ins Leere. Ihre Umgebung strotzte von raffiniertester Elektronik, aber das nützte ihr nichts. Mike Slade versuchte, sie zu ermorden. Sie *mußte* jemanden informieren. Aber wen? Wem konnte sie trauen? Der einzige Mensch, der von Mike Slades Machenschaften wußte, war Louis Desforges.

Mary rief bei ihm zu Hause an. Es meldete sich niemand. Sie dachte an Stanton Rogers' Worte vor ihrem Abflug nach Europa: *»Wenn Sie mir etwas mitteilen wollen, was niemand anderer lesen soll, bedienen Sie sich eines Codes. Setzen Sie einfach drei x an den Anfang.«*

Mary eilte in ihr Büro und schrieb eine Mitteilung an Stanton Rogers. Sie holte das Codebuch aus ihrem Safe und verschlüsselte, was sie geschrieben hatte. Dann setzte sie drei x davor. Wenn ihr etwas passierte, würde Rogers wenigstens wissen, wer daran schuld war.

Dann ging Mary zum Funkraum.

Hinter dem Gitter saß Eddie Maltz, der CIA-Agent.

»Guten Abend, Ma'am. Heute arbeiten Sie aber noch spät.«

»Ja«, sagte Mary. »Hier ist eine Depesche, die sofort raus muß.«

»Ich werde mich darum kümmern.«

»Danke.« Mary gab Maltz das Blatt Papier und hastete zum Ausgang. Sie hatte nur noch den Wunsch, bei ihren Kindern zu sein.

Eddie Maltz entschlüsselte die Mitteilung, die Mary ihm gegeben hatte. Er las sie zweimal. Seine Miene verdüsterte sich. Er ging zum Reißwolf, warf das Papier hinein und beobachtete, wie Konfetti daraus wurde.

Dann rief er in Washington an. Er führte ein Gespräch mit Floyd Baker, dem Außenminister. Deckname: Thor.

Lev Pasternak brauchte zwei Monate, um den Spuren nachzugehen, die nach Buenos Aires führten. Ein halbes Dutzend Geheimdienste hatte ihm geholfen, Angel als Mörder von Marin Groza zu entlarven. Der Mossad hatte ihm den Namen von Neusa Muñez, Angels Freundin zugespielt. Alle wollten, daß Angel beseitigt wurde. Für Lev Pasternak war Angel zur fixen Idee geworden. Weil Pasternak nicht wachsam genug gewesen war, hatte Marin Groza sterben müssen, und das konnte sich Pasternak nicht verzeihen. Aber er würde die Wurzel des Übels ausreißen! Nicht mehr und nicht weniger.

Er nahm nicht unmittelbar Kontakt zu Neusa Muñez auf. Er machte das Haus ausfindig, in dem sie wohnte, observierte es und wartete darauf, daß Angel auftauchte. Aber fünf Tage vergingen, und Angel ließ sich nicht blicken. Jetzt wartete Pasternak nicht länger. Als Neusa das nächste Mal aus dem Haus kam, ging Pasternak eine Viertelstunde später hinauf, knackte das Schloß an Neusas Tür und trat ein. Er durchsuchte die Wohnung rasch und gründlich. Er fand keine Fotos und keine Adressen, die ihm den Weg zu Angel gewiesen hätten. Aber er entdeckte die Anzüge im Schrank. Er betrachtete die Herrera-Etikette, nahm eine Jacke vom Bügel und klemmte sie unter den Arm. Eine Minute später ging er so leise, wie er gekommen war.

Am nächsten Vormittag ging Lev Pasternak zu Herrera. Sein Haar war verstrubbelt, sein Anzug zerknittert, und er hatte eine Schnapsfahne, die Tote wieder auferwecken konnte.

Der Geschäftsführer kam auf ihn zu und fragte mit gerümpfter Nase: »Kann ich Ihnen behilflich sein, Señor?«

Lew Pasternak grinste blöde. »Ja, das können Sie«, sagte er. »Also, um ganz ehrlich zu sein ... Ich hab' mich gestern abend bis zum Gehtnichtmehr vollaufen lassen. Hab' in meinem Hotelzimmer mit so 'n paar südamerikanischen Typen gepokert. Wir waren alle zu wie die Ritter, glaub' ich. Jedenfalls hat einer von den Typen – keine Ahnung mehr, wie er hieß – sein Jackett bei mir liegen lassen.« Lev hielt die Jacke mit zitternder Hand empor. »Da war Ihr Etikett drin, und ich hab' mir gedacht, vielleicht können Sie mir sagen, wie der Typ heißt und wo er wohnt, damit ich ihm das Ding zurückgeben kann.«

Der Geschäftsführer beäugte das Jackett. »Ja, das haben wir angefertigt. Um Ihnen die gewünschte Auskunft geben zu können, muß ich in unserer Kundenkartei nachsehen. Wie kann ich Sie erreichen?«

»Gar nicht«, nuschelte Lev Pasternak. »Bin gerade auf 'm Weg zum Pokern. Haben Sie 'ne Geschäftskarte? Ich ruf' Sie an.«

»Nun gut.« Der Geschäftsführer überreichte ihm die Karte.

»Sie ... sie klauen das Ding doch nicht?« fragte Lev mit der Andeutung eines Lallens.

»Selbstverständlich nicht«, erwiderte der Geschäftsführer pikiert.

Lev Pasternak klopfte ihm auf die Schulter. »Okay, alter Junge. Ich ruf' Sie heute nachmittag an.«

Lev telefonierte gegen 17 Uhr von seinem Hotelzimmer aus mit Herrera. Der Geschäftsführer sagte: »Der Name des Herrn, für den wir das Jackett angefertigt haben, lautet H. R. de Mendoza. Er wohnt im Hotel Aurora, Suite 417.«

Lev Pasternak vergewisserte sich, daß seine Tür abgeschlossen war. Er holte einen Koffer aus dem Schrank und klappte ihn auf. Unter einem Pullover lag eine 45er SIG Sauer-Pistole mit Schalldämpfer, eine Leihgabe eines Freundes vom argentinischen Geheimdienst. Pasternak überzeugte sich davon, daß die Waffe geladen war. Dann stellte er den Koffer in den Schrank zurück und legte sich schlafen.

Um 4 Uhr morgens schlich Lev Pasternak den leeren Flur im vierten Stock des Hotels Aurora entlang. Vor der Suite 417 blieb er stehen und drehte sich um. Niemand in Sicht. Er führte einen Draht ins Schloß ein. Als die Tür aufging, zog er die Pistole aus dem Halfter.

Er spürte einen Lufthauch. Hinter ihm hatte sich eine Tür geöffnet. Ehe er herumwirbeln konnte, wurde ihm etwas Kaltes und Hartes in den Nacken gedrückt.

»Ich mag es nicht, wenn man mir nachspioniert«, sagte Angel.

Lev Pasternak hörte das Klicken des Abzugs. Eine Sekunde später spritzte sein Hirn gegen die Decke.

Angel wußte nicht, ob Pasternak allein gewesen war oder mit anderen zusammengearbeitet hatte, und es blieb keine Zeit mehr, das zu ergründen. Der Anruf war gekommen, und jetzt hieß es aufbrechen. Aber es war auf jeden Fall eine gute Idee, etwaige Verfolger zu verwirren und abzuschütteln.

Angel ging zunächst in einen Laden für Damenunterwäsche in der Pueyrredón, verdammt teuer, aber für Neusa war das Beste gerade gut genug.

»Ich brauche ein Negligé, lachsrot, mit viel Rüschen, bitte«, sagte Angel.

Die Verkäuferin machte kugelrunde Augen.

»Und ein Spitzenhöschen, unten offen, bitte.«

Fünfzehn Minuten später ging Angel in ein Lederwarengeschäft und kaufte ein schwarzes Diplomatenköfferchen.

Anschließend bestellte Angel im El Ajibe ein üppiges Mittagessen, fragte den Kellner, wo man sich die Hände waschen könne, und verdrückte sich auf den Flur mit den Toiletten. Das Diplomatenköfferchen ließ Angel auf dem Tisch liegen. Durch die Küche, in der hektische Aktivität herrschte, gelangte Angel zu einer Hintertür und auf ein schmales Gäßchen. Nun hieß es fünf Minuten warten, um sicherzugehen, daß niemand gefolgt war.

An der Ecke stand ein Taxi. Angel nannte dem Fahrer eine Adresse in der Nähe, stieg aus und hielt ein anderes Taxi an.

»Wohin wollen Sie?«

»Zum Flughafen.«

Dort würde ein Ticket nach London bereitliegen. Touristenklasse natürlich. Erster wäre zu auffällig gewesen.

Zwei Stunden später beobachtete Angel, wie Buenos Aires unter den Wolken verschwand, und konzentrierte sich auf den Auftrag.

Sorgen Sie dafür, daß die Kinder mit ihr sterben. Ihr Tod muß spektakulär sein.

Angel schätzte Anweisungen, wie ein Auftrag auszuführen sei, überhaupt nicht. Nur Amateure waren so dumm, Profis gute Ratschläge zu geben. Angel lächelte. *Sie werden alle sterben, und ihr Tod wird spektakulärer sein, als irgend jemand erwartet.*

Angel schlief tief und traumlos.

Auf dem Flughafen Heathrow drängelten sich Scharen von Touristen. Die Taxifahrt nach Mayfair dauerte über eine Stunde. An der Rezeption des Churchill ging es wie in einem Taubenschlag zu.

Ein Page nahm sich Angels dreier Gepäckstücke an.

»Bringen Sie die auf mein Zimmer. Ich habe noch was zu erledigen.«

Das Trinkgeld war bescheiden, aber nicht knauserig. Der Page würde sich später nicht daran erinnern. Angel ging zu den Aufzügen, wartete, bis einer frei war, drückte mehrere Knöpfe und stieg im fünften Stock aus.

Eine Personaltreppe führte zu einer Seitenstraße hinunter, und fünf Minuten nach der Anmeldung im Churchill saß Angel wieder im Taxi und fuhr nach Heathrow zurück.

Der Paß war auf den Namen H. R. de Mendoza ausgestellt. Das Ticket war von der Tarom. Der Flug ging nach Bukarest. Vom Airport aus schickte Angel ein Telegramm:

EINTREFFE MITTWOCH
HR DE MENDOZA

Es war an Eddie Maltz adressiert.

Am nächsten Morgen meldete sich Dorothy Stone über die Sprechanlage. »Büro Stanton Rogers am Apparat.«

»Ich gehe ran«, sagte Mary aufgeregt. Sie nahm ab. »Ja, Stan?«

Sie hörte die Stimme seiner Sekretärin und hätte am liebsten geweint vor Enttäuschung. »Mr. Rogers hat mich gebeten, Sie anzurufen, Frau Botschafterin. Er ist ununterbrochen mit dem Präsidenten zusammen und kann im Augenblick nicht telefonieren, aber ich habe Anweisung von ihm, dafür zu sorgen, daß Sie alles kriegen, was Sie brauchen. Wenn Sie mir bitte sagen würden, um welches Problem es sich handelt?«

»Nein«, erwiderte Mary und bemühte sich, es nicht allzu frustriert klingen zu lassen. »Das kann ich Ihnen nicht sagen. Ich . . . ich muß mit ihm persönlich sprechen.«

»Mr. Rogers hat gesagt, er meldet sich bei Ihnen, sobald er kann, aber das wird vor morgen leider nicht möglich sein.«

»Dann warte ich solange. Danke.« Mary legte auf. Sie konnte tatsächlich nicht mehr tun als warten.

Sie versuchte wieder, Louis zu Hause zu erreichen. Es meldete sich niemand. Sie versuchte es bei der französischen Botschaft. Niemand wußte, wo er war.

»Wenn Sie von ihm hören, sagen Sie ihm bitte, daß er mich anrufen soll.«

Dorothy Stone meldete sich wieder über die Sprechanlage. »Ich habe hier eine Frau am Apparat. Sie möchte mit Ihnen reden, aber sie verrät mir nicht, wie sie heißt.«

»Ich gehe ran.« Mary nahm ab. »Hallo, hier Ashley.«

»Hier Corina Socoli«, sagte eine sanfte Stimme mit rumänischem Akzent.

Mary wußte, wer Corina Socoli war. Ein schönes, junges Mädchen, Anfang zwanzig, Rumäniens berühmte Primaballerina.

»Sie müssen mir helfen«, sagte Corina Socoli. »Ich habe beschlossen, mich in den Westen abzusetzen.«

Bitte nicht heute, dachte Mary. *Heute schaffe ich das nicht.* »Ich . . . ich weiß nicht, ob ich Ihnen helfen kann.« Ihre Gedanken rasten. Sie versuchte, sich auf das zu besinnen, was man ihr im Foreign Service Institute zum Thema Überläufer gesagt hatte.

»Viele von ihnen sind Spione, die auf diese Weise bei uns eingeschleust werden sollen. Sie geben uns ein paar belanglose Informationen, und damit hat sich's. Die wirklich dicken Fische sind die hochrangigen Geheimdienstler und Naturwissenschaftler. Die können wir immer brauchen. Aber sonst gewähren wir nicht so ohne weiteres Asyl.«

Corina Socoli schluchzte jetzt. »Bitte – da, wo ich bin, bin ich nicht sicher. Sie müssen jemand schicken, der mich zu Ihnen bringt.«

»Hüten Sie sich vor Fallen! Es kommt vor, daß jemand bloß so tut, als wolle er überlaufen. Er bittet Sie um Hilfe, Sie lassen ihn in die Botschaft bringen, und er schreit plötzlich los und behauptet, er sei entführt worden. Welchen Ärger das gibt, können Sie sich ja vorstellen.«

»Wo sind Sie?« fragte Mary.

Ein langes Schweigen trat ein. Dann sagte Corina Socoli: »Ich muß Ihnen wohl vertrauen. Ich bin im Gasthof ›Oltenia‹ in Moldavia. Holen Sie mich ab?«

»Ich kann nicht«, antwortete Mary. »Aber ich schicke Ihnen jemanden. Rufen Sie nicht wieder hier an. Warten Sie da, wo Sie sind. Ich –«

Die Tür ging auf, und Mike Slade trat ein. Mary blickte entsetzt auf. Er kam auf sie zu.

Die Stimme am anderen Ende der Leitung sagte: »Hallo?!«

»Mit wem telefonieren Sie?« fragte Mike.

»Mit ... mit Dr. Desforges.« Es war der erste Name, der Mary einfiel. Sie legte zitternd auf.

Jetzt sei nicht albern, sagte sie sich. *Du bist in der Botschaft. Hier wird er nicht wagen, dir etwas zu tun.*

»Mit Dr. Desforges?« wiederholte Mike langsam.

»Ja. Er ... er ist auf dem Weg hierher.«

Wenn es nur wahr wäre!

Ein seltsamer Ausdruck trat in Mike Slades Augen. Die Lampe auf Marys Schreibtisch brannte, warf seinen Schatten an die Wand und ließ ihn auf groteske Weise riesenhaft und bedrohlich erscheinen.

»Sind Sie sicher, daß Sie schon wieder arbeiten können? Fühlen Sie sich wohl genug?«

Was für eine Unverfrorenheit! »Ja. Es geht mir wieder gut.«

Mary wollte nur eins: Der Kerl sollte verschwinden, damit sie ihre Ruhe vor ihm hatte. *Ich darf ihm nicht zeigen, daß ich Angst habe.*

Er kam näher. »Sie sehen angespannt aus. Vielleicht sollten Sie mit den Kindern ein paar Tage aufs Land fahren.«

Da kann er mich leichter erledigen.

Schon der bloße Anblick des Mannes erfüllte Mary mit solcher Furcht, daß sie kaum atmen konnte. Das Telefon klingelte. Es war ihre Rettung.

»Sie entschuldigen.«

»Klar.« Mike Slade blieb noch einen Moment stehen und starrte sie an. Dann drehte er sich um und ging.

Mary schluchzte fast vor Erleichterung. Sie nahm ab. »Ja?«

Es war Jerry Davis, der Presseattaché. »Frau Botschafterin, es tut mir leid, daß ich störe, aber ich muß Ihnen eine sehr traurige Mitteilung machen. Die Polizei hat uns eben davon verständigt, daß Dr. Louis Desforges ermordet worden ist.«

Der Raum verschwamm Mary vor den Augen. »Sind ... sind Sie sicher?«

»Ja, Ma'am. Er hatte seine Papiere bei sich.«

Erinnerungen überfielen Mary. Eine Telefonstimme sagte: *»Hier Sheriff Munster. Ihr Mann ist bei einem Verkehrsunfall umgekommen.«* Der alte, schreckliche Schmerz kehrte wieder und zerriß ihr das Herz.

»Wie ... wie ist das passiert?« fragte sie mit erstickter Stimme.

»Er ist erschossen worden.«

»Weiß ... weiß man, wer es war?«

»Nein, Ma'am. Die Ermittlungen der Securitate und der französischen Botschaft sind noch im Gange.«

Mary legte wie betäubt auf. Sie ließ sich in ihrem Sessel zurücksinken. *Edward ist tot,* dachte sie. *Louis ist tot. Diesen Schmerz ertrage ich nicht noch einmal. Wer konnte ein Interesse daran haben, Louis umzubringen?*

Die Antwort folgte der Frage auf dem Fuße. *Mike Slade.* Louis hatte entdeckt, daß er Mary mit Arsen vergiftete. Und Slade dachte wahrscheinlich, wenn Louis aus dem Weg geräumt sei, könne ihm niemand mehr etwas nachweisen.

Dann kam ihr eine Erkenntnis, die sie mit neuer Panik erfüllte. *»Mit wem telefonieren Sie?« »Mit Dr. Desforges.«* Slade wußte, daß sie gelogen hatte.

Mary blieb den ganzen Tag im Büro und überlegte, was sie tun sollte. *Ich lasse es nicht zu, daß er mich in die Flucht schlägt. Ich lasse es nicht zu, daß er mich ermordet. Ich muß ihm das Handwerk legen.* Mary war so zornig wie noch nie. Sie würde sich und ihre Kinder schützen. Und Mike Slade vernichten.

Mary rief erneut Stanton Rogers' Büro an.

»Ich habe es ihm ausgerichtet, Frau Botschafterin«, sagte seine Sekretärin. »Er meldet sich bei Ihnen, sobald er kann.«

Mary war nicht bereit, Louis' Tod zu akzeptieren. Er war so warmherzig gewesen, so freundlich. Und jetzt lag er steif und kalt im Leichenschauhaus. *Wenn ich nach Kansas zurückgegangen wäre,* dachte sie, *würde er noch leben.*

»Ma'am.«

Mary blickte auf. Dorothy Stone stand vor ihr. Sie hatte einen Briefumschlag in der Hand.

»Die Wache am Tor hat gesagt, daß ich Ihnen das geben soll. Es ist von einem kleinen Jungen abgeliefert worden.«

Auf dem Kuvert stand: PERSÖNLICH, NUR FÜR DIE BOTSCHAFTERIN.

Mary riß den Umschlag auf. Der kurze Brief war mit säuberlicher Schrift geschrieben.

Sehr verehrte Frau Botschafterin,
geniessen Sie Ihren letzten Tag auf Erden.

Unterzeichnet war er mit Angel.

Ein neuer Einschüchterungsversuch von Mike Slade, dachte Mary. *Aber da hat er Pech. Ich werde ihm bloß aus dem Weg gehen.*

Colonel McKinney las den Brief und schüttelte den Kopf. »Es gibt einen Haufen Irre auf der Welt.« Er blickte Mary an. »Ursprünglich sollten Sie heute nachmittag bei der Grundsteinlegung für den Erweiterungsbau der Amerikanischen Bibliothek sprechen. Ich werde das abblasen und–«

»Nein.«

»Ma'am, es ist zu gefährlich–«

»Nein.« Sie wußte ja, von welcher Seite ihr Gefahr drohte, und sie wußte auch, wie sie ihr ausweichen würde. »Wo ist Mike Slade?«

»Bei einer Besprechung in der australischen Botschaft.«

»Lassen Sie ihm ausrichten, daß ich ihn sofort sehen möchte.«

»Sie wollten mich sprechen?« fragte Slade beiläufig, als er in Marys Büro trat.

»Ja. Ich möchte, daß Sie etwas für mich erledigen.«

»Ich stehe Ihnen zu Diensten.«

Sein Sarkasmus war wie ein Schlag ins Gesicht.

»Ich habe einen Anruf von jemandem erhalten, der sich in den Westen absetzen will.«

»Von wem genau?«

Sie hatte nicht die Absicht, ihm das zu sagen. Er würde Corina Socoli verraten. »Das ist unwichtig. Ich möchte, daß Sie die betreffende Person hierher bringen.«

Mike runzelte die Stirn. »Ist es jemand, den die Rumänen gern behalten würden?«

»Ja.«

»Das könnte zu schwerwiegenden Verwicklungen –«

Sie schnitt ihm das Wort ab. »Ich möchte, daß Sie nach Moldavia fahren und die betreffende Person vom Gasthof Oltenia abholen.«

Er wollte Einwände erheben, aber dann sah er ihren harten Blick. »Wenn Sie darauf bestehen, schicke ich –«

»Nein.« Marys Stimme war von eiserner Entschlossenheit. »Ich möchte, daß *Sie* fahren. Ich gebe Ihnen zwei Leute mit.«

Mit Gunny und einem weiteren Marineinfanteristen als Eskorte würde Mike Slade keine Dummheiten machen können. Sie hatte Gunny bereits gesagt, daß er ihn keine Sekunde aus der Augen lassen sollte.

Slade betrachtete Mary verwirrt. »Ich habe heute jede Menge zu tun. Morgen wäre vielleicht –«

»Ich möchte, daß Sie sofort losfahren. Gunny wartet in Ihrem Büro. Sie bringen die betreffende Person zu mir«, sagte sie in einem Ton, der keinen Widerspruch duldete.

Mike nickte langsam. »Okay.«

Mary sah ihn aus der Tür gehen und war so erleichtert, daß ihr beinahe schwindlig wurde. Solange Slade nicht da war, konnte ihr nichts passieren.

Sie wählte Colonel McKinneys Nummer. »Ich nehme heute nachmittag an der Grundsteinlegung teil.«

»Ich möchte Ihnen nochmals dringend davon abraten, Ma'am. Warum wollen Sie sich unnötig in Gefahr begeben, wenn –«

»Weil ich keine andere Wahl habe«, sagte Mary. »Ich repräsentiere die Vereinigten Staaten. Wie sieht das aus, wenn ich mich unterm Bett verkrieche, sobald jemand Drohungen gegen mich ausstößt. Wenn ich das einmal mache, kann ich mich nie mehr in der Öffentlichkeit blicken lassen. Dann kann ich gleich nach Hause fahren. Und das habe ich nicht vor, Colonel.«

28

Die Grundsteinlegung für den Erweiterungsbau sollte um 16 Uhr am Alexandru-Sahia-Platz stattfinden, genauer gesagt, auf dem großen Grundstück neben dem Hauptgebäude der Amerikanischen Bibliothek. Um 15 Uhr hatte sich bereits eine stattliche Menschenmenge versammelt. Colonel McKinney hatte sich mit Oberst Istrase, dem Chef der Securitate, abgesprochen.

»Wir werden Ihrer Botschafterin optimalen Personenschutz geben«, hatte Istrase gesagt.

Und er hatte sein Wort gehalten. Er hatte alle parkenden Wagen entfernen lassen, so daß die Gefahr einer Autobombe ausgeräumt war. Polizei sperrte die Zufahrtsstraßen ab, und auf dem Dach der Bibliothek hatte ein Scharfschütze Posten bezogen.

Kurz vor vier waren alle Vorbereitungen abgeschlossen. Elektronik-Experten hatten die gesamte Umgebung durchkämmt und keine Sprengstoffe gefunden. Als die Sicherheitsüberprüfung abgeschlossen war, sagte Oberst Istrase zu Colonel McKinney: »Wir sind soweit.«

»Wunderbar.« Colonel McKinney wandte sich seinem Adjutanten zu. »Sagen Sie der Botschafterin, daß sie jetzt kommen kann.«

Mary wurde von vier Marineinfanteristen zum Wagen geleitet.

»Guten Tag, Frau Botschafterin«, sagte Florian strahlend. »Das wird eine schöne, neue Bibliothek, nicht wahr?«

»Ja.«

Während der Fahrt plapperte er weiter, aber Mary hörte kaum zu. Sie mußte an das Lachen in Louis' Augen denken und an die Zärtlichkeit, mit der er sie geliebt hatte. Sie grub die Fingernägel in ihre Handflächen und versuchte, sich durch körperlichen Schmerz von ihrem seelischen Schmerz abzulenken. *Ich darf nicht weinen*, sagte sie sich. *Was auch geschieht, ich darf auf keinen Fall weinen.*

Als die Limousine auf dem Platz anhielt, traten zwei Marineinfanteristen an den Wagenschlag, blickten prüfend in alle Richtungen und ließen Mary aussteigen.

Auf dem Weg zum Grundstück, auf dem die Feier stattfinden sollte, gingen zwei bis an die Zähne bewaffnete Männer von der Securitate vor Mary her. Zwei weitere folgten ihr und schirmten sie mit ihren Körpern ab. Der Scharfschütze auf dem Dach behielt die Szene im Auge.

Die Menge klatschte Beifall, als die Botschafterin in den kleinen Kreis trat, der für sie freigemacht worden war. Rumänen, Amerikaner und Attachés von anderen Botschaften hatten sich eingefunden. Mary sah nur ein paar bekannte Gesichter. Die meisten waren ihr fremd.

Sie blickte über die Menschen hin und dachte: *Wie soll ich jetzt eine Rede halten? Colonel McKinney hatte recht. Ich hätte nicht kommen sollen. Es geht mir schlecht, und ich habe Angst.*

»Und nun, meine Damen und Herren«, sagte Colonel McKinney, »wird die Botschafterin der Vereinigten Staaten zu Ihnen sprechen.«

Die Menge applaudierte.

Mary holte tief Luft. »Vielen Dank–« Die Ereignisse der vergangenen Woche hatten sie derart in Atem gehalten, daß sie keine Zeit gehabt hatte, eine Rede vorzubereiten. Aber irgendwie flogen ihr die Worte jetzt zu. »Was wir hier tun«, sagte sie, »mag unbedeutend erscheinen, doch es ist wichtig, weil es einen weiteren Brückenschlag zwischen den Vereinigten Staaten und Ihrem Land darstellt. Dieses neue

Gebäude, zu dem wir heute den Grundstein legen, wird in Hülle und Fülle Informationen über die Vereinigten Staaten enthalten. Hier werden Sie die Geschichte unseres Landes studieren können – die guten Seiten und die schlechten. Sie werden Fotos von unseren Städten, Fabriken und Farmen sehen –«

Colonel McKinney und seine Leute bewegten sich langsam durch die Menge. *Genießen Sie Ihren letzten Tag auf Erden.* Wann endete der Tag für einen Killer? Um 18 Uhr? Um 21 Uhr? Um Mitternacht?

»– aber Sie werden nicht nur die Möglichkeit haben, sich ein *Bild* von den Vereinigten Staaten zu machen. Wenn dieses Gebäude fertig ist, können Sie auch ein *Gefühl* für die Vereinigten Staaten bekommen. Wir werden Ihnen den Geist unseres Landes zeigen.«

Auf der anderen Seite des Platzes durchbrach plötzlich ein Auto die Absperrung und kam mit kreischenden Bremsen zum Stehen. Ein erschrockener Polizist lief auf den Wagen zu. Der Fahrer stieg aus und sprintete davon. Im Rennen zog er einen kleinen Apparat aus der Tasche und drückte auf einen Knopf. Das Auto explodierte. Metallteile regneten auf die Menge herunter. Mary bekam nichts davon ab, doch unter den Zuschauern brach eine Panik aus. Sie stießen und drängelten und versuchten verzweifelt zu fliehen. Der Scharfschütze auf dem Dach legte sein Gewehr an und streckte den Attentäter mit einem Schuß ins Herz nieder.

Die rumänische Polizei brauchte eine Stunde, bis sie den Platz geräumt und die Leiche des Attentäters abtransportiert hatte. Der brennende Wagen wurde von der Feuerwehr gelöscht. Mary wurde zur Botschaft zurückgefahren. Sie zitterte am ganzen Leib.

»Wollen Sie nicht lieber für heute Schluß machen und sich zu Hause erholen?« fragte Colonel McKinney. »Sie haben gerade etwas erlebt, das –«

»Nein«, sagte Mary. »Ich will in die Botschaft.«

Nur dort konnte sie ungestört mit Stanton Rogers reden. *Und ich muß bald mit ihm reden,* dachte Mary, *sonst werde ich verrückt.*

Der Druck, unter dem sie stand, war unerträglich. Sie hatte Mike Slade weggeschickt, und trotzdem hatte jemand versucht, ihr das Leben zu nehmen. Also arbeitete er nicht allein.

Mary wünschte sich nichts sehnlicher als einen Anruf von Stanton Rogers.

Um 18 Uhr stürmte Mike Slade in Marys Büro. Er war wütend.

»Ich habe Corina Socoli in eines der Zimmer unterm Dach gebracht«, sagte er knapp. »Hätten Sie mir doch gesagt, *wen* ich da abholen soll! Sie haben einen katastrophalen Fehler gemacht. Wir müssen die junge Dame ausliefern. Sie ist eine Art Nationalheiligtum. Die rumänische Regierung wird sie unter keinen Umständen aus dem Land lassen. Wenn –«

Colonel McKinney trat ein. Als er Slade sah, blieb er stehen. »Der Tote ist inzwischen identifiziert. Es handelt sich tatsächlich um diesen Angel. Sein richtiger Name ist H. R. de Mendoza.«

Slade starrte den Colonel an. »Wovon reden Sie?«

»Ach so«, sagte Colonel McKinney, »ich hab's vergessen – Sie waren ja nicht da. Hat Ihnen die Botschafterin nicht erzählt, daß jemand ein Attentat auf sie versucht hat?«

Slade drehte sich um und blickte Mary an. »Nein.«

»Angel hat ihr heute vormittag einen Brief mit einer Todesdrohung geschickt. Und heute nachmittag, bei der Grundsteinlegung, wollte er sie ermorden. Einer von Istrases Scharfschützen hat ihn erledigt.«

Slade stand schweigend da, die Augen auf Mary geheftet.

»Die ganze Welt scheint nach Angel gefahndet zu haben«, bemerkte Colonel McKinney.

»Wo ist er?« fragte Slade.

»Im Leichenschauhaus im Polizeipräsidium.«

Der Mann lag nackt auf einer Steinplatte. Er sah unauffällig aus, war mittelgroß, hatte keine besonderen Gesichtszüge, eine Tätowierung auf dem rechten Arm, eine kleine, schmale Nase, die zu seinem strichdünnen Mund paßte, winzige Füße und schütteres, dunkelblondes Haar. Seine Kleider und sein sonstiger Besitz waren säuberlich auf einem Tisch aufgehäuft.

»Kann ich mal sehen?« fragte Mike.

Der Polizeisergeant zuckte die Achseln. »Nur zu. Ich glaube kaum, daß er was dagegen hat.« Er kicherte über seinen Scherz.

Mike nahm das Jackett vom Tisch und betrachtete das Etikett. Ein Herrenmodengeschäft in Buenos Aires. Die Schuhe waren ebenfalls aus Argentinien. Neben den Kleidern des Toten lag Geld: rumänische Lei, französische Francs, englische Pfund und mindestens zehntausend Dollar in argentinischen Pesos.

Mike wandte sich dem Sergeanten zu. »Was haben Sie herausgefunden?«

»Er ist vor zwei Tagen mit der Tarom aus London gekommen und unter dem Namen de Mendoza im Intercontinental abgestiegen. In seinem Paß ist Buenos Aires als Wohnort eingetragen. Der Paß ist gefälscht.« Der Sergeant trat näher an die Leiche heran. »Er sieht nicht gerade wie ein internationaler Killer aus, was?«

»Nein«, sagte Mike.

Zwei Kilometer vom Polizeipräsidium entfernt ging Angel an Marys Residenz vorbei, schnell genug, um die vier bewaffneten Marineinfanteristen, die die Einfahrt bewachten, nicht auf sich aufmerksam zu machen, und langsam genug, um sich das Gebäude in allen Einzelheiten einprägen zu können.

Die Fotos, die man Angel geschickt hatte, waren vorzüglich gewesen, aber Angel zog es vor, jedes Detail persönlich zu überprüfen. Am Vordereingang zur Villa stand eine fünfte Wache in Zivil mit zwei scharfen Hunden an der Leine.

Angel grinste bei dem Gedanken an die Farce auf dem Platz vor der Amerikanischen Bibliothek. Es war ein Kinderspiel gewesen, für eine Nase voll Koks einen Junkie anzuheuern. *Lenk die Leute ab. Führ sie auf die falsche Spur. Laß sie schwitzen.* Das eigentliche Ereignis stand noch bevor. *Für fünf Millionen biete ich ihnen – wie sagt man? – eine richtige Show. Eine Show, die sie nie vergessen werden. Live und in herrlichen Farben.*

»In der Residenz der Botschafterin wird am 4. Juli eine Party stattfinden«, hatte die Stimme gesagt. *»Mit Luftballons, einer Band und einem Unterhaltungsprogramm.«* Angel dachte lächelnd: *Eine Fünf-Millionen-Dollar-Supershow wird das werden.*

Dorothy Stone kam in Marys Büro geeilt. »Ma'am, Sie werden am Telefon verlangt. Im abhörsicheren Raum, bitte. Mr. Rogers ruft aus Washington an.«

»Ich verstehe kein Wort, Mary. Reden Sie langsamer. Und fangen Sie noch mal von vorne an.«

Mein Gott, dachte Mary. *Ich quassle wie eine hysterische Jungfer.* Sie war so durcheinander, daß sie kaum sprechen konnte. Sie hatte Angst, empfand eine ungeheure Erleichterung, war wütend – und all das auf einmal.

Sie riß sich zusammen und holte tief Luft. »Verzeihung, Stan. Haben Sie mein Telegramm bekommen?«

»Nein. Ich bin seit ein paar Minuten zurück. Es lag kein Telegramm von Ihnen da. Was ist denn?«

Mary hatte Mühe, sich zusammenreißen. *Wo soll ich anfangen?* Sie holte wieder tief Luft. »Mike Slade versucht mich zu ermorden.«

Schockiertes Schweigen. »Mary, Sie glauben doch nicht im Ernst–«

»Es ist die reine Wahrheit. Ich weiß es. Ich habe einen

Arzt von der französischen Botschaft kennengelernt – Dr. Louis Desforges. Ich bin plötzlich erkrankt, und er hat herausgefunden, daß ich mit Arsen vergiftet werde. Und zwar von Mike Slade.«

»Wie kommen Sie darauf?« fragte Rogers in scharfem Ton.

»Louis – Dr. Desforges – hat den Hergang rekonstruiert. Mike Slade hat jeden Morgen Kaffee für mich gekocht und Arsen reingetan. Louis Desforges ist gestern abend ermordet worden, und heute nachmittag sollte *ich* von jemand ermordet werden, der mit Mike Slade unter einer Decke steckte.«

Wieder Schweigen. Es schien sich endlos zu dehnen.

Dann sprach Stanton Rogers erneut. Es hörte sich beschwörend an. »Denken Sie gründlich nach, Mary. Das ist wichtig. Könnte es nicht jemand anderer als Mike Slade gewesen sein?«

»Nein. Er wollte mich von Anfang an aus Rumänien wegekeln.«

»In Ordnung«, sagte Stanton Rogers knapp. »Ich informiere den Präsidenten, und wir werden Maßnahmen gegen Slade ergreifen. Bis dahin bekommen Sie verstärkten Personenschutz.«

»Stan ... am Samstagabend gebe ich in der Villa eine Party zum 4. Juli. Die Gäste sind schon eingeladen. Meinen Sie, daß ich die Party lieber absagen sollte?«

Nachdenkliches Schweigen. »Nein. Das mit der Party halte ich für eine gute Idee. Es ist das Beste, wenn viele Menschen um Sie sind. Ich will Ihnen nicht zusätzlich Angst machen, Mary, aber ich würde vorschlagen, daß Sie die Kinder nicht aus den Augen lassen. Slade könnte versuchen, ihnen etwas anzuhaben, um Sie auf diese Weise zu treffen.«

Es überlief Mary eiskalt. »Was soll das? Warum tut er das?«

»Das wüßte ich auch gern. Es scheint ziemlich sinnlos.

Aber ich werde rauskriegen, was dahintersteckt, darauf können Sie sich verlassen. Bis dahin sollten Sie sich von Slade fernhalten!«

»Keine Sorge«, sagte Mary. »Das mache ich.«

»Ich rufe Sie wieder an.«

Als Mary auflegte, hatte sie das Gefühl, eine schwere Last sei von ihr genommen. *Es wird alles gut ausgehen*, sagte sie sich. *Den Kindern und mir wird nichts passieren.*

Eddie Maltz ging beim ersten Klingeln ans Telefon. Das Gespräch dauerte zehn Minuten.

»Ich kümmere mich darum, daß alles da ist«, versprach Eddie Maltz.

Angel hängte ein.

Eddie Maltz dachte: *Wofür braucht Angel das ganze Zeug?* Er warf einen Blick auf die Uhr. *Noch achtundvierzig Stunden.*

Nach dem Gespräch mit Mary rief Stanton Rogers Colonel McKinney an.

»Hallo, Bill. Hier Stanton Rogers.«

»Was kann ich für Sie tun, Sir?«

»Ich will, daß Sie Mike Slade festnehmen und in Gewahrsam halten, bis Sie wieder von mir hören.«

»Mike Slade?« fragte der Colonel ungläubig.

»Richtig. Er ist wahrscheinlich bewaffnet und dürfte vor Gewaltanwendung nicht zurückschrecken. Isolieren Sie ihn total. Lassen Sie ihn mit niemandem sprechen.«

»Ja, Sir.«

»Ich will, daß Sie mich im Weißen Haus anrufen, wenn Sie ihn haben.«

»Ja, Sir.«

Zwei Stunden später klingelte Stanton Rogers' Telefon. Er nahm ab. »Hallo?«

»Hier McKinney, Sir.«

»Haben Sie Slade?«
»Nein, Sir. Wir haben Probleme.«
»Was für Probleme?«
Mike Slade ist verschwunden.«

29

SOFIA, BULGARIEN – SAMSTAG, 3. JULI

In einem kleinen, unscheinbaren Gebäude in der Innenstadt tagte eine Gruppe von Mitgliedern des östlichen Komitees. Um den Tisch saßen hochrangige Politiker und Geheimdienstler aus der Sowjetunion, China, der ČSSR, Pakistan, Indien und Malaysia.

»Wir begrüßen die Brüder und Schwestern vom östlichen Komitee, die sich heute bei uns eingefunden haben«, sagte der Vorsitzende. »Ich darf Ihnen mitteilen, daß wir gute Nachrichten vom Controller haben. Es ist alles bereit. Die letzte Phase unseres Planes steht vor dem krönenden Abschluß. Das Ereignis wird morgen abend in Bukarest in der Villa der amerikanischen Botschafterin stattfinden. Es ist dafür gesorgt, daß Presse und Fernsehen weltweit von diesem Ereignis berichten.«

Eine Frau meldete sich zu Wort. Deckname: Kali. »Die amerikanische Botschafterin und ihre beiden Kinder –?«

»Werden zusammen mit hundert bis zweihundert weiteren Amerikanern den Tod finden. Ich darf hinzufügen, daß wir uns der damit verbundenen Risiken und politischen Weiterungen durchaus bewußt sind. Und nun wollen wir mit der Abstimmung beginnen.« Der Vorsitzende fing am anderen Ende des Tisches an. »Brahma?«

»Ich stimme mit ja.«

»Vishnu?«

»Ebenfalls ja.«

»Ganesha?«

»Ja.«

»Yama?«

»Ja.«

»Indra?«

»Ja.«

»Krishna?«

»Ja.«

»Rama?«

»Ja.«

»Kali?«

»Ja.«

»Wir sind uns also einig«, sagte der Vorsitzende. »Und nun möchten wir dem Mann, der durch seinen rastlosen Einsatz maßgeblich zum Gelingen unseres Planes beigetragen hat, unseren aufrichtigen Dank aussprechen.« Er wandte sich dem Amerikaner zu.

»War mir ein Vergnügen«, sagte Mike Slade.

Der Partyschmuck wurde am Samstagnachmittag von einer C-130 Hercules nach Bukarest eingeflogen und am Abend zu einem Lagerhaus gefahren, das der Botschaft gehörte. Die Fracht bestand aus 1000 roten, weißen und blauen Luftballons, vier Stahlcontainern mit Helium zum Aufblasen der Ballons, 250 Beuteln Konfetti, einem Dutzend großen und sechs Dutzend kleinen amerikanischen Flaggen. Um 20 Uhr war die Fracht im Lagerhaus. Zwei Stunden später traf ein Jeep mit drei Sauerstoff-Flaschen ein, die die Aufschrift US-ARMY trugen. Der Fahrer brachte sie ins Lagerhaus.

Kurz nach Mitternacht, als niemand mehr da war, kam Angel. Die Tür war nicht abgesperrt. Angel ging zu den Sauerstoff-Flaschen, überprüfte sie und machte sich ans Werk. Die erste Aufgabe bestand darin, drei Helium-Behälter zu leeren, bis sie nur noch zu einem Drittel gefüllt waren. Der Rest war ganz einfach.

Am Morgen des 4. Juli war die Botschaftervilla ein mittleres Chaos. Böden wurden gescheuert, Leuchter abgestaubt, Teppiche geklopft. Aus jedem Raum drangen andere Geräusche. Wildes Gehämmer im Ballsaal, in dem ein Podium aufgebaut wurde, auf den Fluren das Surren von Staubsaugern, in der Küche das Klappern von Töpfen und Geschirr.

Um 16 Uhr rollte ein Lastwagen der Army in die Lieferanteneinfahrt der Villa und wurde sofort angehalten. Die Wache fragte den Fahrer: »Was haben Sie da drin?«

»Paar Sachen für die Party.«

»Die schauen wir uns mal an.«

Die Wache inspizierte den Laderaum. »Was ist in diesen Kisten?«

»Heliumbehälter, Luftballons, Flaggen und 'n bißchen Konfetti.«

»Aufmachen.«

Fünfzehn Minuten später wurde der Lastwagen durchgewinkt. Auf dem Grundstück luden ein Corporal und zwei Marineinfanteristen die Kisten aus und trugen sie in einen großen Abstellraum neben dem Ballsaal.

Als sie mit dem Auspacken begannen, sagte einer der Marineinfanteristen: »Seht euch die Ballons an! Wer soll die denn alle aufblasen?«

In diesem Moment trat Eddie Maltz ein, gefolgt von einer fremden Person im Arbeitsanzug der Army.

»Nur keine Bange«, sagte Eddie Maltz. Er deutete mit dem Kopf auf seine Begleitung. »Hier ist jemand, der sich um die Ballons kümmert. Eine speziell ausgebildete Hilfskraft. Anweisung von Colonel McKinney.«

Einer der Marineinfanteristen grinste. »Na, prima. Dann haben wir ja einen Doofen gefunden.«

Die beiden Marineinfanteristen gingen.

»Sie haben eine Stunde Zeit«, sagte Eddie Maltz. »Fangen Sie am besten gleich an. Sie müssen eine Menge Ballons aufblasen.«

Maltz nickte dem Corporal zu und verließ den Raum.

Der Corporal näherte sich den Gasbehältern. »Was ist da drin?«

»Helium«, sagte die Hilfskraft, nahm einen Ballon, stülpte ihn über die Düse des Containers, füllte ihn und band ihn zu. Der Ballon stieg an die Decke. Der Vorgang dauerte kaum mehr als eine Sekunde.

»He, toll!« lachte der Corporal.

In ihrem Büro in der Botschaft unterzeichnete Mary Ashley Depeschen, die gleich abgeschickt werden mußten. Sie wünschte sich, die Party könnte in letzter Minute abgesagt werden. Es würden über zweihundert Gäste kommen. Sie hoffte, daß Mike Slade gefaßt wurde, ehe die Party begann.

Tim und Beth waren in der Villa und wurden streng bewacht. *Wie kann Mike Slade den bloßen Gedanken ertragen, daß ihnen etwas geschieht?* Mary erinnerte sich daran, wie oft Slade mit ihren Kindern gespielt hatte. Sogar beim Eislaufen war er mit ihnen gewesen. *Aber das war wohl nur Schein. Der Mann ist verrückt.*

Mary erhob sich, um Papiere in den Reißwolf zu werfen, und erstarrte zur Salzsäule. Mike Slade schlenderte gemütlich durch die Verbindungstür in ihr Büro. Mary öffnete den Mund, um zu schreien.

»Nein, nicht!« zischte Slade.

Sie war in Panik. Kein Retter weit und breit. Slade konnte sie töten, ehe sie eine Chance hatte, um Hilfe zu rufen. Wie hatte er sich an den Wachen vorbeigestohlen? *Ich darf ihm nicht zeigen, daß ich mich fürchte.*

»Sie werden von Colonel McKinneys Leuten gesucht«, sagte Mary. »Sie können mich umbringen, aber entwischen können Sie nicht.«

»Ich glaube, Sie haben zu viel schlechte Thriller gelesen. *Angel* will Sie umbringen, nicht ich.«

»Sie lügen. Angel ist tot. Ich habe mit eigenen Augen gesehen, wie er erschossen wurde.«

»Angel ist ein Profi aus Argentinien. Das Letzte, was er täte, wäre, mit einem argentinischen Etikett in der Jacke und argentinischen Pesos in der Tasche durch die Gegend zu laufen. Genau das hat aber der Mann getan, den die Polizei umgelegt hat. Er kann also nur ein blutiger Laie gewesen sein, der als Täter vorgeschoben wurde.«

Sorg dafür, daß er weiterredet. »Ich glaube Ihnen kein Wort. *Sie* haben Louis Desforges umgebracht. *Sie* haben versucht, mich zu vergiften. Oder wollen Sie das bestreiten?«

Mike blickte Mary lange an. »Nein, das will ich nicht bestreiten. Aber hören Sie sich die Geschichte doch spaßeshalber von einem Freund von mir an.« Er ging zur Verbindungstür. »Kommen Sie, Bill.«

Colonel McKinney trat ein. »Mir scheint, es wird Zeit, daß wir miteinander reden, Ma'am–«

Im Abstellraum neben dem Ballsaal wurden unter Aufsicht des Corporals immer noch Ballons aufgeblasen.

Puh! dachte der Corporal. *Das ist wirklich ein komischer Gasspezialist. Ein häßlicher Vogel.*

Er verstand nicht, wieso die Ballons aus verschiedenen Flaschen gefüllt wurden, mal aus der ersten, mal aus der zweiten, dann aus der dritten und der vierten. *Man könnte doch erst mal eine leermachen,* sagte er sich. Er war in Versuchung zu fragen, was dieses merkwürdige Verfahren sollte, aber er hatte keine Lust, ein Gespräch zu beginnen. *Nicht mit so einer Type.*

Durch die halboffene Tür zum Ballsaal sah der Corporal, wie Tabletts für das kalte Büffet hereingetragen und auf Tische zu beiden Seiten des Raumes gestellt wurden. *Das wird eine tolle Party,* dachte er.

Mary saß in ihrem Büro, gegenüber von Mike Slade und Colonel McKinney.

»Fangen wir ganz vorne an«, sagte der Colonel. »Als

Präsident Ellison am Tag seiner Amtseinführung ankündigte, er wolle freundschaftliche Beziehungen zu allen Ländern des Ostblocks aufnehmen, hat er eine Bombe platzen lassen. Es gibt eine Fraktion in unserer Regierung, die überzeugt ist, daß uns die Kommunisten von innen aufrollen, wenn wir uns mit Rumänien, Rußland, Bulgarien, Albanien, der ČSSR und so weiter einlassen. In den Ostblockstaaten wiederum sitzen Kommunisten, die glauben, daß die Initiative unseres Präsidenten ein Trick ist, daß es ihm nur darum geht, kapitalistische Spione bei ihnen einzuschleusen. Eine Gruppe von mächtigen Männern aus beiden Lagern hat sich daraufhin zu einem Geheimbund zusammengeschlossen, den *Patriots for Freedom*. Sie kamen zu dem Schluß, der einzige Weg, die Initiative unseres Präsidenten zu vereiteln, sei der, ihn ins offene Messer rennen zu lassen und das Ganze auf derart dramatische Weise zu sabotieren, daß so etwas nie wieder versucht wird. An diesem Punkt kamen Sie ins Spiel.«

»Aber warum gerade ich?« fragte Mary.

»Weil die Verpackung wichtig war«, sagte Mike. »Sie waren einfach ideal. Eine anbetungswürdige Frau aus dem Mittleren Westen mit zwei bezaubernden Kindern, fehlten nur noch der süße Hund und das niedliche Kätzchen. Die *Patriots* waren wild entschlossen, Sie nach Bukarest zu kriegen. Als Ihr Mann sich querlegte, brachten sie ihn um und tarnten es als Verkehrsunfall, damit Sie keinen Verdacht schöpften und den Posten womöglich ablehnten.«

»O Gott!« Mary ballte in ohnmächtigem Entsetzen die Fäuste.

»Der nächste Schritt bestand darin, Sie aufzubauen. Die *Patriots* haben Beziehungen zur gesamten Weltpresse, und davon machten sie reichlich Gebrauch. Sie sorgten dafür, daß Sie der Publikumsliebling Nummer Eins wurden. Also drückten Ihnen alle die Daumen und feuerten Sie an. Sie waren die schöne Frau, die die Welt auf dem Weg zum Frieden ein gutes Stück weiterbringen würde.«

»Und . . . und jetzt?«

»Jetzt«, fuhr Mike fort, »wollen die *Patriots* Sie und die Kinder in aller Öffentlichkeit und so schockierend wie möglich ermorden. Die Welt soll so entsetzt sein, daß niemand mehr auch nur an Entspannung *denkt*.«

Mary war sprachlos.

»Ja, das ist es im großen und ganzen«, sagte Colonel McKinney. »Mike arbeitet für die CIA. Nachdem Ihr Mann und Marin Groza ermordet worden waren, kam er den *Patriots* auf die Spur. Sie dachten, er stünde auf ihrer Seite und boten ihm an, bei ihnen mitzumachen.

Wir besprachen die Idee mit Präsident Ellison. Er war einverstanden. Wir haben ihn über alle Entwicklungen auf dem laufenden gehalten. Seine Hauptsorge war, daß Ihnen und den Kindern nichts passiert, aber er wagte es nicht, über das, was er wußte, mit Ihnen oder irgend jemand anderem zu reden, weil Ned Tillingast, der Direktor der CIA, ihn vor undichten Stellen auf höchster Ebene gewarnt hatte.«

Mary hatte das Gefühl, es drehe sich alles vor ihr.

»Aber . . . aber *Sie* haben doch versucht, mich umzubringen«, sagte sie zu Mike Slade.

Er seufzte. »Nein, Madame, ich habe versucht, Ihnen das Leben zu retten. Leicht haben Sie es mir nicht gerade gemacht. Ich habe alle Mittel eingesetzt, über die ich verfügte, um Sie zur Rückkehr nach Kansas zu bewegen, weil ich wußte, daß Sie dort sicher sein würden, Sie und Ihre Kinder.«

»Aber . . . aber Sie haben mich doch vergiftet.«

»Nicht allzu brutal. Sie sollten sich nur schlecht genug fühlen, um sich aus Rumänien ausfliegen zu lassen. Unsere Ärzte haben bereits auf Sie gewartet. Ich konnte Ihnen die Wahrheit nicht sagen, weil das die ganze Operation gefährdet und uns um die Chance gebracht hätte, die *Patriots* beim Wickel zu kriegen. Wir wissen bis jetzt nicht, wer der Mann ist, der die Organisation zusammenhält.

Man nennt ihn den Controller, aber er nimmt nie an den Sitzungen des Komitees teil.«

»Und Louis?«

»Der Doktor gehörte zu ihnen. Er war Sprengstoff-Experte und Angels Hintermann. Die *Patriots* haben ihn hierher abkommandiert, damit er in Ihrer Nähe war. Ein Entführungsversuch wurde inszeniert, und Sie wurden von diesem charmanten Herrn gerettet.« Mike sah Marys betroffenen Gesichtsausdruck. »Sie waren einsam und verletzlich, und das haben sich die *Patriots* zunutze gemacht. Sie sind nicht die erste, die auf den guten Doktor reingefallen ist.«

Mary erinnerte sich an etwas. Ihr Chauffeur, der sie an jenem Abend so vergnügt zum Theater gefahren hatte.

»Florian muß mit von der Partie gewesen sein«, sagte sie. »Er hat eine Reifenpanne als Vorwand dafür genommen, mich aus dem Auto zu kriegen.«

»Wir kümmern uns um ihn.«

Mary wollte noch etwas wissen. »Warum haben Sie Louis getötet, Mike?«

»Weil mir keine andere Wahl blieb. Der springende Punkt beim Plan der *Patriots* war der, Sie und die Kinder so spektakulär wie möglich zu ermorden. Louis wußte, daß ich zum Komitee gehörte. Als er herausfand, daß ich Sie vergiftete, wurde er argwöhnisch. *So* sang- und klanglos sollten Sie ja nicht sterben. Ich mußte ihn töten, ehe er mich bei den *Patriots* verriet.«

Ein Rätsel nach dem anderen löste sich. Der Mann, dem Mary mißtraut hatte, hatte sie vergiftet, um sie zu retten, und der Mann, dem sie vertraut hatte, hatte sie gerettet, damit sie einen noch schrecklicheren Tod finden könnte. Die Kinder und sie waren bloß benutzt worden. *Ich war die Dumme,* dachte Mary. *Die Freundlichkeit, mit der mir die Leute begegnet sind, war geheuchelt. Echt war nur die von Stanton Rogers. Oder–?*

»Stanton«, begann Mary. »Ist er–«

»Er hat von Anfang an die Hand über Sie gehalten«, sagte Colonel McKinney. »Als er überzeugt war, daß Mike Slade Sie töten wollte, hat er mir befohlen, ihn zu verhaften.«

Mary sah Mike an. Er war hierher geschickt worden, um sie zu beschützen, und sie hatte ihn die ganze Zeit als Feind betrachtet. Sie war völlig verwirrt.

»Louis war nie verheiratet und hatte nie Kinder?«

»Nein.«

»Aber ... aber ich habe Eddie Maltz gebeten, es nachzuprüfen, und er sagte mir, Louis sei verheiratet gewesen und habe zwei Töchter gehabt.«

Mike und Colonel McKinney tauschten einen bedeutungsvollen Blick.

»Wir kümmern uns um ihn«, sagte der Colonel. »Ich habe ihn nach Frankfurt geschickt. Ich werde ihn festnehmen lassen.«

»Wer ist Angel?« fragte Mary.

»Ein weltweit gesuchter Killer«, sagte Mike. »Wahrscheinlich der beste, den es gibt. Das Komitee hat beschlossen, ihm dafür, daß er Sie umbringt, fünf Millionen Dollar zu zahlen.«

Mary hörte fassungslos zu.

»Wir wissen, daß er in Bukarest ist«, fuhr Mike fort. »Normalerweise hätten wir alles überwachen lassen – Flughäfen, Straßen, Bahnhöfe –, aber wir haben keine Ahnung, wie Angel aussieht. Er verwendet ein Dutzend verschiedene Pässe. Niemand hat je direkt mit ihm gesprochen. Der Kontakt mit ihm läuft über seine Freundin, Neusa Muñez. Die Gruppen innerhalb des Komitees sind so voneinander abgeschottet, daß ich nicht in Erfahrung bringen konnte, wer ihm hier hilft und was er im einzelnen plant.«

»Und was soll ihn davon abhalten, mich zu töten?«

»Wir«, sagte Colonel McKinney. »Wir haben mit Hilfe der rumänischen Regierung für heute abend Vorsichtsmaßregeln getroffen, die alles bisherige in den Schatten stellen. Wir haben jede Eventualität bedacht.«

»Und was geschieht jetzt?« fragte Mary.

»Das liegt bei Ihnen«, sagte Mike. »Angels Weisung lautet, seinen Auftrag während Ihrer Party auszuführen. Wir sind sicher, daß wir ihn schnappen können, aber wenn Sie und die Kinder nicht da sind –«

»Wird er nichts unternehmen«, ergänzte Mary.

»Nein, heute nicht. Aber früher oder später wird er es wieder versuchen.«

»Sie bitten mich also, den Lockvogel zu spielen.«

»Sie müssen nicht, Ma'am«, sagte Colonel McKinney.

Ich könnte jetzt Schluß machen. Ich könnte mit den Kindern nach Kansas zurückgehen und diesen Alptraum hinter mir lassen. Ich könnte wieder so leben wie früher, an der Uni lehren, ein normaler Mensch sein. Niemand hat den Ehrgeiz, eine Professorin zu ermorden. Angel würde mich vergessen.

Mary blickte zu Mike und Colonel McKinney auf und sagte: »Ich will meine Kinder nicht in Gefahr bringen.«

»Ich kann dafür sorgen, daß Beth und Tim unauffällig aus der Villa verschwinden und sicher zur Botschaft gebracht werden.«

Mary betrachtete Mike eine volle Minute. Schließlich fragte sie: »Was zieht man als Lockvogel an?«

30

In Colonel McKinneys Büro waren zwei Dutzend Marine-Infanteristen zum Befehlsempfang angetreten.

»Ich möchte, daß die Residenz heute abend so gut bewacht wird wie Fort Knox«, sagte der Colonel. »Die Rumänen verhalten sich kooperativ. Ionescu läßt die Straße zur Villa von seinen Soldaten abriegeln. Ohne Passierschein kommt niemand durch. Wir werden an jedem Eingang zusätzliche Kontrollpunkte einrichten. Wer kommt und geht, muß an einem Metalldetektor vorbei. Das Gebäude und das Grundstück werden von einer Postenkette umstellt. Auf dem Dach der Villa postieren wir Scharfschützen. Hat jemand Fragen?«

»Nein, Sir.«

»Wegtreten.«

Eine ungeheure Spannung lag in der Luft. Rund um die Villa erhellten Suchscheinwerfer den Himmel. Amerikanische Militärpolizei und rumänische Miliz hielten die Menge unter Kontrolle. Polizisten in Zivil hatten sich unter die Zuschauer gemischt und achteten auf alle verdächtigen Anzeichen. Einige von ihnen hatten auf Sprengstoff dressierte Spürhunde an der Leine.

Die Journalisten hatten sich wieder einmal in Massen eingefunden. Aus einem guten Dutzend Ländern waren Fotografen und Reporter gekommen. Sie hatten sich einer Leibesvisitation unterziehen müssen, ehe sie die Villa betreten durften. Auch ihre Ausrüstung wurde genau überprüft.

»Heute abend kommt hier nicht mal 'ne Küchenschabe ungesehen rein«, prahlte der Sicherheitsoffizier.

Im Abstellraum neben dem Ballsaal wurde es dem Corporal allmählich zu langweilig, eine Hilfskraft beim Füllen von Luftballons zu beobachten. Er fischte eine Packung Zigaretten aus der Tasche und zündete sich eine an.

»Machen Sie die sofort aus!« schrie Angel.

Der Corporal blickte verwundert auf. »Was denn, was denn? Sie tun Helium in die Dinger, oder? Helium ist nicht brennbar.«

»Trotzdem. Machen Sie die Zigarette aus. Colonel McKinney hat gesagt, daß hier Rauchen verboten ist.«

»Scheiße«, knurrte der Corporal. Er ließ die Zigarette fallen und trat sie aus.

Angel paßte auf, daß keine Funken flogen, und füllte dann wieder die Ballons – mal aus dieser, mal aus jener Flasche.

Es traf zu, daß Helium nicht brennbar war, aber nur in einer der Flaschen befand sich reines Helium, in der ersten. Die zweite enthielt Propan, die dritte ein Gemisch aus Sauerstoff und Acethylen, die vierte weißen Phosphor. Angel hatte in alle gerade so viel Helium gelassen, daß die Ballons in die Luft steigen konnten.

Angel füllte jeden zehnten Ballon mit Propan, jeden fünfzigsten mit Sauerstoff und Acethylen, jeden hundertsten mit weißem Phosphor. Wenn die Ballons explodierten, würde der weiße Phosphor als Brandsatz für die erste Gasentladung dienen. Durch diese würde im Umkreis von fünfzig Metern aller Sauerstoff verbraucht werden, was dazu führen mußte, daß sämtliche Menschen im Saal keine Luft mehr bekämen. Der Phosphor würde sich sofort in eine glühendheiße Flüssigkeit verwandeln, die auf die Gäste heruntertropfte. Die Hitze würde Lungen und Atemwege zerstören, die Gasexplosion alle Gebäude in der näheren Umgebung zum Einsturz bringen. *Bildschön.*

Angel richtete sich auf und betrachtete die bunten Ballons an der Decke des Abstellraums. »Ich bin fertig.«

»Okay«, sagte der Corporal. »Jetzt müssen wir die Dinger nur noch in den Ballsaal kriegen.« Er rief vier Wachen zu sich. »Helft mir mal, die Ballons hier rauszubringen.«

Einer der Marineinfanteristen riß die Tür zum Ballsaal weit auf. Der Raum war mit großen und kleinen amerikanischen Fahnen dekoriert. An seinem Ende befand sich das Podium für die Band. Es waren schon viele Gäste da, die sich am kalten Büffet bedienten.

»Das ist aber ein schöner Saal«, sagte Angel. *In einer Stunde wird er voller verkohlter Leichen sein.* »Kann ich ein Foto davon machen?«

Der Corporal zuckte mit den Schultern. »Meinetwegen. Kommt, Leute.«

Die Marineinfanteristen drückten sich an Angel vorbei, trieben die Ballons vor sich her und beobachteten, wie sie gegen die Decke des Ballsaals flogen.

»Vorsichtig«, mahnte Angel. »Ganz vorsichtig.«

»Keine Sorge!« rief ein Marineinfanterist. »Wir machen Ihre kostbaren Ballons schon nicht kaputt.«

Angel stand in der Tür, betrachtete das farbenprächtige Schauspiel der aufsteigenden Ballons und lächelte still in sich hinein. Es dauerte nicht lange, bis die todbringenden kleinen Prachtstücke an der Decke hingen. Angel nahm eine Kamera aus der Tasche und trat in den Ballsaal.

»He!« bellte der Corporal. »Sie haben hier keinen Zutritt!«

»Ich wollte nur schnell ein Foto für meine Tochter machen.«

Die muß 'ne Augenweide sein, die Tochter, dachte der Corporal sarkastisch. »Na schön. Aber beeilen Sie sich.«

Angel warf einen Blick zum Eingang des Saals. Gerade kam Botschafterin Ashley mit ihren beiden Kindern herein. Angel grinste. Perfektes Timing.

Als sich der Corporal abgewandt hatte, schob Angel die

Kamera unter einen Tisch, der mit bodenlangem Damast gedeckt war. Niemand konnte sie dort sehen. Der vom Kameramotor angetriebene Zeitzünder war auf eine Stunde eingestellt. *Alles klar.*

Der Corporal näherte sich.

»Bin schon fertig«, sagte Angel.

»Ich lasse Sie nach draußen bringen.«

»Danke.«

Fünf Minuten später hatte Angel die Villa verlassen und schlenderte die Alexandru-Sahia-Straße entlang.

Obwohl der Abend schwül war, ging es vor der Villa wie im Tollhaus zu. Polizisten drängten die Hundertschaften neugieriger Rumänen zurück, die immer noch zusammenliefen. Alle Lichter der Villa brannten, und das Gebäude hob sich strahlend hell vom dunklen Himmel ab.

Vor Beginn der Party hatte sich Mary mit den Kindern in den ersten Stock zurückgezogen.

»Wir müssen Familienrat halten«, sagte sie. Sie fand, daß sie den Kindern eine Erklärung schuldig war.

Beth und Tim hörten mit großen Augen zu, als ihre Mutter erklärte, was geschehen war und noch geschehen konnte.

»Für euch besteht keine Gefahr«, sagte Mary. »Ihr werdet in die Botschaft gebracht. Da seid ihr in Sicherheit.«

»Und du?« fragte Beth. »Jemand will dich umbringen! Kannst du nicht mit uns kommen?«

»Nein, mein Schatz. Wir wollen diesen Mann doch kriegen. Und ohne mich geht das nicht.«

Tim kämpfte mit den Tränen. »Woher weißt du, daß ihr ihn kriegt?«

Mary dachte einen Moment nach und antwortete dann: »Weil Mike Slade es gesagt hat. Also – okay?«

Beth und Tim blickten einander an. Dann nickten sie mit blassen Gesichtern.

Sie tun mir leid, dachte Mary. *Sie sind viel zu jung, um so etwas mitzumachen.*

Mary zog sich um und fragte sich unwillkürlich, ob sie sich für den Tod schön machte. Sie wählte ein rotes, langes Abendkleid aus Seide und dazu rote Sandalen mit hohen Absätzen. Sie betrachtete sich im Spiegel. Ihr Gesicht war kalkweiß.

Fünfzehn Minuten später traten Mary, Beth und Tim in den Ballsaal. Sie gingen durch den Raum, begrüßten Gäste und bemühten sich, ihre Nervosität zu verbergen. Als sie beim Podium angelangt waren, wandte sich Mary den Kindern zu. »Ihr müßt noch Hausaufgaben machen«, sagte sie so laut, daß es alle Umstehenden hörten. »Ab auf eure Zimmer.«

Sie sah Beth und Tim gehen, hatte einen Kloß im Hals und dachte: *Ich hoffe zu Gott, daß Mike weiß, was er tut.*

Plötzlich gab es ein ohrenbetäubendes Geschepper. Mary fuhr zusammen. Was war passiert? Sie wirbelte mit rasendem Puls herum. Ein Kellner hatte sein Tablett fallen lassen und sammelte das zerbrochene Geschirr auf. Marys Herz schlug wie rasend.

Sie konnte es nicht stoppen. Wie wollte Angel sie ermorden? Sie sah sich ratlos im Ballsaal um und fand keinen einzigen Anhaltspunkt.

Als die Kinder den Raum verlassen hatten, wurden sie von Colonel McKinney zum Lieferanteneingang geführt.

»Bringt sie ins Büro der Botschafterin«, sagte er zu den beiden schwerbewaffneten Marineinfanteristen, die an der Tür warteten. »Laßt sie nicht aus den Augen.«

Beth zögerte. »Passiert meiner Mutter wirklich nichts?«

»Nein«, versprach McKinney. »Bestimmt nicht.« Er betete darum, daß er sich nicht irrte.

Mike Slade beobachtete die Abfahrt von Beth und Tim. Dann machte er sich auf die Suche nach Mary.

»Die Kinder sind auf dem Weg zur Botschaft«, meldete er. »Ich muß jetzt ein paar Dinge überprüfen. Dauert nicht lange.«

»Lassen Sie mich nicht allein.« Das war Mary einfach so herausgerutscht. »Ich möchte Sie begleiten.«

»Warum?«

Sie blickte ihm in die Augen und sagte: »Weil ich mich sicherer fühle in Ihrer Gegenwart.«

Mike grinste. »Das ist neu. Kommen Sie.«

Mary folgte ihm in dichtem Abstand. Die Band hatte zu spielen begonnen, und die Gäste tanzten. Sie schienen ihren Spaß zu haben. Wer nicht tanzte, stand am kalten Büffet oder trank Champagner.

Der Saal sah herrlich aus. Mary schaute zur Decke, und da hingen die tausend roten, weißen und blauen Ballons. *Es ist wirklich ein Fest,* dachte sie. *Wenn nur diese schreckliche Drohung nicht über uns hinge.* Ihre Nerven waren bis zum Zerreißen gespannt. Sie hätte schreien mögen. Jemand streifte sie, und sie machte sich auf den Einstich einer vergifteten Nadel gefaßt. Oder wollte Angel sie erschießen? Oder erdolchen? Die Ungewißheit war nicht auszuhalten. Mary stellte fest, daß es ihr schwer fiel zu atmen. Inmitten der lachenden, schwatzenden Menge fühlte sie sich nackt und verwundbar. Angel konnte überall sein. Vielleicht beobachtete er sie gerade in diesem Augenblick.

»Glauben Sie, daß Angel hier ist?« fragte Mary.

»Ich weiß es nicht«, sagte Mike. Und das war das Entsetzlichste. Er sah Marys Gesichtsausdruck. »Hören Sie, wenn Sie gehen wollen –«

»Nein. Ich soll doch den Lockvogel spielen, haben Sie gesagt. Ohne Lockvogel wird er nichts unternehmen.«

Mike nickte und drückte beruhigend Marys Arm. »Das ist richtig.«

Colonel McKinney kam auf sie zu. »Wir haben alles durchsucht und nicht das Geringste gefunden. Das gefällt mir nicht.«

»Sehen wir uns noch mal um.« Mike winkte vier Marineinfanteristen, die in der Nähe standen. Sie nahmen Mary in die Mitte. »Bin gleich wieder da«, sagte Mike.

Mary schluckte nervös. »Ja. Bitte.«

Mike und Colonel McKinney durchsuchten den ersten Stock.

»Nichts«, sagte Mike.

Sie sprachen mit dem Marineinfanteristen, der die Hintertreppe bewachte.

»Sind hier Fremde raufgekommen?«

»Nein, Sir. Ist 'n stinknormaler, ruhiger Sonntagabend heute.«

Nicht ganz, dachte Mike bitter.

Sie gingen zum Gästezimmer am Ende des Flurs. Ein Marineinfanterist stand vor der Tür. Er salutierte vor dem Colonel und trat beiseite, um ihn und Mike eintreten zu lassen. Auf dem Bett lag Corina Socoli und las. Jung und schön und hochbegabt, ein rumänisches Nationalheiligtum... Konnte es sein, daß sie eine Agentin war? Eine Helfershelferin von Angel?

Corina blickte auf. »Ein Jammer, daß ich die Party versäume. Es hört sich so an, als wäre es wunderschön. Na ja – bleibe ich eben hier und lese mein Buch zu Ende.«

»Tun Sie das«, sagte Mike. Er schloß die Tür. »Versuchen wir's noch mal unten.«

Sie gingen in die Küche.

»Was ist mit Gift?« fragte Colonel McKinney. »Ob er es mit Gift probiert?«

Mike schüttelte den Kopf. »Das ist weder fotogen noch sensationell. Angel will den großen Knall.«

»Mike, in diese Villa kriegt niemand Sprengstoff rein. Unsere Experten haben alles überprüft, die Spürhunde haben wir auch eingesetzt – hier ist kein Sprengstoff. Übers Dach kann Angel nicht zuschlagen, weil wir da Scharfschützen stehen haben. Er hat keine Chance.

»Doch.«

Colonel McKinney sah Mike an. »Und welche?«

»Ich weiß es nicht. Aber Angel weiß es.«

Sie durchsuchten noch einmal die Bibliothek und die angrenzenden Räume. Nichts. Sie kamen an dem Nebenraum vorbei, wo der Corporal und seine Leute die letzten Ballons durch die Tür schoben und beobachteten, wie sie an die Decke des Ballsaals stiegen.

»Hübsch, wie?« sagte der Corporal.

»Ja.«

Sie wollten weiter. Da fiel Mike etwas ein. Er blieb stehen. »Woher sind die Luftballons, Corporal?«

»Aus Frankfurt, Sir, von der Air Force.«

Mike deutete auf die Heliumflaschen. »Und die?«

»Auch aus Frankfurt. Sie sind Ihren Anweisungen entsprechend zu unserem Lagerhaus gebracht worden, Sir.«

»Versuchen wir's noch mal oben«, sagte Mike zu Colonel McKinney.

Sie wandten sich zum Gehen, als der Corporal rief: »Einen Moment noch, Colonel! Die komische Type, die Sie uns geschickt haben, hat keinen Stundenzettel dagelassen. Wie sollen wir das abrechnen? Über die Soldstelle oder über die Lohnbuchhaltung?«

Colonel McKinney runzelte die Stirn. »Welche komische Type?«

»Na, die Hilfskraft, der Sie gesagt haben, daß sie die Ballons aufblasen soll.«

Colonel McKinney schüttelte den Kopf. »Ich habe nie ... Wer hat behauptet, daß ich das angeordnet habe?«

»Eddie Maltz. Er hat gesagt, Sie –«

»*Eddie Maltz?* Den habe ich doch nach Frankfurt geschickt!«

Mike wandte sich dem Corporal zu und fragte: »Wie sah der Mann aus?« Es klang beschwörend.

»Oh, das war kein Mann, Sir. Das war eine Frau. Und ehrlich gesagt, sie sah schauderhaft aus. Fett und häßlich.

Sie hatte einen komischen Akzent. Pockennarben hatte sie auch und so ein aufgedunsenes Gesicht.«

»Das hört sich genau wie die Beschreibung von Neusa Muñez an, die Harry Lantz dem Controller gegeben hat«, sagte Mike aufgeregt zu McKinney.

Und dann ging ihnen beiden ein Licht auf.

»O Gott!« stöhnte Mike. »Neusa Muñez ist Angel!« Er zeigte auf die Gasflaschen. »Aus denen hat sie die Ballons gefüllt?«

»Ja, Sir. Es war komisch. Ich habe mir eine Zigarette angesteckt, und sie hat mich angeschrien, daß ich sie ausmachen soll. Ich hab' gesagt: ›Helium ist nicht brennbar‹, und sie hat gesagt–«

Mike blickte auf. »Die Ballons! Der Sprengstoff ist in den Ballons!«

Die beiden Männer starrten die hohe Decke mit den roten, weißen und blauen Ballons an.

»Sie wird sie per Fernzündung in die Luft jagen«, sagte Mike. Er wandte sich dem Corporal zu. »Wann ist sie gegangen?«

»Vor einer Stunde ungefähr.«

Auf dem Zählwerk des Zeitzünders unter dem Tisch waren noch sechs Minuten.

Mike sah sich mit gehetzem Blick um. »Sie kann das Ding überall und nirgends versteckt haben. Es kann jede Sekunde losgehen. Daß wir es rechtzeitig finden, ist völlig ausgeschlossen.«

Mary kam auf die beiden Männer zu. »Wir müssen den Saal räumen«, sagte Mike. »Kündigen Sie das an. Wenn *Sie* es sagen, klingt es besser. Schärfen Sie den Leuten ein, daß sie sofort gehen müssen.«

Mary sah Mike verwundert an. »Aber warum? Was ist passiert?«

»Wir haben das Spielzeug unseres kleinen Lieblings gefunden«, sagte Mike grimmig. Er deutete nach oben. »Da. Die Ballons. Sie sind tödlich.«

Mary blickte entsetzt zur Decke auf. »Können wir die nicht runterholen?«

»Wie?« fragte Mike. »Es sind an die tausend. Bis wir die einen nach dem andern runtergeholt haben –«

Mary hatte einen so trockenen Mund, daß sie kaum sprechen konnte. »Mike ... Ich weiß, wie wir's machen.«

Die beiden Männer starrten sie ungläubig an.

»Die Schnapsidee der Amerikaner – ich meine, das Dach. Es läßt sich öffnen.«

»Wie funktioniert das?« fragte Mike.

»An der Wand ist ein Knopf. Wenn man den drückt –«

»Nein«, sagte Mike. »Nichts Elektrisches. Ein Funke genügt, und dann fliegt uns womöglich alles um die Ohren. Kann man es auch von Hand öffnen?«

»Ja«, sagte Mary. »Das Dach besteht aus zwei Hälften. Unmittelbar darunter ist auf jeder Seite eine Kurbel, mit der –« Aber sie war schon allein.

Die beiden Männer rasten nach oben. Im zweiten Stock fanden sie eine Tür, die zum Dachboden führte. Sie hasteten hinein. Über eine Leiter kam man zu einem Laufsteg, der für Reparaturen und Reinigungsarbeiten am Dach benutzt wurde. An der Wand befand sich die Kurbel.

»Auf der anderen Seite muß auch eine sein«, sagte Mike.

Er lief über den schmalen Steg, bahnte sich seinen Weg durch ein Meer von tödlichen Ballons, bemühte sich, das Gleichgewicht zu halten, und versuchte, nicht in die Tiefe zu blicken, wo es von Menschen wimmelte. Ein Luftzug wehte eine Traube von Ballons gegen ihn. Er rutschte aus, fiel und konnte sich gerade noch am Geländer festklammern. Langsam zog er sich wieder hoch. Er war in Schweiß gebadet. Zentimeterweise legte er den Rest des Wegs zurück. Dann war er bei der Kurbel. »Ich bin soweit!« rief er dem Colonel zu. »Vorsichtig. Bloß nichts überstürzen.«

»Okay.«

Mike begann behutsam die Kurbel zu drehen.

Auf dem Zählwerk des Zeitzünders unter dem Tisch waren noch zwei Minuten.

Mike konnte Colonel McKinney nicht sehen, weil die Ballons dazwischen waren, aber er hörte, wie die andere Kurbel gedreht wurde. Langsam, unendlich langsam öffnete sich das Dach. Die ersten Ballons stiegen in die Nacht empor, und als der Spalt in der Mitte größer wurde, folgten weitere. Ein paar Dutzend am Anfang, dann hunderte, und die nichtsahnenden Gäste im Ballsaal und die Leute auf der Straße kamen nicht mehr aus dem Staunen heraus. Sie riefen »Oh!« und »Ah!« und waren begeistert.

Auf dem Zählwerk des Zeitzünders waren noch 45 Sekunden.

Eine Ballontraube verfing sich unter der Dachkante, an die Mike nicht ohne weiteres herankam. Er streckte sich, stieg sogar auf das dünne Geländer. Er mußte wenigstens versuchen, die Ballons ins Freie zu kriegen ... Sie schwebten über seinen Fingern. Er trat ein Stück vor, stellte sich auf die Zehenspitzen – vorsichtig, vorsichtig, denn er konnte sich ja nirgendwo festhalten – und tippte die Ballons an. Einmal, zweimal ... *Jetzt!*

Mike beobachtete, wie die letzten Ballons durch die Luke verschwanden. Sie stiegen höher und höher, bunte Farbtupfen in der Sternennacht, und plötzlich schien der Himmel zu explodieren.

Es gab einen ungeheuren Knall. Rote und weiße Flammenzungen schossen empor. Es war eine Party zum 4. Juli, wie sie kein Menschenauge je gesehen hatte. Im Saal und auf der Straße klatschten alle Beifall.

Mike beobachtete auch das. Er fühlte sich ausgebrannt, zu müde, um sich zu bewegen. Endlich war es vorbei.

Die große Razzia fand gleichzeitig an weit auseinanderliegenden Orten statt.

Floyd Baker, der Außenminister der Vereinigten Staaten tummelte sich mit seiner Freundin im Bett, als die Tür aufflog. Vier Männer stürmten ins Zimmer.

»Was fällt Ihnen ein, hier so –«

Einer der Männer zog seinen Dienstausweis aus der Tasche. »FBI. Sie sind verhaftet.«

Floyd Baker starrte die Männer ungläubig an. »Sie sind wohl besoffen. Was wird mir denn vorgeworfen?«

»Verrat, Thor.«

Odin, General Oliver Brooks, saß beim Frühstück in seinem Club, als zwei FBI-Agenten an seinen Tisch traten und ihn festnahmen.

Freyr, Sir Alex Hyde-White, Träger des Order of the British Empire und Member of Parliament, aß mit Kollegen in einem der besten Restaurants von London zu Abend. Der Geschäftsführer näherte sich ihm und sagte diskret: »Verzeihen Sie die Störung, Sir Alex. Draußen sind ein paar Herren, die ein Wort mit Ihnen reden möchten –«

In Paris wurde Baldur, Abgeordneter der Chambre des Députés, aus dem Plenarsaal gerufen und verhaftet.

In Delhi wurde Vishnu, der Fraktionsvorsitzende der Kongreßpartei, aus dem Parlamentsgebäude gezerrt, in einen Wagen gestoßen und ins Gefängnis gebracht.

Tyr, Abgeordneter der Camera dei Deputati, amüsierte sich gerade in einem Nobelpuff in Rom, als er festgenommen wurde.

Und weiter ging es mit den Verhaftungen:

In Mexiko, Albanien und Japan wanderten hochrangige Politiker ins Gefängnis. Einen MdB der Bundesrepublik Deutschland traf es ebenso wie ein Mitglied des österreichischen Nationalrats und den stellvertretenden Vorsitzenden des Obersten Sowjets der UdSSR.

Zu den Verhafteten gehörten ein Großreeder und ein Gewerkschaftsführer, ein Fernsehprediger und der Generaldirektor eines Ölkonzerns.

Eddie Maltz wurde auf der Flucht erschossen.

Pete Connors beging Selbstmord, als FBI-Agenten die Tür zu seinem Büro aufbrachen.

Mary und Mike Slade saßen im abhörsicheren Raum der amerikanischen Botschaft und empfingen Nachrichten aus aller Welt.

Mike hing am Telefon. »Jetzt haben sie Vreeland«, sagte er. »Gehörte zur südafrikanischen Regierung.« Er legte auf und wandte sich Mary zu. »Die meisten sind inzwischen verhaftet. Bis auf den Controller und Neusa Muñez – Angel.«

»Niemand wußte, daß Angel eine Frau ist?« fragte Mary erstaunt.

»Nein. Sie hat uns alle ausgetrickst. Lantz beschrieb sie einigen Leuten vom Komitee der *Patriots for Freedom* als fett, häßlich und stockdumm.«

»Und der Controller?« fragte Mary.

»Kein Mensch hat ihn je zu Gesicht bekommen. Er hat seine Weisungen immer telefonisch gegeben. War ein brillanter Organisator. Das Komitee war in kleine Zellen aufgeteilt, so daß die eine Gruppe nie wußte, was die andere tat.«

Angel war wütend. Oder vielmehr rasend. Das mit den

Ballons hatte irgendwie nicht geklappt, aber sie war bereit gewesen, einen weiteren Versuch zu machen.

Sie hatte die Nummer in Washington gewählt. »Angel sagt, Sie sollen sich keine Sorgen machen. Da ist was schief gelaufen, aber er kümmert sich darum. Nächstes Mal geh'n alle drauf, und –«

»Es gibt kein nächstes Mal«, hatte die Stimme voll Zorn gesagt. »Angel hat alles verpfuscht. Er ist ein Dilettant.«

»Angel hat mir gesagt –«

»Es ist mir scheißegal, was Angel Ihnen gesagt hat. Für mich ist der Mann gestorben. Er bekommt nicht einen Cent. Sagen sie ihm, er soll sich zum Teufel scheren. Ich suche mir jemanden, der wirklich was kann.«

Und damit hatte er den Hörer auf die Gabel geknallt.

Diese alte Gringo-Sau. Niemand hatte Angel je so behandelt und war ungestraft davongekommen. Hier stand Angels Stolz auf dem Spiel. Der Kerl würde bezahlen für seinen Hochmut.

Das Telefon im Bubble Room läutete. Mary nahm ab. Es war Stanton Rogers.

»Mary! Sind Sie in Sicherheit? Geht es den Kindern gut?«

»Ja, Stan. Es geht uns allen gut.«

»Gott sei Dank, daß es vorbei ist. Was ist genau passiert?«

»Es war Angel. Sie hat versucht, die Villa zu sprengen, und –«

»*Er,* meinen Sie.«

»Nein, sie. Angel ist eine Frau. Sie heißt Neusa Muñez.«

Ein langes, verblüfftes Schweigen. »*Neusa Muñez?* Dieses fette, häßliche, stockdumme Weib ist *Angel?*«

Mary fror plötzlich. »Das ist richtig, Stan«, sagte sie langsam.

»Kann ich etwas für Sie tun, Mary?«

»Nein, danke. Ich fahre gleich nach Hause, zu den Kindern. Ich rufe Sie später an.«

Sie legte benommen auf.

Mike blickte Mary an. »Was ist?«

»Sie sagten doch, Harry Lantz habe nur einigen wenigen Mitgliedern des Komitees erzählt, wie Neusa Muñez aussieht?«

»Ja.«

»Stanton Rogers hat sie mir gerade beschrieben.«

Unmittelbar nach der Landung auf dem Dulles Airport ging Angel in die nächste Telefonzelle und wählte die Privatnummer des Controllers.

Die vertraute Stimme sagte: »Stanton Rogers.«

Zwei Tage später saßen Mike, Colonel McKinney und Mary im Konferenzsaal der Botschaft. Ein Elektronik-Experte hatte gerade sämtliche Abhörgeräte entfernt.

»Jetzt paßt alles ins Bild«, sagte Mike. »Stanton Rogers *mußte* der Controller sein, nur hat das keiner von uns begriffen.«

»Aber wieso wollte er mich umbringen?« fragte Mary. »Am Anfang war er *dagegen*, daß ich Botschafterin wurde. Er hat es mir selbst gesagt.«

Mike erklärte es ihr. »Damals hatte er seinen Plan noch nicht fertig. Aber als ihm klar wurde, was Sie und die Kinder symbolisierten, hat es bei ihm gefunkt. Und danach hat er dafür *gekämpft*, daß Sie Botschafterin wurden. Das hat uns von der richtigen Spur abgelenkt. Er stand ja hinter Ihnen, sorgte dafür, daß Sie aufgebaut wurden, gesehen wurden, mit den Leuten in Kontakt kamen –«

Ein Schauer überlief Mary. »Warum hat er sich eingelassen mit –«

»Stanton Rogers hat es Paul Ellison nie verziehen, daß *er* Präsident geworden ist. Er fühlte sich betrogen. Er hat als Liberaler angefangen und eine erzreaktionäre Frau geheiratet. Ich nehme an, daß sie ihn umgedreht hat.«

»Hat man ihn schon gefaßt?«

»Nein. Er ist verschwunden. Aber er wird sich nicht lange verstecken können.«

Stanton Rogers' Leiche wurde zwei Tage später auf einer Müllkippe am Stadtrand von Washington gefunden. Ohne Augen. Sie waren ihm ausgestochen worden.

31

Präsident Paul Ellison rief aus dem Weißen Haus an. »Ich weigere mich, Ihren Rücktritt zu akzeptieren.«

»Es tut mir leid, Mr. President, aber ich –«

»Mary, ich weiß, was Sie hinter sich haben. Trotzdem bitte ich Sie, auf Ihrem Posten zu bleiben.«

Ich weiß, was Sie hinter sich haben. Hatte wirklich jemand eine Vorstellung davon? Sie war so unglaublich naiv gewesen, als sie in Rumänien angekommen war, so idealistisch und hoffnungsvoll. Sie hatte den Geist ihres Landes verkörpern wollen, der Welt zeigen wollen, wie wunderbar Amerika und die Amerikaner sind. Und sie war die ganze Zeit nur eine Marionette gewesen. Sie war benutzt worden. Von ihrem Präsidenten, von ihrer Regierung, von allen in ihrer Umgebung. Ihre Kinder und sie waren in Todesgefahr gebracht worden. Sie dachte an Edward und an sein Ende durch Mord. Sie dachte an Louis und seine Lügen und seinen Tod. Sie dachte an die Zerstörung, die Angel angerichtet hatte.

Ich bin nicht mehr der Mensch, der ich war, als ich hier ankam, sagte sich Mary. *Ich war eine Unschuld vom Lande. Und ich bin erwachsen geworden. Es war hart, aber ich bin erwachsen geworden. Ich habe einiges geschafft. Ich habe Hannah Murphy aus dem Gefängnis geholt, und ich habe das Getreide aus Kansas verkauft. Ich habe Ionescus Sohn das Leben gerettet, und ich habe den Rumänen zu ihrem Kredit verholfen. Ich habe dafür gesorgt, daß die Juden leichter ausreisen können.*

»Hallo? Sind Sie noch dran?« fragte der Präsident.

»Ja, Sir.« Mary blickte Mike Slade an, der es sich ihr gegenüber in einem Sessel bequem gemacht hatte und sie gespannt ansah.

»Sie haben ungemein gute Arbeit geleistet«, fuhr der Präsident fort. »Wir sind alle stolz auf Sie. Haben Sie gelesen, was in den Zeitungen steht?«

Was in den Zeitungen stand, war Mary egal.

»Wir brauchen Sie in Rumänien. Wenn Sie bleiben, erweisen Sie unserem Land einen großen Dienst, Mary.«

Der Präsident wartete auf eine Antwort. Und Mary überlegte. Wie sollte sie sich entscheiden? *Ich bin eine verdammt gute Botschafterin geworden, und es gibt hier noch soviel zu tun.*

Schließlich sagte sie: »Mr. President, wenn ich tatsächlich bliebe, müßte ich darauf bestehen, daß wir Corina Socoli Asyl gewähren.«

»Tut mir leid, Mary. Das können wir nicht machen. Damit würden wir Ionescu vor den Kopf stoßen und–«

»Er wird es überleben, Mr. President. Ich kenne Ionescu. Außerdem wird ihm die Geschichte sehr gelegen kommen, wenn es ans Feilschen geht.«

Der Präsident schwieg lange. Dann fragte er: »Wie wollen Sie Corina Socoli aus Rumänien rauskriegen?«

»Morgen früh landet hier ein Transportflugzeug der Army. Mit dem lasse ich sie ausfliegen.«

Wieder eine Pause. »Also gut. Ich spreche es mit dem State Department ab. Ist das alles?«

Mary blickte erneut Mike Slade an. »Nein, Sir. Noch etwas. Ich möchte, daß Mike Slade hier bleibt. Ich brauche ihn. Wir sind ein gutes Team.«

Mike sah sie lächelnd an.

»Das geht nicht«, sagte der Präsident mit großer Entschiedenheit. »Ich brauche Slade auch. Wir haben ihm bereits eine neue Aufgabe zugewiesen.«

Mary schwieg.

Der Präsident sprach weiter. »Wir schicken Ihnen jemand anderen. Wen Sie wollen. Sie haben die freie Wahl.«

Mary schwieg.

»Wir brauchen Mike. Ehrlich.«

Mary blickte Mike wieder an.

»Hallo?« sagte der Präsident. »Was soll das, Mary? Wollen Sie mich erpressen?«

Mary schwieg.

Schließlich sagte der Präsident mit leisem Groll: »Na schön, wenn Sie ihn so dringend brauchen, können wir ihn vielleicht noch eine Weile entbehren.«

Mary fiel ein Stein vom Herzen. »Vielen Dank, Mr. President. Wenn es so ist, bleibe ich gerne Botschafterin in Rumänien.«

Der Präsident war zufrieden. »Sie können exzellent verhandeln, Mary. Wenn Sie in Rumänien fertig sind, habe ich noch einiges mit Ihnen vor. Viel Glück! Und behalten Sie den Kopf oben.«

Es klickte in der Leitung.

Mary legte auf. Sie sah Mike Slade an. »Mike, Sie werden es noch eine Weile mit mir aushalten müssen. Außerdem hat er gesagt, ich soll den Kopf oben behalten.«

Mike grinste. »Der Junge hat Humor.« Er stand auf und kam auf Mary zu. »Erinnern Sie sich noch an den Tag, an dem wir uns zum ersten Mal begegnet sind und ich sagte, Sie seien eine Klassefrau?«

Wie gut sie sich daran erinnerte! »Ja.«

»Ich hatte nicht ganz recht. *Jetzt* sind Sie eine Klassefrau.«

Mary wurde heiß und kalt. »Oh, Mike–«

»Da wir beide bleiben, Frau Botschafterin, sollten wir uns über die Probleme unterhalten, die wir zur Zeit mit dem rumänischen Wirtschaftsministerium haben.« Er sah ihr in die Augen und fragte sanft: »Kaffee?«

Epilog

Alice Springs, Australien

Die Vorsitzende richtete das Wort an das Komitee. »Wir haben einen Rückschlag hinnehmen müssen, aber auf Grund der Lehren, die wir daraus gezogen haben, wird unsere Organisation nur noch stärker werden. Und nun wird es Zeit, daß wir mit der Abstimmung beginnen. Aphrodite?«

»Ja.«

«Athene?«

»Ja.«

»Kybele?«

»Ja.«

»Selene?«

»Sollten wir in Anbetracht des furchtbaren Todes unseres ehemaligen Controllers nicht lieber warten, bis –«

»Ja oder nein, bitte.«

»Nein.«

»Nike?«

»Ja.«

»Nemesis?«

»Ja.«

»Der Antrag ist damit angenommen. Bitte beachten Sie die üblichen Vorsichtsmaßregeln.«

DAS NACKTE GESICHT

Für die Frauen in meinem Leben –
Jorja, Mary – und – Natalie

1

Um zehn vor elf Uhr vormittags barst der Himmel. Weißes Konfetti stürzte auf die Stadt herab und hatte sie Sekunden später in eine weiche Decke gehüllt. Auf den frostkalten Straßen von Manhattan verwandelte sich der Schnee rasch in grauen Matsch. Ein eisiger Dezemberwind trieb die Menschen vor sich her, die von ihren Weihnachtseinkäufen heimeilten in die wohlige Wärme ihrer Häuser.

Auch der große, schlanke Mann im gelben Regenmantel mitten im Gedränge der Lexington Avenue ging mit schnellen Schritten. Aber nicht so gehetzt wie die übrigen Fußgänger, die vor der Kälte flohen. Er hatte den Kopf erhoben und merkte nicht, wenn Passanten ihn anstießen. Er war frei – nach einem lebenslangen Fegefeuer. Er war auf dem Weg nach Hause zu Mary, um ihr zu sagen, daß es vorbei sei. Die Vergangenheit war begraben, die Zukunft strahlend hell. Er malte sich aus, wie ihr Gesicht bei der Nachricht aufleuchten würde. An der Ecke der Fiftyninth Street sprang die Ampel auf Rot. Er blieb mit der ungeduldig wartenden Menge stehen. Ein paar Häuser weiter stand ein Weihnachtsmann der Heilsarmee mit einer Sammelbüchse. Der Mann im gelben Regenmantel griff in die Tasche und suchte nach ein paar Münzen, einem Opfer für die Götter des Glücks. In diesem Augenblick stieß ihn jemand in den Rücken. Es war ein jäher, harter Stoß, der ihm durch den ganzen Körper fuhr. Wahrscheinlich ein Betrunkener, den die Weihnachtsfreude übermütig gemacht hatte. Oder Bruce Boyd. Bruce, der sich seiner Kraft nie recht bewußt war und die kindische Angewohnheit hatte, ihm weh zu tun. Aber er hatte Bruce seit über einem Jahr nicht gesehen.

Der Mann wollte den Kopf wenden, um zu sehen, wer ihn gestoßen hatte. Zu seiner Verblüffung gaben die Knie unter ihm nach. Im Zeitlupentempo, so als beobachte er sich selbst aus der Entfernung, sah er sich zu Boden sinken. Der Schmerz in seinem Rücken breitete sich aus.

Das Atmen wurde ihm schwer. Dicht vor seinen Augen hasteten Schuhe vorbei wie in einer Parade. Sein Gesicht wurde von der Kälte des Bürgersteigs gefühllos. Er wußte, daß er nicht liegenbleiben durfte. Er riß den Mund auf, um jemand um Hilfe zu bitten. Da schoß ein warmer roter Strahl daraus hervor und ergoß sich in den schmelzenden Schnee. Ungläubig und fasziniert sah er zu, wie sich der Blutstrom durch den Schneematsch fraß und schließlich von der Bürgersteigkante herunterrann. Der Schmerz wurde heftiger. Doch es machte ihm nichts aus. Denn er dachte plötzlich wieder daran, daß er frei war. Er konnte Mary sagen, daß er frei war! Er schloß die Augen, geblendet von der Helligkeit des Himmels. Der Schnee gefror zu Eis. Aber er spürte nichts mehr.

2

Carol Roberts hörte die Empfangstür klappen und die Männer hereinkommen. Ohne den Blick zu heben, wußte sie mit sicherem Instinkt, wer sie waren. Der eine war Mitte Vierzig, etwa einsneunzig groß, ein Muskelpaket mit bulligem Schädel, kalten blauen Augen und einem verdrossenen Zug um denMund. Der andere war jünger. Er hatte feingeschnittene Züge und wache braune Augen. Die beiden Männer sahen grundverschieden aus. Trotzdem wirkten sie auf Carol wie eineiige Zwillinge.

Carol hatte gewittert, daß es Polente war. Als die beiden auf ihren Schreibtisch zukamen, fühlte sie, wie der Schweiß ihr aus den Achselhöhlen herunterrann. Fieberhaft überlegte sie, was passiert sein könnte. Chick? Nein, er hatte seit über sechs Monaten keine krummen Touren mehr gemacht. Seit dem Abend, als er sie gefragt hatte, ob sie ihn heiraten würde, und er ihr versprochen hatte, aus der Gang auszusteigen.

Sammy? Er war bei der Air Force in Übersee. Wenn ihrem Bruder was passiert wäre, hätten sie nicht die beiden Bullen hergeschickt, um es ihr beizubringen. Die waren hier, um sie hochgehen zu lassen! Sie hatte Hasch in der Tasche, und wahrscheinlich hatte eines von diesen dämlichen Arschlöchern nicht dichtgehalten. Aber warum gleich zwei? Verzweifelt versuchte sie sich einzureden, daß sie ihr nichts tun konnten. Sie war nicht mehr die doofe kleine schwarze Nutte aus Harlem, die sie rumkujonieren konnten. Der Zug war durch. Sie war Empfangsdame bei einem der bekanntesten Psychoanalytiker von New York. Trotzdem – als die beiden Männer näher kamen, wuchs ihre Angst. Das war die Erinnerung an die vielen Jahre, in denen sie sich in stinkenden, überfüllten Wohnungen verstecken mußte, während die weißen Hüter von Gesetz und Ordnung die Türen eintraten und einen Vater, eine Schwester, einen Vetter wegschleppten.

Äußerlich war ihr nichts anzumerken. Auf den ersten Blick sahen die beiden Detektive eine junge, attraktive Negerin mit lehmfarbener Haut in einem schicken, sandfarbenen Kleid. Ihre Stimme klang kühl und unpersönlich. »Kann ich Ihnen helfen?«

Lt. Andrew McGreavy, der ältere der beiden Beamten, bemerkte die dunklen Flecken unter den Achseln ihres Kleides, die sich rasch ausbreiteten. Interessant, dachte er. Scheint sehr nervös zu sein, die Vorzimmermieze des Doktors. Er zog die Brieftasche mit der abgewetzten Marke aus der Tasche. »Lieutenant McGreavy, 19. Revier.« Er wies auf seinen Kollegen. »Detective Angeli. Wir sind vom Morddezernat.«

Mord? Ein Muskel in Carols Arm zuckte. *Chick! Er hat jemanden umgebracht! Er hat sein Versprechen nicht gehalten. Er ist doch wieder bei der Gang. Sie haben irgendwo eingebrochen und jemanden erschossen ... Oder sie haben auf Chick geschossen? Tot? Sind die deshalb hier ...?* Sie spürte, wie die Schweißflecken immer größer wurden. McGreavy schaute ihr zwar ins Gesicht, aber sie wußte, daß er es gesehen hatte. Carol und Männer wie dieser McGreavy brauchten keine Worte. Sie erkannten sich mit einem Blick. Sie kannten sich seit Hunderten von Jahren.

»Wir möchten Dr. Judd Stevens sprechen«, sagte der jüngere Detektiv. Seine Stimme klang sanft und höflich, sie paßte genau zu ihm. Jetzt erst fiel ihr auf, daß er ein verschnürtes Päckchen in braunem Papier in der Hand hielt.

Es dauerte ein Weilchen, bis sie begriffen hatte, was er gesagt hatte. Es ging also nicht um Chick. Oder Sammy. Oder um den Stoff.

»Tut mir leid.« Sie konnte ihre Erleichterung kaum verbergen. »Dr. Stevens ist gerade mit einem Patienten beschäftigt.«

»Es dauert nicht lange«, sagte McGreavy. »Wir wollen ihm nur ein paar Fragen stellen.« Er machte eine kurze Pause. »Wir können das hier erledigen – oder im Headquarter.«

Verwirrt starrte Carol die beiden Männer an. Was wollte das Morddezernat von Dr. Stevens? Der Doktor hatte nichts auf dem Kerbholz. Dafür kannte sie ihn viel zu gut. Wie lange eigentlich schon? Vier Jahre. Beim Schnellrichter hatte es angefangen . . .

Es war drei Uhr früh. Die Deckenlampen im Gerichtssaal tauchten alles in kalkige Blässe. Es war ein verwitterter alter, trostloser Raum, getränkt mit dem muffigen Geruch der Angst, der sich im Laufe der Jahre angesetzt hatte wie Schichten brüchiger Farbe.

Es war Carols Pech, daß Judge Murphy Dienst hatte. Erst vor zwei Wochen war sie ihm vorgeführt worden und mit Bewährung davongekommen, weil es ihr erster Zusammenstoß mit dem Gesetz gewesen war. Jedenfalls war es das erste Mal gewesen, daß die Bullen sie erwischt hatten. Diesmal würde sie nicht mit einem blauen Auge davonkommen.

Der Fall vor ihr war fast abgeschlossen. Ein großer, ruhig wirkender Mann stand vor dem Richter und sprach mit ihm über seinen Klienten, einen dicken Kerl in Handschellen, der am ganzen Leib schlotterte. Sie vermutete, daß der ruhige junge Mann sein Anwalt war. Er strahlte solch eine gelassene Sicherheit aus, daß sie den Dicken beneidete. Sie hatte niemand, der ihr beistand.

Die Männer entfernten sich. Carol hörte, wie ihr Name aufgerufen wurde. Sie stand auf und preßte die zitternden Knie fest zusammen. Der Gerichtsdiener schob sie sanft auf den Richtertisch zu. Ein Sekretär reichte dem Richter die Unterlagen.

Judge Murphy schaute Carol an, dann sah er in die Akte.

»Carol Roberts. Straßenprostitution, Stadtstreicherei. Besitz von Marihuana. Widerstand gegen die Staatsgewalt.«

Das letzte war Scheiße. Der Polizist hatte sie gestoßen, dafür hatte sie ihn in die Eier getreten. Schließlich war sie amerikanische Staatsbürgerin.

»Du warst doch vor ein paar Wochen schon mal hier, Carol . . . !«

Unsicher antwortete sie: »Kann sein, Euer Ehren.«

»Und ich habe dir Bewährung gegeben.«

»Ja, Sir.«

»Wie alt bist du?«

Klar, daß er das fragen würde! »Sechzehn. Heute ist mein sechzehnter Geburtstag. Herzlichen Glückwunsch«, sagte sie und brach laut schluchzend in Tränen aus.

Der große, ruhige Mann hatte an einem Seitentisch gestanden und seine Akten in eine Ledermappe gepackt. Als Carol zu weinen anfing, blickte er auf und beobachtete sie eine Weile. Dann ging er zum Richter hinüber und sprach mit ihm.

Der Richter unterbrach die Verhandlung. Die beiden Herren zogen sich in das Zimmer des Richters zurück. Eine Viertelstunde später wurde Carol vom Gerichtsdiener in das Zimmer geführt, wo sich der Mann eindringlich mit dem Richter unterhielt.

»Da hast du aber Glück gehabt, Carol«, sagte Judge Murphy. »Du bekommst noch einmal eine Chance. Das Gericht übergibt dich der persönlichen Betreuung von Dr. Stevens.«

Der Knabe ist also kein Rechtsverdreher, der ist Doktor! Von mir aus kann er sein, was er will, dachte sie, Hauptsache, ich komme aus dem Scheißladen hier raus, bevor die merken, daß heute gar nicht mein Geburtstag ist.

Der Doktor nahm sie in seinem Wagen mit nach Hause. Unterwegs sprach er über belanglose Dinge, auf die er keine Antwort erwartete. Er ließ ihr Zeit, sich zu fangen und nachzudenken. Vor einem modernen Apartmenthaus in der Seventy-first Street nahe am East River parkte er den Wagen. Der Nachtportier und der Fahrstuhlführer begrüßten den Doktor so gelassen, daß man glauben konnte, er käme jede Nacht gegen drei mit einer minderjährigen schwarzen Nutte nach Hause.

So eine Wohnung hatte Carol noch nie gesehen. Ein in Weiß gehaltenes Wohnzimmer mit zwei großen, niedrigen, mit sandfarbenem Tweed bezogenen Couches. Dazwischen ein riesiger, niederer Tisch mit einer schweren Glasplatte. Auf dem Tisch stand ein großes Schachbrett mit geschnitzten venezianischen Figuren. In der Diele hing ein Fernsehmonitor, auf dem man den Hauseingang und die Halle übersehen konnte. In einer Ecke des Wohnzimmers stand eine Bar aus Rauchglas mit Regalen voller Kristallgläser und Karaffen. Carol sah aus dem Fenster. Tief unten tuckerten winzig kleine Boote über den East River.

»Nach Verhandlungen habe ich immer Hunger«, sagte Stevens. »Wie wär's mit einem Geburtstagsessen?« Er nahm sie mit in die Küche. Sie sah zu, wie er geschickt ein mexikanisches Omelett mit Pommes frites, Salat und Kaffee machte. »Das ist einer der Vorteile, wenn man Junggeselle ist«, sagte er. »Ich kann mir was kochen, wenn ich gerade Lust dazu habe.«

Junggeselle war er also. Und keine Butze im Haus. Wenn sie ihre Trümpfe richtig ausspielte, konnte das eine Goldgrube werden. Als sie gegessen hatten, brachte er sie ins Gästezimmer. In diesem Raum war alles hellblau. In der Mitte stand ein breites französisches Bett mit einer blaukarierten Decke, an der Wand eine niedrige spanische Kommode mit Messingbeschlägen.

»Sie können heute nacht hierbleiben«, sagte er. »Ich bringe Ihnen einen Schlafanzug.«

Carol sah sich in dem geschmackvoll eingerichteten Schlafzimmer um und dachte: Carol Baby – da hast du einen Schnapp gemacht! Der Süße steht auf junges schwarzes Fleisch. Kann er haben!

Sie zog sich aus und verbrachte die nächste halbe Stunde unter der Dusche. Als sie ins Zimmer zurückkam, ein Handtuch um ihren glänzenden, voll entwickelten Körper geschlungen, sah sie, daß er einen seiner Schlafanzüge aufs Bett gelegt hatte. Sie grinste nur, ließ das Handtuch fallen und ging ins Wohnzimmer. Da war er nicht. Nebenan war das Arbeitszimmer. Sie schaute durch die offene Tür. Er saß an einem großen Schreibtisch, über dem eine altmodische Lampe brannte. Das Zimmer war vom Boden bis zur Decke mit Büchern vollgestopft. Sie trat neben ihn und küßte ihn auf den Nacken. »Na, komm schon, Süßer«, flüsterte sie. »Ich bin scharf auf dich wie 'n Rasiermesser.« Sie preßte ihren nackten Körper fester an ihn. »Worauf warten wir noch, Big Daddy? Wenn du mich nicht bald umlegst, schnall ich ab!«

Seine dunkelgrauen Augen musterten sie kurz. »Warum machst du dir das Leben noch schwerer?« fragte er ruhig. »Du kannst nichts dafür, daß du Negerin bist. Aber deshalb mußt du ja nicht unbedingt mit sechzehn eine ausgeflippte schwarze Nutte sein.«

Verblüfft sah sie ihn an. Hatte sie was Falsches gesagt? Vielleicht war er einer von der Sorte, die sich langsam aufgeilen und erst eine Peitsche brauchen, ehe sie was davon haben. Oder er war für die fromme Tour – erst über ihrem schwarzen Arsch beten und sie bekehren und dann vögeln. Sie griff zwischen seine Beine und streichelte ihn. »Komm schon, Süßer! Leg mich endlich aufs Kreuz.«

Er schob sie sanft von sich und setzte sie in einen Sessel. Sie war ziemlich verstört. Das war ihr noch nie passiert. Eigentlich sah er nicht so aus, als ob er schwul wäre. Aber wissen konnte man das heutzutage nicht.

»Was ist denn? Sag doch, wie du's gerne hättest – ich mach dir, was du willst.«

»Schön«, sagte er. »Reden wir miteinander.«

»Was sollen wir . . .? *Reden?*«

»Genau.«

Und sie redeten. Die ganze Nacht. Es war die merkwürdigste Nacht, die Carol je erlebt hatte. Dr. Stevens sprach über alles mögliche mit ihr, horchte sie aus, testete sie. Er wollte ihre Meinung über Vietnam wissen, über Negerghettos und Studentenunruhen. Immer wenn sie glaubte, nun wüßte sie, worauf er hinauswollte, wechselte er das Thema. Sie sprachen über Dinge, von denen sie noch nie etwas gehört hatte, und über Themen, bei denen sie sich für den größten lebenden Experten der Welt hielt. Noch Monate danach lag sie manchmal nachts wach und versuchte sich an das bestimmte Wort, die Zauberformel zu erinnern, die sie verwandelt hatte. Es war ihr nie gelungen. Schließlich war sie dahintergekommen, daß es diese Zauberformel nicht gegeben hatte. Es war so einfach, was Dr. Stevens gemacht hatte: Er hatte mit ihr gesprochen. Richtig gesprochen. Das hatte noch keiner getan. Er hatte sie wie einen normalen Menschen behandelt, einen Gleichwertigen, dessen Meinung und Gefühle ihm wichtig waren.

Irgendwann wurde ihr plötzlich bewußt, daß sie nackt war. Sie ging ins Gästezimmer und zog seinen Schlafanzug an. Er folgte ihr, setzte sich auf die Bettkante, und sie redeten weiter. Über Mao Tse-tung und Hula Hoops und die Pille. Und wie es ist, Eltern zu haben, die nie verheiratet waren. Carol erzählte ihm Dinge, über die sie noch nie mit einem Menschen gesprochen hatte. Dinge, die schon lange tief in ihrem Unterbewußtsein begraben waren. Schließlich schlief sie ein, innerlich leer und ausgehöhlt. Es war, als hätte sie eine schwere Operation hinter sich.

Nach dem Frühstück gab er ihr einen Hundert-Dollar-Schein.

Sie zögerte, dann sagte sie: »Ich habe gelogen. Gestern war gar nicht mein Geburtstag.«

»Ich weiß.« Er schmunzelte. »Aber das geht den Richter nichts an.« Er wechselte den Ton. »Sie können das Geld nehmen und gehen. Niemand wird Sie behelligen, bis Sie das nächste Mal von der Polizei aufgegriffen werden.« Er machte eine Pause. »Ich brauche eine Empfangssekretärin. Ich glaube, das wäre ein Job für Sie.«

Sie sah ihn ungläubig an. »Machen Sie keine Witze. Ich kann kein Steno, und Schreibmaschine kann ich auch nicht.«

»Sie könnten zur Schule gehen und es lernen.«

Carol sah ihn einen Moment an. Dann sagte sie mit gespielter Begeisterung: »Darauf wäre ich nie gekommen. Dufte Idee!« Sie konnte nicht rasch genug wegkommen. Ihre Freunde in *Fishman's Drugstore* in Harlem würden verdammt blöd aus der Wäsche gucken, wenn sie ihnen die 100 Dollar unter die Schnauze hielt. Das war Hasch für eine ganze Woche!

Als sie in *Fishman's Drugstore* kam, war es, als sei sie nie weg gewesen. Sie sah die gleichen bitteren Gesichter und hörte das alte trübselige, öde Gequatsche. Das war ihre Welt. Dauernd mußte sie an die Wohnung des Doktors denken. Nicht wegen der tollen Einrichtung. Es war so – sauber gewesen. Und so still. Wie eine Insel in einer anderen Welt. Und er hatte ihr eine Eintrittskarte dafür geboten. Was hatte sie zu verlieren? Sie konnte es ja mal probieren, nur so zum Spaß, um dem Doktor zu zeigen, daß er schief lag, daß eine wie sie es nie schaffen würde.

Zu ihrer eigenen Überraschung meldete sie sich in einer Abendschule an. Sie zog aus dem möblierten Zimmer aus. Dem Zimmer mit dem verrosteten Waschbekken und dem kaputten Klo und den zerschlissenen grünen Vorhängen und dem durchgelegenen Eisenbett, in dem sie ihre Träume gesponnen hatte. Sie war eine bildschöne reiche Erbin in Paris oder Rom oder London, und jeder Mann, der keuchend auf ihr lag, war ein reicher, schöner Prinz, der sie unbedingt heiraten wollte. Und jedesmal wenn einer dieser Männer seinen Orgasmus gehabt hatte und von ihrem Bauch runterrollte, war ihr Traum vorbei. Bis zum nächstenmal.

Sie gab das Zimmer und die Prinzen auf, ohne sich noch einmal umzuschauen, und zog zu ihren Eltern. Dr. Stevens gab ihr ein Taschengeld, solange sie zur Schule ging. Sie schaffte den High-School-Abschluß mit erstklassigen Noten. Bei der Abschlußfeier war der Doktor da. Seine grauen Augen leuchteten. Da war einer, der an sie glaubte! Sie war jemand! Sie bekam einen Job bei *Nedick's* und ging abends in einen Sekretärinnenkursus. Am Tag nach dem Examen fing sie bei Dr. Stevens an und konnte sich eine eigene Wohnung leisten.

Das war vier Jahre her. Dr. Stevens hatte sie immer mit der ernsten Höflichkeit behandelt wie in der ersten Nacht. Anfangs hatte sie darauf gewartet, daß er eine Anspielung machen würde, was sie früher gewesen und was nun aus ihr geworden war. Bis sie begriff, daß er sie immer als das gesehen hatte, was sie jetzt war. Er hatte ihr nur geholfen, sich selbst zu finden. Wenn sie Sorgen hatte, konnte sie mit ihm darüber sprechen. Er hatte stets Zeit für sie. In den letzten Wochen hatte sie mehrfach einen Anlauf genommen, ihm zu erzählen, was mit ihr und Chick los war. Sie hatte ihn fragen wollen, ob sie es Chick sagen sollte, aber sie hatte es immer wieder rausgeschoben. Dr. Stevens sollte stolz auf sie sein. Sie hätte alles für ihn getan. Sie hätte mit ihm geschlafen, einen Mord für ihn begangen ... Und jetzt waren die Bullen vom Morddezernat da und wollten ihn sprechen.

McGreavy wurde ungeduldig. »Na, was ist, Miss?«

»Ich habe Anweisung, ihn auf keinen Fall zu stören, wenn ein Patient bei ihm ist«, antwortete Carol. Sie sah den Ausdruck in McGreavys Augen. »Ich rufe ihn an.« Sie nahm den Hörer auf und drückte auf eine Taste der Sprechanlage. Nach einer Weile kam die Stimme von Dr. Stevens aus dem Lautsprecher. »Ja – bitte?«

»Hier sind zwei Detektive, die Sie sprechen möchten. Sie kommen vom Morddezernat.«

Sie war gespannt, ob seine Stimme etwas verraten würde ... Erschrecken ... Nervosität ... Angst? Aber er antwortete gelassen wie immer. »Die Herren müssen warten.« Er schaltete sich aus.

Sie war stolz auf ihn. Die Kerle konnten *sie* einschüchtern, aber nicht den Doktor! Herausfordernd sah sie die Männer an. »Sie haben es selbst gehört.«

»Wie lange bleibt der Patient drin?« fragte Angeli.

Sie warf einen Blick auf die Uhr. »Noch 25 Minuten. Das ist der letzte Patient für heute.«

Die Männer wechselten einen raschen Blick.

»Na schön, warten wir«, sagte McGreavy seufzend. Sie setzten sich. McGreavy musterte Carol. »Ich kenne Sie doch?« sagte er.

Sie ging ihm nicht auf den Leim. »Kaum«, erwiderte sie ruhig. »Aber es heißt ja, Nigger sehen alle gleich aus.«

Genau 25 Minuten später hörte Carol die Tür klappen, die vom Sprechzimmer auf den Korridor führte. Gleich darauf kam Dr. Judd Stevens herein. Als er McGreavy sah, stutzte er. »Wir kennen uns doch?« Aber er konnte sich nicht erinnern, woher.

McGreavy verzog keine Miene. »Ja, das stimmt ... Lieutenant McGreavy.« Er wies auf seinen Kollegen. »Detective Frank Angeli.«

Judd und Angeli reichten sich die Hand. »Kommen Sie rein.«

Die Männer gingen ins Sprechzimmer und schlossen die Tür. Carol sah ihnen nach. Der Große hatte offenbar was gegen den Doktor. Oder war er nur von Natur aus so mürrisch? Fest stand nur eines: Ihr Kleid war reif für die Reinigung.

Judds Sprechzimmer wirkte eher wie der Wohnraum eines französischen Landhauses. Kein Schreibtisch, dafür etliche bequeme Sessel und kleine Beistelltische mit echten alten Lampen. An der einen Wand eine Tür, die direkt zum Korridor führte. Ein auffallend schöner Teppich auf dem Boden. In einer Ecke des Zimmers eine bequeme

Couch. McGreavy fiel auf, daß keine Diplome an den Wänden hingen. Aber er hatte sich über Stevens erkundigt. Wenn er gewollt hätte, hätte er die Wände mit Diplomen und Zeugnissen tapezieren können.

»Das ist das erste Mal, daß ich in einer Psychiaterpraxis bin«, sagte Angeli beeindruckt. »Ich wollte, bei mir zu Hause würde es so aussehen.«

»In dieser Atmosphäre entspannen sich die Patienten leichter«, sagte Judd. »Ich bin übrigens Psychoanalytiker.«

»Und was ist der Unterschied?« fragte Angeli.

»Ungefähr 50 Dollar die Stunde«, sagte McGreavy. »Mein Partner ist noch neu bei uns.«

Partner. Bei diesem Wort fiel es Judd ein. Während eines bewaffneten Raubüberfalls war McGreavys Partner erschossen und der Lieutenant schwer verwundet worden. Das war vier oder fünf Jahre her. Der Täter war ein gewisser Amos Ziffren gewesen. Sein Verteidiger hatte auf Unzurechnungsfähigkeit plädiert. Judd war als Sachverständiger hinzugezogen worden und hatte festgestellt, daß Ziffren schwachsinnig war. Fortgeschrittene Paranoia. Sein Gutachten hatte Ziffren die Todesstrafe erspart; er war in eine Anstalt gekommen.

»Jetzt erinnere ich mich wieder«, sagte Judd. »Der Fall Ziffren. Sie hatten drei Kugeln abgekriegt. Ihr Partner wurde erschossen.«

»Und ich erinnere mich an Sie«, erwiderte McGreavy, »Sie haben den Mörder rausgepaukt.«

»Was kann ich für Sie tun?

»Wir brauchen ein paar Informationen.« Der Lieutenant gab Angeli ein Zeichen. Sein Kollege machte die Kordel um das braune Päckchen auf.

»Sie sollen das hier identifizieren«, sagte McGreavy. Seine Stimme klang unbeteiligt und verriet nichts.

Angeli hatte das Päckchen geöffnet. Er hielt einen gelben Regenmantel aus Ölholz hoch. »Kennen Sie den?«

»Das könnte meiner sein«, sagte Judd.

»Das ist Ihrer. Jedenfalls steht Ihr Name drin.«

»Wo haben Sie ihn gefunden?«

»Was glauben Sie?« Es klang nicht mehr harmlos. Die Gesichter der beiden Beamten hatten sich unmerklich verhärtet.

Judd musterte McGreavy. Dann nahm er eine Pfeife aus einem Ständer und begann sie zu stopfen. »Sie sagen mir wohl besser erst einmal, was das alles soll«, erwiderte er gelassen.

»Es geht um diesen Regenmantel, Dr. Stevens«, sagte McGreavy. »Falls es Ihrer ist, möchten wir wissen, wieso er sich nicht in Ihrem Besitz befand.«

»Das ist furchtbar einfach. Als ich heute morgen hierherging, hat es genieselt. Mein Trenchcoat ist in der Reinigung. Darum habe ich den Ölmantel angezogen. Ich brauche ihn sonst nur beim Angeln. Einer meiner Patienten war ohne Mantel gekommen. Als er ging, schneite es heftig. Da habe ich ihm den Ölmantel geliehen.«

Er brach ab und fragte dann besorgt: »Ist ihm was passiert?«

»Wem?« fragte McGreavy.

»Meinem Patienten – John Hanson.«

»Sie haben ins Schwarze getroffen«, sagte Angeli. »Mr. Hanson kann Ihnen den Mantel nicht mehr persönlich zurückbringen. Er ist tot.«

Entsetzt fuhr Judd hoch. *»Tot?«*

»Er hatte ein Messer im Rücken«, sagte McGreavy trocken.

Judd starrte ihn ungläubig an. McGreavy nahm Angeli den Mantel ab und drehte ihn so, daß Judd den häßlichen Schlitz sehen konnte. Der Rücken des Mantels war mit dunklen, rostroten Flecken bedeckt. Judd mußte gegen eine Übelkeit ankämpfen.

»Ja, aber ... Wer sollte denn einen Grund haben, ihn umzubringen?«

»Das hätten wir gern von Ihnen erfahren, Doktor«, sagte Angeli. »Wer könnte es besser wissen als Sie?«

Judd schüttelte fassungslos den Kopf. »Wann ist das passiert?«

»Heute vormittag um elf«, antwortete McGreavy. »Auf der Lexington Avenue. Einen Block von hier. Ein paar Dutzend Leute müssen gesehen haben, wie er umgefallen ist. Aber sie hatten es alle verdammt eilig, nach Hause zu kommen und das Fest der Liebe zu organisieren. Sie haben ihn einfach im Schnee verbluten lassen.«

Judds Hände krampften sich um die Sessellehne.

»Wann war Hanson heute morgen bei Ihnen?« fragte Angeli.

»Um zehn.«

»Wie lange dauert eine Sitzung bei Ihnen, Doktor?«

»Fünfzig Minuten.«

»Ist er danach sofort gegangen?«

»Ja. Der nächste Patient wartete schon.«

»Ist Hanson durchs Vorzimmer rausgegangen?«

»Nein. Die Patienten kommen durchs Vorzimmer rein und gehen hinterher hier raus.« Er wies auf die Tür zum Korridor. »Auf diese Weise begegnen sie sich nicht.«

McGreavy nickte. »Hanson wurde also wenige Minuten, nachdem er Ihre Praxis verlassen hatte, ermordet. Warum war er bei Ihnen in Behandlung?«

Judd zögerte mit der Antwort. »Tut mir leid. Ich darf nicht über meine Patienten sprechen.«

»Es handelt sich um einen Mord«, sagte McGreavy. »Vielleicht können Sie uns helfen, den Mörder zu finden.«

Judds Pfeife war ausgegangen. Er zündete sie wieder an und ließ sich Zeit dabei.

»Wie lange war er schon in Behandlung?« fragte Angeli.

»Drei Jahre.«

»Was für ein Problem hatte er?«

Wieder zögerte Judd. Er dachte daran, wie John Hanson heute morgen weggegangen war: lächelnd, erregt, glücklich über seine neugewonnene innere Freiheit. »Er war homosexuell.«

»Na, da haben wir ja mal wieder was besonders Feines«, stöhnte McGreavy.

»Er *war* homosexuell«, sagte Judd mit Nachdruck. »Aber er hatte es überwunden. Heute morgen habe ich ihn aus der Behandlung entlassen. Er war auf dem Weg zurück zu seiner Frau und den beiden Kindern.«

»Ein Schwuler mit Familie?« bemerkte McGreavy spöttisch.

»Das ist nicht so selten.«

»Vielleicht wollte eines von seinen Bübchen ihn nicht gehen lassen. Es gab Krach, er hat durchgedreht und dem Treulosen ein Messer ins Kreuz gerammt.«

Judd dachte darüber nach. »Möglich«, sagte er gedehnt. »Trotzdem – ich kann es mir nicht recht vorstellen.«

»Warum nicht, Dr. Stevens?« fragte Angeli.

»Weil er seit über einem Jahr keine homosexuellen Kontakte mehr hatte. Ich halte es für wahrscheinlicher, daß er überfallen worden ist. Hanson war nicht der Typ, der sich widerstandslos ausplündern läßt. Er hätte sich gewehrt.«

»Ein mutiger verheirateter Schwuli«, sagte McGreavy bissig. Er zündete sich eine Zigarre an. »An dieser Theorie ist nur eines faul: Seine Brieftasche ist noch da. Mit über hundert Dollar drin.«

Er beobachtete Judd scharf.

»Und wenn es ein Verrückter gewesen wäre?« meinte Angeli.

Judd stand auf und trat ans Fenster. »Sehen Sie sich die Menge da unten an. Von zwanzig Menschen war einer bereits in einer Nervenheilanstalt – oder gehört eigentlich rein. Auf jeden erkannten Fall von Geisteskrankheit kommen mindestens zehn nicht diagnostizierte Fälle.«

McGreavy musterte Judd mit neugierigem Interesse. »Sie wissen wohl eine ganze Menge über die menschliche Natur?«

»Was Sie ›die menschliche Natur‹ nennen – das gibt es nicht –. So wenig wie ›die tierische Natur‹. Man kann da nicht verallgemeinern.«

»Wie lange praktizieren Sie schon?« fragte McGreavy.

»Zwölf Jahre. Warum?«

McGreavy zuckte die Achseln. »Sie sind ein gutaussehender Mann. Ich wette, viele Ihrer Patienten verlieben sich in Sie. Habe ich recht?«

Judds Miene wurde eisig. »Ich verstehe Ihre Frage nicht.«

»Kommen Sie, Doktor – Sie wissen genau, was ich meine. Wir sind doch nicht von gestern! Eine Tunte geht zum Psychiater und findet einen jungen, hübschen Doktor, dem man die Kümmerchen beichten kann.« Sein Ton wurde vertraulicher. »Sie wollen mir doch nicht weismachen, in den drei Jahren wäre es bei Hanson immer still in der Hose geblieben?«

Judd vereiste noch mehr. »Das verstehen Sie also unter ›nicht von gestern sein‹, Lieutenant?«

McGreavy ließ sich nicht beirren. »Es wäre doch gut möglich. Und noch was wäre denkbar: Sie haben Hanson gesagt, er brauche nicht mehr zu kommen. Vielleicht war ihm das nicht recht. Er hatte sich an Sie gewöhnt. Es kam zum Streit.«

Judd wurde rot vor Zorn.

Rasch warf Angeli ein: »Haben Sie eine Ahnung, Doktor, wer einen Grund haben könnte, Hanson zu hassen? Oder wen er gehaßt hat?«

»Wenn ich es wüßte, würde ich es Ihnen sagen. Ich glaube, ich weiß alles über John Hanson. Er war ein glücklicher Mann. Er haßte niemand, und ich weiß von keinem Menschen, der ihn gehaßt hat.«

»Wie schön für ihn. Sie müssen ein Wunderdoktor sein«, sagte McGreavy. »Wir werden seine Akte mitnehmen.«

»Nein.«

»Wir können sie gerichtlich beschlagnahmen lassen.«

»Tun Sie das. Aber Sie werden nichts darin finden, was Ihnen weiterhilft.«

»Warum geben Sie sie uns dann nicht freiwillig?« fragte Angeli.

»Weil ich auf seine Familie Rücksicht nehme. Sie sind

auf der falschen Spur. Es wird sich herausstellen, daß Hanson von einem Fremden getötet wurde.«

»Das glaube ich nicht«, entgegnete McGreavy scharf.

Angeli packte den Ölmantel ein und verschnürte das Päckchen. »Wenn alle Tests gemacht sind, bekommen Sie ihn wieder.«

»Behalten Sie ihn«, sagte Judd.

McGreavy öffnete die Tür zum Korridor. »Sie hören noch von uns, Doktor.« Er ging hinaus. Angeli nickte Judd zu und folgte ihm.

Als Carol hereinkam, stand Judd grübelnd im Zimmer. »Alles in Ordnung?« fragte sie besorgt.

»John Hanson ist ermordet worden.«

»Ermordet?«

»Man hat ihn erstochen«, sagte Judd.

»O Gott! Aber wieso denn?«

»Die Polizei hat noch keine Ahnung.«

»Wie entsetzlich!« Sie sah ihm an, daß es ihm nahe-ging. »Kann ich irgendwas tun, Doktor?«

»Würden Sie die Praxis schließen, Carol? Ich muß zu Mrs. Hanson. Ich möchte es ihr selbst sagen.«

»Sie können unbesorgt gehen. Ich mache schon alles«, sagte Carol.

»Danke.«

Judd ging.

Dreißig Minuten später hatte Carol alles aufgeräumt. Sie schloß gerade ihren Schreibtisch ab, als sich die Eingangstür öffnete. Es war nach sechs, das Haus bereits geschlossen. Carol blickte auf. Der Mann kam lächelnd auf sie zu.

3

Mary Hanson war eine richtige Schnuckelpuppe: zierlich, bildhübsch, mit einer Traumfigur. Äußerlich wirkte sie weich, rührend hilflos und sehr feminin. In Wirklichkeit war sie so hart wie Granit. Judd hatte sie gleich zu Beginn der Behandlung von John Hanson kennengelernt. Sie hatte sich so hysterisch gegen die Behandlung ihres Mannes gesträubt, daß Judd sie zu einem klärenden Gespräch zu sich bitten mußte.

»Ich denke nicht daran, mir von meinen Freunden sagen lassen zu müsen, ich wäre mit einem Spinner verheiratet«, hatte sie ihm erklärt. »Er soll sich scheiden lassen. Dann kann er von mir aus machen, was er will.«

Judd hatte ihr klarzumachen versucht, daß eine Scheidung zu diesem Zeitpunkt John vollends ruinieren würde.

»Da ist nichts mehr zu ruinieren«, hatte Mary getobt. »Glauben Sie vielleicht, ich hätte ihn geheiratet, wenn ich gewußt hätte, daß er schwul ist? Er ist doch ein Weib!«

»In jedem Mann steckt ein bißchen was von einer Frau. Genau wie jede Frau gewisse maskuline Züge hat. In seinem Fall sind ein paar schwierige psychologische Hürden zu überwinden. Aber er bemüht sich sehr, Mrs. Hanson. Ich meine, Sie sind es ihm und den Kindern schuldig, ihm dabei zu helfen.«

Über drei Stunden hatte er mit ihr diskutiert. Am Ende hatte sie widerstrebend eingewilligt, die Scheidung vorerst hinauszuschieben. In den folgenden Monaten war ihr Interesse gewachsen. Sie hatte angefangen, ihren Mann zu unterstützen. Judd behandelte sonst prinzipiell keine Ehepaare. Doch Mary hatte ihn dringend gebeten, sie ebenfalls zu behandeln, und er hatte es in diesem Fall für richtig gehalten. Als sie sich selbst besser zu verstehen und einzusehen begann, wo sie als Ehefrau versagt hatte, machte John phantastische Fortschritte.

Und nun mußte er ihr sagen, daß ihr Mann sinnlos ermordet worden war. Zuerst verstand sie ihn gar nicht und hielt es für einen makabren Scherz. Dann begann sie zu begreifen, zu toben, zu schreien. »Er kommt nie mehr zurück! Er wird nie mehr zu mir zurückkommen!« Sie war wie ein verwundetes Tier. Die sechsjährigen Zwillinge stürzten ins Zimmer, und von da an herrschte ein unbeschreibliches Chaos. Es gelang Judd schließlich, die Kinder zu beruhigen und bei Nachbarn unterzubringen. Er gab Mrs. Hanson ein Beruhigungsmittel und rief den Hausarzt. Als er nichts weiter für sie tun konnte, ging er. Er setzte sich in seinen Wagen und fuhr ziel- und planlos umher. Seine Gedanken liefen immer in den gleichen Bahnen. Hanson hatte sich durch eine Hölle hindurchgekämpft, und im Augenblick des Sieges dieser sinnlose Tod! Ob es tatsächlich ein Homosexueller war? Ein enttäuschter früherer Freund? Möglich war es schon, aber Judd konnte es dennoch nicht glauben. Lieutenant McGreavy hatte gesagt, Hanson sei einen Block von der Praxis entfernt ermordet worden. Ein alter Freund hätte sich aber doch mit Hanson irgendwo verabredet – entweder um ihn zur Rückkehr zu überreden, oder ihm zu drohen. Aber er hätte ihm bestimmt nicht auf einer belebten Straße ein Messer in den Rücken gestoßen.

An einer Straßenecke sah er eine Telefonzelle. Da fiel ihm ein, daß er Dr. Peter Hadley und seiner Frau Norah versprochen hatte, abends zum Essen zu kommen. Sie waren seine engsten Freunde, aber er wollte heute abend niemand sehen. Er parkte an der Ecke, ging in die Zelle und rief bei den Hadleys an. Norah meldete sich. »Judd, du bist spät dran! Wo steckst du?«

»Entschuldige, Norah, aber ich kann heute abend nicht!«

»Ach, Judd!« rief Norah enttäuscht. »Wir haben eine hinreißende Blondine hier, die darauf brennt, dich kennenzulernen.«

»Ein andermal. Ich bin heute wirklich nicht in der Verfassung dazu. Bitte, entschuldige mich.«

»Ihr verdammten Ärzte!« fauchte Norah. »Warte, da ist Peter.«

Peter nahm den Hörer. »Was ist los, Judd?«

Judd zögerte. »Ach – es war ein schwerer Tag. Ich erzähl's dir morgen.«

»Du verpaßt ein sagenhaftes *smørgasbord*. Wirklich toll!«

»Beim nächstenmal«, versprach Judd. Er hörte Flüstern, dann kam Norah noch einmal an den Apparat.

»Du, Judd, sie kommt Weihnachten zum Essen. Wie ist es mit dir?«

»Ich weiß nicht«, sagte Judd ausweichend. »Wir können noch darüber reden, Norah. Bitte, sei nicht böse wegen heute abend.« Er legte rasch auf. Wenn Norah doch nur diese verdammten Kuppelversuche unterlassen wollte!

Judd hatte sehr jung als Student geheiratet. Elizabeth war Naturwissenschaftlerin gewesen, ein kluges, warmherziges, fröhliches Mädchen. Sie waren verliebt und sehr glücklich gewesen und hatten sich viele Kinder gewünscht. Am ersten gemeinsamen Weihnachtsfest war Elizabeth bei einem Autounfall ums Leben gekommen. Sie war schwanger gewesen. Danach hatte Judd sich ganz in seine Arbeit vergraben und war einer der angesehensten Psychoanalytiker geworden. Aber er konnte es heute noch nicht ertragen, mit anderen Menschen Weihnachten zu feiern. Obwohl er wußte, daß es falsch war, hatte er irgendwie das Gefühl, Weihnachten gehöre Elizabeth und dem Kind.

Vor der Telefonzelle wartete ein hübsches junges Mädchen im Minirock und einem leuchtendbunten Knautschlackmantel. Er hielt ihr die Tür auf. »Entschuldigen Sie, daß ich Sie warten ließ.« – »Aber das macht doch nichts.« Sie lächelte ihn ein bißchen schmachtend an.

Judd ahnte zwar, daß Frauen ihn attraktiv fanden, aber es war ihm gleichgültig. In seinem Beruf war es ohnehin eher ein Nachteil. Es erschwerte die Arbeit nur, wenn sich die Patientinnen in ihn verliebten.

Mit einem freundlichen Nicken ging er an dem Mädchen vorbei. Er merkte, daß sie ihm nachsah, als er in seinen Wagen stieg. Er fuhr über den East River Drive zum Merrit Parkway. Nach anderthalb Stunden erreichte er den Connecticut Turnpike. In New York war der Schnee nur dreckiger Match gewesen. Hier in Connecticut hatte er die Landschaft in eine Postkarten-Idylle verwandelt.

Er fuhr an Westport und Danbury vorbei und sah immer nur angestrengt auf die Fahrbahn oder achtete auf die Winterlandschaft, nur um nicht an Hanson denken zu müssen. Stundenlang fuhr er so durch die Dunkelheit, bis er seelisch und körperlich müde war. Dann wendete er und fuhr heimwärts.

Mike, der Portier mit dem roten Gesicht, der ihn sonst immer mit einem Lächeln begrüßte, war kühl und geistesabwesend. Wahrscheinlich Ärger in der Familie, dachte Judd. Normalerweise unterhielt er sich mit Mike über dessen zehnjährigen Sohn und die verheirateten Töchter, aber heute war er selbst nicht dazu aufgelegt. Er bat Mike, den Wagen in die Garage zu bringen.

»In Ordnung, Dr. Stevens.« Mike schien noch etwas sagen zu wollen, ließ es aber dann doch.

Judd betrat das Haus. Ben Katz, der Manager, kam gerade durch die Halle. Er sah Judd, grüßte ihn nervös und verschwand eilig in seiner Wohnung.

Was haben die alle heute abend, dachte Judd. Oder bilde ich mir das nur ein? Er stieg in den Fahrstuhl.

Der Liftboy nickte. »'n Abend, Dr. Stevens.«

»Guten Abend, Eddie.«

Eddie schluckte und sah verlegen zu Boden.

»Ist was los?« fragte Judd.

Eddie schüttelte den Kopf, sah ihn jedoch nicht dabei an.

Ach du lieber Himmel – noch ein Anwärter auf meine Couch, dachte Judd. Das Haus war plötzlich voll davon.

Eddie machte die Fahrstuhltür auf. Judd ging auf seine Wohnung zu. Plötzlich fiel ihm auf, daß er nicht gehört hatte, wie die Fahrstuhltür wieder geschlossen wurde. Er drehte sich um. Eddie stand immer noch da und starrte ihn an. Als Judd etwas sagen wollte, schloß Eddie hastig die Tür. Judd ging zu seinem Appartment und schloß die Tür auf.

Alle Lichter brannten. Lieutenant McGreavy zog gerade eine Schublade im Wohnzimmer auf. Angeli kam aus dem Schlafzimmer.

Judd fühlte, wie die Wut in ihm aufstieg. »Was machen Sie hier in meiner Wohnung?«

»Wir warten auf Sie, Dr. Stevens«, erwiderte McGreavy.

Judd knallte die Schublade zu. Fast hätte er McGreavy die Finger eingeklemmt. »Wie sind Sie reingekommen?«

»Wir haben einen Durchsuchungsbefehl«, antwortete Angeli.

Judd sah ihn ungläubig an. »Was ... einen Durchsuchungsbefehl? Für meine Wohnung?«

»Ich finde, Sie überlassen es lieber uns, die Fragen zu stellen«, knurrte McGreavy.

»Sie brauchen nicht zu antworten«, warf Angeli ein. »Sie können einen Anwalt verlangen. Außerdem machen wir Sie darauf aufmerksam, daß alles, was Sie sagen, gegen Sie verwendet werden kann.«

»Wollen Sie einen Anwalt anrufen?« fragte McGreavy.

»Ich brauche keinen Anwalt. Ich habe Ihnen gesagt, daß ich John Hanson heute morgen meinen Mantel geliehen habe, und ich habe ihn nicht wieder zu Gesicht bekommen, bis Sie ihn mir heute nachmittag in meine Praxis gebracht haben. Ich kann Hanson nicht ermordet haben. Ich hatte den ganzen Tag Patienten. Miss Roberts kann es bezeugen.«

McGreavy und Angeli warfen sich einen kurzen Blick zu.

»Wo waren Sie heute nachmittag?« fragte Angeli.

»Bei Mrs. Hanson.«

»Das wissen wir bereits«, sagte McGreavy. »Und danach?«

Judd zögerte. »Dann bin ich nur so rumgefahren.«

»Wohin?«

»Nach Connecticut.«

»Wo haben Sie zu Abend gegessen?« fragte McGreavy.

»Nirgends. Ich hatte keinen Hunger.«

»Also hat niemand Sie gesehen?«

Judd überlegte einen Moment. »Wahrscheinlich nicht.«

»Aber vielleicht haben Sie irgendwo getankt?« meinte Angeli.

»Nein. Ich mußte nicht tanken. Außerdem – was spielt es für eine Rolle, wo ich heute abend war? Hanson ist heute vormittag ermordet worden.«

»Sind Sie noch einmal in Ihre Praxis zurückgegangen?« fragte McGreavy ruhig.

»Nein«, antwortete Judd. »Warum?«

»Weil eingebrochen worden ist.«

»Was sagen Sie? Wer?«

»Das wissen wir nicht«, sagte McGreavy. »Ich möchte, daß Sie mit uns hinfahren und es sich ansehen. Sie sollen uns sagen, ob etwas fehlt.«

»Selbstverständlich. Wer hat Sie benachrichtigt?«

»Der Nachtwächter«, sagte Angeli. »Bewahren Sie Wertgegenstände in der Praxis auf? Geld? Medikamente? Drogen?«

»Nur Kleingeld«, sagte Judd. »Und keinerlei Drogen. Da war nichts zu stehlen. Es ist mir unbegreiflich.«

»Uns auch«, sagte McGreavy. »Gehen wir.«

Als sie im Fahrstuhl nach unten fuhren, warf Eddie ihm einen um Entschuldigung bittenden Blick zu. Judd nickte, um ihm zu zeigen, daß er verstand.

Die Polizei kann mich doch nicht verdächtigen, in meiner eigenen Praxis einzubrechen, dachte Judd. Offenbar hatte McGreavy es sich in den Kopf gesetzt, ihm was anzuhängen. War es Rache für seinen toten Kollegen? Aber das lag fünf Jahre zurück. Er konnte doch unmöglich fünf Jahre lang seine Wut genährt und auf eine Chance gewartet haben, es ihm heimzuzahlen?

Unten vor dem Haus stand ein nicht markierter Polizeiwagen. Schweigend fuhren sie zu seiner Praxis.

Als sie das Haus erreicht hatten, trug Judd sich unten in der Halle in die Liste ein. Der Nachtportier Bigelow sah ihn sehr merkwürdig an. Oder bildete er es sich nur ein?

Sie fuhren mit dem Fahrstuhl in den 15. Stock und gingen über den Korridor zu Judds Praxis. Vor der Tür stand ein Polizist. Er nickte McGreavy zu und trat zur Seite. Judd wollte seinen Schlüssel aus der Tasche ziehen.

»Die Tür ist offen«, sagte Angeli. Sie ließen Judd zuerst eintreten.

Im Vorzimmer sah es verheerend aus. Alle Schubladen waren herausgerissen, der Fußboden bedeckt mit Papieren. Judd sah sich fassungslos um. »Was meinen Sie, Doktor . . . was haben die gesucht?« fragte McGreavy.

»Ich habe keine Ahnung.« Er machte die Tür zu seinem Sprechzimmer auf. McGreavy folgte ihm auf den Fersen.

Die beiden niedrigen Tische waren umgeworfen, eine Lampe lag zersplittert auf dem Boden, der Teppich war blutgetränkt. In einer Ecke des Zimmers lag die gräßlich zugerichtete Leiche von Carol Roberts. Sie war nackt. Ihre Hände waren mit Draht auf dem Rücken zusammengebunden. Über ihr Gesicht, die Brüste und zwischen die Schenkel war ätzende Säure gespritzt. Die Finger der rechten Hand waren gebrochen, das Gesicht von Schlägen geschunden und verquollen. Im Mund steckte ein zusammengeknülltes Taschentuch als Knebel.

Die beiden Detektive registrierten genau, wie Judd reagierte.

»Sie sehen blaß aus«, sagte Angeli. »Setzen Sie sich.«

Judd schüttelte den Kopf. Er atmete ein paarmal tief durch. Als er sprechen konnte, bebte seine Stimme vor Erregung. »Wer . . . wer kann das getan haben?«

»Das wollen wir von Ihnen hören, Doktor«, sagte McGreavy.

»Ich kann mir nicht denken, wer Carol so etwas antun konnte. Sie hat in ihrem Leben keinem Menschen was getan.«

»Allmählich dürften Sie mal eine andere Platte auflegen«, sagte McGreavy. »Kein Mensch hatte was gegen Hanson. Trotzdem hat ihm jemand ein Messer ins Kreuz gedrückt. Niemand wollte Carol etwas antun. Aber man hat sie mit Säure begossen und sie zu Tode gefoltert!« Seine Stimme wurde eiskalt. »Und Sie wollen mir weismachen, daß niemand den beiden ein Haar krümmen wollte! Was sind Sie eigentlich . . . taub? Oder blind? Das Mädchen hat vier Jahre bei Ihnen gearbeitet. Sie sind Psychoanalytiker. Wollen Sie behaupten, Sie hätten nichts über ihr Privatleben gewußt? Oder war es Ihnen scheißegal?«

»Natürlich nicht«, erwiderte Judd gepreßt. »Ich habe mich um sie gekümmert. Sie hatte einen Freund. Sie wollte heiraten . . .«

»Chick. Wir haben schon mit ihm gesprochen.«

»Aber er kann es nicht gewesen sein. Er ist ein netter Junge. Er hat Carol geliebt.«

»Wann haben Sie sie zuletzt lebend gesehen?« fragte Angeli.

»Das habe ich Ihnen schon gesagt. Als ich weggegangen bin, um zu Mrs. Hanson zu fahren. Ich habe Carol gebeten, die Praxis abzuschließen.« Seine Stimme wurde brüchig. Er schluckte und holte tief Luft.

»Hatten Sie noch weitere Patienten für heute bestellt?«

»Nein.«

»Glauben Sie, es könnte ein Triebmord sein?« fragte Angeli.

»Es muß ein Triebtäter gewesen sein. Aber auch der braucht ein Motiv.«

»Das meine ich auch«, sagte McGreavy.

Judd schaute wieder in die Ecke, wo Carols Leiche lag. Gereizt fragte er: »Wie lange wollen Sie sie eigentlich da so liegen lassen?«

»Sie wird gleich abgeholt«, antwortete Angeli. »Wir sind schon mit allem fertig.«

»Ach . . .« Judd drehte sich zu McGreavy um. »So ist das . . . Sie haben sie also für mich dort liegen lassen?«

»Richtig. Ich frage Sie noch einmal: Gibt es irgend etwas in diesen Räumen, das für jemanden so wichtig sein könnte, daß er dafür –« er wies auf Carol – »dazu bereit war?«

»Nein.«

»Vielleicht in den Akten über Ihre Patienten?«

Judd schüttelte den Kopf. »Nein. Auch nicht.«

»Sie sind nicht sehr hilfsbereit, Doktor«, sagte McGreavy.

Judd brauste auf. »Glauben Sie etwa, mir läge nichts daran, daß Sie das aufklären? Wenn es in meinen Unterlagen einen Anhaltspunkt gäbe, würde ich es Ihnen sofort sagen. Ich kenne meine Patienten. Es gibt keinen einzigen darunter, der sie umgebracht hätte. Das war ein Outsider!«

»Woher wissen Sie, daß es nicht doch jemand war, der Ihre Akten haben wollte?«

»Weil sie nicht angerührt worden sind.«

McGreavy stutzte. »Wie kommen Sie darauf? Sie haben doch noch gar nicht nachgesehen.«

Wortlos ging Judd an die gegenüberliegende Wand, drückte gegen den unteren Teil der Holzvertäfelung und schob sie zur Seite. Dahinter lag ein tiefes Fach mit eingebauten Regalen voller Tonbänder. »Ich nehme alle Sitzungen mit meinen Patienten auf. Die Bänder werden hier archiviert«, erklärte er ruhig.

»Halten Sie es für denkbar, daß man Carol gefoltert hat, um sie zu zwingen, die Tonbänder herauszugeben?«

»Auf diesen Bändern ist nichts zu hören, was einen Außenstehenden interessieren könnte. Für diesen Mord hier muß es ein anderes Motiv geben.« Der Anblick von Carols geschundenen Körper erfüllte ihn erneut mit ohnmächtiger Wut. »Sie müssen den Mörder finden!«

»Das werde ich! Verlassen Sie sich darauf!« McGreavy sah Judd unverwandt an.

Die Straße vor dem Haus war menschenleer. Ein eisiger Wind fegte. McGreavy gab Angeli Anweisung, Judd nach Hause zu fahren. »Ich habe noch was zu erledigen«, sagte er. Er wandte sich zu Judd um. »Gute Nacht, Doktor.«

Judd sah ihm nach, wie er schwerfällig davonstapfte.

»Kommen Sie«, sagte Angeli. »Mir ist kalt.«

Judd setzte sich auf den Beifahrersitz. Sie fuhren los.

»Ich muß Carols Familie benachrichtigen«, sagte Judd. »Das haben wir schon gemacht.« Judd nickte müde. Trotzdem muß ich in den nächsten Tagen hin, dachte er. Was McGreavy wohl mitten in der Nacht noch erledigen muß? Als ob er seine Gedanken erraten habe, sagte Angeli: »Ein tüchtiger Mann, der McGreavy. Er hatte geglaubt, Ziffren würde für den Mord an seinem Partner auf den elektrischen Stuhl kommen.«

»Ziffren war geisteskrank.«

Angeli zuckte die Schultern. »Ich will's Ihnen ja glauben.«

Aber McGreavy glaubt es nicht, dachte Judd. Er mußte wieder an Carol denken . . . ihre wache Intelligenz, ihre herzliche Zuneigung zu ihm, ihren Stolz auf das, was sie erreicht hatte. Erst als Angeli ihn ansprach, merkte er, daß sie vor seinem Haus angekommen waren.

Fünf Minuten später war er oben in seiner Wohnung. An Schlaf war jetzt nicht zu denken. Er goß sich einen Brandy ein und ging in sein Arbeitszimmer. Er dachte an die Nacht, in der Carol nackt zu ihm hereingekommen war, wie sie ihren warmen, verführerischen Körper an ihn gepreßt hatte. Er hatte so kühl reagiert, weil er gewußt hatte, daß dies die einzige Chance gewesen war, ihr zu helfen. Aber sie hatte nie erfahren, welche Willenskraft es ihn gekostet hatte, nicht mit ihr zu schlafen. Oder ob sie es doch geahnt hatte? Er hob sein Glas und kippte den Brandy hinunter.

Das Leichenschauhaus sah aus wie alle Leichenschauhäuser um drei Uhr nachts. McGreavy wartete ungeduldig im Flur, bis der Coroner mit der Autopsie fertig war. Dann betrat er den grellweißen Raum. Der Coroner stand an einem der großen Waschbecken und bürstete seine Hände. Er war ein kleiner Mann mit hoher, zirpender Stimme und fahrigen Bewegungen. In raschen, abgehackten Sätzen beantwortete er McGreavys Fragen, dann verschwand er. McGreavy blieb noch einen Moment und dachte über das nach, was er gerade erfahren hatte. Dann ging er hinaus in die klirrend kalte Nacht, um sich ein Taxi zu suchen. Weit und breit war keines zu sehen. Die Scheißkerle machen wahrscheinlich alle Urlaub auf den Bahamas, und ich kann die halbe Nacht hier stehen und mir den Arsch abfrieren, dachte er. Ein Streifenwagen kam vorbei. Er winkte ihn heran, zeigte dem jungen Polizeianwärter seine Hundemarke und ließ sich ins 19. Revier fahren. Es war gegen die Vorschriften, aber es war ihm egal. Es würde eine lange Nacht werden.

Als er ins Revier kam, wartete Angeli auf ihn.

»Sie waren gerade mit der Autopsie fertig«, sagte McGreavy.

»Und?«

»Sie war schwanger.«

Angeli sah ihn überrascht an.

»Im dritten Monat. Zu spät für eine gefahrlose Abtreibung, und noch nicht so weit, daß man was sehen konnte.«

»Glauben Sie, das hätte was mit dem Mord zu tun?«

»Genau das frage ich mich. Wenn ihr Freund sie angebufft hat und sie sowieso heiraten wollten . . . Na und? Dann heiraten Sie eben und haben ihr Kind kurz danach. Das gibt's jeden Tag. Wenn er sie *nicht* heiraten wollte . . . Auch keine Katastrophe. Dann kriegt sie eben ihr Kind ohne Ehemann. Passiert auch jeden Tag ein paarmal.«

Wir haben mit Chick gesprochen. Er wollte sie heiraten.«

»Weiß ich«, erwiderte McGreavy. »Bleibt also die dritte Möglichkeit: Ein farbiges Mädchen ist schwanger. Sie geht zu dem Vater und sagt es ihm. Daraufhin bringt er sie um.«

»Er müßte doch wahnsinnig sein.«

»Oder verdammt gerissen. Und darauf tippe ich. Passen Sie mal auf, Angeli: Angenommen, Carol ist zu ihrem Liebhaber gekommen, hat ihm gesagt, was los ist und daß eine Abtreibung nicht in Frage kommt. Daß sie das Kind kriegen wird. Vielleicht hat sie versucht, ihn unter Druck zu setzen. Nehmen wir weiter an, er konnte sie nicht heiraten. Weil er verheiratet ist. Oder weil er weiß ist. Zum Beispiel ein angesehener Doktor mit einer schikken Praxis. Wenn sich die Sache rumgesprochen hätte, wäre er erledigt gewesen. Wer geht denn noch zu einem Psychiater, der seine schwarze Vorzimmerdame angebrütet hat und sie heiraten mußte?«

»Stevens ist Arzt«, gab Angeli zu bedenken. »Er hätte zig andere Möglichkeiten gehabt, sie umzubringen, ohne sich verdächtig zu machen.«

»So einfach ist das auch nicht. Fast alles läßt sich zurückverfolgen. Auch wenn ein Arzt Gift kauft, steht das irgendwo in den Büchern. Schauen Sie doch mal, wie geschickt das eingefädelt ist: Da bricht ein Wahnsinniger bei ihm ein, ermordet seine Sekretärin, und er ist ganz der gramgebeugte Chef, der uns beschwört, den Mörder zu finden.«

»Das beweisen Sie ihm mal.«

»Ich bin noch nicht fertig. Wir haben ja auch noch seinen Patienten, diesen John Hanson. Noch so ein sinnloser Mord. Auch von diesem unbekannten Triebtäter begangen. Ich will Ihnen was sagen, Angeli: Ich glaube nicht an Zufälle. Aber gleich zwei solche Zufälle an einem Tag ... das macht mich nervös. Ich habe mich gefragt, welche Beziehung zwischen dem Tod von John Hanson und dem Tod von Carol Roberts bestehen könnte. Und auf einmal sah das alles gar nicht mehr so nach Zufall aus. Nehmen wir an, Carol kommt in sein Zimmer und eröffnet ihm, daß er Vater wird. Es gibt eine gewaltige Szene, sie versucht ihn zu erpressen ... Er soll sie heiraten oder ihr Geld geben ... was weiß ich! John Hanson wartet draußen im Vorzimmer und hört alles mit an. Später, als er auf der Couch liegt, droht er Stevens an, die Geschichte publik zu machen. Oder er versucht, ihn endlich dazu zu bringen, mit ihm zu schlafen.«

»Das sind alles nur Vermutungen.«

»Aber sie passen. Also Hanson geht, schleicht Stevens ihm nach und bringt ihn zum Schweigen. Danach muß er Carol loswerden. Dann fährt er zu Mrs. Hanson und anschließend nach Connecticut. Seine Probleme sind gelöst. Er ist aus dem Schneider. Er kann in aller Seelenruhe zusehen, wie wir uns die Hacken abrennen, um einen unbekannten Wahnsinnigen aufzutreiben.«

»Das kaufe ich Ihnen nicht ab. Sie konstruieren eine Anklage ohne eine Spur von konkreten Beweisen.«

»Was verstehen Sie unter ›konkret‹? Sind zwei Leichen nicht konkret? Ein schwangeres Mädchen, das für Stevens gearbeitet hat. Und ein schwuler Patient, der einen Block von seiner Praxis entfernt ermordet wird. Als ich die Bänder hören wollte, hat er abgelehnt. Warum? Wen versucht Stevens zu decken? Ich habe ihn gefragt, ob jemand in seine Praxis eingebrochen sein könnte, weil er etwas Bestimmtes suchte. Dann hätten wir wenigstens eine Erklärung für den Mord an Carol gehabt: Sie hat den oder die Einbrecher erwischt, und man hat sie gefoltert, um von ihr zu erfahren, wo das Zeug versteckt ist. Aber was sagt der Doktor? Es gab nichts zu holen! Seine Bänder sind völlig uninteressant. Er hatte keine Drogen in der Praxis. Kein Geld. Nichts. Ergo: Wir müssen nach einem Triebtäter suchen. Prima – was? Nur daß ich darauf nicht reinfalle. Ich glaube, wir haben nur nach einem zu suchen: Nach Dr. Stevens.«

»Sie wollen ihn wohl um jeden Preis festnageln?« sagte Angeli ruhig.

McGreavy wurde rot vor Zorn. »Weil er schuldig ist.«

»Werden Sie ihn verhaften?«

»Ich werde ihm lange Leine lassen«, antwortete McGreavy. »Und während er sich die Leine selbst um den Hals legt, werde ich die Beweise zusammentragen. Stück für Stück. Wenn ich ihn erst mal habe, wurstelt er sich nicht mehr raus.« McGreavy drehte sich um und ging.

Grübelnd sah Angeli ihm nach. Wenn er nichts unternahm, bestand die Gefahr, daß McGreavy versuchen würde, Dr. Stevens unter einer fragwürdigen Anklage festnehmen zu lassen. Das durfte er nicht zulassen. Er nahm sich vor, am Morgen mit Captain Bertelli zu sprechen.

4

Die Morgenzeitungen meldeten in fetten Schlagzeilen den grausigen Mord an Carol Roberts. Judd war versucht, seine Patienten durch den Auftragsdienst anrufen und die Behandlungen für den Tag absagen zu lassen. Er war nicht mehr zu Bett gegangen. Seine Augen waren rot und brannten. Als er jedoch die Liste der Patienten durchsah, wurde ihm klar, daß zwei von ihnen verzweifelt sein würden, wenn er absagte, drei weitere zumindest sehr verstört. Also entschloß er sich, so weiterzuarbeiten, als sei nichts geschehen. Wahrscheinlich war es auch für ihn selbst besser. Es würde ihn ablenken.

Er fuhr früh in die Praxis, doch die Zeitungsreporter, Fernsehleute und Fotografen drängten sich bereits im Korridor.

Er ließ niemanden herein, gab keine Antworten und schüttelte die Meute mit Mühe ab. Beklommen öffnete er die Tür zu seinem Sprechzimmer.

Der blutdurchtränkte Teppich war verschwunden, alle Möbel standen wieder an ihrem Platz. Die Praxis sah aus wie immer. Nur daß Carol nie wieder lächelnd und voller Eifer hereinkommen würde.

Er hörte, wie die Außentür geöffnet wurde. Sein erster Patient war gekommen.

Harrison Burke war ein distinguierter silberhaariger Mann, der Prototyp des Topmanagers. Er war Vizepräsident der International Steel Corporation. Als Judd ihn kennenlernte, hatte er sich gefragt, ob dieser Typ des Managers das schablonenhafte Image geprägt hatte oder ob umgekehrt das Image den Mann formte. Ein reizvolles Thema für ein Buch: Der Stellenwert der Fassade . . . Der Arzt im wehenden weißen Kittel, der Strafverteidiger in großer Pose, Gesicht und Figur einer Schauspielerin – das alles wog oft viel mehr als das innere Gewicht.

Burke legte sich auf die Couch. Judd konzentrierte sich auf ihn. Dr. Peter Hadley hatte diesen Patienten vor zwei Monaten zu ihm geschickt. Judd hatte keine zehn Minuten gebraucht, um sicher zu sein, daß Harrison Burke ein höchst aggressiver Paranoiker war. Heute morgen hatten alle Zeitungen über den Mord berichtet, der gestern nacht in diesen Räumen geschehen war. Doch Burke erwähnte ihn mit keinem Wort. Es war typisch für seinen Zustand. Er war ausschließlich mit sich selbst beschäftigt.

»Sie wollten mir ja nicht glauben«, begann er sofort, »aber jetzt habe ich Beweise, daß sie hinter mir her sind.«

»Harrison, wir waren doch übereingekommen, die Sache gelassen zu betrachten«, erwiderte Judd vorsichtig. »Manchmal treibt unsere Phantasie . . .«

»Ich phantasiere nicht«, schrie Burke erregt. Er fuhr hoch und ballte die Fäuste. »Sie wollen mich umbringen.«

»Bleiben Sie ruhig liegen und versuchen Sie sich zu entspannen«, sagte Judd besänftigend.

Burke sprang auf. »Mehr haben Sie dazu nicht zu sagen? Sie wollen nicht einmal hören, was für Beweise ich habe?« Seine Augen wurden schmal. »Wer sagt mir, daß Sie nicht auch zu denen gehören?«

»Sie wissen genau, daß ich nicht zu ihnen gehöre. Ich bin Ihr Freund. Ich will Ihnen doch helfen.«

Judd war niedergeschlagen. Er hatte geglaubt, im letzten Monat mit Burke Fortschritte gemacht zu haben, aber das war wohl eine Täuschung gewesen. Burke war noch genauso von Ängsten gepeinigt wie vor zwei Monaten, als er zu ihm gekommen war.

Burke hatte als Laufjunge bei International Steel angefangen. Im Laufe von 25 Jahren hatte er es dank seines glänzenden Aussehens und seine liebenswürdigen Art fast bis zur Spitze geschafft. Er war der designierte Nachfolger des Präsidenten gewesen. Dann waren vor vier Jahren seine Frau und die drei Kinder beim Brand seines Sommerhauses in Southampton ums Leben gekommen. Burke war in dieser Zeit mit seiner Geliebten auf den Bahamas gewesen. Die Tragödie hatte ihn tiefer getroffen, als man angenommen hatte. Streng katholisch erzogen, war er außerstande, das Gefühl der Schuld zu überwinden. Er begann zu grübeln, zog sich von seinen

Freunden zurück, blieb abends zu Hause und durchlitt in selbstquälerischen Gedanken die Todesangst seiner Frau und seiner Kinder, die bei lebendigem Leib verbrannten, während er mit seiner Geliebten im Bett lag. Es war ein Film, der immer wieder vor seinem Auge abrollte. Er gab sich selbst die alleinige Schuld am Tode seiner Familie. Wenn er bei ihnen gewesen wäre, hätte er sie retten können. Der Gedanke wurde zur fixen Idee. Er war ein Ungeheuer. Er wußte es, und Gott wußte es. Seine Mitmenschen mußten es doch sehen. Sie mußten ihn so hassen, wie er sich haßte. Sie lächelten ihn an und heuchelten Mitgefühl, aber in Wahrheit warteten sie nur darauf, daß er sich eine Blöße gab und ihnen in die Falle ging. Aber dazu war er zu schlau. Er ging nicht mehr in die Direktionskantine, sondern aß allein in seinem Büro. Er wich allen Kontakten nach Möglichkeit aus. Als vor zwei Jahren der Posten des Präsidenten frei wurde, überging man Burke und wählte einen Außenseiter. Ein Jahr später wurde die Stelle des geschäftsführenden Vizepräsidenten neu besetzt. Wieder wurde Burke übergangen. Dies war der letzte noch fehlende Beweis für ihn, daß eine Verschwörung gegen ihn im Gange war. Er fing an, seine Kollegen zu bespitzeln. Nachts versteckte er Tonbandgeräte in den Büros seiner Rivalen. Vor sechs Monaten hatte man ihn dabei ertappt. Nur mit Rücksicht auf seine Position und seine lange Zugehörigkeit zur Firma wurde er nicht entlassen.

Um ihm zu helfen und ihn beruflich zu entlasten, begann der Präsident der Gesellschaft, Burkes Verantwortungsbereich unmerklich zu verkleinern. Doch das überzeugte Burke nur noch mehr davon, daß *sie* versuchten, ihn zu fangen. *Sie* hatten alle Angst vor ihm, weil er schlauer war als sie alle. Wenn er erst Präsident wäre, würde er sie alle feuern, weil sie idiotische Stümper waren. Er machte immer mehr Fehler. Wenn man ihn darauf hinwies, bestritt er energisch, sie gemacht zu haben. Jemand fälschte seine Berichte, änderte Zahlen und Daten, um ihn in Mißkredit zu bringen. Bald wurde ihm klar, daß er nicht nur in der Firma Feinde hatte. Man beschattete ihn, zapfte sein Telefon an, öffnete seine Post. Er aß kaum noch etwas, weil er glaubte, man wolle ihn vergiften. Er verlor in beängstigender Weise an Gewicht. Der Präsident der Gesellschaft meldete ihn schließlich zu einer Untersuchung bei Dr. Peter Hadley an und bestand darauf, daß Burke den Termin auch wahrnahm.

Nach einem halbstündigen Gespräch rief Hadley bei Judd an. Judds Terminkalender war voll, aber als Peter ihm darlegte, wie dringend es sei, sagte er schließlich zu.

Harrison Burke hatte sich wieder auf der Couch ausgestreckt, aber seine Fäuste waren immer noch geballt.

»Erzählen Sie mir, welche Beweise Sie haben.«

»Gestern nacht sind sie in mein Haus eingebrochen. Sie wollten mich umbringen. Aber ich lasse mich nicht erwischen. Ich schlafe seit einiger Zeit in meinem Arbeitszimmer. An allen Türen habe ich neue Sicherheitsschlösser anbringen lassen. Sie kriegen mich nicht!«

»Haben Sie den Einbruch der Polizei gemeldet?«

»Natürlich nicht. Die stecken doch mit ihnen unter einer Decke. Sie haben Befehl, mich zu erschießen. Nur wagen sie es nicht, solange Menschen in der Nähe sind. Deshalb halte ich mich ja immer in der Menge auf.«

»Gut, daß ich das alles jetzt weiß«, sagte Judd.

»Wieso?« fragte Burke mißtrauisch gespannt.

»Ich höre Ihnen sehr aufmerksam zu«, sagte Judd. Er wies auf das Tonbandgerät. »Und außerdem wird alles, was Sie sagen, auf Band festgehalten. Wenn Sie tatsächlich ermordet werden sollten, kann ich die Verschwörung gegen Sie nachweisen.«

Burkes Miene hellte sich auf. »Mein Gott, das ist ja fabelhaft! Das Band! Das ist die beste Lösung!«

»Warum legen Sie sich nicht wieder hin?« sagte Judd.

Burke nickte. Er lehnte sich zurück und schloß die Augen. »Ich bin müde. Seit Monaten habe ich nicht mehr geschlafen. Ich wage nicht, die Augen zu schließen. Sie haben keine Ahnung, wie es ist, wenn man hinter Ihnen her ist und Ihnen an den Kragen will.«

Meinen Sie? dachte Judd und sah McGreavy vor sich. »Hat Ihr Hausmeister nicht gehört, wie bei Ihnen eingebrochen wurde?« fragte er.

»Den habe ich doch vor zwei Wochen an die Luft gesetzt«, erwiderte Burke. »Habe ich Ihnen das nicht gesagt?«

Judd erinnerte sich genau, daß Burke ihm vor drei Tagen von einer Auseinandersetzung mit dem Mann erzählt hatte. Offenbar hatte Burke bereits kein Zeitgefühl mehr. »Ich glaube nicht, daß Sie das erwähnt haben«, antwortete er ruhig. »Sind Sie sicher, daß Sie ihn vor zwei Wochen entlassen haben?«

Burke brauste sofort auf. »Ich irre mich nie. Was glauben Sie wohl, wie ich Vizepräsident einer der größten Firmen der Welt geworden bin? Weil mein Hirn wie ein Computer arbeitet. Merken Sie sich das, Doktor!«

»Warum haben Sie ihn entlassen?«

»Weil er mich vergiften wollte.«

»Womit denn?«

»Spiegeleier mit Speck. Gespickt mit Arsen.«

»Haben Sie davon probiert?«

»Natürlich nicht«, fauchte Burke empört.

»Woher wußten Sie dann, daß das Essen vergiftet war?«

»Ich habe es gerochen.«

»Und was haben Sie zu ihm gesagt?«

Burke sah ihn mit einem Ausdruck gehässiger Befriedigung an. »Gar nichts! Ich habe ihn durchgeprügelt.«

Judd war bei diesem Gespräch immer frustrierter geworden. Er war überzeugt, daß er diesem Mann hätte helfen können, wenn er früher gekommen wäre. Inzwischen war es ein Wettlauf mit der Zeit. In der Psychoanalyse bestand immer die Gefahr, daß, sobald die Assoziationen ungehemmt ausgesprochen wurden, der dünne Firnis über den im Unterbewußtsein ruhenden Instinkten barst und sich alle primitiven Triebe und Emotionen Bahn brachen. Eine Behandlung beginnt stets damit, daß der Patient animiert wird, alles zu sagen, was er denkt und fühlt. In Burkes Fall war das zu einem Bumerang geworden. Die Sitzungen hatten alle verborgenen Aggressionen freigelegt. Burke hatte scheinbar von Mal zu Mal Fortschritte gemacht, hatte zugegeben, daß es keine Verschwörung gegen ihn gab, daß er wohl nur überarbeitet und seelisch erschöpft war. Judd hatte gehofft, schon bald mit der Tiefenanalyse beginnen und an die Wurzel des Problems vordringen zu können. Aber Burke hatte ihn geschickt getäuscht. Er hatte Judd die ganze Zeit nur getestet, ihn irregeführt, um ihm eine Falle zu stellen und herauszufinden, ob Judd einer von *ihnen* sei. Harrison Burke war eine wandelnde Zeitbombe, die jede Sekunde hochgehen konnte. Es gab keine nahen Angehörigen, die man informieren konnte. Ob er den Präsidenten der Gesellschaft anrufen und ihm seine Befürchtungen mitteilen sollte? Das wäre allerdings das Ende von Burke; man würde ihn in eine Anstalt einweisen. Aber war er denn wirklich ein potentieller Mörder? Judd hätte gern die Meinung eines Fachkollegen eingeholt, aber er wußte, daß Burke niemals einwilligen würde. Er mußte die Verantwortung allein übernehmen.

»Harrison, ich möchte, daß Sie mir etwas versprechen«, sagte er.

»Was soll ich versprechen?« Burke war schon wieder mißtrauisch.

»Schauen Sie – Ihre Feinde könnten versuchen, Sie derart zu reizen, daß Sie sich zu einer Gewalttat hinreißen lassen. Dann könnten sie Sie einsperren lassen ... Aber dazu sind Sie ja viel zu clever, nicht wahr? Versprechen Sie mir deshalb, daß Sie nichts tun werden, und wenn man Sie noch so provoziert. Dann kann man Ihnen nämlich nichts anhaben.«

Burkes Augen blitzten. »Sie haben recht! Das ist es, was sie vorhaben. Aber wir sind zu clever für sie, was?«

Judd hörte die Vorzimmertür gehen. Er sah auf die Uhr. Der nächste Patient war gekommen.

Er schaltete das Tonband ab. »Ich glaube, das wär's für heute«, sagte er.

»Sie haben wirklich alles auf Band aufgenommen?« erkundigte sich Burke noch einmal nachdrücklich.

»Jedes Wort«, versicherte Judd ihm. »Niemand wird Ihnen etwas tun.« Er zögerte. »Ich meine, Sie sollten heute nicht mehr ins Büro gehen. Fahren Sie nach Hause und ruhen Sie sich ein wenig aus.«

»Das kann ich nicht«, flüsterte Burke. Seine Stimme klang verzweifelt. »Sobald ich nicht in meinem Büro bin, nehmen sie das Schild mit meinem Namen von der Tür und hängen ein anderes hin.« Er beugte sich vor. »Seien Sie vorsichtig! Wenn die merken, daß Sie mein Freund sind, werden sie versuchen, auch Sie zu kriegen.« Er ging zur Tür, machte sie einen Spalt weit auf und spähte nach beiden Seiten über den Korridor. Dann schlüpfte er rasch hinaus.

Judd sah ihm bedrückt nach. Wenn der Mann doch sechs Monate früher gekommen wäre ... Plötzlich durchzuckte ihn ein entsetzlicher Gedanke: War Burke vielleicht schon zum Mörder geworden? War es möglich, daß er mit dem Tod von John Hanson und Carol Roberts zu tun hatte? Burke und Hanson waren seine Patienten. Sie könnten sich begegnet sein. In den letzten Wochen hatte Burke gelegentlich den nächsten Termin nach Hanson gehabt. Burke war mehrfach zu spät gekommen. Die beiden Männer könnten sich im Korridor begegnet sein. Und schon die Tatsache, daß er diesen Mann ein paarmal getroffen hatte, könnte ihn irritiert haben. Hatte er sich vielleicht von Hanson verfolgt oder bedroht gefühlt? Carol hatte er jedesmal gesehen, wenn er in die Praxis kam. Auch in ihr könnte er eine Gefahr gewittert haben. Wie lange schon war Burke geistig krank? Seine Frau und die Kinder waren bei einem Brandunfall ums Leben gekommen. War es ein Unfall gewesen? Er mußte Genaueres darüber erfahren.

Er machte die Tür zum Vorzimmer auf. »Bitte, kommen Sie rein«, sagte er.

Anne Blake erhob sich und kam ihm lächelnd entgegen. Judds Herz schlug wieder einmal rascher, genau wie damals, als er sie zum erstenmal gesehen hatte. Seit Elizabeths Tod hatte er auf keine Frau so reagiert.

Sie waren sich überhaupt nicht ähnlich. Elizabeth war blond, zierlich und blauäugig gewesen. Anne Blake hatte schwarzes Haar, fast violette dunkle Augen und lange schwarze Wimpern. Sie war groß und hatte eine glänzende Figur. Sie strahlte eine wache Intelligenz aus und war von klassischer, vornehmer Schönheit. Man hätte sie für unnahbar halten können, wären nicht diese warmen Augen gewesen. Ihre Stimme klang tief und weich.

Anne war Mitte Zwanzig. Sie war zweifellos die schönste Frau, der Judd je begegnet war. Auf eine unerklärliche Weise war sie ihm lieb und vertraut, als habe er sie schon immer gekannt, und die Intensität seiner Reaktion erschreckte ihn.

Sie war vor drei Wochen ohne vorherige Anmeldung in die Praxis gekommen. Carol hatte ihr erklärt, sein Terminkalender sei voll, er könne zur Zeit keine neuen Patienten annehmen. Anne hatte jedoch ruhig darum gebeten, warten zu dürfen. Zwei Stunden hatte sie im Vorzimmer gesessen, bis Carol weich geworden war und sie zu Judd ins Sprechzimmer geführt hatte.

Sie hatte einen so starken Eindruck auf ihn gemacht, daß er nicht mehr wußte, was sie in den ersten Minuten gesagt hatte. Er erinnerte sich, daß er sie gebeten hatte, Platz zu nehmen, und daß sie sich vorgestellt hatte. Sie war Hausfrau. Auf seine Frage, was sie zu ihm geführt habe, hatte sie gezögert und schließlich gemeint, sie wisse nicht einmal so recht, ob sie überhaupt ein Problem habe. Ein befreundeter Arzt habe ihr gegenüber erwähnt, Judd sei der beste Analytiker, den er kenne. Den Namen dieses Arztes wollte sie jedoch nicht nennen. Er hatte ihr versichert, daß er aus Zeitmangel momentan wirklich außerstande sei, sie zu behandeln, und ihr angeboten, sie zu einem guten Kollegen zu überweisen. Sie hatte freundlich, aber entschieden darauf bestanden, nur von ihm behandelt werden zu wollen. Am Ende hatte er nachgegeben. Äußerlich wirkte sie ganz normal, wenn man davon absah, daß sie unter einem gewissen Streß zu stehen schien. Er war daher ziemlich sicher, daß ihr Problem leicht zu beheben sein würde. Er wich von seinem Prinzip ab, Patienten nur auf Empfehlung oder Überweisung eines anderen Arztes anzunehmen, und er verzichtete auf seine Mittagspause, um sie behandeln zu können. In den letzten drei Wochen war sie zweimal wöchentlich erschienen. Trotzdem wußte er inzwischen kaum mehr über sie als am Anfang. Aber er wußte etwas über sich selbst: Er war verliebt – zum erstenmal seit Elizabeths Tod.

Bei der ersten Sitzung hatte er sie gefragt, ob sie ihren Mann liebe.

Er ertappte sich dabei, daß er auf eine negative Antwort gehofft hatte. Doch sie hatte erwidert: »Ja. Er ist ein guter Mensch und sehr stark.«

»Glauben Sie, daß er so etwas wie eine Vaterfigur für Sie ist?«

Sie hatte ihn erstaunt angeblickt. »Nein. Ich habe nicht nach dem Vaterersatz gesucht. Ich hatte eine sehr glückliche Kindheit.«

»Wo sind Sie geboren?«

»In Revere, einer kleinen Stadt in der Nähe von Boston.«

»Leben Ihre Eltern noch?«

»Nur mein Vater. Meine Mutter ist gestorben, als ich zwölf Jahre alt war.«

»Wie war das Verhältnis Ihrer Eltern?«

»Sehr gut. Sie haben sich sehr geliebt.«

Man merkt es ihr an, dachte Judd. Neben all dem Kummer und Unglück, was er sonst erlebte, war Anne eine erfrischende Ausnahme. »Haben Sie Geschwister?«

»Nein. Ich war ein Einzelkind. Ein verzogenes Gör.« Sie lächelte ihn an. Sie hatte ein offenes, ungeziertes Lächeln.

Ihr Vater war Beamter im Auswärtigen Dienst. Sie hatte mit ihm im Ausland gelebt, bis er sich wieder verheiratet hatte und nach Kalifornien gezogen war. Sie hatte bei der UNO als Dolmetscherin gearbeitet. Sie sprach fließend Französisch, Italienisch und Spanisch. Ihren Mann hatte sie bei einem Urlaub auf den Bahamas kennengelernt. Er war Inhaber eines Bauunternehmens. Anfangs hatte sie sich nicht für ihn interessiert, aber er hatte beharrlich und gewinnend um sie geworben, und zwei Monate später waren sie verheiratet. Das war vor einem halben Jahr gewesen. Sie lebten auf einem Landsitz in New Jersey.

Das war so ziemlich alles, was Judd in sechs Sitzungen über sie erfahren hatte. Er hatte immer noch nicht die leiseste Ahnung, weshalb sie zu ihm gekommen war. Er erinnerte sich genau an einige der Fragen, die er ihr während der ersten Sitzung gestellt hatte.

»Geht es bei Ihrem Problem um ihren Mann, Mrs. Blake?«

Keine Antwort.

»Harmonieren Sie beide sexuell?«

»Ja.« Verlegen.

»Vermuten Sie, daß ihr Mann ein Verhältnis mit einer anderen Frau hat?«

»Nein.« Amüsiert.

»Haben Sie ein Verhältnis mit einem anderen Mann?«

»Nein.« Entrüstet.

Da sie von sich aus ihr Problem nicht ansprach, blieb ihm nichts anderes übrig, als sich vorsichtig heranzutasten.

»Gibt es bei Ihnen Streit um Geld?«

»Nein. Er ist außergewöhnlich großzügig.«

»Schwierigkeiten mit der Verwandtschaft?«

»Seine Eltern sind tot. Mein Vater lebt in Kalifornien.«

»Waren Sie oder Ihr Mann jemals rauschgiftsüchtig?«

»Nein.«

»Befürchten Sie homosexuelle Neigungen bei Ihrem Mann?«

»Nein.« Ein tiefes, warmes Lachen.

Er ließ sich nicht beirren. »Hatten Sie jemals sexuelle Beziehungen zu einer Frau?«

»Nein.« Gekränkt.

Er hatte alles angetippt – Alkoholismus, Frigidität, Angst vor einer Schwangerschaft, alles, was ihm nur denkbar erschien. Jedesmal hatte sie ihn offen angeschaut und nur den Kopf geschüttelt. Sobald er versucht hatte, sie in die Enge zu treiben, hatte sie abgewehrt: »Bitte, haben Sie Geduld mit mir. Lassen Sie mir Zeit.«

Bei jedem anderen Patienten hätte er aufgegeben. Aber er wollte ihr helfen. Und er mußte sie wiedersehen. So hatte er sie eben nur über unverfängliche Dinge sprechen lassen und einiges über ihren Lebenslauf erfahren. Sie hatte mit ihrem Vater viele Länder bereist und faszinierende Leute kennengelernt. Sie hatte viel Humor und war schnell in ihren Reaktionen. Er stellte bald fest, daß sie dieselben Bücher mochten, dieselbe Musik, dieselben Theaterstücke. Sie war warmherzig und liebenswürdig, ließ jedoch nicht erkennen, daß sie mehr in ihm sah als ihren Arzt. Es war eine Ironie des Schicksals: Seit Jahren hatte er unbewußt eine Frau wie Anne gesucht. Nun hatte er sie gefunden, aber er durfte nichts anderes tun, als ein Problem lösen zu helfen, das er noch nicht einmal kannte, und sie dann zu ihrem Mann zurückzuschicken.

Als sie jetzt hereinkam, setzte er sich in den Sessel neben der Couch und erwartete, daß sie sich hinlegen würde.

Aber sie sagte ruhig: Nein, heute nicht. Ich bin nur gekommen, um Sie zu fragen, ob ich Ihnen irgendwie helfen kann.«

Er sah sie sprachlos an. Die seelische Belastung der letzten Tage war so groß gewesen, daß diese überraschende Geste der Anteilnahme ihm die Fassung nahm. Plötzlich hatte er den brennenden Wunsch, sich alles von der Seele zu reden, ihr zu sagen, was in diesen beiden Tagen geschehen war, ihr von McGreavy und seinem wahnwitzigen Verdacht zu erzählen. Aber er durfte sich nicht gehenlassen. Er war der Arzt, sie war seine Patientin. Schlimmer noch: Er liebte sie, und sie war die Frau eines Mannes, den er nicht kannte.

Sie rührte sich nicht, beobachtete ihn nur. Er nickte ihr wortlos zu. Sprechen konnte er nicht.

»Ich mochte Carol gern«, sagte sie. »Warum nur mußte sie so sterben?«

»Ich weiß es nicht«, antwortete er mühsam.

»Hat die Polizei denn gar keine Vermutung, wer es gewesen sein könnte?«

Wenn du wüßtest, wen sie verdächtigen, dachte er bitter.

»Sie haben ein paar Theorien«, sagte Judd.

»Ich kann mir denken, wie Ihnen zumute ist. Ich bin nur gekommen, um Ihnen zu sagen, wie leid mir das tut. Ich war nicht einmal sicher, ob Sie heute überhaupt hier sein würden.«

»Eigentlich wollte ich auch nicht kommen. Aber ... nun ja, da bin ich. Aber da wir schon beide hier sind, könnten wir ja auch über Sie sprechen.«

Anne schwieg einen Moment, dann sagte sie leise: »Ich glaube, da ist nichts mehr zu besprechen.«

Judd erschrak. *Mein Gott, bitte, laß sie nicht sagen, daß ich sie nicht wiedersehe!*

»Ich fahre nächste Woche mit meinem Mann nach Europa.«

»Wie schön für Sie«, rang er sich ab.

»Ich fürchte, ich habe Ihre Zeit unnütz in Anspruch genommen, Dr. Stevens. Es tut mir sehr leid.«

»Aber ich bitte Sie ...« Seine Stimme gehorchte ihm kaum. Das war also das Ende. Der Gedanke, daß er sie nie mehr sehen würde, bereitete ihm physischen Schmerz.

Sie machte das Portemonnaie auf und nahm ein paar Geldscheine heraus. Sie hatte nach jedem Besuch bar bezahlt. Alle anderen Patienten pflegten mit Schecks zu zahlen.

Judd wehrte hastig ab. »Nein, Sie sind heute als Freund zu mir gekommen. Ich bin Ihnen ... dankbar.« Dann tat er etwas, was er noch nie bei einem Patienten gemacht hatte. »Ich möchte Sie bitten, noch einmal wiederzukommen«, sagte er.

Überrascht blickte sie auf. »Warum?«

Weil ich es nicht ertrage, dich gehen zu lassen, dachte er. *Weil ich eine Frau wie dich nie wiederfinde. Weil ich wollte, ich wäre dir früher begegnet. Vor ihm. Weil ich dich liebe.* Laut sagte er: »Ich dachte, wir könnten ... die Dinge abrunden. Um sicherzugehen, daß Sie Ihr Problem überwunden haben.«

Sie schmunzelte. »Sie meinen, ich soll wiederkommen, um mir mein Reifezeugnis abzuholen?«

»Nennen Sie es so«, sagte er. »Wollen Sie das tun?«

»Wenn Sie es möchten – gern.« Sie fügte hinzu: Ich habe Ihnen keine richtige Chance gegeben. Aber ich weiß, daß Sie ein wunderbarer Arzt sind. Wenn ich jemals Hilfe brauchen sollte, würde ich immer zu Ihnen kommen.«

Sie streckte ihm die Hand entgegen. Er ergriff sie. Sie hatte einen festen, guten Händedruck.

»Dann bis Freitag«, sagte sie.

»Bis Freitag.«

Als sie gegangen war, ließ er sich in einen Sessel fallen. Er hatte sich noch nie so verlassen gefühlt. Alles sah bedrückend düster aus. Lieutenant McGreavy verdächtigte ihn zweier Morde, und er konnte nicht beweisen, daß er sie nicht begangen hatte. Jeden Augenblick konnte er verhaftet werden. Es wäre das Ende seiner beruflichen Laufbahn.

Und er liebte eine verheiratete Frau, die er nur noch ein einziges Mal wiedersehen würde ...

Er wollte sich zwingen, an etwas Positives zu denken. Aber verdammt ... wo war denn da noch irgendwas Positives?

5

Den Rest seines Arbeitstages nahm er nur noch wie durch Schleier wahr. Nur wenige seiner Patienten äußerten sich zu Carols Tod. Für die meisten von ihnen existierten nur ihre eigenen Probleme; damit waren sie vollauf beschäftigt. Judd ertappte sich mehrmals dabei, daß seine Gedanken abschweiften und er eine Antwort auf die Fragen suchte, die ihn bewegten. Er nahm sich vor, später noch einmal die Bänder von heute abzuspielen, um sicherzugehen, daß er nichts Wichtiges überhört hatte.

Als sich um 19 Uhr sein letzter Patient verabschiedet hatte, ging er an seine Bar und trank einen doppelten Scotch. Er traf ihn wie ein Faustschlag in den leeren Magen. Er hatte den ganzen Tag noch nichts gegessen, aber schon von dem Gedanken an Essen wurde ihm übel. Er setzte sich in einen Sessel und begann wieder zu grübeln.

In den Krankengeschichten seiner Patienten gab es keinen Anhaltspunkt für ein Mordmotiv. Ob jemand versucht hatte, seine Akten zu stehlen, um einen seiner Patienten zu erpressen? Aber Erpresser waren in aller Regel feige und nicht gewalttätig. Falls Carol einen Einbrecher überrascht haben sollte, hätte er sie bestimmt nicht auf diese Weise zu Tode gefoltert, sondern sie schnell und lautlos umgebracht. Es mußte eine andere Erklärung geben.

Immer wieder ging er die Ereignisse der beiden letzten Tage durch. Schließlich gab er es resigniert auf. Er war verblüfft, als er sah, wie spät es war.

Bis er die Praxis aufgeräumt hatte und gehen konnte, war es neun. Unten auf der Straße traf ihn ein eisiger Windstoß. Es schneite wieder. Die wirbelnden Schneeflocken verwischten alle Konturen. Die Stadt sah aus wie ein fahles Aquarell, in dem die nassen Farben zerliefen.

In einem Schaufenster auf der Lexington Avenue hing ein großes rot-weißes Plakat:

NUR NOCH 6 EINKAUFSTAGE
BIS WEIHNACHTEN!

Judd mochte weniger denn je an Weihnachten denken. Er schritt rascher aus.

Die Straße war verlassen. Nur in der Ferne sah er einen Mann gehen. Ein eiliger Fußgänger, der heimstrebte zu seiner Frau oder der wartenden Freundin.

Judd dachte an Anne. Sie war jetzt sicher daheim bei ihrem Mann, unterhielt sich mit ihm, umsorgte ihn ... Oder sie waren schon im Bett und ... *Hör auf damit!* dachte er gequält.

Kurz vor der nächsten Ecke sah er sich um. Es kam kein Auto. Er ging quer über die Kreuzung zu der Garage hinüber, in der er tagsüber seinen Wagen abstellte. Als er mitten auf der Fahrbahn war, hörte er ein Geräusch hinter sich. Eine große schwarze Limousine kam ohne Licht auf ihn zu. Die Reifen fanden im glitschigen Schnee keinen Halt. Der Wagen war keine zehn Meter entfernt. *Besoffener Idiot,* dachte Judd. *Wenn er den Wagen nicht unter Kontrolle kriegt, bricht er sich den Hals.*

Er machte kehrt und stürzte auf den Bürgersteig zurück. Der Fahrer riß das Steuer herum, gab Gas und fuhr direkt auf ihn zu. Da begriff Judd erst, daß der Wagen gar nicht schleuderte. Aber es war schon zu spät.

Er spürte einen harten Schlag gegen die Brust, hörte ein furchtbares Krachen und hatte das Gefühl, als explodiere ein Feuerwerk in seinem Schädel. In dieser Sekunde wurde ihm blitzartig klar, was hier gespielt wurde, warum John Hanson und Carol Robert ermordet worden waren. Er konnte gerade noch denken: *Das muß ich McGreavy sagen.* Dann wurde alles schwarz.

Von außen sah das 19. Polizeirevier aus wie ein altes, verwittertes Schulgebäude: brauner Backstein, Gipsfassade, vom Mist vieler Taubengenerationen weiß gesprenkelte Mauerbrüstungen. Das 19. Revier war zuständig für Manhattan von der Fifty-ninth bis zur Eigthy-sixth Street und von der Fifth Avenue bis zum East River.

Kurz nach zehn rief ein Krankenhaus an und meldete einen Unfall mit Fahrerflucht. Die Zentrale stellte ins Detective Bureau durch. Hier war in dieser Nacht besonders viel los. Wie immer bei solchem Wetter, wenn sich die Straßen leerten, häuften sich Überfälle und Einbrüche. Die meisten Beamten waren weggerufen worden. Außer Detective Frank Angeli war nur noch ein Sergeant da, der einen mutmaßlichen Brandstifter verhörte.

Als das Telefon klingelte, nahm Angeli ab. Eine Krankenschwester berichtete, sie habe einen Unfallpatienten auf der Station, der dringend nach Lieutenant McGreavy verlange. Als sie den Namen des Patienten nannte, versprach Angeli, sofort zu kommen.

Während er den Hörer auflegte, kam McGreavy herein. Angeli erzählte ihm von dem Anruf und meinte: »Am besten fahren wir ja wohl gleich rüber.«

»Der läuft uns nicht weg. Erst will ich den Captain des Reviers sprechen, in dem der Unfall passiert ist.«

Er ging zum Telefon und wählte eine Nummer. Angeli beobachtete ihn verstohlen. Er überlegte, ob Captain Bertelli McGreavy gesagt hatte, daß er bei ihm gewesen war. Das Gespräch war kurz und knapp verlaufen.

»Lieutenant McGreavy ist ein guter Polizist, ganz bestimmt«, hatte Angeli gesagt, »aber ich habe den Eindruck, daß er sich doch in diesem Fall von der Geschichte damals vor fünf Jahren in seinem Urteil beeinflussen läßt.«

Captain Bertelli hatte ihn lange mit undurchdringlicher Miene angesehen. »Mit anderen Worten: Sie beschuldigen ihn, daß er Dr. Stevens aus Rache eine Falle stellen möchte?«

»Von beschuldigen kann keine Rede sein, Captain. Ich hielt es nur für meine Pflicht, Sie über meinen Eindruck zu informieren.«

»Danke. Ich nehme es zur Kenntnis.« Damit war die Unterhaltung beendet gewesen.

McGreavys Telefongespräch dauerte drei Minuten, in denen er brummte und sich Notizen machte. Angeli ging ungeduldig im Zimmer auf und ab. Zehn Minuten später fuhren die beiden Detektive in einem Streifenwagen zum Krankenhaus.

Judds Zimmer lag im sechsten Stock am Ende eines langen, häßlichen Flurs, in dem der unangenehm süßliche Krankenhausgeruch lag. Die Schwester, die im Revier angerufen hatte, führte sie zu Judds Zimmer.

»Wie ist sein Zustand, Schwester?« fragte McGreavy.

»Darüber kann Ihnen nur der Doktor Auskunft geben«, erwiderte sie knapp, fügte dann aber impulsiv hinzu: »Es ist ein Wunder, daß er nicht tot ist. Er hat vermutlich nur eine Gehirnerschütterung, Rippenquetschungen und eine Verletzung am linken Arm.«

»Ist er bei Bewußtsein?« fragte Angeli.

»Ja. Wir haben sogar Mühe, ihn im Bett zu halten.« Sie wandte sich zu McGreavy. »Er sagt immer wieder, daß er Sie sprechen muß.«

Sie kamen in einen Saal mit sechs Betten, die alle belegt waren. Die Schwester wies auf das Bett in der Ecke, das durch einen Vorhang abgeschirmt war. Angeli und McGreavy traten hinter den Vorhang.

Von Kissen gestützt, saß Judd aufrecht im Bett. Er war blaß, hatte ein Pflaster auf der Stirn und den linken Arm in einer Schlinge.

»Ich höre, Sie hatten einen Unfall«, begann McGreavy kühl.

»Es war kein Unfall«, erwiderte Judd. »Jemand hat versucht, mich umzubringen.« Seine Stimme klang matt.

»Wer?« fragte Angeli.

»Wenn ich das wüßte. Aber etwas anderes ist mir klargeworden.« Er sah McGreavy beschwörend an. »Die Mörder hatten weder John Hanson gemeint noch Carol. Sie hatten es auf mich abgesehen.«

McGreavy zog die Brauen hoch. »Wie kommen Sie darauf?«

»Hanson ist ermordet worden, weil er meinen Mantel anhatte. Sie müssen gesehen haben, wie ich morgens mit diesem gelben Mantel ins Haus ging. Als Hanson mittags damit rauskam, haben sie geglaubt, ich sei es.«

»Das wäre denkbar«, meinte Angeli.

»Freilich«, sagte McGreavy. »Und als sie gemerkt

haben, daß sie den Falschen umgelegt haben, sind sie in Ihre Praxis gekommen, haben Ihnen die Kleider vom Leib gerissen und gesehen, daß sie eine schnuckelige kleine Negerin sind, und das hat sie so geärgert, daß sie Sie zu Tode geprügelt haben.«

»Sie haben Carol umgebracht, weil sie noch in der Praxis war, als sie kamen, um mich zu ermorden«, sagte Judd.

McGreavy zog einen Zettel aus der Tasche. »Ich habe mit dem Revier gesprochen, in dem der Unfall passiert ist.«

»Es war kein Unfall.«

»Dem Polizeibericht zufolge haben Sie sich verkehrswidrig verhalten.«

Judd starrte ihn an. »Verkehrswidrig?«

»Ja. Sie sind schräg über die Kreuzung gegangen, Doktor.«

»Es kamen keine Autos, da . . .«

»Doch, eines ist gekommen«, verbesserte ihn McGreavy. »Nur haben Sie es nicht gesehen. Es hat geschneit, die Sicht war miserabel. Sie sind einfach auf die Fahrbahn gelaufen, der Fahrer mußte hart bremsen, der Wagen kam ins Schleudern und hat Sie erwischt. Da hat der Fahrer die Nerven verloren und ist getürmt.«

»So war es nicht. Und außerdem ist er ohne Licht gefahren.«

»Aha. Und das ist ein Beweis dafür, daß er auch Hanson und Carol Roberts umgebracht hat?«

Judd wiederholte stur: »Man hat versucht, mich umzubringen.«

McGreavy schüttelte den Kopf. »Das haut nicht hin, Doktor.«

»Wie meinen Sie das?« fragte Judd.

»Haben Sie wirklich geglaubt, ich würde loswetzen und Ihren nebulösen Killer suchen, während Sie sich stillschweigend aus der Affäre manövrieren?« Seine Stimme wurde eiskalt. »Wußten Sie, daß Miss Roberts schwanger war?«

Judd schloß die Augen und ließ den Kopf aufs Kissen zurücksinken. Das war es also gewesen, worüber sie mit ihm hatte sprechen wollen. Er hatte es halbwegs geahnt. McGreavy würde natürlich jetzt unterstellen ... Er öffnete die Augen.

»Nein«, sagte er müde. »Das wußte ich nicht.« Sein Kopf fing wieder an zu dröhnen. Ihm wurde vor Schmerzen übel. Er hätte gern nach der Schwester geklingelt, aber diesen Triumph wollte er McGreavy nicht gönnen.

»Ich habe die Akten in der City Hall durchgesehen«, fuhr McGreavy fort. »Ich weiß nicht nur, daß Ihre Vorzimmermieze schwanger war. Ich habe auch erfahren, daß sie auf den Strich gegangen ist, ehe sie bei Ihnen angefangen hat. Wußten Sie das, Dr. Stevens? Sie brauchen nicht zu antworten. Das kann ich Ihnen abnehmen. Sie haben es gewußt, weil Sie sie vor vier Jahren beim Schnellrichter aufgelesen haben. Ist es nicht ein bißchen ungewöhnlich, daß ein angesehener Arzt eine Nutte als Empfangsdame in sein Vorzimmer setzt?«

»Kein Mädchen wird als Nutte geboren«, entgegnete Judd. »Ich habe versucht, einer Sechzehnjährigen eine Chance zu geben.«

»Und dem Wohltäter die Chance zur freien Selbstbedienung?«

»Sie Dreckschwein!«

McGreavy grinste nur. »Als Sie sie damals beim Schnellrichter fanden ... wohin haben Sie sie in der Nacht gebracht?«

»In meine Wohnung.«

»Und dort hat sie dann auch geschlafen?«

»Ja.«

McGreavy feixte. »Sie sind mir vielleicht ein Herzchen. Was wollten Sie denn mit ihr machen? Schach spielen? Hören Sie, wenn Sie nicht mit ihr geschlafen haben, müssen Sie schwul sein. Womit wir direkt bei John Hanson wären, nicht wahr? Aber wenn Sie mit ihr gepennt haben, ist es mehr als wahrscheinlich, daß Sie es weitergetrieben haben, bis Sie sie angebrütet hatten. Und jetzt haben Sie den Nerv, mir eine fadenscheinige Geschichte von einem fahrerflüchtigen Triebtäter aufzutischen, der in der Gegend rumrennt und reihenweise Leute kaltmacht?« McGreavy drehte sich auf dem Absatz um und verließ mit zornrotem Gesicht das Zimmer.

Das Hämmern in Judds Kopf hatte sich zu einem wahnsinnigen Schmerz gesteigert.

Angeli betrachtete ihn besorgt. »Ist Ihnen nicht gut?«

»Sie müssen mir helfen«, sagte Judd. »Jemand versucht, mich zu ermorden.« Er fand selbst, daß seine Stimme weinerlich klang.

»Wer könnte ein Motiv haben, Doktor?«

»Ich weiß es nicht.«

»Haben Sie Feinde?«

»Nein.«

»Haben Sie ein Verhältnis mit einer verheirateten Frau? Oder jemand die Freundin ausgespannt?«

Judd schüttelte energisch den Kopf und bereute es sofort.

»Gibt es Geld in Ihrer Familie? Zu erwartende Erbschaften? Verwandte, denen Sie deshalb im Wege sind?«

»Nein.«

Angeli seufzte. »Okay. Also kein Motiv in der Familie. Was ist mit Ihren Patienten? Ich glaube, Sie sollten uns doch lieber eine Liste geben, damit wir sie überprüfen können.«

»Das ist unmöglich.«

»Ich frage Sie doch lediglich nach den Namen, nach sonst nichts.«

»Trotzdem, das geht nicht.« Es kostete ihn Mühe, zu sprechen. »Wenn ich Zahnarzt wäre oder Fußpfleger, wäre das keine Frage. Aber begreifen Sie doch: Diese Menschen sind in seelischer Not. Die meisten haben sogar ernste innere Schwierigkeiten. Wenn Sie anfangen würden, sie zu verhören, wären sie nicht nur beunruhigt. Ihr Vertrauen zur mir wäre zerstört. Ich wäre nicht mehr imstande, sie weiterzubehandeln. Nein, es geht wirklich nicht.« Erschöpft fiel er ins Kissen zurück.

»Angeli sah ihn ruhig an. »Wie nennt man einen Menschen, der überzeugt ist, daß man ihm nachstellt und ihn bedroht?«

»Einen Paranoiker«, antwortete Judd. Er merkte, worauf Angeli hinauswollte. »Sie glauben doch nicht, daß ich . . .«

»Versetzen Sie sich mal in meine Lage«, entgegnete Angeli. »Wenn ich jetzt in diesem Bett läge und so reden würde wie Sie, und wenn Sie mein Arzt wären . . . was würden Sie denken?

Judd schloß die Augen. Die Kopfschmerzen wurden fast unerträglich. Er hörte Angeli sagen: »Ich muß gehen. McGreavy wartet auf mich.«

Er machte die Augen auf. »Warten Sie! Geben Sie mir doch eine Chance, Ihnen zu beweisen, daß ich recht habe.«

»Wie?«

»Der Mörder wird es wieder versuchen. Stellen Sie einen Mann ab, der ständig bei mir bleibt. Dann muß der Mörder ihm beim nächsten Versuch in die Arme laufen.«

Angeli sah Judd mitleidig an. »Dr. Stevens, wenn jemand grimmig entschlossen ist, Sie umzubringen, wird keine Macht der Welt ihn daran hindern. Wenn er Sie heute nicht erwischt, dann eben morgen. Wenn nicht hier, dann anderswo. Es ist egal, ob Sie König oder Präsident oder ein einfacher kleiner Mann sind. Das Leben hängt an einem verdammt dünnen Fädchen. Es kann in einer einzigen Sekunde reißen.«

»Können Sie gar nichts tun? Überhaupt nichts?«

»Doch . . . einen guten Rat kann ich Ihnen geben. Lassen Sie neue Sicherheitsschlösser an Ihren Türen anbringen. Lassen Sie keinen Unbekannten rein. Auch keine Lieferanten, wenn Sie nicht persönlich etwas bestellt haben.«

Judd nickte. Seine Kehle war trocken. Das Schlucken tat weh. »In Ihrem Haus gibt es einen Portier und einen Liftboy«, fuhr Angeli fort. »Können Sie sich auf die beiden verlassen?«

»Der Portier ist seit zehn Jahren da. Der Liftboy seit acht. Ich habe uneingeschränktes Vertrauen zu ihnen.«

Angeli nickte zufrieden. »Gut. Sagen Sie ihnen, sie sollten die Augen aufhalten. Wenn die beiden aufpassen, wird es einem Fremden schon schwerfallen, sich in Ihre Wohnung zu schleichen. Und wie ist es mit Ihrer Praxis? Werden Sie sich eine neue Sekretärin suchen?«

Judd konnte den Gedanken, daß eine Fremde an Carols Tisch sitzen sollte, nicht ertragen. »Nicht sofort.«

»Vielleicht wäre es besser, einen Mann zu engagieren«, meinte Angeli.

»Ich werde es mir überlegen.«

Angeli wollte gehen, doch dann drehte er sich noch einmal um. »Ich habe eine Idee«, sagte er zögernd. »Aber es ist ein bißchen weit hergeholt . . .«

»Ja?« fragte Judd gespannt.

»Dieser Kerl, der McGreavys Partner erschossen hat . . .«

»Amos Ziffren.«

»War er wirklich geisteskrank?«

»Ja. Er ist ins Matteawan State Hospital eingewiesen worden.«

»Vielleicht hat er was gegen Sie. Ich werde ihn überprüfen. Nur um sicherzugehen, daß er nicht ausgebrochen ist oder vielleicht sogar entlassen. Rufen Sie mich morgen früh an.«

»Vielen Dank«, sagte Judd.

»Nichts zu danken. Das ist mein Job. Und wenn sich rausstellt, daß Sie doch Dreck am Stecken haben, werde ich McGreavy dabei helfen, Sie hinter Gitter zu bringen.« Nach einer kurzen Pause setzte er hinzu: »Aber erzählen Sie McGreavy lieber nicht, daß ich Ihretwegen den Ziffren überprüfe.«

»Nein, ich sage nichts.«

Sie lächelten sich zu. Angeli ging. Judd war wieder allein.

Es sah schlecht für ihn aus. Er wußte genau, daß man ihn bereits verhaftet hätte, wenn McGreavy ein anderer

Typ wäre. Er wollte seine Rache um jeden Preis. Dazu brauchte er absolut sichere, hieb- und stichfeste Beweise. Und die hatte er noch nicht. Judd überlegte, ob es gestern abend nicht doch ein Unfall gewesen sein könnte. Die Straße war verschneit gewesen. Wenn der Wagen nun tatsächlich ins Schleudern gekommen war und ihn nur zufällig erwischt hatte? Aber warum waren die Scheinwerfer nicht eingeschaltet gewesen? Und woher war der Wagen so urplötzlich gekommen?

Er war mehr denn je davon überzeugt, daß es ein Mordversuch gewesen war ... und bestimmt nicht der letzte. Über diesem Gedanken schlief er ein.

Am anderen Morgen kamen Peter und Norah Hadley. Sie hatten in den Frühnachrichten von seinem Unfall gehört.

Peter war so alt wie Judd, aber kleiner als er und furchterregend mager. Die beiden Männer stammten aus der gleichen Stadt in Nebraska und hatten zusammen Medizin studiert. Norah war Engländerin, eine mollige, vollbusige Blondine, lebhaft und ungeheuer redselig. Wenn man sich fünf Minuten mit ihr unterhalten hatte, glaubte man, sie seit Ewigkeiten zu kennen.

»Du siehst schauerlich aus«, sagte Peter, nachdem er Judd kritisch gemustert hatte.

»Wirklich erhebend, so was von einem Arzt zu hören.« Judds Kopfschmerzen waren fast weg. Er fühlte sich nur noch benommen und an allen Gliedern wie zerschlagen.

Norah drückte ihm einen Nelkenstrauß in die Hand. »Wir haben dir ein paar Blumen mitgebracht.« Sie beugte sich über ihn und küßte ihn auf die Wange. »Mein armes Schätzchen!«

»Wie ist das bloß passiert?« fragte Peter.

Judd zögerte. »Ich bin überfahren worden. Der Fahrer ist getürmt.«

»Und das ausgerechnet jetzt. Wir haben gerade den Bericht über Carol in der Zeitung gelesen.«

»Es ist grauenvoll«, sagte Norah. »Ich mochte sie gern.«

Judd war die Kehle wie zugeschnürt. »Ich auch.«

»Haben sie schon eine Spur?« fragte Peter.

»Sie suchen fieberhaft.«

»Heute morgen steht in der Zeitung daß ein gewisser Lieutenant McGreavy mit einer baldigen Festnahme rechnet. Weißt du schon was Näheres?«

»Ja, ein bißchen«, erwiderte Judd trocken. »McGreavy hält mich auf dem laufenden.«

»Erst wenn man die Polizei mal wirklich braucht, merkt man, wie fabelhaft sie ist«, sagte Norah hingerissen.

»Dr. Harris hat mir die Röntgenaufnahmen von dir gezeigt. Du hast ein paar häßliche Prellungen, aber keine Gehirnerschütterung. In ein paar Tagen wirst du nach Hause können.«

Doch Judd wußte, daß er so lange nicht warten durfte.

Eine Weile redeten sie über Berufliches und über gemeinsame Bekannte und vermieden geflissentlich, Carol Roberts zu erwähnen. Norah und Peter wußten offenbar nicht, daß John Hanson ein Patient von Judd gewesen war. McGreavy mußte seine Gründe haben, warum er es vor der Presse verschwiegen hatte.

Als die Hadleys gehen wollten, bat Judd, Peter noch einen Moment allein sprechen zu können. Während Norah draußen auf dem Flur wartete, sprach Judd mit seinem Freund über Harrison Burkes alarmierenden Zustand.

»Das ist bitter«, sagte Peter. »Als ich ihn an dich überwies, war mit zwar klar, daß er sich in sehr schlechter Verfassung befand. Aber ich hatte doch gehofft, daß du ihm noch helfen könntest. Wenn es so ist, wie du sagst, wirst du ihn auf jeden Fall in eine Klinik einweisen lassen müssen. Wann wirst du es tun?«

»Sobald ich hier rauskomme.«

Es war eine bewußte Lüge. Er wollte und mußte zuerst herausfinden, ob Burke die beiden Morde begangen haben konnte.

Peter verabschiedete sich. »Wenn ich irgendwas für dich tun kann, Alter, dann laß es mich bitte wissen!«

Als Judd wieder allein war, überlegte er, was er nun

unternehmen sollte. Ein einleuchtendes Mordmotiv gab es nicht. Folglich konnten die Morde nur von jemand begangen worden sein, der geistig krank war und sich in seinem Wahn von Judd geschädigt oder bedroht fühlte. Diese Möglichkeit kam nur für Harrison Burke oder Amos Ziffren in Betracht. Sollte Burke für den Morgen, an dem Hanson ermordet wurde, kein Alibi haben, würde er Detective Angeli bitten, Burke unter die Lupe zu nehmen. Hatte er aber ein Alibi, würde Angeli sich auf Ziffren konzentrieren müssen.

Seine depressive Stimmung hob sich ein wenig. Die Aussicht, etwas Konkretes tun zu können, beflügelte ihn. Er mußte so schnell wie möglich aus dem Krankenhaus heraus. Er klingelte nach der Schwester und verlangte den Arzt. Zehn Minuten später kam Dr. Seymour Harris ins Zimmer. Er war ein ungewöhnlich kleiner Mann mit strahlend blauen Augen und einem komischen krausen Backenbart. Judd kannte ihn schon lange und schätzte ihn außerordentlich.

»So, Sie sind wach? Na, Sie sehen aber immer noch schauderhaft aus.«

Judd hatte es langsam satt, das zu hören. »Ich möchte nach Hause. Ich fühle mich nämlich prächtig.« Es war eine faustdicke Lüge.

»Wann?«

»Sofort.«

Dr. Harris sah ihn kopfschüttelnd an. »Aber Sie sind doch gerade erst gekommen. Warum bleiben Sie nicht ein paar Tage? Ich werde meine niedlichsten Karbolmäuschen zu Ihrer Betreuung abkommandieren. Die halten Sie schon bei Laune.«

»Vielen Dank, Seymour. Aber ich muß wirklich nach Hause.«

Harris seufzte. »Na schön. Sie sind Ihr eigener Arzt. Aber wenn Sie mich fragen: In Ihrem Zustand würde ich nicht mal meinen Hund rumlaufen lassen.« Er sah Judd forschend an. »Kann ich Ihnen irgendwie helfen?«

Judd schüttelte den Kopf.

»Na schön. Dann lasse ich Ihnen Ihre Sachen bringen.«

Eine halbe Stunde später rief das Mädchen an der Pforte ein Taxi für ihn. Um Viertel nach zehn war er in seiner Praxis.

6

Vor der Praxistür wartete schon Teri Washburn, seine erste Patientin für diesen Tag. Vor zwanzig Jahren war Teri einer der ganz großen Hollywoodstars gewesen. Sie hatte einen Holzfäller aus Oregon geheiratet und war in der Versenkung verschwunden. Nach fünf oder sechs weiteren Ehen lebte sie nun in New York mit ihrem derzeit letzten Mann, einem Importeur.

Sie sah Judd vorwurfsvoll an und setzte zu einer einstudierten Anklagerede an. Doch dann stutzte sie und sagte erschrocken: »Was ist denn mit Ihnen los? Sie sehen ja aus, als hätte man Sie durch den Fleischwolf gedreht.«

»Nur ein kleiner Unfall. Entschuldigen Sie, daß ich zu spät komme.« Er schloß die Tür auf und ließ Teri eintreten. Der Anblick von Carols leerem Stuhl war wieder ein Schlag in die Magengrube.

»Ich habe es in der Zeitung gelesen«, sagte Teri mit einer Stimme, in der die Sensationsgier mitschwang. »War es ein Lustmord?«

»Nein«, erwiderte er schroff und ging sofort ins Sprechzimmer. »Würden Sie bitte noch ein paar Minuten warten?«

Er sah seinen Terminkalender durch und begann nacheinander die Nummern seiner Patienten zu wählen, um die restlichen Termine für den Tag abzusagen. Bis auf drei erreichte er alle. Brust und Arm taten bei jeder Bewegung weh, auch die bohrenden Kopfschmerzen waren wieder da. Er nahm zwei Tabletten und spülte sie mit einem Schluck Wasser herunter. Dann ließ er Teri herein.

Er nahm sich vor, in den nächsten 50 Minuten alles andere zu verdrängen und sich nur auf Teri zu konzentrieren. Sie legte sich auf die Couch, zog den Rock ziemlich weit hoch und begann zu reden.

Teri Washburn war vor zwanzig Jahren eine gefeierte Schönheit gewesen. Spuren davon waren heute noch zu erkennen. Sie hatte die größten, sanftesten, unschuldigsten Augen, die Judd je gesehen hatte. Der volle, sinnliche Mund war inzwischen von zwei scharfen Falten eingerahmt, aber immer noch einen zweiten Blick wert. Unter dem eng anliegenden Pucci-Kleid zeichneten sich die runden, festen Brüste ab. Judd vermutete, daß sie sich eine Silikoninjektion hatte machen lassen, wiewohl Teri nicht darüber sprach. Sie hatte für ihr Alter eine gute Figur, und die Beine waren Klasse.

Die meisten seiner Patientinnen glaubten irgendwann, ihn zu lieben. Es war das normale Zwischenstadium während einer Behandlung. Teri dagegen hatte vom ersten Tag an versucht, ihn zu ködern. Sie hatte alle Tricks probiert – und sie war eine Expertin. Judd hatte ihr schließlich sehr energisch erklärt, er werde sie an einen anderen Arzt überweisen, wenn sie diesen Unfug nicht bleiben ließe. Seitdem hatte sie sich einigermaßen manierlich aufgeführt, aber ständig auf der Lauer gelegen, um seinen schwachen Punkt zu entdecken.

Sie war ihm von einem berühmten englischen Arzt geschickt worden, nachdem sie in Antibes einen Skandal verursacht hatte, der ungeheuren Staub aufgewirbelt hatte. Ein französischer Klatschkolumnist hatte berichtet, Teri habe das Wochenende auf der Yacht eines bekannten griechischen Großreeders, mit dem sie verlobt war, verbracht, um dort mit seinen drei Brüdern zu schlafen, während der Schiffseigner geschäftlich nach Rom geflogen war. Die Geschichte wurde mit allen Mitteln vertuscht, der Kolumnist mußte dementieren, wurde kaltgestellt und bald danach entlassen. Schon im ersten Gespräch mit Judd hatte Teri triumphierend erzählt, daß es wirklich genau so gewesen war. »Es ist irre. Ich brauche Sex – ständig. Ich kann nie genug kriegen.« Sie hatte die Hände an den Hüften gerieben, dabei den Rock hochgeschoben und Judd unschuldsvoll angeschaut. »Ich brauche das eben, verstehen Sie?«

Seither hatte Judd sehr viel über Teri erfahren. Sie stammte aus einer kleinen Bergwerksstadt in Pennsylvania. »Mein Vater war ein stupider Pole. Sein einziges Vergnügen bestand darin, sich jeden Samstag vollaufen zu lassen und meine Mutter grün und blau zu schlagen.« Als sie dreizehn war, hatte sie den Körper einer Frau und das Gesicht eines Engels. Sie merkte bald, daß sie sich ein paar Cents verdienen konnte, wenn sie mit den Kumpels hinter den Kohlenhalden verschwand. Als ihr Vater dahinterkam, gab es eine gräßliche Szene. Er hatte die gemeinsten polnischen Flüche gebrüllt, Teris Mutter aus der Baracke geworfen, die Türe verriegelt, seinen Gürtel abgeschnallt und Teri entsetzlich verprügelt. Anschließend hatte er sie vergewaltigt.

Teri war vollkommen ruhig gewesen, als sie auf Judds Couch lag und diesen Vorfall mit ausdruckslosem Gesicht schilderte und am Ende nur hinzufügte: »Ich habe meine Eltern danach nie wiedergesehen.«

»Sie sind weggelaufen«, hatte Judd verständnisvoll gesagt. Teri hatte sich überrascht zu ihm umgedreht.

»Was?«

»Nun ja, nachdem Ihr Vater sie vergewaltigt hatte . . .«

»Weggelaufen?« Teri hatte den Kopf in den Nacken geworfen und gebrüllt vor Lachen. »Wieso? Es hat mir doch Spaß gemacht! Nein, meine Mutter hat mich rausgeschmissen, das Biest!«

Jetzt schaltete Judd das Tonbandgerät an. »Worüber wollen Sie heute sprechen?« fragte er.

»Übers Vögeln«, sagte sie spontan. »Warum analysieren wir zur Abwechslung nicht mal Sie, damit wir rauskriegen, warum Sie so ein standhafter Zinnsoldat sind?«

Er ging nicht darauf ein. »Wieso glauben Sie, daß Carols Tod etwas mit einem Sexualverbrechen zu tun haben könnte?«

»Ich denke doch bei allem nur an Sex, Kleiner.« Sie machte eine obszöne Bewegung und ließ ihren Rock höher rutschen.

»Teri, ziehen Sie den Rock runter!«

Sie sah ihn ganz harmlos an. »Oh, Entschuldigung. Übrigens: Samstag haben Sie eine tolle Geburtstagsparty versäumt.«

»Dann erzählen Sie mal davon.«

Sie zögerte. »Werden Sie es auch nicht übelnehmen?« Es war ungewöhnlich, daß sie Hemmungen zeigte.

»Sie wissen doch, daß Sie meine Billigung nicht brauchen. Der einzige Mensch, vor dem Sie sich rechtfertigen müssen, sind Sie selbst. Recht oder Unrecht . . . das gehört zu den Spielregeln, die wir nur aufgestellt haben, um mit unseren Mitmenschen das Spiel spielen zu können. Ohne Regeln gibt es kein Spiel. Aber vergessen Sie nie: die Regeln sind künstlich aufgestellt.«

Schweigen. Dann begann sie zu erzählen: »Es war eine irre Party. Mein Mann hatte eine Sechs-Mann-Band engagiert.«

Er wartete.

Sie wandte den Kopf, um ihn sehen zu können. »Sind Sie sicher, daß Sie mich nicht verachten werden?«

»Ich will Ihnen helfen. Jeder von uns tut mal Dinge, deren er sich schämt. Das heißt aber nicht, daß wir immer so weitermachen müssen.«

Sie musterte ihn eine Weile, dann legte sie sich wieder hin. »Habe ich Ihnen schon mal gesagt, daß Harry, mein Mann, wahrscheinlich impotent ist?«

»Ja.« Sie sprach unablässig darüber.

»Er hat es noch nie richtig mit mir gemacht, seit wir verheiratet sind. Dauernd hat er eine andere lausige Ausrede . . .« Sie verzog den Mund zu einer bitteren Grimasse. »Tja . . . Samstag nacht habe ich die ganze Band bedient, alle sechs, und Harry hat dabei zugesehen.« Sie fing an zu weinen.

Judd gab ihr ein Papiertaschentuch. Er blieb ruhig sitzen und beobachtete sie.

Für alles, was Teri Washburn im Leben bekommen hatte, hatte sie viel zuviel bezahlt. Als sie nach Hollywood gekommen war, hatte sie zunächst als Kellnerin in einem Drive-in gearbeitet und den größten Teil ihres Verdienstes dafür verwendet, bei einem drittklassigen Lehrer Schauspielunterricht zu nehmen. Innerhalb einer Woche hatte dieser Lehrer sie dazu gebracht, zu ihm zu ziehen, seinen Haushalt zu versorgen und den Unterricht aufs Schlafzimmer zu verlagern. Als sie nach ein paar Wochen erkannt hatte, daß er ihr – selbst wenn er gewollt hätte – niemals zu einer Rolle verhelfen konnte, war sie ihm weggelaufen und Kassiererin in einem Hotel-Drugstore in Beverly Hills geworden. Ein Filmboss war am Weihnachtsabend in den Laden gekommen, um in letzter Minute ein Geschenk für seine Frau zu kaufen. Er hatte Teri seine Karte gegeben und gesagt, sie möge ihn anrufen. Eine Woche später wurde ein Probestreifen mit ihr gedreht. Spielen konnte sie nicht, aber drei Dinge sprachen für sie: Ihr Gesicht und ihre Figur waren sensationell, sie war ungeheuer fotogen, und sie war die Geliebte des Studiochefs.

Im ersten Jahr hatte sie winzige Rollen in billigen kleinen Filmen bekommen. Es kamen die ersten Verehrerbriefe. Ihre Rollen wurden größer. Dann starb ihr Wohltäter an einem Herzanfall. Sie war sicher, daß man sie feuern würde. Statt dessen ließ sein Nachfolger sie zu sich kommen und erklärte ihr, er habe große Pläne mit ihr. Sie bekam einen neuen Vertrag, mehr Geld und ein größeres Apartment mit einem spiegelverkleideten Schlafzimmer. Sie diente sich hoch zu tragenden Rollen in Filmen der B-Klasse, und als das Publikum an den Kinokassen immer deutlicher für Teri Washburn votierte, bekam sie die Hauptrollen in den A-Filmen. Aber all das war lange her.

Judd hatte Mitleid mit ihr, als sie vor ihm auf der Couch lag und schluchzte. »Möchten Sie ein Glas Wasser?« fragte er.

»N-nein. Es ist . . . schon . . . gut.« Sie putze sich die

Nase. »Verzeihung. Ich benehme mich wie ein Idiot.« Sie richtete sich auf.

Judd blieb sitzen und ließ ihr Zeit, sich zu fangen.

»Warum heirate ich immer wieder Männer wie Harry?«

»Das ist eine wichtige Frage. Haben Sie selbst eine Erklärung dafür?«

»Wie soll ich das wissen?« schrie sie. »Sie sind Psychiater. Wenn ich vorher wüßte, daß sie solche Waschlappen sind, würde ich sie doch nicht heiraten, oder?«

»Was meinen Sie selbst?«

Sie erstarrte. »Sie meinen, ich würde es trotzdem tun?« Wütend sprang sie auf. »Oh – Sie Scheißkerl! Sie glauben, es hätte mir Spaß gemacht, die ganze Band ranzulassen?«

»War es nicht so?«

Rasend vor Zorn packte sie eine Vase und warf sie nach ihm. Sie zersplitterte an der Tischkante. »Reicht das als Antwort?«

»Nein. Die Vase hat 200 Dollar gekostet. Ich setze sie auf Ihre Rechnung.«

Sie sah ihn ratlos an. »Hat es mir wirklich Spaß gemacht?« flüsterte sie.

»Das müssen Sie wissen.«

Ihre Stimme wurde noch leiser. »Ich muß krank sein. O Gott, ich bin wirklich krank. Bitte, helfen Sie mir, Judd. Helfen Sie mir!«

Judd ging auf sie zu. »Sie müssen mir dabei selbst helfen.«

Sie nickte benommen.

»Ich möchte, daß Sie jetzt nach Hause gehen, Teri, und darüber nachdenken, was Sie empfinden. Nicht was Sie empfinden, während Sie solche Dinge tun, sondern was Sie vorher fühlen. Überlegen Sie, warum Sie es tun wollen. Wenn Sie das wissen, wissen Sie ein gutes Stück mehr über sich selbst.«

Sie sah ihn lange nachdenklich an, dann entspannte sich ihr Gesicht. Sie putzte sich noch einmal die Nase. »Sie sind ein prima Kerl, Doc«, sagte sie. Sie nahm ihre

Handtasche und die Handschuhe. »Dann bis nächste Woche?«

»Ja.« Er hielt ihr die Tür auf. »Bis nächste Woche.«

Er wußte längst die Antwort auf Teris Problem, aber sie mußte selbst darauf kommen. Sie mußte erkennen, daß man Liebe nicht kaufen kann, sondern warten muß, bis sie aus freien Stücken geschenkt wird. Daß man ihr freiwillig Liebe entgegenbringen würde, konnte sie nicht akzeptieren, bevor sie erkannt hatte, daß sie es wert war, geliebt zu werden. Bis dahin würde sie wieder und wieder versuchen, sie zu erkaufen, mit der einzigen Münze, die sie besaß: mit ihrem Körper. Er wußte, welche Qualen sie durchlitt, er ahnte die bodenlose Verzweiflung, mit der sie sich verachtete, und er litt mit ihr. Aber er konnte ihr nur helfen, wenn er äußerlich unpersönlich und reserviert erschien. Seine Patienten hielten ihn für einen kühlen, sachlichen Mann, der von olympischer Höhe herab weise Ratschläge erteilte. Es war die Fassade, hinter der er bei einer Behandlung verborgen blieb. In Wahrheit bekümmerten ihn die Probleme seiner Patienten zutiefst. Sie wären verblüfft gewesen, hätten sie gewußt, wie oft ihn die Dämonen, von denen sie gepeinigt wurden, in seinen Alpträumen heimsuchten. In den ersten sechs Monaten seiner Arbeit als Psychiater hatte er unter gräßlichen Kopfschmerzen gelitten. Er hatte sich unbewußt mit seinen Patienten identifiziert und fast ein Jahr gebraucht, um zu lernen, seine emotionelle Anteilnahme zu kontrollieren und in sicher Kanäle abzuleiten.

Noch während er Teris Tonband wegschloß, richteten sich seine Gedanken wieder auf sein eigenes Dilemma. Er ging ans Telefon und rief im 19. Revier an.

Die Zentrale verband ihn mit dem Detective Bureau. Er hörte McGreavys tiefen Baß: »Lieutenant McGreavy.«

»Detective Angeli, bitte.«

»Moment.«

Es klapperte, als McGreavy den Hörer hinlegte. Sekunden später meldete sich Angeli. »Hier Detective Angeli.«

»Judd Stevens. Haben Sie schon eine Information?«

Kurzes Zögern. »Ich habe das überprüft«, antwortete Angeli vorsichtig.

»Sie brauchen nur ja oder nein zu sagen.« Judds Herz hämmerte wild. Es kostete ihn Mühe, die nächste Frage auszusprechen. »Ist Ziffren noch in der Anstalt?«

Es schien eine Ewigkeit zu dauern, bis Angeli antwortete: »Ja, er ist noch da.«

Judd war maßlos enttäuscht. »Ach so.«

»Tut mir leid.«

»Vielen Dank.« Judd legte langsam auf.

Also blieb nur noch Harrison Burke. Ein hoffnungsloser Paranoiker, der überzeugt war, alle Welt stelle ihm nach, um ihn zu töten. Ob er sich entschlossen hatte, zuerst zuzuschlagen? John Hanson hatte die Praxis um Viertel nach zehn verlassen und war wenige Minuten später getötet worden. Judd mußte unbedingt erfahren, ob Harrison Burke zu dieser Zeit in seinem Büro war. Er sah Burkes Geschäftsnummer nach und rief dort an.

»International Steel.« Eine Stimme wie ein Automat.

»Mr. Harrison Burke, bitte.«

»Mr. Burke . . . Moment . . .«

Judd hatte gehofft, daß Burkes Sekretärin das Gespräch annehmen würde. Wenn sie allerdings für einen Moment aus dem Zimmer gegangen war und Burke selbst an den Apparat kommen sollte . . .?

»Vorzimmer Mr. Burke.« Es war eine Frauenstimme.

»Hier ist Dr. Judd Stevens. Ich möchte Sie um eine Information bitten.«

»Ja, Dr. Stevens?« Es klang erleichtert, doch mit einer Spur Vorsicht. Sie schien zu wissen, wer er war. Welche Hoffnungen setzte sie auf ihn? Wie mochte Burke wohl mit ihr umgehen?

»Es handelt sich um die Rechnung für Mr. Burke . . .«, begann Judd.

»Ach, um die Rechnung?« Sie bemühte sich nicht, ihre Enttäuschung zu verhehlen.

Judd fuhr rasch fort: »Meine Sekretärin . . . ist nicht mehr bei mir, und ich bin gerade dabei, meine Bücher durchzuarbeiten. Ich sehe, daß sie für Mr. Burke eine Behandlung am Montag um 9 Uhr 30 eingetragen hatte, bin aber im Zweifel, ob das stimmt. Würden Sie so nett sein, in Mr. Burkes Terminkalender zu schauen, ob er an dem Tag beim mir war?«

»Einen Augenblick.« Er hörte deutlich die Mißbilligung aus ihrem Ton heraus, und er erriet ihre Gedanken. Ihr Chef war im Begriff durchzudrehen, aber sein Arzt hatte keine anderen Sorgen, als an sein Geld zu kommen. Gleich darauf kam sie wieder ans Telefon. »Ich fürchte, Ihre Sekretärin hat einen Fehler gemacht, Dr. Stevens«, sagte sie frostig. »Mr. Burke kann am Montag nicht bei Ihnen gewesen sein.«

»Sind Sie ganz sicher?« fragte Judd nachdrücklich. »Hier steht, er sei von 9 Uhr 30 bis . . .«

»Es interessiert mich nicht, was in Ihren Büchern steht.« Sie war offen empört über seine Hartnäckigkeit. »Mr. Burke war den ganzen Vormittag in einer Sitzung. Sie hat um acht Uhr angefangen.«

»Könnte er nicht für eine Stunde weggegangen sein?«

»Nein. Mr. Burke verläßt das Haus niemals während der Geschäftszeit.« Was sie dachte, war klar: *Merken Sie denn nicht, daß der Mann krank ist? Was tun Sie denn überhaupt, um ihm zu helfen?*

»Soll ich ihm ausrichten, daß Sie angerufen haben?«

»Das ist nicht nötig«, sagte Judd. »Vielen Dank.« Er hätte gern noch etwas zu seiner Rechtfertigung und zu ihrer Beruhigung gesagt, aber er wußte nicht, was.

Also auch hier – nichts. Wenn weder Ziffren noch Burke versucht hatten, ihn umzubringen, dann hatte er wirklich keine Erklärung mehr. Er war wieder genau da, wo er begonnen hatte. Jemand – entweder eine oder mehrere Personen – hatte seine Sekretärin und einen seiner Patienten ermordet. Der Verkehrsunfall konnte Zufall oder Absicht gewesen sein. Zum Zeitpunkt des Unfalls war es ihm eindeutig wie Absicht erschienen. Doch wenn er die Sache jetzt leidenschaftslos betrachtete, mußte er zugeben, daß er durch die Ereignisse der vergangenen

Tage verstört gewesen war. In seinem hocherregten Zustand könnte er leicht einen normalen Verkehrsunfall mißdeutet haben. Die schlichte Wahrheit war doch, daß es niemanden gab, der ein denkbares Motiv haben könnte, ihn zu ermorden. Er hatte ein ausgezeichnetes Verhältnis zu seinen Patienten und eine herzliche Beziehung zu seinen Freunden. Er konnte sich nicht erinnern, jemanden verletzt oder gekränkt zu haben.

Das Telefon klingelte. Er erkannte Annes tiefe, kehlige Stimme sofort.

»Störe ich Sie?«

»Nein, durchaus nicht.«

Ihre Stimme klang besorgt. »Ich habe in der Zeitung von Ihrem Unfall gelesen. Ich wollte Sie schon früher anrufen, wußte aber nicht, wo Sie zu erreichen waren.«

Er bemühte sich um einen sorglos leichten Ton. »Es war nicht so schlimm. Es soll mir eine Lehre sein, nicht mehr quer über die Straße zu gehen.«

»In der Zeitung stand etwas von Fahrerflucht.«

»Das stimmt.«

»Hat man den Fahrer gefunden?«

»Nein. Vermutlich war es ein Halbstarker ohne Führerschein.« *In einer schwarzen Limousine mit ausgeschalteten Scheinwerfern.*

»Glauben Sie das?« fragte Anne.

Die Frage überraschte ihn. »Was wollen Sie damit sagen?«

»Ich weiß nicht recht«, meinte sie unsicher. »Ich finde nur . . . Wissen Sie, erst der Mord an Carol, dann . . . Ihr Unfall . . .«

Sie hatte also den gleichen Verdacht wie er.

»Es . . . es sieht doch beinahe so aus, als ob da jemand Amok laufen würde.«

Judd tat zuversichtlich. »Wenn es so ist, wird die Polizei ihn fassen.«

»Sind Sie in Gefahr?«

Ihre Anteilnahme tat ihm gut. »Nein, das glaube ich nicht.« Er schwieg verlegen. Er hätte ihr so viel zu sagen gehabt, aber er wollte einen freundlichen Anruf nicht falsch deuten; es war gewiß nicht mehr als das ganz natürliche Interesse des Patienten an seinem Arzt. Anne hätte außerdem jeden Bekannten angerufen, von dem sie wußte, daß er Sorgen hatte. Mehr steckte nicht dahinter.

»Es bleibt doch bei Freitag?« fragte er.

»Ja.« Es klang eigenartig. Ob sie es sich doch noch anders überlegen würde?

»Ich erwarte Sie«, sagte er rasch.

»Gut. Auf Wiedersehen, Dr. Stevens.«

»Auf Wiedersehen, Mrs. Blake. Danke für den Anruf. Herzlichen Dank.« Er legte auf.

Ob Annes Mann wohl wußte, was für ein unglaubliches Glück er hatte? Was für ein Mann mochte er sein? Nach den wenigen Äußerungen zu urteilen, die Anne über ihn gemacht hatte, mußte er ein attraktiver und aufmerksamer Mann sein, sportlich, gescheit, beruflich erfolgreich, ein Kunstmäzen. Anscheinend genau der Typ, mit dem Judd unter anderen Umständen gern befreundet gewesen wäre.

Was mochte es nur sein, das Anne bedrückte, was sie aber nicht mit ihrem Mann besprechen konnte? Was sie nicht einmal ihrem Psychiater anvertrauen konnte? Vermutlich war es ein lastendes Schuldgefühl wegen einer Liebesaffäre, die sie entweder vor oder während ihrer Ehe gehabt hatte. Flüchtige Amouren, die nichts bedeuteten, traute er Anne ohnehin nicht zu. Vielleicht würde sie es ihm am Freitag sagen. Wenn er sie zum letztenmal sehen würde.

Der Rest des Nachmittags verging rasch. Judd empfing die wenigen Patienten, denen er nicht mehr hatte absagen können. Als der letzte gegangen war, nahm er das Band von Harrison Burkes letztem Besuch vor, ließ es ablaufen und machte sich dabei einige Notizen.

Als er fertig war, wußte er, daß er keine andere Wahl hatte. Er mußte Burkes Vorgesetzten am nächsten Morgen anrufen und ihn über Burkes Zustand informieren.

Er sah aus dem Fenster und war überrascht, daß es schon dunkel geworden war. Es war fast 20 Uhr. Er fühlte sich müde und zerschlagen. Seine Rippen und der Arm schmerzten sehr. Er beschloß, nach Hause zu gehen und ein heißes Bad zu nehmen.

Er verschloß alle Bänder im Wandschrank. Das Band von Harrison Burke schloß er in der Schreibtischschublade ein. Er wollte es am anderen Tag einem Gerichtsgutachter übergeben. Dann zog er den Mantel an und war schon halb aus der Tür, als das Telefon klingelte. Er ging zurück und nahm den Hörer auf. »Dr. Stevens?«

Keine Antwort. Am anderen Ende der Leitung war nur ein schweres, nasales Atmen zu hören.

»Hallo?«

Keine Antwort. Stirnrunzelnd legte Judd auf. Wahrscheinlich verwählt, dachte er. Er schaltete alle Lichter aus, schloß die Türen ab und ging zum Lift. Alle anderen Büros waren längst leer. Es war noch zu früh für die Nachtschicht der Putzfrauen; außer Bigelow, dem Nachtportier, war sicher niemand mehr im Haus.

Judd drückte den Rufknopf am Fahrstuhl. Der Anzeiger blieb dunkel. Er drückte noch einmal auf den Knopf. Nichts.

In diesem Augenblick gingen alle Lampen im Flur aus.

7

Judd stand vor dem Fahrstuhl, und die plötzliche Dunkelheit traf ihn wie ein körperlicher Schlag. Er fühlte, wie sein Herz einen Moment aussetzte und dann zu rasen begann. Eine jähe atavistische Angst schoß ihm durch die Glieder. Er suchte in seiner Tasche nach Streichhölzern, aber er hatte sie in der Praxis liegengelassen. Vielleicht war ein Stockwerk tiefer noch Licht. Vorsichtig tastete er sich zu der Tür, die zum Treppenhaus führte. Er stieß sie auf: Auch die Treppe lag im Dunkeln. Er hielt sich am

Geländer fest und ging vorsichtig Stufe um Stufe hinunter. Tief unten sah er den tanzenden Lichtstrahl einer Taschenlampe näher kommen. Er war plötzlich so erleichtert. Das mußte Bigelow, der Nachtwächter, sein. »Bigelow!« schrie er. »Bigelow! Ich bin hier – Dr. Stevens!« Seine Stimme brach sich an den Steinmauern und kam als geisterhaftes Echo zurück. Die Gestalt mit der Taschenlampe kam unaufhaltsam und lautlos die Treppe herauf. »Wer ist da?« schrie Judd. Die einzige Antwort war das Echo seiner eigenen Frage.

Da wußte Judd, wer es war. Seine Mörder. Es mußten mindestens zwei sein. Einer hatte unten im Keller den Strom abgeschaltet, während der andere ihm den Fluchtweg über die Treppe versperrte.

Der Lichtstrahl kam näher, er war höchstens noch zwei oder drei Stockwerke entfernt. Judd hatte eiskalte Hände vor Angst. Sein Herz ging wie ein Preßlufthammer, seine Beine zitterten. Er drehte sich um und lief die Stufen bis zu seinem Stockwerk hoch. Er machte die Tür auf und lauschte. Wenn nun schon einer hier oben im dunklen Flur auf ihn wartete?

Die Schritte auf der Treppe hinter ihm wurden immer lauter. Judd tastete sich durch den nachtschwarzen Flur. Als er wieder am Fahrstuhl angekommen war, zählte er die Türen zu den Büros auf seiner Etage. Als er seine eigene Praxis erreicht hatte, wurde die Treppenhaustür geöffnet. In seiner Aufregung ließ Judd seinen Schlüsselbund fallen. Mit zitternden Händen tastete er den Boden ab, fand den Schlüssel, schloß die Tür zu seinem Vorzimmer auf, stürzte hinein und schloß zweimal hinter sich ab. Sie war jetzt nur mit einem passenden Spezialschlüssel zu öffnen!

Draußen auf dem Flur hörte er Schritte näher kommen. Er hastete in sein Sprechzimmer und drückte auf den Lichtschalter. Nichts. Im ganzen Haus war kein Strom. Er schloß sich auch in diesem Zimmer ein und ging zum Telefon. Er tastete die Wählscheibe ab und drehte die Nummer der Zentrale. Es klingelte dreimal, dann meldete sich die Vermittlung – seine einzige Verbindung zur Außenwelt.

Mit leiser Stimme sagte er: »Hier spricht Dr. Stevens. Dies ist ein Notruf. Ich muß Detective Frank Angeli vom 19. Revier sprechen. Es ist sehr dringend.«

»Okay. Ihre Nummer bitte!«

Judd gab die Nummer an.

»Moment bitte.«

Er hörte, wie sich jemand an der Tür zu schaffen machte, die von seinem Sprechzimmer direkt in den Außenflur führte. Aber von da konnte keiner reinkommen, weil es von draußen keine Klinke und kein Schloß gab, sondern nur einen Knopf.

»Zentrale, bitte beeilen Sie sich!«

»Moment bitte«, erwiderte die kühle, gelassene Stimme.

Das Rufzeichen erklang, dann meldete sich die Telefonvermittlung der Polizei. »Hier 19. Revier.«

Judd atmete tief durch. »Detective Angeli! Es ist dringend.«

»Detective Angeli . . . Sekunde.«

Draußen vor der Tür hörte er leise Stimmen. Jemand war dazugekommen. Was hatten sie vor?

Eine wohlbekannte Stimme klang durchs Telefon. »Detective Angeli ist nicht da. Hier spricht Lieutenant McGreavy. Kann ich . . .«

»Hier ist Judd Stevens. Ich bin in meiner Praxis. Alle Lichter sind ausgegangen und jemand versucht einzubrechen und mich umzubringen.«

Am anderen Ende der Leitung blieb es einen Moment totenstill, dann sagte McGreavy: »Hören Sie, Doktor, warum kommen Sie nicht hierher, damit wir in Ruhe . . .«

Judd schrie: »Ich kann nicht zu Ihnen kommen! Jemand will mich ermorden!«

Wieder blieb es still am anderen Ende der Leitung. McGreavy glaubte ihm nicht. Er würde ihm nicht helfen. Judd hörte, wie eine Tür aufgeschlossen wurde, dann Stimmen im Vorzimmer. Sie waren in seinem Vorzimmer! Sie konnten nur mit einem passenden Schlüssel hereinkommen! Aber er hörte sie deutlich, und sie kamen auf die Tür zu seinem Sprechzimmer zu.

McGreavy sprach jetzt wieder, aber Judd hörte nicht mehr hin. Es war zu spät. Er legte den Hörer auf. Es hätte auch nichts mehr genützt, wenn McGreavy versprochen hätte, sofort zu kommen. Die Mörder waren da! *Das Leben hängt an einem verdammt dünnen Fädchen. Es kann in einer einzigen Sekunde reißen.* Seine Angst verwandelte sich in blinde Wut. Er würde sich nicht abschlachten lassen wie Hanson und Carol. Er würde sich wehren. Er suchte in der Dunkelheit nach einer Waffe, mit der er sich verteidigen wollte. Ein Aschenbecher ... ein Brieföffner ... Sinnlos! Die Mörder hatten bestimmt Schußwaffen. Es war wie in einem Alptraum von Kafka. Er war grundlos verurteilt, und seine Henker hatten kein Gesicht. Er hörte, wie sie näher kamen. Er wußte, daß er nur noch wenige Minuten zu leben hatte. Mit einer seltsam leidenschaftslosen Gelassenheit, als sei er selbst einer seiner Patienten, analysierte er seine letzten Gedanken. Er dachte an Anne, und ein schmerzliches Gefühl des Verlusts erfüllte ihn. Er dachte an seine Patienten, die ihn sosehr brauchten. An Harrison Burke. O Gott, er hatte noch nicht in der Firma angerufen und die Einweisung in eine Anstalt veranlaßt. Er mußte die Bänder bereitlegen, damit man sie finden und ... Sein Herz machte einen Satz. Vielleicht hatte er *doch* etwas, womit er sich verteidigen konnte!

Er hörte, wie der Türknopf gedreht wurde. Er hatte zwar abgeschlossen, aber es war ein einfaches Schloß. Es war ein Kinderspiel, die Tür aufzubrechen. Er hörte ein leises Knarren, als sich jemand gegen die Tür lehnte. Dann wurde am Schloß gefummelt. Warum treten sie die Tür nicht einfach ein, dachte er. Er hatte das dumpfe Gefühl, daß die Antwort darauf sehr wichtig war, aber er hatte jetzt keine Zeit, darüber nachzudenken. Mit bebenden Händen schloß er die Schublade auf, in der Burkes Tonband eingeschlossen war, riß das Band aus der Kartonhülle, legte es auf das Gerät und fädelte das Band ein. Es war eine winzige Chance, aber es war seine einzige.

Er versuchte sich an den Wortlaut seines Gesprächs mit Burke zu erinnern. Draußen im Vorzimmer wurde am Türschloß gedreht. Judd holte tief Luft. »Tut mir leid, daß wir jetzt hier im Dunkeln sitzen«, sagte er laut. »Aber in ein paar Minuten ist der Schaden sicher behoben, Harrison. Warum legen Sie sich nicht wieder hin und entspannen sich?«

Im Vorzimmer wurde es still. Judd hatte das Band inzwischen eingefädelt. Er drückte auf den Startknopf, aber es blieb still. Natürlich – der Strom war ja abgeschaltet. Ein Gefühl der Verzweiflung packte ihn, aber trotzdem machte er noch einen Versuch. »So ist es besser«, sagte er laut. »Machen Sie es sich bequem.« Er tastete auf dem Tisch nach den Streichhölzern, fand sie, riß ein Streichholz an. Er hielt die Flamme dicht an das Tonbandgerät. Da war der Hebel. Er schaltete auf Batterie um und drückte den Startknopf noch einmal. In diesem Augenblick klickte es im Schloß. Er war verloren!

Und da brüllte Burkes Stimme durchs Zimmer: »Mehr haben Sie dazu nicht zu sagen? Sie wollen nicht einmal hören, was für Beweise ich habe? Wer sagt mir, daß Sie nicht auch zu denen gehören?«

Judd wagte sich nicht zu rühren, sein Herzschlag dröhnte wie Paukenschläge in seinen Ohren.

»Sie wissen genau, daß ich nicht zu ihnen gehöre«, kam seine eigene Stimme vom Tonband. »Ich bin Ihr Freund. Ich will Ihnen doch helfen . . . Erzählen Sie mir, welche Beweise Sie haben.«

»Gestern nacht sind sie in mein Haus eingebrochen. Sie wollten mich umbringen. Aber ich lasse mich nicht erwischen. Ich schlafe seit einiger Zeit in meinem Arbeitszimmer. An allen Türen habe ich neue Sicherheitsschlösser anbringen lassen. Sie kriegen mich nicht.«

Die Geräusche im Vorzimmer waren verstummt.

Wieder Judds Stimme. »Haben Sie den Einbruch der Polizei gemeldet?«

»Natürlich nicht. Die stecken doch mit ihnen unter einer Decke. Sie haben Befehl, mich zu erschießen. Nur wagen sie es nicht, solange Menschen in der Nähe sind. Deshalb halte ich mich ja immer in der Menge auf.«

»Gut, daß ich das alles jetzt weiß.«

»Wieso?«

»Ich höre Ihnen sehr aufmerksam zu«, sagte Judds Stimme. In der gleichen Sekunde fuhr Judd wie elektrisiert hoch: Im nächsten Satz war von der Aufzeichnung auf Tonband die Rede!

Seine Hand schoß vor. Gottlob fand er den Schalter sofort. Das Band stoppte. Mit lauter Stimme sagte er: »Und wir beide werden gemeinsam schon einen Weg finden, mit den Problemen fertig zu werden.« Er brach ab. Was nun? Er konnte das Band doch nicht noch einmal ablaufen lassen? Seine einzige Hoffnung war, daß die Leute draußen inzwischen überzeugt waren, daß er einen Patienten bei sich hatte. Aber selbst wenn sie es glaubten, würde das etwas nützen?

»Fälle wie der Ihre, Harrison«, fuhr er mit erhobener Stimme fort, »sind viel häufiger als Sie denken.« Er stieß einen ungeduldigen Seufzer aus. »Jetzt wird es aber langsam Zeit, daß der Strom wieder eingeschaltet wird. Ich weiß, Ihr Fahrer wartet unten auf Sie. Er wird wahrscheinlich gleich raufkommen und Sie suchen.«

Judd lauschte. Im Vorzimmer wurde geflüstert. Was hatten sie vor? Unten auf der Straße hörte er plötzlich das Heulen einer näher kommenden Sirene. Das Flüstern brach ab. Er horchte. Waren sie immer noch draußen und warteten? Das Heulen der Sirene wurde lauter. Unten vor dem Haus brach es ab.

Und plötzlich gingen die Lichter wieder an.

8

»Einen Drink?«

McGreavy schüttelte mürrisch den Kopf. Judd goß sich den zweiten Scotch ein, während McGreavy ihm wortlos dabei zusah. Judds Hände zitterten immer noch. Erst als der Whiskey ihn langsam erwärmte, begann sich die Spannung in ihm zu lösen.

Zwei Minuten, nachdem die Lichter wieder angegangen waren, war McGreavy gekommen, begleitet von einem phlegmatischen Sergeant, der jetzt neben ihm saß und auf einem Stenogrammblock Notizen machte.

»Wir wollen das noch einmal rekapitulieren, Dr. Stevens«, sagte McGreavy.

Judd atmete tief durch und bemühte sich, ruhig und mit fester Stimme zu sprechen. »Ich habe das Büro abgeschlossen und bin zum Fahrstuhl gegangen. Da wurde alles dunkel. Ich dachte, daß die Lichter im Treppenhaus vielleicht noch brennen würden und wollte zu Fuß nach unten gehen.« In der Rückerinnerung empfand er noch einmal die grauenvolle Angst. »Ich sah jemand mit einer Taschenlampe nach oben kommen. Ich rief hinunter, weil ich dachte, es wäre der Nachtwächter. Aber er war es nicht.«

»Wer war es denn?«

»Ich habe es Ihnen schon gesagt: Ich weiß es nicht. Ich bekam keine Antwort.«

»Wieso glauben Sie, daß es Leute waren, die Sie ermorden wollten?«

Judd lag eine wütende Antwort auf der Zunge, aber er beherrschte sich. Es war ihm überaus wichtig, McGreavy zu überzeugen. »Sie sind mir bis zu meiner Praxis gefolgt.«

»Sie glauben, daß es zwei Männer gewesen sind?«

»Mindestens zwei«, antwortete Judd. »Ich habe gehört, wie sie miteinander geflüstert haben.«

»Sie sagten, Sie hätten Ihre Vorzimmertür zum Flur abgeschlossen. Ist das richtig?«

»Ja.«

»Und als Sie in Ihrem Sprechzimmer waren, haben Sie wiederum die Tür zum Vorzimmer hinter sich abgeschlossen?«

»Ja.«

McGreavy stand auf und untersuchte diese Tür. »Haben Sie versucht, sie mit Gewalt aufzubrechen?«

»Nein«, gab Judd zu. Er wußte noch, wie unverständlich ihm dieser Punkt gewesen war.

»Richtig«, sagte McGreavy. »Wenn man die Vorzimmertür zum Flur abschließt, ist sie nur mit dem passenden Spezialschlüssel zu öffnen. Stimmt das?«

Judd wußte, worauf McGreavy hinauswollte. »Ja.«

»Wer besaß den Schlüssel?«

Judd stieg die Röte ins Gesicht. »Nur Carol und ich.«

McGreavy fragte ruhig weiter. »Und was ist mit den Putzfrauen? Wie kamen die rein?«

»Wir hatten eine Sonderregelung. An drei Vormittagen in der Woche kam Carol etwas früher und ließ sie rein. Sie waren dann fertig, bevor mein erster Patient kam.«

»Das ist keine sehr praktische Lösung. Warum dürfen die Putzfrauen nicht in diese Räume, wenn sie all die anderen Büros dieser Etage saubermachen?«

»Weil meine Akten und Unterlagen höchst vertraulicher Natur sind. Ich nehme lieber eine Unbequemlichkeit in Kauf, als Fremde unbeaufsichtigt in meinen Räumen zu wissen.«

McGreavy vergewisserte sich mit einem kurzen Seitenblick, ob der Sergeant alles mitschrieb. Dann wandte er sich wieder an Judd. »Als wir vorhin ankamen, war die Vorzimmertür unverschlossen. Nicht etwa aufgebrochen – sie war unverschlossen.«

Judd schwieg.

McGreavy fuhr fort: »Sie haben mir eben erklärt, nur Carol und Sie hätten einen Schlüssel gehabt. Aber Carols Schlüssel haben wir auf dem Revier! Denken Sie bitte noch einmal nach, Dr. Stevens. Wer hatte sonst noch einen Schlüssel?«

»Niemand.«

»Und wie sind diese Leute Ihrer Meinung nach reingekommen?«

Plötzlich hatte Judd die Erklärung. »Sie haben einen Abdruck von Carols Schlüssel gemacht, als sie sie umgebracht haben.«

»Möglich wäre das«, räumte McGreavy ein. »Wenn es so ist, werden wir Paraffinspuren am Schlüssel finden. Ich lasse das im Labor prüfen.«

Judd nickte. Er hatte das Gefühl, einen Sieg errungen zu haben. Lange konnte er sich an dem Gefühl der Befriedigung jedoch nicht freuen.

»Sie sehen es also folgendermaßen: Zwei Männer – wir wollen mal im Moment davon ausgehen, daß keine Frau im Spiel ist – haben sich eine Kopie des Schlüssels beschafft, um in Ihr Büro einzudringen und Sie umzubringen. Richtig?«

»Ja«, sagte Judd.

»Schön. Und Sie behaupten ferner, Sie hätten die Tür zwischen Vorzimmer und Behandlungsraum abgeschlossen. Richtig?«

»Ja«, antwortete Judd. McGreavys Stimme klang fast mild. »Aber wir fanden auch diese Tür unverschlossen.«

»Sie müssen einen Schlüssel gehabt haben.«

»Warum sind diese Männer dann nicht reingekommen und haben Sie umgebracht, nachdem sie die Tür geöffnet hatten?«

»Das habe ich Ihnen erklärt. Sie haben die Stimmen vom Tonband gehört und . . .«

»Zwei besessene Killer setzen Himmel und Hölle in Bewegung, schalten den Strom ab, treiben Sie zurück in Ihr Büro wie in eine Falle, öffnen alle Türen . . . und verduften dann spurlos, ohne Ihnen auch nur ein Härchen zu krümmen?« McGreavys Stimme war voller Verachtung.

Judd bebte vor Wut. »Was wollen Sie damit andeuten?«

»Soll ich es Ihnen vielleicht schriftlich geben, Doktor?

Ich glaube nicht, daß jemand hier war, und ich glaube nicht, daß jemand Sie umbringen wollte.«

»Ich erwarte nicht, daß Sie sich allein auf meine Aussagen verlassen«, rief Judd wütend. »Warum war der Strom abgeschaltet? Wo ist der Nachtwächter? Mr. Bigelow?«

»Unten in der Halle.«

Judds Herzschlag stockte. »Tot?«

»Er war äußerst lebendig, als er uns reinließ. An der Hauptleitung war ein Kurzschluß gewesen. Bigelow war unten im Keller, um die Leitung zu reparieren. Er war gerade damit fertig, als ich ankam.«

Judd war wie vor den Kopf geschlagen. »Ach so.«

»Ich weiß nicht, was Sie mit alldem beabsichtigen, Dr. Stevens«, sagte McGreavy, »aber merken Sie sich eines: Ich spiele Ihr Spielchen nicht mit!« Er ging zur Tür. »Und tun Sie mir einen Gefallen. Rufen Sie mich nicht wieder an. Ich melde mich bei Ihnen.«

Der Sergeant klappte sein Notizbuch wieder zu und folgte McGreavy.

Die Wirkung des Alkohols war verflogen. Judd blieb in tiefer Niedergeschlagenheit zurück. Er hatte nicht die geringste Vorstellung, was er jetzt tun sollte. Er kam sich vor wie ein kleiner Junge, der schrie: ›Der Wolf ist da!‹, nur daß der Wolf ein unsichtbares, tödliches Phantom war, das spurlos verschwand, sobald McGreavy erschien. Ein Phantom. Oder . . . Es gab noch eine andere Möglichkeit. Sie war so entsetzlich, daß er den Gedanken kaum zu Ende denken mochte. Aber er mußte es tun.

Er mußte die Möglichkeit ins Auge fassen, daß er selbst ein Paranoiker war.

Der menschliche Geist neigt in Fällen der Überbeanspruchung zu Delusionen, die den Anschein der Realität haben. Judd wußte, daß er völlig überarbeitet war. Seit Jahren hatte er keinen Urlaub gemacht. Es war denkbar, daß der Tod von John Hanson und Carol Roberts ihn seelisch so sehr aus dem Gleichgewicht gebracht hatte, daß er nun in einem Wahnzustand alle Ereignisse wie durch ein verzerrtes Vergrößerungsglas sah. Menschen, die unter Verfolgungswahn leiden, leben in einer Seelenlandschaft, in der alltägliche, harmlose Vorfälle zu grausigen Alpträumen werden. Er dachte an den Autounfall. Wenn es ein Mordversuch gewesen wäre, hätte der Fahrer doch aussteigen und sich vergewissern müssen, daß sein Opfer tot war. Und dann der Vorfall heute abend: Woher wollte er wissen, daß die Männer bewaffnet waren? War es nicht ein Anzeichen für Verfolgungswahn, zu unterstellen, daß sie hier waren, um ihn zu töten? Es war doch viel logischer, anzunehmen, daß es harmlose Einbrecher waren. Sie waren getürmt, als sie die Stimmen im Nebenzimmer hörten. Wenn sie Mordabsichten gehabt hätten, wären sie hereingekommen und hätten ihn umgebracht. Wie sollte er die Wahrheit ergründen?

Er wußte, daß es zwecklos war, sich noch einmal an die Polizei zu wenden. Es gab niemanden, der ihm helfen konnte.

Dann kam ihm eine Idee. Sie war aus der nackten Verzweiflung geboren. Je mehr er darüber nachdachte, um so vernünftiger erschien sie ihm. Er nahm das Telefonbuch und begann das Branchenverzeichnis durchzublättern.

9

Am anderen Nachmittag um 16 Uhr fuhr Judd von der Praxis aus zu einer Adresse in der Lower West Side. Es war ein altes, heruntergekommenes Backstein-Mietshaus. Als Judd den Wagen vor dem schäbigen Gebäude abstellte, kamen ihm Bedenken. Ob er sich in der Adresse geirrt hatte? Da entdeckte er ein Schild in einem Fenster im ersten Stock:

NORMAN Z. MOODY
PRIVATDETEKTIV
GARANTIERT ZUFRIEDENSTELLENDE
BEDIENUNG

Judd stieg aus. Es war ein kalter, windiger Tag. Der Wetterbericht hatte Schnee angekündigt. Er ging vorsichtig über den vereisten Bürgersteig und betrat das Haus. Ein widerlicher Geruch von Kochdünsten und Urin schlug ihm entgegen.

Er drückte auf eine Klingel neben dem Schild *Norman Z. Moody – 1.* Gleich darauf summte es, die Tür sprang auf. Er trat ein und fand das Apartment Nr. I. Auf einem Schild an der Tür stand:

NORMAN Z. MOODY
PRIVATDETEKTIV
Bitte klingeln und eintreten

Moody gehörte offenbar nicht zu den Leuten, die Geld für sogenannte Wohnkultur ausgeben. Das Büro sah aus, als habe ein Blinder das Mobiliar auf dem Müllplatz zusammengesucht. Jeder Fußbreit war mit unbeschreiblichem Gerümpel vollgestopft. In einer Ecke stand ein zerfetzter japanischer Wandschirm, daneben eine indische Lampe, davor ein verkratzter, hypermoderner skandinavischer Tisch. Überall stapelten sich Zeitungen und alte Zeitschriften.

Die Tür zu einem Nebenzimmer ging auf, herein kam – Norman Z. Moody. Er war etwa einsfünfundsechzig groß und wog gut und gern seine drei Zentner. Er ging nicht, er rollte vorwärts und sah aus wie ein wandelnder Buddha. Er hatte ein freundliches Gesicht und große, unschuldige hellblaue Augen. Sein eiförmiger Kopf war völlig kahl. Es war unmöglich, sein Alter zu schätzen.

»Mr. Stevenson?« fragte Moody.

»Dr. Stevens«, erwiderte Judd.

»Setzen Sie sich, setzen Sie sich.« Der Buddha sprach mit dem schleppenden Akzent der Südstaatler.

Judd schaute sich suchend um, dann hob er einen Stapel alter Bodybuilding- und Nudisten-Magazine von einem schmierigen Ledersessel, aus dem an einigen Stellen die Füllung quoll; widerstrebend nahm er Platz.

Moody senkte seine Massen in einen überdimensionalen Schaukelstuhl. »Nun ja! Was kann ich für Sie tun?«

Judd wußte, daß er einen Fehler gemacht hatte. Er hatte am Telefon seinen Namen genannt. Einen Namen, der in den vergangenen Tagen in allen New Yorker Zeitungen auf der Titelseite gestanden hatte. Und nun war es ihm gelungen, den einzigen Privatdetektiv in der ganzen Stadt zu nehmen, der diesen Namen noch nicht gehört hatte. Er suchte krampfhaft nach einer Ausrede, um wieder gehen zu können.

»Wer hat mich Ihnen empfohlen?« fragte Moody.

Judd überlegte einen Moment. Er wollte Moody nicht kränken. »Ich habe Ihren Namen aus dem Branchenverzeichnis.«

Moody lachte. »Ich weiß nicht, was ich ohne das Branchenverzeichnis machen würde. Das ist die größte Erfindung neben dem Whisky.« Wieder lachte er glucksend.

Judd stand auf. Dieser Moody war ein Vollidiot. »Entschuldigen Sie, daß ich Ihre Zeit in Anspruch genommen habe, Mr. Moody«, sagte er. »Ich möchte es mir noch einmal überlegen, ehe ich . . .«

»Sicher, sicher. Das verstehe ich gut«, antwortete Moody. »Deshalb müssen Sie für diesen Termin heute trotzdem bezahlen.«

»Selbstverständlich.« Judd griff in die Tasche. »Wieviel?«

»Fünfzig Dollar.«

»Fünfzig . . .!« Judd blieb die Luft weg. Ärgerlich nahm er ein paar Scheine und drückte sie Moody in die Hand. Der Buddha zählte sorgfältig nach.

»Vielen Dank«, sagte er dann.

Judd wollte gehen. Er war stinkwütend auf sich.

»Doc . . .«, sagte Moody.

Judd drehte sich um. Moody lächelte ihn pflaumenweich an, während er das Geld in seine Westentasche stopfte. »Wo Sie doch schon mal 50 Dollar bezahlt haben«, sagte er milde, »können Sie sich eigentlich hinsetzen und mir erzählen, worum es geht. Ich sag immer, nichts erleichtert den Menschen mehr, als wenn er sich was von der Seele reden kann.«

Ausgerechnet mir muß dieser fette Idiot das sagen, dachte Judd amüsiert. Was mache ich anderes als zuzuhören, wenn die Leute sich was von der Seele reden? Er überlegte kurz. Was konnte er schon verlieren? Vielleicht war es ganz gut, mit einem Fremden darüber zur reden. Langsam kehrte er um und setzte sich wieder.

»Sie machen ein Gesicht, als müßten Sie die Probleme der ganzen Welt allein lösen, Doc. Vier Schultern sind besser als zwei, sag ich immer.«

Judd fragte sich beklommen, wie lange er die Allgemeinplätze von Moody noch ertragen könnte.

Moody schaute ihn forschend an. »Weshalb sind Sie hergekommen? Weiber? Oder Geld? Wenn es keine Weiber und kein Geld mehr gäbe, würden sich die meisten Probleme von allein lösen, sag ich immer.« Er wartete auf eine Antwort.

»Ich ... ich glaube, man will mich ermorden.«

Die blauen Augen blitzten. »Sie glauben es?«

Judd wich aus. »Vielleicht könnten Sie mich an jemanden weiterempfehlen, der auf solche Fälle spezialisiert ist.«

»Sicher kann ich das«, erwiderte Moody. »Norman Z. Moody. Der Beste, den Sie kriegen können.«

Judd stöhnte.

»Warum erzählen Sie mir nicht, was los ist, Doc?« schlug Moody vor. »Vielleicht können wir zusammen ein bißchen Licht in die Geschichte bringen.«

Judd mußte wider Willen lächeln. Es klang ganz genauso, wie wenn er zu seinen Patienten sagte: Legen Sie sich hin, reden Sie über alles, was Ihnen gerade in den Sinn kommt. Warum eigentlich nicht? Er holte tief Atem und berichtete Moody so präzise wie möglich, was in den letzten Tagen passiert war. Es war eher ein Selbstgespräch. Er vergaß, daß er Moody gegenübersaß. Er hütete sich allerdings auszusprechen, daß er sich um seinen Geisteszustand Sorgen machte.

Als Judd schwieg, betrachtete Moody ihn mit strahlender Miene. »Da haben Sie aber ein feines Problem am Hals. Entweder ist da einer ganz wild darauf versessen, Sie umzubringen, oder Sie müssen Angst haben, daß Sie schizophren sind oder Verfolgungswahn haben.«

Judd blickte überrascht auf. 1:0 für Norman Z. Moody!

Moody fuhr fort: »Sie sagen, der Fall wird von zwei Detektiven bearbeitet. Können Sie sich an die Namen erinnern?«

Judd zögerte mit der Antwort. Er mochte diesem Mann nicht zu viel anvertrauen. Eigentlich wollte er so rasch wie möglich weg. »Frank Angeli«, sagte er dann. »Und Lieutenant McGreavy.«

Moodys Gesichtsausdruck änderte sich fast unmerklich. »Wer könnte ein Motiv haben, Sie zu ermorden?«

»Keine Ahnung. Soweit ich weiß, habe ich keine Feinde.«

»Quatsch – jeder Mensch hat ein paar Feinde. Die Feinde sind das Salz in der Suppe unseres Lebens, sag ich immer.«

Judd zuckte innerlich zusammen.

»Verheiratet?«

»Nein«, antwortete Judd.

»Sind Sie schwul?«

Judd seufzte. »Hören Sie, das alles hat mich die Polizei schon zigmal gefragt . . .«

»Klar. Nur mit dem Unterschied, daß Sie mich dafür bezahlt haben, daß ich Ihnen helfe«, sagte Moody ungerührt. »Schulden Sie jemand Geld?«

»Nein.«

»Was ist mit Ihren Patienten?«

»Was soll damit sein?«

»Nun, wenn du Muscheln suchen willst, mußt du an den Strand gehen, sag ich immer. Ihre Patienten sind lauter Verrückte. Richtig?«

»Nein«, erwiderte Judd knapp. »Es sind Menschen, die ihre Probleme haben.«

»Seelische Probleme, mit denen sie allein nicht fertig werden. Könnte es sein, daß einer von Ihren Patienten was gegen Sie hat? Nicht aus sachlich berechtigten Gründen, meine ich. Vielleicht, weil er sich was einredet.«

»Es wäre möglich. Dagegen spricht allerdings, daß die meisten Patienten ein Jahr oder noch länger bei mir in Behandlung sind. In dieser Zeit habe ich sie so gut kennengelernt, wie man einen anderen Menschen überhaupt kennenlernen kann.«

»Sind sie nie wütend auf Sie?« fragte Moody

»Manchmal schon. Aber wir suchen ja nicht nach jemand, der nur wütend auf mich ist. Es geht hier um einen besessenen Mörder.« Nach kurzem Überlegen fuhr er fort: »Wenn ich das bei einem meiner Patienten nicht bemerken würde, wäre ich der unfähigste Psychoanalytiker auf Gottes Erdboden.«

Moody sah ihn unverwandt an. »Immer hübsch der Reihe nach, sag ich immer. Zunächst wollen wir mal wissen, ob Sie wirklich jemand kaltmachen will oder ob Sie durchgedreht haben, Doc. Ja?« Er grinste friedlich über das ganze Gesicht und nahm damit seinen Worten die Schärfe.

»Und wie denken Sie sich das?«

»Ganz einfach. Ihnen geht's doch im Moment wie dem Mann, der im stockdusteren Zimmer boxen soll, dauernd zu einem Schwinger ausholt und nicht weiß, wo der Gegner überhaupt steht. Zunächst werden wir rauskriegen, was hier eigentlich gespielt wird. Danach werden wir rausknobeln, wer mitmischt. Haben Sie ein Auto?«

»Ja.«

Judd dachte längst nicht mehr daran, sich einen anderen Privatdetektiv zu suchen. Er hatte durchschaut, daß sich hinter Moodys Unschuldsmiene und seinen selbstgestrickten Lebensweisheiten hellwache Intelligenz und lautlose Tüchtigkeit verbargen.

»Sie sind mit den Nerven am Ende«, sagte Moody. »Ich finde, Sie sollten einen kleinen Urlaub machen.«

»Wann?«

»Morgen früh.«

Judd protestierte: »Ausgeschlossen. Ich erwarte Patienten . . .«

Moody wischte den Einwand beiseite. »Bestellen Sie sie ab.«

»Aber was versprechen Sie sich . . .«

»Rede ich Ihnen in Ihren Job hinein?« fragte Moody. »Ich will, daß Sie von hier aus sofort zu einem Reisebüro gehen. Lassen Sie sich ein Zimmer reservieren . . . bei« – er überlegte einen Moment –, »bei *Grossinger's.* Dann haben Sie eine hübsche Fahrt durch die Catskills . . . Gibt es in Ihrem Apartmenthaus eine Tankstelle?«

»Ja.«

»Okay. Lassen Sie den Wagen vor der Reise inspizieren. Sie wollen ja unterwegs keine Pannen haben.«

»Reicht das nicht auch noch nächste Woche? Für morgen ist mein Terminkalender so voll, daß . . .«

»Sobald Sie im Reisebüro alles erledigt haben, fahren Sie zurück in die Praxis und rufen Ihre Patienten an. Sagen Sie ihnen, Sie wären dringend verhindert und nächste Woche wieder zu sprechen.«

»Es geht nicht«, sagte Judd. »Das ist unmög . . .«

»Geben Sie Angeli Bescheid«, fuhr Moody fort. »Ich will nicht, daß Sie von der Polizei gesucht werden.«

»Warum soll ich das alles machen?« fragte Judd.

»Damit sich die 50 Dollar lohnen. Dabei fällt mir ein: Ich bekomme 200 Dollar Pauschale. Plus 50 Dollar pro Tag und dann Spesenerstattung.«

Moody hievte seine Massen aus dem großen Schaukelstuhl. »Ich lege Wert darauf, daß Sie sehr früh aufbrechen«, sagte er, »damit Sie vor Einbruch der Dunkelheit da sind. Abfahrt gegen sieben morgen früh – schaffen Sie das?«

»Ich . . . ich denke schon. Und was erhoffen Sie sich von dem Manöver?«

»Mit ein bißchen Glück die Antwort auf die Preisfrage, wer was für ein Spiel spielt.«

Fünf Minuten später bestieg Judd nachdenklich seinen

Wagen. Ob er recht daran getan hatte, so völlig auf diesen Falstaff zu vertrauen? Im Weggehen fiel sein Blick auf das Schild in Moodys Fenster:

GARANTIERT ZUFRIEDENSTELLENDE BEDIENUNG

Das will ich stark hoffen, dachte er mit zusammengebissenen Zähnen.

Judd fuhr zurück in die Praxis. Unterwegs hielt er an einem Reisebüro auf der Madison Avenue, bekam die Reservierung für ein Zimmer bei *Grossinger's,* eine gute Straßenkarte und einen Haufen Prospekte über die Catskills. Er rief den Telefonauftragsdienst an und bat, seine Patienten zu benachrichtigen und alle Termine bis auf Widerruf abzusagen. Anschließend rief er im 19. Revier an und verlangte nach Detective Angeli.

»Angeli ist krank«, sagte eine unpersönliche Stimme. »Wollen Sie seine Privatnummer haben?«

»Ja.«

Wenige Minuten später sprach er mit Angeli. Der Stimme nach mußte er eine schwere Erkältung haben.

»Ich muß ein paar Tage ausspannen«, sagte Judd. »Ich fahre morgen früh. Ich wollte Ihnen nur Bescheid sagen.«

Nach kurzem Nachdenken meinte Angeli: »Gar keine schlechte Idee. Wo wollen Sie hin?«

»In die Catskills zu *Grossinger's.«*

»Gut. Machen Sie sich keine Sorgen. Ich werde es McGreavy erklären.« Kurze Pause. »Ich habe gehört, was gestern abend bei Ihnen los war.«

»Das heißt: Sie kennen McGreavys Version.«

»Haben Sie die Leute gesehen, die Sie umbringen wollten?«

Wenigstens Angeli glaubte ihm. »Nein.«

»Haben Sie gar nichts gesehen, was uns helfen könnte? Hautfarbe? Alter? Größe?«

»Tut mir leid – nichts. Es war stockdunkel.«

Angeli schniefte. »Okay. Ich halte die Augen auf. Vielleicht habe ich ein paar gute Nachrichten für Sie, wenn Sie wiederkommen. Seien Sie vorsichtig, Doktor.«

»Ja«, sagte Judd dankbar. Er legte auf.

Danach rief er Harrison Burkes Vorgesetzten an. Er umriß mit knappen Worten den Zustand von Burke und wies darauf hin, daß er schnellstens in eine Anstalt gebracht werden müsse. Anschließend setzte er sich mit Peter in Verbindung. Er bat ihn, die erforderlichen Schritte wegen Burke für ihn zu unternehmen. Peter versprach es.

Nun konnte er getrost wegfahren.

Was ihn sehr bedrückte, war der Gedanke, daß er Anne am Freitag nicht sehen würde. Vermutlich würde er sie nun niemals wiedersehen.

Während Judd nach Hause fuhr, dachte er über Norman Z. Moody nach. Er ahnte, was Moody vorhatte: Alle Patienten sollten wissen, daß Judd verreisen wollte. Wenn einer von ihnen der Mörder war, mußte er in diese Falle gehen.

Moody hatte ihm Anweisung gegeben, beim Auftragsdienst sowie beim Portier die Urlaubsadresse zu hinterlassen. Er wollte sichergehen, daß jeder erfahren konnte, wohin Judd gefahren war.

Mike stand vor dem Haus und grüßte ihn.

»Ich will morgen früh für ein paar Tage verreisen, Mike«, sagte Judd. »Würden Sie bitte meinen Wagen warten und tanken lassen?«

»Wird erledigt, Dr. Stevens. Wann brauchen Sie den Wagen morgen früh?«

»Ich will um sieben fahren.« Er spürte, daß Mike ihm nachschaute, als er ins Haus ging.

Oben in der Wohnung angekommen, schloß er die Tür hinter sich ab und prüfte sämtliche Fensterriegel. Alles schien in Ordnung zu sein.

Er schluckte zwei Kodeintabletten, zog sich aus und nahm ein heißes Bad. Sein schmerzender Körper entkrampfte sich, er fühlte, wie sich die Spannung in Rücken und Nacken löste. Seine Gedanken kreisten um Moody. Warum hatte er ihn vor einer möglichen Wagenpanne gewarnt? Weil eine einsame Landstraße irgendwo in den Catskills ein idealer Ort für einen Überfall wäre? Was konnte Moody machen, wenn er unterwegs angegriffen würde? Moody hatte sich geweigert, ihm zu sagen, was für Pläne er hatte – sofern er überhaupt welche hatte. Je länger Judd darüber nachdachte, desto überzeugter war er, daß er in eine Falle gehen würde. Angeblich sollten Judds Verfolger in diese Falle gehen. Aber wie er sich drehte und wendete – die Falle schien dazu gemacht, ihn selbst, Judd, hereinzulegen. Aber warum? Welches Interesse konnte Moody daran haben, daß sein Klient draufging? *Mein Gott,* dachte er entsetzt, *da habe ich wahllos einen Namen aus dem Telefonbuch gegriffen, und schon glaube ich, daß dieser Mann mich umbringen lassen will. Bin ich wirklich krank?*

Die Tabletten und das heiße Bad hatten ihre Wirkung getan. Er merkte, wie ihm die Augen zufielen. Müde stieg er aus der Wanne, tupfte seinen geschundenen Körper vorsichtig mit einem Frotteetuch ab und zog einen frischen Schlafanzug an. Er legte sich ins Bett und stellte den Wecker auf sechs Uhr. Die Catskills – ein sinniger Name! Erschöpft schlief er ein.

Als der Wecker schrillte, war er sofort hellwach. Sein erster Gedanke war: *Ich glaube nicht an eine Serie von Zufällen, und ich glaube nicht, daß einer meiner Patienten ein Massenmörder ist. Also bin ich entweder ein Paranoiker oder auf dem Wege, es zu werden.* Er mußte unverzüglich einen Kollegen konsultieren. Am besten Dr. Robbie. Er wußte, daß es das Ende seiner beruflichen Karriere wäre, aber das ließ sich nicht umgehen. Wenn er in der Tat krank war, gehörte er in eine Klinik. Ob Moody ihm deshalb zu einem Urlaub geraten hatte? Weil er nicht glaubte, daß sein Leben bedroht war, sondern weil er die Anzeichen eines Nervenzusammenbruchs beobachtet hatte? Vielleicht war es wirklich klüger, auf Moody zu hören und ein paar Tage in die Catskills zu fahren. Befreit von dem entsetzlichen Druck, unter dem er hier stand, würde er dort in der Abgeschiedenheit versuchen können, sich in den Griff zu bekommen, zu ergründen, seit wann er diese fixe Idee hatte, seit wann sein Blick getrübt war. Nach seiner Rückkehr würde er einen Termin mit Dr. Robbie vereinbaren und sich bei ihm in Behandlung begeben.

Die Entscheidung war ihm nicht leichtgefallen, aber nachdem er sich dazu durchgerungen hatte, fühlte er sich besser. Er zog sich an, packte einen kleinen Koffer und trug ihn zum Fahrstuhl.

Eddie hatte noch keinen Dienst. Der Fahrstuhl war auf Selbstbedienung gestellt. Judd fuhr hinunter in die Tiefgarage. Er schaute sich überall um, aber Wilt, der Tankwart, war noch nicht da. Die Garage war menschenleer.

Er ging zu seinem Wagen, warf den Koffer auf den Rücksitz, öffnete die Fahrertür und setzte sich hinters Steuer. Als er nach dem Startschlüssel greifen wollte, tauchte plötzlich aus dem Nichts ein Mann neben ihm auf. Judd erschrak zu Tode.

»Sind Sie aber pünktlich.« Es war Moody.

»Ich ahnte nicht, daß Sie sich von mir verabschieden wollten«, sagte Judd.

Moody strahlte ihn an, ein breites, fröhliches Lächeln auf dem pausbackigen Engelsgesicht. »Ich hatte nichts Besseres vor, und ich konnte nicht schlafen.«

Judd war Moody dankbar für sein Taktgefühl. Keine Andeutung, daß er ihn für seelisch angeschlagen hielt, nichts als der freundliche Rat, aufs Land zu fahren und auszuspannen. Schön, er konnte mitspielen, auch so tun, als sei alles ganz normal.

»Ich habe eingesehen, daß Sie recht haben. Ich fahre aufs Land. Mal sehen, ob wir bei der Gelegenheit erfahren, wer es auf mich abgesehen hat.«

»Ach, wissen Sie, deshalb brauchen Sie nicht mehr zu fahren«, sagte Moody. »Das hat sich schon erledigt.«

Judd stutzte. »Ich verstehe Sie nicht.«

»Ist doch ganz einfach. Wenn du einer Sache auf den Grund gehen willst, mußt du erst mal graben, sag ich immer.«

»Mr. Moody . . .«

Moody lehnte sich an die Wagentür. »Wissen Sie, an Ihrer Geschichte ist mir eines komisch aufgestoßen, Doc. Alle paar Stunden hat einer versucht, Sie umzubringen . . . anscheinend. Und dieses ›anscheinend‹ – das hat mich irritiert. Wir hatten nichts in der Hand, bevor wir nicht wußten, ob Sie spinnen oder ob Sie da wirklich einer ins Jenseits befördern will.«

Judd sah ihn fragend an. »Aber die Catskill . . .«

»Oje, da wären Sie nie angekommen, Doc.« Er machte die Wagentür auf. »Steigen Sie doch mal aus.«

Verwirrt stieg Judd aus dem Wagen.

»Sehen Sie, das war nur so was wie eine Werbetrommel. Wenn du einen Hai fangen willst, mußt du erst mal das Wasser blutig machen, sag ich immer.«

Judd ließ Moody nicht aus den Augen.

»Sie wären leider nie bis in die Catskills gekommen«, sagte Moody sanft. Er ging nach vorne an den Wagen, fummelte am Schloß und klappte die Kühlerhaube hoch. Judd trat neben ihn. An den Verteilerkopf waren drei Dynamitstäbe gebunden. Von der Zündung baumelten zwei dünne Drähte lose herab.

»Eine Sprengladung«, sagte Moody.

Judd sah ihn fassungslos an. »Woher wußten Sie . . .«

Moody grinste. »Ich sagte Ihnen ja schon, daß ich nicht gut schlafen kann. Ich war gegen Mitternacht hier. Ich habe den Nachtwächter bestochen, daß er nach Hause geht. Dann habe ich hier im Dunkeln gewartet. Übrigens, der Nachtwächter kostet Sie weitere 20 Dollar. Ich wollte nicht, daß er Sie für geizig hält.«

Der kleine, dicke Mann war Judd auf einmal ungeheuer sympathisch. »Haben Sie gesehen, wer es war?«

»Nee. Das war schon passiert, bevor ich herkam. Als mir heute morgen um sechs klarwurde, daß niemand mehr kommen würde, habe ich mir den Wagen näher angesehen.« Er wies auf die beiden losen Drähte. »Ihre Freunde sind verdammt clever. Sie haben eine Sprengladung angebracht, die hochgegangen wäre, wenn Sie die Kühlerhaube ganz hochgeklappt hätten. Die andere wäre explodiert, wenn Sie den Startschlüssel gedreht hätten. Das Dynamit in Ihrem Auto hätte gereicht, um die halbe Garage in die Luft zu sprengen.«

Judd fühlte sich nicht wohl im Magen. Moody sah ihn mitfühlend an. »Kopf hoch«, sagte er. »Wir sind doch ein schönes Stück weitergekommen. Zwei Dinge wissen wir jetzt schon. Erstens, daß Sie nicht verrückt sind. Und zweitens wissen wir, daß da einer aber schon verdammt wild darauf ist, Sie umzubringen, Dr. Stevens.«

10

Sie saßen in Judds Wohnzimmer. Moodys Massen fanden selbst auf der breiten Couch kaum Platz. Bevor sie nach oben gegangen waren, hatte Moody die Einzelteile der entschärften Bombe in den Kofferraum seines eigenen Wagens gelegt.

»Hätten Sie das alles nicht für die polizeiliche Untersuchung so lassen sollen, wie es war?« fragte Judd.

»Zu viel Information schafft nur Verwirrung, sag ich immer.«

»Aber ich hätte Lieutenant McGreavy beweisen können, daß ich die Wahrheit gesagt hatte.«

»Meinen Sie?«

Judd verstand sofort. McGreavy hätte unterstellt, daß Judd seinen Wagen selbst mit Dynamit gespickt hatte. Dennoch fand er es seltsam, daß ein Privatdetektiv der Polizei ein wichtiges Beweisstück vorenthielt. Moody war wie ein riesiger Eisberg. Da schien sich eine erstaunliche Menge unter der Oberfläche zu verbergen, hinter dieser Fassade des harmlosen, geschwätzigen Westentaschenphilosophen.

Während Moody sprach, schweiften Judds Gedanken immer wieder ab und zu dem einen Punkt, der ihn stark beschäftigte: dem Beweis, daß sein Geist nicht verwirrt, daß er bei klaren Sinnen war! Es gab tatsächlich einen Attentäter, der ihn unbedingt aus der Welt schaffen wollte. Wie leicht ein Mensch doch seine innere Balance verlieren kann, dachte Judd. Vor wenigen Minuten war er noch willens gewesen, sich für paranoid zu halten! Er war Moody unbeschreiblich dankbar.

»... Sie sind der Seelenpfadfinder«, sagte Moody. »Ich bin bloß ein schlichter Detektiv. Wenn du Honig willst, mußt du zum Imker gehen, sag ich immer.«

Judd hatte sich allmählich an Moodys alberne Bemerkungen gewöhnt. »Mit anderen Worten: Sie wollen von mir wissen, was für ein Typ – oder was für Typen – das sein könnten.«

»Genau.« Moody nickte zufrieden. »Haben wir's mit einem mordsüchtigen Irren zu tun, der aus der Klappsmühle ausgebrochen ist, oder steckt mehr dahinter?«

»Viel mehr«, erwiderte Judd spontan.

»Wie kommen Sie darauf, Doc?«

»Zunächst einmal, weil gestern abend *zwei* Männer in meine Praxis eingestiegen sind. Ich wäre noch bereit, die Theorie von einem seelisch gestörten Einzelgänger zu schlucken. Aber zwei Irre, die gemeinsam operieren – das ist mir zuviel.«

Moody nickte zustimmend. »Kapiert. Weiter.«

»Zweitens: Ein geistig verwirrter Mensch kann von einer fixen Idee besessen sein, aber dann handelt er auch nach einem fixierten Muster. Ich weiß nicht, warum John Hanson und Carol Roberts ermordet worden sind, aber wenn mich nicht alles täuscht, bin ich als drittes und letztes Opfer vorgesehen.«

»Wieso als letztes Opfer?« Moody sah ihn neugierig an.

»Wenn noch ein paar andere Leute vorgesehen wären, hätten sie den nächsten anvisieren können, der auf der Liste steht, nachdem der erste Anschlag auf mich mißlungen war. Aber das ist nicht passiert. Im Gegenteil: Sie haben sich ganz darauf konzentriert, mich zu erwischen.«

»Wissen Sie was – Sie haben Talent zum Detektiv«, meinte Moody anerkennend.

Judd runzelte die Stirn. »Einiges ist mir unklar.«

»Zum Beispiel?«

»Zunächst das Motiv. Ich kenne niemand, der . . .«

»Darauf kommen wir später zurück. Was sonst noch?«

»Sie scheinen doch ganz versessen darauf zu sein, mich zu töten. Nun denken Sie mal an den Autounfall zurück: Warum hat der Fahrer, als ich am Boden lag, nicht einfach zurückgesetzt und mich überrollt? Ich war bewußtlos.«

»Oh – das kann Ihnen Mr. Benson erklären.«

Judd verstand kein Wort. »Wer bitte?«

»Mr. Benson ist der Unfallzeuge. Ich habe seinen Namen aus dem Polizeibericht. Nachdem Sie gestern gegangen waren, habe ich ihn besucht. Das macht übrigens 3 Dollar 50 für Taxifahrten. Okay?«

Judd nickte wortlos.

»Mr. Benson – ach übrigens, er ist Kürschner. Gute Ware. Wenn Sie mal was für Ihre Freundin brauchen, kann ich Ihnen einen Rabatt beschaffen. Nun ja, am Dienstag, als Sie den Unfall hatten, kam er gerade aus einem Bürohaus, wo seine Schwägerin arbeitet. Er hatte ihr ein paar Tabletten gebracht, weil sein Bruder Matthew – er ist Bibelverkäufer – die Grippe hatte, und der sollte die Medizin kriegen.«

Judd hörte geduldig zu. Und wenn Norman Z. Moody sämtliche Artikel der Verfassung herunterbeten sollte – er würde ihm zuhören!

»Also, Mr. Benson hat ihr die Tabletten gebracht und kam gerade aus dem Haus, als er den Wagen direkt auf Sie zufahren sah. Natürlich wußte er da noch nicht, daß Sie es sind.

Judd nickte.

»Der Wagen rutschte mit der Breitseite auf Sie zu. Aus Bensons Blickwinkel schien es, als wäre der Wagen ins

Schleudern gekommen. Als er sah, daß Ihnen was passiert war, lief er rüber, um Ihnen zu helfen. In dem Moment setzte der Wagen zurück, um Sie zu überrollen. Da muß der Fahrer Mr. Benson bemerkt haben. Er hat Gas gegeben und ist ab wie die Feuerwehr.«

Judd schluckte. »Wenn also Mr. Benson nicht zufällig . . .«

»Richtig, dann wären wir beide uns nie begegnet«, sagte Moody honigmild. »Die Jungs machen keinen Spaß. Die wollen Sie killen, Doc.«

»Aber als sie in meiner Praxis waren . . . warum haben sie die Tür nicht aufgebrochen?«

Moody schwieg einen Moment und dachte nach. »Das ist mir auch ein Rätsel. Sie hätten die Tür eintreten und nicht nur Sie umbringen können, sondern auch den, der bei Ihnen war, und dann lautlos verduften, ohne daß irgend jemand sie gesehen hätte. Aber als sie dachten, Sie wären nicht allein, sind sie abgehauen. Irgendwie stimmt da was nicht.« Er kaute an der Unterlippe. »Es sei denn . . .« Er brach ab.

»Was?«

Moody machte ein Gesicht wie ein witternder Hund. »Ich frage mich . . .«, sagte er tonlos.

»Was?«

»Ach, lassen wir das im Moment. Ich hab da so 'ne Idee, aber die hängt in der Luft, solange wir kein Motiv haben.«

Judd zuckte hilflos die Achseln. »Ich kenne niemand, der ein Motiv haben könnte.«

Moody überlegte. »Doc, gibt es vielleicht ein Geheimnis, in das Sie nur John Hanson und Carol Roberts eingeweiht hatten? Irgendwas, was nur Sie drei wissen konnten?«

Judd schüttelte den Kopf. »Die einzigen Geheimnisse, die ich habe, sind Berufsgeheimnisse, die meine Patienten betreffen. Und in deren Krankengeschichten gibt es wiederum nicht das geringste, das einen Mord wert wäre. Keiner meiner Patienten ist Geheimagent oder Spion oder entsprungener Sträfling. Es sind durchschnittliche Leute – Hausfrauen, Geschäftsmänner, Bankangestellte, die persönliche Probleme haben, mit denen sie allein nicht fertig werden.«

Moody sah ihn harmlos an. »Sie sind ganz sicher, daß keins von Ihren Schäfchen ein böser Wolf ist?«

»Absolut sicher«, antwortete Judd mit Überzeugung. »Gestern hätte ich das vielleicht nicht beschworen. Um ehrlich zu sein, ich war drauf und dran, mich selbst für einen Paranoiker zu halten, und ich hatte befürchtet, daß Sie dasselbe denken.«

Moody lächelte: »Die Idee war mir natürlich gekommen. Nachdem Sie mich angerufen und einen Termin ausgemacht hatten, habe ich ein paar gute Ärzte in meinem Bekanntenkreis angerufen und mich über Sie erkundigt. Sie haben einen fabelhaften Ruf.«

Und ich habe mich von seinem »Mr. Stevenson« täuschen lassen. Der Kerl ist mit allen Wassern gewaschen, dachte Judd. Laut sagte er: »Wenn wir der Polizei all das vorlegen, was wir jetzt wissen, können wir McGreavy zumindest umstimmen.«

Moody sah ihn leicht erstaunt an. »Meinen Sie? Ich finde nicht, daß wir ihm viel Überzeugendes bieten können. Trotzdem – kein Grund zum Pessimismus. Wir machen ja Fortschritte. Ich glaube, wir haben die Sache schon ganz hübsch eingekreist.«

»Ja, gewiß«, sagte Judd gereizt. »Es kann praktisch jeder Bürger der Vereinigten Staaten sein.«

Moody blickte versonnen an die Zimmerdecke. Schließlich schüttelte er den Kopf. »Familien«, seufzte er.

»Familien?«

»Doc – ich will Ihnen gerne glauben, daß Sie Ihre Patienten kennen wie Ihre Westentasche. Wenn Sie meinen, ein Mord wäre da nicht drin, sollen Sie meinetwegen recht haben. Es ist Ihr Bienenstock, und Sie sind der Imker.« Er beugte sich vor. »Sagen Sie mal: Wenn Sie einen Patienten übernehmen, interviewen Sie dann auch seine Familie?«

»Nein. Manchmal ahnt die Familie nicht einmal, daß der Patient in psychiatrischer Behandlung ist.«

Zufrieden lehnte Moody sich zurück. »Aha, da haben wir's.«

Judd sah erstaunt auf. »Sie meinen, es könnte ein Familienangehöriger eines Patienten sein?«

»Könnte sein.«

»Sie hätten so wenig ein Motiv wie meine Patienten selbst. Wahrscheinlich noch weniger.«

Moody wuchtete sich mühsam von der Couch hoch. »Man kann nie wissen, Doc. Hören Sie, Sie müssen mir eine Liste aller Patienten geben, die Sie in den letzten vier Wochen gesehen haben. Geht das?«

Judd zögerte. »Nein«, sagte er dann.

»Von wegen ärztlicher Schweigepflicht und so? Ich finde, das müssen Sie jetzt ein bißchen großzügiger auslegen. Ihr Leben steht auf dem Spiel.«

»Ich glaube, Sie sind auf der falschen Fährte. Was hier passiert ist, hat weder mit meinen Patienten noch mit deren Angehörigen zu tun. Wenn es Fälle von Geisteskrankheit in einer der Familien gegeben hätte, wäre es im Laufe der psychoanalytischen Behandlung zur Sprache gekommen.« Er schüttelte den Kopf. »Tut mir leid, Mr. Moody. Ich muß meine Patienten schützen.«

»Sie sagen doch, die Akten enthalten nichts Wichtiges?«

»Nichts, was für uns von Bedeutung ist.« Aber was stand alles darin: John Hanson hatte Matrosen in einschlägigen Kneipen aufgelesen. Teri Washburn hatte mit einer ganzen Band geschlafen. Dann die vierzehnjährige Evelyn Warshak, noch auf der Schule und schon eine ausgekochte Nutte ... »Tut mir leid«, wiederholte er. »Ich kann Ihnen keinerlei Auskünfte geben.«

Moody hob die Schultern. »Na schön«, sagte er. »Okay. Dann müssen Sie eben einen Teil meiner Arbeit selbst machen.«

»Was soll ich tun?«

»Nehmen Sie sich die Bänder aller Patienten vor, die in

den letzten vier Wochen bei Ihnen waren. Hören Sie ganz genau hin! Nicht als Arzt, sondern als Detektiv. Achten Sie auf alles, was nur im geringsten auffällig ist.«

»Das mache ich ohnehin. Das ist mein Beruf.«

»Tun Sie es noch mal. Und passen Sie höllisch auf. Ich möchte Sie ungern verlieren, ehe wir den Fall gelöst haben.« Er nahm seinen Mantel von einem Stuhl und quälte sich hinein. Er sah aus wie ein tanzender Elefant. Dicke Männer gelten angeblich als graziös. Von Mr. Moody konnte man das nicht behaupten. »Wissen Sie, was ich an dem ganzen Schauerstück so ungewöhnlich finde?« fragte Moody nachdenklich.

»Was?«

»Sie haben mich darauf gebracht, als Sie sagten, es wären zwei Männer gewesen. Man kann noch begreifen, wenn *ein* Mann Sie um jeden Preis umlegen will . . . aber wieso *zwei . . .«* Er starrte Judd an. »Verdammt!« sagte er plötzlich.

»Was ist los?«

»Ich habe eine Idee. Wenn sie stimmt, dann sind *mehr als nur zwei* hinter Ihnen her, um Sie zu killen.«

Judd sah ihn ungläubig an. »Sie meinen, eine Bande? Eine ganze Gruppe von Verrückten? Ach, das ist doch Blödsinn.«

Moody war wie eine gespannte Feder. »Doc, ich ahne, wer der Regisseur in diesem Spiel ist.« Seine Augen funkelten. »Ich weiß noch nicht, weshalb und wie – aber mir scheint, ich weiß *wer!«*

»Und? Wer ist es?«

Moody schüttelte abwehrend den Kopf. »Sie würden mich in die Klappsmühle bringen lassen, wenn ich es Ihnen sagen würde. Wenn du das Maul aufmachen willst, darfst du's nicht zu voll nehmen, sag ich immer! Lassen Sie mich erst mal ein bißchen rumhorchen. Wenn ich auf der richtigen Spur bin, erzähl ich's Ihnen.«

»Ich hoffe, es ist eine heiße Spur«, sagte Judd inbrünstig.

Moody sah ihn mitleidig an. »Besser nicht, Doc. Wenn

Sie einen Pfifferling um Ihr Leben geben, dann beten Sie, daß ich unrecht habe.«

Damit ging er.

Judd nahm ein Taxi und fuhr zu seiner Praxis.

Es war Freitag nachmittag. Nur noch drei Einkaufstage bis Weihnachten. Auf den Straßen drängten sich die Menschen, warm eingepackt gegen den scharfen Wind, der vom Hudson heraufﬂegte. Die Schaufenster waren festlich dekoriert, überall standen brennende Weihnachtsbäume und geschnitzte Krippenfiguren. Friede auf Erden. Weihnachten. Wieder dachte er an Elizabeth und das ungeborene Kind. Eines Tages – sofern er überlebte! – würde er selbst seinen Frieden suchen, die Vergangenheit abschütteln müssen. Mit Anne wäre es sicher möglich ... Er zwang sich, nicht daran zu denken. Was hatte es für einen Sinn, von einer verheirateten Frau zu träumen, die mit ihrem Mann, den sie liebte, nach Europa gehen würde.

Das Taxi hielt vor dem Haus. Judd stieg aus und sah sich beklommen um. Er mußte sich vorsehen – aber wovor? Er hatte keine Ahnung, wie die Mordwaffe aussah, noch wer sie auf ihn richten würde.

Als er oben in der Praxis war, schloß er sich ein. Er ging in sein Sprechzimmer und holte die Tonbänder aus dem Geheimfach. Sie waren unter dem jeweiligen Namen des Patienten chronologisch geordnet. Er suchte die jüngsten aus und stapelte sie neben dem Abhörgerät. Da alle Termine abgesagt waren, konnte er sich den ganzen Tag damit beschäftigen und versuchen, einen Hinweis auf Freunde oder Angehörige seiner Patienten zu entdecken. Zwar hielt er Moodys Vorschlag für unsinnig, aber er hatte zu viel Respekt vor ihm, um seinen Rat zu ignorieren.

Während er das erste Band einlegte, mußte er daran denken, wie er das Gerät zum letztenmal benutzt hatte. War das wirklich erst gestern abend gewesen? Noch die Erinnerung daran war ein Alptraum. Sie hatten ihn umbringen wollen – in diesem Zimmer, in dem auch Carol gestorben war!

Plötzlich fiel ihm ein, daß er bisher nie an die Patienten in der Klinik gedacht hatte, in der er einen Vormittag wöchentlich arbeitete. Es kam wohl daher, weil die Morde sich hier oder in der Nähe der Praxis ereignet hatten und nicht im Klinikbereich. Trotzdem ... Er ging das Fach mit der Aufschrift *KLINIK* durch und wählte ein halbes Dutzend Bänder aus. Er fädelte das erste Band ein.

Rose Graham.

»... ein Unfall, Doktor. Nancy schreit so viel. Sie war immer ein quängeliges Baby. Wenn ich sie schlage, will ich nur ihre Bestes, verstehen Sie, Doktor?«

»Haben Sie schon mal versucht, dahinterzukommen, warum Nancy so viel schreit?« fragte Judds Stimme.

»Weil sie verwöhnt ist. Ihr Papa hat sie restlos verwöhnt, und dann ist er abgehauen und hat uns sitzengelassen. Nancy hat immer gemeint, sie wäre Papas Liebling. Aber wenn Harry sie wirklich liebgehabt hätte, wäre er doch nicht so einfach abgehauen – oder?«

»Sie waren nicht verheiratet mit Harry?«

»Hm ... nein. Nicht richtig. Wir wollten heiraten.«

»Wie lange haben Sie zusammen gelebt?«

»Vier Jahre.«

»Und wann haben Sie Nancy den Arm gebrochen? Ich meine wie viele Tage oder Wochen nach Harrys Verschwinden?«

»Ungefähr 'ne Woche danach. Aber es war ja keine Absicht. Das kam doch bloß, weil sie gebrüllt und gebrüllt hat, und da hab ich eben die Gardinenstange gepackt und hab sie gedroschen.«

»Meinen Sie, daß Harry das Kind mehr geliebt hat als Sie?«

»Nein. Harry war verrückt nach mir.«

»Warum hat er Sie verlassen?«

»Weil er ein Mann ist. Soll ich Ihnen sagen, was ihr Männer seid? Tiere! Alle! Man sollte euch abschlachten wie die Schweine!« Schluchzen.

Judd stellte das Band ab und dachte über Rose Graham nach. Psychotische Misanthropie. Zweimal schon hatte sie ihr sechsjähriges Kind fast zu Tode geprügelt. Aber die Art, in der die beiden Morde begangen worden waren, paßte nicht in das Verhaltensbild von Rose Graham. Er griff zum nächsten Tonband. Alexander Fallon. Klinikpatient.

»Die Polizei behauptet, Sie hätten Mr. Champion mit einem Messer angegriffen, Mr. Fallon.«

»Ich habe nur getan, was mir aufgetragen war.«

»Hat Ihnen jemand gesagt, Sie sollten Mr. Champion töten?«

»Er hat es mir befohlen.«

»Er?«

»Der Herr.«

»Warum hat Gott Ihnen befohlen, ihn zu töten!«

»Weil Champion ein schlechter Mensch ist. Er ist Schauspieler. Ich habe ihn auf der Bühne gesehen. Er hat diese Frau geküßt. Diese Schauspielerin. Vor dem gesamten Publikum. Er hat sie geküßt und . . .«

Schweigen.

»Ja, weiter.«

»Er hat . . . er hat ihre . . . Brust berührt.«

»Das hat Sie gestört?«

»Natürlich! Es hat mich empört. Verstehen Sie denn nicht, was das bedeutet? Er hatte fleischliche Gelüste! Als ich aus dem Theater kam, hatte ich das Gefühl, direkt aus Sodom und Gomorrha zu kommen. Sie mußten bestraft werden.«

»Darum haben Sie beschlossen, ihn zu töten?«

»Ich habe es nicht beschlossen. Der Herr hat es beschlossen. Ich habe nur seinen Befehl ausgeführt.«

»Spricht Gott oft zu Ihnen?«

»Nur wenn Sein Werk getan werden muß. Er hat mich zu Seinem Werkzeug erkoren, weil ich rein bin. Wissen Sie, was mich rein macht? Wissen Sie, was einen Menschen reiner macht als alles andere auf der Welt? Wenn er die Bösen vernichtet.«

Alexander Fallon, 35 Jahre alt, Bäckergeselle. Er war schon einmal sechs Monate in einer Heilanstalt gewesen und dann entlassen worden. Ob der Herr ihm befohlen hatte, Hanson, den Homosexuellen, zu töten und Carol, eine ehemalige Prostituierte, und Judd, ihren Wohltäter? Nein, das war unwahrscheinlich. Fallons Denkprozesse erfolgten in kurzen, krampfartigen Anstößen. Die Morde dagegen waren von einem brillanten Kopf inszeniert.

Er hörte noch in paar weitere Bänder aus der Klinik ab, aber keines paßte in das Muster, nach dem er suchte. Nein. Ein Patient aus der Klinik kam nicht in Frage.

Also nahm er sich erneut die Bänder der Privatpatienten vor. Ein Name sprang ihm ins Auge.

Skeet Gibson.

Er fädelte das Band ein und ließ es ablaufen.

»Morgen, Doc. Na, ist das nicht ein Traumtag, den ich Ihnen da vom Himmel gezaubert habe?«

»Ihnen geht es wohl gut heute?«

»Ich bin so beschwingt, daß Sie mich am besten anbinden, damit ich nicht wegfliege. Haben Sie meine Show gestern abend gesehen?«

»Nein, leider nicht. Ich konnte nicht.«

»Ich war der Hit des Abends. Jack Gould hat mich den ›liebenswertesten Komödianten der Welt‹ genannt. Wer wollte einem Genie wie Jack Gould widersprechen? Sie hätten das Publikum hören sollen! Die Leute haben wie wahnsinnig geklatscht. Wissen Sie, was das beweist?«

»Daß sie die Schilder mit dem Wort ›Applaus bitte‹ lesen konnten.«

»Sie Scherzbold! Aber ich finde sie echt gut! 'nen Seelenklempner mit Sinn für Humor hatte ich noch nie. Mein letzter Psychiater war 'ne Pflaume. Mit einem dichten schwarzen Schnurrbart, der mich wahnsinnig irritiert hat..«

»Wieso?«

»Weil's 'ne Frau war!« Röhrendes Lachen. »Ha – diesmal sind Sie mir auf den Leim gegangen, was? Aber im Ernst, mein Bester, ich will Ihnen verraten, weshalb es mir heute so prächtig geht: Weil ich beschlossen habe, eine Million Dollar – in Worten: eine Million – für die Kinder in Biafra zu stiften.«

»Kein Wunder, daß Sie sich gut fühlen.«

»Das walte Gott, sagte der Teufel. Die Story hat in der ganzen Welt Schlagzeilen gemacht. Tolle Presse für mich.«

»Ist das so wichtig?«

»Wie meinen Sie das? ›Ist das so wichtig?‹ Wie viele Leute gibt es, die so eine Summe versprechen können? Und trommeln gehört schließlich zum Handwerk. Ich bin froh, daß ich es mir leisten kann, so ein Versprechen zu geben.«

»Sie sagen immer wieder ›versprechen‹. Meinen Sie damit ›geben‹?«

»Stiften – versprechen – geben? Was macht das für einen Unterschied? Man verspricht ihnen 'ne Million, und wenn man dann ein paar Tausender rausrückt, küssen sie einem immer noch die Füße ... Habe ich Ihnen schon gesagt, daß heute mein Hochzeitstag ist?«

»Nein. Herzlichen Glückwunsch.«

»Danke. Fünfzehn herrliche Jahre. Sie kennen Sally nicht. Sie ist das süßeste Geschöpf, das je auf Gottes Erdboden gewandelt ist. Ich habe wirklich Dusel gehabt mit meiner Ehe. Sie wissen ja, angeheiratete Verwandtschaft ist meistens eine verdammte Landplage. Nicht bei mir. Sally hat zwei Brüder, Ben und Charly. Ich habe Ihnen schon von ihnen erzählt. Ben schreibt die Drehbücher für meine TV-Show, und Charly ist mein Produzent. Genies, alle beide. Sieben Jahre läuft meine Show jetzt. Und immer waren wir unter den zehn beliebtesten Sendungen. War clever von mir, in so eine Familie zu heiraten, was? Die meisten Weiber werden fett und schlampig, sobald sie sich einen Mann geangelt haben. Meine Sally ist heute schlanker als damals, als wir heirateten. Eine tolle Person ... Haben Sie eine Zigarette für mich?«

»Hier. Ich dachte, Sie hätten das Rauchen aufgegeben?«

»Ich wollte mir beweisen, daß ich noch die Willenskraft dazu habe. Nur deshalb habe ich aufgehört. Jetzt rauche ich, weil ich es will ... Ich habe gestern mit dem Sender einen neuen Vertrag gemacht. Ich habe ihnen die Daumenschrauben angelegt. Ist meine Zeit schon um?«

»Nein. Sind Sie nervös, Skeet?«

»Offen gestanden, mein Bester, ich bin in solcher Klasseform, daß ich nicht weiß, warum ich überhaupt noch zu Ihnen komme.«

»Keine Probleme mehr?«

»Ich? Was kostet die Welt? Ich kaufe sie! Bar. Das muß man Ihnen lassen – Sie haben mir wirklich geholfen. Sie sind große Klasse. Wenn man bedenkt, was für ein Heidengeld Sie verdienen müssen, sollte man ernstlich überlegen, auch so einen Laden aufzumachen ... Das erinnert mich an die Geschichte von dem Mann, der zum Seelenklempner geht, aber so nervös ist, daß er bloß auf der Couch liegt und kein Wort rauskriegt. Nach einer Stunde sagt der Psychiater: ›Das macht 50 Dollar.‹ So geht das zwei Jahre lange, ohne daß der Kerl auch nur ein einziges Mal den Mund aufmacht. Aber dann eines Tages gibt er sich einen Ruck und sagt: ›Doktor – darf ich Sie was fragen?‹ – ›Aber sicher‹, antwortete der Doktor. Und der kleine Mann sagt: ›Könnten Sie einen Partner in Ihrem Geschäft brauchen?‹« Brüllendes Gelächter. »Haben Sie eine Tablette für mich?«

»Ja. Haben Sie wieder diese starken Kopfschmerzen?«

»Halb so wild, alter Freund. Läßt sich aushalten ... Danke. Das wird gleich helfen.«

»Woher kommen Ihrer Meinung nach diese Kopfschmerzen?«

»Die übliche Überanstrengung im Show-Business ... Wir haben heute nachmittag erste Leseprobe.«

»Macht Sie das nervös?«

»Mich? Du lieber Himmel – nein! Weshalb sollte ich nervös werden? Wenn die Witze mies sind, zieh ich eine Grimasse, blinzle ins Publikum, und dann fressen sie mir alles aus der Hand. Egal, wie schlecht die Show ist, der alte Skeet kommt immer ganz groß an!«

»Wieso haben Sie dann jede Woche diese Kopfschmerzen?«

»Woher soll ich das wissen, verdammt noch mal? Sie sind Arzt. Sagen Sie mir das doch! Ich bezahle Sie nicht dafür, daß Sie eine Stunde auf Ihrem Arsch hocken und nur dämliche Fragen stellen. Mein Gott, wenn Sie nicht mal simple Kopfschmerzen heilen können, wieso läßt man Sie dann auf die Menschheit los? Wo haben Sie denn Ihr Doktorexamen gemacht? Auf einer Veterinärschule? Ihnen würde ich nicht mal meine verdammten Katzen anvertrauen, Sie Kurpfuscher! Ich bin nur zu Ihnen gekommen, weil Sally mir bis zum Erbrechen damit in den Ohren gelegen hat. Sonst hätte sie ja keine Ruhe gegeben! Soll ich Ihnen sagen, was die Hölle ist? Wenn man fünfzehn Jahre mit einer häßlichen dürren Meckerziege verheiratet ist. Wenn Sie noch ein paar Schwachköpfe suchen, die Sie neppen können, dann knöpfen Sie doch ihre beiden behämmerten Brüder vor, Ben und Charly. Ben ist so bekloppt, daß er nicht weiß, mit welchem Ende vom Bleistift er schreiben muß, und sein Bruder ist noch dämlicher. Ich wollte, der Schlag würde sie rühren – alle zusammen. Sie machen mich kaputt. Glauben Sie ja nicht, Sie wären mir sympathisch, Sie Stinker. Sie mit Ihrem aalglatten Gesicht und Ihrer Überheblichkeit! Sie haben keine Probleme, was? Und warum? Weil Sie eine taube Nuß sind. Jenseits von Gut und Böse. Sie sitzen doch bloß den ganzen Tag auf Ihrem fetten Arsch und ziehen kranken Leuten das Geld aus der Tasche. Aber ich mache Sie noch fertig, Sie Scheißkerl. Ich werde Sie anzeigen beim Ärzteverband . . .«

Schluchzen.

»Wenn ich doch nur nicht in die Scheißprobe müßte . . .«

Schweigen.

»Na ja – halten Sie ihn steif. Bis nächste Woche, alter Junge!«

Judd schaltete das Gerät ab. Skeet Gibson, Amerikas beliebtester Komiker, hätte schon vor zehn Jahren in eine

Anstalt gehört. Seine Freizeitbeschäftigung bestand darin, junge blonde Showgirls zu schlagen und sich in Bars rumzuprügeln. Skeet war klein, aber er hatte als Preisboxer angefangen. Und er wußte, wohin er zielen mußte, damit es weh tat. Es war sein größtes Vergnügen, in eine Schwulenbar zu gehen, arglose Homosexuelle auf die Toilette zu locken und sie dort bewußtlos zu schlagen. Er war schon mehrmals von der Polizei dabei erwischt worden, aber man hatte die Geschichten immer vertuschen können. Schließlich war er Amerikas beliebtester Komiker. Skeet war ein echter Paranoiker und durchaus imstande, in einem Wutanfall jemanden umzubringen. Aber Judd hielt ihn nicht für kaltblütig genug, in einem sorgfältig geplanten Rachefeldzug zu morden. Und darin lag der Schlüssel zur Lösung, dessen war Judd sicher. Wer auch immer ihn umbringen wollte, war kein Täter aus hitziger Leidenschaft, sondern ein Mensch, der kühl und methodisch plante.

Ein Besessener, der aber nicht verrückt war.

11

Das Telefon läutete. Es war sein Auftragsdienst. Bis auf Anne Blake hatten sie alle Patienten erreicht und benachrichtigt. Judd bedankte sich und legte auf.

Also würde Anne heute doch kommen. Es bestürzte ihn, als ihm bewußt wurde, wie sehr er sich darauf freute. Er durfte nicht vergessen, daß sie nur kam, weil er sie als ihr Arzt darum gebeten hatte. Versonnen blickte er ins Leere. Er kannte sie so gut ... und wußte doch so wenig über sie.

Er hörte sich die Bandaufzeichnung von ihrer ersten Sitzung an.

»Liegen Sie bequem, Mrs. Blake?«

»Ja, vielen Dank.«

»Ganz entspannt?«

»Ja.«

»Aber Sie haben die Fäuste geballt.«

»Vielleicht bin ich ein bißchen nervös.«

»Weshalb?«

Langes Schweigen.

»Erzählen Sie mir von Ihrem häuslichen Leben. Sie sind seit sechs Monaten verheiratet.«

»Ja.«

»Erzählen Sie weiter.«

»Ich bin mit einem wunderbaren Mann verheiratet. Wir wohnen in einem schönen Haus.«

»Was für ein Haus?«

»Französischer Landhausstil ... Ein wunderschönes altes Haus. Mit einer langen, gewundenen Auffahrt. Oben auf dem Dach ist so ein komischer alter Wetterhahn aus Bronze. Der Schwanz ist abgebrochen. Ich glaube, vor vielen Jahren hat ihn ein Jäger mal abgeschossen. Wir haben ungefähr fünf Morgen Land, hauptsächlich Wald. Ich mache lange Spaziergänge. Es ist richtig ländlich da draußen.«

»Leben Sie gern auf dem Land?«

»Sehr gern.«

»Und Ihr Mann?«

»Ich denke schon.«

»Ein Mann ersteht kaum fünf Morgen auf dem Land, wenn es ihm draußen nicht gefällt.«

»Er liebt mich. Er würde es auch mir zuliebe gekauft haben. Er ist sehr großzügig.«

»Sprechen wir von ihm.«

Schweigen.

»Sieht er gut aus?«

»Anthony ist ein schöner Mann.«

Judd empfand den ersten Stich einer leichten Eifersucht, die er sich in seinem Beruf eigentlich nicht erlauben durfte.

»Harmonieren Sie körperlich?« Es war, als ob er mit der Zunge einen entzündeten Zahn abtastete.

»Ja.«

Sie muß eine hinreißende Geliebte sein: sehr feminin und aufregend ... Laß das, dachte er, *das geht dich überhaupt nichts an.*

»Wollen Sie Kinder haben?«

»Ja.«

»Und Ihr Mann?«

»Er auch, natürlich.«

Lange Stille. Man hörte nur das leise Surren des Bandes. Dann: »Mrs. Blake, Sie sind zu mir gekommen, weil Sie, wie Sie selbst sagten – ein äußerst schwerwiegendes Problem bedrückt. Es betrifft Ihren Mann, nicht wahr?«

Schweigen.

»Nun, ich unterstelle, daß es so ist. Nach Ihrer eigenen Aussage lieben Sie sich; Sie sind sich treu, Sie wollen beide Kinder, Sie wohnen in einem wunderschönen Haus, Ihr Mann ist erfolgreich, sieht gut aus und verwöhnt Sie. Und Sie sind erst seit sechs Monaten verheiratet. Wissen Sie, das klingt alles wie in dem abgedroschenen Witz: ›Herr Doktor, was für ein Problem habe ich eigentlich?‹«

Wieder langes Schweigen. Nach einer Weile sagte sie: »Es ist schwer für mich, darüber zu reden. Ich dachte, ich könnte es mit einem Fremden besprechen, aber ...« Er erinnerte sich lebhaft, wie sie sich auf der Couch umgedreht hatte, um ihn mit ihren großen dunklen Augen anzuschauen. »Aber es ist noch schwerer. Schauen Sie ...« Sie sprach jetzt hastig, deutlich bemüht, eine innere Sperre zu überwinden. »Ich habe neulich zufällig etwas gehört und ich ... habe vielleicht falsche Schlüsse daraus gezogen.«

»Hat es mit dem Privatleben Ihres Mannes zu tun? Mit einer anderen Frau?«

»Nein.«

»Mit seinem Geschäft?«

»Ja ...«

»Befürchten Sie, daß er in einer bestimmten Sache nicht ganz korrekt war? Daß er jemand bei einem Geschäft betrogen hat?«

»So etwa.«

Judd hatte den ersten Anhaltspunkt. »Das hat Ihr Vertrauen zu ihm erschüttert. Es hat Ihnen eine Seite offenbart, die Sie an ihm noch nicht gekannt hatten.«

»Ich . . . kann nicht darüber sprechen. Es ist unfair von mir – ich meine ihm gegenüber –, daß ich überhaupt hier bin. Bitte, stellen Sie mir heute keine Fragen mehr, Dr. Stevens.«

Das war alles. Judd schaltete das Gerät ab.

Annes Mann hatte sich offenbar eine windige Sache geleistet. Vielleicht Steuern hinterzogen oder jemand zum Bankrott getrieben. Anne war sehr feinfühlig. Sie war über diese Geschichte beunruhigt. Sie zweifelte an der Lauterkeit ihres Mannes.

Er überlegte, ob Annes Mann als Verdächtiger in Frage kam. Er war Bauunternehmer. Judd kannte ihn nicht, aber selbst bei Aufbietung aller Phantasie konnte er sich nicht vorstellen, wo es für diesen Mann in seinen geschäftlichen Transaktionen eine Verbindung zu John Hanson, Carol Roberts oder ihm selbst geben sollte.

Und Anne? Könnte sie eine Psychopathin sein? Von Mordgelüsten getrieben? Judd lehnte sich in seinem Sessel zurück und bemühte sich, sie objektiv zu beurteilen.

Er wußte nicht mehr über sie als das, was sie ihm selbst gesagt hatte. Selbstverständlich konnte das alles frei erfunden sein, aber was hätte sie davon? Wenn das alles eine kunstvolle Charade gewesen war, um einen Mord zu vertuschen, mußte es wenigstens eine Motivation dafür geben. Er sah ihr Gesicht vor sich, hörte im Geist ihre Stimme und wußte, daß sie nichts mit alldem zu tun haben konnte. Er war bereit, sein Leben dafür zu verwetten. Er mußte grinsen, als er sich der Doppelbedeutigkeit dieser Gedanken bewußt wurde.

Er griff nach den Bändern von Teri Washburn. Vielleicht gab es hier etwas, das er überhört hatte.

Teri war in letzter Zeit auf eigenen Wunsch öfter als nur einmal wöchentlich gekommen. Ob sie ein neues, sie belastendes Problem hatte, von dem sie ihm bisher nichts gesagt hatte? Da sie unablässig mit Sex beschäftigt war, fiel es Judd sehr schwer, eventuelle Schwankungen ihrer Stimmung zu diagnostizieren. Dennoch – warum hatte sie ihn plötzlich so dringend um weitere Termine gebeten?

Er nahm wahllos eines der Bänder und spielte es ab.

»Reden wir über Ihre Ehen, Teri. Sie waren fünfmal verheiratet.«

»Sechsmal, aber was soll's schon?«

»Waren Sie Ihren Männern treu?«

Lachen. »Sie Witzbold. Den Mann gibt es nicht, der mich völlig befriedigen kann. Das ist angeboren.«

»Was meinen Sie damit?«

»Daß ich eben so veranlagt bin. Ich hab nun mal ein heißes Loch, und das will gestopft sein.«

»Das glauben Sie im Ernst?«

»Daß es gestopft sein will?«

»Nein, daß Sie anderes veranlagt sind als alle anderen Frauen.«

»Aber sicher. Der Studioarzt hat es mir gesagt. Es hat mit meinen Drüsen zu tun.« Pause. »Er war ein miserabler Liebhaber.«

»Ich kenne Ihre medizinischen Untersuchungsergebnisse. Physiologisch betrachtet ist Ihr Körper in jeder Hinsicht normal.«

»Ich scheiß auf alle Untersuchungen. Warum prüfen Sie es nicht selbst nach?«

»Haben Sie jemals geliebt, Teri?«

»Vielleicht liebe ich Sie.«

Schweigen.

»Machen Sie nicht so ein Gesicht. Ich kann nichts dafür. Ich bin nun mal so. Immer heißhungrig.«

»Das glaube ich Ihnen. Aber nicht Ihr Körper hat diesen Hunger. Es ist Ihre Seele.«

»Meine Seele ist nie gevögelt worden. Wollen Sie es mal probieren?«

»Nein.«

»Was wollen Sie denn?«

»Ihnen helfen!«

»Warum setzen Sie sich nicht zu mir auf die Couch?«

»Das ist genug für heute.«

Judd schaltete das Gerät ab. Er erinnerte sich an ein Gespräch mit Teri über ihre Karriere als großer Star. Er hatte sie danach gefragt, weshalb sie Hollywood verlassen hatte.

»Ich habe auf einer Party einen besoffenen Widerling geohrfeigt«, hatte sie geantwortet. »Hinterher habe ich erfahren, daß es Big Boss persönlich war. Ich hab daraufhin so einen Tritt in meinen polnischen Arsch gekriegt, daß ich im D-Zugtempo aus Hollywood rausgeflogen bin.«

Judd hatte nicht nachgehakt, weil er sich damals mehr für ihre häuslichen Verhältnisse in der Kindheit interessierte. Die Geschichte war dann nie mehr zu Sprache gekommen. Jetzt tat es ihm leid. Er hätte diesen Faden verfolgen sollen. Er hatte sich nie sonderlich für Hollywood interessiert – allenfalls so, wie sich Louis Leakey oder Margret Mead für die Ureinwohner von Patagonien interessieren. Wer könnte ihm wohl etwas über Teri Washburn, den Glamour-Star, erzählen?

Norah Hadley war kinoverrückt. Judd hatte eine ganze Sammlung von Filmzeitschriften bei ihr entdeckt und Peter deshalb auf die Schippe genommen, worauf Norah einen Abend lang mit Feuereifer das Hohelied von Hollywood gesungen hatte.

Er beschloß, Norah anzurufen.

»Hallo, Norah«, sagte er.

»Judd!« Ihre Stimme klang warm und herzlich. »Wann kommst du endlich mal zu uns zum Essen?«

»Bald.«

»Das hoffe ich stark«, sagte sie. »Ich habe es Ingrid versprochen. Sie ist eine Schönheit.«

Judd war überzeugt davon. Aber sie war sicher nicht so schön wie Anne.

»Wenn du noch mal kneifst, wenn sie bei uns eingeladen ist, kriegen wir Krieg mit Schweden.«

»Ich werde es nicht wieder tun.«

»Alles wieder in Ordnung nach deinem Unfall?«

»Ja, längst.«

»Das war eine scheußliche Geschichte.« Sie zögerte hörbar und sagte dann: »Du, Judd ... Hm ... wegen Weihnachten. Peter und ich würden uns irrsinnig freuen, wenn du zu uns kämst. Bitte!«

Es war jedes Jahr dasselbe. Peter und Norah waren seine engsten Freunde, und es bedrückte sie, daß er Weihnachten immer allein verbrachte, stundenlang durch nächtliche Straßen wanderte, bis er zu erschöpft war, um zu denken. Es war, als feiere er eine schauerliche Schwarze Messe für die Toten, ein Ritual, über das er keine Kontrolle hatte. *Du übertreibst,* dachte er müde. *Nicht so melodramatisch!*

»Judd ...«

Er räusperte sich. »Tut mir leid, Norah.« Er wußte, daß sie es gut meinte. »Vielleicht im nächsten Jahr.«

Sie bemühte sich, ihn ihre Enttäuschung nicht merken zu lassen. »Gut, ich werde es Peter sagen.«

»Danke.« Plötzlich fiel ihm ein, warum er sie angerufen hatte. »Norah – kennst du Teri Washburn?«

»Teri Washburn? Den Star? Wieso fragst du?«

»Ich habe sie heute morgen auf der Madison Avenue gesehen.«

»Wirklich? Ist das wahr?« Sie war aufgeregt wie ein Kind. »Wie sah sie aus? Alt? Jung? Dick? Dünn?«

»Sie sah gut aus. Sie war doch mal recht bekannt, nicht wahr?«

»Recht bekannt! Teri Washburn war das Größte in jeder Beziehung, wenn du verstehst, was ich meine.«

»Warum hat sie Hollywood verlassen?«

»Sie ist nicht freiwillig gegangen. Sie ist gegangen worden.«

Teri hatte also die Wahrheit gesagt.

»Ihr Ärzte kriegt doch nie mit, wenn was los ist. Teri Washburn war in den größten Skandal verwickelt, den es je in Hollywood gegeben hat.«

»So? Ach. Was war denn los?«
»Sie hat ihren Liebhaber ermordet.«

12

Es hatte wieder angefangen zu schneien. Fünfzehn Stockwerke tiefer brauste der Verkehr der Madison Avenue. Der ferne Lärm wurde gedämpft durch die weißen Watteflöckchen, die im arktischen Wind tanzten. In einem hellerleuchteten Büro auf der gegenüberliegenden Straßenseite sah er durch die beschlagene Fensterscheibe das verschwommene Gesicht einer Sekretärin.

»Norah – weißt du das genau?«

»Wenn es um Hollywood geht, bin ich ein wandelndes Lexikon, mein Schatz. Teri lebte mit dem Boss von Continental Studios zusammen, aber nebenbei hat sie ein Verhältnis mit einem Regieassistenten gehabt. Sie hat den Knaben eines Nachts in flagranti erwischt, und da hat sie ihn erstochen. Der Studioboss hat alle Hebel in Bewegung gesetzt und ein Vermögen dafür ausgegeben, daß die Sache vertuscht wurde. Offiziell war es ein Unfall. Als Gegenleistung mußte Teri Hollywood auf der Stelle verlassen und durfte nie wieder zurück. Und sie ist auch nicht mehr wiedergekommen.«

Judd war wie vor den Kopf geschlagen.

»Judd ... bist du noch da?«

»Ja, ja.«

»Was hast du? Du klingst so komisch?«

»Wo hast du das alles gehört?«

»Gehört? Es hat in allen Zeitungen und Magazinen gestanden. Jeder hat es gewußt.«

Außer mir. »Danke Norah«, sagte er. »Schöne Grüße an Peter.« Er legt auf.

Das also war der »Zwischenfall auf der Party« gewesen. Teri Washburn hatte einen Mann ermordet und es ihm gegenüber nie erwähnt. Und wenn sie bereits einmal gemordet hatte ...

Nachdenklich nahm er einen Block und schrieb »Teri Washburn«.

Das Telefon klingelte. Er nahm den Hörer auf. »Dr. Stevens . . .«

»Ich wollte nur hören, ob alles in Ordnung ist.« Es war Detective Angeli. Er war immer noch sehr erkältet.

Judd war gerührt. Wenigstens einer, der auf seiner Seite war.

»Gibt's was Neues?«

Judd sah keinen Grund, warum er Angeli etwas verschweigen sollte. »Sie haben es wieder versucht.« Er berichtete ihm von Moody und der Bombe, die man in seinen Wagen montiert hatte. »Das müßte McGreavy eigentlich überzeugen«, schloß er.

»Wo ist die Bombe?« Angeli war hörbar erregt.

Judd zögerte. »Sie ist auseinandergenommen.«

»Was?« rief Angeli ungläubig. »Wer hat das gemacht?«

»Moody. Er glaubte, das wäre nicht wichtig.«

»Das darf doch nicht wahr sein! Was glaubt der Mann eigentlich, wozu die Polizei da ist? Wir hätten möglicherweise einen Hinweis auf den Täter gehabt, wenn wir das Ding nur angeschaut hätten. Schließlich haben wir die M. O.-Kartei.«

»M. O.? Was heißt das?«

»*Modus operandi.* Die meisten Leute haben bestimmte Gewohnheiten, nach denen sie vorgehen. Wenn einer etwas zum erstenmal nach einer bestimmten Methode gemacht hat, besteht die Wahrscheinlichkeit, daß er es immer wieder so macht . . . Aber das brauche ich *Ihnen* nicht zu erklären.«

»Nein«, antwortete Judd nachdenklich. Moody mußte das auch wissen. Hatte er Gründe, weshalb er McGreavy die Bombe nicht zeigen wollte?

»Dr. Stevens – wie sind Sie an diesen Moody geraten?«

»Ich habe ihn im Branchenverzeichnis gefunden.« Jetzt kam es ihm selbst lächerlich vor.

Er hörte, wie Angeli schluckte. »Ach so. Dann kennen Sie Ihn also gar nicht.«

»Ich habe Vertrauen zu ihm. Warum fragen Sie!«

»Meiner Ansicht nach sollten Sie gegenwärtig keinem Menschen trauen«, sagte Angeli.

»Aber Moody kann unmöglich dahinterstecken. Ich bitte Sie! Ein Mann, den ich wahllos aus dem Telefonbuch rausgegriffen habe.«

»Wie Sie an ihn gekommen sind, interessiert mich wenig. Irgendwas ist da faul! Moody sagt, er will den Leuten, die hinter Ihnen her sind, eine Falle stellen, aber er läßt die Falle erst zuschnappen, nachdem der Köder raus ist. Also können wir nichts mehr machen. Dann zeigt er Ihnen eine Bombe, die er bequem selbst in Ihren Wagen gelegt haben könnte. Und damit gewinnt er Ihr Vertrauen. Stimmt es?«

»Natürlich kann man es auch so sehen«, meinte Judd. »Aber . . .«

»Mag sein, daß Ihr Freund Moody in Ordnung ist. Kann aber auch sein, daß er Ihnen ein Bein stellt. Ich rate Ihnen dringend, sehr vorsichtig zu sein, bis wir Genaueres wissen.«

Moody *gegen* ihn? Es war kaum zu denken. Und doch . . . Er erinnerte sich an sein ursprüngliches Mißtrauen. Hatte er nicht befürchtet, Moody wolle ihn auf der geplanten Reise in einen Hinterhalt locken?

»Was soll ich jetzt tun?« erkundigte er sich.

»Was halten Sie davon, die Stadt zu verlassen? Ich meine, *wirklich* wegzufahren?«

»Ich kann meine Patienten nicht im Stich lassen.«

»Dr. Stevens . . .«

»Außerdem ist das auch keine Lösung«, fuhr Judd fort. »Ich weiß ja nicht mal, wovor ich weglaufe. Und sobald ich zurückkomme, fängt alles wieder von vorn an.«

Einen Moment war Stille in der Leitung. »Da haben Sie auch wieder recht.« Angeli seufzte und mußte fürchterlich nießen. »Wann sollen Sie wieder von Moody hören?«

»Ich weiß nicht. Er glaubt eine Ahnung zu haben, wer der Drahtzieher ist.«

»Haben Sie schon mal daran gedacht, daß der große

Unbekannte diesem Moody weit mehr zahlen könnte als Sie?« In beschwörendem Ton fuhr Angeli fort: »Wenn er sich das nächste Mal mit Ihnen treffen will, rufen Sie mich an! Ich muß wohl noch ein, zwei Tage im Bett bleiben. Ich bitte Sie in Ihrem eigenen Interesse, Doktor: Treffen Sie sich nicht allein mit ihm!«

»Sie übertreiben Ihre Vorsicht«, entgegnete Judd. »Nur weil er die Bombe aus meinem Wagen entfernt hat . . .«

»Das ist es nicht allein«, sagte Angeli. »Ich hab das ungute Gefühl, Sie haben den Falschen rausgepickt.«

»Ich rufe Sie an, wenn er sich meldet«, versprach Judd und legte verunsichert auf. War Angeli nicht zu mißtrauisch? Es stimmte, Moody konnte die Sache mit der Bombe fingiert haben, um sein Vertrauen zu gewinnen. Der nächste Schritt wäre dann, Judd anzurufen und ihn – unter dem Vorwand, ihm ein Beweisstück zu zeigen – an einen verlassenen Platz locken . . . Judd schauderte. Hatte er sich so in Moody getäuscht? Er erinnerte sich an seinen ersten Eindruck an Moody: Er hatte ihn für untüchtig und nicht sehr intelligent gehalten. Erst auf den zweiten Blick war ihm aufgegangen, daß sich hinter der Fassade des Biedermanns ein heller, reaktionsschneller Kopf verbarg. Und doch . . . Er hörte draußen ein Geräusch und warf einen Blick auf die Uhr. *Anne!* Hastig packte er die Bänder weg, verschloß den Schrank und machte die Tür auf, die vom Sprechzimmer direkt auf den Flur führte.

Anne stand wartend vor der Vorzimmertür. Sie trug ein elegantes blaues Kostüm und einen kleinen Hut, der ihr Gesicht einrahmte. Sie war in Gedanken verloren und merkte nicht, daß Judd aus seinem Zimmer gekommen war und sie beobachtete. Er sah sie kritisch an, suchte nach Fehlern, nach Unvollkommenheiten, nach Anzeichen dafür, daß sie nicht zu ihm passen würde. *Der Fuchs und die Trauben,* dachte er. *Nicht Freud ist der Vater der Psychiatrie. Aisop!*

»Hallo«, sagte er.

Erschrocken blickte sie auf, dann lächelte sie. »Hallo.«

»Kommen Sie rein, Mrs. Blake.«

Sie ging an ihm vorbei und sah ihn mit ihren unglaublich dunkelblauen Augen an. »Hat man den Fahrer des Wagens inzwischen gefunden?« erkundigte sie sich als erstes. Aus ihrem Ton sprach wirkliches Interesse, nicht bloße Höflichkeit.

Er hatte wieder das dringliche Verlangen, ihr alles zu erzählen. Aber er durfte es nicht tun. Es wäre ein gar zu billiger Trick, ihre Sympathie zu gewinnen. Und was noch schlimmer war: Er würde sie möglicherweise dadurch gefährden.

»Bis jetzt noch nicht.« Er bot ihr einen Platz an.

Anne schaute ihn besorgt an. »Sie sehen müde aus. Ich finde es auch nicht richtig, daß Sie schon wieder arbeiten.«

Mitgefühl konnte er im Augenblick kaum ertragen. Und schon gar nicht von ihr. »Es geht mir gut. Außerdem hatte ich alle Termine für heute abgesagt. Nur Sie waren nicht zu erreichen.«

Sie wirkte verstört. Wahrscheinlich befürchtete sie, ihm ungelegen zu kommen. »Das tut mir leid. Wenn Sie lieber möchten, daß ich wieder gehe . . .«

»Nein, bitte nicht«, sagte er rasch. »Ich bin froh, daß man Sie nicht erreicht hat.« Es war das letzte Mal, daß er sie sehen durfte. »Wie geht es Ihnen?«

Sie zögerte, schien etwas sagen zu wollen und überlegte es sich anders. »Ach, ein bißchen durcheinander.«

Sie sah ihn mit einem eigenartigen Blick an, und er reagierte mit einer Intensität, die er seit Jahren nicht gekannt hatte. Es war ihm, als dränge sie ihm mit allen Fasern entgegen, und plötzlich merkte er, was er tat: Er unterstellte ihr seine eigenen Gefühle. Er hatte sich verwirren lassen wie ein Anfänger.

»Wann werden Sie nach Europa fahren?« fragte er.

»Am Weihnachtsmorgen.«

»Nur Sie und Ihr Mann?« Er kam sich vor wie ein verliebter Pennäler, der sich in seiner Verlegenheit in Banalitäten rettet. »Und wohin gehen Sie?«

»Nach Stockholm – Paris – London – Rom.«

Was gäbe ich darum, wenn ich dir Rom zeigen könnte, dachte Judd. Er hatte ein Jahr am amerikanischen Krankenhaus in Rom gearbeitet. Es gab ein bezauberndes altes Restaurant in der Nähe der Tivoli-Gärten, hoch auf dem Berg neben einem antiken Tempel. Dort könnte man in der Sonne sitzen und den Wildenten zuschauen, die zu Hunderten in den Aufwinden am Hang schwebten.

Aber Anne fuhr mit ihrem Mann nach Rom.

»Es soll eine zweite Hochzeitsreise werden«, sagte sie. Es klang eine Spur gepreßt – so unmerklich, daß ein weniger geschultes Ohr es überhört hätte.

Judd sah sie noch aufmerksamer an. Äußerlich wirkte sie gelassen, ruhig wie immer, doch er spürte, daß sie innerlich wie eine Feder gespannt war. Die Vorfreude einer verliebten jungen Frau auf die »zweite Hochzeitsreise« nach Europa? Nein, im Gegenteil. Da stimmte etwas nicht. Da war keine Spur von freudiger Erwartung. Oder sie war überschattet von einem anderen, stärkeren Gefühl. Trauer? Bedauern? Kummer?

Als ihm bewußt wurde, daß er sie anstarrte, stammelte er: »Wie . . . wie lange bleiben Sie . . . weg?«

Ein kleines Lächeln huschte über ihr Gesicht, als habe sie ihn durchschaut. »Ich weiß es noch nicht«, antwortete sie. »Anthony hat noch keine festen Pläne.«

»Ach so.« Er sah betreten zu Boden. Ihm war ganz elend zumute. So konnte er sie nicht gehen lassen. Sie sollte ihn nicht für einen hilflosen Tropf halten. »Mrs. Blake . . .«, begann er.

»Ja?«

Er zwang sich, ruhig und gelassen zu sprechen. »Ich habe Sie unter einem Vorwand hergebeten. Es bestand kein Grund für Sie, noch mal zu kommen. Ich wollte mich nur . . . von Ihnen verabschieden.«

Es war seltsam, wie sich ihr Gesicht bei seinem Geständnis entspannte. »Ich weiß«, sagte sie leise. »Auch ich wollte mich gerne verabschieden.«

Sie erhob sich. »Judd . . .« Sie blickte ihn lange unverwandt an. Er sah in ihren Augen, was sie in seinen sehen mußte. Wie Magnete wurden sie voneinander angezogen. Er wollte einen Schritt vorwärts machen, auf sie zugehen; in letzter Sekunde verharrte er. Er durfte sie nicht in die Gefahr hineinziehen, in der er sich befand.

Erst als er seine Stimme wieder unter Kontrolle hatte, sagte er: »Schreiben Sie mir eine Karte aus Rom.«

Sie sah ihm fest in die Augen. »Bitte, passen Sie auf sich auf, Judd.« Er nickte nur. Sprechen konnte er nicht. Dann war sie fort.

Dreimal hatte das Telefon schon geklingelt, ehe er es wahrnahm.

»Doc, sind Sie's?« Es war Moody. Seine Stimme sprang förmlich aus dem Hörer, sprühend vor Erregung. »Sind Sie allein?«

»Ja.«

Warum war er so erregt? War das Angst? Vorsicht? Mißtrauen?

»Doc – ich habe Ihnen doch gesagt, ich hätte eine Ahnung, wer dahinterstecken könnte. Wissen Sie noch?«

»Ja.«

»Ich hatte recht.«

Judd lief es kalt den Rücken herunter. »Sie wissen, wer Hanson und Carol ermordet hat?«

»Ja. Ich weiß, wer. Und ich weiß, warum. Sie sind der nächste, Doc.«

»Sagen Sie mir . . .«

»Nicht am Telefon«, entgegnete Moody. »Es ist besser, wir treffen uns irgendwo und besprechen es. Kommen Sie allein.«

Judd erstarrte. *Kommen Sie allein!*

»Hören Sie noch?« rief Moody in den Apparat.

»Ja, ja«, antwortete Judd hastig. Was hatte Angeli gesagt? Treffen Sie sich nicht allein mit ihm! »Warum können wir uns nicht hier bei mir treffen?«

»Ich glaube, ich werde beschattet. Aber ich habe sie abgeschüttelt. Ich rufe von der Five Star Meat Packing

Company an. Das ist auf der Twenty-third Street, westlich von der Tenth Avenue. In der Nähe der Docks.«

Judd konnte es immer noch nicht glauben, daß Moody ihm eine Falle stellen würde. Er entschloß sich, ihn zu testen. »Ich werde Angeli mitbringen.«

Moody reagierte scharf. »Nein, bringen Sie keinen Menschen mit. Kommen Sie ganz allein.«

Also doch.

Der fette kleine Buddha mit der Miene des wohlmeinenden Freundes knöpfte ihm also 50 Dollar pro Tag plus Spesen ab, um ihn dafür eigenhändig ans Messer zu liefern.

In beherrschtem Ton sagte Judd: »Gut. Ich bin gleich da.« Er machte noch einen Versuch, etwas zu erfahren. »Glauben Sie wirklich, Sie wüßten, wer dahintersteckt, Moody?«

»Todsicher, Doc. Haben Sie schon mal von Don Vinton gehört?« Er legte auf.

In größter Erregung wählte Judd Angelis Privatnummer.

Fünfmal läutete es, und Judd war von der panischen Angst erfüllt, Angeli könnte nicht zu Hause sein. Sollte er es riskieren, Moody allein zu treffen?

Dann hörte er Angelis heisere Stimme. »Hallo?«

»Judd Stevens. Eben hat Moody angerufen.«

»Was hat er gesagt?« fragte Angeli gespannt.

»Ich soll ihn in der Five Star Meat Packing Company treffen. Twenty-third Street, Nähe Tenth Avenue. Er hat mich ausdrücklich angewiesen, allein zu kommen.« Er hatte fast ein schlechtes Gewissen, als er das sagte. Aber er konnte sich keine Loyalität mehr erlauben, nachdem Moody ihn offenkundig in die Falle locken wollte.

Angeli lachte höhnisch. »Das kann ich mir lebhaft vorstellen. Setzen Sie keinen Fuß vor die Tür, Doktor. Ich werde Lieutenant McGreavy anrufen. Wir holen Sie gemeinsam ab.«

»In Ordnung.« Judd legte langsam den Hörer auf die Gabel. Er war traurig und enttäuscht. Norman Z. Moody.

Der komische Buddha aus dem Branchenverzeichnis. Er hatte Moody gemocht. Und ihm vertraut.

Und Moody wartete auf ihn, um ihn zu töten.

13

Zwanzig Minuten später schloß Judd die Praxistür auf und ließ Angeli und McGreavy herein. Angelis Augen waren gerötet und tränten. Seine Stimme klang heiser. Es tat Judd aufrichtig leid, daß er Angeli aus dem Bett geholt hatte. McGreavys Begrüßung bestand in einem knappen, unfreundlichen Nicken.

»Ich habe Lieutenant McGreavy von dem Anruf von Norman Moody berichtet«, sagte Angeli.

»Ja. Wollen wir mal sehen, was dabei herauskommt«, sagte McGreavy säuerlich.

Fünf Minuten darauf fuhren sie in einem nicht gekennzeichneten Polizeiwagen zur West Side. Angeli saß am Steuer. Es hatte aufgehört zu schneien. Die fahle Abendsonne kapitulierte vor den schweren Gewitterwolken, die sich am Himmel über Manhattan zusammenballten. Ein greller Blitz zuckte auf, dann knackte ein harter Donnerschlag. Regentropfen klatschten gegen die Windschutzscheibe. Sie ließen Midtown mit den Wolkenkratzern allmählich hinter sich und kamen in das Viertel der kleinen, schäbigen Häuser, die sich eng aneinanderdrängten, als suchten sie Schutz vor der beißenden Kälte. Der Wagen bog in die Twenty-third Street ein und fuhr nach Westen in Richtung Hudson River. Sie kamen an Schrottablagestellen, Garagen, Reparaturwerkstätten und Imbißbuden vorbei, dann an Höfen voller Lastwagen und großen Lagerhallen. An der Ecke der Tenth Avenue ließ McGreavy anhalten. »Wir steigen hier aus.« Er drehte sich zu Judd um. »Hat Moody gesagt, ob er jemand bei sich hat?«

»Nein.«

McGreavy knöpfte den Mantel auf, nahm seinen

Dienstrevolver aus dem Halfter und schob ihn in die Manteltasche. Angeli tat dasselbe. »Bleiben Sie hinter uns«, sagte McGreavy barsch zu Judd.

Die drei Männer setzten sich in Marsch, die Köpfe eingezogen vor dem windgepeitschten Regen. In der Mitte der Häuserblocks kamen sie an ein vergammeltes Gebäude. Über der Tür hing ein verblaßtes Schild mit der Aufschrift:

FIVE STAR MEAT PACKING COMPANY

Kein Pkw, kein Lastwagen, kein Licht weit und breit. Nicht das geringste Anzeichen von Leben.

Die beiden Detektive bauten sich rechts und links von der Tür auf. McGreavy drückte die Klinke herunter. Die Tür war verschlossen. Er sah sich um – nirgends eine Klinke. Sie lauschten. Stille. Nur das Rauschen des Regens.

»Scheint geschlossen zu sein«, sagte Angeli.

»Anzunehmen«, erwiderte McGreavy. »Freitag vor Weihnachten ... da machen die meisten Firmen mittags dicht.«

»Es muß doch eine Zufahrt für die Lastwagen geben.«

Judd folgte den beiden Detektiven, die vorsichtig zum Ende des Gebäudes gingen und dabei den Pfützen auf dem Gehweg auswichen. Sie kamen an eine Einfahrt und spähten hinein. Im Hof sahen sie eine Laderampe; davor waren ein paar Lastwagen abgestellt. Der Hof war menschenleer.

Sie gingen bis dicht an die Laderampe. »Na schön«, sagte McGreavy zu Judd. »Dann rufen Sie mal.«

Judd hatte das beklemmende Gefühl, Moody zu verraten. Er zögerte, dann schrie er laut: »Moody!« Die einzige Antwort war das Fauchen eines wütenden Katers, der sich auf der Suche nach einem trockenen Unterschlupf gestört fühlte. »Mr. Moody!«

Oben auf der Laderampe war eine große Schiebetür, aus der wahrscheinlich die Waren aus dem Lager herausgerollt wurden. Eine Treppe zur Rampe hinauf existierte nicht. McGreavy hievte sich hinauf. Für seine bullige Statur war er erstaunlich wendig. Angeli folgte, nach ihm Judd. Angeli lehnte sich gegen die Schiebetür und drückte. Sie war nicht verschlossen. Mit einem lauten, schrillen Protestschrei rollte sie auf. Der Kater antwortete hoffnungsvoll. Drinnen im Lagerhaus war es stockdunkel. »Haben Sie eine Taschenlampe dabei?« fragte McGreavy.

»Nein«, sagte Angeli.

»Scheiße!«

Vorsichtig tasteten sie sich in die Dunkelheit vor. Wieder rief Judd: »Mr. Moody! Hier ist Judd Stevens!«

Sie hörten nur das Knarren der Fußbodenbretter unter ihren Füßen. McGreavy suchte in seinen Taschen und fand eine Schachtel Streichhölzer. Er zündete eines an und hielt es hoch. Das karge, flackernde Licht warf seinen gelben Schein in eine riesige, leere Höhle. Das Streichholz erlosch. »Machen Sie, daß Sie den verdammten Lichtschalter finden«, knurrte McGreavy. »Das war mein letztes Streichholz.«

Judd hörte, wie Angeli die Wände abtastete und den Lichtschalter suchte. Schritt für Schritt ging Judd weiter. Er konnte die beiden anderen Männer nicht sehen. »Moody!« rief er.

Vom anderen Ende des Raums drang Angelis Stimme herüber. »Hier ist ein Schalter.« Es klickte, aber nichts geschah.

»Wahrscheinlich haben Sie den Hauptschalter abgestellt«, sagte McGreavy.

Judd stieß gegen eine Wand. Als er die Hand ausstreckte, um Halt zu finden, berührten seine Finger einen Türhebel. Er klappte den Riegel hoch und zog an der Tür. Sie ging auf. Sofort traf ihn ein eiskalter Luftzug. »Ich habe eine Tür gefunden«, brüllte er. Er trat über eine Schwelle und ging vorsichtig weiter. Er hörte, wie die Tür hinter ihm zufiel, und sein Herz fing an zu hämmern. Hier in diesem Raum schien es noch rabenschwärzer zu sein, obwohl es fast nicht möglich war. »Moody! Moody . . .«

Schwere, lähmende Stille. Moody *mußte* hier irgendwo stecken. Er wußte genau, was McGreavy denken würde, wenn sie Moody nicht fänden: Wieder mal ein Ablenkungsmanöver!

Judd machte einen Schritt vorwärts. Da schlug ein Stück kaltes Fleisch gegen sein Gesicht. Entsetzt prallte er zurück. Seine Nackenhaare sträubten sich. Es roch nach Blut. In der Dunkelheit lauerte ein tödliches Grauen. Eisige Gänsehaut überlief ihn. Sein Herz raste so wild, daß er kaum noch atmen konnte. Mit zitternden Händen suchte er in seinem Mantel nach Streichhölzern, fand sie und riß ein Holz an. In seinem kümmerlichen Lichtstrahl sah er direkt vor sich ein großes totes Auge. In seinem Schock brauchte er eine Sekunde, um zu begreifen, daß er vor einem geschlachteten Ochsen stand, der an einem Fleischerhaken baumelte. Er sah noch weitere Kadaver am Haken hängen und im Hintergrund eine Tür, dann ging das Streichholz aus. Die Tür führte wahrscheinlich in ein Büro. Vielleicht wartete Moody dort drinnen auf ihn.

Judd schlich weiter durch die Dunkelheit. Wieder stieß er an kaltes Tierfleisch, machte einen Satz zur Seite und tastete sich dann vorsichtig weiter in Richtung auf die Tür. »Moody!«

Er verstand nicht, wo Angeli und McGreavy blieben. Er suchte sich den Weg zwischen geschlachteten Tieren hindurch und kam sich vor wie in einem grausigen Horrorstück, das ein Irrer ersonnen hatte. Aber wer? Und warum?

Plötzlich stieß er wieder an einen baumelnden Kadaver. Er blieb stehen, weil er die Orientierung verloren hatte. Die Tür mußte hier in der Nähe sein. Er riß sein letztes Streichholz an. Dicht vor ihm hing Norman Z. Moody an einem Fleischerhaken. Ein gräßliches Grinsen war auf seinem Gesicht erfroren.

Das Streichholz erlosch.

14

Die Leute des Coroner hatten ihre Arbeit getan und waren gegangen. Moodys Leiche wurde abtransportiert. Judd, McGreavy und Angeli blieben allein zurück. Sie saßen im Büro des Managers, einem kleinen Raum mit ein paar atemberaubenden Aktfotos an der Wand, einem alten Schreibtisch, einem Drehstuhl und zwei Aktenschränken. Die Lampen und ein elektrischer Heizofen brannten.

Man hatte den Manager, einen gewissen Paul Moretti, ermittelt, um ihm ein paar Fragen zu stellen. Er gab an, er habe den Angestellten wegen des Festwochenendes um zwölf Uhr freigegeben. Er selbst habe um halb eins abgeschlossen, und er sei absolut sicher, daß sich zu dieser Zeit kein Mensch mehr auf dem Gelände befunden habe. Mr. Moretti war ziemlich angetrunken. Als McGreavy sah, daß der Mann ihnen nicht weiterhelfen konnte, ließ er ihn nach Hause bringen. Judd nahm kaum wahr, was um ihn herum passierte. Seine Gedanken kreisten unablässig um Moody, der so fröhlich und voller Lebensfreude gewesen war und einen so grausamen Tod gestorben war. Und natürlich machte er sich bittere Vorwürfe. Hätte er Moody nicht in diese Geschichte hineingezogen, wäre der Dicke jetzt noch am Leben.

Es ging auf Mitternacht. Judd war müde und zerschlagen. Zum zehntenmal mußte er die Geschichte von Moodys Anruf wiederholen. McGreavy hockte ihm im Mantel gegenüber, fixierte ihn und kaute an seiner Zigarre.

Schließlich fragte er: »Lesen Sie Kriminalromane?«

Judd sah ihn erstaunt an: »Nein. Warum?«

»Das will ich Ihnen sagen. Weil alles, was Sie mir auftischen, zu schön ist, um wahr zu sein, Dr. Stevens. Ich habe von Anfang an das Gefühl gehabt, daß Sie bis zur Halskrause in dieser Sache drinstecken. Das habe ich Ihnen auch gesagt. Und was passiert? Plötzlich verwandeln Sie sich in das arme Opfer. Erst wollen Sie überfahren worden sein . . .«

»Er ist wirklich angefahren worden«, warf Angeli ein.

»Das durchschaut doch ein Anfänger«, knurrte Mc Greavy. »Das kann er leicht mit einem Komplizen arrangiert haben.« Er wandte sich wieder zu Judd. »Dann rufen Sie Detective Angeli an und erzählen ihm ein haarsträubendes Märchen von zwei Männern, die bei Ihnen einbrechen und Sie umbringen wollen.«

»Sie sind bei mir eingebrochen!« protestierte Judd.

»Nein, das ist nicht wahr«, fauchte McGreavy. »Sie haben den passenden Schlüssel benutzt.« Seine Stimme wurde eiskalt. »Sie haben selbst gesagt, daß nur Sie und Carol Roberts einen Schlüssel besessen haben.«

»Richtig. Sie müssen Carols Schlüssel kopiert haben.«

»Ich habe einen Paraffintest machen lassen. Von Carols Schlüssel ist kein Abdruck gemacht worden, Doktor.« Er ließ Judd Zeit, darüber nachzudenken. »Und da ich Carols Schlüssel verwahre, gibt es nur noch Ihren, nicht wahr?«

Judd sah ihn sprachlos an.

»Als ich Ihnen Ihre hübsche Theorie vom amoklaufenden Irren nicht abkaufte, suchten Sie sich einen Privatdetektiv aus dem Telefonbuch raus, und der entdeckt flugs die Bombe in Ihrem Auto, die ich allerdings nicht zu sehen kriege. Danach halten Sie es für opportun, mir die nächste Leiche zu servieren. Sie ziehen vor Angeli eine Schau ab, erzählen ihm, Moody wolle sich mit Ihnen treffen, weil er den geheimnisvollen Spinner kennt, der Sie umbringen will. Und als wir herkommen, was sehen wir da? April, April! Da baumelt er schon am Fleischerhaken.«

Judd fuhr erregt hoch:

»Ich habe damit nichts zu tun!«

McGreavy sah ihn lange an. »Soll ich Ihnen sagen, warum Sie noch nicht verhaftet sind? Weil ich Ihr Motiv noch nicht kenne. Aber ich werde es finden, Doktor. Verlassen Sie sich darauf.« Er stand auf.

Plötzlich fiel Judd etwas ein. »Halt, warten Sie!« sagte er. »Was ist mit Don Vinton?«

»Wie bitte?«

»Moody hat gesagt, Don Vinton wäre der Mann, der dahintersteckt.«

»Kennen Sie einen Don Vinton?«

»Nein, ich nicht. Ich . . . ich dachte, er wäre der Polizei ein Begriff.«

»Nie von ihm gehört.« McGreavy sah Angeli an. Angeli schüttelte den Kopf.

»Okay. Lassen Sie einen Fahndungsbefehl nach Don Vinton rausgehen. An FBI. Interpol. Polizeichefs in allen größeren Städten in Amerika.« Er drehte sich zu Judd um. »Zufrieden?«

Judd nickte. Ein Mensch, der all dies inszeniert hatte, konnte kein unbeschriebenes Blatt sein. Es dürfte nicht schwierig sein, ihn zu identifizieren.

Er mußte wieder an Moody denken, an seine Kalauer, seine Redensarten, seine quicke Reaktion. Er war beschattet worden, und man war ihm hierher gefolgt. Es war ausgeschlossen, daß er irgend jemand von diesem Treffen etwas gesagt hatte. Hatte er selbst nicht ihn, Judd, zur größten Vorsicht und Diskretion ermahnt? Zumindest wußten sie aber jetzt den Namen des Mannes, den sie suchten.

Praemonitus, praemunitas.

Gewarnt, gewappnet.

Am anderen Morgen brachten alle Boulevardblätter den Mord an Norman Z. Moody auf der Titelseite. Auf dem Weg in die Praxis kaufte Judd sich eine Zeitung. Er wurde nur kurz erwähnt als ein Zeuge, der die Leiche zusammen mit der Polizei entdeckt hatte. McGreavy war es gelungen, den wahren Zusammenhang zu verheimlichen. Er ließ sich nicht in die Karten gucken. Judd fragte sich, was Anne wohl denken würde.

Es war Samstag, der Tag, an dem Judd morgens in der Klinik zu arbeiten pflegte. Er hatte einen Kollegen gebeten, ihn heute zu vertreten. Er fuhr in die Praxis, benutzte den Fahrstuhl allein und vergewisserte sich, daß niemand im Korridor auf ihn lauerte. Er fragte sich, wie lange ein Mensch so leben konnte – sekündlich in der Erwartung eines tödlichen Überfalls.

Im Laufe des Vormittags war er mehrmals versucht, Angeli wegen Don Vinton anzurufen. Doch er bezwang seine Ungeduld. Angeli würde sich bestimmt melden, wenn er etwas erfahren hatte. Judd zerbrach sich den Kopf darüber, wer Don Vinton sein mochte. Ein früherer Patient, der sich von ihm schlecht behandelt gefühlt hatte? Aber er konnte sich nicht an einen Patienten dieses Namens erinnern.

Gegen Mittag hörte er, wie die Tür zum Vorzimmer aufgeschlossen wurde. Es war Angeli. Er sah noch elender aus als gestern. Seine Nase war rot. Schniefend kam er herein und ließ sich müde in einen Sessel fallen.

»Haben Sie schon Auskunft über Don Vinton bekommen?« fragte Judd gespannt. Angeli nickte. »Wir haben Fernschreiben vom FBI, von Interpol und den Polizeichefs aller größeren Städte in Amerika.« Judd wartete atemlos. »Ein Don Vinton ist nirgends bekannt.«

Judd blickte Angeli verständnislos an. Vor Enttäuschung war ihm ganz flau geworden. »Aber das ist doch unmöglich! Ich meine – irgendwer muß ihn doch kennen. Ein Mann, der das alles fertigbringt, der taucht doch nicht plötzlich aus dem Nichts auf!«

»Genau das hat auch McGreavy gesagt«, erwiderte Angeli müde. »Doktor, ich habe mit meinen Leuten die ganze Nacht gearbeitet. Wir haben jeden Don Vinton in Manhattan und allen anderen Stadtteilen überprüft.« Er zog ein zusammengerolltes Blatt aus der Tasche und zeigte es Judd. »Wir haben elf Don Vintons im Telefonbuch gefunden, die sich mit t-o-n am Ende schreiben. Außerdem vier, die sich Vinten schreiben und zwei mit i – Vintin. Wir haben auch daran gedacht, daß es ein zusammengeschriebenes Wort sein könnte. Von der ganzen Liste sind nur fünf als mögliche Täter übriggeblieben. Einer ist gelähmt. Einer ist Priester. Einer der Vizepräsident einer Bank. Einer ist Feuerwehrmann und hatte

Dienst, als zwei der Morde passierten. Ich komme gerade vom letzten. Er hat eine Tierhandlung und muß an die achtzig sein.«

Judd war die Kehle trocken geworden. Jetzt erst wurde ihm bewußt, wie viele Hoffnung er darauf gesetzt hatte. Moody hätte den Namen bestimmt nicht genannt, wenn er seiner Sache nicht sicher gewesen wäre. Er hatte nicht etwa behauptet, dieser Don Vinton sei ein Komplice. Er hatte ihn als den Drahtzieher bezeichnet. Es war unbegreiflich, daß ein solcher Mann der Polizei unbekannt war. Moody war ermordet worden, weil er die Wahrheit entdeckt hatte. Ohne ihn stand Judd ganz allein da. Das Netz hatte sich noch fester um ihn geschlossen.

»Tut mir leid«, sagte Angeli.

Judd sah, wie müde Angeli war. Der Mann hatte die ganze Nacht gearbeitet. »Vielen Dank für Ihre Mühe«, sagte er dankbar.

Angeli beugte sich vor. »Sind Sie sicher, daß Sie Moody richtig verstanden haben?«

»Ja. Bestimmt.« Judd schloß die Augen und konzentrierte sich. Er hatte Moody gefragt, ob er mit Sicherheit wisse, wer dahintersteckt, und er erinnerte sich genau an die Antwort. *Todsicher, Doc. Haben Sie schon mal von Don Vinton gehört?* Er öffnete die Augen. »Ja«, wiederholte er mit Nachdruck.

Angeli seufzte. »Dann weiß ich auch nicht mehr weiter.« Er mußte niesen.

»Sie sollten ins Bett gehen.«

Angeli stand auf. »Ja. Sollte ich wohl.«

Judd wollte noch etwas wissen. »Wie lange sind Sie eigentlich schon McGreavys Partner?«

»Das ist unser erster gemeinsamer Fall. Warum?«

»Trauen Sie ihm zu, daß er mir die Morde anhängen möchte?«

Wieder mußte Angeli niesen. »Ich glaube, Sie haben recht, Doktor. Ich gehöre doch ins Bett.« Er ging zur Tür.

»Ich habe vielleicht noch einen Anhaltspunkt«, sagte Judd. Angeli drehte sich um. »Ja?«

Judd erzählte ihm von Teri. Er fügte hinzu, er werde sich ein paar von John Hansons früheren Freunden näher anschauen.

»Klingt nicht sehr vielversprechend«, erwiderte Angeli offen. »Aber immerhin – es ist besser als nichts.«

»Ich bin es satt, Zielscheibe zu sein. Ich werde zum Angriff übergehen und selbst jagen.«

Angeli zog die Brauen hoch. »Wen?«

»Wenn Zeugen bei der Polizei einen Verdächtigen beschreiben, dann laßt ihr doch nach diesen Beschreibungen ein Bild zeichnen. Stimmt das?«

Angeli nickte. »Ein Identi-kit.«

Judd begann rastlos im Zimmer auf und ab zu gehen. »Ich werde Ihnen ein Identi-kit der Persönlichkeit des Menschen geben, der sich hinter dem allen verbirgt.«

»Wie wollen Sie das machen? Sie haben ihn nie gesehen. Es kann jeder x-beliebige sein.«

»Nein, durchaus nicht«, verbesserte ihn Judd. »Wir suchen einen ganz bestimmten, ungewöhnlichen Menschen.«

»Einen Geisteskranken.«

»Das ist so eine Allgemeinbezeichnung, die medizinisch nichts besagt. Geistig gesund oder ›normal‹ zu sein – das bedeutet nur, daß wir mit den Realitäten fertig werden und uns ihnen anzupassen verstehen. Wenn wir das nicht können, flüchten wir entweder vor den Realitäten oder wir setzen uns auf ein Podest, wo wir Supermenschen sind, die den allgemeinen Regeln nicht gehorchen müssen.«

»Unser Mann hält sich für diesen Supermenschen?«

»Genau. In einer gefährlichen Situation haben wir drei Möglichkeiten zur Wahl: Flucht, konstruktiver Kompromiß oder Angriff. Unser Mann gehört zu denen, die angreifen.«

»Also doch ein Irrer.«

»Nein, Geistesgestörte töten nur selten. Ihre Konzentrationsspanne ist extrem kurz. Wir haben es mit einer schwierigen Persönlichkeit zu tun. Er kann hypophrenisch sein, schizoid, cycloid – oder eine Kombination von allem. Es kann sich ebenso um eine Fugue handeln – um eine temporäre Amnesie. Das Entscheidende ist dabei jedoch, daß sein Auftreten, sein Verhalten, die gesamte äußere Erscheinung vollkommen normal wirken.«

»Dann gibt es keine konkreten Anhaltspunkte.«

»Da irren Sie. Wir haben eine ganze Menge Anhaltspunkte. Ich kann Ihnen sogar eine physische Beschreibung geben«, sagte Judd. Er zog die Brauen zusammen und dachte konzentriert nach. »Don Vinton ist überdurchschnittlich groß, gut proportioniert, athletisch gebaut, ist gepflegt gekleidet und penibel ordentlich in allem, was er tut. Er hat keine musische Begabung. Er malt nicht, schreibt nicht, spielt nicht Klavier.«

Angeli starrte ihn gebannt an, den Mund leicht geöffnet.

Judd geriet in Fahrt, er sprach immer schneller. »Er schließt sich keinem gesellschaftlichen Club, keiner Organisation an. Es sei denn, er selbst ist der Boss. Er ist ein Mann, der immer befehlen muß. Er ist skrupellos und ungeduldig. Er denkt in großen Zusammenhängen. Er würde sich beispielsweise nie in kleine Eigentumsdelikte verwickeln lassen. Wenn er vorbestraft ist, dann wegen Banküberfall, Kidnapping oder Mord.« Judd wurde immer erregter. Das Bild dieses Mannes stand deutlich vor ihm. »Wenn Sie ihn haben, werden Sie mit größter Wahrscheinlichkeit erfahren, daß er sich als Kind von einem Elternteil zurückgestoßen fühlte.«

Angeli fiel ihm ins Wort: »Doktor, ich will Ihre hübsche Seifenblase nicht platzen lassen, aber es könnte genausogut ein ausgeflippter, kaputter Typ . . .«

»Nein. Unser Mann nimmt kein Rauschgift.« Judd sagte es mit Entschiedenheit. »Ich kann Ihnen noch mehr über ihn sagen. Er hat in der Schule Mannschaftssport getrieben. Football oder Hockey. Schach, Kreuzworträtsel oder Puzzle liegen ihm nicht.« Angeli machte ein skeptisches Gesicht. »Sie haben aber doch selbst gesagt, daß es mehr als nur einer war«, gab er zu bedenken.

»Ich gebe Ihnen eine Beschreibung von Don Vinton«, erwiderte Judd. »Er ist der Drahtzieher, der Planer. Und ich kann Ihnen noch was sagen: Er ist Romane.«

»Wie kommen Sie darauf?«

»Durch die Mordmethoden und Mittel Messer ... Säure ... Bombe. Er ist Südamerikaner oder Italiener oder Spanier.« Er atmete tief durch. »Hier haben Sie Ihr Identi-kit. Das ist der Mann, der drei Morde begangen hat und mich töten will.«

Angeli schluckte. »Woher wissen Sie das alles?«

Judd setzte sich. »Das ist mein Beruf.«

»Richtig, soweit es um die geistige, die charakterliche Seite geht. Aber wie können Sie einen Mann, den Sie nie gesehen haben, auch äußerlich beschreiben?«

»Nach dem Gesetz der Wahrscheinlichkeit. Ein Arzt namens Kretschmer hat nachgewiesen, daß 85 Prozent aller Menschen, die an Verfolgungswahn – an Paranoia – leiden, kräftig gebaute, athletische Typen sind. Unser Mann ist offensichtlich ein Paranoiker. Er ist größenwahnsinnig. Er glaubt, daß Gesetze nicht für ihn gelten.«

»Warum ist er dann nicht schon längst eingesperrt?«

»Weil er eine Maske trägt.«

»Eine was?«

»Wir alle tragen Masken, Angeli. Von Kindheit an werden wir dazu erzogen, unsere wahren Gefühle zu verbergen, unsere Ängste und Abneigungen zu verschleiern.« Judd sprach ruhig und bestimmt. »Aber in einer Streß-Situation, in einem seelischen Ausnahmezustand, wird Don Vinton seine Maske fallen lassen und sein nacktes Gesicht zeigen.«

»Ich verstehe.«

»Sein wunder Punkt ist sein Ego. Wenn es bedroht ist – ernstlich bedroht –, dreht er durch. Es steht jetzt auf des Messers Schneide. Ein winziger Anstoß genügt, und er kippt um.« Judd dachte einen Moment nach und sagte halblaut vor sich hin: »Er ist ein Mann mit – *mana.*«

»Mit was?«

»*Mana.* Das ist ein Ausdruck, den die Primitiven für

einen Mann benützen, dem die Dämonen Macht über andere Menschen verleihen. Ein Mensch mit einer überwältigend starken Persönlichkeit.«

»Sie haben vorhin gesagt, daß er nicht malt und nicht Klavier spielt und nicht schreibt. Woher wissen Sie das?«

»Die Welt ist voll von Künstlern, die schizoid sind. Die meisten gehen durchs Leben, ohne gewalttätig zu werden, weil ihre Arbeit eine Art Ventil darstellt. Unser Mann hat kein solches Ventil. Er ist wie ein Vulkan. Er kann den inneren Druck nur durch eine Eruption loswerden: Hanson – Carol – Moody.«

»Sie glauben, es waren sinnlose Verbrechen, die er beging, um . . .«

»Nein, für ihn waren sie nicht sinnlos. Im Gegenteil . . .« Seine Gedanken überstürzten sich. Während er sprach, waren ihm verschiedene Dinge selbst erst klargeworden. Er begriff nicht, wieso er bisher zu blind oder zu verstört gewesen war, um es zu sehen. »Ich bin der einzige, auf den es Don Vinton je abgesehen hatte – sein ursprüngliches Opfer. John Hanson, weil er mit mir verwechselt wurde. Als der Mörder seinen Irrtum erkannte, kam er in die Praxis, um mich zu töten. Ich war schon fort. Er traf nur noch Carol an.« Seine Stimme zitterte vor Schmerz und Wut.

»Er hat sie umgebracht, damit sie ihn nicht identifizieren konnte, meinen Sie?«

»Nein. Er hat Carol gefoltert, weil er etwas haben wollte. Zum Beispiel eine Information oder ein ihn belastendes Beweisstück. Und sie wollte oder konnte es ihm nicht geben.«

»Was für ein Beweisstück?«

»Das weiß ich nicht«, sagte Judd. »Aber hier liegt der Schlüssel. Moody hatte die Antwort gefunden. Darum haben sie ihn umgebracht.«

»Eines paßt nicht in Ihre Theorie. Wenn Sie statt Hanson auf der Straße erstochen worden wären, hätte man dieses Beweisstück ja auch nicht bekommen«, sagte Angeli eigensinnig.

»Trotzdem könnte es so sein. Nehmen wir mal an, das Beweisstück ist eines meiner Tonbänder. Für sich allein betrachtet vielleicht völlig harmlos. Doch wenn ich es mit anderen Fakten in Zusammenhang brächte, könnte es hochbrisant und gefährlich werden. Also gibt es zwei Möglichkeiten: Entweder man nimmt es mir weg oder man macht mich mundtot, so daß ich niemand mehr auf die Zusammenhänge hinweisen kann. Zuerst haben sie versucht, mich aus dem Weg zu räumen. Dabei passierte der Fehler. Hanson wurde getötet. Also blieb nur noch die zweite Alternative. Sie haben versucht, es von Carol zu bekommen. Als auch das mißlang, konzentrierten sie sich ganz auf mich. Daher der Autounfall. Dann ist man mir wahrscheinlich gefolgt, als ich zu Moody ging, und Moody selbst wurde auch wieder beschattet. Als er auf die Wahrheit gestoßen war, haben sie ihn ermordet.«

Angeli sah Judd stirnrunzelnd an. Er überlegte etwas.

Judd fuhr ruhig fort: »Deshalb wird der Mörder nicht aufgeben, ehe ich tot bin. Es ist ein tödliches Spiel, und der Mann, den ich Ihnen eben beschrieben habe, kann es nicht ertragen, zu verlieren.«

Angeli sah ihn lange abwägend an. »Wenn Sie recht haben«, sagte er schließlich, »dann brauchen Sie Schutz.« Er zog seinen Dienstrevolver aus dem Halfter, kippte die Trommel heraus und sah nach, ob er geladen war.

»Vielen Dank, Angeli, aber ich brauche keinen Revolver. Ich werde mit meinen eigenen Waffen kämpfen.«

Sie hörten ein Klicken. Die Eingangstür war geöffnet worden. »Erwarten Sie jemand?«

Judd schüttelte den Kopf. »Nein. Ich habe heute nachmittag keine Patienten.«

Mit dem Revolver in der Hand machte Angeli einen Satz zur Tür, die zum Vorzimmer führte. Er drückte sich an die Wand und riß die Tür auf. Draußen stand Peter Hadley und machte in ziemlich verstörtes Gesicht.

Angeli fuhr ihn an: »Wer sind Sie?«

Judd kam näher. »Schon gut«, sagte er beruhigend. »Das ist ein Freund von mir.«

»He – was ist denn hier los?« fragte Peter.

»Entschuldigen Sie«, sagte Angeli höflich und steckte den Revolver wieder ein.

»Das ist Dr. Peter Hadley – Detective Angeli.«

»Sag mal, was für ein Irrenhaus ist deine Praxis seit neuestem?« fragte Peter.

»Reine Vorsichtsmaßnahmen«, erklärte Angeli. »In der Praxis von Dr. Stevens ist ... hm ... eingebrochen worden, und wir hatten befürchtet, der oder die Täter könnten noch einmal aufkreuzen.«

Judd griff das Stichwort auf. »Ja. Sie haben nicht gefunden, was sie gesucht haben.«

»Hat es mit dem Mord an Carol zu tun?«

Ehe Judd antworten konnte, sagte Angeli: »Das ist noch ungeklärt, Dr. Hadley. Dr. Stevens hat deshalb Anweisung, im Augenblick nicht über den Fall zu sprechen.«

»Ach so. Natürlich«, sagte Peter. Er schaute Judd fragend an: »Wir waren zum Mittagessen verabredet. Es bleibt doch dabei?«

Judd hatte es total vergessen. »Natürlich«, sagte er rasch. Er wandte sich an Angeli. »Ich glaube, wir hatten das Wesentliche besprochen, nicht wahr?«

»Ja, das denke ich auch«, meinte Angeli. »Sie wollen also wirklich nicht ...« Er wies auf seinen Revolver.

Judd schüttelte den Kopf. »Nein, danke.«

»Okay. Aber seien Sie vorsichtig.«

»Bestimmt«, versprach Judd. »Ich passe auf.«

Während des Mittagessens war Judd zerstreut. Peter stellte keine neugierigen Fragen. Sie sprachen über gemeinsame Freunde und Patienten. Peter berichtete Judd, daß er mit Harrison Burkes Chef gesprochen und eine amtsärztliche Untersuchung beantragt hatte. Er würde in eine Privatklinik geschickt werden.

Als sie ihren Kaffee tranken, sagte Peter: »Ich habe keine Ahnung, was los ist, Judd, aber wenn ich dir irgendwie helfen kann ...«

Judd schüttelte den Kopf. »Vielen Dank, Peter. Das kann ich nur selbst erledigen. Ich werde dir alles erklären, wenn es vorbei ist.«

»Ich hoffe, das ist bald«, sagte Peter leichthin. Er zögerte. »Judd – bist du in Gefahr?«

»Unsinn, natürlich nicht«, erwiderte Judd.

Es sei denn, man fühlte sich bedroht durch einen Besessenen, der bereits drei Morde begangen hatte und zum vierten Mord entschlossen war.

15

Nach dem Essen ging Judd zurück in die Praxis, sorgsam darauf bedacht, sich nicht unnötig zu exponieren und möglichst keine Zielscheibe abzugeben. Der Himmel mochte wissen, ob es Zweck hatte!

Wieder ging er seine Bänder durch, achtete auf alles, was irgendeinen Hinweis geben mochte. Bei jedem neuen Band erlebte er, wie sich Schleusen und Ventile öffneten. Da ergossen sich wahre Sturzbäche von Haß, Perversionen, Ängsten, Selbstbemitleidung, Größenwahn, Einsamkeit, Leere, Schmerz ...

Nach vollen drei Stunden hatte er nur einen neuen Namen für seine Liste gefunden: Bruce Boyd. Der Mann, mit dem Hanson zuletzt zusammengelebt hatte. Er legte Hansons Band noch einmal auf.

»... Ich habe mich bei der ersten Begegnung in Bruce verliebt. Er war der schönste Mann, den ich je gesehen hatte.«

»War er der passive oder der dominierende Partner?«

»Dominierend. Das ist einer der Gründe, weshalb ich von ihm fasziniert war. Er ist sehr stark. Übrigens war das ein Punkt, über den wir später, als wir befreundet waren, häufig stritten.«

»Warum?«

»Weil Bruce sich nicht darüber im klaren war, wie kräftig er war. Zum Beispiel schlich er sich gern von hinten an mich ran und stieß mich in den Rücken. Es war zärtlich gemeint, aber einmal hat er mir fast das Rückgrat gebrochen. Ich hätte ihn umbringen können. Wenn er Leuten die Hand gab, zerquetschte er ihnen fast die Finger. Er tat zwar immer so, als wenn es ihm leid täte, aber in Wirklichkeit will er weh tun. Er braucht keine Peitsche. Er hat unglaubliche Kräfte . . .«

Judd schaltete das Band ab und dachte nach. Er hatte inzwischen eine feste Vorstellung vom Mörder. Die homosexuelle Verhaltensweise paßte in dieses Konzept eigentlich nicht. Andererseits war Bruce Boyd mit Hanson liiert gewesen, und er war ein Sadist und ein Egoist.

Zwei Namen standen auf seiner Liste: Teri Washburn, die einen Mann getötet und es nie erwähnt hatte – und Bruce Boyd, Hansons letzter Liebhaber. Ob einer von beiden der Mörder war?

Teri Washburn wohnte in einem Penthouse am Sutton Place. Das ganze Apartment war bonbonrosa: die Wände, die kostbaren Möbel, die Vorhänge. Die Wände waren bedeckt mit französischen Impressionisten. Er erkannte zwei Manets, zwei Degas, einen Monet und einen Renoir, während er auf Teri wartete. Er hatte sie angerufen und gefragt, ob er auf einen Sprung hereinschauen könne. Sie hatte sich auf seinen Besuch vorbereitet und kam ihm in einem hauchzarten Negligé entgegen. Darunter trug sie nichts.

»Sie sind also wirklich gekommen«, rief sie entzückt.

»Ich muß mit Ihnen sprechen.«

»Gern. Einen Drink?«

»Nein, danke.«

»Aber ich! Das muß gefeiert werden«, sagte sie und ging an die korallenrote Bar in der Ecke des großen Wohnraums. Judd beobachtete sie aufmerksam. Sie kam mit ihrem Drink wieder und setzte sich dicht neben ihn auf die bonbonrosa Couch. »Na, Schätzchen, juckt's dich endlich doch mal?« sagte sie. »Ich hab's ja gewußt, daß du mich nicht am ausgestreckten Arm verhungern läßt. Ich bin verrückt nach dir, Judd. Ich mach alles, was du willst. Du brauchst es nur zu sagen. Im Vergleich zu dir sind alle Männer, die ich in meinem Leben vernascht habe, nur armselige Popel.« Sie stellte das Glas ab und legte die Hand auf seine Hose.

Judd nahm ihre Hand und hielt sie fest. »Teri«, sagte er, »Sie müssen mir helfen.«

Teri kannte nur ein einziges Thema. »Ich weiß, Baby. Und ich werde dich vögeln, wie du noch nie im Leben gevögelt worden bist.«

»Teri – hören Sie mir zu! Jemand versucht mich umzubringen!«

Ihre Augen weiteten sich. War die Überraschung gespielt oder echt? Er erinnerte sich, daß er sie einmal in einer Show gesehen hatte. Sie war eine recht gute Schauspielerin, aber so gut nun auch wieder nicht.

»Um Himmels willen! Wer? Wer soll ausgerechnet dich umbringen wollen?«

»Vielleicht jemand, der mit einem meiner Patienten in Verbindung steht.«

»Aber – ich versteh nicht – warum?«

»Das will ich ja gerade rauskriegen, Teri. Hat einer von Ihren Freunden mal von Mord gesprochen? Vielleicht in einer Laune ... als Partyspiel ... nur so aus Jux?«

Teri schüttelte den Kopf. »Nein.«

»Kennen Sie einen Don Vinton?« Er sah sie gespannt an.

»Don Vinton? Nein. Müßte ich ihn kennen?«

»Teri ... wie denken Sie selbst über Mord?«

Ein unmerkliches Zittern überlief sie. Er hielt ihr Handgelenk fest und konnte ihren Puls fühlen. Er fing an zu rasen.

»Erregt Mord Sie?«

»Weiß ich nicht.«

»Denken Sie bitte darüber nach«, bat Judd eindringlich. »Erregt Sie der Gedanke an Mord?«

Ihr Puls ging unregelmäßig. »Nein. Natürlich nicht.«

»Warum haben Sie mir nie gesagt, daß Sie damals in Hollywood einen Mann getötet haben?«

Ohne jede Vorwarnung sprang sie ihn an und zerkratzte ihm das Gesicht mit ihren langen Fingernägeln. Er packte ihre Handgelenke.

»Du verdammter Scheißkerl! Das ist zwanzig Jahre her! Deshalb bist du also bloß gekommen. Mach, daß du rauskommst. Raus! Verschwinde!« Hysterisch schluchzend und schreiend brach sie zusammen.

Judd sah sie aufmerksam an. Teri war der Typ, der zu allem fähig war. Ihre innere Unsicherheit, ihr völliger Mangel an Selbstvertrauen machten sie zu einem idealen Werkzeug für einen skrupellosen Mörder. Sie war wie weiches Wachs. Wer sie in die Hand bekam, konnte sie zu einer wunderschönen Statue formen oder auch zu einer tödlichen Waffe. Die Frage war: Wer hatte sie zuletzt aufgegriffen? Don Vinton?

Judd erhob sich. »Entschuldigen Sie mich, Teri«, sagte er und verließ das bonbonrosa Apartment.

Bruce Boyd wohnte in einer der umgebauten verspielten Kutscherhäuschen in der Nähe des Parks in Greenwich Village. Ein philippinischer Butler in weißer Jacke öffnete die Haustür. Judd nannte seinen Namen. Der Butler ließ ihn in der Diele warten und verschwand. Zehn Minuten vergingen. Eine Viertelstunde. Judd wurde langsam gereizt. Vielleicht hätte er Angeli Bescheid geben sollen, daß er hierher gehen wollte? Wenn Judd mit seiner Vermutung richtig lag, war der nächste Angriff nicht mehr fern. Und diesmal würde der Angreifer alles daransetzen, sein Ziel zu erreichen.

Endlich kam der Butler wieder. »Mr. Boyd läßt bitten.«

Er führte Judd eine Treppe hoch in ein geschmackvoll eingerichtetes Arbeitszimmer und zog sich diskret zurück.

Boyd saß am Schreibtisch und schrieb. Er war ein glänzend aussehender Mann: gutgeschnittenes Gesicht, Adlernase, voller, sinnlicher Mund. Die blonden Locken kräuselten sich zu feinen Löckchen. Als Judd hereinkam, erhob er sich. Er war etwa einsneunzig groß, breitschultrig und gebaut wie ein Football-Spieler. Judd mußte an sein Identi-kit des Mörders denken. Es paßte genau auf Boyd. Jetzt bedauerte er erst recht, daß er Angeli nicht informiert hatte.

Boyd hatte eine weiche, kultivierte Stimme. »Entschuldigen Sie, daß ich Sie warten ließ, Dr. Stevens«, sagte er liebenswürdig. »Ich bin Bruce Boyd.« Er streckte ihm die Hand entgegen.

Judd wollte die Hand ergreifen. Im gleichen Moment schlug Boyd ihm die geballte Faust ins Gesicht. Der Schlag kam vollkommen unerwartet. Judd fiel rückwärts gegen eine Stehlampe und stieß sie um, als er selbst zu Boden sackte.

»Tut mir leid, Doktor«, sagte Boyd und schaute zu ihm hinunter. »Das hatten Sie verdient, nicht wahr? Stehen Sie auf, ich mache Ihnen einen Drink.«

Judd schüttelte benommen den Kopf und wollte aufstehen.

Als er halb aufgerichtet war, trat Boyd ihm mit der Schuhspitze in die Leisten. Schmerzgekrümmt sackte Judd wieder zu Boden.

»Auf Ihren Besuch hatte ich schon lange gewartet«, sagte Boyd.

Halb geblendet vor Schmerz sah Judd den hünenhaften Mann vor sich. Er wollte sprechen, aber die Stimme versagte ihm.

»Versuchen Sie's nicht«, sagte Boyd. »Es muß sehr weh tun. Ich weiß, weshalb Sie hier sind. Sie wollen mit mir über John sprechen.«

Judd nickte, und Boyd trat ihm gegen den Kopf. Durch rote Schleier hörte er die Stimme von Boyd wie aus der Ferne durch einen Wattefilter dringen. »Wir haben uns geliebt, bis er zu Ihnen gegangen ist. Sie haben ihn dazu gebracht, daß er sich vor sich selbst ekelte. Sie haben ihm eingeredet, daß unsere Liebe dreckig ist. Wissen Sie, wer sie erst beschmutzt hat, Dr. Stevens? Sie!«

Judd fühlte, wie ihm etwas Hartes in die Rippen knallte, und sein Körper wurde von rasendem Schmerz überschwemmt. Vor seinen Augen tanzten schillernde Regenbogenfarben.

»Woher nehmen Sie das Recht, anderen Leuten zu sagen, wie sie lieben dürfen, Doktor? Da sitzen Sie in Ihrer Praxis wie ein erhabener Gott und verdammen jeden, der nicht so denkt wie Sie.«

Das ist nicht wahr, dachte Judd. *Hanson hat vorher nie eine freie Wahl gehabt. Ich habe ihm die Wahl erst ermöglicht. Und er hat sich nicht für dich entschieden.*

»Und jetzt ist Johnny tot«, sagte der blonde Hüne. »Sie haben meinen Johnny getötet. Und jetzt werde ich Sie töten.«

Er bekam einen Tritt hinter das Ohr und verlor fast das Bewußtsein. Er hatte das Gefühl, sich zu beobachten, wie er starb. Ein letzter Rest seines Hirns schien noch zu arbeiten und brachte Gedankenfetzen zustande. Er machte sich Vorwürfe, daß er der Wahrheit nicht näher gekommen war. Er hatte den Mörder für einen dunklen, südländischen Typ gehalten – aber er war blond. Er war sicher gewesen, daß es kein Homosexueller war, und er hatte sich auch hier geirrt. Er hatte den Mörder endlich gefunden, aber nun mußte er sterben.

Er verlor das Bewußtsein.

16

Ein ferner, entrückter Teil seines Bewußtseins versuchte, ihm etwas zu signalisieren, ihm etwas sehr Wichtiges mitzuteilen, doch das Hämmern in seinem Schädel war so zermürbend, daß er außerstande war, sich auf etwas anderes zu konzentrieren. Irgendwo, ganz in der Nähe, hörte er ein helles, klagendes Winseln wie von einem verwundeten Tier. Mühsam und unter Schmerzen öffnete er die Augen. Er lag in einem fremden Raum in einem Bett. In der Ecke des Zimmers saß Bruce Boyd und weinte hemmungslos.

Judd wollte sich aufrichten. Der rasende Schmerz brachte ihm in Erinnerung, was mit ihm geschehen war, und plötzlich packte ihn eine wilde, ohnmächtige Wut.

Boyd hörte, wie Judd sich bewegte. Er kam herüber und trat neben das Bett. »Das ist alles nur Ihre Schuld«, wimmerte er. »Wenn Sie nicht wären, dann hätte ich Johnny noch bei mir.«

Ohne es bewußt zu wollen, nur getrieben von atavistischen Rachegefühlen, packte Judd Boyds Kehle. Seine Finger schlossen sich um die Luftröhre und drückten mit aller Kraft zu. Boyd wehrte sich nicht. Regungslos ließ er sich würgen, während die Tränen über sein Gesicht rannen. Judd schaute ihm in die Augen, und er sah die Höllenqualen, die dieser Mann durchlitt. Langsam ließ er die Hände sinken. *Mein Gott,* dachte er, *ich bin Arzt. Ein Kranker greift mich an, und ich will ihn umbringen.* Bruce Boyd war wie ein verwirrtes, verstörtes Kind.

Und plötzlich verstand er, was sein Unterbewußtsein ihm zu signalisieren versucht hatte: Bruce Boyd war nicht Don Vinton. Sonst wäre er jetzt nicht mehr am Leben. Boyd war nicht zu einem Mord fähig.

»Wenn Sie nicht gewesen wären, dann würde Johnny noch leben«, schluchzte Boyd. »Er wäre bei mir geblieben und ich hätte ihn beschützt.«

»Ich habe John Hanson nicht aufgefordert, Sie zu verlassen«, sagte Judd kraftlos. »Es war sein eigener Entschluß.«

»Sie lügen!«

»Zwischen Ihnen und John war schon längst nicht mehr alles in Ordnung, als er zu mir kam.«

Lange Stille. Dann nickte Boyd. »Ja. Wir ... wir haben uns dauernd gestritten.«

»Er wollte sich selbst finden, mit sich ins reine kommen. Sein Instinkt trieb ihn zu seiner Frau und den Kindern zurück. Im tiefsten Innern wollte John heterosexuell sein.«

»Das stimmt.« Boyd sprach mit fast tonloser Stimme. »Wir haben ständig darüber diskutiert, und ich glaubte immer, er würde es nur sagen, um mich zu quälen.« Er schaute auf. »Aber eines Tages hat er mich verlassen. Er ist einfach ausgezogen. Er hat mich nicht mehr geliebt.« Es klang tief verzweifelt.

»Er hat nicht aufgehört, Sie zu lieben«, sagte Judd. »Nicht als Freund.«

Boyd schaute ihn flehend an. Sein Blick sog sich an Judds Gesicht fest. »Wollen Sie mir helfen?« Dann ein Aufschrei nackter Angst: »Helfen Sie mir! Sie müssen mir helfen!«

Judd sah ihn lange prüfend an. »Ja. Ich werde Ihnen helfen.«

»Kann ich normal werden?«

»Was heißt hier normal? Jeder Mensch hat seine eigene Vorstellung von dem ›Normalen‹, jeder Mensch ist anders. Es gibt nicht zwei Menschen, die gleich sind.«

»Kann ich noch heterosexuell werden?«

»Das hängt davon ab, ob Sie es wirklich wollen. Wir können eine psychoanalytische Behandlung versuchen.«

»Und wenn sie nicht nützt?«

»Wenn sich herausstellt, daß Sie zur Homosexualität veranlagt sind, wird die Behandlung zumindest bewirken, daß Sie mit Ihrer Situation besser fertig werden.«

»Wann können wir anfangen?« fragte Boyd.

Judd war mit einem Schlag in die Realität zurückgerufen. Was für ein Wahnsinn, einem Mann eine Behandlung zuzusagen, wenn man selbst in den nächsten 24 Stunden tot sein könnte! Und er hatte immer noch keine Ahnung, wer Don Vinton war. Teri und Boyd, die letzten Verdächtigen auf seiner Liste, waren ausgeschieden. Wenn seine Analyse des Mörders richtig war, hatte er sich inzwischen in eine unkontrollierte Mordwut hineingesteigert. Der nächste Schlag konnte ihn jede Minute treffen.

»Rufen Sie mich am Montag an«, sagte er.

Während er im Taxi zu seiner Wohnung zurückfuhr, rechnete er sich seine Überlebenschancen aus. Sie waren gering. Was um alles in der Welt wollte dieser Don Vinton von ihm? Was war für ihn so ungeheuer wichtig? Und wer war Don Vinton? Wieso war er der Polizei bisher noch nicht bekannt? Benutzte er einen anderen Namen? Nein. Moody hatte klar und deutlich gesagt »Don Vinton«.

Es fiel ihm schwer, sich zu konzentrieren. Jede Bewegung, jede Erschütterung des Wagens jagte Wellen des Schmerzens durch seinen geschundenen Körper. Er dachte an die verschiedenen Morde und Mordversuche, die bisher geschehen waren, und suchte nach einem Muster. Tod durch Erstechen, eine Folterung, ein Unfall mit Fahrerflucht, eine Bombe im Wagen, ein Mord durch Erhängen. Da war beim besten Willen kein einheitliches Muster auszumachen. Nur die skrupellose Gewalt des Triebtäters. Er hatte keinerlei Anhaltspunkte dafür, wie der nächste Angriff aussehen könnte. Oder wer ihn ausführen würde. In der Praxis und in der Wohnung war er zweifellos am meisten gefährdet. Er erinnerte sich an Angelis Warnung. Er brauchte stärkere Schlösser an den Türen. Er würde Mike, den Portier, und den Liftboy Eddie bitten, die Augen offenzuhalten. Den beiden konnte er vertrauen.

Das Taxi hielt vor dem Haus. Der Portier machte die Wagentür auf.

Es war ein wildfremder Mann.

17

Es war ein großer Mann mit tiefliegenden Augen. Die olivfarbene Haut war von Pockennarben gezeichnet. Quer über den Hals zog sich eine alte Narbe. Er trug Mikes Uniformmantel, der zu eng für ihn war.

Das Taxi fuhr ab. Judd war mit dem Mann allein. Eine

neue Schmerzwelle beutelte ihn. *Mein Gott, nicht jetzt!* Er biß die Zähne zusammen. »Wo ist Mike?« fragte er.

»In Urlaub, Doktor.«

Doktor! Der Mann wußte also, wer er war. Und Mike in Urlaub? Im Dezember?

Ein zufriedenes Grinsen huschte über das Gesicht des Mannes. Judd spähte suchend die Straße hinunter, aber sie war menschenleer. Weglaufen war sinnlos. In seiner gegenwärtigen Verfassung hatte er keine Chance. Sein ganzer Körper war zerschlagen und wund, jeder Atemzug tat weh.

»Sie haben wohl einen Unfall gehabt?« fragte der Mann fast mitfühlend.

Judd drehte sich wortlos um und ging ins Haus. Eddie würde ihm helfen, auf ihn war Verlaß.

Der Portier folgte ihm. Eddie stand mit dem Rücken zu ihm im Fahrstuhl.

Judd durchquerte die Halle, jeder Schritt war eine Qual. Aber er durfte jetzt nicht schlappmachen. Der Mann konnte keinen Zeugen gebrauchen, also durfte er sich nicht von ihm allein erwischen lassen. »Eddie!« rief Judd, so laut er konnte.

Der Mann im Fahrstuhl drehte sich um.

Judd hatte ihn noch nie gesehen. Er war die kleinere Ausgabe des neuen Portiers, nur hatte er keine Narbe. Kein Zweifel, die beiden waren Brüder.

Judd blieb wie angewurzelt stehen, gefangen zwischen den beiden Männern. Sonst war kein Mensch in der Halle.

»Aufwärts«, sagte der Mann im Fahrstuhl. Er lächelte genauso hämisch zufrieden wie sein Bruder.

Das waren sie also, die Gesichter des Todes. Judd war ganz sicher, daß keiner von diesen beiden Kerlen der Drahtzieher war. Das waren gekaufte Berufskiller. Würden sie ihn hier in der Halle umbringen oder oben in seiner Wohnung? Nein, eher in der Wohnung. Dann hatten sie mehr Zeit, sich zu verdrücken, ehe seine Leiche entdeckt wurde.

Judd drehte sich um und ging auf die Wohnung des Managers zu. »Ich muß noch zu Mr. Katz und ihn . . .«

Der größere der beiden Männer stellte sich ihm in den Weg. »Mr. Katz ist beschäftigt, Doc«, sagte er ruhig.

Der andere Mann rief vom Fahrstuhl herüber: »Ich fahre Sie nach oben.«

»Nein«, sagte Judd, »ich . . .«

»Tu, was er sagt.« Die Stimme war ohne jedes Gefühl.

Plötzlich wehte ein eisiger Zugwind durch die Halle. Die Tür war aufgestoßen worden. Zwei Männer und zwei Frauen kamen laut lachend herein, die Mantelkragen hochgeschlagen.

»Das ist ja schlimmer als in Sibirien«, sagte eine der Frauen.

Der Mann, der sich bei ihr untergehakt hatte, war klein und dick und sprach mit dem Akzent des mittleren Westens. »Bei so 'nem Wetter jagt man keinen Hund vor die Tür.« Die Gruppe ging zum Lift hinüber. Der Portier und der Fahrstuhlführer sahen sich wortlos an.

Die zweite Frau, eine zierliche platinblonde Person mit starkem Südstaatenakzent, sagte: »Es war ein wahnsinnig netter Abend. Ich danke Ihnen beiden sehr!« Sie wollte die Männer loswerden.

Der zweite Mann protestierte energisch. »Hören Sie mal, Sie wollen uns doch wohl nicht so wegschicken – ohne einen kleinen Abschiedsschnaps?«

»Es ist wahnsinnig spät, George«, flehte die erste Frau.

»Aber es ist saukalt draußen. Einen kleinen Frostschutz werden Sie uns auf den Weg geben müssen.«

Der andere Mann hängte sich an: »Nur einen kleinen Drink, dann gehen wir auch bestimmt.«

»Ich weiß nicht . . .«

Judd hielt den Atem an. Bitte!

Die Platinblonde gab nach. »Na schön. Aber nur einen, ist das klar?«

Lachend stieg die kleine Gruppe in den Fahrstuhl. Judd schlüpfte rasch mit hinein. Der Portier blieb einen Augenblick unsicher zurück und sah seinen Bruder an.

Der Fahrstuhlführer hob die Schultern, schloß die Tür und drückte auf den Startknopf. Judds Wohnung lag im fünften Stock. Wenn die Gruppe vor ihm ausstieg, war er erledigt. Wenn sie weiter nach oben wollte, hatte er eine geringe Chance, in seine Wohnung zu laufen, sich zu verbarrikadieren und telefonisch um Hilfe zu rufen.

»Welcher Stock?«

Die kleine Blonde kicherte. »Ich weiß nicht, was mein Mann dazu sagen würde, daß ich zwei fremde Männer mit in die Wohnung nehme.« Sie drehte sich zum Fahrstuhlführer um. »Zehnter.«

Judd atmete tief durch. Jetzt erst merkte er, daß er die Luft angehalten hatte. Hastig sagte er: »Fünfter!«

Der Fahrstuhlführer warf ihm einen Blick zu, öffnete im fünften Stock die Tür und ließ Judd aussteigen. Die Fahrstuhltür schloß sich hinter ihm.

Hinkend vor Schmerzen lief Judd über den Gang, zog den Schlüssel aus der Tasche, öffnete die Tür und stürzte mit rasendem Herzklopfen in seine Wohnung. Er hatte günstigstenfalls fünf Minuten, bevor sie kommen würden, um ihn zu töten. Er schloß die Tür und wollte die Kette vorlegen. Da sah er, daß sie durchtrennt war. Er schmiß sie auf den Boden und machte einen Satz zum Telefon. Alles drehte sich vor seinen Augen. Er blieb aufrecht stehen und kämpfte mit geschlossenen Augen gegen den Schmerz und die nahende Ohnmacht, während kostbare Zeit verstrich. Mit äußerster Anstrengung griff er nach dem Telefon. Der einzige Mensch, den er anrufen konnte, war Angeli. Aber Angeli lag zu Hause krank im Bett. Außerdem – was sollte er ihm sagen? Wir haben einen neuen Portier und einen anderen Fahrstuhlführer, und ich glaube, sie wollen mich umbringen? Er merkte, daß er den Hörer in der Hand hielt und regungslos dastand, ohne etwas zu tun. Gehirnerschütterung, dachte er. Boyd hat mich möglicherweise doch auf dem Gewissen. Sie werden hereinkommen und mich in diesem Zustand finden – hilflos, wehrlos. Er erinnerte sich an den Gesichtsausdruck des Portiers. Er mußte die beiden Kerle irgendwie überlisten. Aber wie? Guter Gott – wie?

Er schaltete den kleinen Fernsehmonitor ein, auf dem man die Halle überschauen konnte. Sie war leer. Wieder überrollte ihn der Schmerz in betäubenden Wellen und ließ ihn fast ohnmächtig werden. Er zwang sich mit letzter Kraft, klar zu denken. Er war in größter Not ... Ja ... Notruf ... Das war es ... Wieder verschwamm ihm alles vor den Augen. Er hatte Mühe, das Telefon noch zu erkennen. Notruf ... Er beugte sich über die Wählscheibe, um die Zahlen sehen zu können. Langsam, unter heftigen Schmerzen, begann er zu wählen. Nach dem fünften Klingeln antwortete eine Stimme. Judd sprach, doch seine Zunge gehorchte ihm nicht, die Worte kamen lallend und unklar. Er sah eine Bewegung auf dem Fernsehmonitor. Zwei Männer in Straßenkleidung kamen quer durch die Halle und gingen auf den Fahrstuhl zu.

Seine Zeit war abgelaufen.

Die beiden Männer gingen lautlos über den Flur zu Judds Wohnung und bauten sich rechts und links von der Tür auf. Rocky, der größere, versuchte die Tür zu öffnen. Sie war abgeschlossen. Er nahm eine Zelluloidkarte aus der Tasche und schob sie vorsichtig über das Schloß. Er nickte seinem Bruder zu; beide Männer nahmen Revolver mit Schalldämpfern aus dem Hosenbund. Rocky schob die Zelluloidkarte gegen den Schnapper und drückte die Tür langsam auf. Mit vorgehaltener Waffe betraten sie das Wohnzimmer. Sie sahen die geschlossenen Türen. Keine Spur von Judd. Nick, der kleinere Bruder, versuchte die erste Tür zu öffnen. Sie war verschlossen. Er lächelte seinem Bruder zu, legte den Lauf seines Revolvers gegen das Schloß und drückte ab. Lautlos schwang die Tür zum Gästezimmer auf. Die beiden Männer gingen hinein und deckten mit ihren Revolvern den Raum ab.

Auch dieses Zimmer war leer. Nick untersuchte den Einbauschrank, während Rocky ins Wohnzimmer zurückging. Sie hatten keine Eile. Sie wußten, daß Judd sich irgendwo in der Wohnung versteckte und ihnen ausgeliefert war. Genüßlich langsam bewegten sie sich durch den Raum, als wollten sie die Sekunden auskosten, bevor sie ihn töteten.

Nick versuchte es mit der nächsten Tür. Auch sie war verschlossen. Er schoß den Riegel weg und stieß die Tür auf. Es war das Arbeitszimmer. Leer. Sie grinsten sich zu und gingen zur letzten noch verschlossenen Tür. Als sie am Monitor vorbeikamen, hielt Rocky seinen Bruder plötzlich am Arm fest. Auf dem Bildschirm sahen sie, wie drei Männer durch die Halle rannten. Zwei trugen weiße Kittel und schoben eine Bahre mit Rädern durch die Halle, der dritte hatte den typischen Arztkoffer in der Hand.

»Verdammter Mist!«

»Reg dich ab, Rock. Da wird einer im Haus krank sein. Na und? Hier gibt es bestimmt hundert Wohnungen.«

Fasziniert starrten sie auf den Monitor und sahen zu, wie die beiden Weißbekittelten die Bahre in den Fahrstuhl rollten. Der dritte Mann stieg mit ein, die Fahrstuhltür schloß sich. »Laß ihnen ein paar Minuten«, sagte Nick. »Könnte auch ein Unfall oder so was sein. Dann ist die Polente im Haus.«

»Mann, so 'ne Scheiße!«

»Immer ruhig. Stevens läuft uns nicht weg.«

Die Wohnungstür wurde aufgestoßen. Der Arzt und die beiden Sanitäter rollten die Bahre ins Zimmer. Blitzschnell schoben die beiden Killer ihre Revolver in die Manteltaschen.

Der Arzt stürmte auf die Brüder zu. »Ist er tot?«

»Wer?«

»Der Selbstmörder. Ist er tot oder lebt er noch?«

Die beiden Killer sahen sich verstört an. »Sie sind wohl in der falschen Wohnung gelandet.«

Der Arzt drängte sich an den beiden Männern vorbei und rüttelte an der Schlafzimmertür. »Abgeschlossen. Los, aufbrechen!«

Hilflos mußten die Brüder zusehen, wie der Arzt und seine Helfer die Tür mit den Schultern eindrückten. Der Arzt rannte ins Schlafzimmer. »Die Bahre!« Er stürzte an das Bett, auf dem Judd lag. »Können Sie mich hören?«

Judd machte die Augen auf, aber er konnte kaum sehen. »Krankenhaus«, murmelte er.

»Wir sind schon unterwegs.«

Während die Killer frustriert zuschauten, rollten die Sanitäter die Bahre ins Schlafzimmer, hoben Judd vorsichtig darauf und hüllten ihn in Decken ein.

»Wir verduften besser«, sagte Rocky.

Der Doktor sah, wie die beiden verschwanden. Dann drehte er sich wieder zu Judd um, der blaß, mit eingefallenem Gesicht, auf der Bahre lag. »Alles in Ordnung, Judd?« Man hörte seinem Ton an, wie betroffen und besorgt er war.

Judd versuchte zu lächeln, aber es gelang ihm nicht. »Großartig«, er konnte seine eigene Stimme kaum verstehen. »Danke, Peter.«

Peter sah seinen Freund an, dann nickte er den beiden zu. »Na, dann mal los in die Klinik.«

18

Es war ein anderes Krankenzimmer, aber dieselbe Schwester. Ein finster blickendes Bündel Mißbilligung, saß sie neben seinem Bett, als Judd zum erstenmal die Augen aufmachte.

»Ach, wir sind wach«, sagte sie spröde. »Dr. Harris möchte Sie sehen. Ich werde ihm sagen, daß wir wach sind.« Steifbeinig marschierte sie aus dem Zimmer.

Vorsichtig richtete Judd sich auf. Arm- und Beinreflexe ein bißchen verzögert, aber funktionierend. Er fixierte den Stuhl erst mit dem einen, dann mit dem anderen Auge. Sehvermögen noch etwas unscharf.

»Kann ich helfen?«

Judd blickte auf. Dr. Harris war hereingekommen. »Sie entwickeln sich zu meinem besten Kunden«, witzelte er. »Soll ich Ihnen verraten, wie hoch allein die Rechnung fürs Zusammenflicken sein wird? Wir müssen Ihnen allmählich Mengenrabatt einräumen ... Wie haben Sie geschlafen?«

Er setzte sich aufs Bett.

»Wie ein Stein. Was habt ihr mir gegeben?«

»Eine Ladung Sodium Luminal.«

»Wie spät ist es?«

»Mittag.«

»Du lieber Himmel! Ich muß sofort nach Hause!«

Dr. Harris schaute in Judds Krankenblatt. »Worüber wollen wir uns zuerst unterhalten? Über die Gehirnerschütterung? Die Fleischwunden? Oder die schweren Quetschungen?«

»Mir geht's ganz prima.«

Der Arzt legte die Akte beiseite. Sein Ton wurde ernst. »Judd, Sie haben eine Menge eingesteckt. Mehr als Sie denken. Wenn Sie klug sind, bleiben Sie ein paar Tage im Bett und ruhen sich aus. Und dann fahren Sie einen Monat in Urlaub!«

»Vielen Dank, Seymour«, sagte Judd.

»Sie meinen: Danke, nein?«

»Erst muß ich was in Ordnung bringen.«

Dr. Harris seufzte. »Ärzte sind eben doch die schlechtesten Patienten. Übrigens: Peter Hadley war die ganze Nacht hier. Und heute morgen hat er jede Stunde angerufen. Er ist überzeugt, daß man Sie heute nacht ermorden wollte.«

»Peter hat eine blühende Phantasie!«

Harris hob die Schultern und knurrte: »Sie sollen ja von Berufs wegen Menschenkenntnis haben. Ich bin bloß ein Feld-, Wald- und Wiesendoktor. Ich hoffe, Sie wissen, was Sie tun. Aber ich würde gegenwärtig auf Sie keinen müden Dollar setzen. Judd, hören Sie, wollen Sie nicht doch lieber ein paar Tage hier bleiben?«

»Unmöglich. Ich kann nicht.«

»Na schön. Dann lasse ich Sie morgen raus.«

Judd wollte widersprechen, aber Dr. Harris fiel ihm ins Wort. »Keine Diskussion. Heute ist Sonntag. Die Kerle, die Sie zusammengeschlagen haben, brauchen auch einen Ruhetag.«

»Seymour . . .«

»Noch was. Ich will mich nicht in Ihr Privatleben einmischen – aber haben Sie letzthin mal was gegessen?«

»Nicht viel«, gestand Judd.

»Okay. Ich gebe Ihrer Karbolmieze vierundzwanzig Stunden, um Sie hochzupäppeln. Und noch eins, Judd . . .«

»Ja?«

»Seien Sie vorsichtig. Ich verliere nicht gern einen guten Kunden.« Damit ging er.

Judd schloß die Augen. Er wollte nur einen Moment ausruhen. Dann hörte er Tellergeklapper. Eine bildhübsche Krankenschwester schob einen Wagen mit seinem Essen herein.

Sie lächelte. »Ach, sind Sie wach, Dr. Stevens?«

»Wie spät ist es denn?«

»Sechs Uhr.«

Er hatte den ganzen Nachmittag geschlafen.

Sie stellte das Essen auf sein Tablett. »Sie bekommen was Besonderes heute abend. Puter. Morgen ist Weihnachten.«

»Ich weiß.« Er hatte keinen Appetit. Doch als er den ersten Bissen probiert hatte, merkte er, daß er einen Bärenhunger hatte. Dr. Harris hatte ihn völlig abgeschirmt und keine Telefongespräche durchgelassen. So hatte er ungestört ausruhen und neue Kräfte sammeln können. Morgen würde er sie brauchen.

Am anderen Morgen um zehn Uhr kam Dr. Seymour Harris zur Visite. »Wie geht es meinem Lieblingspatienten?« Er strahlte. »Na, Sie sehen ja fast wieder wie ein normaler Mensch aus.«

»So fühle ich mich auch.« Judd lächelte.

»Fein. Sie kriegen gleich Besuch. Es wäre mir peinlich gewesen, wenn er vor Schreck einen Herzschlag gekriegt hätte!« Dr. Harris fuhr fort: »Ein Lieutenant McGreavy.«

Judd erschrak.

»Er will Sie unbedingt sprechen. Er ist schon unterwegs.«

Um mich zu verhaften. Während Angeli krank zu Hause lag, hatte er freie Hand gehabt, Beweismaterial zu manipulieren. Wenn McGreavy ihn erst einmal hatte, gab es keine Hoffnung mehr. Er mußte verschwinden.

»Würden Sie die Schwester bitten, einen Friseur für mich zu holen?« fragte Judd. »Ich möchte mich gern rasieren lassen.« Seine Stimme mußte seltsam geklungen haben, denn Dr. Harris sah ihn prüfend an. Oder hatte McGreavy was gesagt?

»Gern, Judd.« Dr. Harris ging hinaus.

Kaum hatte er die Tür hinter sich zugemacht, sprang Judd aus dem Bett. Zwei Nächte Schlaf hatten Wunder gewirkt. Er war noch etwas wackelig auf den Beinen, aber das würde sich geben. Jetzt mußte er sich beeilen. In drei Minuten war er angezogen.

Er machte die Tür einen Spalt weit auf, sah nach, ob die Luft rein war, und rannte los. Als er die Treppe erreicht hatte, sah er McGreavy, einen Polizisten und zwei Detektive aus dem Fahrstuhl steigen und zu seinem Zimmer gehen. Er lief die Treppe hinunter zum Ausgang und winkte sich ein Taxi heran.

McGreavy warf einen Blick auf das leere Bett und die offene Kleiderschranktür und rief: »Hinterher! Vielleicht erwischen wir ihn noch.« Er griff zum Telefon und ließ sich mit der Polizei verbinden. »Hier McGreavy. Schicken Sie sofort eine dringende Suchmeldung an alle Dienststellen raus. Gesucht wird Dr. Judd Stevens. Männlich. Weiß. Alter . . .«

Das Taxi hielt vor Judds Praxis. Er wußte, wie gefährlich es für ihn war, hierherzukommen, aber dies eine Mal mußte es noch sein. Er brauchte eine Telefonnummer.

Er entlohnte den Fahrer und betrat die Halle. Jeder Muskel im Körper tat ihm weh. Trotzdem beeilte er sich. Er hatte nicht viel Zeit. Die Frage war jetzt nur, wer ihn zuerst erwischen würde: Die Polizei oder seine Mörder.

Oben in der Praxis schloß er die Tür hinter sich ab. Die Räume wirkten fremd und feindselig. Hier würde er nie mehr Patienten behandeln können. Kalte Wut packte ihn bei der Erkenntnis, was dieser Don Vinton aus seinem Leben gemacht hatte. Er überlegte, welche Szene sich abgespielt haben mußte, als die beiden Ganoven unverrichteterdinge zurückgekommen waren. Wenn er Don Vinton richtig einschätzte, war er jetzt in einem Zustand nicht mehr kontrollierbarer Mordwut. Der nächste Angriff war jeden Augenblick fällig.

Judd brauchte Annes Telefonnummer. Im Krankenhaus war ihm plötzlich eingefallen, daß sie einige Male direkt vor John Hanson bei ihm gewesen war. Außerdem hatte sie sich manchmal mit Carol unterhalten. Carol konnte irgend etwas gesagt haben, was für Anne eine tödliche Information darstellte, ohne daß sie es wußte. Wenn es so war, befand sie sich in höchster Gefahr.

Er suchte ihre Nummer aus seinem Buch und wählte. Es läutete dreimal, dann meldete sich der Operator. »Welche Nummer haben Sie gewählt?«

Judd nannte die Nummer. Gleich darauf war der Operator wieder in der Leitung. »Kein Anschluß unter dieser Nummer.«

»Danke.« Judd legte auf. Ihm fiel ein, was sein Auftragsdienst ihm vor einigen Tagen gesagt hatte: Man hatte alle Patienten erreichen können – außer Anne. Vielleicht hatte Carol einen Fehler gemacht, als sie die Nummer seinerzeit in sein Buch eintrug? Er sah im Telefonbuch nach, aber weder unter ihrem Namen noch unter dem ihres Mannes fand er eine Eintragung. Er hatte plötzlich das Gefühl, daß es von allergrößter Wichtigkeit war, Anne zu sprechen. Er schrieb ihre Adresse auf: 617 Woodside Avenue, Bayonne, New Jersey.

In einer Viertelstunde war er bei Avis und mietete einen Wagen. Ein paar Minuten später verließ er die Garage. Er fuhr einmal um den Block, vergewisserte sich, daß er nicht verfolgt wurde, und fuhr über die George Washington Bridge in Richtung New Jersey.

In Bayonne hielt er an einer Tankstelle und erkundigte sich nach dem Weg. »An der nächsten Ecke biegen Sie links ab, dann ist es die dritte Straße.«

»Danke.«

Bei dem Gedanken, daß er Anne wiedersehen würde, schlug sein Herz schneller. Was sollte er ihr aber sagen, ohne sie zu beunruhigen? Und ob ihr Mann wohl da sein würde?

Er bog nach links ab in die Woodside Avenue. Er sah auf die Hausnummern. Neunhunderter Nummern. An beiden Seiten der Straße standen alte, verwitterte Häuschen. Er fuhr weiter. Siebenhunderter Nummern. Die Häuser wurden immer schäbiger und älter.

Anne hatte von einem herrlichen Waldgrundstück gesprochen. Hier war kein Wald. Es gab fast keine Bäume. Als er die angegebene Adresse erreicht hatte, überraschte ihn nicht mehr, was er zu sehen bekam.

617 war ein Stück unkrautüberwuchertes Brachland.

19

Er saß im Wagen und grübelte. Eine falsche Telefonnummer konnte ein Versehen gewesen sein. Auch eine falsche Adresse. Aber nicht beides zugleich. Anne hatte ihn bewußt belogen. Wenn aber die Angaben zur Person nicht stimmten – was war dann noch gelogen? Was wußte er denn über sie? So gut wie nichts. Sie war ohne Überweisung unangemeldet gekommen, hatte auf einer Behandlung bestanden, vier Wochen lang vermieden, ihr Problem auch nur anzudeuten, um ihm dann aus heiterem Himmel zu erklären, alles sei in Ordnung und sie werde verreisen. Sie hatte immer gleich bar bezahlt. Es gab keine Möglichkeit, sie über ihre Bank zu finden. Aber welchen Grund hatte sie gehabt, als Patientin aufzutreten und dann wieder zu verschwinden? Es gab nur eine Erklärung dafür. Bei dieser Einsicht wurde ihm übel.

Wenn jemand seinen Alltagsablauf erfahren, die Praxisräume besichtigen, Mittel und Wege für einen Mord auskundschaften wollte – was war dann naheliegender, als Patient bei ihm zu werden? Darum war sie gekommen. Don Vinton hatte sie geschickt. Als er alles erfahren hatte, was er wissen wollte, war sie spurlos verschwunden. Es war alles nur eine gerissene Täuschung gewesen. Und er hatte sich nur zu willig ködern lassen. Wie mußte sie gelacht haben, wenn sie Don Vinton von diesem verliebten Idioten erzählte, der sich Psychologe schimpfte und Menschenkenntnis zu haben glaubte ... Der sich Hals über Kopf in eine Frau verliebt hatte, die nichts anderes wollte, als ihn in die Falle seiner Mörder zu lokken. Wie machte sich das für einen Psychiater? War das nicht ein fabelhafter Stoff für einen Bericht an die American Psychiatric Association?

Aber mußte es so gewesen sein? Vielleicht hatte sie wirklich ein Problem gehabt und nur anonym bleiben wollen, um einen Angehörigen nicht in Verlegenheit zu bringen? Nein, diese Antwort war zu simpel. Da war eine Unbekannte in der Gleichung. Er war sicher, daß von dieser Unbekannten die Antwort auf alle Fragen abhing. Vielleicht hatte Anne gegen ihre Überzeugung gehandelt? Unter Zwang? Noch während er es dachte, wußte er, wie kindisch er sich benahm. Er wollte sie in Gedanken zu einem hilflosen Opfer machen, damit er der Retter in der Not sein durfte.

Hatte sie den Mördern Schützenhilfe geleistet? Er mußte es herausfinden.

Eine ältere Frau in schlampigem Aufzug kam aus dem gegenüberliegenden Haus und glotzte ihn an. Er wendete und fuhr nach New York zurück.

Unterwegs fuhren viele Wagen hinter ihm her. In

einem davon konnten seine Verfolger sitzen. Aber wozu ihn beschatten? Sie wußten doch, wo sie ihn finden konnten. Er durfte nicht länger tatenlos auf den nächsten Überfall warten. Er mußte selbst angreifen, sie überrumpeln, Don Vinton verwirren, damit er einen Fehler machte und er ihn schachmatt setzen konnte. Und er mußte es tun, bevor McGreavy ihn verhaften konnte.

Er war kurz vor Manhattan. Der einzig denkbare Schlüssel war Anne. Und sie war spurlos verschwunden. Übermorgen würde sie Amerika verlassen.

Es war Heiligabend. Das Büro der PanAm war überfüllt von Reisenden und von Leuten, die auf der Warteliste standen und auf einen frei werdenden Platz hofften.

Judd drängte sich zu einem Schalter durch und verlangte den Manager. Die Stewardeß bedachte ihn mit ihrem professionellen Lächeln und bat ihn zu warten. Der Manager telefoniere.

Judd stand da und hörte dem Stimmengewirr zu.

»Ich möchte am fünfzehnten von Indien abreisen.«

»Ist es kalt in Paris?«

»Ich brauche am Flughafen in Lissabon einen Wagen.«

Am liebsten hätte er einen Platz in der nächstbesten Maschine gebucht, um zu fliehen. Er war physisch und psychisch erschöpft. Don Vinton hatte anscheinend eine Armee zur Verfügung, während er allein war. Welche Chance hatte er denn?

»Kann ich Ihnen helfen?«

Ein großer, hagerer Mann stand hinter dem Schalter. »Mein Name ist Friendly«, sagte er. »Was kann ich für Sie tun?«

»Ich bin Dr. Stevens. Ich versuche eine meiner Patientinnen zu finden. Sie fliegt morgen nach Europa.«

»Der Name?«

»Blake, Anne Blake.« Er überlegte. »Möglicherweise ist der Flug für Mr. und Mrs. Anthony Blake gebucht worden.«

»Wohin fliegen die Herrschaften?«

»Das weiß ich leider nicht.«

»Sind sie für einen Vormittagsflug oder für einen unserer Nachmittagsflüge gebucht?«

»Ich weiß nicht einmal, ob sie mit PamAm fliegen.«

Mr. Friendlys Lächeln erfror. »Dann kann ich Ihnen leider nicht helfen.«

Judd wurde nervös. »Es ist wirklich außerordentlich dringend. Ich muß sie finden, bevor sie abfliegt.«

»Sir, PanAm startet täglich ein- oder mehrmals nach Amsterdam, Barcelona, Brüssel, Dublin, Düsseldorf, Frankfurt, Hamburg, Kopenhagen, Lissabon, London, München, Paris, Rom, Shannon und Wien. Das gleiche gilt für die meisten anderen Gesellschaften. Sie müssen sich an jede Fluglinie wenden. Und ich bezweifle, daß man Ihnen weiterhelfen kann, wenn Sie Abflugzeit und Bestimmungsort nicht angeben können.« Mr. Friendly wurde ungeduldig. »Wenn Sie mich jetzt bitte entschuldigen wollen.« Er drehte sich weg und wollte gehen.

»Warten Sie, bitte!« bat Judd. Wie sollte er diesem Mann erklären, daß es um Leben und Tod für ihn ging?

Mr. Friendly zeigte offen, wie lästig Judd ihm war. »Ja?«

Judd zwang sich zu einem Lächeln. »Haben Sie denn nicht so ein zentrales Computersystem, durch das Sie die Namen der Passagiere ermitteln . . .«

»Das geht nur, wenn man die Flugnummer weiß.« Mr. Friendly ließ Judd stehen und ging.

Judd lehnte sich gegen den Schalter und kämpfte gegen die Übelkeit an. Schach und schachmatt. Er war geschlagen.

Eine Gruppe italienischer Priester in wehenden schwarzen Soutanen und großen schwarzen Hüten kam herein. Sie sahen aus wie Überbleibsel aus dem Mittelalter. Sie waren beladen mit Pappkoffern, Schachteln und Kartons. Sie unterhielten sich lautstark und zogen mit sichtlichem Vergnügen das jüngste Mitglied ihrer Gruppe auf, einen jungen Mann, kaum älter als neunzehn. Wahrscheinlich fliegen sie nach einer Studienreise wieder nach Rom zurück. Rom ... Anne wollte nach Rom fahren ... Immer wieder Anne.

Die Priester gingen an den Schalter.

»È molto bene di ritornare a casa.«

»Si, d'accordo.«

»Signore, per piacere, guardatemi.«

»Tutto va bene?«

»Si, ma ...«

»Dio mio, dove sono i miei biglietti?«

»Cretino, hai perduto i biglietti.«

»Ah, eccoli.«

Die Priester drückten dem Jüngsten die Tickets in die Hand, und er marschierte tapfer auf das junge Mädchen am Schalter zu. Judd sah zum Eingang. Ein großer Mann im grauen Mantel lehnte lässig an der Tür.

Der junge Mann sprach mit der Stewardeß. *»Dieci. Dieci.«*

Das Mädchen sah ihn verständnislos an. Der Priester klaubte seine Englisch-Kenntnisse zusammen und sagte bedächtig: *»Ten. Billets. Teekets.«* Er drückte ihr die Flugscheine in die Hand.

Das Mädchen lächelte und begann die Scheine durchzusehen. Die Italiener waren beeindruckt von den Sprachkünsten des jungen Kollegen und klopften ihm anerkennend auf die Schulter.

Es hatte keinen Sinn, länger hier herumzustehen. Früher oder später mußte er sich ja doch dem Unausweichlichen stellen. Judd drehte sich langsam um und wollte gehen.

»Guardate che ha fatto il Don Vinton.«

Judd blieb wie angewurzelt stehen. Alles Blut schoß ihm in den Kopf. Er packte den untersetzten Italiener, der gerade gesprochen hatte, am Arm. »Entschuldigen Sie«, sagte er heiser, »haben Sie eben Don Vinton gesagt?«

Der Mann sah ihn ausdruckslos an, dann tätschelte er ihm den Arm und wollte sich abwenden.

Judd hielt ihn fest. »Warten Sie!« flehte er.

Der Priester wurde nervös.

Judd bemühte sich, ganz ruhig zu sprechen. »Don Vinton. Wer ist es? Zeigen Sie ihn mir.«

Alle Italiener schauten Judd jetzt an. Der kleine Mann sah sich hilfesuchend nach seinen Kollegen um.

»È un americano matto.«

Die Gruppe redete aufgeregt durcheinander. Aus den Augenwinkeln sah Judd, wie Mr. Friendly hinter der Theke hervorkam. Mühsam unterdrückte Judd die aufsteigende Panik. Er ließ den Arm des Priesters los, beugte sich hinunter zu ihm und sagte langsam und deutlich: »Don Vinton.«

Der kleine Mann sah Judd einen Moment an, dann breitete sich ein Lächeln auf seinem Gesicht aus. *»Don Vinton!«*

Der Manager kam mit raschen Schritten näher. Seine ganze Haltung war unfreundlich. Judd nickte dem Priester aufmunternd zu. Der wies auf den Jungen. *»Don Vinton – Big Boss!«*

Und da war Judd plötzlich alles klar.

20

»Langsam, langsam«, sagte Angeli heiser. »Ich versteh kein Wort.«

»Entschuldigung.« Judd holte tief Luft. »Ich habe die Lösung.« Er war so erleichtert, Angelis Stimme am Telefon zu hören, daß er kaum richtig sprechen konnte. »Ich weiß jetzt, wer mich umbringen will. Ich weiß, wer Don Vinton ist.«

»Wir haben keinen Don Vinton auftreiben können.« Angelis Stimme klang äußerst skeptisch.

»Und wissen Sie, weshalb? Weil Don Vinton keine Person ist, sondern eine Bezeichnung.«

»Könnten Sie ein bißchen langsamer sprechen?«

Judds Stimme zitterte vor Aufregung. »Don Vinton ist kein Name. Es ist ein Ausdruck aus dem Italienischen. Er bedeutet ›der große Mann‹, der Boss. Das war es, was Moody nur sagen wollte. Daß der ›Große Mann‹ hinter mir her ist.«

»Ich kann Ihnen nicht folgen, Doktor.«

»In unserer Sprache ergibt es keinen Sinn«, sagte Judd, »aber wenn Sie es italienisch sagen . . . klingelt es dann immer noch nicht bei Ihnen? Eine Organisation von Killern, die vom ›Großen Mann‹ gelenkt wird . . .?

Langes Schweigen. Dann: *»La Cosa Nostra?«*

»Sagen sie selbst: Wer sonst wohl könnte eine Horde von Berufskillern und solche Waffen zusammentrommeln – Säure . . . Bomben . . .? Erinnern Sie sich, daß ich gesagt habe, unser Mann müßte Südeuropäer sein? Er ist Italiener!«

»Das ist doch Unsinn. Was sollte *La Cosa Nostra* ausgerechnet von Ihnen wollen?«

»Keine Ahnung. Aber ich habe recht. Ich weiß es. Und es paßt genau zu Moodys Überzeugung, ich würde von einer Gruppe gejagt.«

»Das ist die verrückteste Theorie, die ich je gehört habe«, sagte Angeli. »Aber zugegeben: Möglich ist natürlich alles.«

Judd war erleichtert, daß Angeli ihn wenigstens anhörte. Er hätte nicht gewußt, an wen sonst er sich wenden sollte.

»Haben Sie mit jemand darüber gesprochen?«

»Nein.«

»Dann tun Sie's auch nicht!« beschwor Angeli ihn. »Wenn Ihre Theorie stimmen sollte, hängt Ihr Leben davon ab, daß Sie den Mund halten. Und gehen Sie nicht in die Nähe Ihrer Praxis oder Ihrer Wohnung.«

»Das gewiß nicht«, sagte Judd. Dann fiel ihm noch etwas ein. »Wissen Sie, daß McGreavy einen Haftbefehl für mich hat?«

»Ja.« Angeli machte eine Pause. »Wenn er Sie erwischt, kommen Sie nicht lebend aufs Revier.«

Guter Gott! Also hatte er sich in McGreavy nicht getäuscht. Aber er konnte sich wieder nicht vorstellen, daß McGreavy der Drahtzieher war. Er mußte seine Anweisungen bekommen ... Von Don Vinton. Vom Big Boss. Vom »Großen Mann«.

»Haben Sie mich verstanden?«

Judd fühlte, wie sein Mund austrocknete. »Ja.«

Ein Mann in grauem Mantel stand vor der Telefonzelle und sah Judd an. War das der Mann von vorhin? »Angeli ...«

»Ja?«

»Ich weiß nicht, wer die anderen sind. Ich weiß nicht, wie sie aussehen. Wie soll ich überleben, bis man sie gefunden hat?«

Der Mann draußen vor der Zelle starrte ihn an.

»Wir gehen sofort zum FBI. Ich habe einen Freund dort, der ausgezeichnete Beziehungen hat. Er wird für Ihren Schutz sorgen, bis Sie wieder sicher sein können. Einverstanden?« Angelis Stimme klang ermutigend und sehr zuversichtlich.

»Okay«, antwortete Judd dankbar. Seine Knie waren wie Pudding.

»Wo sind Sie jetzt?«

In einer Telefonzelle in der PanAm-Schalterhalle.«

»Rühren Sie sich nicht vom Fleck! Und bleiben Sie ja unter Menschen. Ich komme sofort.« Es klickte. Angeli hatte aufgelegt.

Er saß an seinem Schreibtisch auf dem Revier. Als er den Hörer auflegte, war ihm speiübel. Im Laufe der Jahre hatte er sich an den Umgang mit Kriminellen und Pervertierten aller Schattierungen gewöhnt und trotzdem den Glauben an die Würde und den Anstand des Menschen bewahrt. Aber ein krimineller Polizist, das war das Übelste, das er sich vorstellen konnte. Das war ein Schandfleck für den gesamten Berufsstand. Das verletzte das Recht und die Ordnung, für die alle anständigen Polizisten kämpften und oft genug sterben mußten.

Im Wachraum war Hochbetrieb. Er registrierte es kaum.

Zwei Streifenbeamte führten einen betrunkenen Hünen in Handschellen herein. Der eine der beiden Beamten hatte ein blaues Auge, der anderer preßte ein blutiges Taschentuch an die Nase. Der Ärmel seiner Uniformjacke war halb abgerissen. Die Reparatur würde er selbst bezahlen müssen. Diese Männer waren bereit, Tag und Nacht ihr Leben zu riskieren. Nur: So was machte keine Schlagzeilen. Wohl aber ein korrupter, krimineller Polyp. Sein eigener Partner.

Müde stand er auf und ging den tristen Korridor hinunter zum Zimmer des Captain. Er klopfte einmal an und trat ein.

Captain Bertelli war nicht allein. Zwei FBI-Männer saßen mit ihm im Zimmer. Bertelli blickte auf: »Na?«

Der Detektiv nickte. »Es kommt genau hin. Er war am Mittwoch nachmittag im Verwahrungsdepot und hat sich Carol Roberts Schlüssel rausgeben lassen. Mittwoch nacht hat er ihn zurückgebracht. Deshalb ist der Paraffintest negativ ausgefallen. Weil er mit dem Originalschlüssel die Praxis von Dr. Stevens aufgeschlossen hat. Der diensthabende Beamte hat ihm den Schlüssel guten Glaubens ausgehändigt, weil er wußte, daß er mit diesem Fall betraut war.«

»Wissen Sie, wo er jetzt ist?« fragte einer der FBI-Männer.

»Nein. Wir hatten ihn beschatten lassen, haben die Spur aber verloren.«

»Er sucht Stevens«, sagte der andere FBI-Mann.

»Welche Überlebenschance hat Stevens?« fragte Bertelli.

»Wenn sie ihn vor uns finden? Überhaupt keine.«

Captain Bertelli reckte das Kinn vor.

»Dann müssen wir ihn eben zuerst finden.« Erbittert fügte er hinzu: »Und Angeli auch. Wie Sie ihn kriegen, ist mir scheißegal. Hauptsache, Sie fassen ihn!«

In abgehacktem Stakkato knatterte der Polizeifunk die Meldung »Code zehn ... Code zehn ... An alle

Wagen ... Nehmen Sie die Verfolgung auf von Wagen ...«

Angeli schaltete rasch den Apparat aus. »Weiß jemand, daß ich Sie abgeholt habe?«

»Kein Mensch«, versicherte ihm Judd.

»Sie haben mit niemand über *La Cosa Nostra* gesprochen?«

»Nur mit Ihnen.«

Angeli nickte zufrieden.

Sie fuhren in Richtung New Jersey. Judd fühlte sich wie verwandelt. Seit er neben Angeli im Wagen saß, war er nicht mehr das gehetzte Wild. Jetzt war er der Jäger. Und dieser Gedanke erfüllte ihn mit großer Befriedigung.

An der Ausfahrt Orangeburg verließen sie die Schnellstraße und näherten sich Old Tappan.

»Sie haben ganz schön clever geschaltet«, sagte Angeli.

Judd wehrte ab. »Ich hätte gleich richtig schalten sollen, als mir klarwurde, daß es nur eine Organisation sein konnte. Moody hat es durchschaut, als er die Bombe in meinem Wagen fand.«

Und Anne war ein Teil der Organisation. Sie hatte ihn in die Falle gelockt. Und dennoch ... Er konnte sie nicht hassen. Was sie auch getan haben mochte, hassen konnte er sie nicht.

Angeli hatte die Hauptstraße verlassen und war in eine Nebenstraße eingebogen. In der Ferne tauchte ein Wald auf.

»Weiß Ihr Freund, daß wir kommen?« fragte Judd.

»Ich habe ihn angerufen. Er wartet auf Sie.«

Ein Privatweg zweigte ab. Angeli bog ein und fuhr etwa eine Meile, dann bremste er vor einem Tor, über dem eine Fernsehkamera installiert war. Man hörte ein leises Klicken, das Tor öffnete sich und schloß sich lautlos hinter ihnen. Sie fuhren eine lange, gewundene Zufahrt hoch. Durch die Bäume hindurch sah Judd das ausladende Dach eines Hauses. Hoch oben auf dem Dach blitzte ein bronzener Wetterhahn in der Sonne.

Der Wetterhahn hatte keinen Schwanz.

21

In der schalldichten, neonerleuchteten Nachrichtenzentrale des Polizeipräsidiums saß ein Dutzend Beamter in Hemdsärmeln an einem riesigen Schaltpult, je sechs an einer Seite, zwischen ihnen die Rohrpostanlage. Sobald ein Anruf einging, schrieb der Operator die Nachricht auf und jagte sie durch die Röhre hinauf zur Verteilerstelle. Die Anrufe kamen pausenlos, Tag und Nacht, ein Sturzbach von Tragödien, Schicksale der Bürger der gewaltigen Metropole. Verängstigte Männer und Frauen, Einsame, Betrunkene, Verletzte, Mörder ... Es war wie eine Szene von Hogarth, nicht mit Farben gezeichnet, sondern mit grellen, angstvollen Worten.

An diesem Montagnachmittag lag zusätzliche Spannung in der Luft. Jeder der Männer tat seinen Dienst mit äußerster Konzentration und nahm doch die vielen Detektive und FBI-Agenten wahr, die ständig aus und ein gingen, Befehle ausgaben und erhielten, routiniert und leise arbeitend, während sie ein dichtes elektronisches Netz nach Dr. Stevens und Detektive Angeli auswarfen. Die Atmosphäre war zum Zerreißen gespannt.

Captain Bertelli sprach gerade mit Allan Sullivan vom Dezernat für Kapitalverbrechen, als McGreavy hereinkam. Bertelli unterbrach die Unterhaltung und sah seinen Beamten fragend an.

»Wir kommen weiter«, berichtete McGreavy. »Wir haben einen Augenzeugen – den Nachtwächter aus dem Haus gegenüber von Dr. Stevens' Praxis. Mittwoch abend, als er gerade seinen Dienst angetreten hatte, hat er zwei Männer ins Haus gehen sehen und angenommen, sie gehörten dorthin, weil sie in aller Ruhe das Haus aufschlossen.«

»Hat er jemand identifizieren können?«

»Ja, Angeli. Er hat ihn auf einem Foto wiedererkannt.«

»Mittwoch lag er angeblich mit 'ner Grippe im Bett.«

»Genau.«

»Und wer war der zweite Mann?«

»Den hat der Nachtwächter nicht genau gesehen.«

Einer der Telefonisten steckte einen Stöpsel in einer der Buchsen unter den zahllosen rotflimmernden Lämpchen und rief Bertelli zu: »Für Sie, Captain! New Jersey Highway Patrol!«

Bertelli nahm das Gespräch an. »Bertelli!« Er lauschte. »Sind Sie sicher? . . . Gut. Alle erreichbaren Wagen hinschicken! Straßensperren einrichten! Das ganze Gebiet abriegeln! Bleiben Sie in Kontakt . . . Danke.« Er legte auf und sah die beiden Männer an. »Wir scheinen ein Stück weiter zu sein. Ein Streifenpolizist in New Jersey hat Angelis Wagen auf einer Nebenstraße in der Nähe von Orangeburg gesehen. Die Highway Patrol kämmt das Gebiet jetzt durch.«

»Dr. Stevens?«

»Saß neben Angeli im Wagen. Lebend. Keine Sorge, sie werden ihn finden.«

McGreavy nahm zwei Zigarren aus der Tasche. Er bot Sullivan eine an. Als er ablehnte, gab er sie Bertelli und steckte die andere zwischen die Zähne. »Eines steht fest: Stevens muß einen verdammt guten Schutzengel haben.« Er riß ein Streichholz an und zündete beide Zigarren an. »Ich habe eben mit seinem Freund Dr. Hadley gesprochen. Er hat mir erzählt, er hätte Stevens vor ein paar Tagen in dessen Praxis abholen wollen und Angeli vorgefunden – mit der Knarre in der Hand. Angeli hat was erzählt von Einbrechern, die er erwartet hätte, aber ich wette, Stevens würde nicht mehr leben, wenn Dr. Hadley nicht unerwartet aufgetaucht wäre. Angeli hätte ihn erschossen.«

»Wie sind Sie überhaupt mißtrauisch gegen Angeli geworden?« fragte Sullivan.

»Es fing damit an, daß wir ein paar Tips kriegten, Angeli würde Geschäftsleute erpressen«, antwortete McGreavy. »Als ich zu den Leuten ging, schwiegen sie sich aus. Sie hatten Angst. Wovor, wußte ich nicht. Von da an habe ich Angeli im Auge behalten. Nach dem Hanson-Mord kam er plötzlich an und fragte, ob er mit mir zusammen den Fall bearbeiten dürfte. Er hätte mich schon immer bewundert und mein Partner sein wollen und lauter solche Schleimscheißereien. Ich wußte, daß was faul war. Aber ich habe ihn – nach Absprache mit Captain Bertelli – genommen und ihm lange Leine gelassen. Was Wunder, daß er an den Fall ran wollte: Er steckte ja bis zum Hals mit drin. Ich habe Dr. Stevens als Köder für Angeli gebraucht, zumal ich anfangs ohnehin an seiner Unschuld Zweifel hatte. Meine Anklage gegen Stevens war mehr als wacklig, aber ich hatte darauf gesetzt, daß Angeli leichtsinnig werden und in die Falle gehen würde, sobald er sich unverdächtig wähnte.«

»Und? War es so?«

»Nein. Er hat mich maßlos überrascht, als er alle Hebel in Bewegung setzte, damit Stevens nicht verhaftet wurde.«

Sullivan konnte nicht recht folgen. »Aber wieso?«

»Weil er ihn umlegen wollte. Im Untersuchungsgefängnis wäre er nicht mehr an ihn rangekommen.«

Captain Bertelli warf ein:

»Als McGreavy den Druck auf Dr. Stevens verstärkte, kam Angeli zu mir und behauptete, McGreavy versuche krumme Touren, um Stevens aufs Kreuz zu legen.«

»Da waren wir sicher, daß wir auf der richtigen Spur waren«, fuhr McGreavy fort. »Stevens engagierte einen Privatdetektiv. Norman Moody. Ich habe Moody gecheckt. Er war schon einmal auf Angeli gestoßen, als ein Klient von ihm von Angeli wegen eines Drogendelikts verhaftet wurde. Moody behauptet, sein Klient sei von Angeli bewußt reingelegt worden. Inzwischen glaube ich, daß Moody recht hatte.«

»Moody war also durch blanken Zufall sofort über die Wahrheit gestolpert?«

»Das will ich nicht sagen. Nicht nur durch Zufall. Moody war blitzgescheit. Er hat gespürt, daß Angeli Dreck am Stecken hatte. Als er die Bombe im Wagen von Dr. Stevens fand, hat er sie nicht zu uns, sondern zum FBI gebracht und um eine Untersuchung gebeten.«

»Er hat wohl befürchtet, wenn Angeli sie in die Finger

bekäme, würde er eine korrekte Untersuchung verhindern.«

»Das nehme ich auch an. Aber dann passierte leider ein Fehler. Eine Kopie des Berichts ging an Angeli. Da wußte er, daß Moody ihm auf den Fersen war. Wir selbst hatten dann erst eine brauchbare Spur, als Moody das Stichwort ›Don Vinton‹ lieferte.«

»Der *Cosa Nostra*-Ausdruck für den obersten Chef.«

»Ja. Aus irgendwelchen Gründen wollte jemand von *La Cosa Nostra* Dr. Stevens aus dem Weg räumen.«

»Wie sind Sie darauf gekommen, Angeli mit *La Cosa Nostra* in Beziehung zu bringen?«

»Ich habe mir all die Kaufleute noch einmal vorgeknöpft, die Angeli offenbar unter Druck gesetzt hatte. Als ich *La Cosa Nostra* erwähnte, gerieten sie in Panik. Angeli hat sicher zuerst nur für eine der *Cosa Nostra*-Familien gearbeitet. Aber anscheinend hat er noch zusätzlich für eigene Rechnung gearbeitet.«

»Haben Sie eine Vermutung, was *La Cosa Nostra* gegen Dr. Stevens hat?« fragte Sullivan.

»Keine Ahnung. Wir haben nur ein paar Theorien, nicht mehr. Leider sind zwei Pannen passiert. Wir haben Angeli beschattet, aber er ist unseren Leuten durch die Lappen gegangen. Und zweitens ist Dr. Stevens aus dem Krankenhaus geflüchtet, bevor ich ihn vor Angeli warnen und ihn unter Polizeischutz stellen konnte.«

Am Schaltpunkt leuchtete eine Lampe auf. Ein Telefonist stöpselte ein. Dann rief er: »Captain Bertelli. Für Sie.«

Bertelli übernahm den Hörer. »Ja, Bertelli. Er lauschte, sagte kein Wort, legte den Hörer auf und drehte sich zu McGreavy um. »Sie haben seine Spur verloren.«

22

Anthony De Marco hatte *Mana.*

Judd spürte die starke Ausstrahlung einer kraftvollen

Persönlichkeit. Als Anne ihren Mann als gutaussehend beschrieb, hatte sie keineswegs übertrieben.

DeMarco hatte ein klassisches Römerprofil, tiefschwarze Augen und attraktive Silbersträhnen im dunklen Haar. Er war Mitte Vierzig, groß und athletisch gebaut und bewegte sich mit der rastlosen Grazie eines wilden Tieres. Seine Stimme klang tief und voll. »Möchten Sie einen Drink, Doktor?«

Judd schüttelte den Kopf. Er war fasziniert von diesem Mann. DeMarco wirkte vollkommen normal, ein charmanter Mann, ein perfekter Gastgeber, der einen geschätzten Gast willkommen heißt.

Sie waren zu fünft in der holzgetäfelten Bibliothek. Judd, DeMarco, Detective Angeli und jene beiden Männer, die versucht hatten, ihn in seiner Wohnung zu erschießen – Rocky und Nick Vaccaro. In gewisser Weise war Judd erleichtert, daß er seinem Gegner endlich Auge in Auge gegenüberstand. Jetzt wußte er wenigstens, gegen wen er kämpfte – sofern »kämpfen« der richtige Ausdruck dafür war. Er war Angeli in die Falle gelaufen. Schlimmer noch – er hatte Angeli selbst angerufen und ihn aufgefordert, ihn zu holen. Diesen Judas!

DeMarco musterte ihn sehr aufmerksam. Seine dunklen Augen ließen ihn nicht los. »Ich habe viel von Ihnen gehört«, sagte er.

Judd schwieg.

»Verzeihen Sie, daß ich Sie auf diese Weise herbringen ließ. Aber ich habe Ihnen ein paar Fragen zu stellen.« Er lächelte entschuldigend. Sein Lächeln wirkte beinahe herzlich.

Judd wußte, was kommen würde, und stellte sich darauf ein.

»Worüber haben Sie mit meiner Frau gesprochen, Doktor?«

»Mit Ihrer Frau?« Judd tat erstaunt. »Ich kenne Ihre Frau nicht.«

DeMarco schüttelte den Kopf. »Sie kommt seit drei Wochen zweimal wöchentlich in Ihre Praxis.«

Judd runzelte nachdenklich die Stirn. »Ich habe keine Patientin namens DeMarco . . .«

DeMarco nickte. »Nun, vielleicht hat sie einen anderen Namen benutzt. Vielleicht ihren Mädchennamen. Blake? Anne Blake?«

Judd spielte den Überraschten. »Anne Blake?«

Die Brüder Vaccaro traten ein paar Schritte näher.

»Nein«, sagte DeMarco scharf. Als er sich wieder an Judd richtete, war seine Liebenswürdigkeit verflogen. »Doktor, wenn Sie mich an der Nase rumführen wollen, werde ich mit Ihnen Schlitten fahren, daß Ihnen Hören und Sehen vergeht.«

Judd sah ihm in die Augen und machte sich keine Illusionen. Sein Leben hing am seidenen Faden. Trotzdem gab er sich entrüstet. »Machen Sie, was Sie wollen. Ich hatte keine Ahnung, daß Anne Blake Ihre Frau ist.«

»Das könnte stimmen«, warf Angeli ein. »Er . . .«

DeMarco nahm keine Notiz von Angeli. »Worüber hat meine Frau in drei Wochen mit Ihnen gesprochen?«

Dies war der Augenblick der Wahrheit. Als Judd den bronzefarbenen Hahn auf dem Dach gesehen hatte, war ihm alles klar gewesen. Anne hat ihn nicht in eine mörderische Falle gelockt. Sie war selbst ein Opfer, genau wie er. Sie hatte einen erfolgreichen Bauunternehmer geheiratet, ohne zu ahnen, wer er wirklich war. Dann mußte irgend etwas sie mißtrauisch gemacht haben. Sie begann zu vermuten, daß Ihr Mann nicht der war, der er zu sein vorgab; daß er vielleicht sogar in üble Dinge verwickelt war. Da sie mit niemandem darüber zu sprechen wagte, hatte sie sich an einen Psychiater gewandt, einen Fremden, dem sie sich anvertrauen konnte. Doch die Loyalität dem Ehemann gegenüber war stärker gewesen als ihr Mißtrauen. Deshalb hatte sie ihre Sorgen und Ängste nicht aussprechen können.

»Wir haben nichts Wesentliches besprochen«, antwortete Judd ruhig. »Ihre Frau weigerte sich, ihr Problem anzusprechen.«

DeMarco fixierte ihn unablässig, kalkulierend, abwägend. »Sie werden sich schon was Besseres einfallen lassen müssen.«

DeMarco war bestimmt außer sich gewesen, als er erfuhr, daß seine Frau heimlich zum Psychiater ging – die Frau eines Anführers von *La Cosa Nostra*! Kein Wunder, daß er nicht einmal vor Mord zurückgeschreckt war, um an ihre Unterlagen zu kommen.

»Sie hat mir nur gestanden, daß sie über etwas bedrückt war«, sagte Judd. »Über was – das hat sie nicht gesagt.«

»Dazu braucht man zehn Sekunden«, entgegnete DeMarco. »Ich weiß aber genau, wie viele Minuten sie in Ihrer Praxis zugebracht hat. Worüber hat sie in den übrigen Stunden geredet? Sie muß Ihnen von mir erzählt haben.«

»Sie hat gesagt, Sie besäßen ein großes Bauunternehmen.«

DeMarco musterte ihn kalt. Judd traten Schweißperlen auf die Stirn.

»Ich habe mich über Psychoanalyse informiert, Doktor. Der Patient redet über alles, was ihm gerade in den Sinn kommt.«

»Das ist ein Teil der Therapie«, antwortete Judd sachlich. »Und das ist der Grund, weshalb ich mit Mrs. Blake – eh – Mrs. DeMarco nicht weiterkam. Ich hatte die Absicht, die Behandlung abzubrechen.«

»Sie haben es aber nicht getan.«

»Es war nicht mehr nötig. Als sie am Freitag zu mir kam, erklärte sie mir, sie führe nach Europa.«

»Anne hat es sich anders überlegt. Sie will nicht mit mir nach Europa fahren. Wissen Sie, warum?«

Diesmal war Judd wirklich überrascht. »Nein.«

»Ihretwegen, Doktor.«

Judds Herz machte einen kleinen Satz, aber er bemühte sich, seine Gefühle nicht zu verraten. »Ich verstehe Sie nicht.«

»Sie verstehen mich genau. Anne und ich hatten gestern abend ein sehr langes Gespräch. Sie glaubt, daß unsere Ehe ein Fehler war. Sie ist nicht mehr glücklich mit mir, weil sie meint, sich in Sie verliebt zu haben.« DeMarcos Stimme senkte sich zu einem beschwörenden Flüstern. »Ich verlange, daß Sie mir genau sagen, was in Ihrer Praxis vorgefallen ist, wenn Sie beide allein waren und Anne auf Ihrer Couch lag.«

Judd war von widerstreitenden Gefühlen erfüllt. Er hatte sich nicht getäuscht: Sie mochte ihn! Aber was hatten sie beide davon? DeMarco sah ihn ungeduldig an, er wartete auf eine Antwort. »Nichts. Nichts ist passiert. Da Sie sich, wie Sie sagten, über Psychoanalyse informiert haben, werden Sie auch wissen, daß alle Patientinnen während der Behandlung zu einer emotionellen Fixierung neigen. Irgendwann glauben sie, in Ihren Arzt verliebt zu sein. Es ist ein Übergangsstadium.«

DeMarco beobachtete ihn angespannt. Seine Augen bohrten sich in Judds Blick.

»Woher wußten Sie, daß sie zu mir kam?« fragte Judd betont gleichgültig.

DeMarco sah Judd starr an. Dann trat er an seinen großen Schreibtisch und ergriff einen rasiermesserscharfen Brieföffner in Dolchform. »Einer meiner Leute hat gesehen, wie sie in Ihr Haus ging. In diesem Haus gibt es auch einige Frauenärzte. Sie dachten, Anne hätte vielleicht eine kleine Überraschung für mich. Deshalb sind sie ihr gefolgt – bis zu Ihrer Praxis. Das war dann allerdings eine Überraschung für mich. Die Frau von Anthony DeMarco tratscht auf einer Psychiatercouch über seine Geschäftsgeheimnisse!«

»Ich habe Ihnen doch gesagt, daß sie nicht . . .«

DeMarco sprach immer leiser. Die *commissione* hat eine Sitzung einberufen. Sie hat bestimmt, daß ich sie töten muß. So wie wir jeden Verräter töten.« Er ging rastlos im Zimmer auf und ab wie ein gefangenes Tier in seinem Käfig. »Aber ich lasse mich nicht rumkommandieren wie ein kleiner Befehlsempfänger. Ich bin Anthony DeMarco. Ein *capo*. Ich habe versprochen, daß ich – sofern sie etwas über unsere Geschäfte verraten haben sollte – den Mann umbringen werde, mit dem sie darüber gesprochen hat. Mit diesen meinen Händen!« Er hielt Judd seine Fäuste vors Gesicht, in der einen Hand den scharfen Dolch. »Und der Mann sind Sie, Doktor!«

Während er sprach, ging er um Judd herum, und jedesmal wenn er hinter seinem Rücken vorbeiging, wurde Judd starr.

»Sie machen einen Fehler«, sagte Judd.

»Nein. Aber Anne hat einen Fehler gemacht.« Er sah Judd verächtlich an. »Wie kommt sie nur darauf, daß Sie ein besserer Mann für sie sind als ich?« Es klang fassungslos.

Die Brüder Vaccaro wieherten höhnisch.

»Sie sind eine Null. Ein Schwachkopf, der jeden Tag in sein Büro geht und ein paar lausige Kröten verdient. Wieviel schon? Dreißigtausend pro Jahr? Fünfzig? Hundert? Ich verdiene mehr als das in einer einzigen Woche!«

Die Maske schwand unter dem wachsenden emotionellen Druck. Er sprach abgehackt, in kurzen, erregten Ausbrüchen. Sein Gesicht verzerrte sich und wurde abstoßend. Anne hatte ihn nur hinter seiner Fassade gesehen. Judd blickte jetzt in das nackte Gesicht eines mordbesessenen Paranoikers.

»Sie und diese kleine *putana* – ihr paßt zusammen!«

»Mrs. DeMarco war meine Patientin – nicht mehr!«

DeMarco sah ihn mit stechenden Augen an. »Sie haben keine Schwäche für sie?«

»Ich sagte es Ihnen schon. Für mich ist sie eine Patientin unter vielen.«

»Okay«, konterte DeMarco. »Sagen Sie es ihr.«

»Was soll ich ihr sagen?«

»Daß sie Ihnen egal ist. Ich lasse sie holen. Ich will, daß Sie mit ihr sprechen. Allein.«

Judds Puls fing an zu rasen. Das war die Chance, sich und Anne zu retten.

DeMarco machte eine Handbewegung. Die Männer gingen hinaus. DeMarco lächelte Judd liebenswürdig an. Er verbarg sich wieder hinter seiner Maske. »So lange

Anne nichts weiß, wird sie am Leben bleiben. Sie werden sie davon überzeugen, daß sie mit mir nach Europa fahren muß.«

Judds Mund war trocken geworden. In DeMarcos Augen lag ein triumphierendes Funkeln. Judd wußte, was das bedeutete. Er hatte seinen Gegner unterschätzt. Er war mattgesetzt. Welchen Zug er jetzt auch machte, Anne war in Gefahr. Wenn er sie mit ihrem Mann nach Europa schickte, war ihr Leben bedroht. DeMarco würde sie nicht schonen. *La Cosa Nostra* würde es nicht zulassen. DeMarco würde in Europa einen »Unfall« arrangieren. Aber wenn Judd ihr riet, hier zu bleiben, und wenn sie begriff, in welcher Lage er selbst sich befand, würde sie einzugreifen versuchen. Und das wäre der sichere Tod für sie beide. Es gab keinen Ausweg. Nur die Wahl zwischen zwei tödlichen Fallen.

Anne hatte vom Fenster ihres Schlafzimmers im zweiten Stock gesehen, wie Judd und Angeli ankamen. Einen seligen Augenblick lang hatte sie geglaubt, Judd sei gekommen, um sie aus ihrer entsetzlichen Situation zu befreien. Doch dann hatte sie gesehen, wie Angeli den Revolver gezogen und Judd ins Haus getrieben hatte.

Seit 48 Stunden wußte sie die Wahrheit über ihren Mann. Vorher war es nur ein vager, bohrender Verdacht gewesen, so unfaßlich, daß sie versucht hatte, ihn zu verdrängen. Begonnen hatte es vor ein paar Monaten, als sie nach Manhattan ins Theater gefahren und unerwartet früh nach Hause gekommen war, weil der Star betrunken war und die Vorstellung im zweiten Akt abgebrochen werden mußte. Anthony hatte ihr erzählt, er habe daheim eine geschäftliche Besprechung. Als sie verfrüht zurückkam, war die Besprechung noch nicht zu Ende. Bevor ihr überraschter Mann die Tür zur Bibliothek schließen konnte, hatte sie jemand wütend brüllen hören: »Ich bin dafür, daß wir uns den Laden heute nacht vorknöpfen und die lausigen Schweine fertigmachen!« Dieser Ausdruck, die rüden Typen im Zimmer und Anthonys sichtliches Erschrecken, als er sie sah – das alles hatte eine niederschmetternde Wirkung auf sie gehabt. Am anderen Morgen hatte sie sich von seinen Erklärungen überzeugen lassen, weil sie überzeugt werden wollte. In den sechs Monaten ihrer Ehe war er ein zärtlicher, aufmerksamer Ehemann gewesen. Sie hatte gelegentliche Jähzornausbrüche erlebt, aber er hatte sie immer rasch wieder unter Kontrolle gehabt.

Einige Wochen nach diesem Vorfall hatte sie einen Telefonhörer aufgenommen und war in ein Gespräch geraten, das Anthony von einem Nebenapparat aus führte. »Wir übernehmen heute nacht eine Ladung aus Toronto. Du sorgst dafür, daß der Nachtwächter erledigt wird. Er gehört nicht zu uns.«

Mit bebenden Händen hatte sie den Hörer aufgelegt. Es hatte furchtbar geklungen, was sie da gehört hatte. Aber es konnten harmlose Geschäftsanweisungen in einem mißverständlichen Jargon gewesen sein. Vorsichtig und betont beiläufig versuchte sie, ihren Mann über seine Geschäfte auszufragen. Es war, als richte sich eine eiserne Wand zwischen ihnen auf. Als er sie anherrschte, sie solle sich gefälligst um das Haus kümmern und ihre Nase nicht in seine Geschäfte stecken, war er ein fremder Mann für sie. Sie hatten sich bitter gestritten. Am nächsten Abend hatte er ihr ein aberwitzig kostbares Halsband geschenkt und sich zärtlich bei ihr entschuldigt.

Der dritte Vorfall hatte sich einen Monat danach ereignet. Sie war um vier Uhr nachts wach geworden, als eine Tür knallte. Im Hausmantel war sie nach unten gegangen, um nachzusehen. Aus der Bibliothek hörte sie erregte Stimmen. Sie ging näher und sah ihren Mann mit einem halben Dutzend fremder Männer diskutieren. Sie fürchtete, er würde ärgerlich werden, wenn sie jetzt störte. Deshalb ging sie leise wieder nach oben und legte sich ins Bett. Am anderen Morgen fragte sie ihn beim Frühstück, wie er geschlafen habe.

»Fabelhaft. Ich bin um zehn Uhr eingeschlafen und nicht mehr wach geworden bis heute früh.«

Da wußte Anne, daß etwas faul war. Sie wußte nicht, was es war und wie schlimm es sein mochte. Sie wußte nur, daß ihr Mann sie belog. Was für Geschäfte waren das, die er in aller Heimlichkeit betrieb, derentwegen er sich mitten in der Nacht mit finsteren Typen traf? Sie fürchtete sich, das Thema noch einmal anzuschneiden. Ihre Ängste und Beklemmungen wuchsen. Es gab keinen Menschen, mit dem sie darüber sprechen konnte.

Einige Tage später waren sie zu einer Dinnerparty eingeladen. Jemand erwähnte Judd Stevens und schwärmte von ihm. »Ein Vollblutanalytiker, wenn Sie verstehen, was ich meine. Er ist irrsinnig attraktiv, aber er weiß es nicht mal . . . Er ist einer von diesen Besessenen, die nur ihren Beruf kennen.«

Anne hatte sich den Namen gemerkt. Am nächsten Tag war sie zu ihm gegangen.

Die erste Begegnung hatte ihr Leben auf den Kopf gestellt. Sie war in einen Wirbel der Gefühle geraten, der sie völlig ratlos machte. In ihrer Verwirrung war sie kaum fähig gewesen, mit ihm zu sprechen. Wie ein verlegenes kleines Mädchen hatte sie sich davongeschlichen und sich geschworen, nie wieder hinzugehen. Doch dann war sie wieder hingegangen, um sich zu beweisen, daß es nur Einbildung, Zufall, die Aufwallung eines Augenblicks gewesen war. Beim zweitenmal hatte sie noch heftiger reagiert. Sie hatte sich immer für vernünftig und realistisch gehalten. Nun benahm sie sich wie eine Sechzehnjährige, die zum erstenmal verliebt ist. Es war ihr unmöglich, mit Judd über ihren Mann zu sprechen. So hatten sie eben über alle möglichen Themen geredet, und nach jedem Besuch fühlte sie sich stärker zu ihm hingezogen.

Sie wußte, daß es hoffnungslos war. Sie würde sich nie von Anthony scheiden lassen. Sie hielt sich für charakterschwach, weil sie imstande war, sich sechs Monate nach der Hochzeit in einen anderen Mann zu verlieben. Sie beschloß, Judd nicht wiederzusehen.

Und dann war eine Reihe von entsetzlichen Dingen geschehen. Carol Roberts war ermordet worden, Judd angefahren. Aus der Zeitung erfuhr sie, daß Judd dabeigewesen war, als Moodys Leiche im Lagerhaus der Five Star Meat Packing Company gefunden wurde. Und den Namen dieser Firma hatte sie früher schon einmal gelesen: Auf dem Briefkopf auf Anthonys Schreibtisch!

Ein grauenvoller Verdacht nahm konkrete Gestalt an.

Es schien unfaßbar, daß Anthony mit diesen Verbrechen etwas zu tun haben sollte. Und doch ... Es war wie ein grausiger Alptraum, aus dem es kein Entrinnen gab. Sie konnte Judd nichts davon sagen, und sie hatte Angst, Anthony darauf anzusprechen. Sie redete sich ein, ihre Befürchtungen seien unbegründet. Anthony wußte ja nicht einmal von der Existenz eines Dr. Stevens.

Vor zwei Tagen war Anthony dann überraschend in ihr Zimmer gekommen und hatte sie über ihre Besuche bei Dr. Stevens ausgefragt. Ihre erste Reaktion war Zorn darüber, daß er ihr nachspioniert hatte. Doch der Zorn war schnell panischer Angst und blankem Entsetzen gewichen. Als sie in sein wutverzerrtes Gesicht sah, wußte sie, daß ihr Mann zu allem fähig war. Selbst zum Mord.

Während dieses Verhörs hatte sie einen fatalen Fehler gemacht. Sie hatte ihn wissen lassen, was sie für Judd empfand. Anthonys Augen waren noch dunkler geworden. Benommen hatte er den Kopf geschüttelt, als habe ihm jemand einen Tiefschlag versetzt.

Erst als sie wieder allein war, ging ihr auf, in welcher Gefahr Judd sich befand. Und daß sie ihn nicht verlassen konnte. Sie erklärte Anthony, sie werde nicht mit ihm nach Europa reisen.

Und jetzt war Judd hier, in diesem Haus, ihretwegen in höchster Gefahr.

Die Tür ging auf. Anthony kam herein. Er sah sie einen Augenblick an, dann sagte er: »Du hast Besuch.«

Sie trug einen gelben Rock und die passende gelbe Bluse. Ihr Haar fiel offen auf die Schultern. Sie war leichenblaß, aber trotzdem strahlte sie eine ruhige Gelassenheit aus. Judd war mit ihr allein im Zimmer.

»Hallo, Dr. Stevens. Mein Mann hat mir gesagt, daß Sie hier sind.« Es war Judd, als spielten sie beide eine Charade vor einem unsichtbaren, tödlichen Publikum. Intuitiv erfaßte er, daß Anne die Lage erkannt hatte und sich ihm in die Hand gab, um auf ein Stichwort hin zu reagieren. Dabei konnte er nichts anderes tun als versuchen, ihr Leben ein wenig zu verlängern. Wenn sie sich weigerte, ihren Mann auf der Reise zu begleiten, würde DeMarco sie mit Sicherheit noch hier töten.

Er überlegte und wog seine Worte sorgfältig ab. Jedes Wort konnte so brisant sein wie die Bombe in seinem Wagen. »Mrs. DeMarco, Ihr Mann ist beunruhigt darüber, daß Sie Ihre Meinung geändert haben und nicht mit ihm verreisen wollen.«

Anne wartete. Sie dachte nach. »Das tut mir leid«, sagte sie schließlich.

»Ich meine, Sie sollten doch fahren«, sagte Judd laut.

Anne versuchte in seinen Augen zu lesen. »Und wenn ich mich weigere? Wenn ich ihn verlasse?«

Judd erschrak. »Das dürfen Sie nicht tun!« Sie würde dieses Haus nicht lebend verlassen. »Mrs. DeMarco«, sagte er nachdrücklich, »Ihr Mann ist der irrigen Annahme, sie hätten sich in mich verliebt.«

Sie wollte etwas sagen, aber er fiel ihr ins Wort. »Ich habe ihm erklärt, daß dies eine durchaus normale Erscheinung während einer Analyse ist. Eine emotionelle Transferenz, die fast alle Patienten durchmachen.«

Sie nahm sein Stichwort auf. »Ich weiß. Ich fürchte, es war ein Fehler, daß ich überhaupt zu Ihnen gekommen bin. Ich hätte versuchen sollen, allein mit meinem Problem fertig zu werden.« Ihr Blick sagte ihm, wie sie es meinte: Daß sie zutiefst bedauerte, ihn in solche Gefahr gebracht zu haben. »Ich hatte mir die Sache auch schon überlegt. Vielleicht würden mir Ferien in Europa tatsächlich guttun.«

Erleichtert atmete er auf. Sie hatte begriffen.

Aber er sah keine Möglichkeit, sie vor der Gefahr zu warnen, in der sie sich befand. Oder wußte sie es schon?

Aber selbst wenn sie es wissen sollte – was konnte sie dagegen tun? Er schaute an Anne vorbei durch das Fenster auf die Bäume am Waldrand. Sie hatte ihm von ihren Spaziergängen in diesem Wald erzählt. Vielleicht kannte sie einen Fluchtweg? Wenn sie es bis zum Wald schaffen würde ... Er senkte die Stimme: »Anne ...«

»Ist die kleine Plauderei beendet?«

Judd fuhr herum. DeMarco war lautlos ins Zimmer gekommen. Hinter ihm standen Angeli und die Brüder Vaccaro.

Anne sprach ihren Mann an: »Dr. Stevens meint, ich sollte nach Europa fahren. Ich werde seinem Rat folgen.«

DeMarco lächelte. »Ich wußte, daß ich mich auf Sie verlassen kann, Doktor.« Er ließ seinen ganzen Charme spielen, mit der ungeheuren Befriedigung eines Mannes, der den totalen Sieg errungen hat.

Kein Wunder, daß Anne von ihm fasziniert gewesen war. Selbst Judd konnte in diesem Moment kaum glauben, daß dieser liebenswürdige, freundliche Adonis ein kaltblütiger, psychopathischer Mörder war.

DeMarco sah Anne an. »Wir reisen morgen in aller Frühe, Liebling. Willst du nicht raufgehen und anfangen zu packen?«

Anne zögerte. Sie wollte Judd nicht mit diesen Männern allein lassen. »Ich ...« Sie sah Judd hilfesuchend an. Er nickte unmerklich.

»Gut.« Sie hielt ihm die Hand entgegen. »Auf Wiedersehen, Dr. Stevens.«

Judd ergriff ihre Hand. »Leben Sie wohl.«

Und diesmal war es ein Lebewohl. Es gab keinen Ausweg. Er sah ihr nach, als sie hinausging.

Auch DeMarco sah ihr nach. »Ist sie nicht eine Schönheit?« Seine Miene drückte Besitzerstolz und Liebe aus und noch etwas anderes. War es Bedauern? Bedauern über das, was er tun mußte?

»Sie weiß von alldem nichts«, sagte Judd. »Warum halten Sie sie nicht raus? Lassen Sie sie gehen!«

Er sah den blitzschnellen Wandel in DeMarco. Er war

körperlich spürbar. Der Charme war weggewischt. Blanker Haß schlug ihm wie ein elektrischer Stromstoß entgegen. Ein ekstatischer, fast orgiastischer Ausdruck lag auf DeMarcos Gesicht.

»Gehen wir, Doktor!«

Judd sah sich im Zimmer um und kalkulierte seine Fluchtchancen. DeMarco würde ihn wohl kaum in diesem Haus umbringen wollen. Wenn noch eine Chance bestand, dann jetzt! Die Brüder Vaccaro sahen ihn gierig an. Sie warteten nur darauf, daß er eine falsche Bewegung machte. Angeli stand dicht am Fenster, eine Hand am Halfter.

»Versuchen Sie es lieber nicht«, sagte DeMarco leise. »Sie sind ein toter Mann. Aber Sie werden so sterben, wie ich es will.« Er stieß Judd zur Tür. Die anderen kreisten ihn ein. So gingen sie hinaus in die Halle.

Oben im Treppenhaus blieb Anne am Geländer stehen und spähte hinunter in die Halle. Als sie Judd und die anderen Männer zur Haustür gehen sah, zog sie sich rasch zurück und lief in ihr Zimmer. Vom Fenster aus sah sie, wie sie Judd in Angelis Wagen stießen.

Sie stürzte ans Telefon, riß den Hörer hoch und wählte die Nummer der Vermittlung. Es dauerte eine Ewigkeit, bis sich jemand meldete.

»Verbinden Sie mich mit der Polizei! Schnell! Das ist ein Notruf!«

Eine Männerhand schoß vor und drückte die Gabel nieder. Anne schrie auf und fuhr herum. Nick Vaccaro stand vor ihr und grinste tückisch.

23

Angeli schaltete die Scheinwerfer ein. Es war erst vier Uhr nachmittags. Doch die Sonne war hinter den dunklen Wolken verschwunden, die der eisige Wind zusammengetrieben hatte. Sie fuhren seit über einer Stunde.

Angeli saß am Steuer, neben ihm Rocky Vaccaro. Auf den Rücksitzen saßen Judd und Anthony DeMarco.

Anfangs hatte Judd nach vorbeifahrenden Polizeistreifen Ausschau gehalten, in der wahnwitzigen Hoffnung, er könne durch ein Zeichen auf sich aufmerksam machen. Aber Angeli suchte wenig befahrene Seitenstraßen. Sie ließen Morristown links liegen, kamen auf die Route 206 und fuhren nach Süden durch kaum besiedelte Gebiete von New Jersey.

Der graue Himmel öffnete seine Schleusen. Ein eisiger Hagel trommelte gegen die Windschutzscheibe und auf das Wagendach.

»Langsam!« befahl DeMarco. »Ich will keinen Unfall.«

Gehorsam nahm Angeli den Fuß vom Gaspedal.

»Die meisten Leute machen entscheidende Fehler«, sagte DeMarco und sah Judd an. »Sie planen nicht voraus. So wie ich.«

Judd betrachtete DeMarco wie einen Patienten. Der Mann litt an Größenwahn. Vernunft und Logik erreichten ihn nicht mehr. An seine Einsicht zu appellieren, war sinnlos. Er hatte kein Moralgefühl, deshalb konnte er bedenkenlos morden.

Jetzt kannte Judd die Antwort auf fast alle Fragen. DeMarco hatte die Morde persönlich begangen. Aus verletztem Ehrgefühl. Es war die Rache des Sizilianers, der den Makel auslöschen wollte, mit dem seine Frau ihn und die *Cosa Nostra*-Familie beschmutzt hatte. Der Mord an John Hanson war ein Versehen gewesen. Als Angeli ihn darüber aufgeklärt hatte, war DeMarco in die Praxis gekommen, hatte dort aber nur Carol angetroffen. Die arme Carol! Sie konnte ihm die Bänder einer Mrs. DeMarco nicht geben. Sie hatte Anne nicht unter diesem Namen gekannt. Hätte DeMarco die Ruhe bewahrt, wäre Carol vielleicht daraufgekommen, wen er meinte. Aber es gehörte zu seinem Krankheitsbild, keine Frustration ertragen zu können. So war er in einen unkontrollierten Wutzustand geraten, und Carol hatte auf diese grauenvolle Weise sterben müssen. DeMarco selbst hatte Judd angefahren. Er war persönlich mit Angeli in die Praxis gekommen, um ihn umzubringen. Judd hatte damals nicht verstanden, warum sie nicht einfach in sein Zimmer gekommen waren und ihn erschossen hatten. Jetzt war es ihm klar: Da McGreavy ihn für schuldig hielt, hatten sie einen Selbstmord aus Reue vortäuschen wollen, um weitere polizeiliche Ermittlungen zu verhindern. Und Moody ... Armer Moody! Als Judd ihm die Namen der Detektive nannte, die seinen Fall übernommen hatten, hatte er geglaubt, Moody sei mißtrauisch gegen McGreavy. Dabei hatte der Dicke sofort an Angeli gedacht. Vermutlich hatte er schon geahnt, daß Angeli zu *La Cosa Nostra* gehörte. Und als er der Sache nachging ...

Er sah DeMarco an. »Was wird aus Anne werden?«

»Machen Sie sich keine Sorgen. Das ist meine Angelegenheit«, erwiderte DeMarco.

Angeli grinste böse. »Und ob.«

»Es war ein Fehler, eine Frau zu heiraten, die nicht zur Familie gehört«, sagte DeMarco grübelnd. »Außenstehende begreifen das nicht. Niemals.«

Sie kamen jetzt in ödes Flachland. Nur gelegentlich zeichneten sich die Umrisse einer Fabrik vor dem fahlen Horizont ab. »Wir sind gleich da«, meldete Angeli.

»Du hast deine Sache prima gemacht«, sagte DeMarco. »Wir werden dich untertauchen lassen, bis Gras über die Geschichte gewachsen ist. Wo möchtest du hin?«

»Ich hätte nichts gegen Florida.«

DeMarco nickte zustimmend. »Okay. Du kannst zu jemand von der Familie.«

»Ich kenne da ein paar tolle Weiber.« Angeli feixte.

DeMarco lächelte ihm im Spiegel zu. »Du wirst dir eine Luxusbräune wie ein Playboy holen.«

»Ich hoffe, das ist alles, was ich mir einfange.«

Rocky Vaccaro lachte.

Rechts in der Ferne sah Judd eine große Fabrik auftauchen. Rauchwolken stiegen aus den Schornsteinen hoch. Sie kamen an eine Nebenstraße, die zur Fabrik führte.

Angeli bog ab und fuhr bis zu einer hohen Mauer. Das Tor war geschlossen. Angeli hupte im Dauerton. Ein Mann in Regenzeug kam heran. Als er DeMarco erkannte, nickte er grüßend und machte das Tor weit auf. Angeli fuhr hinein. Hinter ihnen schloß sich das Tor.

Sie waren da.

Lieutenant McGreavy saß im 19. Revier in seinem Büro und ging mit drei Detektiven, Captain Bertelli und den beiden Männern vom FBI eine Namensliste durch.

»Das hier sind die *Cosa Nostra*-Familien im Osten. Mit allen *subcapos* und *capos.* Die Frage ist bloß: Zu welcher gehört Angeli?«

»Wie lange brauchen wir, um alle zu überprüfen?« fragte Bertelli.

Einer der FBI-Männer antwortete: »Das sind über 60 Namen. Das dauert mindestens 24 Stunden, aber ...« Er brach ab.

McGreavy hatte ihn verstanden. »Aber in 24 Stunden lebt Dr. Stevens nicht mehr.«

Ein junger Polizist kam hereingestürzt. Als er die Gruppe von Männern sah, blieb er unsicher stehen.

»Was gibt's?« fragte McGreavy.

»New Jersey wußte nicht, ob es wichtig ist, Lieutenant. Aber Sie haben ja Order gegeben, alles zu melden, was ungewöhnlich klingt. Ein Operator hat einen Anruf von einer weiblichen Person aufgenommen, die mit der Polizei verbunden werden wollte. Sie hat gesagt, es wäre ein Notruf. Doch dann war die Leitung tot. Der Operator hat gewartet, aber es kam nichts mehr.«

»Wo kam der Anruf her?«

»Aus Old Tappan.«

»Ist die Nummer ermittelt?«

»Nein. Es war zu schnell aufgelegt worden.«

»Fabelhaft«, schnaubte McGreavy erbittert.

»Vergessen Sie's!« sagte Bertelli. »War wahrscheinlich nur eine alte Dame, der die Katze weggelaufen ist.«

McGreavys Telefon klingelte – ein langer durchdringender Ton. Er nahm den Hörer auf. »Lieutenant McGreavy!« Die anderen sahen, wie sein Gesicht sich verhärtete. »Okay! Sie sollen nichts unternehmen, bis ich da bin. Ich komme sofort!« Er knallte den Hörer auf. »Die Highway Patrol hat gerade Angelis Wagen auf der Route 206 entdeckt. Hinter Millstone. Fahrtrichtung Süden.«

»Wird er verfolgt?« fragte einer der FBI-Männer.

»Der Streifenwagen fuhr in entgegengesetzter Richtung. Bis sie gewendet hatten, war Angelis Wagen verschwunden. Ich kenne die Gegend. Da gibt es nichts als ein paar Fabriken. Kann das FBI mir so schnell wie möglich die Namen der Fabriken und Besitzer beschaffen?«

»Klar.« Der FBI-Mann griff nach dem Telefon.

»Ich fahre da raus«, sagte McGreavy. »Rufen Sie mich an, sobald Sie die Liste haben.« Er sah seine Leute an. »Los, fahren wir!« Er rannte zur Tür, die drei Detektive hinterher, gefolgt von dem zweiten FBI-Mann.

Angeli fuhr am Häuschen des Torwärters vorbei. Vor ihnen lag ein Komplex von merkwürdigen Fabrikanlagen. Hohe Schornsteine ragten in den Himmel, breite Kanäle zogen sich zwischen den Gebäuden hindurch, die wie vorzeitliche Ungeheuer in einer kahlen, zeitlosen Landschaft standen.

Der Wagen rollte bis zu einer Anlage aus mächtigen Röhren und Fließbändern und kam jäh zum Stehen. Angeli und Vaccaro sprangen heraus. Vaccaro riß die hintere Tür auf. Er hielt einen Revolver in der Hand. »Raus, Doc!«

Langsam stieg Judd aus, hinter ihm DeMarco. Brodelnder Lärm und ein gewaltiger Luftdruck schlugen ihnen entgegen. Etwa zehn Meter vor ihnen lag eine riesige Pipeline, die mit vielen Atmosphären Druck alles ansog, was ihrem offenen, gierigen Schlund nahe kam.

»Das ist eine der größten Pipelines im Land«, sagte DeMarco stolz. Er mußte schreien, um sich verständlich zu machen. »Wollen Sie sehen, wie sie funktioniert?«

Judd starrte ihn an. DeMarco spielte wieder die Rolle

des perfekten Gastgebers. Nein, er spielte sie nicht. Es war echt, und das war das Erschreckende: DeMarco war im Begriff, einen Mann zu ermorden; doch für ihn war das nichts als ein Geschäft, etwas, das man mit derselben Gleichgültigkeit erledigt, mit der man ein nutzlos gewordenes Werkzeug wegwirft. Aber vorher mußte er sein Opfer noch beeindrucken.

»Kommen Sie, Doktor. Es ist wirklich interessant.«

Sie gingen auf die Pipeline zu. Angeli vorweg. DeMarco neben Judd, hinter ihnen Rocky Vaccaro.

»Diese Anlage bringt jährlich über fünf Millionen Dollar ein«, sagte DeMarco. »Sie arbeitet vollautomatisch.«

Je näher sie der Pipeline kamen, desto unerträglicher wurde der Lärm. Etwa hundert Meter vor dem Eingang zur Vakuumkammer transportierte ein riesiges Förderband gewaltige Hölzer zu einer etwa sieben Meter langen und zwei Meter hohen Schlichtmaschine mit einem halben Dutzend rasiermesserscharfen Fräsköpfen. Die zerschnittenen Hölzer wurden weitergeleitet zu einem Rührwerk, einem stachelschweinähnlichen, mit blitzenden Messern bestückten Rotor. Hobelspäne und Sägemehl wirbelten durch die Luft, mischten sich mit dem Regen und wurden von der Pipeline verschluckt.

»Es spielt keine Rolle, wie groß die Holzstämme sind«, sagte DeMarco. »Die Maschine zerkleinert alles, bis es in die Pipeline paßt.«

Er zog einen kurzläufigen .38 Colt aus der Tasche und rief: »Angeli!«

Angeli drehte sich um.

»Gute Reise nach Florida.« Er drückte ab. Ein rotes Loch explodierte in Angelis Hemd. Angelli starrte DeMarco mit einem dümmlichen Lächeln an, als warte er auf die Auflösung des Rätsels. DeMarco drückte noch einmal ab. Angeli sackte zusammen. DeMarco nickte Rocky Vaccaro kurz zu. Der bullige Mann hob den Toten auf und stapfte auf die Pipeline zu.

DeMarco drehte sich zu Judd um. »Angeli war ein Narr. Jeder Polizist im ganzen Land wird ihn jagen. Wenn sie ihn gefunden hätten, wären sie sofort bei mir gewesen.«

Der kaltblütige Mord an Angeli war ein Schock gewesen. Was jetzt kam, war noch schlimmer. In starrem Entsetzen sah Judd, wie Vaccaro Angelis Leiche zum Schlund der Pipeline schleppte. Der Sog packte die Leiche und schlürfte sie gierig an. Vaccaro mußte sich an einem Metallgriff festklammern, um nicht selbst von diesem tödlichen Zyklon fortgerissen zu werden. Judd sah nur noch, wie Angelis Körper durch einen Wirbel von Sägemehl und Staub geschleudert wurde. Dann war er verschwunden. Vaccaro griff nach einem Schalter neben dem offenen Maul der Pipeline und drehte daran. Ein Deckel glitt über die Öffnung und verschloß sie. Die plötzliche Stille war betäubend.

DeMarco sah Judd an und hob den Colt. Auf seinem Gesicht lag ein verrückter, trancehafter Ausdruck.

Judd begriff, daß Mord für diesen Mann eine Art sakraler Handlung war, ein Akt der Befriedigung. Judd wußte, daß seine letzte Stunde gekommen war. Er empfand keine Furcht, nur Wut darüber, daß dieser Mann weiterleben durfte, um Anne zu ermorden, um andere unschuldige, anständige Wesen zu vernichten. Er stöhnte auf. Er fühlte sich wie ein gefangenes Tier in einer Falle, geschüttelt von Haß und dem Vergangenen, diesen Menschen zu töten.

DeMarco hatte seine Gedanken erraten und lächelte zynisch. »Ich werde Ihnen einen Bauchschuß verpassen. Damit Sie ein bißchen mehr Zeit haben, sich Sorgen um Anne zu machen.«

Es gab eine Hoffnung. Eine winzige, verzweifelte Hoffnung.

»Einer muß sich ja um sie sorgen«, sagte Judd. »Einen Mann hat sie schließlich nie gehabt.«

DeMarco sah ihn verständnislos an. Sein Gesicht war leer.

Judd begann zu schreien, um DeMarco zu zwingen, ihm zuzuhören. »Wissen Sie, was Ihr Schwanz ist? Die

Kanone in Ihrer Hand. Ohne Colt oder Messer sind Sie ein Waschweib!«

DeMarcos Augen weiteten sich und füllten sich mit Haß.

»Sie haben keinen Schwanz und keine Eier, DeMarco. Ohne Ihren Colt sind Sie eine Witzfigur.«

Ein roter Film überzog DeMarcos Augen. Vaccaro machte einen Schritt vorwärts. Aber DeMarco winkte ab.

»Ich werde Sie mit bloßen Händen umbringen«, zischte er heiser. Er warf seine Waffe zu Boden. »Mit diesen Händen!« Langsam kam er näher.

Judd wich zurück. Er wußte, daß er körperlich schwächer war als DeMarco. Seine einzige Chance lag darin, DeMarco psychisch anzugreifen und seinen Verstand zu blockieren. Er mußte ihn immer wieder an seinem wunden Punkt treffen – in seinem Stolz auf seine Männlichkeit und Stärke. »Sie sind eine Tunte, DeMarco!«

DeMarco stöhnte und wollte Judd anspringen. Doch Judd wich seitwärts nach hinten aus.

Vaccaro hob den Colt vom Boden auf. »Boss! Lassen Sie mich das machen!«

»Halt dich raus!« brüllte DeMarco.

Die beiden Männer umkreisten einander wie Boxer im Ring. Judd rutschte auf dem nassen Sägemehl aus und verlor die Balance. DeMarco ging auf ihn los wie ein Stier, seine Faust traf Judd am Mund. Er prallte zurück, fing sich und hieb DeMarco einen Schwinger aufs rechte Ohr. DeMarco schwankte einen Augenblick. Dann stieß er vor und rammte Judd die Fäuste in den Magen; drei harte Schläge, die ihm den Atem nahmen. Er wollte sprechen, um DeMarco zu reizen, aber er bekam keine Luft. DeMarco lauerte vor ihm mit gehobenen Fäusten.

»Keine Luft mehr, was?« höhnte er. »Ich war mal Boxer. Ich werde Ihnen die Nieren zermatschen und den Kopf und die Eier. Ich werde Ihnen die Augen ausreißen, Doktor. Bevor ich mit Ihnen fertig bin, werden Sie betteln und winseln, daß ich Sie erschieße.«

Judd glaubte es ihm. In dem gespenstischen Licht des

wolkenverhangenen Nachmittags sah DeMarco aus wie ein rasendes Tier. Er traf Judd wieder ins Gesicht und riß ihm mit seinem schweren Ring die Wange auf. Judd trommelte mit beiden Fäusten gegen DeMarcos Kopf, aber der zuckte nicht einmal. Immer wieder schlug er Judd in die Nieren, seine Fäuste arbeiteten wie Kolben. Judd wankte. Sein Körper war ein Meer von Schmerzen.

»Sie sind doch nicht müde, Doktor?« Er rammte ihm erneut eine Faust in den Magen. Judd fühlte, daß sein Körper nicht mehr viel einstecken konnte. Er mußte weitersprechen. Er war seine einzige Chance.

»DeMarco ...«, japste er.

DeMarco tänzelte, und Judd holte zu einem Schwinger aus. DeMarco duckte sich weg, lachte und stieß Judd das rechte Knie mit aller Wucht zwischen die Beine. Judd sackte vornüber, von einem grausamen Schmerz überwältigt, und ging zu Boden. Sofort war DeMarco über ihm, die Hände an seiner Kehle.

»Mit bloßen Händen!« schrie er. »Ich werde dir mit bloßen Händen die Augen ausreißen!« Er bohrte Judd die Daumen in die Augenhöhlen.

In rasendem Tempo schossen sie auf der Route 206 an Bedminster vorbei, als es im Radio zu knattern begann. »Code drei ... Code drei ... Alle Wagen Achtung ... New York Unit 27 ... New York Unit 27 ...«

McGreavy schnappte sich das Mikrofon. »New York Unit 27 ... Bitte kommen ...«

Captain Bertellis Stimme kam aus dem Lautsprecher.

»Wir haben es, Mac. Zwei Meilen südlich von Millstone liegt die New Jersey Pipeline Company. Sie gehört der Five Star Corporation ... Die gleiche Gesellschaft, der die Fleischfabrik gehört. Das ist einer der Tarnfirmen von Tony DeMarco.«

»Könnte genau hinhauen«, sagte McGreavy. »Wir fahren hin.«

»Wie weit habt ihr's noch?«

»Zehn Meilen.«

»Viel Glück.«

»Können wir brauchen.« McGreavy knipste den Empfänger aus, schaltete die Sirene ein und trat das Gaspedal ganz durch.

Der Himmel drehte sich in roten Kreisen über ihm. Hämmer droschen auf ihn ein und zerrissen seinen Körper. Er konnte nichts mehr sehen. Seine Augen waren zugewachsen. Eine Fußspitze krachte gegen seine Rippen. Er fühlte, wie Knochen spitternd brachen. DeMarcos heißer Atem schlug ihm in kurzen, erregten Stößen ins Gesicht. Er machte den Mund auf und zwang mit letzter Anstrengung Worte über seine dicke, geschwollene Zunge. »Ich ... hatte ... recht«, keuchte er. »Sie können ... Sie können ... einen Mann ... nur schlagen, wenn er ... am Boden ... liegt ...«

Der heiße Atem über seinem Gesicht stockte. Er fühlte, wie zwei Arme ihn packten und hochrissen.

»Sie sind ein toter Mann, Doktor. Und ich habe es mit bloßen Händen geschafft.«

Judd wich vor dieser Stimme zurück. »Sie sind ... sind ein T-tier«, japste er, nach Luft ringend. »Ein Psychopath ... Sie gehören in eine Irrenanstalt.«

»Sie Lügner!« DeMarcos Stimme war wutverzerrt.

»Es ist ... wahr.« Judd wich weiter zurück. »Sie sind ... krank ... Sie werden ... durchdrehen ... Sie werden wie ein ... idiotisches Kind.« Er machte wieder einen Schritt zurück, er wußte nicht, wohin er trat. Hinter sich hörte er das Geräusch der abgedeckten Pipeline. Ein wartender, schlafender Riese.

DeMarcos Fäuste schlossen sich um Judds Kehle. »Ich werde dir den Hals umdrehen!« Seine Hände drückten ihm die Luftröhre zu.

Judd verlor langsam das Bewußtsein. Sein Instinkt schrie ihm zu, DeMarcos Hände von seinem Hals wegzureißen, damit er wieder atmen konnte. Doch mit letzter, übermenschlicher Willensanstrengung streckte er die Hände hinter seinem Rücken aus und suchte den Verschluß der Pipeline. Er fühlte, wie ihm die Sinne schwanden, und in diesem Moment fanden seine Hände den Schalter. Mit letzter Kraft drehte er ihn und warf seinen Körper herum, so daß DeMarco der Öffnung näher war als er selbst. Der mächtige Sog packte sie beide und zog sie in den Luftwirbel. Mit beiden Händen krallte Judd sich an der Verschlußkappe fest und wehrte sich gegen die zyklonische Wut des Luftstroms. Er fühlte, wie De Marcos Finger sich in seinen Hals bohrten, während er auf die Öffnung zugerissen wurde. Der Mann hätte sich retten können, aber in seiner sinnlosen Wut wollte er Judd nicht loslassen. Judd konnte sein Gesicht nicht sehen, er hörte nur die Stimme: Ein wahnsinniger, tierischer Aufschrei, der sich mit dem Brausen des Luftstroms vermischte.

Judds Finger drohten von der Klappe abzurutschen. Er stöhnte auf, und in diesem Augenblick lösten sich De Marcos Hände von seinem Hals. Noch einmal hörte er diesen animalischen Aufschrei, dann nur noch das Röhren der Pipeline. DeMarco war verschwunden.

Zu Tode erschöpft, unfähig, sich zu bewegen, kraftlos stand Judd da und wartete auf den Schuß von Vaccaro.

Sekunden später fiel der Schuß.

Er wunderte sich, daß Vaccaro ihn verfehlt hatte. Durch dumpfe Schleier von Schmerzen hörte er weitere Schüsse, schnelle Schritte, die näher kamen. Sein Name wurde gerufen. Dann legten sich feste Arme um ihn, zogen ihn von der Pipeline weg, und McGreavys Stimme sagte: »Um Gottes willen! Wie sieht der aus!«

Etwas Nasses lief ihm über das Gesicht. Er wußte nicht, ob es Blut oder Regen oder Tränen waren. Es war ihm egal. – Und es war vorbei.

Mühsam machte er ein verquollenes Auge einen Spalt weit auf. Er erkannte McGreavy. »Anne ist zu Hause«, sagte er. »DeMarcos Frau. Wir müssen zu ihr.«

McGreavy sah ihn verständnislos an, rührte sich nicht, und Judd ahnte, daß kein Laut aus seiner Kehle gekommen war. Er hob den Mund an McGreavys Ohr und sagte langsam, in heiserem Krächzen: »Anne DeMarco . . . zu Hause . . . Helfen . . .«

McGreavy lief zu seinem Wagen, nahm das Mikrofon und gab seine Anweisungen. Judd blieb schwankend stehen und ließ den eisigen, beißend kalten Wind über sein geschundenes Gesicht streichen. Vor ihm auf dem Boden lag jemand. Er wußte, daß es Rocky Vaccaro war.

Gewonnen, dachte er. Wir haben gewonnen. Immer wieder sagte er in Gedanken diesen Satz auf. Doch noch während er ihn dachte, bedeutete es ihm nichts. Was war das für ein Sieg? Er hatte sich für einen anständigen, zivilisierten Menschen gehalten, einen Arzt, einen Heiler . . . Und er hatte sich in ein wildes Tier verwandelt, mit der Lust zu töten. Er hatte einen kranken Mann bewußt bis zum Wahnsinn gereizt und ihn dann ermordet. Es war eine entsetzliche Gewissenslast, mit der er für den Rest seiner Tage leben mußte. Er konnte sich zwar einreden, es sei Notwehr gewesen, aber er wußte, daß er es genossen hatte. Er war nicht besser als DeMarco oder die Vaccaros oder ein anderer Verbrecher. Die Zivilisation war eine dünne Lackschicht, und wenn sie zerbrach, wurde der Mensch wieder zum Tier und fiel zurück in die Abgründe der Vorzeit, die überwunden zu haben er so stolz war.

Er war zu erschöpft, um weiter darüber nachzudenken. Er wollte jetzt nur noch wissen, ob Anne in Sicherheit war.

McGreavy kam zurück. »Ein Polizeiwagen ist unterwegs zu ihrem Haus, Dr. Stevens. Sind Sie beruhigt?« Es klang merkwürdig sanft.

Judd nickte.

McGreavy nahm seinen Arm und führte ihn zum Wagen. Während er langsam die wenigen Schritte machte, merkte er, daß es nicht mehr regnete. Fern am Horizont waren die dunklen Wolken vom rauhen Dezemberwind vertrieben worden. Der Himmel klarte auf. Die Sonne kämpfte sich allmählich durch die Wolken, es wurde heller. Es würde ein schöner Weihnachtstag werden.

*